LES FOULARDS ROUGES

Né à Paris en 1947, Frédéric H. Fajardie est l'auteur d'une trentaine de romans dont *Un homme en harmonie*, *Tueur de flics*,
La Nuit des chats bottés et de trois cents nouvelles. Il est également scénariste et dialoguiste de cinéma (il a écrit pour Jeanne
Moreau, Alain Delon, Michel Serrault, Serge Reggiani, Mal-
colm McDowell.

FRÉDÉRIC H. FAJARDIE

Les Foulards rouges

ROMAN

JC LATTÈS

À Francine, mon amour
À Thomas et Stephan Fajardie
À la mémoire de mes parents

RUE DU BOUT DU MONDE

1

DÉCEMBRE 1648...

La nuit était inquiétante.

De lourds nuages masquaient la lune par intermittence et le vent faisait craquer les branches des arbres de l'immense forêt, ajoutant une note sinistre à la noirceur environnante.

Un braconnier à l'oreille fine leva la tête, tous les sens en alerte, comme un renard flairant la direction du vent.

Un bruit lointain, singulier et inhabituel en cette heure tardive, l'intrigua. À pas prudents, il s'approcha de la route royale en prenant soin de se dissimuler derrière le tronc massif d'un vieux chêne.

À mesure qu'il devenait plus distinct, et cela avec une étonnante rapidité, le fracas gagnait en étrangeté. Chocs sourds, rythmés, presque métalliques. L'homme se rencogna davantage tandis que la peur le gagnait tout à fait.

Deux cavaliers d'apocalypse passèrent en trombe, tenant serrées les brides écarlates de leurs montures et précédant un carrosse massif tiré par six chevaux épuisés, l'encolure basse, les yeux fous et les naseaux écumants. Le cocher, debout, fouettait les malheureuses bêtes qui n'avaient que la ressource d'aller plus vite encore.

Puis, avant même que ne retombe la poussière, le singulier équipage disparut, ainsi qu'on l'imagine d'un convoi fantôme, mais le bruit ne cessa point car, comme une escorte des plus discrètes, vingt mousquetaires suivaient de loin, passant au grand galop.

L'homme, incrédule, s'ébroua. Qu'avait-il vu ? Sommé de répondre, il eût éprouvé quelque embarras à s'exécuter : d'intrépides cavaliers, le carrosse d'un puissant seigneur, de magnifiques chevaux qu'on n'hésitait pas à crever pour gagner quelques minutes, un fort parti de mousquetaires...

L'homme réfléchit, certain qu'il oubliait quelque chose d'à peine entr'aperçu.

Il s'en irritait. Ses dangereuses activités requéraient, en effet, une excellente mémoire doublée d'un sens aigu de l'observation car, s'il venait à faillir, les soldats du roi auraient tôt fait de lui passer autour du cou une rugueuse corde de chanvre. Combien en avait-il vu de ces malheureux braconniers dont les corps pourrissaient, pour l'exemple ?

Il ferma les yeux et s'efforça de revoir la scène.

Il se souvint brusquement : les armoiries ! On avait habilement couvert les armoiries des portes du carrosse d'une boue sombre qui n'en laissait rien deviner, à peine le contour.

Mais dans quelle intention ?

Préoccupé, l'homme traversa avec prudence la voie royale et décida de rentrer chez lui en coupant au plus court.

Il n'empêche, rien n'y faisait, et la question l'obsédait. Pourquoi un si grand seigneur, duc, maréchal, cardinal, prince du sang peut-être, prenait-il la peine de faire dissimuler ses armoiries alors même qu'il était en mesure de se sentir partout chez lui en le royaume de France ?

Les troubles à Paris ?... L'interminable et menaçante guerre contre les Espagnols ?... Ou bien ces exécutions rituelles dont on savait peu de chose, si ce n'est l'état terrifiant des cadavres ?

L'homme se signa avec ferveur et s'enfonça dans les profondeurs de la forêt.

Arrivés à bride abattue, les deux cavaliers qui ouvraient la marche sautèrent de cheval et, tandis que l'un d'eux tenait fermement les rênes des chevaux, son compagnon, en toute hâte, frappait de son poing ganté contre la porte de chêne d'une chaumière.

Déjà, le carrosse arrivait, sans les mousquetaires restés plusieurs centaines de mètres en arrière.

La scène sembla quelques instants comme figée : l'homme qui tenait les chevaux avec une raideur de statue ; l'autre, le poing levé, prêt à frapper à nouveau ; le cocher qui avait bondi, debout devant la porte du carrosse et attendant pour l'ouvrir un signal qui n'arrivait pas.

On entendit des voix venant de l'intérieur de la chaumière, puis des bruits de pas. Enfin, la porte s'ouvrit sur une femme sans âge, borgne, toute en cheveux et assez mal faite. Derrière elle, un homme de haute taille aux mains de boucher et au visage mangé de vérole la suivait comme son ombre.

Le couple abject ignorait l'identité du seigneur qui patientait en son carrosse. L'auraient-ils sue que, malgré un passé de crimes et de violences, sans doute auraient-ils blêmi avant de s'enfuir à toutes jambes à travers les sous-bois en abandonnant l'or qu'on leur donnait à profusion pour la besogne qu'ils accomplissaient ici car il s'agissait là d'un des plus hauts noms du royaume des lys.

On distingua un murmure du côté du carrosse dont le cocher ouvrit la porte en s'inclinant très bas devant étrange créature comme la nature n'en produit point, même en ses dérèglements extrêmes.

Sans doute cet être qu'entouraient un si profond respect et un si grand mystère était-il un homme à en juger par l'habit de coupe masculine, façonné dans un satin bleu pâle, rehaussé de broderies d'or et d'émeraudes. Mais toute certitude était impossible puisque le visage était dissimulé derrière un masque d'argent massif fermant sur la nuque en ceignant d'un bandeau d'or la perruque poudrée.

Le masque semblait effarant par sa platitude même et pareillement tout manque d'expression. Des traits lisses, sans rides, presque stylisés et qu'on eût plutôt imaginés du côté de l'art païen quand on sait comme les cruels artisans barbares impriment quelquefois à leur talent la marque d'une déconcertante neutralité.

L'homme au masque d'argent avançait pesamment.

Assurément, sa démarche n'était point celle d'un jeune homme mais, chez cette créature toute d'artifices, on ignorait s'il ne s'agissait pas, là encore, de quelque piège.

Comme elle franchissait la porte de la chaumière, les deux cavaliers se placèrent de part et d'autre de cette issue pour en interdire l'entrée et tirèrent l'épée en un semblable mouvement.

Un rayon de lune qui chromait la scène accrocha un instant le reflet du métal des flamberges et, prise de peur, une chouette qui observait la scène poussa un cri sinistre.

Le seigneur, en proie à une étonnante irritation, se tourna vivement vers le rapace nocturne et son regard, très sûr, l'identifia immédiatement malgré le lacis de branches qui le masquait presque entièrement.

« Cet homme est le diable ! » songea la femme borgne qui se força à sourire en disant :

— Monseigneur sera satisfait, aujourd'hui. Plus encore que la fois dernière !

Puis, s'inclinant, elle laissa le passage à la créature au masque d'argent qui franchit le seuil, suivie du cocher porteur d'un sac de cuir rouge.

L'homme au visage mangé de vérole ferma la porte.

À l'extérieur, les deux hommes qui tenaient l'épée à la main se placèrent aussitôt épaule contre épaule de manière à défendre la place au mieux.

En la chaumière, la pièce était pauvre, comme le

sont souvent les endroits de passage reconnaissables à la froideur de l'ameublement.

Un rideau de velours rouge dissimulait un angle et, tandis que l'étrange et riche personnage, impatient, pianotait du bout des ongles – qu'il avait fort longs – sur une table bancale, la borgne tira la tenture d'un geste brutal.

Une forme humaine apparut, enveloppée et encapuchonnée dans une longue cape pourpre et, sous une poussée de l'horrible borgne, elle tituba jusqu'au centre de la pièce.

Le silence pesa quelques instants. Puis la créature au masque d'argent désigna la silhouette au cocher qui, le geste large, ôta la cape pourpre.

On ne saurait entendre un cri muet, étouffé, mais on peut en percevoir l'émotion. En aurait-on douté, il n'eût été que de regarder le puissant seigneur qui, d'une main nerveuse, massait son menton de métal précieux.

Le corps de la jeune fille aux grands yeux de biche effarée et aux cheveux d'un blond vénitien évoquait un chef-d'œuvre de Praxitèle et les mains rudement liées derrière le dos devaient agir sur le masque d'argent comme une invite aux plus excessifs débordements.

Il fit le tour de sa proie tremblante en hochant la tête de contentement, indifférent à la terreur de la toute jeune fille qui murmura :

— Grâce, Monseigneur, grâce !

Le masque d'argent, irrité, se tourna vers la borgne et lança d'une voix aiguë :

— Qu'on fasse taire cette gueuse, à la fin !

Aussitôt, l'homme au visage mangé par la vérole gifla la jeune fille et ses pleurs ragaillardirent la brute masquée qui se frotta les doigts en un geste étrange, comme on le voit faire aux mouches avec leurs pattes avant.

D'un index léger, il recueillit une des larmes de la jeune fille et la porta à sa bouche d'argent, hochant la tête en connaisseur.

Pendant ce temps, le cocher avait ouvert le sac de cuir rouge et disposait sur la table toute une théorie de stylets et de fins couteaux de métal précieux d'une grande variété.

Le masque d'argent s'approcha, considéra les instruments avec gravité, en prit quelques-uns en main avant de porter son choix sur un stylet dentelé en forme de scie.

Il adressa un signe de tête au cocher qui, aussitôt, releva sa manche sur un avant-bras couturé d'une dizaine de longues cicatrices.

D'un geste rapide, large mais sûr, le masque d'argent incisa profondément la chair offerte où le sang jaillit d'abondance. Un sang que celui qui tenait encore le stylet regardait, absolument fasciné et presque en léthargie.

Enfin, il se reprit et fit face à la jeune fille qui s'apprêtait à hurler lorsque la main de l'homme vérolé la bâillonna.

Ce détail ne sembla guère déranger le masque d'argent qui observa sa proie avec admiration :

— Quelle vie bouillonne en toi, petite !... Quelle insolence !... Ah, il me faut te saigner, tel est le remède !

D'une série de petits gestes extraordinairement précis, il entailla la poitrine de la jeune fille qui, sous l'effet de la douleur, parvint à se libérer un instant pour pousser un cri atroce.

Dehors, les deux gardes du corps, gagnés par l'effroi, échangèrent un long regard. Officiers déguisés en civils, ils avaient été choisis pour leur indéfectible fidélité.

Cela ne les empêchait pas de penser puisque l'un d'eux murmura à mi-voix :

— Le chien !

L'autre considéra la lune, comme s'il attendait

quelque réponse de l'astre mort, puis, regardant son compagnon avec une sympathie accablée :

— Nous n'avons pas entendu.

— Je l'ai entendu ! insista l'autre.

— Nous n'avons pas entendu ce cri et je n'ai pas entendu tes paroles.

Il hésita un instant, puis ajouta :

— Si tu veux vivre, camarade, apprends à ne rien savoir des faiblesses des puissants qui mènent le monde.

On ne perçut plus rien si ce n'est les grognements de plaisir de l'homme au masque d'argent qui jouait du stylet avec cette dextérité que confère l'habitude.

2

— Il devrait déjà être là ! lança d'un ton impatient – qu'accentuait un fort accent italien – l'homme aux joues poudrées et aux lèvres couvertes d'un rouge qui, cocassement, débordait sur sa moustache soignée. N'était ce détail, le pourpre de sa robe de cardinal s'accordait avec une élégance, une séduction et un charme qui ne devaient pas tout au naturel.

Le cardinal Jules Mazarin, Premier ministre du royaume de France, regardait fixement son confesseur, le père Angello, qui répondit d'une voix douce :

— Il viendra. C'est le seul qui vous soit fidèle avec très grand désintéressement. Souvenez-vous, Votre Éminence : il a tout refusé. Terres, charges, récompenses. J'ai même cru voir l'instant où vous alliez le blesser en insistant.

— Mais je n'ai pas insisté plus qu'il ne fallait ! rétorqua vivement le cardinal.

Ses relations avec le père Angello, par leur constance et leur ancienneté, évoluaient vers une relative familiarité, mais il fallait aussi voir là l'aspect pratique de la chose.

Néanmoins, le cardinal se plaisait, quelquefois, à rappeler à l'ordre celui qu'il considérait presque comme un ami.

Si tant est que ses extraordinaires pouvoirs lui permettent une quelconque amitié.

À cette idée, Mazarin haussa les épaules. En tout lieu qu'il se trouvât, ce n'était que cortèges de solliciteurs, des magistrats indociles du parlement aux plus puissants seigneurs. On le flattait pour mieux le mépriser aussitôt qu'il tournait le dos. De l'apothicaire au prince du sang, on s'essayait aux pamphlets et autres libelles, ces fameuses « Mazarinades » qui circulaient dans Paris, moquant son accent italien.

Plus grave, certains auteurs anonymes présentaient la reine Anne d'Autriche comme sa maîtresse soumise.

Chassant cette pensée, Mazarin lissa sa moustache d'un doigt léger en disant, l'air rêveur :

— Un tel homme m'est trop précieux, je devrais le faire protéger.

— Il vous a pourtant admirablement montré qu'il savait se défendre comme quatre ! répondit le père Angello.

— C'est vrai ! remarqua Mazarin en se reportant quelques mois en arrière, en cette journée d'août 1648 où il aurait dû mourir.

N'était...

Certes, on s'était bien gardé d'ébruiter la chose : que quatre assassins puissent s'introduire au Palais-Royal, voilà qui pourrait donner des idées à beaucoup d'autres.

D'autant que, pour le pouvoir royal, chancelant, les choses se gâtaient. Rien que de prévisible, au fond. À la mort de Richelieu et du roi Louis XIII, le dauphin et futur Louis XIV[1] n'avait que cinq ans ce qui, par la logique et la tradition, appelait une Régence.

Pas de roi, période dangereuse !

Mazarin l'avait parfaitement compris. D'autant qu'au conseil de Régence, mis en place du vivant de feu Louis XIII, les ambitieux ne manquaient pas.

De là datait le premier acte politique de la reine, habilement conseillée par Mazarin. Un acte indispensable, mais qui déchaîna la tempête. S'appuyant très exceptionnellement sur le parlement, elle avait fait casser la décision de Louis XIII, dissous le conseil et exercé seule la Régence, secondée par son Premier ministre.

Décision brutale.

On réagit. Par des murmures ou des hauts cris, selon qu'on fût humble ou puissant.

En le royaume, le parlement, les provinces et les grands seigneurs, excités par une foule d'agitateurs, manifestaient leur hostilité.

À l'extérieur, la guerre. À la mort de Louis XIII, en 1643, elle durait déjà depuis huit ans... et se poursuivait encore maintenant. L'Espagne, l'incontournable et très catholique Espagne, attaquait au sud, mais aussi au nord et au nord-est, depuis ses anciennes conquêtes. Et comme si ce malheur ne suffisait pas, elle s'était alliée à l'autre branche des Habsbourg, la puissante famille qui régnait sur l'Autriche.

Et la guerre ne venait pas seule. Famines et épidémies lui faisaient escorte, laissant les campagnes désolées et des milliers de cadavres pourrissants.

Le peuple grondait dangereusement. Les nobles, sarcastiques, attendaient la suite des événements. Les bourgeois se lamentaient en constatant l'effondrement du commerce. Les magistrats du parlement soufflaient sur les braises. Quant à l'Église, ses princes et ses humbles vicaires ne voyaient qu'impardonnable trahi-

---

1. À cette époque, le dauphin était déclaré majeur et sacré roi à l'âge de treize ans.

son dans les alliances que la France de Mazarin passait avec des pays protestants pour combattre la sainte Espagne catholique.

La Fronde !

Ce nom, accolé aux « événements », venait de ce jeu dangereux très en faveur parmi la jeunesse qui s'y essayait dans les larges fossés de la capitale.

Une Fronde parlementaire, certes, et jusqu'ici contenue.

Dès février de cette année 1648, le parlement avait manifesté sa mauvaise humeur, rendant arrêt sur arrêt, arrachant des privilèges, osant se réunir dans la chambre Saint-Louis avec la prétention de travailler à réformer l'État, révoquant les intendants du royaume, créant une chambre de justice à sa dévotion.

Et il fallut céder !

Certes, la victoire de Lens sur l'armée espagnole avait redoré le royal blason. D'une foudroyante rapidité, Mazarin avait aussitôt mis cet événement à profit : Te Deum à Notre-Dame pour fêter la victoire du royaume des lys d'un côté, arrestations des opposants du parlement de l'autre.

Un pari risqué... et perdu !

Le 27 août, Paris se hérissait de barricades. Force fut, la mort dans l'âme, de libérer le très populaire conseiller Broussel et le président Blancmesnil.

Céder ! Encore céder !

Paris se montrait si peu sûr qu'il devint prudent d'évacuer la cour en catastrophe vers Rueil.

Toujours céder !

Donner, dans ce très ancien pays de droit divin, le pouvoir au parlement et revenir à Paris en rasant les murs.

Et de nouveau, en cette fin décembre, rien n'allait plus. Il serait bientôt nécessaire de partir une nouvelle fois en emportant la reine et le dauphin sur les mauvais chemins menant au château de Saint-Germain-en-Laye.

Le cardinal, bel homme, la quarantaine à peine finissante, se sentait vieux. Un rempart dérisoire contre ces bourgeois brouillons de la Fronde parlementaire et ces seigneurs heureusement stupides qui rêvaient d'un retour en arrière, d'une France féodale qu'ils se partageraient entre grandes familles.

Mais que les braillards du parlement et les princes comprennent qu'il était, lui, Jules Mazarin, cardinal et Premier ministre, leur ennemi commun : alors tout serait perdu.

À jamais !

Le cardinal frissonna.

— Son Éminence a froid ?... Décembre est glacé, cette année ! risqua le père Angello.

Mais Mazarin ne l'entendit pas même, perdu en ses sombres pensées.

Vieux, certes. Usé. Las. Repoussant de plus en plus souvent cette lancinante question, « À quoi bon ? », antichambre d'un abject renoncement à tout ce qui avait fait sa vie : maintenir le royaume au niveau remarquable où l'avait hissé son prédécesseur Richelieu. Le maintenir et, si possible, l'élever davantage encore pour le remettre un jour entre les mains de Louis, Louis le quatorzième, petit garçon dont il espérait faire un très grand roi.

Alors peu importaient sa peine et sa fatigue. Il ne s'accordait pas le droit à la fatigue, et voilà tout.

— La cause est dite, l'affaire est close ! murmura-t-il.

Et tant pis pour ses rêves personnels. Tant pis pour l'amour qu'il vouait à la reine en laquelle bien souvent, trop souvent, il ne voyait qu'une femme. Une femme qu'il aimait avec passion. Tans pis si, faute de temps et de sérénité, cet amour qu'il souhaitait charnel n'avait pas, jusqu'alors, dépassé le stade de la complicité... parfois très tendre.

Mais, pour durer, il fallait vivre. Or, au plus fort des barricades, en août, on avait voulu le tuer en le Palais-Royal !

Si les quatre tueurs, dont il se demandait encore qui les avait payés, étaient arrivés à leurs fins !...

21

Au reste, prodigieusement renseignés comme ils se trouvaient, ils auraient dû réussir. Sans un fabuleux hasard !

Mazarin revit la scène. La porte dérobée par laquelle il avait quitté les appartements de la reine, après s'être secrètement entretenu avec elle des graves événements. Le père Angello qui l'attendait en un sombre couloir. Enfin, cette galerie déserte où ils débouchèrent sans méfiance...

Les quatre hommes avaient surgi de derrière les piliers, l'épée à la main.

Mazarin, sans armes, s'était tourné vers le père Angello qui sortit des plis de sa soutane... un crucifix !

C'était bien peu, et presque de grande drôlerie, n'était le caractère gravissime de l'affaire. D'autant que le cardinal croyait en Dieu, certes, mais... « raisonnablement » !

Et puis brusquement, comme si le crucifix brandi se révélait finalement de quelque effet, il y avait eu cette haute silhouette sombre, bottée jusqu'aux genoux, le feutre à plumes au bord rabattu sur les yeux, une longue cape noire sur les épaules...

À ne pas croire.

Pour son seul plaisir, oubliant un instant l'homme – le même, précisément – qu'il attendait, Mazarin revécut par la pensée la suite des événements...

3

Il s'avéra plus tard, ce qui augmenta considérablement ses mérites, que l'homme à la longue cape noire grelottait de fièvre après un long voyage qui l'amenait des champs de bataille du Nord.

S'immobilisant, les quatre assassins, surpris, avaient regardé le nouvel arrivant.

— Nous allons saigner le porc italien ! avait lancé l'un d'eux.

Un autre, d'un ton joyeux, demanda :

— Es-tu des nôtres, camarade ?

Mazarin, qui se savait impopulaire parce que incompris, ne doutait pas que l'inconnu surgi par hasard se joindrait à cette racaille.

Presque résigné, il vit l'homme faire tournoyer sa longue cape noire et ôter avec beaucoup d'élégance son feutre marine orné de plumes d'un blanc immaculé et d'un rouge couleur de sang avant de porter la main à son épée.

Quelque chose intriguait chez le nouveau venu. Il se dégageait de lui une impression de force redoutable, un charme étrange et, *a contrario*, il engendrait une crainte indéfinissable.

Mais qu'en pouvait-on dire ?

Un homme de haute taille, aux larges épaules et au torse puissant. Les cheveux déjà grisonnants, devenus plus rares au-dessus du front et simplement tirés en arrière en catogan. Un visage aux joues creuses, aux pommettes saillantes. Visage rendu plus inquiétant encore par des yeux très noirs, très fixes. Un regard d'une dureté qui inspirait la crainte.

Mais, décidément, chez cet homme de contrastes, rien ne semblait acquis puisqu'un sourire, à peine ébauché mais des plus charmants, atténua l'impression première.

Et, derrière le sourire, lorsqu'il parla, des dents très blanches qu'on eût dit d'un tout jeune homme avec cette curiosité en la mâchoire supérieure des deux dents du milieu très écartées, rareté que les superstitieux appellent « dents du bonheur ».

L'inconnu, l'épée à la main, fit face aux quatre agresseurs :

— Messieurs les assassins, quatre contre un cardinal désarmé et un vieux curé, l'honneur n'y trouve point son compte.

Celui qui faisait figure de chef pâlit et s'emporta :

— Imbécile, de quoi te mêles-tu ?... C'est là le Mazarin qui baise notre reine. Il l'a envoûtée avec sa queue et nous allons la lui couper.

— Quelle drôle d'idée ! constata sobrement l'inconnu en balayant l'air devant lui d'un coup d'épée.

Pas n'importe quel coup d'épée.

Le geste avait été extraordinairement rapide, précis, maîtrisé. Tout, de la force du bras à la souplesse du poignet, indiquait un redoutable duelliste et si, pour les tueurs, l'issue de l'affaire ne paraissait point compromise pour autant, il apparaissait à présent qu'il faudrait passer sur le corps de cet empêcheur d'assassiner en paix un Premier ministre.

Dans une ultime tentative d'intimidation, le chef des quatre hommes demanda :

— Nous avons le droit de savoir qui nous allons tuer ?

Une lueur joyeuse dansa un instant dans le regard sombre et fiévreux de l'inconnu :

— Vous allez tuer Loup de Pomonne, comte de Nissac... Ou Mort-Dieu, c'est lui qui vous tuera !

Le cardinal reprenait espoir. Un espoir mesuré : à un contre quatre, le pari semblait risqué.

Mais, dans le même temps, sa prodigieuse mémoire se mettait en marche car ce nom ne lui était pas inconnu...

Nissac !... Loup de Pomonne, comte de Nissac ! Un lieutenant-général d'artillerie. Mais à Lens, pour sauver ses canons menacés par l'infanterie espagnole, c'est l'épée à la main qu'il s'était couvert de gloire !

Loup de Pomonne, comte de Nissac !

Une très ancienne et très haute noblesse, ombrageuse, qui ne fréquentait point la Cour et vivait dans son rude château médiéval, face à la mer, tout là-bas, en terre de Normandie, près de Saint-Vaast-La-Hougue et Barfleur.

Absolument ! Une longue lignée de glorieux marins, la plupart disparus en mer ou tués au combat. Un ou deux amiraux, un grand-père refusant de quitter son navire matraqué de tous côtés par les canons de la flotte anglo-hollandaise qui avait détruit l'escadre de Tourville à une ou deux lieues du château natal, presque sous les yeux de son épouse.

Mazarin se souvenait de cette histoire légendaire qui fit beaucoup pleurer les dames de la Cour. Le comte de Nissac, seul à son bord sur son bateau fou, le sabre à la main, disparaissant dans les flammes et les gerbes d'écume au cri de « Merde à l'Angleterre ! » sous les yeux de sa très jeune femme.

Et un père qui avait sombré avec sa frégate, le *Dragon Vert*, au large des Indes orientales. La mère de Loup de Nissac en était morte de chagrin et, au petit garçon de dix ans bientôt orphelin, elle avait fait jurer de ne jamais servir le roi sur un navire.

Promesse tenue, l'héritier des redoutables marins était devenu général d'artillerie.

Mais il se prénommait « Loup », comme ces animaux aux oreilles toujours droites qui savent faire face pour mourir.

Le cardinal se sentit tout aise, brusquement. Peutêtre son défenseur mordrait-il la poussière, le corps percé de tous côtés, mais la beauté y trouverait sa part.

Que le dernier seigneur de Nissac, actuellement sans descendants, risquât sa vie pour lui, voilà qui réconciliait Mazarin avec la noblesse, la vraie, la noblesse d'épée remontant à Saint Louis, qui servait avec courage, évitait la futilité de la Cour, ne savait point danser le menuet ou le passe-pieds mais n'ignorait rien de l'honneur depuis longtemps déjà.

Le combat s'engagea.

Si l'on peut dire ainsi car, détendant simplement le bras, Nissac avait déjà tué un homme. En garde à nouveau, le bras qui se détend en se jouant de la garde adverse, et un second agresseur s'effondrait.

Oubliant que sa vie dépendait de l'issue du combat, le cardinal observait avec grande fascination les façons de monsieur de Nissac. Pour ce qu'il en savait, il y avait là quelque archaïsme et sans doute un côté maniériste. Nissac se battait à l'ancienne, comme au temps du roi Henri le quatrième mais son secret ne ressemblait à rien de connu. C'est en s'ouvrant au combat, qu'il tuait. En quelques secondes, et toujours de semblable façon, frappant d'estoc, la pointe de l'épée longue et fine touchant la carotide de l'adversaire.

Mais d'adversaires, on n'en voyait point. Seuls quatre cadavres dans de larges flaques de sang jonchaient les dalles froides du Palais-Royal.

Déjà, le comte de Nissac remettait l'épée en son fourreau et, se baissant, ramassait sa cape noire et son chapeau marine à plumes blanches et rouges.

Ému, le cardinal donna l'accolade au comte et, le regardant droit dans les yeux :

— Demandez, monsieur, il sera fait selon votre désir.

Le comte de Nissac esquissa un sourire poli.

— Votre Éminence... J'appartiens à l'armée de monsieur le prince de Condé et venais à sa demande faire rapport sur la situation de...

Il hésita, comme si sa réponse lui semblait sans rapport avec la situation, puis acheva :

— ... l'artillerie royale.

— J'entends bien, comte, mais ce n'est point là ce que je vous demande. Que voulez-vous ?

— Je ne veux rien, Votre Éminence.

Incrédule, Mazarin l'observa.

— Comment ? Risquant la vôtre, vous sauvez la vie de l'homme le plus haï du royaume, là où tant d'autres se seraient joints aux assassins, et vous ne demandez rien ?

Depuis quelques instants, le comte de Nissac, les yeux baissés et l'air tourmenté, caressait les jolies plumes rouges et blanches de son chapeau marine.

Lorsqu'il leva les yeux, ceux-ci parurent bien sombres au cardinal qui, s'y connaissant en hommes, sentait chez son sauveur sourde colère qui montait à grande vitesse.

Mais lorsqu'il parla, la voix fut calme et le cardinal

admira, chez Nissac, cette manière de dominer ses sentiments.

— Votre Éminence comprendra sans doute que j'ai satisfait aux exigences de l'honneur, et au goût de la justice. Dès alors, nous pourrions tomber d'accord pour admettre que mon comportement, loin d'être de quelque façon remarquable, relève du plus grand naturel chez un gentilhomme...

Il hésita et reprit :

— Ou chez n'importe quel homme.

La remarque frappa le cardinal en ce qu'elle lui sembla tout à fait inhabituelle pour un noble, à moins qu'il ne fût philosophe.

Mais, déjà, Nissac reprenait, implacable :

— Si Votre Éminence récompense de quelque façon le naturel, où trouvera-t-elle suffisamment de trésors pour combler ceux qui se dépassent ?

Mazarin s'aperçut que Nissac chancelait légèrement.

— Êtes-vous blessé, comte ?

L'autre eut un pâle sourire.

— Le voyage depuis les armées fut long, et je me crois atteint de dysenterie.

— Je vais vous faire soigner !

— Non point, Votre Éminence. Mon officier d'escorte, le lieutenant Sébastien de Frontignac, y a pourvu.

Il montra une boîte de vermeil et reprit :

— J'ai besoin de sommeil, dès que j'aurai rendu compte à monsieur le prince de Condé.

Intrigué, Mazarin demanda :

— Et qu'est-ce que votre officier d'escorte a caché dans cette boîte mystérieuse ?

Le comte de Nissac eut un franc sourire qui le rajeunissait et, outre la reconnaissance, lui valut sur l'instant et à jamais la sympathie du Premier ministre :

— Du sang de lièvre séché au soleil en un mélange de vin vermeil à quoi s'ajoute... que Votre Éminence veuille bien me pardonner... de la fiente de chien qui trois jours durant n'a rongé que des os. Je dois boire ce mélange en le même temps que je verse en ma bouche le contenu d'une fiole de lait qu'on fit bouillir puis refroidir et bouillir de nouveau en y jetant cailloux de rivière fort échauffés à feu ardent.

Il hésita un instant et continua, toujours souriant :

— Deux fois par jour, matin et soir.

Le cardinal, proche du fou rire, lança :

— Mais votre homme est un sorcier ! Et de la pire espèce qu'on vit jamais !

— Il fréquente l'église avec piété mais en ces choses, il est assez surprenant ! répondit Nissac en riant.

— Et vous y croyez ?

— Cet homme fait des merveilles, Votre Éminence.

— Soignez-vous vite, comte de Nissac, ainsi... ou autrement. Et ne repartez point à la guerre sans me venir voir.

Pourtant, le comte était reparti aux armées sans faire ses adieux au cardinal, attitude que celui-ci attribua à la pudeur de son sauveur, et qu'il respecta.

Mais, aujourd'hui, les choses prenaient tournures mauvaises et c'est aux armées que le cardinal avait fait chercher le comte de Nissac.

Au reste, on l'attendait d'un instant à l'autre, Mazarin ayant désigné le marquis d'Almaric pour lui ouvrir la route.

4

Le maître verrier avait accepté les termes du marché et, depuis six mois qu'il « travaillait pour eux », il parvenait enfin à ne plus vomir en exécutant « la commande ».

C'était cher payé, car définitif, comme toutes les mutilations mais la contrepartie, d'importance, le rassurait : jamais, jamais plus, ses six enfants n'auraient faim ou froid. Mieux, ils deviendraient des partis épousables.

Certes, quelquefois, au milieu de la nuit, il se réveillait en sursaut, le front inondé de sueur au souvenir de la manière dont on lui avait arraché la langue, achevant l'opération au fer rouge.

Avec son consentement.

Ne pouvant plus parler, ne sachant pas écrire, c'était la certitude, pour ses impitoyables bailleurs, qu'il emporterait son terrible secret dans la tombe.

L'ignoble besogne le terrorisait encore, mais moins qu'au début. Au reste, en six mois, c'était la cinquième fois déjà.

Le maître verrier travaillait avec soin, le visage éclairé par les lueurs rougeâtres du four, les doigts brûlés, des cristaux de sable blanc très fins incrustés sous les ongles.

Deux hommes de belle stature, qui lui semblaient des officiers en civil, apportèrent le brancard et, suivant les consignes strictes et précises que le maître verrier donnait par gestes, ils déposèrent le corps entre deux parois de verre.

Aussitôt, l'artisan procéda à la pose du couvercle, opération délicate qui lui demanda près de deux heures.

Enfin, il leva un regard satisfait sur les deux hommes qui attendaient, imperturbables.

S'essuyant le front d'un revers de main, il fit une série de signes signifiant que le travail était achevé et qu'on pouvait l'emporter.

Les deux officiers, ceux-là mêmes qui servaient de gardes du corps au masque d'argent, échangèrent un regard et le maître verrier, qui crut y voir un fugitif accablement, prit soin de baisser les yeux afin de ne point manifester un quelconque sentiment.

Il eût aimé, cependant, qu'on lui rendît sa langue quelques instants. Des questions lui venaient mais, il ne l'ignorait pas, elles seraient de toute façon restées sans réponse.

Chacun des hommes saisit une extrémité du cercueil de verre et, un flambeau à la main, le maître verrier les précéda pour leur ouvrir la porte de l'atelier.

Il faisait froid.

La nuit, venteuse et noire, n'inspirait pas confiance.

Le chariot aux parois de grosse toile attendait, son plancher recouvert de plusieurs épaisseurs d'étoffe destinées à amortir les chaos du chemin.

À l'instant où le cercueil de verre passait devant le maître verrier, les lueurs du foyer conjuguées à celles du flambeau lancèrent comme un rayon doré et l'homme jeta un dernier regard à la malheureuse créature qui y reposait.

Il n'en restait, intacts, que la belle chevelure d'un blond vénitien et un triangle de poils pubiens. Aucun élément ne permettait d'attribuer un âge à ces pauvres restes mais le maître verrier devinait d'instinct une toute jeune fille, comme celles qui l'avaient précédée.

Le cercueil déposé en le chariot avec mille précautions, un des hommes prit les rênes tandis que l'autre le précédait à cheval, l'épée à la main, tenant serrées des brides étrangement écarlates.

La sinistre procession allait à petite allure, le chariot étant attelé à deux forts chevaux hongres sans nervosité.

Bientôt, au détour d'un bouquet de saules, le chemin fut désert et l'homme à la langue arrachée resta seul devant la porte de son atelier clandestin.

Il respira profondément l'air de la nuit, soupira, et regagna l'intérieur où le foyer dispensait une bonne chaleur.

Non sans dégoût, il vida la bourse ventrue laissée par un des deux hommes et compta lentement les pièces d'or.

Elles apportaient tant de solutions à des problèmes qu'il considérait voilà si peu de temps encore comme insurmontables. Même si dans cette affaire il perdait son âme et, accessoirement, toute illusion sur la nature humaine.

Pensif, il observa les lueurs du four. Son regard y demeura longtemps fixé, tant il était effrayé à l'idée des flammes de l'enfer dans lesquelles il s'imaginait brûler pour l'éternité.

Enfin, par un effort de volonté, il s'ébroua.

Pourquoi vouloir comprendre ? C'était là l'œuvre de Satan, son nouveau maître, et la pensée perverse du démon ne peut être accessible à un pauvre artisan.

D'une main tremblante, il se servit un pichet de vin blanc, puis un autre, un autre encore.

Il savait que, après cette soirée terrifiante, l'aube le trouverait endormi dans un coin de l'atelier, souffrant d'un cruel mal de tête et le cœur au bord des lèvres, mais il l'acceptait volontiers. En effet, la contrepartie de l'ivresse lui procurait au moins cet avantage : sonné, abruti, il allait quelques heures sombrer dans un sommeil de plomb.

Dormir, c'est-à-dire oublier.

Martin Champelier se hâtait aux premières lueurs de l'aube hivernale. Comme les jours précédents, il s'était loué à un riche paysan des environs de Marcoussis, un homme sanguin dont le mauvais caractère et les rudes manières usaient rapidement la meilleure des bonnes volontés.

Hier, Champelier avait reçu un coup de pied et une paire de gifles au motif fort discutable qu'il n'avançait pas assez vite en besogne. Une fausseté, une de plus, mais discuter ou protester n'aurait servi à rien, risquant même de provoquer son renvoi.

Avec la guerre qui s'éternisait, les mauvaises récoltes et tous les événements qui secouaient Paris et le pouvoir royal, les maîtres ne manquaient pas de main-d'œuvre. Combien étaient-ils, les manouvriers de son espèce, bons à tout et à rien, paysans très pauvres se vendant chez les riches pour moissonner, vendanger, faner, battre en grange, soigner les bêtes, nettoyer les écuries ou réparer les outils ?

Champelier hâta le pas. L'aube blanchissait et il lui restait une bonne demi-lieue à parcourir avant d'arriver à la ferme.

Âgé de vingt-six ans, Martin Champelier était un homme étrange puisque la sagesse ne lui venait pas et que sa résignation n'était qu'apparente. Marié, père de deux enfants, il aurait dû, lui disait-on, ne jamais se révolter, encaisser les coups et oublier. Or, il ne satisfaisait pas à toutes ces conditions qui auraient fait de lui un homme malheureux mais sans histoires.

Ne pas se révolter ? Certes. Il ne s'était pas révolté, la veille, sous les coups. Et pas davantage trois ans plus tôt lorsque le seigneur avait violé sa trop jolie jeune femme.

Subir les coups ? Oui, évidemment. Subir en se taisant, en se contentant de se protéger le visage, geste que les maîtres toléraient la plupart du temps.

Oublier ? Ah ça, non ! Chez les Champelier, on n'oubliait pas. Tout au contraire. Et, de génération en génération, selon un usage qui remontait au moins au roi Henri le troisième, on se disait peines, griefs, doléances et rancœurs. Comme il ferait pareillement, le jour venu, avec ses propres fils.

La liste des souffrances était longue. À laquelle on joignait une autre, plus courte cependant. Celle des brutes contre lesquelles on n'avait pas levé la main ou saisi la fourche. Paysans riches, gens de police, soldats, intendants, seigneur du lieu et, tout là-haut, exécré, le roi qui permettait tout cela.

Où iraient toutes ces colères qui se transmettaient, pures comme le diamant, à travers les siècles ?

S'il l'ignorait, ou n'en avait qu'une très vague idée, le jeune homme savait que là n'était point la question. Il devait « transmettre » et un jour, probablement, cette formidable colère déferlerait, balayant tous les nantis sur son passage.

Le chemin, gelé, était dur et fatiguait les jambes.

Heureusement, il arrivait au village, tout engourdi de gel.

Et, aussitôt, quelque chose attira son regard. Quelque chose qu'on avait posé sur les marches, devant le parvis de l'église.

La chose brillait comme du verre, un verre rendu plus scintillant encore par les milliers de cristaux de givre qui s'y étaient déposés.

Curieux, il s'approcha, essuya le verre de la main et poussa un long hurlement.

Martin Champelier se prit la tête à deux mains, incapable, à présent, de pousser un cri, la gorge tenue comme dans un gant de fer par la terreur qui le gagnait tout entier.

Il sentit qu'on sortait des maisons, qu'on s'approchait. D'autres, à présent, hurlaient, hommes et femmes. Certains se signaient avec frénésie. D'autres, un genou en terre, priaient avec ardeur.

Puis, un grand silence se fit quand les portes de l'église s'ouvrirent sur le curé.

C'était un vieil ecclésiastique, bon et érudit, qui avait baptisé presque tous les habitants du hameau.

Il s'approcha du cercueil de verre, resta un instant pétrifié, puis se signa en murmurant :

— Quelle abomination !... Quelle horreur !... Mon Dieu, pareille chose est-elle donc possible ?

Il croyait au bien, donc au mal ; à Dieu, donc au diable. Mais jamais les œuvres du Malin ne s'étaient présentées à ses yeux effarés avec une telle netteté.

« Pourquoi commettre de telles infamies ? » se demanda-t-il. Et, plus fin que les villageois, il se posa une autre question : « Et pourquoi l'exposer dans un luxueux cercueil de verre qu'on croirait plutôt réservé à quelque princesse défunte ? Faut-il qu'il l'eût aimée ? À moins que la besogne ne lui ait procuré un plaisir rare, puisqu'il offre à sa victime un réceptacle à la hauteur de son émotion. Alors ce n'était pas la victime mais son propre désir qu'il honorait aussi richement. »

Le vieux prêtre regarda à nouveau le corps mutilé à l'abri de ses parois de verre.

Une grande tristesse lui vint. Et une profonde compassion pour la pauvre victime dont il pressentait qu'on l'avait laissée vivre tout au long de son supplice. Et quel supplice : à la lancette ou au stylet, on l'avait littéralement écorchée vive.

Brutalement, le curé fut écarté.

Des pierres furent lancées. Sous un pavé, le cercueil de verre explosa et une pauvre carcasse gelée, toute raide et martyrisée, s'abattit sur les marches de l'église, rebondissant avant de se figer, face contre terre, le dos meurtri exposé au vent glacé.

Le vieux prêtre voulut protester tandis que fagots et poix, bûches de chauffage et résine recouvraient hâtivement le cadavre.

Un inconnu, peut-être un paysan d'un village voisin, se révéla comme meneur en hurlant :

— Brûlons la maudite charogne !... C'est le diable qui nous l'envoie pour répandre la Peste Noire !

On approcha une torche et, bientôt, le feu prit, salué par des cantiques où le latin se trouvait malmené par l'assemblée paysanne, détail qui d'ordinaire attendrissait l'ecclésiastique.

En ce jour maudit, le plus sombre de l'histoire de cette très ancienne et très pieuse paroisse, le vieux curé regarda le corps qui se redressait à demi en brûlant et songea que les preuves, si elles existaient, s'envolaient avec cette épaisse fumée.

5

— Place !... Service du cardinal !... Place !...

Le très élégant marquis Jehan d'Almaric, flanqué d'une dizaine de chevau-légers, s'ouvrait la route l'épée à la main et la foule, impressionnée, s'écartait en toute hâte.

Parfois en maugréant.

Loup de Pomonne, comte de Nissac, se faisait discret, sa nature étant rétive à ce genre de démonstration ostentatoire. Homme de guerre, de sang et de froid, il n'entendait rien aux usages des villes, aux hiérarchies fondées sur autre chose que la bravoure, l'honneur ou l'intelligence – survivre au milieu des combats en est une des manifestations –, toutes valeurs qu'il chérissait avec une égale ardeur.

Mais lui demandait-on son avis, alors qu'on l'était allé chercher en pleine bataille, face aux Espagnols, à l'instant où une fois encore, une fois de plus, il avait placé son artillerie avec une intelligence qui fascinait tout autant son chef, le prince de Condé, que son adversaire, le comte de Fuensaldana, Gouverneur général des Pays-Bas occupés par les armées de la sainte Espagne et qui eût volontiers invité à sa table ce général aussi talentueux que discret.

Entrée en la capitale par la porte Saint-Denis, au large de l'ancienne maladrerie de Saint-Lazare, la petite troupe arriva rapidement au Palais-Royal, qu'elle contourna par la rue Neuve-Saint-Honoré.

Un vent glacé balayait les dernières feuilles de l'automne au pied des arbres dénudés.

À peine descendu de cheval, Nissac fut pris en main par un homme au visage impénétrable mais au regard rusé, qui ne semblait ni valet ni gentilhomme, à moins qu'il ne fût les deux à la fois.

Le comte de Nissac, un peu perdu, suivit son guide à travers une série d'escaliers et de couloirs puis, devant une porte où stationnaient deux hommes de haute stature, son guide le fit attendre tandis que lui-même pénétrait à l'intérieur.

À la grande surprise de Nissac, ce fut Mazarin qui, un instant plus tard, vint lui ouvrir la porte.

Le cardinal observa un instant le jeune général puis le regard de l'homme d'État sombra vers une tendresse presque féminine et Nissac, saisi aux épaules par deux mains nerveuses, se sentit embrassé sur chaque joue avant d'être un instant pressé contre l'habit pourpre du Premier ministre qui répéta :

— Nissac !... Ah, Nissac !... Mon cher Nissac !...

À peine libéré de cette étreinte, le comte eut quelque embarras à dissimuler sa gêne :

— Votre Éminence, je...

Il fut aussitôt interrompu :

— Il n'y a pas de « Votre Éminence » pour vous. À la Cour si vous y tenez, mais pas entre nous. Certainement pas !... Sans votre intervention, où vous avez risqué votre vie avec belle témérité, que serais-je aujourd'hui ?... Une charogne mangée par les vers et sur la tombe de laquelle viendraient pisser les ducs de Beaufort, Luynes, Brissac, Bouillon, La Rochefoucauld... Les seigneurs de Fontrailles, Montrésor, Saint-Ibald et quelques milliers d'autres avec eux. Alors pas d'Éminence !

— Mais comment dois-je vous nommer, Votre Éminence ?

Le cardinal caressa sa moustache, songeur et vaguement amusé, puis il prit sa décision :

— Soyons simples, car nous sommes appelés, je l'espère, à nous revoir souvent. Disons... « Cardinal » ?...

— Comme il vous plaira, monsieur le cardinal.

Le cardinal, satisfait, s'effaça et fit entrer le comte dans une pièce aux dimensions modestes. Un feu de grosses bûches brûlait en la cheminée et une table à deux couverts était dressée à proximité.

Le cardinal eut un geste d'invite :

— La pièce est petite mais vite chauffée, c'est là son avantage. Nous allons prendre une légère collation.

— Mais... Votre... Cardinal... Le voyage fut fort long et je suis couvert de poussière.

— Ça ne me dérange pas.

Puis, se reprenant brusquement :

— Ah, on m'a dit cela, Nissac, qui est bien étrange :

36

vous vous laveriez tous les jours, même l'hiver, avec force seaux d'eau ? C'est là chose bien dangereuse et singulière !

Il adressa discrètement un signe à un des valets.

Nissac, ne sachant trop que dire, expliqua :

— Ainsi ai-je été élevé. Mes ancêtres marins détestaient la vermine qui infecte la marine royale. L'eau, si elle est de grande pureté, tue les miasmes.

On apporta un baquet d'eau chaude. Le comte s'y lava le visage et les mains, puis il passa à table où l'attendait le Premier ministre sans marquer d'impatience.

Le cardinal Mazarin savait recevoir et, si l'on estimait les repas de fête à l'aune de cette « légère collation », il devait y avoir matière à nourrir tout un corps d'armée.

Après un potage à la bisque de pigeons relevé de pointes d'asperges, on attaqua une croupe de veau garnie de côtelettes, des fricandeaux farcis, un cochon de lait, des fromages de Fleury et de Brie puis une tarte aux pommes. Le tout arrosé d'un excellent vin de Graves.

Pendant le repas, le cardinal avait axé la conversation sur la guerre et pris grand plaisir à écouter les théories nouvelles de Nissac qui préconisait de fortes concentrations d'artillerie dotées d'une grande mobilité, ainsi qu'il l'avait expérimenté lors de l'éclatante victoire de Lens.

Après avoir repoussé son assiette, Mazarin lança :

— J'aime ceux qui réfléchissent sur leur métier. Ceux-là seuls font avancer le monde. Quant à votre idée, elle est de grande séduction : rassembler tous nos canons, ouvrir le feu et déplacer les pièces là où la bataille nous appelle. Je vous offrirai un jour les moyens de vérifier tout cela contre les Espagnols... ou d'autres, des Français, hélas.

Il ménagea un court silence et reprit :

— Oui, l'heure n'est point venue. Il est, en le royaume, des choses plus urgentes que la guerre qui pourtant est grande horreur.

Puis, se penchant vers Nissac, il ajouta :

— Nissac, les choses vont de plus en plus mal. Depuis les événements de l'été, on se demande s'il existe encore un royaume de France.

— Cela est donc si grave ?

Le cardinal avait baissé la voix.

— La reine et le dauphin ne sont plus en sécurité. Il va nous falloir quitter Paris dès les premiers jours de janvier. Avec ceux qui, à la Cour, nous sont encore fidèles, c'est-à-dire ceux qui n'ont pas encore jugé le moment venu de nous trahir. Je ne parle pas pour vous, Nissac.

— Monsieur le cardinal, je suis un soldat, j'arrive de la guerre. Que pourrais-je faire ?

Le Premier ministre saisit avec les doigts un filet de mouton aux morilles figé en sa sauce et qui avait été dédaigné, puis il répondit avec gravité :

— Mon cœur se trouve au plus profond d'un dilemme. J'ai de la reconnaissance et de l'amitié pour vous, Nissac. À y bien réfléchir, puisque je vous dois la vie, je vous dois tout. Vous exposer au danger me coûte...

— Monsieur le cardinal, à la guerre, le danger est mon métayer.

— Votre... métayer ?

— Il me sert à la mesure des risques que je prends. Il peut certes me vaincre, mais je le domine.

Le cardinal reposa en souriant la pièce de filet de mouton. Il souriait, l'air heureux et détendu.

— J'aime vos paroles, votre ton !... Comme vous jouez bien de votre vie. Jouez, vous avez bien entendu. Ici-bas, il n'y a que deux sortes d'hommes : ceux qui vivent au jour le jour et ceux qui ont un grand dessein théâtral pour cette petite chose rare et unique : notre vie, et la représentation que nous en donnons.

— Et vous attendez de moi, monsieur le cardinal,

que je sois un bon acteur qui ne se fasse point lapider dès la première scène du premier acte ?

— Vous dites fort bien la chose, cher Nissac !

— Mais quel est le sujet de la pièce ?

— La Cour s'en va, sans doute au château de Saint-Germain-en-Laye. J'ai ici des espions, c'est entendu. Mais la plupart sont gens de peu, sans finesse et sans intelligence.

Il réfléchit un instant et reprit :

— Restez, Nissac. Soyez mes yeux, mes oreilles et mon épée. Sabotez leur ambition, désarmez leurs projets, écrasez leurs rêves de puissance.

— Seul ?

— J'espère bien que non !... Je sais qu'on ne vous achète point, Nissac, mais pour survivre sur les arrières de l'ennemi, en sa place forte, il faut de l'or, certes, mais autre chose encore : avez-vous des amis à Paris ?

— Au moins deux. Et un troisième, mais celui-là est en ce moment aux armées.

— Qui sont vos amis ?

— L'un, le baron Melchior Le Clair de Lafitte, est colonel à vos chevau-légers.

— Je le connais. Continuez !

— L'autre, je ne le puis nommer mais cet homme inconnu vaut un régiment.

— Je ne suis pas indiscret, Nissac. Poursuivez.

— Le dernier est ce lieutenant Sébastien de Frontignac que vous disiez un peu sorcier à notre première rencontre.

— Bien, très bien, Nissac, deux militaires et un inconnu... Je ne serai point indiscret. Mais il vous faut davantage de monde. Je vous l'ai dit, vous aurez de gros moyens, mais aussi tous pouvoirs tant que je serai en cette ville. Ah, il vous faut... Comment dois-je vous le dire ?... Une bande ?... Oui, peut-être ainsi. Une troupe modeste en nombre mais d'une très grande valeur. L'histoire a souvente fois été faite par de petits groupes d'hommes résolus.

— Or donc, monsieur le cardinal, vous entendez

que je reste en cette ville que vous ne tarderez pas à assiéger avec l'armée royale ? Que j'y reste et que j'y nuise aux intérêts des Frondeurs du parlement et aux seigneurs qui les appuient avec toujours plus d'évidence ?

Le cardinal se leva brutalement et étendit ses mains fines devant les flammes de la cheminée.

Puis il se retourna avec lenteur.

— Leur nuire ?... Non pas ! Vous devez faire bien davantage ! Vous devez les faire échouer en toutes choses et, si possible, les humilier grandement par votre audace.

Il s'approcha et saisit en les siennes les mains du comte de Nissac :

— Ne m'abandonnez pas, Nissac !

Il lâcha les mains de Nissac et revint vers la cheminée en frissonnant :

— La France, quel pays glacé !

Puis, se retournant :

— À ce point dramatique des événements, il n'est plus de hasards mais la manifestation de la volonté divine. Vous êtes l'envoyé de la Providence, Nissac. Allez au terme de la tâche que vous vous êtes assignée le jour où vous avez sauvé ma pauvre vie. Vous agirez !... Vous ou un des vôtres passera les barrages de Seine pour me rendre compte chaque semaine afin que j'ajuste au mieux ma politique.

Il hésita et ajouta :

— Et ce n'est pas tout.

Nissac eut un vague sourire.

— Aurai-je donc le temps de faire autre chose encore, monsieur le cardinal ?

Mazarin frappa avec violence du poing sur la table mais en parut aussitôt désolé :

— Je n'aurais pas dû m'emporter, au reste, ce n'était point contre vous. Je vous demande pardon, Nissac... Oui, il y a autre chose. Ma police est incompétente. Les lieutenants civils, les commissaires... Il n'est guère que le lieutenant criminel, Jérôme Galand, qui me soit fidèle et qui soit homme de valeur. Voyez-le au sujet de cette affaire d'Écorcheur. Il semble que l'homme soit puissant, dispose de bien des complices. Il doit donc s'agir d'un grand seigneur. Ces crimes affreux soulèvent grande indignation. Si... Si nous avions de la chance, si l'Écorcheur était un Frondeur, imaginez le parti que nous pourrions en tirer.

— Mais je n'ai aucune expérience des affaires criminelles et moins encore des gens de police !

— Vous avez l'intelligence et l'esprit de méthode, c'est plus qu'il n'en faut. Vous êtes en toutes choses l'homme de la situation !... Et mon ami, mon seul ami.

6

Melchior Le Clair de Lafitte était un bel homme blond, mince et de haute taille. Âgé de trente-huit ans, comme Nissac, il partageait son temps entre ses nombreuses maîtresses et son service de colonel aux chevau-légers attaché au Palais-Royal, trop heureux d'échapper à une épouse dont le constant babillage le laissait sans voix.

Il avait connu le comte de Nissac dix ans plus tôt, lors d'un duel. Une lamentable affaire de préséance à l'entrée d'une taverne, les témoins réunis sur-le-champ, rendez-vous pris pour le lendemain... et toute une nuit à discuter.

Si bien qu'au matin, ni l'un ni l'autre ne souhaitait envoyer *ad patres* un gentilhomme qu'il estimait et dont l'agréable commerce risquait de lui bien vite manquer.

Sur le pré, après un ou deux échanges, la supériorité de Nissac parut éclatante et, pour en finir sans grand dommage tout en satisfaisant aux exigences de l'honneur, le comte avait égratigné le gras de l'épaule de son adversaire.

Depuis, leur amitié n'avait pas connu la moindre faille et, lorsque les vicissitudes du service aux armées lui en laissaient le temps, Nissac ne manquait jamais de venir à Paris rencontrer Le Clair de Lafitte qu'il avait en outre invité, rare privilège, en son château proche de Saint-Vaast-La-Hougue et Barfleur.

Pour l'instant, ils visitaient avec intérêt un hôtel particulier acheté en sous-main par Mazarin rue du Bout du Monde, à proximité de la rue Mont-Orgueil. Vêtus de soutanes, ils avaient été présentés au voisinage par un certain marquis d'Auffrey des Étangs, prête-nom de Mazarin qui les fit passer pour l'avant-garde d'un groupe de jésuites hongrois qui devait s'établir en l'hôtel pour quelque temps.

Peu auparavant, ils étaient passés en une maison de la rue Sainte-Marie Égiptienne, proche des Vieux-Augustins. L'endroit, qui faisait relais de chevaux, appartenait lui aussi au cardinal et le couple qui l'occupait comptait parmi les plus dévoués de ses agents.

Lorsque Nissac lui eut fourni quelques explications, Le Clair de Lafitte ne cacha point son admiration :

— Ainsi tout cela serait ton plan ?

— En effet.

— Et le cardinal l'a donc approuvé ?

— Entièrement. Mais c'est lui qui m'a réservé cet hôtel et ouvert les portes de la maison de Sainte-Marie Égiptienne.

Le Clair de Lafitte caressa sa barbe blonde d'un air rêveur :

— Donc, si je te comprends bien, cet hôtel est notre repaire et de fait, nous y serons tranquilles. Nous y arrivons et en repartons en soutane, changement de tenue rue Sainte-Marie Égiptienne où nous laissons nos chevaux en les écuries, et le tour est joué.

— Espérons-le. Ce qui semble certain, s'il y a siège de l'armée royale, c'est qu'un groupe d'hommes vivant ici et portant l'épée au côté attirerait vite l'attention or, la population sera nerveuse.

— Je n'aimerais point être pendu en portant habit de prêtre !

— Pendu pour pendu, et nous le serons certainement, la différence n'est pas des plus grandes, ne crois-tu pas ? demanda Nissac, étonné.

— Oui mais vois-tu, l'idée qu'on puisse y voir sous ma soutane tandis que je me balancerai à une branche, cette idée m'est fort désagréable. Je suis colonel, pas demoiselle !

— Tu as de ces pudeurs singulières !... Mais ils ne nous ont pas encore pris. Allons, il est temps de partir.

— Où allons-nous ?

— À Saint-Nicolas, rue Saint-Thomas-du-Louvre. Frontignac, qui est en route depuis les armées, doit nous y attendre déjà.

Âgé de vingt-cinq ans, le baron Sébastien de Frontignac, lieutenant d'artillerie, avait plusieurs cordes à son arc. Ainsi, les remèdes contre à peu près tous les maux sans tenir compte des prescriptions des médecins, les prophéties sur le temps, une excellente connaissance de l'usage de l'artillerie en campagne, le jeu d'échecs où il excellait et une foi sincère en Dieu.

Cela mis à part, sa fidélité envers son général, le comte de Nissac, était absolument sans faille et nourrie d'une grande admiration.

Gentilhomme d'Anjou et dernier-né d'une famille de onze garçons, il n'escomptait nul héritage ni bonne fortune mais vivre près de Nissac lui paraissait une compensation de grand prix.

Pour l'heure, il attendait, crotté et fatigué, à côté d'un cheval gris, fourbu lui aussi, et qu'il tenait assez court à la bride.

Il se redressa cependant en apercevant son général et Le Clair de Lafitte, qu'il avait déjà rencontré lors d'un précédent voyage mais en des circonstances, il est vrai, beaucoup moins dramatiques.

Espérant le voir réagir ainsi qu'il l'escomptait à propos de ses petites manies, Le Clair de Lafitte entreprit le lieutenant en affectant un air de sincère curiosité :

— Ah, Frontignac ! Auriez-vous quelque sage prophétie sur ce temps glacé qui pénètre au plus profond des os ?

Frontignac jeta un rapide regard au ciel bas et gris, de grande mélancolie, puis parla avec entrain :

— Pour qui sait regarder, la chose n'est point douteuse. Cette année, les chênes abondaient en fruits et les canards avaient la poitrine rougeâtre. De tels signes n'ont jamais trompé encore : l'hiver sera long, glacé et dur aux hommes.

— J'aime à vous entendre dire semblables horreurs sur ton de grande gaîté ! répondit le colonel des chevau-légers en montant en selle.

Nissac ne bougea pas et demanda :

— Où allons-nous ?

Le Clair de Lafitte observa le palais du Louvre à main gauche, le château des Tuileries à droite, puis se décida à parler :

— Vous nous amenez le baron de Frontignac, je m'en vais vous présenter un homme qui nous sera utile... si vous arrivez à admettre qu'il n'est point parfait.

— Où demeure-t-il ? s'enquit Nissac.

— À deux pas d'ici, rue du Coq et une telle rue, par son nom, semble avoir été créée à son seul mérite.

Nissac et Frontignac se mirent en selle mais le général retint la bride du cheval de Le Clair de Lafitte.

— Un instant. La mission est trop importante pour que je m'engage sans en savoir davantage. Comment s'appelle ton homme ? Et qui est-il ?

Une ombre de contrariété traversa le regard du colonel des chevau-légers, qui sans doute préparait quelque surprise. Mais l'attitude un peu raide de Nissac lui fit souvenir qu'on ne plaisantait pas avec cette affaire où ils allaient sans doute risquer dix fois leur vie.

Il s'expliqua :

— L'homme s'appelle Maximilien Fervac. Il est aux Gardes Françaises et sans doute un peu proxénète, sa belle ayant le pouvoir de faire chavirer le cœur des commerçants riches et âgés.

— Aux Gardes Françaises ? Mais cela n'a rien à voir avec tes chevaux-légers ? répondit Nissac.

— Il fut jadis en mon régiment et pris la main dans le sac, enfin, derrière la robe relevée de l'épouse d'un capitaine qui, pour se venger, inventa une grave affaire de vol alors que nous étions en campagne, ce qui permettait de le pendre sur-le-champ. Mais le condamné à mort demanda à me parler en secret. Je l'écoutai. Il me proposa, en échange de sa vie, de m'être dévoué rappelant que, s'il ne tenait pas parole, il me serait facile, sous quelque prétexte, de le renvoyer au gibet. Vois-tu, je l'avais remarqué depuis longtemps déjà car, toi mis à part, c'est la plus fine lame qu'il me fut jamais donné de rencontrer.

— Allons voir à quoi il ressemble ! déclara le comte de Nissac en donnant du talon dans les flancs de sa monture.

Le Clair de Lafitte ouvrit la porte d'un coup de botte et la stupeur marqua un instant ses traits. Les siens et ceux de ses compagnons.

Ils eurent en effet la vision d'un ravissant dos de femme dont les fesses, rondes et dodues, semblaient un véritable appel au péché de chair.

— Je me sens de moins en moins jésuite ! murmura Le Clair de Lafitte.

La femme, découvrant les trois hommes, se leva sans hâte excessive, ramassa quelques affaires et gagna une pièce voisine, laissant découvrir aux arrivants la vue de l'homme sur lequel elle se trouvait assise un instant plus tôt.

Il s'agissait d'un homme jeune, d'abord déconcerté qui, brusquement, se leva, enfila un haut-de-chausses et une chemise d'assez fine dentelle en disant :

— Messieurs...

Le Clair de Lafitte adopta un ton de grande froideur :

— Tu me vois fort désolé de t'interrompre en ce qui semble ta principale activité... Mais comme ta belle, dans la pièce voisine, doit tout écouter, passe quelque habit et viens nous rejoindre dans cet estaminet proche qui a nom « Le Coq Hardi ».

— Mais certainement !

Le vide s'était fait autour des trois gentilshommes, une clientèle qu'on ne voyait guère au « Coq Hardi », mais l'arrivée de Fervac, qui vint directement à leur table, détendit la lourde atmosphère.

Fervac fit signe au tavernier d'apporter du vin, puis se présenta :

— Maximilien Fervac, sergent aux Gardes Françaises.

Nissac regardant ostensiblement ailleurs, une légère gêne s'installa et Frontignac, plus jeune que ses compagnons, entreprit aussitôt de la dissiper :

— Baron de Frontignac... Vous connaissez le baron Le Clair de Lafitte. Et voici notre chef, Loup de Pomonne, comte de Nissac et lieutenant-général de l'artillerie de l'armée de monsieur le prince de Condé.

Impressionné, Fervac ne sut que répondre. Au reste, Nissac ne lui en laissa pas le temps :

— Vous êtes également proxénète ?

Fervac ne se démonta pas.

— La chose est dite bien promptement, monsieur le comte. Manon, ma compagne, se donne les moyens de ne dépendre de personne. Ce n'est point mon épouse qui se vend aux vieux bourgeois mais une femme que j'aime et qui se donne à moi, peut-être... Peut-être par amour. Qui peut avoir à redire là-dessus ?

Un léger sourire se dessina sur le visage dur et osseux de Nissac :

— C'est plaisamment répondu, sergent. Vous serez donc des nôtres. Vous servirez le royaume en un moment où il court grands dangers, mais le royaume saura s'en souvenir un jour. Il est possible, cependant, que les choses ne se passent point ainsi.

Le tavernier apporta un pichet de vin qu'il déposa devant Fervac.

Nissac, qui s'était tu, demeura un instant rêveur, suivant du regard un homme qui buvait seul tandis que des larmes coulaient sur ses joues mal rasées. Nissac se demanda quel chagrin le bouleversait mais fut rappelé à la réalité par un toussotement poli de Frontignac.

Il retrouva aussitôt le fil de sa pensée et observa assez durement Fervac.

— L'alternative est la suivante : vous serez pris par une foule déchaînée, hurlante et débordante de violence. Vous serez roué de coups, lynché, brûlé vif, pendu à une pile du Pont-Neuf. Votre corps sera balancé dans les fossés de la ville où il pourrira en compagnie des nôtres, ce qui n'est point consolation.

Fervac secoua lentement la tête avec un sourire incrédule sur les lèvres.

— Moi, c'est fort probable. Mais pas des corps de barons, pas celui d'un comte qui est général de monsieur le prince de Condé. On ne laisse pas blanchir leurs os aux fossés des remparts.

La voix de Nissac se fit plus coupante :

— Vous ignorez de quoi vous parlez. De ma vie, en le royaume, je n'ai vu si grandes haines et ambitions si démesurées. À voir tout cela, j'en jurerais : demain, plus rien ne sera sacré.

Fervac réfléchit longuement puis répondit :

— Je serai tout de même des vôtres.

— Alors nous voilà vraiment quatre ! dit joyeusement Le Clair de Lafitte en se servant du vin.

— Cinq ! répliqua Nissac et, comme ses compagnons le regardaient avec mine de grande surprise, il expliqua d'un air évasif : celui-là, qui est déjà des nôtres, peut-être ne le verrez-vous jamais. Le cardinal lui-même ignore qui il est. Il n'empêche, c'est, j'en suis certain, notre plus puissant allié.

Revenu de son étonnement, Le Clair de Lafitte eut un petit geste découragé.

— Va pour le gentilhomme qui joue au pur esprit. Mais quatre ou cinq, c'est encore bien peu pour un groupe capable d'une forte riposte aux Frondeurs et je crois notre troupe hélas au complet.

— Peut-être pas !... murmura Fervac.

— Que voulez-vous dire ? questionna Frontignac qui ne demandait visiblement qu'à être soulagé.

— Les prisons ! Il reste les prisons ! Il y a de tout, en prison. À l'instant où l'on allait me pendre, au lieu d'être libéré, j'aurais pu être envoyé en ces lieux et serais-je si différent de celui que vous comptez parmi les vôtres ?

— Soyez plus clair ! ordonna le comte de Nissac, intéressé.

— C'est simple, monsieur le comte. Avant que d'être envoyés aux galères en interminable cortège, les condamnés sont regroupés en prison. Aujourd'hui, elles sont pleines et le départ aux galères est pour bientôt.

Nissac se décida sur l'instant et, se tournant vers Le Clair de Lafitte :

— Tu y vas de ce pas avec Frontignac et cet excellent Fervac qui semble s'y connaître en hommes comme il sait être apprécié des femmes. Il m'en faut trois, de talents les plus divers, qui remplissent trois conditions sans doute impossibles : courageux, intelligents et loyaux. Signale-leur si nécessaire que la mission sera longue et périlleuse. Je te fais envoyer un ordre du cardinal te donnant tous pouvoirs face aux geôliers et aux intendants. À plus tard !

Il se leva brusquement et quitta « Le Coq Hardi » d'un pas résolu.

7

Seul dans une vaste pièce très richement décorée, il regardait ses jardins et Paris qu'on allait bientôt se disputer à l'épée, et peut-être au couteau et à la hache.

Il ne portait point son masque d'argent. C'eût été dangereux, ici, où il donnait si bien le change.

Bien qu'il fût de la plus haute noblesse, son visage reflétait parfois grande veulerie et, sans son riche habit, on l'eût volontiers pris pour un homme des plus ordinaires.

Il demeura un instant songeur : princes de sang, princes de l'Église, haute noblesse, parlement et lie du peuple, qu'ils s'étripent ! Que, pour contrôler un pouvoir qui ne l'intéressait plus que par instants, tous ces fous fassent couler des rivières de sang en les rigoles des rues... ainsi, le sang qu'il versait, lui, passerait inaperçu.

Tout ce sang !... Dieu, qu'il en coulait de tous ces jolis corps écorchés !

Il fut pris de tremblements et s'agenouilla devant un petit autel où, sur un fond d'un bleu pastel délicat, un Christ en croix d'un ivoire très pur semblait le regarder avec grande pitié.

Oui, il se sentait pitoyable. Bien davantage victime que bourreau. Était-ce sa faute, tout cela ? Cette envie qui le prenait, insidieuse, à la vue des beautés magnifiques qui paradaient à la Cour : madame de Longueville, sœur du grand Condé, madame de Chevreuse, madame de Montbazon, Anne de Gonzague, princesse Palatine et combien d'autres ?

Une cheville entr'aperçue, des hanches qui tanguent, il n'en fallait pas davantage pour qu'arrive cette étrange et inexplicable envie : posséder puis écorcher la femme désirée. L'écorcher, peut-être, pour la punir de s'être fait désirer et pour que personne ne la possédât jamais plus après lui.

L'horrible racaille qui le servait connaissait bien ses

goûts : brunes ou blondes, on devinait dans leur regard terrorisé à l'instant suprême qu'en temps ordinaire il n'en était pas ainsi. Toutes les cinq, elles avaient dû toiser les hommes de haut sachant bien qu'il n'est de meilleur remède pour provoquer le désir du mâle.

Il sourit. Le désir ! Mais le désir, quelquefois, suit de curieux chemins et évolue d'étrange façon. Ainsi, du désir de posséder passait-il au désir de dominer, puis d'humilier, de tuer, d'écorcher !... Que ne pouvait-il faire à ces femmes comme à ces lapins dont on retire la peau d'un geste sec !

Il joignit les mains.

— Fou !... Je suis fou !... Pardon, mon Dieu, pardon !

Cinq. Cinq femmes en six mois.

Comment lui était venue cette terrible idée ? Peut-être avait-elle pris forme avec les débuts de la Fronde du parlement et des désordres qui ne cessaient d'en découler.

— Pardon, mon Dieu, pardon !

Il ferma les yeux un instant, puis se cabra.

Pardon de quoi, au fait ? D'y prendre un tel plaisir ? Et pourquoi donc faudrait-il demander pardon pour le plaisir, la seule chose qui vaille dans la vie ? Pourquoi ? D'où venait pareille idiotie ? Pardon ? Pardon de rien !

Ivre d'une soudaine colère, il se redressa d'un coup et pointa un index tremblant vers le Christ en croix.

— C'est toi !... C'est ta faute !... C'est toi, l'ennemi !

Il cracha sur le crucifix et son doigt impatient chercha sous une moulure un bouton secret qu'il pressa aussitôt.

Il entendit un déclic, un mécanisme joua et tout un pan de mur bougea. Le Christ d'ivoire, les objets sacrés et leur fond bleu pastel disparurent en un parfait demi-tour.

L'homme sourit.

— Nous voilà enfin chez nous, foin des simagrées !

Le décor avait changé. Au fond d'un bleu si tendre succédait un noir charbonneux. Autour d'un autel rouge feu se voyaient différentes choses plus propres à inspirer la terreur que la piété : crânes humains dont l'un était encore coiffé d'un effrayant casque à nasal ; chauves-souris crucifiées avec des clous en or ; bocal où nageaient des yeux de sorcières enucléées par des bourreaux corrompus avant que d'être brûlées vives ; fioles contenant d'étranges liquides où dominait la coloration violette.

Deux statuettes de haute facture ornaient le centre de l'autel. En la première, posée sur une épaisse couche de poudre d'or, se reconnaissait Satan, le corps nu et noir, le sexe démesuré et dressé, qui tenait un sablier à la main et semblait l'attendre avec air de grande bienveillance. Deux rubis d'un rouge très intense figuraient les yeux.

L'autre statuette était de plus d'importance aux yeux de l'Écorcheur au masque d'argent car elle était installée sur un tapis de diamants d'une absolue pureté et d'inestimable valeur.

— Plus précieuse que le diable lui-même ! dit l'homme en souriant et en tentant de refouler son désir.

La seconde statue représentait une femme. Une très jolie femme, nue, jeune, très brune, la poitrine haute, la taille fine, les hanches larges et le visage altier. Une jambe légèrement fléchie, l'autre très droite, donnaient à la pose une allure cambrée très provocante qu'accentuait une main sur la hanche. De l'autre main, la femme brune tenait des ciseaux d'argent et coupait le sexe d'un homme, lui-même, la minutie du travail ne laissant le moindre doute à ce sujet.

Un travail magnifique.

C'était grand dommage, mais l'artiste qui avait exécuté les deux statuettes, un tout jeune Calabrais de grand talent, n'avait pas survécu dix minutes à la livraison de ses chefs-d'œuvre.

En dessous, sur une tablette en marbre de Carrare, reposaient deux coffrets de tailles inégales.

Le premier, en argent massif incrusté d'émeraudes, attirait davantage le regard. L'homme l'ouvrit et observa pensivement le masque d'argent magnifiquement travaillé et poli, soigné jusque dans ce manque d'expression qui lui donnait un aspect si terrifiant lorsqu'il s'approchait de ses victimes.

Cette fois encore, l'orfèvre de génie qui avait réalisé cette merveille artistique était trépassé de mort violente quelques minutes après avoir remis ce joyau à son actuel propriétaire.

Celui-ci referma le couvercle et passa au coffret suivant, d'une largeur et d'une longueur comparables à celles d'une main de nouveau-né.

Un objet étrange, exécuté au XIIIᵉ siècle par un artiste inconnu. Entièrement fabriqué avec des os humains, la merveille résidait en cela que vis, chevilles, tenons et mortaises qui assujettissaient l'ensemble, avaient eux aussi été travaillés dans l'os avec une minutie qui laissait stupéfait.

L'homme ouvrit le couvercle et considéra avec gravité la poudre grise que renfermait ce singulier coffret.

Il était sans doute le dernier être vivant à connaître la nature de cette poudre d'aspect si banal. Des années de recherches dans les grimoires et autres archives royales auxquels seul son rang lui donnait accès pour aboutir à ceci, cette boîte oubliée de tous ! Ah, ils pouvaient rire, à la Cour, de ce qu'ils considéraient comme aimable marotte en laquelle ils ne voyaient guère malice ! Il n'empêche, elle était là, la toute-puissance !

Ils pouvaient bien s'entre-tuer pour le trône de France, il aspirait, lui, à davantage : gouverner la terre et le ciel par l'entremise des forces des ténèbres.

Il mouilla son index et l'approcha de la poudre grise. Quelques fragments adhérèrent au doigt qu'il porta à ses lèvres avec délice.

Ces cendres, et voilà ce que tous ignoraient, avaient été recueillies sur le bûcher refroidi où, sur ordre de Philippe IV le Bel, Jacques de Molay, dernier Grand

Maître du puissant ordre des Templiers, avait été brûlé vif.

Il leva les yeux vers le ciel de l'autel et y considéra quelques symboles gravés dans la pierre d'anciennes commanderies du Temple desquelles ils avaient soigneusement été arrachés : étoiles à cinq ou six branches, roue solaire, ancre renversée, croix celtique, croix tréflée percée de cinq trous – les cinq plaies du Christ – et, plus singulier encore, une croix pattée sur laquelle le ciseau de l'artiste, un de ces « Moines Rouges » désignés à la haine du peuple, avait inscrit une croix en un double cercle, représentation de la triple dimension de l'homme.

Il soupira.

L'ennui, c'est-à-dire la plus impardonnable des fautes de goût, le guettait.

Il fallait corser l'affaire, prendre de nouveaux risques. Ainsi, ces jeunes et jolies paysannes que ses hommes de main, soldats aguerris, enlevaient dans les campagnes, c'était trop facile, à la fin. De telles disparitions qui, en haut lieu, s'en souciait ? Et les corps dans leurs cercueils de verre qu'un de ses hommes, déguisé en paysan, parvenait toujours à briser d'une pierre habile sous les acclamations du bas peuple, que prouvaient-ils ? Le verre cassé n'existe plus, les cadavres écorchés ont pu l'être par des loups ou d'autres bêtes sauvages.

Il fallait tout changer !

Il fallait de l'audace en ces affaires !

Prendre le risque de laisser intacts les cercueils de verre, pour commencer. Ensuite, choisir des victimes d'un tout autre rang. Des épouses de bourgeois, par exemple. Ou de petits nobles sans importance.

Et puis il fallait des victimes plus proches, par leur aspect, de cette jolie femme brune qui...

Il leva les yeux vers la statuette où la grande et belle femme brune, des ciseaux d'argent à la main, lui ôtait à tout jamais sa qualité d'homme.

Il sourit en murmurant :

— Pénétrer une femme même avec grande douceur est acte de violence. Au fond, elles veulent toutes nous le faire payer. L'amour est violence et haine. Mais ma violence et ma haine sauront montrer plus grande force que la leur.

Il avait conservé les gravures sur lesquelles le jeune artiste calabrais travailla avant de porter son choix sur cette femme, traçant une croix à peine visible au bas de la feuille. Or lui-même, par un hasard étrange, négligeant la cinquantaine d'autres gravures, avait choisi la même femme qui l'inspira aussitôt !

Inspirer, c'était bien peu dire !

Il s'en voulait d'avoir si rapidement fait mettre à mort l'artiste calabrais. Qu'avait-il dit, au juste ? Il courait les rues de Paris, y remarquait les jolies femmes et, les suivant, découvrait leur maison. Il lui était facile, après cela, de croiser de nouveau leur route puis de fixer leurs traits.

Mais celle-là, celle-là entre toutes les autres, la seule véritable femme de la création, qu'en avait dit le Calabrais avec son horrible accent ? Elle habitait Paris. Elle était belle, brune, épanouie et approchait la trentaine. Elle marchait comme une reine et ne semblait point se rendre compte de sa grande beauté : voilà qui restait bien vague !

L'Écorcheur considéra attentivement la gravure.

Sans doute les habits de l'objet de ses désirs indiquaient-ils une femme d'une condition supérieure à la moyenne du peuple. Peut-être l'épouse d'un apothicaire, d'un procureur, mais point d'un gentilhomme.

Tant mieux, les choses seraient plus simples !

Car un plan prenait forme en l'esprit de l'Écorcheur. Ce dessin, il le ferait reproduire dix fois, cent fois, et ses agents pourraient alors utilement parcourir la ville. Peut-être ne retrouveraient-ils jamais – il voulait à peine y penser ! – la trop belle inconnue mais au moins pouvait-il espérer qu'on lui amènerait des proies ressemblant à son modèle adoré.

Voilà, ainsi serait-il fait.

Et sans trop tarder, car de nouveau lui venait l'envie d'une femme entre ses bras, une femme palpitante de vie et tremblante de peur. Une femme qu'il posséderait et dont il saurait qu'il inciserait cette peau si douce et si satinée sous la main.

Il allait lancer son cocher sur l'affaire.

Ce cocher n'était qu'un monceau d'ordures, un porc cupide qui servait le Mazarin et combien d'autres encore ! Mais nul ne le payait mieux que lui et, malgré les apparences, il savait en être le seul et véritable maître.

Un cocher, c'est peu de chose. Mais un cocher qui fut en réalité marquis, voilà qui devenait plus singulier.

Il appuya sur le bouton secret et l'autel démoniaque disparut au profit du « catholique », celui qui apparaissait aux yeux des visiteurs rassurés sur la piété de Monseigneur.

Puis il appela ses gens et leur ordonna d'aller quérir, le plus discrètement du monde, son fameux cocher, le marquis Jehan d'Almaric.

Et, dans cette attente, il frotta ses doigts les uns contre les autres, comme on le voit faire des mouches avec leurs pattes.

8

On devinait la nervosité du cardinal rien qu'à la façon dont il allait et venait, sa silhouette vêtue de pourpre masquant par intermittence la rougeur des bûches flambant en la cheminée et cette scène relevait, aux yeux du comte de Nissac, d'un fascinant camaïeu qui lui faisait souvenir des rêves de son enfance.

La colère du cardinal, que de nouveaux membres du parlement venaient d'abandonner, lui restituait un accent italien qu'il masquait d'ordinaire avec plus de maîtrise :

— Ma, qu'ils voulent mé toué, ci possiblé, mais la trahizonne, toujours la trahizonne, partout la trahizonne !

— Monsieur le cardinal, le marquis d'Almaric ne vous sert-il point ?

— C'est une saloperie, comme tous les autres. Je le tiens... peut-être... par l'argent, mais si je chute, il m'achèvera.

Le Premier ministre cessa ses allers-retours et leva sur Nissac un regard triste :

— Nissac, je suis un homme seul. Il n'y a plus personne... Pourquoi m'êtes-vous fidèle ?

— Ne parlons point de l'amitié dont vous me faites l'honneur, monsieur le cardinal, et qui de toute façon m'enchaînerait à vous car je ne trahis point mes amis... Hormis cela, vous êtes le Premier ministre de la Régente qui éduque notre futur roi et cette logique qui devrait faire obligation de vous servir loyalement ne relève certes pas d'un exercice périlleux de mon intelligence.

Pour la première fois depuis des jours, Mazarin sourit. Il s'approcha de Nissac et posa ses mains frêles sur les solides épaules du général en disant :

— Quelle chance fut la mienne de vous avoir rencontré ! Mais dites-moi, Nissac, si demain, Condé qui est votre chef se retournait contre moi, qu'en serait-il de votre attitude ?

— Monsieur le cardinal, votre question fait injure à ce que je vous ai toujours prouvé. Monsieur le prince de Condé est prince du sang et mon chef aux armées mais ma fidélité va d'abord au futur roi de France et à ceux qui le représentent aujourd'hui, la Régente et son Premier ministre.

Mazarin, ému, se détourna à demi pour essuyer une larme et Nissac se demanda s'il était sincère, bon comédien ou un peu les deux à la fois.

Le Premier ministre eut un geste d'impuissance en observant les braises :

— M'être fidèle en le royaume de France, ah, Nissac, vous n'êtes que deux !

— Deux ?

— Deux dont la fidélité répugne à toute contrepartie. Apprenez ceci par cœur : Mathilde de Santheuil, rue Neuve-Saint-Merry. Vous vous souviendrez ?

— À jamais !... Mais encore ?

— Ah, vous n'étiez point à Paris à cette époque ! Vous vous couvriez de gloire lors de la bataille de Lens où furent défaits les Espagnols... Mais imaginez une... Que dis-je, deux histoires que je m'en vais vous conter.

Il prit place dans un fauteuil, face à la cheminée et d'un geste invita Nissac à s'asseoir à son côté, sur une chaise qui semblait n'avoir été placée là qu'à cet effet.

« Quel admirable comédien ! » songea Nissac qui, cependant, fut immédiatement captivé par le récit du cardinal :

— Elle avait dix ans, de grands yeux magnifiques, et ses parents, de pauvres paysans arrivés de province, l'avaient perdue, sans doute volontairement, en la rue Neuve-Saint-Merry. Lui, il avait soixante ans et arrivait de l'autre côté de cette rue. Il fut frappé par cette fillette visiblement affamée, abandonnée et désespérée mais trop fière pour tendre la main. Eh bien cette main qu'elle ne tendait point, le vieux conseiller de Santheuil la saisit et ramena la fillette chez lui, une demeure de quatre étages, assez exiguë, comme il en existe tant en ce quartier. Les années passant bien vite, le conseiller allait de merveille en merveille : la fillette apprenait vite, sans difficulté, et sa beauté gagnait chaque jour en éclat. Elle devint demoiselle tandis qu'il vieillissait encore. La mort du roi l'affecta, il pressentit avec beaucoup d'intelligence les événements que nous vivons aujourd'hui et vint m'assurer de sa loyauté. Il n'était point le seul, les quémandeurs font toujours étalage de leur vertu avant de demander des avantages mais Santheuil, lui, ne demandait rien. Il avait une réputation de rigueur, je devinais l'homme exceptionnel. Au fond, n'étaient l'âge et le rang, vous n'êtes pas sans ressemblances... Magistrat au parlement le jour, il devenait mon conseiller le soir et, devant tant de désintéressement, il acquit bien vite mon estime puis mon amitié. C'est ainsi qu'il me raconta l'histoire de cette petite Mathilde recueillie rue Neuve-Saint-Merry.

Comme le cardinal se taisait, Nissac demanda :

— Ce magistrat a-t-il adopté la fillette ?

Mazarin sourit.

— Il fut plus intelligent encore. Malgré mes offres, Santheuil refusait toute aide. Mais il estimait que la fille adoptive d'un magistrat vivant humblement n'inspirerait point un beau parti, d'autant que l'adoption, n'est-ce pas, cela jette toujours un doute désagréable sur l'origine. Or, il l'épousa ! Ce mariage ne fut point dans la réalité d'une union de chair, bien entendu, mais Santheuil pensait qu'une jeune veuve inspire le respect tout en rassurant. Idées d'un autre temps... La petite dut céder, car il lui était difficile de refuser à son bienfaiteur ce nouvel avantage. Au fond, leur vie ne changea guère jusqu'à ce soir d'août de cette année où quatre hommes, avertis de l'amitié que je lui portais, égorgèrent le conseiller devant la porte de sa maison.

Nissac, touché par ce récit, questionna :

— Et la petite ?

Le Premier ministre lui envoya amicale bourrade à l'épaule et répondit :

— « La petite »... a vingt huit ans, et c'est la plus belle femme de Paris. Du conseiller de Santheuil, elle a la droiture, l'intelligence et la loyauté. C'est à cela que je voulais en venir. La maison de la rue Neuve-Saint-Merry, seulement connue de vous et moi, est la plus sûre de la ville. En outre, elle vous est ouverte, Mathilde de Santheuil sait qui vous êtes et saura vous recueillir, ainsi que les vôtres, si des jours sombres approchaient en notre horizon déjà obscurci par toutes les mesquineries qui nous entourent.

—Très bien, j'éviterai de l'aller voir, sauf danger pressant.

58

Mazarin, soudain grave, posa une main légère sur l'avant-bras du comte.

— Nissac, traitez-la avec de grands égards. Ce n'est certes pas une coquette, même si elle est toujours admirablement mise, mais j'entends qu'elle n'a point un caractère frivole. Seulement... Voyez-vous, de Santheuil l'a élevée en lui destinant son nom. « De » Santheuil... Ah, c'est la seule petitesse du cher grand homme ! Je ne sais qui, de son père ou de son grand-père, ajouta ce « de » dont il faisait grand cas et qui pèse si peu face à un gentilhomme tel que vous dont les lointains ancêtres combattirent l'épée à la main aux côtés de Saint-Louis. Ne le lui faites point trop sentir, je vous le demande comme un agrément personnel.

Nissac se raidit, sa voix devint un peu plus sèche :

— Ce ne sont point là mes façons, monsieur le cardinal.

Mazarin le regarda avec une certaine surprise puis ses yeux rusés scrutèrent attentivement son interlocuteur.

— Mais oui, j'allais oublier !... Cette phrase étrange, le jour où vous m'avez sauvé la vie. Attendez que je m'en souvienne... Ah, la voici : *« Mon comportement, loin d'être en quoi que ce soit remarquable, relève du plus grand naturel chez un gentilhomme... ou chez n'importe quel homme. »*

Embarrassé, Nissac garda le silence. Le cardinal profita de son avantage :

— J'ignore quelles idées de grande étrangeté traversent votre esprit, Nissac... l'égalité, mon Dieu !... Mais, quelles que soient ces idées, venant de vous, elles ne peuvent être vraiment mauvaises, peut-être simplement prématurées !... Cependant revenons à nos affaires : où en êtes-vous ?

Brièvement, Nissac l'entretint de Le Clair de Lafitte, Frontignac, Maximilien Fervac. Il lui rappela également l'existence de son allié secret et le cardinal, une fois encore, eut le tact de ne pas en demander davantage. Enfin, il lui parla des prisonniers destinés aux galères et

Mazarin, non sans cynisme, lui confia qu'un certain nombre d'innocents pourrissaient en prison, ainsi que des coupables aux talents de tout premier ordre.

Puis il se leva et prit affectueusement Nissac aux épaules.

— Si vous gênez les Frondeurs et démasquez cet Écorcheur, je serai immensément satisfait. Mais de plus, si vous... « trouvez » des richesses... Par hasard, n'est-ce pas...

Il baissa la tête, comme accablé :

— Les impôts ne vont plus rentrer et les armées coûtent cher !... De plus, je crois que nous ne connaissons point encore tous nos ennemis. Si la Providence vous mettait en présence de quelque richesse, n'hésitez pas, Nissac, prenez ! Faites main basse : service du roi !... Prenez et versez directement en la cassette de la Régente car moi, il ne peut me passer un écu entre les mains que je ne sois suspecté par mes ennemis de m'enrichir.

— Je verrai cela aussi, monsieur le cardinal ! répondit Nissac, assez perplexe.

Le cardinal l'accompagna à la porte et, avant de le quitter, questionna :

— N'avons-nous rien oublié ?

Le comte de Nissac, qui craignait toujours que sa loyauté ne fût à tort prise en défaut, hésita un instant et cela, bien entendu, ne pouvait échapper à un homme tel que Mazarin, rompu à tous les aspects de la nature humaine :

— Il y a quelque chose !... Parlez, Nissac !

— Eh bien voyez-vous, monsieur le cardinal, j'ai croisé en les jardins le duc de Beaufort et deux de ses amis. Je n'ai guère apprécié sa présence puisqu'il est officiellement en fuite[1]. Je n'ai pas davantage aimé leurs regards et s'ils m'attendent...

— Un instant !

---

1. Impliqué en 1643 dans « la cabale des Importants », qui visait à liquider Mazarin, le duc de Beaufort fut enfermé à Vincennes d'où il s'évada dès le début des événements.

Le Premier ministre se précipita à la fenêtre et jeta un regard de biais vers les jardins.

Il revint à pas lents vers Nissac. Il avançait tête baissée, l'air songeur, puis, regardant le comte droit dans les yeux :

— Quelle audace !

Il secoua la tête et reprit :

— Depuis son évasion de Vincennes, on le disait en Vendômois. Il ose se montrer sous mes fenêtres et, qui plus est, il vous attend... S'il vous provoque, que comptez-vous faire ?

— Défendre mon honneur. Bien entendu.

Mazarin retourna vers la cheminée et étendit les mains vers les flammes.

— « Défendre votre honneur »... « Bien entendu »... Ils sont trois, est-ce trop ?... Pouvez-vous l'emporter ?

Nissac, le visage inexpressif, répondit :

— La chose m'est possible. Ils n'oseront tout de même point attaquer à trois dès l'ouverture.

Mazarin se frotta les mains.

— Vous pourriez battre Beaufort ?

— C'est possible.

— Et ses deux amis qui ne tarderaient point à vous tomber dessus sitôt le duc défait ?

— C'est possible.

Mazarin, changeant d'humeur assez brusquement, se frotta joyeusement les mains :

— Restez dix minutes en cette pièce, le temps que je prévienne et que toute la Cour se trouve aux fenêtres et en les jardins.

— La chose est entendue, monsieur le cardinal.

Mazarin allait et venait, nerveux, enchanté, surexcité, spéculant en imaginant une scène qui pourrait tourner à son avantage et provoquer le désarroi de ses ennemis.

— Ridiculisez-le !

— Devant toute la Cour ? C'est bien cruel.

Mazarin tapa du poing contre le manteau de la cheminée.

— Ri-di-cu-li-sez-moi le duc et son petit monde mais, méfiez-vous, Beaufort sait tenir une épée. Il est même redoutable. Et surtout, surtout ne me les tuez pas ou la farce ne serait plus farce mais tragédie. M'avez-vous compris, Nissac ?

— Je crois que tout est clair, monsieur le cardinal.

— Alors, Dieu soit avec vous ! Ridiculisez cet imbécile et c'est toute la Fronde qui pleurera, ce qui me donnera très grand bonheur... Vous allez livrer le duel le plus politique de l'année, mon très cher Nissac.

9

Bien qu'il fût assez stupide et en eût fourni mille preuves plus accablantes les unes que les autres, François de Bourbon-Vendôme, duc de Beaufort, n'en était pas moins le petit-fils d'Henri IV et de Gabrielle d'Estrées.

La trentaine, c'était un beau blond aux cheveux longs, à l'air avantageux, à l'élégance recherchée. Excellent escrimeur, il employait un langage ordurier et frayait volontiers dans les bas quartiers de la capitale. Adoré des poissardes et des crocheteurs, il en avait hérité le surnom de « Roi des Halles ».

Entouré de deux gentilshommes, il attendait le comte de Nissac en affûtant le fil de son épée sur la margelle d'un bassin en une attitude où la provocation relevait de l'évidence.

Quand le comte, qui ne fit rien pour se dérober, fut à sa hauteur, le duc vint vers lui de sorte que, flanqué de ses deux amis, il lui barra la route.

Beaufort n'y alla pas par quatre chemins :

— Mais ne serait-ce point le comte de Nissac ?... Voyez-vous, cher comte, je vous regardais, et je regardais également ce bassin et les poissons qui le peuplent en me disant : « Tiens, voilà le premier Nissac qui n'est point marin. » Souffrez-vous donc du roulement de la mer ? Refusez-vous de servir de nourriture aux crabes comme vos glorieux ancêtres ?... En un mot, seriez-vous un lâche, Nissac ?

Les compagnons du duc partirent aussitôt à rire, forçant un peu la mesure.

Nissac, cependant, ne quittait pas Beaufort du regard et le duc, confronté à ces yeux sombres, froids et inexpressifs en ressentit un passager malaise.

Nissac répliqua enfin :

— Ce genre de question ne souffre pas de réponse mais une démonstration.

— J'en suis tout aise et désolé pour vous qui allez mourir !

— Je sais, je sais : des tas de cadavres m'ont dit cela bien avant vous. Êtes-vous prêt, ou allons-nous bavarder ainsi longtemps encore ?

Presque aussitôt les deux adversaires furent en garde tandis que des exclamations montaient des fenêtres du palais et des jardins. D'un regard, le duc de Beaufort constata qu'un public nombreux, où dominait l'élément féminin, allait assister au duel et en fut tout réjoui, savourant à l'avance un triomphe dont il ne doutait pas un instant et pour cause : il demeurait invaincu dans les duels à l'épée.

Cependant, les choses ne se passèrent point comme en son imagination puisque, dès le premier assaut, son épée lui fut arrachée de la main.

Nissac inspecta l'extrémité de sa lame et, sans même lever les yeux :

— Vous avez perdu quelque chose, duc !

Beaufort ramassa son épée en rageant, jugeant qu'il avait sous-estimé son adversaire.

À l'assaut suivant, le duc fut touché deux fois au visage, balafres légères qui formaient une croix.

Nissac inspecta de nouveau l'extrémité de son épée et ne leva pas les yeux.

— On vous dit libertin, voilà de quoi vous ramener en le sein de notre sainte mère l'Église.

Le duc se demanda s'il ne rêvait point. Mais un élément de réflexion appelant urgente réponse lui faisait défaut : Nissac, cette redoutable machine à combattre dont les dieux de la guerre devaient soutenir le poignet, n'avait point appuyé ses coups.

Dès lors, que comprendre ?

Le duc de Beaufort, tout en reprenant sa garde, se trouvait mentalement aux abois : pourquoi ces caresses légères qui lui valaient un premier sang peu fourni quand Nissac, qui n'était que force, eût pu le balafrer gravement ? Pourquoi ce comte le ménageait-il alors que lui, Beaufort, n'avait pour projet depuis le premier instant que d'occire l'homme au regard glacé ?

On ne peut tenir une épée – surtout face à un Nissac ! – et dans le même temps torturer un cerveau fragile avec des questions dont les réponses semblent insaisissables : dominé à l'épée, le duc l'était également en son esprit.

Beaufort se battait mal, de plus en plus mal, se trouvant éraflé à la cuisse, au bras et à l'épaule sans avoir jamais approché Nissac. Sur les balcons et en les jardins, les cœurs volages des jolies Frondeuses avaient déjà changé de camp.

Alors vint l'hallali.

Se pliant avec souplesse, Nissac cingla – toujours sans appuyer le coup – les tibias du duc qui chancela et s'effondra de tout son long face contre terre. Rapide, Nissac tira un long poignard d'une de ses hautes bottes et fendit la ceinture du haut-de-chausses du duc. Puis, d'un geste énergique, il tira sur le vêtement déchiré et deux fesses poilues apparurent sous la froide lumière de décembre.

Alors, d'un geste léger, Nissac zébra le derrière du duc en lançant d'une voix égale :

— Lorsque vous poserez ce cul sur une chaise, duc, pensez aux Nissac et qu'il n'est point recommandé de leur faire injure.

Puis, félin, il se retourna et battit l'air de son épée à deux reprises, en un geste d'invite aux compagnons du duc.

Les gentilshommes se mirent en garde... et ce fut à peu près tout.

Ce fut tout car l'épée du premier se trouva projetée dans un massif quand celle du second acheva sa course dans le bassin et tout cela, en quelques secondes.

— Une fessée, messieurs ? demanda Nissac.

Un instant stupéfaits, les gentilshommes s'enfuirent coudes au corps.

Alors, en un geste de grande élégance toutefois un peu canaille et qu'on eût plus volontiers prêté aux ménestrels charmeurs des temps jadis, le comte de Nissac ôta son feutre marine au bord rabattu qu'ornaient de splendides plumes rouges et blanches et salua les dames, puis il s'inclina légèrement devant un balcon où un homme, vêtu de la pourpre des cardinaux, lui adressa un signe de la main en murmurant d'une voix émue :

— Comte, je n'oublierai jamais cet instant de bonheur !

Enveloppé dans sa longue cape noire, Nissac tourna les talons, sans un regard pour les dizaines de mouchoirs de dentelle et même les jarretières que lui lançaient les belles dames de la Cour.

Sans un regard, non plus, vers la plus belle d'entre toutes, Charlotte de La Ferté-Sheffair, duchesse de Luègue, dix-huit ans depuis septembre, qui murmura :

— Comte de Nissac, vous serez mon premier amant... Ou j'en mourrai !

Les deux amis du duc de Beaufort n'avaient pas été bien loin. En selle avec dix autres jeunes seigneurs, ils attendaient la sortie du comte de Nissac.

Celui-ci parut sur son haut cheval noir et, comprenant la situation d'un regard, il piqua des deux tandis

que la douzaine de seigneurs ouvraient le feu au pistolet avant d'entamer la poursuite.

Touché à la hanche, Nissac s'efforçait de réfléchir.

Il souffrait, certes, mais savait d'expérience que
pourvu qu'il atteignît un lieu sûr, il s'en remettrait en
moins de deux jours.

Sauf qu'il lui sembla peu probable qu'il pût jamais
arriver rue du Bout du Monde, qu'il eut assez d'esprit
pour trouver bien nommée en la circonstance.

Son cheval sentait le flottement inhabituel de son
cavalier à la poigne relâchée et d'ordinaire si sûre et si
précise. Désorienté, l'animal adoptait des allures irré-
gulières et s'affolait de tout, à commencer par le bruit
de ses propres sabots sur le pavé de Paris.

Nissac s'était laissé déborder par les événements :
ce triple duel beaucoup plus facile qu'il n'avait osé
l'imaginer, le signe de distinction du cardinal, les
acclamations des jolies dames – « Faemina nobilis
Parisiensis » ! –, sa blessure, la poursuite et ce cheval
fou de terreur qui n'en faisait qu'à sa tête !

La rue du Bout du Monde et celle de Sainte-Marie
Égiptienne, il n'y fallait plus compter à présent. Trop
éloignées sur sa gauche.

Débouchant aux Halles, Nissac risqua un coup d'œil
par-dessus son épaule et constata avec soulagement
que ses poursuivants ne gagnaient point de terrain car
à douze en les rues étroites du quartier, ils se gênaient
grandement, se cognaient les uns aux autres et ralentis-
saient leur course.

Le comte de Nissac traversa les Halles sous les
injures des commerçants et enfila la rue Au Faire. Il
savait à présent où aller et le moyen d'y parvenir.

Il arracha son gant avec ses dents et le tint ainsi puis,
se penchant sur l'encolure de son cheval, il lui caressa
les naseaux et les yeux de sa main dure et rassurante
en lui murmurant :

— Camarade, tu es un cheval de guerre !... Tu as vu
plus de boulets espagnols que tous ces puceaux lancés

derrière nous, et leurs chevaux avec eux. Alors de grâce, ne me déçois pas.

Et il serra la bride.

Reprise en main, sa monture, une bête remarquable, gagna en souplesse, allongea la foulée et prit de la vitesse tandis que Nissac l'orientait dans la rue Briboucher.

Un nouveau regard en arrière et Nissac constata qu'il avait perdu ses poursuivants. Il ne ralentit point l'allure pour autant.

Au reste, on faisait place devant lui.

Le martèlement des sabots qui jetaient des étincelles en frappant le pavé faisait d'abord tourner les têtes. Puis, presque aussitôt, on s'écartait en découvrant cet étrange et terrifiant cavalier. Un visage presque invisible sous le feutre marine rabattu sur les yeux, les plumes rouges et blanches en une harmonie qui tenait de Dieu et du diable, l'homme et la bête qui semblaient ne faire qu'un tant le cavalier se couchait sur l'encolure du cheval, le sang écarlate qui ruisselait depuis la hanche sur la haute botte noire et puis l'allure !...

L'allure !

Nissac était la guerre, l'homme de guerre. On devinait le général sans qu'il fût nécessaire de savoir son nom et sa qualité. Avec lui, avec cette silhouette, avec toute cette violence de l'homme couché sur son cheval pour lui allonger l'encolure, on croyait entendre les hurlements des blessés, le bruit des boulets, les remparts qui craquent, les charges qui se brisent, l'infanterie qui reflue. On imaginait le sang, les rubans d'intestins sur la verdeur des prés. On sentait l'odeur de la poudre et les fragrances aigres de la peur.

On s'écartait en se signant pour que la guerre ne vînt point à Paris.

Le cavalier et son cheval aux yeux fous pénétrèrent en la rue Neuve-Saint-Merry et Nissac ralentit l'allure.

Il avisa une taverne, « Aux Armes de Saint-Merry », et descendit de cheval.

Un homme mince et longiligne s'approcha du comte et se présenta comme le propriétaire.

Nissac, qui tenait difficilement debout, le toisa :

— Toi, tu as été soldat avant que d'être aubergiste.

— C'est vrai, monseigneur. Et vous êtes officier.

— J'étais à Lens, lieutenant-général de l'artillerie du prince.

L'aubergiste le scruta avec incrédulité :

— Monsieur de Pomonne, comte de Nissac ?

— C'est moi.

— Monseigneur, mon petit frère sert en vos batteries et n'a que votre nom à la bouche. L'honneur que vous me faites...

Nissac le coupa :

— Aide-moi, ami, cache mon cheval et oublie-moi.

D'une main tremblante, Nissac lui présenta une bourse mais l'homme, en un geste très doux, repoussa cette offre :

— Vous semblez en grand péril, et blessé. Ma maison est la vôtre.

Nissac l'observa et, ne doutant plus de sa loyauté, lui sourit :

— Ma maison est en face, semble-t-il. Soigne mon cheval.

L'aubergiste lui prit la bride.

— Il est plus sacré que le grand Turc !

Puis, tandis que Nissac traversait la rue en chancelant, l'aubergiste entraîna le cheval vers l'écurie.

De l'autre côté de la rue, Nissac frappa de sa main gantée une porte d'un rouge tirant vers les tons bordeaux.

La porte s'ouvrit.

Nissac, regardant la femme qui lui faisait face, songea : « De toute ma vie, je n'ai vu plus beau spectacle. »

Elle correspondait à ce qu'il avait toujours cherché, vainement, en chacune des femmes qu'il avait connues et en fut bouleversé au point qu'il dut faire effort pour se reprendre.

Et c'est d'un ton militaire qu'il se présenta :

— Général-comte Loup de Pomonne, seigneur de Nissac.

Elle le regarda, le cœur survolté.

Elle aima sur l'instant et à tout jamais ce visage fatigué, un peu amer, le regard sombre sous les paupières légèrement tombantes, les joues creuses, les lèvres sensuelles, et songea : « Seigneur de Nissac, c'est donc toi que j'attendais depuis toujours ? »

Puis, les mots « général », « comte » et « seigneur » pénétrèrent son esprit, lui permettant de mesurer l'abîme qui les séparait.

Et c'est plus fraîchement qu'elle lui répondit :

— Entrez vite !

Puis, voyant tout le sang qui ruisselait depuis la hanche jusqu'à la botte, elle ajouta :

— Dépêchez-vous donc, général !

Il fit deux pas dans la pièce et s'effondra.

10

Le comte de Nissac ouvrit les yeux vingt-quatre heures plus tard et marqua quelque surprise en détaillant les lieux où il s'éveillait.

Des murs tapissés de vert à mi-hauteur puis de rouge en une heureuse harmonie qui faisait florès depuis le règne de Louis XIII.

Une petite table, une chaise recouverte de velours bleu galonné d'or, un tableautin naïf représentant un vieil homme, le col relevé, qui fuyait un temps sombre chargé d'orage.

— Il me ressemble ! murmura Nissac dont l'attention fut attirée par le lit sur lequel il se trouvait couché.

C'était un lit à baldaquin, un lit de couple assez monumental qui occupait une bonne partie de la pièce.

Plusieurs matelas, un moelleux oreiller de duvet, deux couvertures, un épais couvre-pieds, une courte-pointe joliment piquée...

Nissac se souvint brusquement d'un visage entrevu, la chose en vérité la plus douce et la plus lumineuse que ses yeux fatigués par la violence et la guerre eussent jamais contemplée.

— Ai-je rêvé ? se demanda-t-il, déjà fou de déception.

Il s'assit au bord du lit et tous les événements de la veille lui revinrent en mémoire : la leçon infligée au duc de Beaufort et à ses compagnons, le signe amical que lui avait adressé Mazarin devant toute la Cour qui se pressait aux fenêtres, la blessure, la poursuite en les rues de Paris, l'aubergiste des « Armes de Saint-Merry »... et oui, pourtant, aussitôt après, ce merveilleux visage !

Mais alors, ce lit ?...

Il demeura perplexe et angoissé.

Ainsi, la si belle jeune femme ne pouvait être que Mathilde de Santheuil, la petite fille abandonnée par ses parents et que le vieux magistrat avait épousée pour en faire assez rapidement, considérant leur différence d'âges, une respectable veuve.

Mais ce lit ?

On ne dort pas seul dans un lit si large, à qui ferait-on croire pareille chose ?

Le conseiller privé de Santheuil avait abusé son maître Mazarin, et voilà un tour à sa façon. D'ailleurs, pourrait-on blâmer le barbon ? Qu'il eût chaviré au spectacle de la beauté de Mathilde, c'était là chose naturelle. Qu'il eût pratiqué cette forme détournée d'inceste, puisque Mathilde n'était point de son sang mais sa fille tout de même, on pouvait le condamner mais dans « condamner », on trouve « damné » et la toute beauté peut rendre fou le plus sage des hommes.

— Quel dommage, quel grand dommage ! murmura le comte, accablé.

Curieusement, il ne parlait pas en égoïste et ne songeait point à lui. La toute belle Mathilde lui semblait habiter une autre planète, quelque lointaine étoile, ou cette lune qu'il aimait contempler à la veille des batailles quand les soldats dorment mal, que les feux meurent lentement et qu'on entend de loin en loin des prières dites à mi-voix par des hommes qui, dans la crainte du lendemain, retrouvent les accents de l'enfance. Puis, au point du jour, ces premiers bruits de l'acier, des armes qu'on prépare.

Il ne songeait pas à lui, une fois encore, en pensant à Mathilde mais à Mathilde elle-même. À ce gâchis. Sa beauté et sa loyauté – à preuve, elle lui avait ouvert sa porte – méritaient que le premier homme à l'étreindre fût aussi son premier amour.

L'amour.

À trente-huit ans, le comte de Nissac en savait peu de chose.

En vingt années de vie amoureuse, une dizaine de maîtresses. Des aventures brèves. Bourgeoise, fille d'auberge, paysanne, drapière, lavandière, une bourgeoise encore, une baronne, la veuve d'un paveur et une femme de chambre... Anne, Jeanne, Louise, Françoise, Marie, Antoinette...

Les coudes sur les genoux et le menton au creux des mains, il sourit, très attendri, à la ronde de ces charmants visages. Au moins n'étaient-elles point des prostituées, dont il avait horreur. On s'était simplement plu, de part et d'autre, on s'était souri, pris la main et aimé. Presque sans y prendre garde, elles lui avaient donné grand bonheur et ne devinèrent sans doute jamais à quel point. Aussi s'était-il toujours montré attentif, aimable et galant. Toutes avaient pleuré à son départ, lorsque les garnisons quittaient la place pour une autre ou partaient en campagne.

Et, cependant, cette adorable petite troupe féminine lui avait porté tort, il ne l'ignorait point, auprès des autres officiers, voire auprès des soldats. Avec le temps, le comte montait en grade mais ne changeait rien aux manières de sa jeunesse, lorsqu'il était lieutenant. Dans les auberges huppées, que fréquentait la petite noblesse locale, on s'offusquait de voir un général-comte recevoir à sa table sa maîtresse, une modeste vivandière, et la traiter avec tous les égards qu'on imagine pour femme de grande noblesse.

Des esprits mal intentionnés avaient même rapporté la chose au prince de Condé. Celui-ci en avait souri. Il se montrait au contraire ravi que ce général talentueux, possible rival, se cantonnât à des amours qu'on pensait « subalternes » qui lui barraient le chemin de la Cour. Mais au plus profond de lui, monsieur le prince n'en était point étonné. Nissac ne ressemblait à personne : il ménageait la vie du plus obscur de ses soldats, se montrait chevaleresque avec l'adversaire défait, alors pourquoi pas avec les femmes ? Les femmes ! Le prince pensait que, princesse ou servante, Dieu n'avait point voulu donner de raison aux femmes.

À un courtisan qui se plaignait du comportement du général, le prince, en une de ses colères fulgurantes, avait répondu :

— Duc, le comte de Nissac peut foutre femme qu'il veut car il est le seul de tous mes généraux qui a gagné toutes les batailles où je l'ai engagé ! En mon armée, le talent donne des droits que les autres n'ont point ! Sortez, duc, et qu'on ne me parle plus de cela qui m'indispose !

Nissac ferma les yeux et les ouvrit à plusieurs reprises.

Sa conscience se réveillait mais à la vérité, chez cet homme de devoir, elle ne dormait jamais que d'un œil. Quoi, il pensait à ses gentilles amours passées quand tant de choses l'appelaient sur l'instant, quand on comptait sur lui pour barrer la route aux factieux de tous bords ?

Il se mit debout, et grimaça aussitôt. Une fulgurante douleur le traversa de la hanche au genou.

— Foutus lâches qui m'abattent à dix au pistolet !... maugréa-t-il en songeant à celui qui, lui tirant dans le dos, l'avait blessé.

Chaque pas lui coûtait. Il sentait comme la douleur se mesurait à sa volonté, une douleur prête à le terrasser ou disposée à capituler pour peu qu'il le voulût. Et il le voulait.

Il marcha jusqu'à la fenêtre et observa la rue. Il calcula rapidement que Mathilde l'avait logé au troisième étage et, regardant plus attentivement, fut tout surpris de constater que l'aubergiste des « Armes de Saint-Merry » lui adressait signe amical et empressé.

En retour, il leva la main, assez ému à l'idée que l'homme fût ainsi resté des heures à attendre son réveil.

Mazarin savait-il comme il était servi ? Cette Mathilde de Santheuil qui appliquait le plan sans faillir, cet aubergiste loyal qui repoussait une bourse : ah, le diable d'Italien représentait si bien le petit roi qu'on se dévouait pour lui au-delà du comportement attribué au commun.

Mazarin !... Monsieur le cardinal !... Monsieur le Premier ministre !...

Quelque chose taraudait le comte de Nissac. Lorsqu'on a vu la mort en face, on ne se laisse point facilement égarer et Nissac savait que Mazarin ne pouvait être trompé par être vivant quel qu'il fût.

Pas même ce magistrat du parlement, monsieur de Santheuil.

Or donc, si Mazarin parlait de mariage arrangé, il ne pouvait se tromper. Et pourtant ce grand lit, auquel il jeta un regard haineux ?

Mais en quoi cela le regardait-il ? Un si joli minois au charme ravageur, un corps si souple et si bien proportionné, certes, mais en regard, sans doute, une bourgeoise à l'esprit étriqué, familière des arrêts du parlement quand les seuls arrêts qu'il connût jamais furent ceux de son instinct, en orientant ses canons qu'il défendait, le cas échéant, l'épée à la main.

Il se secoua :

— Nissac, cesse donc de rêver ! Tu es venu sur terre pour un grand dessein que vous n'êtes que deux à

connaître. Alors ne t'égare point ! Et cesse de juger !
Sic audio, sic judico [1] !

Puis, reprenant la formule qui précède tout bon départ, il se décida à descendre en murmurant :

— À Dieu vat !

La porte s'ouvrit à cet instant. Le cœur du comte de Nissac chavira aussitôt, mais madame de Santheuil n'en sut rien.

Pareillement, le cœur de madame de Santheuil battit plus vite et plus fort, mais le comte de Nissac ne le devina point.

Ils s'observèrent un instant puis Mathilde de Santheuil lança d'une voix plus froide qu'elle n'eût souhaité :

— Nous allons dîner, monsieur le comte.

— Je n'ai point d'appétit, madame.

— Il le faut pourtant, monsieur le général.

— On ne saurait forcer la nature, madame de Santheuil.

— Eh bien cette fois, si !... On compte sur vous au Palais-Royal, vous ne vous appartenez plus.

— À votre convenance, puisque vous dites les choses ainsi qu'il m'est impossible de les refuser.

11

Nissac éprouva quelque peine à descendre les étages par l'escalier à vis et, à trois reprises, comme il trébuchait, il sentit sur son épaule la main de Mathilde prête à le soutenir.

Mais à la vérité, force est d'admettre que ce doux contact, loin de lui donner quelque assurance, le troubla si fort qu'il s'en fallut de peu que le comte de

_____
1. C'est sur ce que j'entends que je juge.

Nissac ne plongeât tête la première dans l'étroit escalier.

Comme il se demandait par quel moyen une jeune femme avait pu le monter si haut – pas sur ses épaules, tout de même ? –, Mathilde de Santheuil devança la question :

— Joseph, l'aubergiste des « Armes de Saint-Merry », aidé de son valet, vous a monté là-haut, monseigneur.

— C'est un brave homme ! répondit Nissac en tentant de ne point trébucher.

Derrière lui, la voix de la jeune femme se teinta d'une très légère nuance moqueuse :

— Et comment pourriez-vous dire autrement, monseigneur, d'un homme qui admire à ce point le général de Nissac ?

Le ton de Nissac devint brusquement morne et terne, ce qui alarma très fort Mathilde :

— Il n'y a rien à admirer chez un homme tel que moi... Et ce n'est point là un sentiment qu'il me plaît d'inspirer chez les autres. Au reste, je n'en veux éveiller aucun si ce n'est l'indifférence qui seule me satisfait.

Il ne restait que quelques marches à descendre mais la jeune femme, bouleversée, ne put se résoudre aux derniers mots de Nissac sans protester :

— Quoi, monseigneur, il y a quelque fausseté à parler ainsi !

Très surpris, Nissac, qui se tenait d'une main à la rampe de l'escalier, se retourna à demi :

— Que voulez-vous dire ?

Le visage de Mathilde de Santheuil se teinta de roseur et Nissac songea qu'il est bien peu de spectacles au monde qui puissent égaler en beauté, en grâce et en émotion celui d'une femme rougissante.

De son côté, Mathilde comprit que reculer, alors qu'elle s'était montrée si audacieuse, serait perçu par le comte comme une petite lâcheté. Or, elle ne se pensait pas lâche et ne voulait point que ce fût là fausse opinion du comte de Nissac.

Comme, songeuse, elle tenait depuis quelques instants les yeux baissés, elle releva la tête et ce visage fier et obstiné bouleversa une fois encore le comte qui éprouva quelque peine à oublier toute cette beauté pour concentrer son attention à la fois sur ce dangereux escalier et sur les mots qu'employait Mathilde de Santheuil :

— Monseigneur, Joseph m'a parlé de vous et, avant lui, monsieur le cardinal. Quand on se bat avec courage et intelligence, quand on montre de la noblesse envers l'ennemi vaincu au point que chez les Espagnols vous êtes considéré comme l'officier le plus talentueux et le plus admiré de l'armée de monsieur le prince de Condé, enfin, lorsqu'on ridiculise le duc de Beaufort si grandement et si drôlement que tout Paris ne parle que de ce duel, faut-il s'étonner de l'intérêt qu'on suscite ?

— Madame, Beaufort n'est qu'un dindon vaniteux, ce qui ramène son châtiment aux dimensions d'une remise en ordre dans une basse-cour. Quant aux qualités militaires dont vous parlez, et de la guerre qui est la seule chose que je sache mener avec quelque talent, soyez persuadée madame, qu'il n'y a point grande gloire à mutiler et tuer son prochain, fût-ce par amour de son pays. Cela s'appelle le devoir et ne souffre aucun compliment.

Mathilde de Santheuil ne sut que répondre. Les paroles du comte sonnaient juste même si, aux yeux de la jeune femme, elles ne le déparaient point de sa gloire. En cette occurrence, elle ressentait bien la confusion de son propre esprit mais n'y pouvait aucunement porter remède. Ce que disait le comte concernant la guerre correspondait à ce qu'elle pensait profondément, à savoir que l'humanité ne pourrait toujours ainsi s'étriper et cela rejoignait également l'éducation reçue du vieux conseiller de Santheuil. Toutefois Mathilde n'était point pur esprit mais femme,

76

grandie sans frères ni sœurs en la compagnie d'un vieil homme ; aussi cette solitude l'avait portée au rêve et donné à son imagination une tournure romantique. Si bien que le comte de Nissac, quoi qu'il dît et quoi qu'elle pensât qui fût pourtant semblable, était un homme à engendrer le rêve. Le duel, elle se l'était fait raconter dix fois déjà en des récits différents qui se rejoignaient pourtant toujours sur l'essentiel. Et pareillement la folle poursuite à travers Paris. Elle avait ri, battu des mains, laissé couler quelques larmes et fort jalousé les belles dames de la Cour faisant grande ovation au noble héros.

Et, plus grave encore, plus contradictoire sans doute, alors qu'elle rejetait la guerre, elle imaginait le comte de Nissac dans la bataille, à côté de ses canons crachant leurs boulets, l'épée à la main tandis qu'il commandait le feu. Elle rêvait de l'homme à la cape noire, au chapeau marine rabattu sur les yeux, aux si jolies plumes rouges et blanches, à cette haute silhouette disparaissant par instants dans la fumée de la canonnade.

Le comte avait enfin atteint le rez-de-chaussée et regardait autour de lui avec étonnement.

Inquiète à l'idée de quelque détail décoratif qui lui déplût, ou froissât un goût aristocratique qu'elle imaginait des plus compliqués, elle descendit précipitamment les dernières marches.

Il contempla la cheminée où brûlaient quelques bûches sur des chenets et, pendue à la crémaillère, une marmite en laquelle il n'osa regarder. Sur le côté droit, une courte pelle et des pincettes. À gauche, le pare-feu et, impeccablement astiqués, marmites de cuivre rouge, chaudron, bouilloire, poêlon, hachoir, écumoire...

Sur quelques planches voisines en chêne vernissé, il découvrit la vaisselle, un mortier à piler le sel, des terrines et des cruches ventrues.

Tirant le regard, une grande fontaine de cuivre rouge

en laquelle se reflétaient bien joliment les flammes de la cheminée mettait une note joyeuse en la maison. Le comte s'approcha, observa le robinet de potin, prit du recul et ne cacha pas son admiration.

— C'est là grand luxe ! dit-il en se retournant vers elle.

Mathilde de Santheuil baissa les yeux.

— Monseigneur, nous avons ceci en commun que nous nous lavons tout le corps chaque jour. Grande propreté décourage les humeurs.

Le comte sourit.

— C'est également mon avis, mais nous sommes hélas peu nombreux à penser ainsi. Comment savez-vous mon goût de la propreté ?

— Joseph, dont le frère est canonnier en votre troupe. C'est grand étonnement, chez vos soldats, de vous voir chaque matin, nu, même lors des rudes hivers où il gèle, vous faire jeter sur le corps plusieurs seaux d'eau glacée.

— L'eau froide met l'esprit en sa bonne place.

— L'eau peut être chauffée, monseigneur.

Il la regarda, un peu surpris, et, au bout d'un instant :

— Pour les femmes, sans doute. Leur peau est douce, satinée et plus sensible.

Elle baissa les yeux. Il y prit grand plaisir car, une fois encore, elle rougissait. Au reste, le comte n'avait parlé ainsi que dans cet espoir et avec esprit de malice.

Cependant, il ne voulut point la voir plus longtemps dans la gêne :

— C'est bien belle maison que vous avez là. Quatre étages !

— Bien petits, monseigneur.

— Mais joliment arrangés à votre façon qui donne grande aise à y vivre.

Troublée, elle suggéra :

— Le dîner est prêt...

Deux candélabres de cuivre à plusieurs branches dispensaient en la pièce une agréable lumière, renforcée par les lueurs de la cheminée qui se reflétaient également dans le balancier de cuivre d'une horloge.

Mathilde de Santheuil et le comte de Nissac se trouvaient chacun à une extrémité d'une belle table de noyer aux quatre pieds tournés en balustrades et reliés par une entretoise droite.

Ils étaient assis sur des chaises à dossier haut en tapisserie bleu pâle.

Ne sachant trop s'il devait exprimer sa reconnaissance, Nissac sentait bien que Mathilde de Santheuil s'était donné beaucoup de peine pour le recevoir du mieux qu'il lui était possible. Ainsi, dans les candélabres, point de ces chandelles faites de suif de bœuf ou de mouton, puantes et fumeuses, mais des bougies dont il admira la belle cire très pure digne des cathédrales.

Le comte sentait les odeurs de plats qui attendaient mais là encore, il ne savait point si s'enquérir des détails du repas relevait de la politesse ou de la goujaterie. L'armée lui avait fait oublier les bonnes manières et le cardinal, mangeant sans délicatesse, n'était point bon exemple.

Enfin, la table longue d'une toise [1] ne facilitait guère la conversation.

Mathilde dut sentir la gêne du comte car elle se leva et revint avec une cruche de vin que Nissac s'empressa de goûter.

— Il est assurément fort bon.

— Un vin de Bourgogne, monseigneur.

— En prendrez-vous ?

— Je bois très rarement du vin.

— Mais vous recevez rarement un général blessé. Du moins, je l'espère ?

— Vous êtes le premier général que je vois de si près. Et c'est fort instructif.

---

1. Deux mètres.

— C'est précisément ce que j'ai pensé la première fois que je vis de tout près un hérisson.

Mathilde sourit.

— J'aime les hérissons. C'est petit animal qui dresse ses piques pour compenser son manque de force.

Le comte médita ces paroles. Femme aimant hérisson est sur la défensive et n'aime sans doute point les hommes. Et celle qui n'aime point les hommes n'aime pas l'amour. Une ombre de tristesse passa en son regard et Mathilde, anxieuse, se leva.

— Votre appétit est-il revenu, monseigneur ?

— Je crois bien que oui.

12

Assiettes de porcelaine et plats godronés, Mathilde de Santheuil s'était vraiment mise en peine.

Pendant le potage à la citrouille et aux courges, ils ne prononcèrent pas un mot et un silence pénible s'instaura sans qu'on y vît possible remède.

Enfin, n'y tenant plus, le comte se leva.

— Madame, me permettrez-vous une folie avec cette indulgence que le sens commun prête aux gens en bonne santé vis-à-vis de ceux dont la fièvre attaque la raison ?

Inquiète, Mathilde hocha la tête.

Aussitôt, le comte approcha son assiette et s'assit à un pied[1] de distance de Mathilde qui protesta :

— Mais... il ne convient pas à votre rang que je me trouve en bout de table et vous à mon côté.

Il lui adressa un léger sourire :

— Qui dit cela ?

_____
1. Trente-trois centimètres.

— Mais... L'usage ! Votre haute noblesse et moi qui n'en ai point du tout.

Il l'observa avec curiosité, elle poursuivit avec peine :

— Monsieur de Santheuil était sans noblesse.

Il vit comme elle souffrait, battant le sol de ses talons sans même s'en rendre compte et le mouvement des cuisses de la jeune femme, qu'il apercevait du coin de l'œil, troubla le comte qui répondit d'une voix lente :

— À propos, ne m'appelez point « monseigneur », vous me donnez de la gêne.

Elle le regarda avec reconnaissance, consciente que les problèmes de rang ne figuraient pas au centre de ses préoccupations.

Ils échangèrent un sourire. Et ils restèrent ainsi un long moment avant de prendre conscience en même temps que ces attitudes tendres impliquaient des choses qui jetèrent le trouble de part et d'autre.

Mathilde apporta des œufs pochés au jus d'oseille, qu'ils mangèrent dans la bonne humeur, puis un excellent pâté de perdreaux.

Enfin, l'atmosphère se détendait après l'embarras entraîné par l'échange de sourires.

Lorsque Mathilde servit un faisan dans une sauce aux herbes, fenouil et champignons, il insista pour lui verser un verre de vin qu'elle accepta pour ne point vexer le comte.

Il gardait ses étranges manières, reliquats d'une excellente mais sévère éducation, à quoi se mêlaient les habitudes des camps. Ainsi, s'il ne rompait pas le pain mais le coupait selon les règles, il opérait avec le poignard tiré de la tige de sa botte et qui avait servi peu avant à fendre la ceinture du duc de Beaufort.

Il n'avait déjà plus faim lorsque Mathilde déposa sur la table un plat d'étain où se voyaient trois fromages : fleury, grande chartreuse et morsalin de Florence.

Par politesse, il ne faiblit pas mais c'est avec soulagement qu'il vit arriver le dessert, des cerises confites accompagnées d'écuelles de lait d'amandes.

Le comte sentit qu'il devait faire compliment, le repas lui ayant semblé délicieux. Aussi ne réfléchit-il pas trop avant de déclarer :

— Vous devriez ouvrir auberge...

Mathilde de Santheuil ne vit point malice en ces paroles mais le comte s'inquiéta de l'interprétation que le jeune femme en pourrait faire ; aussi ajouta-t-il très vite, et assez maladroitement :

— ... si votre rang ne vous l'interdisait !

Mathilde comprit aussitôt tout le cours de la pensée de Nissac et le soin qu'il mettait à ne pas la blesser la toucha profondément.

Toujours gêné, il lança :

— Il me faut partir, mes hommes vont s'inquiéter.

Mathilde laissa échapper un « Oh ! » qu'elle voulut rattraper en masquant ses lèvres de sa main gracieuse et expliqua :

— Sotte que je suis de l'avoir oublié !... Je me suis rendue ce matin rue du Bout du Monde où je rencontrai un monsieur de Fointenac.

— Frontignac ! coupa le comte.

— C'est cela même. Vos amis savent à présent la situation où vous êtes, comment la balle est ressortie de la blessure et que vous vous trouvez en lieu sûr. Monsieur de Frontignac a bien essayé de me suivre, mais il connaît mal Paris et je l'ai égaré rue Moncoufeil après lui avoir dit que vous étiez réfugié rue du Puits-qui-Parle, qui se trouve bien loin d'ici. Le pauvre !

Le comte allait répondre lorsque Mathilde laissa échapper un nouveau « Oh ! », qu'elle tenta une fois encore de faire oublier en posant la main sur sa bouche puis elle se leva, s'approcha d'un coffre sculpté dont elle souleva le lourd couvercle et revint avec deux petits objets qu'elle déposa devant Nissac en disant :

— Monsieur de Frontignac m'a remis cela pour vous, et que j'avais sottement oublié.

Nissac saisit sa pipe en terre au long et mince tuyau, ouvrit le petit sac contenant du tabac et bourra le fourneau.

Il s'approcha en claudiquant de la cheminée, saisit une braise avec les pincettes et aspira une longue bouffée avant de revenir s'asseoir près de Mathilde.

Il gardait le silence, regardant autour de lui la pièce où il faisait si bon vivre et cette femme si agréable à contempler.

Puis, d'une voix grave où perçait quelque émotion, il dit en observant les flammes qui mouraient en la cheminée :

— J'ignorais que tout cela existât. Je n'ai connu de la vie que le château de Carentan où m'éleva une tante sévère qui ne prit jamais époux, puis vinrent les camps, les garnisons et quelquefois mon vieux château de Saint-Vaast-La-Hougue battu par le vent, la pluie et la mer. Il fait toujours froid, on s'y promène à cheval dans la lande déserte, on y soupe pendant le chien et le loup...

— C'est un si vieux château ? demanda Mathilde.

— Et plus encore ! Avec tours, donjon, remparts, créneaux, douves et pont-levis. L'Anglais s'y est cassé les dents pendant toute la guerre de Cent Ans et depuis trois ou quatre siècles qu'il existe, il n'a jamais été conquis. C'est vérité flatteuse, on l'a assiégé, contourné et envoyé contre lui nombreux boulets mais nul ne l'a jamais pris aux seigneurs de Nissac. C'est aussi pour cela que je l'aime, comme on aime sans doute un vieux serviteur qui n'est plus de son époque mais qu'on n'a pas la force de renvoyer.

— Mais chose principale est que vous y soyez bien.

Nissac tira sur sa pipe en terre.

— C'est un bien curieux sentiment que j'éprouve à l'endroit du château des seigneurs de Nissac !... Je sais que là-bas, il est des jours bleus, absolument lumineux, mais lorsque j'y songe, ce n'est jamais en ces conditions. Je l'imagine toujours comme en ma petite enfance, du temps que mes parents n'étaient point morts. Je le vois sous un ciel gris traversé de filets d'argent, bas, monotone et triste, un ciel de désespoir avec la cloche de la chapelle appelant à vêpres, l'office du soir étant toujours le plus mélancolique qui soit. Ce qui est fort étrange, c'est que, malgré la grande tristesse qui est souvent mienne là-bas, j'y éprouve grand sentiment de sécurité.

Il regarda autour de lui et ajouta :

— Que je n'ai retrouvé qu'ici.

Puis, après un nouveau silence, il reprit très rapidement :

— À ceci près que votre maison est joyeuse. Làbas, la tristesse ne me désarme pas et ce n'est pas le moindre paradoxe. Mes gens, un couple de vieux paysans qui vivent de mes terres, vont et viennent, me servent sans style, ce qui ferait fuir la plus modeste des baronnes de Paris. Je cours la lande à cheval, mon chien « Mousquet » jappant à mon côté. Le soir, je repense aux batailles, à la peur qui est la mienne, j'ose le dire, lorsque roulent les tambours et qui disparaît dans l'action. Je vois des visages d'Espagnols passés au fil de l'épée voilà des années pourtant. Dans ces moments-là, la mort et moi tisonnons côte à côte, tel un couple de vieillards assis devant la cheminée, pensifs et silencieux car ils n'ont plus rien à se dire. Je songe que je n'abandonnerai jamais mon vieux château fort, qu'aucune femme de bonne naissance n'acceptera d'y vivre et, depuis les tours, je regarde la mer qui me fut interdite.

— Le père Angello, confesseur du cardinal, m'a conté votre histoire bien triste, monsieur le comte.

Pensif, il lui prit la main mais ce geste innocent les fit se dresser à demi tous les deux, en grand émoi, et le comte lâcha la main de madame de Santheuil comme s'il tenait une braise.

Cependant, son regard souvent si sombre conservait une expression de tendresse lorsqu'il répondit :

— Elle vaut un peu la vôtre. Vous fûtes abandonnée à dix ans, j'étais orphelin au même âge... Au fait, c'est folie de m'avoir donné votre chambre, celle que vous partagiez avec monsieur de Santheuil.

Il se méprisa de lancer pareil filet, si vil piège au détour de la conversation, cependant Mathilde s'en amusa :

— Ah, mais pas du tout. Cette chambre était celle de monsieur et madame de Santheuil. Il avait beaucoup aimé sa femme et couchait dans ce grand lit qui fut le leur et où elle s'éteignit. Il disait...

Elle hésita à poursuivre, le comte l'y encouragea :

— Que disait monsieur de Santheuil ?

Elle baissa les yeux :

— Qu'elle serait mienne lorsque je prendrais époux.

Nissac souffrit à cette perspective, mais n'en laissa rien paraître :

— Vous devriez y songer.

— C'est vous qui dites cela, monsieur le comte ?

— Oh, moi... J'ai trente-huit ans, à présent.

— Et moi vingt-huit. Si bien qu'à suivre votre exemple, je peux encore attendre.

— Je ne croirai jamais que nul ne s'est encore déclaré.

Elle détourna le visage et il comprit qu'elle se retenait de pleurer. Puis, surmontant cette passagère détresse :

— Oh, mais si. Ils sont quelques-uns. L'apothicaire de la rue Neuve-Saint-Merry, le notaire de la rue des Lombards, l'avocat de la rue de la Verery et quelques autres encore auxquels je pourrais ajouter les clercs de basoches [1] disant sur mon passage...

Elle s'arrêta brusquement. Le comte, les yeux fermés, serrait les dents. Elle approcha une main tremblante du front de Nissac : il était brûlant.

— La fièvre est revenue ! dit la jeune femme avant d'ajouter : il faut vous coucher sans tarder. Y arriverons-nous, monsieur le comte ?

---

1. Jeunes gens employés par les notaires, procureurs et avocats. De tradition, ils étaient turbulents, aimant le désordre et l'émeute.

— À nous deux, nous pourrions aller au bout de la vie ! dit-il en la prenant aux épaules pour ne pas tomber.

Elle crut qu'il délirait, et le regretta vivement.

Au reste, il ne délirait point.

Il s'agitait de plus en plus et le froid grandissait comme la nuit avançait. Elle descendit plusieurs fois et remonta avec une bassinoire pour tiédir le lit ou des cruchons remplis d'eau très chaude qu'elle installait sous la plante des pieds de Nissac et celui-ci, chaque fois, semblait émerger des grandes fièvres pour dire « merci ».

Mais l'effet bienfaisant durait peu et, bientôt, le comte claquait des dents, le front brûlant.

On n'y pouvait rien. La petite maison était exposée au nord et il y régnait l'hiver un froid glacial en les étages.

Mathilde de Santheuil savait ce qu'il convenait de faire mais sa pudeur la paralysait. Elle restait assise à côté de ce grand corps étendu et grelottant, mais s'alarma lorsque le comte murmura :

— Dieu, qu'il est donc difficile de crever enfin !

Alors, elle dévêtit Nissac. Si elle s'étonna qu'un corps d'homme pût être si dur, si musclé, elle fut stupéfaite de découvrir une dizaine de cicatrices des épaules jusqu'aux cuisses. Qu'était-ce, tout cela ? Coups de rapière, de mousquet, de poignard, de pistolet, brûlures de poudre...

Cependant, loin d'en éprouver du dégoût, elle caressa d'une main légère chaque cicatrice avec cette tendresse qu'on réserve à un enfant batailleur qui tout à la fois vous inquiète à risquer si bêtement sa vie et suscite votre admiration pour le mépris en lequel il tient le danger.

Elle ouvrit le lit et installa le comte puis, avec des gestes lents et réfléchis, elle se dévêtit, se coucha sur l'homme et remonta sur eux couvertures et courte-pointe.

Il gémit en sentant cette chaleur nouvelle. Elle pleura de plaisir en sentant les bras d'acier qui se refermaient sur sa taille menue.

Elle songea bien à dire une prière mais préféra baiser cette bouche aux lèvres sensuelles et aux dents très blanches, si plaisamment écartées sur le devant.

Alors elle murmura :

— Tans pis, je serai damnée mais je ne regretterai jamais cet instant, mon amour.

Dehors, le vent soufflait en tempête dans les petites rues du quartier Neuve-Saint-Merry, toutes ces rues noires et désertes où la patrouille des archers refusa de se risquer au motif que le vent soufflerait les falots.

Elle se leva cinq heures plus tard. La fièvre avait quitté le comte.

Nue, elle sortit du lit et se vêtit dans la pièce du bas. Elle alluma le feu et prépara un bouillon léger puis, courant chez le boulanger qui n'avait point ouvert encore son échoppe, elle le tira du fournil pour lui acheter une fougasse.

Le vent était tombé mais il faisait encore bien sombre.

Elle marchait à pas lents en songeant avec une joie qui la faisait sourire : « Eh bien voilà, je suis une femme, et c'est délicieux d'être une femme ! »

Puis l'angoisse la saisit : le comte s'était-il aperçu de...

Elle rougit.

Tout s'était passé si vite, au plus fort de la fièvre. Les bras puissants l'avaient déplacée, la posant sur le dos. On l'avait caressée et embrassée de la tête aux pieds tandis qu'elle pleurait de bonheur. Enfin, il y avait eu cette brève douleur et ce plaisir inconnu qu'elle ne soupçonnait même pas, ses propres cris, ce halètement...

Elle pria pour que le comte n'eût aucun souvenir de cette nuit.

Nissac, torse nu, fit une toilette rapide puis s'habilla. Il se sentait de méchante humeur.

Très en colère après son rêve mais n'était-ce point grande bêtise que d'en vouloir si fort à un rêve, une pauvre chimère ?

— Oui, mais celui-ci était trop beau et la réalité bien triste.

Il revoyait sans cesse le corps et le visage de Mathilde.

Il arrêta ses gestes et sourit.

— Si belle, si douce, si fondante dans mes bras.

La chose le troublait, cependant. Le petit cri de douleur de Mathilde : les rêves sont-ils donc si précis qu'ils prennent le temps de vous expliquer que c'est une vierge qui se presse contre vous ?

Mathilde entra à cet instant.

Leurs regards se croisèrent.

Ils hésitèrent. Il s'en fallut de bien peu qu'ils ne se jettent dans les bras l'un de l'autre mais dans l'ignorance où chacun se trouvait des pensées de l'être qui lui faisait face, il ne se produisit rien.

Au reste, Nissac craignait, ne serait-ce que par une allusion, de passer pour un soudard quand Mathilde ne voyait absolument plus comment justifier ce qui, peu auparavant, lui avait semblé si beau et si naturel.

On but le bouillon en silence, le comte de Nissac coupa la fougasse sans un mot.

Ce fut sinistre, comme cette aube de décembre qui se levait sur la ville.

Puis, d'un geste élégant, la comte posa sa longue cape noire sur ses larges épaules et tout de même, bien que leur différence de condition proscrivît un tel geste, il embrassa un peu plus longuement qu'il n'est séant la main de Mathilde.

Enfin, l'air désolé, il lui dit :

— Je dois partir, madame de Santheuil. Je ne vous remercierai jamais trop de m'avoir ouvert votre porte et si gentiment traité. J'en informerai le cardinal.

Malgré elle, bien qu'elle se l'interdît, elle lança :

— Vous voilà de fort méchante humeur, monsieur le comte. Auriez-vous fait un mauvais rêve ?

Il sourit, convaincu, à présent, qu'il ne s'était rien passé. Puis, coiffant son feutre marine à grandes plumes rouges et blanches, il répondit en tentant de cacher son amertume :

— Madame, ne m'en veuillez point. Tout au contraire certains rêves sont si beaux qu'on voudrait ne jamais s'éveiller et l'est-on, ils vous laissent au matin fort chagrin devant une réalité d'une grande tristesse.

Il rabattit le feutre sur ses yeux et sortit sans ajouter un mot.

13

C'est par un temps désolant que les quatre cavaliers arrivèrent au petit château de la Tournelle, en bordure de la rivière de Seine.

L'endroit, sinistre, n'inspirait guère le comte de Nissac.

Le baron de Frontignac désigna le château d'un geste vague :

— C'est un reliquat de l'enceinte de Philippe-Auguste. Très vétuste, comme bien vous le verrez.

— Et puant ! Comme toutes les prisons !... ajouta le baron Le Clair de Lafitte.

Nissac observa Maximilien Fervac qui, sans la mansuétude de Le Clair de Lafitte, eût certainement fréquenté ces lieux. Sans doute Fervac y songeait-il aussi car il gardait très obstinément la tête baissée afin de n'y point trop voir.

Habitué par sa vie aux armées à juger la disposition d'une place, Nissac remarqua immédiatement le corps de bâtiment imposant flanqué de deux tours et la cour pavée qui y menait. D'un côté, la Seine grise charriant des épaves. De l'autre, le quai boueux où s'entassaient briques, ardoises et bois de construction. Plus loin, un entrepôt où l'on déchargeait des barges les tonneaux de vin d'Auvergne, de Bourgogne et de Mâcon.

— Qui commande ici ? demanda Nissac à ses compagnons qui, les deux jours précédents, avaient visité les lieux et opéré une sélection sévère parmi les prisonniers.

Frontignac, qui semblait avoir pris l'affaire très à cœur, répondit aussitôt :

— Un concierge et quatre hommes pour la garde des prisonniers. C'est peu, monsieur le comte, mais il faut savoir que ces hommes sont constamment enchaînés.

— Qui a nommé ce concierge ?

Habitué aux questions abruptes du comte, Frontignac avait de longue main préparé les réponses aux éventuelles questions :

— Les prisonniers étant tous destinés aux galères, l'endroit relève de la Marine. C'est le Secrétaire d'État qui nomme les hommes et les paie sur ses fonds.

— Et quel clergé assiste les âmes de tout ce monde ?

— La chose est simple, monsieur le comte. Depuis une quinzaine d'années, à la demande insistante de la compagnie du Saint-Sacrement, monsieur l'archevêque a confié l'administration spirituelle de la prison aux prêtres de Saint-Nicolas-du-Chardonnet. Catéchisme, prières matin et soir... Feu le roi avait promis trois cents livres par an aux prêtres mais il semble que ceux-ci n'en aient point vu l'ombre, ce qui aurait ralenti leur ferveur ces dernières années.

Nissac descendit de cheval, aussitôt imité par ses compagnons.

— Je n'aime guère cet endroit. Qu'y avez-vous vu ?

— Bien étrange population ! répondit Le Clair de Lafitte tandis que Frontignac, plus précis, ajoutait :

— Quelques-uns nous ont intéressés, parfois étrangement. Nous avons de la chance, monsieur le comte, la prison est pleine et allait bientôt être vidée par un départ de la chaîne pour Marseille. Nous avons entendu cent quarante-cinq des futurs galériens. Beaucoup cherchaient à nous plaire car ils sont terrorisés à l'idée de ce voyage à pied jusqu'à Marseille et de la vie misérable qui les attend sur les galères.

— Ce voyage, c'est donc si effrayant ?

— En effet, monsieur le comte. Ils sont enchaînés deux à deux par le col, une autre chaîne passant par un anneau entre la première et la dernière paire d'hommes afin de les enchaîner tous ensemble. Ils sont également tenus par une troisième chaîne allant de la taille à la cheville. Tout cela est riveté à froid, à coups de masse. En tout, cela représente près de quatre-vingts livres[1] de chaînes par homme, jusqu'à Marseille, à pied par les chemins boueux où ils enfoncent jusqu'à mi-corps, s'ajoutant aux poux, à la gale...

Nissac et Frontignac échangèrent un regard qui échappa aux deux autres.

Puis, sans un mot, Nissac se dirigea vers l'entrée du château.

Les prisonniers avaient en commun une peau sèche, un visage blafard, un teint plombé. Ils dégageaient une odeur de sueur rancie.

Aucun des huit premiers qu'on présenta à Nissac ne lui donna satisfaction. Assis derrière une table avec ses trois compagnons, il se leva brusquement, refoula un prisonnier sur le point de se présenter et marcha de

---

1. Environ quarante kilos.

long en large, mains derrière le dos ; l'air tourmenté. Enfin, il s'immobilisa devant son fidèle lieutenant :

— Mais enfin, Frontignac, nous ne pouvons espérer quoi que ce soit de ces hommes !... Des déserteurs aux visages veules !... Des petits voleurs !... Un bigame !... Un sodomite !... Un greffier véreux !...

— Au moins ceux-ci ne sont-ils point malades, monsieur le comte.

— Vous voyez des malades partout !

Amené sur un sujet qu'il affectionnait, Frontignac se lança aussitôt avec grand plaisir :

— Mais j'ai écarté ceux qui souffraient de coliques nauséabondes, ceux dont l'estomac se désorganise en humeurs et inflammations, les pustuleux, les...

— Ah, il suffit, Frontignac ! Instruisez-moi plutôt du cas suivant, celui que j'ai refoulé et dont le visage farouche, ma foi, m'a fait bonne impression.

Frontignac consulta une liste et son expression se fit plus soudain intéressée :

— Ah, Anthème Florenty. Un faux saunier de Touraine. Il n'a pas de sang sur les mains mais la contrebande du sel ne peut lui laisser d'espérance. C'est en outre un récidiviste, qui était armé : condamné aux galères à vie. Il faut dire qu'il fut traqué cinq ans avant que d'être pris, ce qui irrita fort les juges. Il parle peu mais il me plaît.

— Et toi, Melchior ? demanda Nissac à Le Clair de Lafitte qui, voyant la soudaine bonne humeur du comte, s'exprima sans retenue :

— Il me plaît aussi. Endurants et combatifs, les faux sauniers sont des pisteurs hors-pair. Celui-là pourra nous être utile.

Nissac hocha la tête et, du geste, invita Maximilien Fervac à donner son avis :

— Il me plaît également, monsieur le comte, mais pour une tout autre raison.

— Laquelle ?

— À son procès, il n'a jamais livré ses complices.

Nissac ébaucha un sourire et vint se rasseoir en disant :

— C'est en effet une excellente raison.

Anthème Florenty, trente ans depuis août, était un homme aux cheveux très noirs, de petite taille mais de constitution robuste.

Devinant qu'il ne serait pas de bonne politique de forcer l'homme, Nissac choisit de l'impressionner, ce qui réussit fort bien :

— Loup de Pomonne, comte de Nissac, lieutenant-général de l'artillerie du prince de Condé.

Florenty était un homme fier, de ceux qui ne baissent pas facilement la tête, mais outre qu'il était impressionné, quelque chose lui plaisait dans l'allure du général.

Il se présenta d'une voix grave, celle des gens qui parlent peu :

— Anthème Florenty, monseigneur.

— Florenty, je vous offre un choix. Les galères à vie, mais la vie tout de même, ou mon service qui est des plus périlleux.

— Je ne suis point soldat, monseigneur.

— Il s'agit d'autre chose. Vous serez...

Il réfléchit un instant et reprit d'une voix amusée :

— Vous serez, cette fois, dans une sorte de police. Une police... secrète ! Pour le service du cardinal, de la Régente et de notre futur roi. Vous serez sans chaînes ni entraves. Au bout de nos aventures, si toutefois vous y survivez, vous serez libre. Et aurez de quoi vous établir.

— C'est oui, monseigneur.

Nissac se tourna vers Fervac :

— Qu'on le place dans la cour.

Nissac avait pris les choses en main, consultant

directement les notes de Frontignac, et éliminant d'emblée certains des futurs galériens.

Avec ses compagnons, ils observaient un jeune homme d'à peine vingt ans, mince, frêle, et dont la prison n'avait point terni l'éclat des cheveux blonds.

Nissac fit signe à Le Clair de Lafitte qui se leva, contourna avec lenteur le jeune homme enchaîné puis, faisant face à ses compagnons :

— Celui-là, Nicolas Louvet, condamné aux galères à vie, est prodige dans sa partie... fort douteuse ! Sans la dénonciation d'une femme jalouse, il continuerait de grossir un confortable magot qui, saisi, a été versé au Trésor royal.

— Et quelle était donc sa partie ? demanda Frontignac en feignant l'ignorance.

— Faussaire. Faussaire sur papier et sur métal. Il sait fabriquer des fausses clés, de la fausse monnaie mais on a également retrouvé chez lui de faux billets de loterie, de fausses quittances, de fausses lettres de change et même de faux contrats de mariage. Ce qui aggrave son cas, c'est l'absolue perfection de son travail.

Comme ils en étaient convenus, Le Clair de Lafitte céda la parole à Fervac :

— Et tu n'as point honte ?

Nicolas Louvet jaugea ce nouvel interlocuteur et, à son regard, Nissac comprit que le jeune homme, non sans finesse, avait reconnu là quelqu'un de son monde. Ses paroles le prouvèrent :

— La honte me tenaille... camarade ! Mais vois-tu, je n'ai jamais pu choisir, aimant tout autant la serrurerie que les encres et parchemins.

Cette réponse, où ne perçait point le regret, le fit adopter sur-le-champ mais encore fallait-il l'accord du jeune homme.

Nissac, jusque-là silencieux, se présenta avec tous ses titres et proposa le marché au jeune homme très impressionné qui baissa la tête.

— C'est inespéré, monseigneur ! J'accepte et vous servirai jusqu'en enfer.

Nissac ne douta pas que cela fût vrai, à supposer, nota-t-il mentalement, que l'enfer existât.

C'était le dernier prisonnier qu'ils devaient entendre et les quatre hommes regardaient avec curiosité le géant à la peau noire qui, eu égard à sa force, avait eu droit à un important supplément de chaînes.

Le Clair de Lafitte, auquel ce rôle avait été dévolu, présenta le cas à ses compagnons qui le connaissaient parfaitement mais s'attachaient aux réactions de l'homme.

— Monsieur de Bois-Brûlé !... Quel est ce nom étrange ? demanda-t-il à l'homme d'origine africaine.

Celui-ci le toisa avec insolence puis, d'une voix douce qui contrastait étonnamment avec sa haute stature :

— Mes beaux seigneurs, j'ai déjà été jugé et c'est les galères à vie. Que voulez-vous de plus ?... Me faire écarteler en place de Grève ?

Frontignac se leva et pointa vers l'homme un doigt accusateur :

— Vous êtes un insolent !

— Je peux me le permettre, je n'ai rien à perdre.

— Ce n'est point sûr !... rétorqua Nissac qui ajouta : ce serait grande tristesse de perdre une liberté que vous étiez sur le point de retrouver.

Un long silence se fit.

Le Clair de Lafitte reprit :

— Monsieur de Bois-Brûlé, quelle est l'origine de ce nom ?

— Bois-Brûlé fut le nom qu'un bourgeois de Nantes donna à mon père et à moi-même après nous avoir achetés au marché aux esclaves de Candie, en Crète, voilà près de vingt ans. J'en avais cinq, à cette époque.

— Qu'a-t-il fait ? demanda Frontignac — qui le

savait parfaitement – à Le Clair de Lafitte. Celui-ci répliqua aussitôt :

— Monsieur de Bois-Brûlé, qui s'est ajouté une particule, était acteur dans une troupe aujourd'hui dispersée mais c'est pour avoir tué trois hommes, des soldats, et à mains nues, qu'il fut condamné aux galères, la cour estimant qu'il avait eu quelques raisons d'agir ainsi.

— Quelles étaient-elles ? s'enquit Frontignac.

Nissac, d'un geste de sa main gantée, fit taire Le Clair de Lafitte et, regardant le prisonnier dans les yeux :

— Peut-être pourriez-vous le dire vous-même ?

— Ils voulaient me couper les couilles pour en faire une bourse. J'ai défendu ma vie en sauvant ces couilles-là !

— Et vous avez bien fait ! répondit lentement Nissac qui se leva, l'air soucieux, et fit les cent pas.

Enfin, regardant un à un ses compagnons, le comte leur dit :

— Messieurs, je ne sais trop à quoi pourrait bien nous servir monsieur de Bois-Brûlé mais, voyez-vous, je tiens que son jugement ne fut point juste. J'ai donc forte envie de le tirer des galères et de le compter parmi nos compagnons.

— Il faudrait qu'il renonce à sa particule ! lança Fervac avec une pointe de jalousie avant d'ajouter : ou qu'on m'appelle à mon tour de Fervac !

Nissac leva sa main gantée pour imposer silence à Fervac et, faisant de nouveau face à Bois-Brûlé :

— S'il accepte nos conditions.

Bois-Brûlé les accepta avec enthousiasme et, comme Nissac lui proposait de changer un nom qu'il n'avait point choisi et devait lui rappeler l'horreur du marché d'esclaves de Candie, Bois-Brûlé refusa en expliquant :

— C'est le nom qui figure sur la petite croix que j'ai sculptée pour la tombe de mon père, là-bas, en un pauvre cimetière près de Nantes.

96

Puis, avant de quitter la pièce escorté par Fervac, il dit encore au comte :

— Monseigneur, je n'ai que ma force, un peu de ruse et un certain talent d'acteur. Mais je vous remercie de m'avoir sorti de cet endroit infect et épargné la condition de galérien. Je vous remercie avec émotion car je sais que vous ignorez à quoi m'employer. Mon dévouement sera à la hauteur de ma gratitude.

— Je n'en doute point ! répondit le comte de Nissac.

Tandis que Fervac gardait les prisonniers en la cour, Frontenac était parti acheter trois chevaux et Le Clair de Lafitte des vêtements.

Demeuré seul, le comte de Nissac attendait en la grande salle où avaient défilé les futurs galériens.

Il songeait que les choses devaient changer, là aussi, et comptait en parler à « l'allié invisible » qu'il n'avait en effet jamais rencontré malgré une correspondance de plus de vingt ans.

Soudain, de la cour, monta la voix de Fervac qui, pour gagner du temps, avait pris sur lui de faire ôter les chaînes des prisonniers.

Irrité, le comte quitta la pièce.

Le concierge refusait. Les deux gardes chargés de massues et de burins attendaient avec indifférence.

Nissac, qui s'était fait expliquer la situation, se tourna vers le concierge et lui jeta un regard glacé :

— Service du cardinal !... Exécutez l'ordre !

L'autre, sournois et qu'on devinait tout acquis à la Fronde, répondit :

— Le cardinal donnera-t-il encore longtemps des ordres ?

Sans plus de façon, et au grand bonheur des prisonniers, Nissac lui expédia son poing droit en pleine figure et le concierge en resta évanoui sur le pavé humide.

Puis, essuyant sa main gantée à l'aide d'un mouchoir

blanc, il se tourna vers les gardes qui, effrayés, s'étaient reculés et il répéta de la même voix son ordre :

— Service du cardinal !... Brisez les chaînes des prisonniers !

Les gardes se mirent au travail sans discuter.

Une demi-heure plus tard, sept cavaliers prenaient, depuis la rue Sainte-Marie Égiptienne, la direction de la base secrète qu'ils appelaient « le Bout du Monde » sans plus lui donner sa qualité de rue.

14

L'homme au masque d'argent piaffait.

La politique, toujours la politique !

Et avec la moitié de Paris surveillant l'autre moitié, une armée d'espions circulant dans la ville, ses entreprises hasardeuses se trouvaient compromises, les jeunes femmes étant les premières à se calfeutrer chez elles quand le soir venait.

Il fallait différer.

Il en éprouva une réelle douleur : jamais l'envie de passer à l'acte n'avait à ce point tourmenté celui qu'on n'appelait plus que « l'Écorcheur ».

Sa haute naissance ne l'avait guère habitué à la patience et, comme tous les grands seigneurs, il aimait qu'on cédât sur-le-champ à ses caprices.

N'importe, il se vengerait.

Sur ELLES, toutes celles qui tomberaient entre ses mains sans finesse d'aspect et pourtant si habiles à manier le stylet...

Mathilde de Santheuil allait et venait en sa maison sans avoir le cœur à rien entreprendre.

Tout d'abord, il y avait eu cet homme qui l'avait étrangement dévisagée et suivie mais, connaissant le quartier beaucoup mieux que l'inconnu, Mathilde l'avait perdu en utilisant un immeuble à double issue.

Il n'empêche, elle n'avait guère aimé ce regard-là. Point d'envie, de concupiscence ou de lubricité, comme chez la plupart des hommes qu'elle croisait. C'était beaucoup plus étrange... Elle avait deviné la surprise que son visage causait à l'homme, comme s'il la reconnaissait, et, tout aussitôt, l'intérêt qu'elle suscitait. Un intérêt presque... marchand !

Elle chassa bien vite cette pensée pour en revenir à son principal tourment.

Au reste, un bien tendre tourment !

Mathilde languissait depuis le départ du comte de Nissac. Chaque chose, chaque objet lui rappelait cet homme si fort qu'elle avait vu démuni comme un enfant.

Elle se souvint du vent qui, dehors, hurlait si fort. Puis ces bras solides autour de sa taille... À ce souvenir, elle frissonna, traversée d'une onde de désir qui, partant de la nuque, allait jusqu'au bas du dos. Ah, s'abandonner, devenir toute petite, chérie, embrassée, écrasée, caressée, secouée, dorlotée...

Elle avait observé en se cachant le départ du comte une fois qu'il eut récupéré son haut cheval noir chez Joseph, le tenancier des « Armes de Saint-Merry ».

Le cheval avançait d'un pas lent et majestueux. Nissac se tenait très droit. La cape noire, le feutre marine à plumes, il attirait tous les regards. Curiosité craintive chez les hommes, intérêt sensuel chez les femmes.

Mathilde tenta de se reprendre en main, de se raisonner. Il n'était pas pour elle, on ne connaissait point telle mésalliance en quelque partie que ce fût du royaume. Jamais, absolument jamais, elle ne serait la femme du beau comte de Nissac. Mais alors jamais, absolument jamais, elle n'aimerait un autre homme ou permettrait qu'un autre la touchât.

Elle s'assit à la place qu'avait occupée le comte et sa main caressa le bois de noyer qu'il avait touché puis, réprimant à grand-peine un profond sanglot, elle murmura :

— Voilà, c'est déjà fini. J'ai vécu toute ma vie en une brève nuit.

Pourquoi la naissance séparait-elle ainsi irrémédiablement ? Pourquoi était-il comte, d'une noblesse remontant à Saint Louis ? Et pourquoi général, commandant l'artillerie de monsieur le prince de Condé ? Pourquoi avait-il un château, une chapelle privée, des terres immenses ?

Loup de Pomonne, comte de Nissac ! Deux particules séculaires, comme si une seule ne suffisait point à les séparer à jamais ?

Et s'il l'aimait, lui aussi, quelle serait son attitude ? Serait-il assez fort, et son amour pareillement, pour vaincre les préjugés ?

Elle se souvint comme il avait regardé autour de lui, comme il l'avait scrutée, elle, avant de dire d'une voix triste où perçait le regret : « J'ignorais que tout cela existât ! »

Comme l'autre soir, les flammes des bûches qui se consumaient dans la cheminée se reflétaient dans le cuivre de la fontaine. Comme l'autre soir, Mathilde faisait brûler des bougies dans les candélabres.

Il serait tellement à sa place, ici, à la serrer dans ses bras !

Elle pleura longuement, sans bouger, sans grands sanglots puis, dans un murmure :

— Je t'aime tellement !... Où es-tu, mon amour ?

À cheval dans la nuit glacée, le comte de Nissac et ses six compagnons escortaient un luxueux carrosse tiré par six chevaux.

Dans la ville où grondait l'émeute, où les Frondeurs

parlaient haut quand les loyalistes rasaient les murs, le cardinal avait été clair :

— Nissac, vous encadrerez le carrosse l'épée à la main, je dis bien l'épée à la main, vous, vos gentils-hommes et vos gibiers de potence. Derrière, prêts à vous assister, suivront mes gendarmes quand des che-vau-légers ouvriront la route. Nissac, mes espions m'ont fait tenir qu'on en voulait à ma vie, et peut-être pas seulement à la mienne, ce qui est bien plus grave encore. Tuez sans pitié et sans question quiconque ten-tera de nous barrer la route. Vous le savez, Nissac, je n'ai confiance qu'en vous !

C'est ainsi que dans la nuit du 5 au 6 de janvier de l'an 1649, à trois heures du matin, la reine, le dauphin Louis et son frère Philippe avaient emprunté un esca-lier dérobé menant aux jardins du Palais où attendaient Nissac et ses hommes, armés jusqu'aux dents. De là, le petit groupe de fugitifs avait gagné la rue de Riche-lieu où attendaient deux carrosses.

Le futur roi Louis le quatorzième, dès son arrivée en les jardins, avait été soulevé de terre par un géant noir qui l'effraya fort, au point qu'il demanda :

— Êtes-vous donc gentil, monsieur ?

— Hélas pour moi, je le suis désespérément, Votre Majesté !

— Vous êtes fort comme trois chevaux ! Quel est votre nom ?

— César de Bois-Brûlé, Votre Altesse Royale !

Le géant marchait à pas rapides, tous les sens en éveil, scrutant l'ombre des jardins obscurs. Le futur roi sentait battre le cœur de l'homme et la chose l'émut profondément.

Relâchant un très court instant son attention, le géant ajouta :

— Sire, je suis un infâme menteur mais ce « de » était mon nom d'acteur, jadis, et il me vient naturelle-ment sous la langue. Bois-Brûlé est simplement mon nom, sans y rien ajouter.

Le futur roi, revenu de ses frayeurs et que la situation amusait, caressa les cheveux de l'homme qui le portait puis, d'un ton de regret :

— Excusez-moi, monsieur de Bois-Brûlé, mais j'en mourais d'envie. Vos cheveux sont durs, et ont profondes racines.

— Bois-Brûlé, Sire !... Simplement Bois-Brûlé !

— Non point, il ne me plaît pas qu'il en soit ainsi. Lorsque je serai roi, par décret, et pour vous remercier, vous serez monsieur de Bois-Brûlé. Monsieur le cardinal trouvera bien, en Maine ou en Anjou, baronnie à votre mesure et convenance.

— Mais Sire... Tout le mérite de ce que je fais revient à monsieur le comte de Nissac !

— Le comte est notre sauveur et l'envoyé de la Providence, nous n'en ignorons rien !

Monsieur « de » Bois-Brûlé, perplexe, s'interrogea sur l'étrangeté de la vie qui menait en si peu de temps de la paille pourrie et pleine de vermine des Tournelles à une baronnie promise par le futur roi de France en personne.

Escortés par ces sept étranges gardes du corps, les deux carrosses avaient roulé jusqu'au Cours de la Reine où les attendaient le cardinal Mazarin, « Monsieur », car ainsi appelait-on Gaston d'Orléans, frère de feu le roi Louis XIII et oncle du futur Louis XIV, et enfin monsieur le prince de Condé avec quelques hauts personnages de la Cour.

Dans le froid glacé, mais sous un merveilleux clair de lune, le cortège grossi des gardes, gendarmes et chevau-légers du roi, s'était mis en route à grande vitesse vers le château de Saint-Germain-en-Laye.

Cela ne ressemblait point à un départ mais à une fuite.

Dans le carrosse, le Premier ministre observa la régente qui sommeillait sur les coussins tandis que le futur roi observait quelqu'un à l'extérieur.

Mazarin suivit le regard de Louis et remarqua « monsieur de » Bois-Brûlé. Un discret fou rire le prit en imaginant monsieur de Bois-Brûlé sortant de la cache de la rue Sainte-Marie Égiptienne, en soutane, et se faisant passer pour un « jésuite hongrois » ! Si le bon peuple gobait cette farce, il était mûr pour un triplement des impôts !

Mazarin eut une pensée fraternelle pour le comte de Nissac qu'il voyait galoper à côté du carrosse, l'épée à la main. Comme il avait besoin de cet homme en ces temps de lâcheté et de trahison !

Louis, qui avalait sa salive depuis un petit moment, lança :

— Nous avons faim !

Aussitôt, une dame de compagnie de la reine raviva un petit fourneau et tira un lais[1].

Mazarin, songeur, s'émerveilla : « Le progrès, tout de même. Fera-t-on jamais mieux pour voyager ? »

15

À Paris, où Nissac et ses hommes étaient revenus en la matinée, la fièvre montait d'instant en instant. Le parlement refusait son transfert à Montargis, bien que ce fût là décision royale, et contre-attaquait en affirmant que le futur roi avait été enlevé par Mazarin. Poussant cette logique en son extrémité, le parlement déclarait le Premier ministre *auteur de tous les désordres de l'État*, lui enjoignant de quitter le territoire et invitant *« tous les sujets à lui courir sus ».*

---

1. Planchette de bois.

Cette fois, on allait à l'affrontement direct.

On leva une armée. Déjà, les quartiers de la ville fournissaient un régiment.

Plus grave, de très grands seigneurs jetaient bas le masque et rejoignaient la Fronde du parlement. Ainsi du duc d'Elbeuf, descendant des Guise ; La Tour d'Auvergne, duc de Bouillon et frère de Turenne ; Philippe de la Motte-Haudancourt, maréchal de France ; le prince de Marsillac, futur François de La Rochefoucauld ; l'inévitable duc de Beaufort, petit-fils d'Henri IV...

Le beau monde abandonnait le futur roi, la régente et le Premier ministre en leur Cour de Saint-Germain pour gagner Paris.

La très convoitée madame de Longueville, beauté blonde aux grands yeux turquoise, se ralliait à la Fronde. Mais la ravissante duchesse ne vint point seule : sœur de Condé, elle amenait son autre frère, Armand de Bourbon, prince de Conti et ce prince du sang fut aussitôt nommé généralissime de la Fronde.

Enfin, pour maîtriser totalement Paris, on fit tirer au canon sur la Bastille, vieille forteresse demeurée loyaliste et qui capitula, encerclée par l'armée de la Fronde.

Devant ces succès annonciateurs d'une campagne foudroyante, un des très hauts personnages de l'État rallia les insurgés : Jean-François Paul de Gondi, coadjuteur de l'archevêque de Paris et futur cardinal de Retz.

Chez les loyalistes terrés dans Paris, on n'en menait point large, espérant des jours meilleurs.

À quelques exceptions près, cependant...

En vieux policier prudent et rusé, Jérôme de Galand, lieutenant criminel de Paris entièrement acquis au cardinal, avait donné rendez-vous au comte de Nissac en un bouchon de la rue des Deux-Écus, proche de l'hôtel de Soissons.

Nissac avait d'abord été jeter un regard à la crue de

la rivière de Seine, toute soudaine et très impressionnante. Les berges se trouvaient submergées et, sur le fleuve, le bois flotté de Bourgogne n'arrivait plus. Le port de Grève et celui de l'École, près du Pont-Neuf, étaient déjà sous les eaux.

Mais cela n'empêchait nullement le froid, un froid à pierre fendre qui ne décourageait point les « crosseurs [1] » de s'adonner à leur jeu favori sur les surfaces gelées.

Nissac pénétra dans le bouchon de la rue des Deux-Écus et repéra bien vite une table sur une mezzanine à laquelle on accédait par une volée de marches.

Jérôme de Galand, la cinquantaine, affectait un air d'indifférence mais Nissac comprit que rien ne lui échappait, son regard d'aigle saisissant toutes choses.

— Je suis votre serviteur, monsieur le comte. Douter de ma fidélité serait pour vous une perte de temps.

— Je sais, vous m'avez été recommandé par une commune relation.

Cette allusion au cardinal détendit le policier mais, pour reprendre leur conversation, les deux hommes attendirent le départ d'une servante qui apporta une cruche de vin blanc et se retira aussitôt.

Nissac prit l'initiative :

— Je suis très ignorant des choses de police. Je crois savoir que votre supérieur, le lieutenant civil du Châtelet [2], n'est point de nos amis, n'est-ce pas ?

— Pas exactement, monsieur le comte. Le lieutenant civil, qui hésite longuement sur le parti à choisir, prend actuellement médecine. C'est une façon de gagner du temps. Cela dit, l'homme n'est point sûr, on ne peut sérieusement compter sur lui. Pas davantage sur le chevalier du guet ou le prévôt en l'île.

— Et les autres ?

— Les commissaires sont incertains. Je ne peux

---

1. Le jeu de crosse est l'ancêtre du hockey.
2. Équivalent du Préfet de police.

guère tenir pour fidèles que quatre hommes de la compagnie d'archers à cheval.

— C'est bien peu.

— C'est qu'en cette époque on manque de convictions, monsieur le comte.

— Mais pas vous.

— Pas moi. J'ai horreur du désordre.

— Voyez-vous un moyen de changer les choses concernant nos maigres troupes de police ?

— J'y ai pensé. Certains archers déserteront aux premiers jours de la guerre. D'autres, je me charge de leur lever le cœur en leur rendant la vie impossible. Je tiens disponible une quinzaine d'hommes que je ferai alors entrer régulièrement en ma troupe sans éveiller de soupçons.

Le comte regarda les dîneurs, en contrebas. On parlait des « événements », mêlant la Fronde et l'inondation. Nissac remarqua six poulets dodus qui rôtissaient sur trois broches :

— Ce froid ouvre l'appétit. Puis-je vous inviter ?

Bien que ce ne fût point du tout là son genre, le lieutenant de police criminelle parut surpris :

— C'est un très grand honneur, monsieur le comte.

On passa commande. Les deux hommes furent rapidement servis.

Le lieutenant de police criminelle, le vin aidant, se détendit, sans jamais devenir inattentif, d'autant qu'il fut bientôt question de l'« Écorcheur ».

— Comprenez, monsieur le comte, Paris est peuplé de près d'un demi-million d'habitants. Pour la seule année 1643, où sur mon insistance les chiffres furent soigneusement relevés, trois cent soixante-douze hommes et femmes ont été assassinés en cette ville. Et en six ans, la situation s'est sans cesse aggravée.

— Mais l'homme que nous recherchons, c'est tout autre chose !

Le lieutenant de police criminelle reposa le pilon en lequel il mordait.

— Certes. L'Écorcheur n'est point comme les

106

autres. Nos criminels habituels, si j'ose ainsi dire, obéissent à des raisons pour moi sans surprise. Le mari jaloux qui tue sa femme en la surprenant au lit avec un autre, la rixe qui tourne mal, l'ivresse et les moments de folie qu'elle provoque. Pour d'autres, ils ne font que suivre une pente naturelle qui les mène au crime. Les caimands[1], les estropiats[2], coupe-bourse, tire-laine !... Les barbets[3], les ribauds, les ruffians, toute cette canaillerie... Notre Écorcheur, lui, c'est beaucoup plus étonnant.

— Pourquoi a-t-il un comportement si sauvage ? On dirait d'un loup-garou.

— Je me suis bien souvente fois posé cette question. L'Écorcheur n'est point un fou mais un pervers, et c'est là chose bien différente pour qui a de la mesure. Nous savons peu sur cet homme, il faut force menaces pour arracher un témoignage. Voyez-vous, il met de l'intelligence en ses horribles crimes, on ne peut le nier. Il est servi, et bien servi, par des créatures qui lui obéissent en toutes choses. Il aurait deux cavaliers d'escorte et beau carrosse au blason dissimulé. Il ne tombe pas par hasard sur ses proies et j'en conclus qu'elles sont enlevées au préalable, ce qui doit nous faire songer que d'autres encore de ses gens s'occupent de cette activité. Enfin, il y a le problème des corps. Cette chose horrible qui fut une jeune fille, dans son cercueil de verre posé sur les marches d'une église. La foule effarée, les hauts cris, prières et lamentations et chaque fois, j'ai vérifié, voilà un homme qui surgit on ne sait d'où, qui fait monter la fièvre de la foule. Une pierre est lancée, le cercueil brisé. Par ce qui semble on ne sait quel hasard, qui n'est point hasard mais répétition, un complice surgit, jette des branchages, de la poix et allume le feu. Pour la foule, cela tient de... excusez le mot... de l'exorcisme ! On hurle, on danse, on bat des mains pour saluer l'évanouissement en

1. Mendiants professionnels.
2. Soldats invalides qui mendient.
3. Auteurs de vol avec violence.

fumée de l'horreur absolue. Mais comme me le faisait remarquer avec grande justesse de vue un vieux curé, la preuve s'en va elle aussi en fumée.

— C'est diabolique !

— C'est fait avec intelligence, monsieur le comte.

Le lieutenant de police criminelle, ayant repris son pilon, mastiquait en songeant à autre chose puis, regardant le comte dans les yeux :

— Une fois, pourtant, il n'en alla point ainsi.

— Mais parlez !

— Une pluie d'automne, soudaine et violente. Toutes les tentatives pour incendier le corps furent vaines. On enterra bien vite le cadavre et les complices de l'Écorcheur ne purent intervenir. Sans doute pensèrent-ils le faire à la nuit mais, prévenu, je les ai précédés, couvrant les quatre lieues à bride abattue. Mes quatre fidèles archers me rejoignirent avec un chariot. J'emportai le corps déterré. Il me fut facile de constater que la jeune fille avait été violée avant que n'ait lieu l'habituelle boucherie.

— Il faut que je voie ce corps.

— C'est possible, monsieur le comte, mais je vous le déconseille. Sa vue soulève les cœurs, même les mieux accrochés.

— Je suis soldat. J'ai vu des centaines de cadavres.

— Ça n'a rien de commun, monsieur le comte. c'est un défi à l'humaine nature. À la vue de cette chose, un grand doute vous vient dont je n'ai pas achevé de saisir les contours.

— Qu'en avez-vous fait, lieutenant ?

Le lieutenant de police criminelle posa le pilon dont il ne restait que l'os et saisit une aile. Redevenu pensif, et comme en léthargie, il vida son verre de vin et, regardant le comte droit dans les yeux :

— Il est des dizaines et des dizaines de cimetières à Paris, certains bien modestes et peu connus. L'un d'eux a grande particularité, car sa terre conserve et momifie les cadavres, évitant ainsi la pourriture. La jeune fille y est enterrée. J'y suis retourné, la nuit de l'Épiphanie, quand le vent glacial avait vidé les rues. La tombe est toujours là, intacte et inviolée. Pour égarer les gens de l'Écorcheur, j'ai fait graver un nom d'homme sur la croix. Ce nom, c'est le mien.

— Vous n'êtes point superstitieux !

— Pas plus que de raison, monsieur le comte.

— Très bien, nous irons à la nuit. Amenez vos archers à cheval, j'amènerai mes hommes.

Le lieutenant de police criminelle réfléchit un instant :

— Il est une heure de relevée [1]. Nous avons le temps de nous organiser à cet effet.

16

Les fous rires leur passaient lorsqu'ils se croisaient, vêtus de méchantes soutanes, en l'hôtel particulier de la rue du Bout du Monde.

Seul monsieur de Bois-Brûlé, modèle absolument unique de jésuite africain soi-disant hongrois, parvenait à faire rire encore ses camarades en parlant latin, un latin totalement imaginaire.

À son arrivée, le comte de Nissac fut aussitôt hélé par le baron de Frontignac qui lui tendit une lettre cachetée de cire rouge :

— Pour vous, monsieur le comte. Un jésuite, un vrai, celui-là, l'a apportée voici moins d'une heure.

Frontignac réfléchit un instant.

— Comme je lui demandais d'où il tenait l'adresse, il me répondit simplement « Cause Suprême », ajoutant que vous comprendriez sur l'instant.

— « Cause Suprême », vous êtes certain ?

— Absolument.

---

1. Une heure de l'après-midi.

— Merci, Frontignac.

Soucieux, Nissac traversa la grande salle du bas où Le Clair de Lafitte, Fervac et Florenty, l'ancien faux-saunier, étaient penchés sur une carte de la capitale, d'assez grande dimension, surmontée de l'inscription « *Lutetia Parisiorum urbs, toto orbe celebrerrima Notissimaque, caput regni Franciae* ».

Nissac gagna une pièce où s'entendait un bruit régulier. Il entra, refermant la porte derrière lui.

Nicolas Louvet, l'ancien faussaire, travaillait une petite clé à l'aide d'une lime en queue de rat.

— Où en est le travail ?

— C'est presque fini, monsieur le comte. Une petite heure encore et nous serons prêts.

— Es-tu sûr de toi ?

— Certain. Le travail ne présente point de difficultés. J'en ai éprouvé davantage pour entrer dans la place, exécuter discrètement mes moulages de serrures et rencontrer celui que vous savez.

— Il se méfie ?

— De tout le monde. Mais vous aviez raison, monsieur le comte, son intérêt pour les monnaies anciennes est plus fort que sa prudence. Sa collection est magnifique, de très grande valeur et nos pièces l'ont séduit.

— Quand il s'apercevra que ce sont des fausses...

— Il ne le saura pas, monsieur le comte. Mon travail est à l'identique, je sais fabriquer une fausse usure. J'ai trompé bien des collectionneurs avant lui mais c'est la première fois que j'abuserai un banquier.

— C'est bien, continue !

Nissac ressortit, monta à l'étage et s'enferma dans sa chambre.

Puis, assez nerveusement, il brisa le cachet de cire et lut la lettre qu'on avait rédigée en grec ancien, afin d'égarer d'éventuels regards indiscrets.

Le texte, que Nissac traduisit aussitôt, était d'une belle écriture.

Paris, le 14 de janvier 1649

Ami,

Je sais à peu près tout de vos activités. Elles me passionnent et j'en devine l'intérêt supérieur, dans le droit fil de ce qui constitue depuis votre très jeune âge l'essentiel de notre correspondance, et bien loin de ce qui agite présentement tous ces puissants seigneurs.

Il fallait bien qu'un jour ou l'autre, avant que l'âge ne m'emporte, nous nous rencontrions.

Cette heure est venue.

Ne vous attardez pas, lorsque vous me verrez, à mon pauvre visage car je fus défiguré voilà bien longtemps en des circonstances que je vous conterai mais sachez déjà que, sans l'intervention de feu monsieur votre père, je serais mort il y aura bientôt trente ans. Ma seule marque de reconnaissance à son endroit aura été à travers vous, en ce rêve immense que je vous ai fait partager.

En écrivant ces lignes, une idée me vient qui consiste à réparer grande injustice. Vous dites ne point avoir grande affection pour votre tante, notez qu'elle vous fit enseigner le grec ancien qui nous sert à correspondre. Vous dites encore qu'elle fut bien sévère, ce fut, n'en doutez point, à la mesure de l'amour qu'elle vous portait.

Au reste, la faute m'en revient.

Il est temps de vous révéler ce qui sera pour vous grande surprise. Feu votre tante, qui vous éleva, eh bien sachez que la pauvre chère femme était entièrement acquise à nos idées et partageait notre rêve. Sachez également chose que vous avez toujours ignorée, vous trouvant aux armées de monsieur de Condé : elle n'est point morte seule en son château de Carentan et je lui tins la main jusqu'à la fin.

Puisque nous parlons aujourd'hui d'égal à égal, de puissance à puissance, de général d'artillerie à général des Jésuites, j'ai une grâce à vous demander qui consiste à amener cette jeune femme, Mathilde de Santheuil.

Vous le constatez, les services secrets des Jésuites seront toujours supérieurs à ceux du roi ou de son pathétique Premier ministre, ce Mazarin, qui m'évoque un personnage inventé par les Napolitains et qui a nom « Pulcinella » mais ici, me semble-t-il, on l'appelle « Polichinelle ».

Ce soir, minuit, Notre-Dame. On vous attendra. Venez en barque, les eaux montent.

Votre ami de toujours.

Pensivement, le comte de Nissac s'approcha de la cheminée et y jeta la lettre en songeant que la nuit serait bien longue.

Les flammes tordirent le parchemin qui bientôt tomba en cendres.

Joseph, quittant les « Armes de Saint-Merry », se précipita au-devant du comte qui lui tendit la bride de son grand cheval noir en disant :

— Cher Joseph, toujours un regard sur la rue. Mais qui surveilles-tu ainsi ?

— Moi, monseigneur ?

— Ne serais-tu point amoureux de la toute belle madame de Santheuil ?

Une brève déception traversa le regard de Joseph et Nissac sut qu'il s'était trompé.

— Je ne voulais point te blesser. Mais après tout, tu es veuf et sans enfants.

— Mes cinq enfants sont morts, monsieur le comte.

— Je suis désolé, c'est grand malheur.

— Cela remonte à bien loin. Mais voyez-vous, hors ceux qui l'aiment d'amour, madame de Santheuil est aimée pour sa gentillesse et sa grande intelligence. Or, elle semble inquiète depuis quelque temps et c'est la raison de ma vigilance.

À demi convaincu, le comte répondit :

— Alors ne relâche point ton attention.

Elle l'observait avec ce qui lui sembla une certaine indifférence quand ce n'était que rigoureux contrôle de soi pour ne point laisser deviner ses sentiments.

Il regarda autour de lui avec un léger sourire :

— Vous m'avez fait passer ici, madame, une bien agréable soirée. C'est grand dommage que la fièvre m'ait ôté le souvenir de ce qui fut dit entre nous.

— En effet. Vous fûtes bavard, monsieur le comte, état qui, j'en jurerais, vous est inhabituel.

— Bavard... à ce point ? demanda Nissac, soudain inquiet.

— Ce fut très intéressant. Mais... vous souhaitiez me voir ?

Le comte était fasciné par ce visage et, concernant la nuit qu'il avait passée ici, ce qu'il prenait pour un rêve lui restait présent à l'esprit. Pourtant, il sentit que madame de Santheuil souhaitait qu'il en vînt au fait mais le manque de chaleur de cet accueil ne lui facilitait point les choses.

Il commença néanmoins :

— Madame, le service du cardinal revêt parfois des formes qui peuvent sembler déconcertantes.

Il marqua un court silence qu'elle rompit aussitôt :

— Vous n'avez encore rien dit, monsieur le comte, ou bien c'est trop court, trop vague ou trop sibyllin.

Cette fois, il fut désemparé et Mathilde de Santheuil dut faire grand effort pour ne point se jeter dans ses bras.

Il reprit, plus sèchement :

— En effet. Je voulais vous dire que certaines de nos actions paraissent parfois liées très lointainement à notre cause, quand elles les servent pourtant. D'autres fois, le rapport existe à peine. C'est le cas de ce que je m'en vais vous proposer.

— Vous êtes en train de me dire, monsieur le comte, que vous avez besoin de moi pour quelque chose qui se trouve sans rapport avec le service du cardinal ?

— Très précisément, madame.

— Et quelle est donc cette chose ?

— Mon plus cher ami, le plus ancien aussi, souhaite vous voir en même temps que moi.

Le cœur de madame de Santheuil battit plus vite. Grâce à cet ami, le comte et elle se reverraient. Elle fit taire son émotion :

— Votre ami connaît donc mon existence ?

— Il sait tout, sur tout le monde.

— Qui est-il, monsieur le comte ?

— Je ne puis vous le révéler sans son consentement.

Un peu déconcertée, Mathilde de Santheuil alla tisonner les bûches puis, revenant vers Nissac :

— Voilà qui est bien mystérieux.

— J'en conviens.

— Et où veut-il nous voir ?

— À Notre-Dame, à minuit.

— Mais la rivière de Seine a envahi Notre-Dame, l'ignoriez-vous ?

— Une barque nous attendra.

Elle prit brusquement sa décision :

— C'est entendu, monsieur le comte.

— Je peux vous venir chercher en carrosse mais à la minuit, la chose n'est point discrète. Il serait plus avisé, si vous n'y voyez point offense, que je vienne vous chercher avec mon cheval et que vous montiez en croupe. Mon cheval est solide et sûr, nous gagnerons ainsi les quartiers envahis par la montée des eaux.

Mathilde aurait dit oui de toutes les façons, même si le comte lui avait proposé une visite des enfers. Mais la perspective de se trouver sur le même cheval que l'homme qu'elle aimait la ravissait.

À ceci près qu'elle ignorait tout du cheval. Aussi questionna-t-elle :

— Qu'entendez-vous par « monter en croupe » ?

— Derrière moi.

114

— Mais comment tiendrai-je à l'arrière de votre cheval ?

Assez perplexe, le comte de Nissac réfléchit. Il lui sembla que le regard de la jeune femme pétillait et qu'elle prenait grand amusement à le pousser en ses retranchements. Il songea, amusé : « Aussi cruelle que belle, c'est là une femme ! » Néanmoins, il s'efforça de répondre :

— Derrière. Vous me tenez à la taille ou aux épaules. Le corps du cheval se trouve entre vos jambes... Mais c'est bien large lorsque l'habitude n'est point là.

— Il n'en est pas question. Vous ne connaissez point autre moyen ?

Le comte, qui sentait des picotements lui venir, faillit se prendre la tête à deux mains et s'enfuir. En cet instant, il eût préféré affronter seul un « tercio » de l'armée espagnole.

Il s'efforça au calme pour répondre :

— Vous vous asseyez devant moi, au bas de l'encolure du cheval. Vos jambes sont du même côté et vous ne faites point face à la route. Pour ma part, tenant les brides, je vous tiens en quelque sorte dans mes bras et puis vous jurer que vous ne chuterez point.

Mathilde de Santheuil trouvait cette solution plus avantageuse. Elle serait de profil, il n'aurait qu'elle à voir.

— J'accepte.

Il sembla soulagé :

— C'est parfait. Une dernière chose : je crains que l'ami qui veut vous rencontrer ne soit... Enfin, je crois qu'il est défiguré. Ne prenez point peur.

— Attendez, monsieur le comte. Vous CROYEZ que votre « plus cher ami » est défiguré ?... Vous n'en êtes donc point certain ?

— Je ne l'ai jamais vu.

— Vous plaisantez ? demanda-t-elle sèchement mais, au visage du comte, elle comprit qu'il se trouvait en grande sincérité.

Embarrassé, il expliqua :

— Il est bien plus âgé que moi ! Nous entretenons correspondance abondante depuis que je suis en âge de tenir une plume et d'avoir quelques pensées.

Énervé, il fit les cent pas.

Sa haute silhouette passait et repassait devant la cheminée, projetant son ombre agrandie sur les murs de la maison et, une fois encore, Mathilde songea : « Reste ! Je t'en supplie, reste toujours ! Celles qui sont titrées, toutes tes duchesses et tes marquises, aucune ne saura t'aimer comme je t'aime. Je ferai tout, pour toi, le comprendras-tu jamais ? »

Il cessa d'aller et venir, lui faisant face :

— Je sais, c'est très curieux. Je suis un homme sérieux et calme, un soldat qui réfléchit sur l'artillerie et sait calculer le meilleur parti pour mes canons. Et cependant, chaque fois que je vous rencontre, j'ai l'air d'un fou furieux, un agité, un folâtre, un évaporé qui s'invente d'incroyables histoires. Eh bien non, je ne suis point ainsi, madame de Santheuil.

— Dommage, la folie donne du charme.

— Vous dites ?

— La société s'ennuie des gens trop sérieux quant aux femmes...

Elle s'interrompit puis, plus gravement :

— Les femmes vous intéressent sans doute, monsieur le comte ?

Il hésita.

À son âge, trente-huit ans, la seule femme qui l'eût jamais passionné se trouvait devant lui avec un charmant sourire de défi.

Il toussota :

— Eh bien... Elles m'intéressent en effet. Raisonnablement.

Elle sembla atterrée :

— « Raisonnablement » ?

Il dansa d'un pied sur l'autre, se trouvant aux mille diables, et répondit enfin :

— Le service aux armées, mon château en les

brouillards où j'aimerais me retirer, il n'est rien là qui puisse faire rêver une femme et donc, par voie de conséquence, me faire rêver sur une femme. Heu... Ne suis-je point trop confus ?

— Point du tout. Mais en amie, je vous dirais : point trop de raison. Soyez un peu fou, les femmes en raffolent.

Il haussa les épaules.

— Fou !... Fou !... Voilà comme la chose est dite !... Alors il suffirait de paraître en habit de bouffon, mi-jaune, mi-rouge, d'agiter un grelot comme un nain stupide, de remuer les oreilles et de se tordre le nez, de faire grimaces hideuses en marchant sur la tête, de regarder en son nombril pour vérifier si troupe de sorcières ne s'y cache point, de se laisser pousser fort longues moustaches afin de les lier l'une à l'autre par un double nœud, de manger artichaut par le pied et d'avaler les noyaux de cerises en laissant leur chair délicieuse au côté de l'assiette, en un mot, de n'être point possible à vivre plus de quelques instants pour enfin être aimé de vous ?

Il songea, en un éclair de lucidité, que si ces choses avaient été nécessaires, il les aurait toutes faites. Lui, Loup de Pomonne, seigneur de Nissac, lieutenant-général de l'artillerie de monsieur le prince de Condé, pour plaire à Mathilde, il les eût faites toutes !

Épouvanté, il se dit : « Mais je l'aime vraiment ! »

La réponse de madame de Santheuil lui fit l'effet d'un de ces seaux d'eau qu'il renversait sur son corps chaque matin depuis l'enfance.

— Il en faudrait beaucoup plus, monsieur le comte !

Découragé, il saisit son chapeau à belles plumes, salua sans un mot et sortit, laissant Mathilde désespérée qui murmura :

— Mais pourquoi ai-je dit cela que je ne pense point ?

17

Débouchant du pont Saint-Michel, sur lequel les échoppes fermées semblaient les pieds dans l'eau tant la Seine avait monté, Nissac et ses compagnons gagnèrent la rive gauche et parvinrent bientôt rue Poupée où les attendaient Jérôme de Galand et ses quatre archers, des hommes de haute stature aux rudes visages.

Bien que la nuit fût sombre, parcimonieusement éclairée par quelques pauvres rayons de lune que masquaient par intermittence de lourds nuages violacés, le lieutenant de police criminelle pria le baron de Frontignac de souffler son falot en expliquant :

— La ville est aux factieux qui ajoutent l'audace à l'insolence. Il n'est guère prudent de signaler ainsi notre arrivée.

Tournant bride, il s'enfonça dans les ruelles obscures, suivi de ses hommes et de ceux de Nissac.

Par la rue de la Harpe, on gagna la rue de Foin et de là, on se dirigea vers la Porte Saint-Jacques pour s'y arrêter peu avant, à proximité d'une église fort ancienne et visiblement à l'abandon.

Déléguant un des archers à la garde des chevaux, Galand, Nissac et leurs hommes contournèrent l'église... et tombèrent en arrêt.

Dans le froid polaire, et à la lueur de torches, des hommes creusaient le sol gelé d'un très ancien cimetière dont les croix, pour la plupart de guingois, attestaient l'ancienneté.

Le lieutenant de police criminelle s'approcha du comte de Nissac qui observait la scène et lui glissa :

— Nous ne sommes point les premiers, dirait-on.

— C'est donc cette tombe-là ? murmura Nissac.

— À cette distance, comment en avoir grande certitude ? Mais il semble, en effet. Au reste, qui d'autre, en pleine nuit et par ce froid ? Nous ne sommes point en période de peste et l'on n'enterre pas les chrétiens la nuit.

— Surtout à six, et l'épée au côté.

— Nous attaquons, monsieur le comte ?

Nissac regarda Galand avec surprise.

— Avez-vous jamais imaginé chose différente ?

Par gestes, les deux chefs donnèrent leurs ordres et bientôt leurs hommes se dispersèrent pour former un large mouvement de tenaille qui se referma sur les six déterreurs de cadavres, à présent encerclés, toute retraite coupée.

Découverts, ceux-ci abandonnèrent immédiatement pelles et pioches pour sortir l'épée du fourreau.

D'un légalisme de bon ton, certes un peu suranné en ces temps troublés de sédition mais qui impressionna favorablement le comte de Nissac, le lieutenant de police criminelle, l'épée à la main, donna sommation :

— Jérôme de Galand, lieutenant criminel du Châtelet. Au nom du roi, rendez-vous !

On devina un certain flottement chez les violeurs de sépultures qui, sans doute, prenaient la mesure de l'adversaire. Une rude affaire car avec Nissac, Galand et leurs hommes, ils se trouvaient face à onze gaillards déterminés.

Mais, d'une voix insolente qui indiquait assez comme l'homme devait bénéficier de puissants appuis, le chef des factieux répondit avec mépris :

— Le roi est otage du cardinal et celui-ci est hors les lois du royaume. Aujourd'hui, servir le roi, c'est servir le prince de Conti, le coadjuteur et le parlement. Vous, rendez-vous !

Galand regarda le comte de Nissac avec découragement :

— Le plus grave est sans doute qu'il se trouve en grande sincérité car en ces temps, beaucoup ne savent plus qui servir.

— Qu'entendez-vous par là ? demanda Nissac sans masquer une certaine irritation.

Galand sembla désemparé :

— J'entends par là que j'ignore tout de ces hommes, pense qu'ils se fourvoient mais ajoute qu'ils sont peut-être honnêtes en leur dévouement au prince de Conti, au coadjuteur et au parlement. Voilà qui complique les choses.

— Mais ils sont occupés à violer une sépulture, et c'est là grand crime de tout temps et sous quelque gouvernement que ce fût !

— Si fait, monsieur le comte, mais nous-mêmes, qu'allions-nous faire d'autre ?

L'argument semblait de poids aux yeux du lieutenant de police criminelle et le baron Le Clerc de Lafitte, qui se trouvait tout proche, hocha la tête.

C'était compter sans Nissac pour lequel ce débat n'en constituait point un. Sa voix se fit plus cinglante :

— Monsieur, vous menez enquête criminelle et je traque une bande de factieux qui nuit à la sécurité de l'État et place sous la menace des armes le Premier ministre qui représente le roi. Peu m'importe le coadjuteur, le prince de Conti, toute cette noblesse qui s'égare. Notre mobile à déterrer ce cadavre est affaire de police criminelle et de sûreté du pouvoir royal, ce qui n'est point motivation de ces gens-là. Je ne pense point, monsieur, qu'il y ait là matière à s'interroger sur la légalité, le devoir ou la légitimité, qui sont sujets fort intéressants pour soirée au coin de feu et non point la nuit, par grand froid, en un cimetière et face à une bande armée qui s'oppose au représentant de la loi que vous incarnez.

Galand, impressionné, fit retraite sans pourtant capituler :

— J'entends bien, monsieur le comte, ces choses sont fort bien dites et ne manquent point de poids. Néanmoins, mon scrupule est que ces gens, parmi lesquels se comptent peut-être des gentilshommes, pensent, eux aussi, servir un pouvoir légal.

— Si vous raisonnez ainsi, la Fronde a déjà gagné.

— Non point, mais la question mérite réponse pour légitimer l'action.

L'hésitation de Galand lui faisait honneur, mais

l'honneur de Nissac était de ne point connaître l'hésitation ; il sortit son épée de son fourreau.

Immédiatement, les six hommes du comte l'imitèrent dans un bruit où le métal frottant le métal laissait entendre qu'était passé le temps des palabres. D'instinct, les archers avaient également sorti l'épée.

Le lieutenant de police criminelle hocha la tête avec un flagrant manque de conviction et en maugréant :

— Je le répète, pareilles questions méritent cependant réponses.

Frappant légèrement de son poing ganté la poitrine du lieutenant, en une série brève mais insistante, Nissac répondit en retroussant sans s'en rendre compte sa lèvre supérieure :

— Monsieur, depuis la nuit des temps ce débat existe. Il existera encore dans les siècles à venir aussi bien, je vous dirais ceci : servir le pouvoir du moment, parce qu'il est le pouvoir, parfois installé dans la violence, contre la morale et la volonté commune, c'est avoir âme de valet et œuvrer à la canaillerie, aux excès et aux crimes. Le peuple s'est choisi le roi, nous le savons tous deux. Et nous devinons tous deux qu'il n'en sera peut-être pas toujours ainsi et que le devoir, alors, sera de servir le peuple même contre le roi car c'est avant tout ceux qui le composent, la grande multitude, qui le font exister. Mais alors nous le saurons et en attendant, ce serait absurdité que de servir une coterie de bourgeois écervelés du parlement alliés à de grands seigneurs qui souhaitent revenir deux siècles en arrière.

Galand sembla d'abord tomber des nues, puis regarda Nissac sans masquer sa sympathie :

— C'est là idée fort dangereuse, monseigneur. Un mauvais esprit songerait en vous écoutant que vous pensez : mieux vaut un roi qu'il est possible de renverser quelque jour prochain que des pouvoirs multiples et forts en les régions, c'est-à-dire adversaires diversifiés rendant la tâche plus malaisée.

Nissac lui sourit, puis son regard se porta sur les profanateurs de sépultures.

— Mais ni vous ni moi n'avons mauvais esprit, mon cher Galand.

Galand vivait un rêve éveillé. Quoi, un comte de Nissac partageait ses préoccupations, allait et venait d'un pas alerte en son jardin secret dont il semblait connaître chaque allée ?

Il osa l'ultime question :

— Mais, monsieur le comte, à quoi reconnaît-on la voie lumineuse qu'on pourrait appeler... « le devoir » ?

Nissac haussa les épaules :

— À une petite chose qui palpite en nous et qu'il ne faut point étouffer. Une petite chose...

Il scruta attentivement Galand. Par ses questions, le lieutenant de police criminelle en disait long sur ses sympathies et inclinations. Au fond, ils se reconnaissaient semblable secret idéal :

— Une petite chose qu'on pourrait nommer la conscience.

Là-bas, les violeurs de sépultures, qui croyaient à une dissension, tentèrent d'aiguiser celle-ci :

— C'est avec la langue qu'on ferraille, messieurs, point donc avec l'épée ? Grand bien vous fasse. De notre bord, ce qui ne manque point, c'est l'or.

— Et nous, le métal ! répondit Nissac en avançant seul, l'épée à la main, vers les Frondeurs.

18

Le chef des factieux, probablement un nobliau acquis à la Fronde, avança vers Nissac et se mit en garde.

L'épée bien en main, le comte le regarda droit dans les yeux en disant :

— Vous êtes bien jeune, monsieur, quand je traîne sur les champs de bataille depuis fort longtemps. Il est encore temps de briser là, et l'honneur serait sauf.

Le jeune homme, en lequel s'immisçait le doute, passa outre celui-ci et, se forçant à rire :

— Tandis que vous, monsieur, avec vos cheveux qui grisonnent, vous avez sans doute assez vécu ?

Nissac lui jeta un regard désolé. Le jeune homme avança fougueusement. Au lieu de reculer pour contenir l'attaque, le comte en fit autant, en contre. Son bras se détendit. Un geste, un seul, et le jeune homme s'effondra, un trou dans la gorge.

Hormis Le Clair de Lafitte et Frontignac, qui connaissaient la manière de Nissac, les spectateurs furent stupéfaits.

— Qu'est cela ? murmura le lieutenant de police criminelle.

Frontignac, qui avait si souvent admiré son général en ses œuvres, expliqua à mi-voix :

— Aucune diablerie là-dessous. Nul ne sait exactement l'origine de ce coup qui semble antérieur au règne du roi Henri le quatrième et dont parle chronique ancienne. On dit que les Nissac, qui écumèrent les océans sur les vaisseaux de la flotte royale, tiendraient le secret des barbaresques mais rien ne l'atteste. D'ailleurs, même lorsqu'il n'utilise point ce coup secret, le comte ne peut être battu. Ah, excusez-moi...

Frontignac s'avança car les cinq Frondeurs survivants, non sans courage, faisaient face. Le Clair de Lafitte rejoignit Frontignac, puis Maximilien Fervac, redoutable lame des Gardes Françaises. Délégués d'un geste par Galand, deux archers, représentant en quelque sorte la police, se joignirent au groupe tandis que Nissac, ayant fait un pas en avant, se posait en éventuel suppléant au cas où un des siens tomberait au combat.

À cinq contre cinq, le combat s'engagea loyalement.

Presque aussitôt, les Frondeurs furent débordés. Fervac, à la première passe, blessa son adversaire à l'épaule et chacun admira son style, son efficacité et sa grande élégance.

Le Clair de Lafitte, peu pressé de conclure, avait pris l'ascendant sur un vieux Frondeur qui lui faisait face et qui, quoique dominé, manifestait par instants des réveils qui laissaient deviner l'homme brillant qu'il avait dû être jadis.

Frontignac avait déjà balafré son adversaire, sans doute un militaire en civil, assez courageux, cependant, pour ne point rompre le combat.

Côté police du cardinal, l'issue semblait plus incertaine. Un des archers faisait jeu égal avec le Frondeur auquel il se trouvait opposé quand, brusquement, le second archer s'effondra, blessé à la main qui tenait l'épée.

Aussitôt, Nissac s'avança vers le vainqueur et, une fois encore, il proposa une porte de sortie :

— Est-ce bien nécessaire, monsieur ? À ce jeu, vous ne gagnerez point. Trop de mes compagnons pourraient prendre la relève.

Son adversaire, un tout jeune homme, le toisa avec cette insolence qui, en toutes ces années noires, fut un des charmes de certains Frondeurs :

— Vous avez eu de la chance, monsieur, mais pour avoir vu votre coup, je ne me laisserai point prendre à mon tour car un âne ne met jamais deux fois le sabot en la même ornière.

— Il est cependant des ânes stupides, et certains autres qui se plaisent à souffrir car ils ont sans doute du goût pour le malheur. Donnez-moi une raison, une seule, de ne point vous prendre la vie.

Le Frondeur, de bonne naissance, perdait pied. L'homme qui lui faisait face dégageait trop de force, trop de calme... Il eut brutalement la vision de sa gorge ouverte, du sang qui bouillonne, de la vie palpitante qui s'enfuit. C'était beaucoup, il composa donc et pour ce faire, baissa suffisamment la voix pour n'être entendu que du seul comte de Nissac, et point de ses propres amis :

124

— Eh bien, monsieur, en vérité, la vie est une bien belle chose. Si j'étais blessé, et légèrement...

— Soit, il en sera ainsi ! Mais qui vous a envoyé ici ?

Le jeune homme sembla surpris ;

— Mais le marquis de Wesphal, que vous venez d'occire de si étonnante façon.

— D'où tenait-il ce renseignement ?

— Une trahison subalterne, me semble-t-il. C'est qu'on ne nous dit point toutes choses. Sachez encore que Monsieur de Wesphal avait servi aux armées, sous les ordres du maréchal de La Motte-Houdancourt.

— Un Frondeur ! coupa Nissac.

— Sans doute, mais un maréchal de France.

— On peut être maréchal de France et trahir son pays. Au reste, maréchal, il ne le sera plus longtemps. Allons, mettez-vous en garde et jouons cette comédie que vous souhaitez. Pour ne point vous tuer mais convaincre vos amis de votre ardeur à combattre, dois-je vous couper le nez ? C'est un coup que je réussis fort bien.

Le jeune homme, par manifestation instinctive, porta la main à son organe nasal, au reste de petite taille :

— C'est-à-dire, monsieur...

— C'est entendu ! Vous crever un œil, alors ? Vous serez borgne, mais pourrez vous faire plaindre des jolies Frondeuses.

— Eh bien, monsieur... Ma vue n'est point excellente et je crains, hélas, qu'il ne me faille mes deux yeux.

— N'insistons pas !... Je vous propose meilleur marché : je vous transperce le bras en trois endroits différents. On vous amputera. Si nous songeons au courage, un manchot, cela fait cossu, installé en la gloire, me semble-t-il.

Le jeune Frondeur n'en finissait pas de blêmir :

— Ah, monsieur, monsieur, une fois encore !... C'est que voyez-vous, j'aime bien mes deux bras. Ils sont attachés à moi, certes, mais pareillement, je me suis attaché à eux. Nous avons bon commerce ensemble depuis ma naissance. En perdre un aujourd'hui me serait grande tristesse.

Nissac, bien qu'il n'en laissât rien paraître et conserva un visage sévère, s'amusait. Il trouvait le jeune homme des plus sympathiques, quoique d'un courage défaillant.

Sur le ton de la confidence, presque à voix basse, le comte de Nissac suggéra alors :

— Certes, tout cela, le nez, les yeux, les bras sont choses bien visibles et je vous comprends. J'ai donc bien meilleure idée...

Autour d'eux, les combats avaient cessé. On les regardait avec d'autant plus de curiosité qu'on n'entendait point leurs paroles.

Dans un murmure, Nissac précisa :

— Vous avez entre les jambes paire de choses qui ne se voient point sauf en une intimité que, prévenu de votre infirmité nouvelle, vous pourriez éviter judicieusement d'exposer. N'est-ce point solution juste et bonne ?

Le jeune homme se cabra avec indignation et haussa même le ton, oubliant ses amis :

— Ah non !... Ah mais non !... Ah mais ça, jamais !... Tranchez-moi le nez, crevez-moi un œil, mangez mes oreilles, amputez mes doigts de pied, prenez même une jambe, tiens, deux, mais de grâce, ne touchez point... à cela !

Le comte de Nissac ne put s'empêcher de sourire :

— Fort bien, je vous laisse ce que vous chérissez. Quel est votre nom ?

— Henri de Plessis-Mesnil, marquis de Dautricourt.

Le comte ne put cacher sa surprise :

— Le fils de l'amiral ?

— Le petit-fils. L'auriez-vous connu, monsieur ?

Le comte lui jeta un regard sévère.

— Vous mériteriez d'être gravement puni si vos

126

vingt ans n'excusaient bien des choses !... Votre grand-père a servi sous les ordres de mon père.

Le jeune homme fronça les sourcils.

— Vous seriez...

Nissac le coupa :

— Loup de Pomonne, comte de Nissac et général d'artillerie.

— Ah, monsieur, nul ne m'avait dit !...

— À moi non plus. Allons, en garde.

En quelques secondes éblouissantes, l'affaire fut conclue et le jeune marquis, blessé au gras du bras gauche, conservait son honneur. Mais la manière de Nissac glaçait quiconque la regardait, ce que voyant, les Frondeurs survivants jetèrent leurs épées.

Aussitôt, Jérôme de Galand s'approcha, l'air soupçonneux :

— Vous connaissez ce jeune écervelé ?

— Non, mais la chose eût été possible.

Le comte regarda les Frondeurs défaits qu'on rassemblait assez rudement :

— Qu'allez-vous en faire ?

Galand haussa les épaules.

— Que puis-je en faire ?... Si je les mène au Petit-Châtelet, ils seront libérés dans la minute par leurs amis qui tiennent Paris.

— Alors faites-les partir. Ils ne savent rien et nous avons à faire.

Ainsi fut-il ordonné.

Armés de pelles, Anthème Florenty, l'ancien faux saunier, et monsieur de Bois-Brûlé achevèrent le travail bien entamé par les Frondeurs.

On mit au jour un cercueil ordinaire qui fut hissé hors la fosse. Nicolas Louvet, à la lueur des flambeaux, brisa le couvercle...

Tous les hommes présents firent un pas en arrière.

Des militaires aux policiers en passant par les rudes hommes promis aux galères, ils eurent cet instinctif mouvement de recul qui tend à refuser une réalité trop insoutenable en cela qu'elle nie tout respect de la vie.

Le lieutenant de police criminelle rompit le silence :

— Je vous avais prévenus...

Nissac regarda le policier droit dans les yeux :

— On ne peut prévenir contre l'horreur absolue.

— Je suis désolé, monsieur le comte. Et, à présent, qu'allons-nous faire ?... Nous savons si peu de choses de l'Écorcheur !

Le comte de Nissac observa le paysage désolé. Les nuages dispersés, la lune s'était levée tout à fait et on y voyait soudain comme en plein jour.

Il se sentait dépassé. Ce duel au milieu des croix et des pierres tombales dont le temps effaçait à tout jamais les noms comme s'il entendait nier que ces malheureux morts eussent jamais existé, une chouette perchée sur un frêne et qui lançait son hululement sinistre, l'église qui menaçait bientôt ruine, le vent qui hurlait furieusement sur ce paysage désolé, la Seine qui submergeait des quartiers entiers de Paris, la lune qui blanchissait étrangement les tombes, le froid vif et piquant qui transperçait jusqu'aux os, les visages de granit des hommes durs qui l'entouraient et dont il devinait le désarroi et peut-être l'inconscient désir de retourner en le monde de l'enfance, le jeune marquis insensé qui ignorait tout de la mission abominable qu'il accomplissait et dont il ne se serait peut-être jamais remis et enfin cette jeune fille, ce pauvre corps supplicié que la vie avait sans doute préparée à un autre destin, évidemment plus faste : vivre, aimer, rire, enfanter, grappiller du bonheur quand il était possible, vieillir en profitant de ce qu'apporte chaque âge de la vie...

Il se sentit aussi misérable que la pauvre charogne écorchée.

— Qu'allons-nous faire, monsieur le comte ? répéta Jérôme de Galand.

Nissac respira profondément et s'obligea à regarder les restes de la jeune fille.

— Retrouver celui qui a fait cela !

— Soit. Et après ?

— Après ?... Nous verrons s'il existe une justice ou si cela appelle une autre organisation du monde.

Sans même se rendre compte de la familiarité de son geste, le lieutenant de police criminelle imprima une légère pression sur l'avant-bras de Nissac :

— Verrons-nous cela ?

— J'en doute ! répondit Nissac.

19

Assise entre l'encolure et la selle du cheval, perpendiculairement au comte de Nissac qui pouvait admirer son adorable profil, Mathilde de Santheuil vivait un rêve éveillé.

Elle se gardait de se tourner vers Nissac car leurs visages, alors, eurent été bien trop proches, mais elle sentait contre sa poitrine et son dos les bras du comte qui serraient les brides du cheval.

Plusieurs fois, déjà, il l'avait tenue aux cuisses et aux épaules lors d'un franchissement délicat d'ornières ou de nids-de-poule — et elle n'était point certaine de ne pas avoir tressailli.

Par instants, dans les larges flaques qui inondaient les ruelles, elle contemplait avec ravissement leurs silhouettes réfléchies et agrandies : le haut cheval noir qui allait à pas lents, accentuant ainsi la majesté de son allure, le couple qu'elle formait avec le comte et qu'on eût pu croire des amants, les formes trapues des maisons et la lune entièrement dégagée qui éclaboussait la scène d'argent très pur, comme on l'imagine d'un retable ancien et précieux.

« Serais-je jamais aussi heureuse ? » se demandat-elle, espérant bien, un peu hypocritement, que d'autres occasions se présenteraient, lui permettant de revoir le comte. Car avec Nissac, rien n'était jamais joué et cela, dans tous les sens. Ainsi pouvait-on sans doute perdre très vite ce que l'on croyait acquis et retrouver – la preuve ! – ce que l'on pensait à jamais enfui. Elle songea aux jours qui avaient suivi cette merveilleuse nuit où il était arrivé chez elle blessé tel un chat de gouttière. En ces jours tristes, elle pensait ne plus pouvoir l'espérer revoir en ces conditions particulières qui la laissaient troublée et frémissante, lui donnant l'impression que la vie était peut-être une chose très proche du plus doux des rêves.

Le comte, pour sa part, tentait de garder la tête froide. Une tête où trop de choses se bousculaient : le duel au milieu des tombes et la vision cauchemardesque de la victime de l'Écorcheur, pauvre jeune fille momifiée en son cercueil. Tout cela était trop récent pour que sa mémoire l'enfouisse en profondeur...

À quoi s'ajoutait la perspective de rencontrer enfin, après toutes ces années, l'« allié invisible », celui qui de loin le formait, le protégeait et le guidait comme on l'attend d'un père.

Et puis il fallait tenir le cheval dont il sentait la peur. Élevé par ses soins au son du canon, calme sous les tirs de batteries, blessé à deux reprises, ce grand et beau cheval de guerre craignait les pavés glissants et la ville, pour lui inhabituelle, l'effrayait davantage que les champs de bataille et la redoutable infanterie espagnole.

Enfin, Mathilde de Santheuil, entre ses bras, lui inspirait une crainte d'une tout autre nature !

Il prenait mille précautions pour que ses bras, qui entouraient la jeune femme, n'entrent point en contact avec la poitrine ou le dos de celle-ci mais la chose, inévitable, se produisait quelquefois et en ces instants, ajoutant à sa confusion, Nissac s'imaginait rosissant comme au temps de sa lointaine adolescence.

Il songea à son arrivée chez Mathilde, peu auparavant...

Elle l'attendait, déjà vêtue avec un soin d'où toute

130

coquetterie n'était peut-être point absente mais l'accueil frappait par sa froideur et le comte, désemparé, s'interrogeait vainement sur l'origine de cette distance établie entre eux par madame de Santheuil.

Il pensait l'avoir sans doute blessée, bien involontairement, mais la chose l'étonnait car il prenait grand soin de la toujours traiter en égale. Fouillant ses souvenirs, activant son imagination, Nissac échafaudait hypothèse sur hypothèse. Il pensait avoir trouvé une piste qui tenait au statut de Mathilde dans le dispositif mis au point par le Premier ministre.

Dans ce plan, la maison de la jeune femme servait d'ultime refuge quand lui-même vivait en ce bel hôtel de la rue du Bout du Monde. Comme si le confort lui était nécessaire ! Mais il n'empêche... Maison ouvrant par une vaste porte cochère pouvant livrer passage à des carrosses, possédant écurie et remises et appartenant à un seul propriétaire, tout cela par quoi se reconnaît ce que l'on appelle « hôtel particulier » l'éloignait de Mathilde sans qu'il l'eût jamais souhaité.

Les sabots du cheval s'enfonçaient dans l'eau montée de la rivière de Seine en crue.

On vit des ombres.

Fervac, accompagné de monsieur de Bois-Brûlé, prit le cheval aux rênes que lui tendait le comte tandis que Florenty, à force de rames, approchait sur une barque dont le fond racla le pavé à peu de profondeur sous les eaux.

Avec mille précautions, les bras solides de Florenty prirent Mathilde de Santheuil aux hanches et la déposèrent dans la barque où la rejoignit Nissac.

Puis, tandis que monsieur de Bois-Brûlé imprimait une forte poussée à l'arrière de la frêle embarcation, l'ancien faux saunier commença à ramer.

Anthème Florenty, à l'avant, poussait sur les rames tandis qu'assis à l'arrière, côte à côte, Mathilde de Santheuil et le comte de Nissac regardaient avec stupeur les maisons de cette étrange cité lacustre qui semblait de plus en plus enfoncée sous les eaux à mesure qu'ils avançaient.

— Rien à signaler ? demanda Nissac en s'arrachant au spectacle extraordinaire de cette nouvelle Venise qui s'enfouissait sous la rivière de Seine.

Florenty, d'un naturel peu causant, réfléchit sur la formulation de ce qu'il avait à dire. La méthode avait un inconvénient, la lenteur de la réponse, mais comportait un avantage, la concision du propos.

Florenty se décida enfin :

— Monsieur le comte, voici deux heures que je rame dans le quartier sans y rien remarquer. En revanche, alentour...

Nissac attendit sans impatience, ce dont lui sut gré Florenty qui reprit :

— Auberges et tavernes sont bien mal fréquentées. Tous ceux-là, qui sont mauvaises gens, refluent de la province vers Paris où ils ont grande espérance, à la faveur de la Fronde, de se livrer au meurtre, au viol et au pillage.

Nissac ne répondit pas, s'étant laissé distraire par le spectacle. Certes, il avait vu l'eau refluer des fossés des remparts et n'ignorait pas que la Seine recouvrait la rue Saint-Antoine, le riche quartier du Marais et le faubourg Saint-Germain mais ici, place Maubert, l'effet semblait plus saisissant encore car l'eau arrivait au-dessus du premier étage des maisons.

Il sentit à son côté le corps de Mathilde et s'émerveilla de cette promenade en barque dans une ville à demi engloutie.

Cependant, ni lui ni la jeune femme n'avaient encore rien vu en comparaison de leur stupéfaction lorsqu'ils découvrirent la cathédrale Notre-Dame.

La lune éclaboussait la façade, le parvis n'était plus qu'un grand lac et Notre-Dame elle-même, un vaisseau dont les cales prenaient l'eau et qui, alourdi, paraissait proche d'un impossible naufrage dans un impressionnant silence.

Ému, Nissac chercha la main de Mathilde qui aussitôt glissa la sienne dans celle, dure et calleuse, du
général.

Ils échangèrent un long regard puis, malgré eux,
baissèrent la tête lorsque la barque pénétra en la cathédrale.

20

Un jésuite dans la trentaine, l'air sec, l'allure aristocratique, les accueillit au tiers d'un escalier dont les
premières marches disparaissaient sous l'eau.

Pas une parole ne fut échangée.

Resté seul, Florenty, qui se doutait que l'attente
serait fort longue, dirigea la barque vers le chœur litur-
gique que la montée des eaux n'avait point épargné.

Pendant ce temps, sans s'attarder aux mays splendides accrochés aux piliers de la nef, le couple, précédé
du jésuite, montait des dizaines de marches, s'étonnant
parfois de tel ou tel détail qui semblait fine dentelle de
pierre ouvragée.

Ils débouchèrent enfin à l'air libre, sur la tour du
Midi qui, avec sa jumelle, toisent le parvis.

Puis, par des portes et escaliers dérobés, ils gagnèrent le cœur secret de la cathédrale. On délaissa encore
des portes à main gauche comme à main droite avant
que le jésuite, baissant sa torche, ne frappe contre une
paroi de chêne.

— Qu'ils entrent ! lança une voix grave.

L'homme, auquel il semblait impossible de donner
un âge, paraissait doté de deux visages. L'un, côté
droit, se singularisait par l'austérité des traits. L'autre,

côté gauche, n'était que cicatrices boursouflées qui soulevaient le cœur.

Trois chandeliers d'argent éclairaient généreusement la pièce et, montrant deux sièges à haut dossier, le général des jésuites s'assit à son tour, tentant un peu maladroitement de ne présenter aux visiteurs que son meilleur profil.

Il réfléchit un instant puis commença :

— Loup, tu ne peux imaginer ma joie de découvrir enfin ton visage et de constater sa parfaite harmonie avec ce que je sais, par tes lettres, de ton caractère.

Il se tourna légèrement et, avec un pathétique qu'il n'imagina pas, essaya de dissimuler ses horribles cicatrices violacées :

— Mathilde de Santheuil, je vous salue. Mon nom est... qu'importe, je fus jadis duc de Salluste de Castelvalognes, dernier du nom, et aujourd'hui jésuite. Je sais votre droiture, Mathilde, mais votre loyauté s'abuse quand une cause plus grande, et non point forcément contraire, ouvre à nos yeux et à nos consciences une perspective d'une infinie noblesse.

Il marqua un temps, joignit les mains et reprit :

— Je me trouvais à Marseille voilà presque trente ans, et j'en avais vingt alors. C'était aux plus beaux jours de la fin mai 1620, par un matin très bleu. Une ancienne flûte hollandaise, beau navire marchand, approcha de Marseille venant de Barbarie et des côtes du Levant avec à son bord nombreuses marchandises. Qui pouvait alors deviner qu'elle portait en ses flancs la mort ? Une mort qui allait dévorer la moitié de la population de la grande cité, soit des dizaines de milliers d'habitants ? Une mort pressée d'accomplir son office.

Son regard s'attarda à la flamme d'une bougie et il reprit :

— N'éveillant point l'attention des autorités, ce furent d'abord de misérables morts des quartiers pauvres, ceux de la paroisse Saint-Martin mais, jeune jésuite féru de sciences et en l'attente obligée d'un navire partant pour l'Italie, je ne fus pas sans remarquer détail singulier et inquiétant. Pour tout dire, se voyaient sur les cadavres signes particuliers. Telle avait un charbon sur les lèvres, comme si le diable lui avait embrassé la bouche avec gourmandise, tel autre portait un bubon sous l'aisselle... J'avais immédiatement compris : la Grande Peste, la Peste bubonique, prenait la ville en ses serres et n'allait point la lâcher de sitôt !... Marseille bruissait de rumeurs. Les autorités, davantage inquiètes des « on-dit » que de la réalité du grand mal qui allait ruiner la ville, se contentaient de faire enlever les cadavres de nuit afin de prévenir la panique. À ce moment, être transporté à l'infirmerie générale contaminée équivalait à la mort ; aussi les malades fuyaient, transportant le fléau en d'autres quartiers tandis que la chaleur intense aidait à la prolifération. La naissance d'un bubon vous menait à la mort par lynchage ou lapidation : isolé, battu, on brûlait des corps qui parfois remuaient encore. Les moines de Saint-Victor, toute honte bue, dressèrent barricades devant leur abbaye pour repousser les malades. L'autorité faisait cerner Marseille de flammes, dans le vain espoir d'étouffer la Peste. Les corps jonchaient les rues par milliers, les chiens dévoraient les cadavres pourris laissés là où ils étaient tombés. Pauvres gens ! Il en succombait mille par jour ! Par décision royale, Marseille fut coupée du reste du pays. Huit boulangers sur dix étaient morts et, quand on ne mourait pas du haut mal, c'était de faim. Comme pour parfaire cette vision d'apocalypse se voyaient parfois des silhouettes de cauchemar, médecins vêtus de chasubles de toile, portant chapeau et gants, masque au nez d'oiseau et qui, armés de longues perches achevées d'un scalpel, incisaient les bubons à distance. La folie débordait la région et gagnait le pays. On brûlait les navires en provenance de Marseille, on assassinait de paisibles voyageurs soupçonnés d'arriver de la ville maudite. Certains étaient brûlés vifs...

Il demeura un instant songeur, comme perdu en ses affreux souvenirs, et reprit :

— Dès le premier jour, j'avais servi, aidé... Bientôt, hélas, le mal fut sur moi et mes compagnons le remarquèrent : frissons, fièvres, maux de ventre et de tête, bubon sous l'œil que, faute de pouvoir inciser au scalpel, je brûlai maladroitement au fer rouge. Mais pour mes compagnons, j'étais marqué du haut mal. Marqué, mais duc ! Par privilège que je n'avais point sollicité, on me mit donc sur une barque où je dérivai pendant des jours, affamé, assoiffé, pris de fièvre tandis que s'infectaient les brûlures de mon visage. Une frégate me tira au canon et me manqua puis...

Il observa longuement Loup de Pomonne, ne pouvant dissimuler sa bienveillance, et reprit enfin :

— Un fier et puissant navire de la marine royale remarqua le frêle esquif où je dérivais sans plus d'espoir. Il s'écoula un temps bien long et, imaginant qu'on évoquait mon cas, je ne doutais point qu'il soulevât réticences et hostilité... Enfin, une barque fut mise à la mer où se voyait un homme seul. Ton père, Loup !

Songeant à ce père inconnu, Nissac baissa les yeux afin de n'être point distrait par le regard ému de l'ancien duc et celui, tout de surprise, de Mathilde de Santheuil.

Devinant les pensées du comte, le survivant de la Grande Peste de 1620 reprit son récit :

— Il m'examina soigneusement et conclut que le mal, peut-être en raison de ma longue exposition au soleil, avait passé son chemin car ton père, Loup, avait compris d'où je venais, et pour quelle raison. Il m'enjoignit, en cas de questions de l'équipage, d'affirmer que j'étais le seul survivant d'un navire marchand italien qui aurait sombré après un incendie à bord et mes brûlures au visage donnaient quelque crédit à cette histoire. Lorsque nous montâmes sur le navire, l'équipage grondait et les officiers, peu rassurés, laissaient faire... Ton père regarda les hommes un à un, la main sur la poignée de l'épée, et tout rentra dans l'ordre. Au reste, n'ayant aucun malade à déplorer par la suite, on m'oublia rapidement. Une semaine plus tard, sur la dunette du navire, j'eus avec ton père une explication qui changea ma vie, la tienne et, si d'autres reprennent notre œuvre, changera un jour le monde...

Il s'abîma dans le songe, un sourire aux lèvres, et ce sourire craquelait la partie rose et violacée de son visage.

— Que vous a-t-il dit ? questionna Nissac que l'impatience gagnait.

Le général des jésuites rétorqua aussitôt :

— Comme je lui demandais la raison de tous ces risques pris pour un pauvre homme perdu sur une barque au large d'une ville ravagée par la Grande Peste, lui faisant remarquer qu'il eût été aisé, pour lui, de passer son chemin, il me regarda avec surprise et répondit : « Les hommes ne pourront point toujours passer au large de la détresse, fût-ce celle d'un inconnu. Et c'est ainsi que le monde changera. » Sans doute par habitude, et parce que ses paroles ne m'avaient point encore totalement pénétré, je lui fis remarquer que seul Dieu pouvait changer le monde. Il m'observa de nouveau, sembla déçu, et répliqua : « Eh bien non. Chaque homme porte en lui une part de bien et de mal et favorise telle ou telle selon son caractère et son éducation. Il est hasardeux de vouloir modifier un caractère, mais point impossible. En revanche, il n'est point douteux qu'un jour l'éducation puisse favoriser la sensibilité à certaines valeurs. J'ai arrêté mon navire parce que vous souffriez sans doute et que je ne supporte point la souffrance, fidèle en cela à ce dont m'instruisirent mes parents. Dieu n'a rien à voir là-dedans. D'ailleurs, de vous à moi, je n'y crois point. »

Nissac et le général des jésuites échangèrent un sourire, ravivant de vieilles connivences qui troublèrent Mathilde. Le religieux observa la jeune femme.

— Voyez-vous, la pensée, c'est comme une pierre qu'on ôte d'un barrage. L'eau s'y introduit, arrache une seconde pierre, une autre encore, et la brèche s'élargit toujours davantage.

— Au point de remettre en cause l'existence de Dieu et la nécessité d'un roi ? demanda Mathilde de Santheuil à la grande stupéfaction des deux hommes.

Le général des jésuites passa une main sur ses cicatrices en un geste qui lui était sans doute familier. Puis il hocha la tête.

— On ne m'avait point trompé en m'avertissant de votre grande intelligence, chère Mathilde. Mais laissons Dieu pour une autre fois, c'est là sujet fort complexe.

Ignorant le regard admiratif que lui portait le comte, la jeune femme poursuivit :

— Alors parlons du roi, ou de la royauté.

Un peu bousculé, celui qui vivait au cœur secret de la cathédrale Notre-Dame reprit en levant ses yeux clairs sur Mathilde :

— Que croyez-vous qu'il arriva ? Mon sauveur mourut peu après et je ne pus reprendre avec lui cette conversation où je n'avais guère brillé et l'avais déçu. Mais je réfléchissais, lisais et, s'ajoutant à mon action à Marseille, cela contribua à m'élever dans la hiérarchie des jésuites, ce qui présentait l'avantage de me laisser du temps pour l'étude et la réflexion... De quoi avions-nous manqué à Marseille ? De liberté ! Liberté de prévenir, liberté d'entreprendre, liberté de secouer les échevins !... Nous avions aussi cruellement manqué de fraternité, celle qui se manifesta chez monsieur de Nissac lorsqu'il fit arrêter son beau navire, celle qui aurait dû pousser les Marseillais à s'entraider plutôt que s'entre-tuer !... Enfin, nous avions manqué d'égalité. Oh, certes, la Peste frappait aussi les riches mais combien avaient réussi à fuir et à survivre en leurs belles bastides quand ceux du peuple tombaient comme des mouches ?

— L'égalité ! L'égalité et son contraire ! répondit Mathilde de Santheuil avec amertume mais, contrairement à ce qu'elle imaginait, les deux hommes comprirent qu'elle songeait à l'inégalité de la naissance, celle qui place une minorité dans un monde de plaisirs quand d'autres, harcelés par la misère, craignent jusqu'à leur ombre ; l'inégalité, enfin, qui empêchait un comte de vieille noblesse de s'unir à une femme de condition inférieure.

Mathilde continua :

— Mais comment faites-vous avancer ces idées nouvelles ?

Nissac prit la parole :

— Il est bien des moyens. En voici un, parmi tant d'autres : notre ami ici présent rédige les livres de « certains » en éclatant sa pensée par fragments mais, réunis par des hommes de bien et d'intelligence, ces fragments forment un ensemble et le socle de nos idées nouvelles. Au reste, cette réunion d'idées éparpillées, « certains » la pratiquent déjà. Tenez, le cas de Claude Joly, chanoine de Notre-Dame et protégé du coadjuteur : il travaille à un *Recueil de maximes véritables et importantes pour l'institution du Roi*. Il en ressort que les rois n'ont point fait les peuples, mais que les peuples ont fait les rois. Ainsi place-t-on avec quelque finesse le peuple au-dessus du roi et suggère-t-on pour ceux qui ont fine intelligence que les peuples ont le droit de déposer les souverains..... Mais Joly travaille sur des notes que lui prépare notre ami. Par vanité, le chanoine se gardera bien de le révéler, ce qui sert à merveille nos grandes et belles idées ! Comprenez-vous, Mathilde ?

— Je crois que oui.

La flamme des bougies vacillait lorsque Mathilde de Santheuil et le comte de Nissac prirent congé du général des jésuites.

Silencieux, ils retrouvèrent la barque où les attendait Florenty mais, pendant tout le voyage de retour, le comte ne lâcha point la main de la jeune femme.

Ils s'aimaient.

Depuis le premier instant, certes, mais plus encore aujourd'hui que les unissaient grand secret et rêve d'humanité heureuse. Cependant, de peur de briser un charme, ils ne pouvaient s'avouer leur sentiment.

Mais que resterait-il de tout cela lorsque la Fronde, montant en puissance, ferait vaciller le trône du royaume des lys ?

21

Rouge de sang, des mains aux épaules, il posa le stylet et soupira, fatigué, transpirant sous son pesant masque d'argent massif.

Il recula d'un pas et contempla la boucherie qui était son œuvre. Quelque chose lui restait de son enfance heureuse, des valeurs anciennes qu'il ne respectait plus guère mais dont des pans entiers ne s'étaient point tout à fait effondrés, comme des lambeaux de brume marine s'accrochent aux rochers des côtes.

— Quelle horreur ! murmura-t-il, à la fois incrédule et tout pénétré encore du plaisir que lui procurait son ignoble besogne d'Écorcheur.

Il tapa des mains.

Aussitôt son « cocher », le marquis d'Almaric, entra, précédant la femme borgne et l'individu au visage marqué de petite vérole et qui tous deux tenaient des bassines d'eau chaude.

L'homme au masque d'argent ôta sa chemise éclaboussée de sang et commença à se rincer les mains dans la première cuvette, dont l'eau rougit immédiatement.

Le vérolé disparut, la borgne déposa une autre cuvette. Elle risqua un regard vers le corps sanglant de la victime puis, souriant au masque d'argent avec servilité :

— Monseigneur a fait bon ouvrage, aujourd'hui ! Et pourtant, la femme avait trente ans et la viande, à cet âge, est plus dure que nos jeunes filles.

L'Écorcheur se tourna vers le marquis Jehan d'Almaric et, bien que le métal précieux du masque d'argent, figé, ne pût à l'évidence traduire une expression, il s'en dégageait cependant comme un air de lassitude que confirma le ton de la voix :

— Je veux qu'ils se taisent !

Le marquis se tourna vers la femme borgne en affichant une profonde colère :

— Te tairas-tu, ribaude ?...

La femme se courba en signe de soumission et emporta la cuvette pleine d'une eau rougeâtre. Aussitôt, le vérolé en présenta une autre.

Une dizaine furent ainsi nécessaires, puis le couple sordide fut consigné dans une autre pièce tandis que le marquis aidait l'homme au masque d'argent à se vêtir d'une nouvelle tenue.

Au-dessus d'une chemise d'un blanc éclatant, le monstre passa un bel habit de drap de Hollande orné de dentelles d'or larges de deux doigts.

Une humeur plus joyeuse lui venait et il jeta un regard au cadavre de ce qui avait été une charmante jeune femme brune. Mais le ton restait plaintif :

— Le plaisir ne fut point si grand à l'idée que vous avez identifié la femme superbe qui sert de modèle à tous mes rêves, et qu'elle m'échappe !

Le marquis, méfiant, savait qu'il convenait de laisser parler « Monseigneur » sans l'interrompre jamais. Après un temps, et prenant bonne mesure de ses paroles, il commença :

— Monseigneur, mon agent est formel. Il est très averti et fort adroit en l'art de reconnaître les visages et il fut frappé, en croisant cette femme, de la ressemblance absolue avec celle dont il a étudié le portrait.

— Mais comment l'a-t-il perdue, à la fin ?... questionna l'Écorcheur dans une subite flambée de colère.

Le marquis, sentant changer le vent, fit montre de diplomatie et adoucit sa voix :

— Perdue, Monseigneur, le mot est peut-être un peu trop fort... Nous l'avons... perdue des yeux, rue Saint-Gilles.

— Que comptez-vous faire ? demanda sèchement l'Écorcheur.

— Monseigneur, remède diligent fut aussitôt employé ! J'ai, sur intuition, tracé rectangle dont un des côtés est la rue Saint-Gilles poursuivie de la rue des Filles-Pénitentes, le côté qui lui fait face étant la rue qui poursuit Saint-Nicolas-des-Champs, enfin, pour les petits côtés, la rue des Lombards et celle du Petit Heubé.

— C'est là vaste secteur ! concéda l'homme au masque d'argent.

Encouragé, le marquis reprit :

— Il en est ainsi, Monseigneur, mais j'y ai attaché tous mes gens. Et si cela ne donne point les résultats que nous attendons, j'élargirai les recherches vers les Innocents au sud de l'endroit où elle fut aperçue et au nord, vers le quartier Saint-Merry. Mais nous la trouverons !

L'Écorcheur n'aimait rien davantage que les gens qui semblent savoir où ils vont. Satisfait, il frotta ses doigts en ce geste qui évoquait des pattes de mouche chez ses interlocuteurs et commenta :

— Le diable vous entende !

Le marquis d'Almaric, qu'une question tenaillait, risqua :

— Une chose, Monseigneur...

— Parlez sans crainte, marquis.

— Ne pensez-vous point, lorsque cette femme qui occupe vos pensées sera devant vous et que vous l'aurez...

Il chercha ses mots et reprit très vite :

— ...« châtiée », comme elle le mérite et toutes celles qui la précédèrent, ne redoutez-vous point un sentiment d'insatisfaction à venir car s'il est d'autres femmes à punir...

L'homme au masque d'argent l'interrompit :

— Toutes !... Il faut les punir toutes !... À tout le moins celles qui ont quelque beauté.

— Les belles femmes ne sont point si nombreuses, Monseigneur, et on les a tôt remarquées.

— Vous êtes un naïf, marquis !... Les gueuses sont redoutables car on trouve grande beauté chez une fillette et quelquefois autre genre de beauté chez la mère, voire la grand-mère ! Un jour prochain, vous me trouverez cela, une fillette, sa mère et sa grand-mère que j'écorcherai toutes ensemble... En famille !

Il rit de ce dernier mot.

« Il est fou à lier », songea le marquis mais déjà l'Écorcheur reprenait :

— Que disiez-vous, avant que je ne vous précise qui sont nos ennemies ?

Le marquis adopta par prudence le ton dubitatif et incertain de celui qui attend la vérité sans trop oser la demander :

— Je pensais, Monseigneur, qu'une fois « le modèle » châtié... eh bien votre plaisir risquait d'être moins grand. Ne serez-vous point contraint, par la suite, d'agir uniquement par devoir pour servir votre grand dessein et en l'absence de toute volupté ?

La réponse fut dite d'un ton vif :

— Marquis, lorsqu'on a mon rang, mes titres et mon nom, on n'est point « contraint » et on ne « sert » pas !

Il s'approcha d'une fenêtre et regarda le paysage désolé sur lequel tombait une pluie fine. Il savait qu'une fois encore, sur le chemin du retour, il serait agacé par le bruit de ces gouttes rebondissant sur le toit de son carrosse.

— Ce temps désole mon âme !... murmura-t-il.

Puis il se souvint des mots du marquis et songea : « La question n'est pourtant point stupide. C'est grand étonnement qu'elle ait fait son chemin dans cet esprit corrompu, embué par la cupidité. »

— J'aurai grand appétit, tout à l'heure !

Le marquis ne fit pas de commentaires.

L'Écorcheur ne pouvait arracher son regard du paysage. Cette désolation lui semblait porteuse de son contraire et de la tristesse on allait vers la joie par un chemin obligé. Vent, froidure et pluie appelaient grand feu en une belle cheminée, plats succulents, servantes dont on claque rudement les fesses. L'affaire, ici, était de même nature que celle de ces femmes châtiées, mais en une combinaison inversée. On n'allait point de la tristesse vers la joie mais de la joie vers la tristesse, de la beauté vers l'horreur la plus hideuse. Si elles n'avaient été belles, les écorchées n'eussent jamais été si repoussantes. Certaines étaient mortes pour avoir ri, ravissantes en leur robe rose, radieuses, hautaines, moqueuses...Ne fallait-il point leur faire connaître la face cachée des choses ?

— Potage d'oie aux pointes d'asperges et aux pois verts et poulets au jambon ainsi que marcassins feront un bon début !

— Bien, Monseigneur.

— Et que les femmes nous servent nues, la paume de la main claque en manière plus sonore sur bons derrières sans vêtements. Nous serons plusieurs, ce soir.

— Bien, Monseigneur.

— Vous ferez servir tôt !... Avec ce froid et cette pluie glacée...

— Bien, Monseigneur.

Il songea que plutôt que de subir les flammes de l'enfer, son âme d'assassin souffrirait davantage à errer en les siècles des siècles dans ce paysage désolé.

Il frissonna et se tourna vers le marquis :

— Monsieur, nous ferons notre devoir. Vous m'amènerez cette femme merveilleuse.

Il tira de sa poche une miniature représentant le visage de Mathilde de Santheuil, sourit, et reprit :

144

— Je la foutrai !... Avec immense plaisir, je la foutrai !... Que ferai-je ensuite ? L'écorcher comme les autres ? Le corps, sans nul doute. Mais peut-être conserverai-je la tête en un bocal où elle nagera dans quelque substance qui conserve les chairs et empêche toute corruption. Voilà !... Il faut à présent rentrer, Marquis, c'est trop grande tristesse, en ces lieux.

Il sortit sans un regard vers le corps supplicié.

22

Louis II de Bourbon, duc d'Enghien, prince de Condé, prince du sang et éblouissant vainqueur de Rocroi à l'âge de vingt-deux ans, regardait le cardinal en tentant de dissimuler son mépris.

Assez laid malgré de magnifiques yeux bleus, un front fuyant, le nez courbe qui faisait songer à un oiseau de proie, un corps maigre, soldat d'exception et excellent danseur, le prince était un homme peu soigné, voire négligé, qui se coiffait rarement, paraissait malpropre et affichait un grand mépris pour le soin de sa tenue.

Le cardinal observait en souriant avec bonté ce prince qu'il haïssait comme il détestait la totalité des grands noms de la noblesse française.

Sauf lorsqu'il y mettait une ironie assez lourde, le prince de Condé évitait d'appeler Mazarin « Votre Éminence » ou « Monsieur le Premier ministre ». Quelquefois, il le nommait – lorsqu'il le nommait – « Mon cher cardinal » en plaçant dans son ton grand mépris et visible condescendance.

Il reprit les mots du cardinal :

— Le siège ?... Quel siège ?... Mais le siège de Paris est chose faite. Nous les tenons.

— Ne crions pas trop tôt victoire, prince. Les

insurgés ne sont pas tout à fait insensés. Ils ont des rapports avec l'Espagnol qui nous presse aux frontières et plus spécialement avec le comte de Fuensaldana, qui commande en chef aux Pays-Bas. Et je crois savoir que cette négociation est l'œuvre du duc de Bouillon.

— Vos espions, vos fameux espions !... lança Condé, méprisant.

Le Premier ministre choisit de s'en amuser :

— Ils sont parmi les meilleurs du royaume.

Le prince de Condé, ravi qu'on lui offrît ainsi pareille transition sur un sujet qui l'ulcérait, conserva un ton vif pour demander à Mazarin :

— À ce propos, on me rapporte l'étrange dévouement de Nissac à votre personne et qu'il serait dans l'un quelconque de vos repaires secrets.

— C'est un fidèle sujet du royaume ! répondit onctueusement Mazarin, n'ignorant point qu'il portait à ébullition la colère du prince.

Ce qui se vérifia sur l'instant :

— Mais enfin, cela défie le bon sens ! En outre, Nissac est de ceux que l'on n'achète point.

— C'est exact.

— Savez-vous qui il est ? rugit le prince de Condé.

Mazarin, qui se délectait, joua l'imbécile :

— Loup de Pomonne, comte de Nissac, trente-huit ans, très ancienne noblesse, lieutenant-général de votre artillerie.

— Cela n'a pas de sens ! répéta Condé sous le regard faussement étonné du Premier ministre.

Puis, Mazarin ne répondant point, le prince poursuivit :

— C'est le meilleur de mes officiers ! Ah, Dieu, comme il me manque déjà !

Il hésita un instant, jaugeant Mazarin, et reprit d'un ton radouci et d'une voix où perçait une évidente tristesse :

— Il s'est vraiment révélé lors de la prise d'Arras, voici neuf ans. Avec une artillerie vieillotte dont les officiers répugnaient à quitter Paris pour venir se battre, Nissac a fait des merveilles. Un an plus tard, lorsque les Espagnols bousculèrent l'armée royale à La Marfée, on le remarqua encore pour son courage et son intelligence. Encore un an, et il entre avec ses canons en vainqueur à Barcelone ! Il était à mes côtés à Rocroi, qui fut mon triomphe, et enfin à Lens, où vous connaissez sa conduite magnifique. Savez-vous...

Il s'interrompit, allant et venant, soucieux, puis s'immobilisa devant le cardinal :

— Non, vous ne savez point !... À Lens, la veille de la bataille, Nissac m'a proposé un plan qui bouleversait art de la guerre et règles de l'artillerie. Oui, il m'a proposé de placer ses canons devant mes troupes, vous entendez bien : devant !... Devant, on n'avait vu chose semblable en aucune bataille mais j'acceptai car Nissac est un général invaincu et il porte chance !

— Il porte chance..., répéta Mazarin, songeur.

Le prince n'entendit pas même le cardinal, poursuivant :

— Lens !... Ses pièces de campagne et de batteries ont ravagé l'infanterie espagnole totalement surprise par ce procédé. Cela m'a permis de charger aussitôt, comme la foudre, d'enfoncer les tercios, d'égorger leurs carrés d'infanterie à l'arme blanche, de leur faire quatre mille morts, sept mille prisonniers et de ramasser une forêt d'étendards !... J'ai trop besoin de lui ! Rendez-moi immédiatement le comte de Nissac !

Mazarin mima un geste d'impuissance :

— Mais... Comment vraiment savoir où il se trouve ?... Avec ce désordre, ces événements...

Le prince de Condé jeta au Premier ministre un regard dont la froideur indiquait assez comme il n'était point dupe.

Mazarin soupira, s'approcha de son bureau et y saisit une note :

— Mes espions...

— Vos espions !... coupa le prince en haussant les épaules.

Mazarin continua, imperturbable :

— Mes espions me font tenir qu'à Paris on s'inquiète fort du ravitaillement que nous avons coupé. Il est possible que les insurgés tentent bientôt une sortie pour desserrer l'étau que vous avez installé autour de la capitale. En ce cas, il serait de bonne politique de protéger moulins et dépôts, peut-être même de tendre quelque guet-apens afin de les surprendre pour mieux les défaire.

Le prince de Condé toisa le Premier ministre de la tête aux pieds, en une attitude d'une rare insolence :

— Comptez-vous m'apprendre l'art de la guerre ?

Mazarin perdit légèrement son sang-froid, montant le ton :

— J'entends surtout que vous tiriez grand profit des renseignements et déductions d'un militaire de très haut rang et de grande intelligence qui sur ordre s'est laissé enfermer dans Paris assiégé et observe, entre autres choses, les mouvements de troupes de la Fronde.

— Un militaire de très haut rang ? répéta le prince, toujours chatouilleux sur ces questions qu'il entendait contrôler sans partage.

Avec une parfaite hypocrisie, Mazarin s'approcha du prince et, baissant la voix comme si la pièce et le château de Saint-Germain grouillaient d'espions :

— Soyons net ! Il pourrait s'agir, précisément, du comte de Nissac.

— Nissac !... S'ils le capturent, ils le tueront !

— A-t-on jamais capturé votre brillant général ?

La question était habilement formulée puisque sans y paraître, comme si la chose allait de soi, Mazarin rendait à Condé la « propriété » du comte. Le prince apprécia, et son ton se fit fort civil :

— On ne capture pas Nissac !... Mais, que vous a-t-il fait tenir ?

— Qu'il faudrait en grande urgence investir Corbeil pour prendre les moulins et tendre un guet-apens aux moulins de Charenton. De même estime-t-il qu'il faut prendre Gonesse où est cuit le pain des Parisiens et retenir à Poissy bœufs et moutons destinés à Paris. Sans blé pour le pain et sans viande, Paris se rendra.

— C'est fort intelligent, je l'avoue. Nous commencerons par prendre Corbeil.

Les deux hommes, songeurs, quittèrent la pièce et rencontrèrent bientôt la régente que flanquait Monsieur, frère du feu roi Louis XIII et oncle du futur Louis XIV.

Anne d'Autriche, forte femme que l'âge empâtait, avait conservé des yeux vifs.

Quant à Monsieur, Gaston d'Orléans, l'âge l'avait physiquement avachi. On le disait cependant doté d'un bel esprit et d'intelligence, à la mesure de ce qui lui faisait défaut au plan du caractère.

— Vous complotiez ?... demanda Anne d'Autriche, exceptionnellement de bonne humeur.

Monsieur surenchérit sur les paroles de la régente :

— Le Premier ministre et le prince nous mitonnent peut-être une nouvelle Fronde, à leur façon, celle-ci !

Mazarin répliqua aussitôt :

— Une Fronde contre soi-même ?

— Elle n'en aurait que plus d'élégance, étant en effet des plus inutiles ! répondit Monsieur.

Le cardinal sourit avec la politesse de l'homme de Cour mais le prince, agacé par ces mondanités, déclara :

— Monsieur le cardinal m'a volé mon meilleur général, le comte de Nissac.

La régente, qui n'ignorait rien des manœuvres de son Premier ministre qu'elle approuvait en toutes choses, lança :

— Encore et toujours ce monsieur de Nissac ! Pour ne point en entendre parler davantage, je m'en vais le nommer gouverneur au bout du monde !

« Humour autrichien ! », songea le cardinal qui ne prisait guère cette allusion au repaire secret de la rue du Bout du Monde d'où opérait le comte.

— Gouverneur du bout du monde ! répéta en riant le cardinal qui se sentait contraint de signaler ainsi à

Anne d'Autriche qu'il avait compris le bon mot et en appréciait toute la finesse.

Au reste, ni le prince de Condé ni Monsieur ne manifestèrent de soupçon.

Néanmoins, secrètement, le cardinal s'inquiétait, se demandait avec perplexité ce que faisait le comte en ce moment précis.

23

Le comte de Nissac, l'épée à la main, avançait à pas de loup en le grand jardin d'un très bel hôtel particulier de la rue de Tournon, située hors les murs de Paris et à laquelle on parvenait par la Porte Saint-Germain.

Ses hommes, qui le suivaient en file par un, avaient eux aussi sorti l'épée et marchaient en cet ordre : le baron de Frontignac, Florenty, monsieur de Bois-Brûlé et Nicolas Louvet tandis que le baron Le Clair de Lafitte et Fervac fermaient la marche.

Déjà, monsieur de Bois-Brûlé avait assommé le concierge d'un seul coup de poing, sans qu'il faille revoir la chose. Au reste, la surprise avait joué totalement, le petit groupe d'hommes s'étant fait ouvrir par Nicolas Louvet dont les fausses clés, correspondant aux moulages qu'il avait réalisés quelques jours plus tôt, faisaient merveille.

Nissac fit venir Louvet à ses côtés et le faussaire, une fois encore, utilisa une fausse clé tandis que le comte donnait ses ordres par gestes.

Aussitôt, ses hommes et lui-même nouèrent des foulards rouges qui leur dissimulaient le bas du visage depuis le nez. Puis ils se groupèrent, prêts à se ruer à l'intérieur.

La serrure ayant fait entendre un léger cliquetis à l'oreille de Louvet qui se trouvait penché sur elle, le comte baissa légèrement la poignée, ouvrit la porte d'un violent coup de botte et se rua dans une vaste pièce, ses hommes sur les talons.

Le propriétaire des lieux, le banquier Fabrizio Volterra, avait bien fait les choses : en raison des troubles de la Fronde, il avait obtenu du prince de Conti une dizaine d'hommes, cette troupe s'ajoutant à sa garde personnelle permanente, forte de cinq fines lames.

Les gardes de Volterra bondirent, prêts au combat.

À sept contre quinze, la partie semblait fort rude, d'autant que Nicolas Louvet ne brillait guère à l'épée et Florenty moins encore. Conscient de cette déficience, l'ancien faux saunier jeta l'épée et vida ses deux pistolets, tuant aussitôt deux hommes car, s'il était piètre escrimeur, on ne pouvait nier ses exceptionnelles qualités de tireur.

Les deux corps, en chutant lourdement, leur front troué heurtant les dalles, créèrent un malaise chez les défenseurs.

Ce flottement, Nissac l'utilisa aussitôt, en tacticien professionnel. Épaulé par Maximilien Fervac, Melchior Le Clair de Lafitte et Sébastien de Frontignac, tous soldats valeureux et expérimentés dont deux venaient des Gardes Françaises, il s'enfonça tel un coin en l'aile gauche de ses adversaires. En quelques dizaines de secondes, cinq de ceux-ci avaient mordu la poussière.

Pendant ce temps, avec un cri rageur et dans un effort si prodigieux qu'il fit littéralement éclater son pourpoint, monsieur de Bois-Brûlé souleva une table de chêne pour six et la projeta sur les rescapés, décimant à lui seul quatre hommes de l'aile droite.

D'un bond agile qui lui venait peut-être de son passé mouvementé, Louvet s'était glissé derrière un homme de Conti et lui caressait la gorge avec un long rasoir.

Déjà, Florenty avait rechargé ses pistolets et tenait en joue deux des hommes de Volterra.

— La messe est dite !... souffla l'un d'eux en jetant

son épée sur les dalles tandis que les autres, un à un, l'imitaient.

Laissant la garde des prisonniers à son contingent, duquel il préleva le seul Nicolas Louvet, Nissac se précipita dans l'escalier tandis que Fervac et Florenty allaient chercher serviteurs et laquais.

Nissac et Louvet jouaient sur la vitesse car, avec le bruit provoqué par la courte lutte, il semblait très improbable que Volterra ne fût défavorablement prévenu. L'aurait-il ignoré, le martèlement des bottes du comte et de son compagnon sur le marbre des marches les aurait de toute façon trahis.

Louvet s'immobilisa, un peu essoufflé, devant une porte massive qu'il tenta d'ouvrir. En vain.

Sans perdre un instant, le faussaire choisit une nouvelle clé de son trousseau et vint à bout de la serrure mais, comme il allait entrer, Nissac le repoussa vivement, lui indiquant par gestes qu'il ferait mieux de se tenir en retrait.

Seul face à la porte, Nissac se concentra, ouvrit brutalement et se rejeta brusquement sur le côté : deux balles passèrent en sifflant, terminant leur course en un tableau du couloir qui représentait feu madame Volterra mère tout soudainement agrémentée de deux narines supplémentaires en plein front, ce qui déclencha un fou rire chez Nicolas Louvet.

Sans s'arrêter à semblable polissonnerie, Nissac, d'un geste extraordinairement rapide, tira son poignard de la tige de sa botte, entra dans la pièce, se donna deux secondes pour situer l'adversaire et lança l'arme qui se ficha en l'épaule d'un gros homme dans la cinquantaine passée.

Grimaçant de douleur, celui-ci lâcha ses deux pistolets vides, tituba jusqu'à un haut fauteuil sur lequel il se laissa choir en geignant.

— Les sacs, vite, les sacs ! lança Nissac à Louvet qui, aussitôt, redescendit.

Resté seul en la pièce avec le blessé, Nissac s'avança et contempla le prince Fabrizio Volterra d'un air déçu. Le Ligure, qui partageait son temps entre son hôtel de la rue de Tournon et son palais de Gênes, avait piètre apparence. La graisse débordait de tous côtés et c'est en vain qu'on aurait cherché quelque signe de noblesse chez le gros homme qu'on disait cependant apparenté aux Grimaldi. Financier sans scrupule, Volterra prêtait de l'argent au roi d'Espagne afin de l'assister en son effort de guerre. S'il prêtait beaucoup, Volterra veillait à ce que ce fût pour lui à un taux des plus avantageux mais, financier fort aimable, il avait l'art de parfaire davantage encore ses services car vit-on jamais créancier pousser l'amabilité jusqu'à favoriser les entreprises politiques de son débiteur ? Tel était pourtant le cas du prince Volterra. Ainsi, vers les pays de Hollande, lui reprochait-on, preuves à l'appui, d'avoir organisé, en payant grassement les assassins, la tentative d'assassinat contre Maurice de Nassau, fils du Taciturne, général en chef des armées et de la flotte, ennemi juré du roi d'Espagne.

En finançant la Fronde, dans l'intention d'affaiblir le pouvoir royal au bénéfice de l'Espagne, il poursuivait semblable politique.

Prenant le dessus sur sa douleur, Volterra grimaça :

— Ah çà, aurez-vous le courage, à la fin, de retirer ce foulard rouge ?

Nissac s'approcha, tira d'un geste vif et sans le moindre égard sur le manche de son poignard, l'arme se trouvant toujours fichée en les chairs du prince. Après quoi, essuyant la lame rougie de sang sur la cravate de taffetas noir aux broderies d'or de sa victime, le comte répondit :

— Certainement, prince, je le conservais par pitié envers toi car si j'ôte ce foulard, et si tu vois mon visage, la consigne est de te saigner comme un porc.

Volterra lui jeta un regard paniqué.

— Ah, n'en faites rien !... Gardez votre foulard, monsieur !... Gardez-le bien !... Est-il noué comme il convient ?

— Je le crois.

153

— C'est là fort bonne chose car votre visage ne m'intéresse point du tout !

— Prince, es-tu occupé à me signifier que mon visage serait laid ?

— Point du tout, monsieur, je n'y songeais pas même et, en vérité, votre beauté m'indiffère !

— Voilà qui est fort singulier, prince Volterra, car en ton hôtel, tout n'est que beauté architecturale ou artistique. D'où te vient alors ce détachement des jolies choses dont la soudaineté ne laisse point de m'alarmer ?

— C'est que, monsieur, si je vous vois, vous me tuez et si je meurs, je ne pourrai plus songer à votre beauté qui, restant une énigme, saura hanter mes jours et mes nuits de survivant.

— Les nuits, voilà qui est beaucoup, prince, et la chose m'affecte en mon honneur de mâle. Me trouverais-tu, par je ne sais quelle perversion de ta vue, air féminin, tournure de demoiselle, aspect de biche tortillant du croupion devant quelque vieux cerf, toi-même, qui es gras et quinteux ?

— Ah, je sais bien tout cela quand vous êtes tout, sauf efféminé et n'avez de la biche que la grâce, par exemple en votre lancer de poignard.

— Ainsi, prince, as-tu apprécié ma manière ?... J'en suis flatté. Veux-tu que, pour ancrer notre amitié certes naissante mais dont je mesure bien la force, je recommence ?

— Ce n'est point nécessaire, monsieur !... Notre belle amitié n'a guère besoin de manifestation extérieure aussi tapageuse et n'exige aucun gage de cette sorte.

Nissac s'assit au bord du bureau et, un peu fasciné, considéra longuement Volterra :

— Je crois que tu dis n'importe quoi !

— Si fait, monsieur. Mais mettez-vous à ma place.

— C'est que je n'y tiens point trop, prince. Je sens ta position précaire et ta vie elle-même assez problématique. Il conviendrait, pour survivre, que tu te taises.

— Je serai une tombe, monsieur.
— N'anticipe point trop vite !

Bâillonné, ligoté, le prince Volterra assistait impuissant au saccage de trente ans de soins apportés à ses collections de bijoux et de monnaies anciennes. Des collections considérées comme figurant parmi les plus belles du monde chrétien.

Un homme d'allure jeune, désinvolte, mince et dissimulant comme les autres son visage derrière un foulard rouge, inquiétait tout particulièrement le prince. Qui pouvait-il être ?... Comment devinait-il tous ses secrets ?

Nicolas Louvet, puisqu'il s'agissait de lui, possédait en effet l'art de débusquer les meilleures cachettes de Volterra, devinant les cloisons creuses, perçant le mystère des meubles à secrets. Aucun bouton discret, nul mécanisme caché n'échappait à la vigilance du jeune homme et, bientôt, quatre gros sacs bourrés de pierreries et de monnaies sans prix furent emportés après qu'on les eut scellés.

Avant de quitter l'hôtel particulier, laissant le prince Volterra et les siens ligotés et grelottants en les jardins, le comte de Nissac, après un regard désolé sur les lieux, appliqua la dure loi de la guerre et jeta une torche dans le hall, au bas des grands rideaux.

On ménageait les chevaux, lourdement chargés, car le comte et ses hommes, renonçant à franchir la porte Saint-Germain, n'étaient point encore rendus en la rue Sainte-Marie Égiptienne où ils laisseraient leurs montures et troqueraient leurs habits contre ceux, moins remarquables, de jésuites hongrois.

Or donc, ils allaient au pas et ne se pressaient point afin, également, de ne pas attirer l'attention. Ce fut là, sous l'apparence de grande sagesse, grave erreur, mais comment eussent-ils pu le deviner ? Comment prévoir, en effet, qu'un serviteur bien dissimulé avait, aussitôt après leur départ, délivré de leurs liens les survivants de l'hôtel de Tournon et qu'à présent, les six gardes qui n'étaient point morts ou blessés se trouvaient lancés à leur poursuite ? En outre, la malchance aidant, les gardes des princes Volterra et de Conti avaient rencontré un fort parti de Frondeurs, soit plus d'une trentaine de cavaliers appartenant au duc d'Elbeuf, si bien qu'à présent tout ce monde donnait la chasse à Nissac et à ses hommes assimilés aux « espions du Mazarin » qu'on traquait sans pitié en la capitale.

Nissac avait imaginé de longer le faubourg et de franchir la rivière de Seine à proximité de l'inquiétante Tour de Nesle dont les créneaux dentelés et médiévaux se détachaient sur un ciel couleur d'étain.

Ils arrivèrent aux abords du pont Barbier.

C'était un pont de bois réputé solide qui, partant de la rive gauche, aboutissait sur l'autre rive à l'extrémité ouest du château des Tuileries, côté jardins. Pont certes ancien, mais fort utile, le pont Barbier évitait aux Parisiens de faire large détour par le Pont-Neuf où s'achevait brutalement l'île de la Cité seulement prolongée de la statue d'Henri IV.

Nissac, qui fermait la marche, s'engageait sur le pont Barbier lorsque des cris et une cavalcade l'alarmèrent. Il se haussa sur ses étriers, se retourna et découvrit avec stupeur la quarantaine de cavaliers qui arrivaient au grand galop, l'épée à la main. Cette fois, s'ils étaient rejoints, il n'était plus grand-chose à espérer.

Le comte de Nissac réagit aussitôt en criant :

— Forcez les chevaux !... Au galop !...

Les hommes aux foulards rouges se retournèrent, comprirent la situation en un instant et enfoncèrent leurs talons dans les flancs de leurs montures. Veillant à tous les détails, Nissac avait choisi chaque cheval avec le plus grand soin. Les bêtes, jusqu'ici grandement économisées, accélérèrent immédiatement malgré le poids d'or et de joyaux qui présentait grand désavantage.

L'eau, furieusement, battait les gros piliers verticaux du pont tandis que le plancher lui-même se trouvait par instants recouvert. Le pont Barbier craquait de toutes parts en plaintes sinistres, le vent hurlait comme un damné, la pluie fouettait les visages des cavaliers penchés sur leurs montures et qui tentaient de pousser celles-ci le plus qu'il fut possible.

L'allure des hommes aux foulards rouges était soutenue bien qu'elle fût gênée par un fort vent qui les prenait par le travers et les sacs d'or et de pierreries qui alourdissaient les courageux chevaux. Enfin, sur des montures fourbues par la violence et la rapidité de l'effort, la petite troupe en grande difficulté atteignit la rive côté Tuileries à l'instant où ses poursuivants s'engageaient déjà sur le pont au grand galop et dans des gerbes d'écume.

Nissac, qui se retournait sans cesse, comprit que sa situation était désespérée. Il allait ordonner de mettre pied à terre et de se préparer au combat lorsque...

Fut-ce leur grand nombre ? Leur poids ? Leur vitesse ? Fut-ce une soudaine montée des eaux ? Fut-ce leurs cris de victoire qui, retentissant déjà, attentaient aux étranges desseins de la Providence et provoquèrent l'ire de celle-ci ?

Quoi qu'il en soit, sous les yeux des hommes de Nissac et de quelques centaines de Parisiens passionnés par cette poursuite, le pont Barbier sembla frissonner en un ultime sursaut, comme un gigantesque animal touché à mort.

Les Frondeurs, désespérément, ralentirent leurs montures à l'exception de deux intrépides cavaliers qui, tout au contraire, poussèrent leurs chevaux dans l'espoir de traverser le pont avant ce qui paraissait inéluctable.

Brutalement, le pont se cabra en son milieu, chaque morceau se dressant en hauteur avant de retomber dans le flot furieux. Attaqué de tous côtés par la violence des eaux, le pont Barbier se disloqua en plusieurs tronçons qui furent tournés et retournés à maintes reprises dans l'écume.

Des Frondeurs et de leurs montures, on ne voyait plus grand-chose. Quelques hommes, une douzaine de chevaux entraînés par le très fort courant et ceux qui ne périrent point noyés se fracassèrent contre les piliers du Pont-Neuf ou la statue d'Henri IV, comme si le défunt roi châtiait lui-même ceux qui s'insurgeaient contre son descendant.

Parmi les Frondeurs, où se trouvaient plusieurs gentilshommes, on ne compta aucun survivant.

Nissac, que ses hommes regardaient avec l'incrédulité réservée aux demi-dieux, se tenait impavide, sa haute silhouette coiffée de son chapeau à plumes se détachant sur un ciel tourmenté où se mêlaient le zinc et l'argent.

Il leva sa main gantée de velours noir et donna le signal du départ.

24

Décidé à prendre le climat politique de la ville, après les tragiques événements du pont Barbier et la mise à sac de l'hôtel du prince Volterra, le comte de Nissac, en son habit de jésuite, n'attendit pas plus d'une heure ou deux avant de quitter son repaire de la rue du Bout du Monde.

La rumeur allait bon train, déformée comme il est de coutume. Ici, on prétendait que l'armée du prince de Condé, rien de moins, avait pillé l'hôtel Volterra. Là, on affirmait, péremptoire, que « le Mazarin » avait lancé des barges chargées de pierres contre les piliers de bois du pont Barbier afin d'emporter l'ouvrage. Partout, on évoquait avec grande frayeur le fait que les assaillants, d'une folle audace et presque invincibles, masquaient le bas de leurs visages de foulards rouges et le comte songea qu'il faudrait utiliser de nouveau ce signe qui forçait le respect et engendrait la crainte.

Dans tous les cas, on prêtait aux loyalistes des moyens dont ils ne disposaient guère mais le comte se garda bien d'intervenir car tout ce qui mettait en valeur l'armée royale contribuait à démoraliser le camp de la Fronde.

Le comte marchait depuis un certain temps déjà, au gré de sa fantaisie. Du moins le crut-il jusqu'à l'instant où il s'aperçut que de fantaisie, il n'en était point, et pas davantage de hasard, puisqu'il se trouvait rue Neuve-Saint-Merry.

Il sourit, émerveillé. Que la pensée qu'on ne maîtrise point, la pensée sauvage, en quelque sorte ; à moins que ce ne soit l'instinct, celui de l'animal qui fut blessé et se souvient de l'endroit où on le recueillit pour le soigner et l'abriter ; ou encore mille autres raisons qui vous échappent pour mener à l'essentiel, là où votre cœur a fait étape et votre âme s'est ancrée : voilà qui le laissait rêveur.

Il hésita. Son habit, cette soutane noire au col sévère, ce chapeau du plus haut ridicule, risquaient de surprendre et d'amuser défavorablement. Mais, d'un autre côté, se trouver devant la porte de Mathilde de Santheuil et n'y point frapper, c'était fournir là matière à regrets ultérieurs.

Il hésitait encore lorsqu'une forte main se posa sur son épaule tandis qu'une voix froide lançait :

— Il n'est point de sacrements à administrer en cette maison, ni de démon à chasser les mains étendues pour l'exorcisme. On n'y signale point non plus de naissance.

Nissac se retourna et découvrit Joseph et son commis qui avaient traversé la rue depuis les « Armes de Saint-Merry » et tenaient discrètement coutelas et poignard pointés en sa direction.

Si le comte parvint à masquer sa surprise, en raison

qu'il détestait afficher ses sentiments, Joseph n'était point tenu à pareil pacte et ne dissimula pas son étonnement :

— Monsieur le comte !... Si je m'attendais !...

— Je ne suis que jésuite, et point comte.

Joseph lui adressa un regard rusé et baissa la voix :

— Je songeais à vous. Ah, je ne sais pourquoi l'attaque du palais Volterra et la poursuite sur le pont Barbier m'amenèrent à telle pensée.

Le comte, bien qu'il se sût découvert et ne craignît point d'être trahi, fit une réponse en demi-teinte :

— Voilà en effet étrange détour de l'esprit, mon fils. Il faudra bien, un jour, que je vous confesse.

Le visage de Joseph s'assombrit.

— Le plus tard sera le mieux ; monseigneur, je n'ai point toujours été l'homme que je suis aujourd'hui.

Sur quoi il s'éloigna, la tête basse, son commis dans son sillage.

Le comte, un instant, le suivit du regard, se demandant quel drame, si ce n'est la mort de ses enfants, avait brisé cet homme.

Puis il se retourna et frappa à la porte de Mathilde.

Elle ouvrit presque aussitôt et resta pétrifiée, les yeux arrondis, la bouche mi-ouverte. Nissac affecta un air pénétré :

— Inversant les rôles, il faut, ma fille, que je me confesse à vous : en un mot, madame, vous me manquiez déjà.

Hésitant entre le rire, car le comte lui semblait irrésistible en jésuite, et les larmes, car il ne lui avait jamais encore adressé compliment si direct, elle songea qu'il était bien dommage qu'elle fût trop honnête pour feindre l'évanouissement.

Ils marchaient côte à côte dans la ville fiévreuse.

Impuissants, ils virent pendre un homme par la populace. Le malheureux, la corde au cou, protestait de son innocence avec des accents de vérité qui ne trompent pas, sauf ceux qui ont décidé de se laisser abuser. On jeta la corde au-dessus d'une branche, attacha l'extrémité à la selle d'un cheval puis, fouettant celui-ci qui s'élança, on vit le corps de l'homme s'élever et s'agiter en tous sens quelques instants sous les cris des habitants de la rue Palmail qui ne se tenaient plus de joie, hurlant « À mort les Mazarins ! »

Le comte serra la main de Mathilde de Santheuil et cette étrange vision d'un ecclésiastique si familier avec une jolie jeune femme troubla un bourgeois qui n'osa point, cependant, demander d'explication tant le regard de Nissac, brusquement posé sur lui, le glaçait.

Partout, des agitateurs et des espions apostrophaient le peuple. On buvait beaucoup, monsieur le coadjuteur, pour soigner sa popularité, ayant fait mettre des tonneaux en perce afin qu'on bût à sa santé et à la mort de Mazarin.

À Saint-Gervais, un groupe d'excités poussant une brouette arriva bruyamment, précédé d'un curé fanatique.

Sous les yeux du comte et de Mathilde, on renversa la brouette. Des ossements et un crâne roulèrent, tandis que le prêtre aspergeait d'eau bénite les pauvres restes déterrés de ce protestant mort depuis cinq ans sans renier sa foi.

La promenade tourna court avec cette scène écœurante et, sur le chemin du retour, Nissac et Mathilde de Santheuil parlèrent peu, tous deux blessés en l'espoir qu'ils plaçaient dans l'avenir de l'humanité.

Ils se quittèrent rapidement, sur cette note triste, la jeune femme lui recommandant d'être prudent.

À peine eut-il refermé la porte qu'il faillit revenir sur ses pas, bouleversé à l'idée que Mathilde allait rester seule et peut-être malheureuse, mais il se ravisa car son devoir, hélas, l'appelait ailleurs.

La soirée, il le savait, serait mouvementée et il n'aurait pas tous ses hommes. En effet, le général des jésuites avait informé Nissac qu'il lui serait sans doute utile, en un proche avenir, de connaître les plans fort complexes des carrières et souterrains de Paris. À cet effet, le comte avait délégué Florenty à Notre-Dame afin qu'il fût instruit des secrets des sous-sols de la capitale. Choix judicieux car, habitué à courir les chemins, le faux saunier se repérait mieux que tout autre et apprenait vite.

Le comte hâta le pas.

Rue du Bout du Monde, Jérôme de Galand, lieutenant criminel du Châtelet, l'attendait en compagnie d'un poissonnier qui déplaçait ses bourriches sur une voiture à bras.

Nissac fut surpris mais ne le montra guère. Au reste, l'air grave du lieutenant de police l'avait alerté.

Le policier le salua brièvement puis, sans un mot, ôta les couvercles des quatre bourriches. Maîtrisant un mouvement de recul, Nissac reconnut les quatre têtes coupées des fidèles archers du lieutenant de police.

Il alla droit au but :

— Ce qui signifie ?

— Un avertissement. Il y a eu un nouveau crime. Le cercueil de verre, l'habituel rituel. Trop tard, je n'ai vu que de pauvres os calcinés. La poix, les flammes, tout ce que vous savez déjà.

Le lieutenant de police criminelle avait les traits tirés. Il parut au comte brusquement vieilli. Cependant, il sembla à Nissac qu'une question restait à poser :

— Un instant. Pour ces gens-là, le danger, c'est vous. Pourquoi n'est-ce point votre tête qui se trouve en ces paniers ?

Le lieutenant de police criminelle eut un pâle sourire.

— C'est que moi, après trente ans de police, j'ai de nombreux amis. Toujours très proches.

Nissac suivit son regard. Un mendiant édenté lui sourit mais écarta son droguet rapiécé pour laisser apparaître une longue lame. Un crocheteur haut d'une toise lui adressa un signe, et pareillement un charretier, un homme qui semblait bouvier, d'autres encore et tous, en l'intérieur de leur habit, tenaient prêts poignards ou pistolets.

Le comte approuva d'un signe bref, pressé de rentrer pour profiter de quelques heures de sommeil avant une nuit qu'il devinait longue.

Cependant, le lieutenant de police criminelle le retint :

— Sortirez-vous ce soir, monsieur le comte ?

— C'est possible, en effet.

— En quel quartier ?

— Promenade sur la rivière de Seine.

— Au pont Barbier ? demanda le policier avec un sourire.

— Ce pont n'était point sûr ! répondit Nissac, imperturbable.

Sans même s'en rendre compte, le lieutenant de police criminelle baissa la voix :

— Cette nuit, sur la rivière de Seine, double barrage. La Fronde, tout d'abord, et peu ensuite, un autre de l'armée de monsieur le prince de Condé.

— Merci. Nous ferons comme il convient.

25

Le comte de Nissac et ses cinq compagnons – Florenty « étudiait » à Notre-Dame – partirent à la nuit de leur base du Bout du Monde.

Promptement, ils passèrent rue Sainte-Marie Égiptienne où, abandonnant leurs soutanes, ils reprirent leurs tenues habituelles et laissèrent leurs chevaux.

La marche jusqu'à la rivière de Seine fut des plus longues et des plus difficiles, le parlement ayant fait tendre les chaînes situées aux bouts des rues.

Au calvaire qui marque le carrefour de la rue Saint-Honoré et de la rue des Poulies, le comte et les siens se heurtèrent à un parti de Frondeurs en nombre égal. Mais ceux-ci, assez inexpérimentés et menés par un jeune Conseiller aux Enquêtes du parlement, furent stupéfaits en voyant Nissac s'avancer, presque nonchalant, une main sur la hanche et l'autre tenant l'épée à la verticale. La surprise fut courte car, bien vite, les Frondeurs eurent le dessous et ne trouvèrent le salut que dans la fuite, d'autant que leurs adversaires dissimulaient leurs visages sous ces foulards rouges très redoutés depuis le sac de l'hôtel Volterra et la très chaude affaire du pont Barbier.

Nissac touchait presque au but.

Avec l'homme de barre, ils se trouvaient sept en cette barge dont contenu et contenant appartenaient à un proche du Premier ministre. Le chargement, qui venait de Siam, était composé d'étoffes, de porcelaines et de plantes séchées fort odorantes.

À l'avant du bâtiment, le comte de Nissac regardait Paris plongé dans la nuit noire si ce n'est, de loin en loin, quelques foyers encore éclairés. Là, quelque part, était Mathilde. Il ressentit une cruelle impression de vide et se détourna.

Bientôt, ils durent faire halte à un barrage fluvial de la Fronde. Nissac exhiba un passeport cosigné par le prince de Conti et le duc d'Elbeuf. Aussitôt, on leur livra le passage.

Peu ensuite, ils se heurtèrent à un second barrage, à l'initiative des Condéens, celui-là. Ayant soigneusement rangé le premier document, Nissac montra un autre passeport revêtu des signatures de Gaston d'Orléans et du prince de Condé. Le barrage s'ouvrit sans tarder.

L'un et l'autre documents étaient dus à la main artiste de Nicolas Louvet, faussaire talentueux au service du comte de Nissac.

Le reste du voyage se déroula sans incidents, Nissac et les siens trouvant des montures aux avant-postes de l'armée de Condé, celle-là même que le prince avait hâtivement ramenée des Flandres pour encercler Paris et en laquelle Nissac, qui y avait servi comme général, entretenait connivences et amitiés.

Les yeux du cardinal Mazarin brillaient à l'égal des pierres précieuses qui scintillaient à la flamme des chandeliers.

Il avait discrètement fait venir Nissac et ses hommes à l'arrière du château de Saint-Germain-en-Laye, où il y avait une vaste pièce reculée.

Avec ses manières d'homme de guerre parfois un peu rudes, Nissac avait ordonné à ses hommes de vider le contenu des sacs sur la grande table. Cela fait, l'équipe du comte s'était retirée sans dire une parole et, depuis cet instant, le Premier ministre demeurait comme pétrifié en regardant le merveilleux trésor.

Un peu gêné, le comte expliqua :

— Monsieur le cardinal, nous avons exécuté vos ordres : de l'or, sans s'arrêter aux moyens. Il vous fut peut-être rapporté que notre procédé fut brutal mais point n'était possible d'agir de différente manière.

Mazarin entendait les paroles du comte. Il les comprenait parfaitement. Mais, par un phénomène qu'il n'aurait su expliquer, il se trouvait comme brusquement paralysé.

Il s'ébroua enfin :

— Ah, comte !

Puis il s'approcha et plongea ses mains dans le trésor. Perles fines et monnaies d'or, diamants bruts et bijoux ruisselaient entre ses mains tremblantes qu'il replongeait cependant tout aussitôt dans le fabuleux butin.

Enfin, il se tourna vers Nissac qu'il regarda avec affection :

— Ah, comte !... Le royaume vous doit haute reconnaissance ! Voilà de quoi payer l'armée et lever nouvelles troupes. Voilà de quoi écraser les Frondeurs et les factieux qui relèvent la tête aux quatre coins du pays.

Il posa ses mains sur les fortes épaules du comte.

— Je sais tout, Nissac ! L'hôtel Volterra, le pont Barbier, toute votre stupéfiante équipée, le soin apporté à l'affaire et jusqu'à cette étonnante idée des foulards rouges. La Cour ne parle que de cette affaire où l'on vous croit cent quand vous n'étiez que sept et pourtant, tout le monde, même à cent, de louer le courage et l'audace de ces cavaliers inconnus qui se reconnaissent à un foulard rouge et se retrouvent en leur fidélité à la couronne.

Ne sachant trop que dire, Nissac ébaucha un geste vague :

— Monsieur le cardinal, la réussite ne dépendait que de la bonne préparation de cette affaire qui fut menée comme celles que nous réalisons dans les lignes espagnoles. Les Frondeurs sont nombreux, mais bien peu d'entre eux connaissent l'art et les secrets de la guerre. Enfin, la chance fut nôtre lorsque la rivière emporta le pont à l'instant le plus dangereux.

Le Premier ministre ôta ses mains des épaules de Nissac et regarda de nouveau le trésor. Une larme coula sur sa joue et, malgré les paroles qui suivirent, le comte s'interrogea longtemps sur l'origine de cette émotion : reconnaissance ou joie profonde à l'idée d'utiliser ce trésor pour écraser la Fronde ?

Mazarin, remarquable comédien, imprima un délicat tremblé à sa voix qu'il cassa adroitement à deux reprises :

— Comte de Nissac, ne soyez pas modeste car vous ajoutez à ma confusion qui vient de ma reconnaissance, ôôôh non !

Curieux, Nissac enregistra ce trémolo assez inattendu mais ne put s'y attarder plus avant, le cardinal reprenant :

— Oh non, ne me mettez point dans la gêne par cette modestie qui couronne une action de grand éclat. Trop, beaucoup trop autour de moi se parent de lauriers qu'ils usurpent si bien qu'il m'est insupportable de voir un véritable héros rapetisser ses grands mérites.

Puis, observant brusquement le comte comme s'il le découvrait :

— Mais, je manque à tous mes devoirs ! Cette escapade sur la rivière de Seine dans la nuit glacée, vous devez mourir de faim !...

— Monsieur le cardinal, mes hommes, eux aussi...

— Je vais donner des ordres ! coupa Mazarin.

Nissac et le cardinal firent honneur à un potage au poulet farci à la laitue, des perdrix, des bécasses, une poularde, un fromage de Pont-L'Évêque, après quoi vinrent échaudés, macarons, massepains et confiture d'orange arrosés de vin de Bourgogne pour cette légère collation vespérale.

Les deux hommes, pour autant, ne cessèrent de s'entretenir d'affaires de service. Ainsi Nissac fit-il le point sur l'enquête concernant l'insaisissable « Écorcheur » et sur l'aide efficace de Jérôme de Galand, lieutenant de police criminelle tout dévoué à la couronne.

Il revint sur la nécessité de prendre en grande urgence Charenton, les généraux de la Fronde ayant décidé que cette place devait être à tout prix défendue.

Enfin, le cardinal insista pour conserver quelques jours Nissac et les siens à la Cour, le temps que les factieux oublient un peu ses « chers Foulards Rouges ».

Nissac, qui pensait à Mathilde, protesta qu'il pouvait sans attendre reprendre le combat, car les forces ennemies se trouvaient à peine entamées, mais le Premier ministre fut intraitable :

— Mon cher comte, je ne vous ai point ménagé jusqu'ici et, malheureusement, je crains de devoir vous demander votre aide longtemps encore. Prenez un peu de repos.

Il hésita et reprit :

— Vous apprendrez sans surprise que monsieur le

prince de Condé se languit de vous, vous le général qui ne perdez jamais de batailles. Pour anéantir ses espoirs sans qu'il eût à protester légitimement, j'ai trouvé remède efficace, car il ne peut point s'opposer à ce qui concerne le futur roi. Mon cher Nissac, depuis à l'instant, vous êtes donc « Instructeur général de l'artillerie » auprès du futur Louis le quatorzième.

— Curieuse charge, remarqua Nissac qui ajouta : je n'en avais point encore entendu parler.

— C'est que je viens de l'inventer. Le roi, c'est encore la dernière personne du royaume sur laquelle l'ambitieux prince de Condé n'osera faire valoir quelque préséance. Et maintenant, cher comte, allez vous coucher : je vous ai fait préparer et chauffer une chambre en l'aile la plus discrète du château.

26

Un flambeau à la main, nue sous un grand manteau de couleur émeraude, elle avançait d'un pas rapide dans les galeries désertes et glacées.

Âgée de dix-huit ans et considérée comme « la plus belle femme de la Cour », Charlotte de La Ferté-Sheffair, duchesse de Luègue, s'était juré de conquérir le comte de Nissac après qu'elle l'eut vu, dans les jardins du Palais-Royal, ridiculiser François de Bourbon-Vendôme, duc de Beaufort, et ses deux compagnons.

Son cœur battait très vite. Elle ne savait, de l'amour, que ce qu'en disaient les romans et les femmes plus âgées qui, lorsqu'elles en parlent, ont un regard changeant, comme fixé sur quelque souvenir lointain et attendri.

Elle voulait le comte de Nissac, et nul autre.

Certes, elle eût été fière de devenir sa femme mais il semblait que le général qui approchait la quarantaine n'envisageait pour avenir que la solitude. En avait-elle sollicité, des témoignages ! Hélas, tous concordaient. Entre deux campagnes militaires, le comte retournait sur ses terres désolées et en son vieux château battu par les vents furieux et les vagues de la Manche. Sur place, il rêvait, appuyé aux créneaux, chevauchait sans but pendant des heures, lisait devant la cheminée monumentale ou correspondait, le ou la destinataire de cet abondant courrier n'ayant jamais été identifié.

Quelle vie ennuyeuse !... Et si loin de la Cour. Non, même pour les bras solides du général-comte de Nissac, brave parmi les braves, elle ne saurait s'y résigner, craignant de mourir de langueur.

Il ne souhaitait donc pas le mariage, et elle pas davantage qui ambitionnait une vie de plaisir.

Mais quelle vie ?

Mariée à un vieux duc ? Ayant pour amants les précieux de la Cour ? Certes, tous n'étaient point désagréables à regarder, surtout les plus jeunes, mais la duchesse imaginait que l'heure de ses prétendants ne pourrait sonner que lorsque celle du comte serait passée et figée à tout jamais en sa mémoire.

Après lui, quelle importance ?

Arrivée devant la porte, elle hésita un instant, puis la poussa vivement.

En quelques secondes, il ouvrit les yeux, saisit son épée qui dormait à son côté hors du fourreau, se dressa d'un bond et cligna les paupières.

Il demeura un instant l'épée dressée puis, curieux, vit une fine silhouette allumer les chandelles à un flambeau qu'elle jeta peu ensuite dans la cheminée.

Le capuchon émeraude fut baissé et un ravissant minois apparut.

— Vous dormez avec vos bottes ? demanda-t-elle.

— L'habitude des réveils précipités ! répondit-il.

Puis ils s'observèrent. Longuement. Très longuement.

Elle le trouva fort beau en chemise, haut-de-chausses et bottes de cavalerie dont le revers montait au genou. Elle admira également l'élégance du geste lorsqu'il jeta sa fine lame sur le lit.

De son côté, il s'émerveillait. Ces cheveux blonds sagement nattés, ces yeux magnifiques au regard provocant qui le défiait, un adorable petit nez, une bouche légèrement boudeuse. Au reste, c'est tout le visage qui paraissait à la fois dédaigneux et reflétait dans le même temps, en grand effet de contradiction, comme la jeune femme semblait disposée à s'abandonner à la passion.

— Vous vous étonnez, monsieur ?

— Rien ne m'étonne plus, madame.

— Charlotte de La Ferté-Sheffair, duchesse de Luègue.

— Loup de Pomonne, comte de Nissac.

— Je sais qui vous êtes, comte.

— Alors peut-être savez-vous également les raisons qui vous amènent à pousser la porte d'un homme que vous ne connaissez point et cela, fort avant dans la nuit ?

— J'avais froid, monsieur.

Le comte fut un instant déconcerté, puis :

— Ah çà, madame, me confondriez-vous avec une cheminée ?

— Non point, monsieur. Mais la chaleur se trouve parfois où on l'imagine.

— Certes, mais suis-je responsable s'il vous vient d'étranges imaginations ?

Elle le regarda, soudain désemparée, et ce beau regard de jeune femme émut le comte. Alors, comme on tire sa dernière cartouche, la duchesse fit choir le manteau émeraude qui tomba à ses pieds en révélant un corps splendide, une poitrine généreuse et ferme.

La jeune femme remarqua l'effet qu'elle produisait mais elle-même, trop bouleversée, ne trouva pas ses mots. Elle se précipita vers une table basse et, saisissant une cruche et un gobelet d'étain, se versa de l'eau qu'elle fit déborder. Puis elle vida le gobelet d'un trait.

Ce faisant, elle prit conscience qu'elle tournait le dos au comte. Elle ne l'avait certes pas prémédité mais, à la réflexion, ne le regretta point, sachant la perfection de sa chute de reins.

Le calcul ne manquait pas de finesse. Nissac fut ému par ces épaules, ces minces épaules de jeune femme qui rappellent toujours comme l'adolescence n'est pas loin.

Il admira la taille fine, les hanches larges et la rondeur parfaite des fesses puis, en homme qui aime les femmes, laissa descendre son regard vers les chevilles. Il aimait les chevilles féminines. Il éprouvait grand désir et volupté à les serrer en ses mains avec force, comme pour les étrangler, puis les couvrir de baisers.

La duchesse se retourna enfin et constata que cette fois, au mieux, elle ne l'emporterait pas mais ferait jeu égal avec le comte car, s'il la désirait, elle le voulait certainement plus encore.

Elle posa une main sur sa hanche en un geste un peu canaille, un peu « garçon », et qui attendrit le comte car il devina comme cette attitude provocante, et sans doute inhabituelle, disimulait un flagrant manque d'assurance.

Se dominant pourtant, elle lui dit :

— On vous aime, monsieur.

— Alors c'est qu'on place bien mal son amour, madame.

— En quoi l'amour qu'on vous porte vous concerne-t-il, comte ?

— En cela qu'il me fait exister, duchesse, et que tel n'est peut-être point mon désir.

— Prenez-moi dans vos bras ou je vais mourir de honte !

Il se donna un instant de réflexion et dut convenir que la jeune femme, nue devant lui, se trouvait en position délicate. Redoutant d'être troublé par ce contact, il lui ouvrit cependant les bras.

Elle s'y jeta.

Elle s'y jeta et l'enveloppa aussitôt de chaleur, de

douceur, d'un halo de tendresse et ce fut chose semblable à l'assaut répété et invincible des vagues qui toujours finissent par l'emporter sur les rocs les plus durs, comme les femmes depuis toujours et sans doute jusqu'à la fin des temps l'emportent sur les cœurs trop fragiles des hommes.

Pris dans un tourbillon, enivré par l'odeur des cheveux blonds et le goût sucré de cette adorable épaule qu'effleuraient ses lèvres, le comte songea avec un très curieux détachement : « Finalement, je suis incapable de résister alors que je dois être un des seuls soldats à n'avoir jamais reculé devant les Espagnols ! »

Puis il pensa à madame de Santheuil, à sa chère Mathilde.

Totalement aux abois, sans repères, tel un bateau sans gouvernail dans la tempête, il fut frappé par la force de l'amour qu'il portait à Mathilde, et que cela n'empêchait rien, absolument rien ! Ainsi pouvait-on aimer une femme, ne penser qu'à elle, et en désirer une autre ?

Le comte s'accabla : « Quel genre de chien suis-je donc ? »

Dans un sursaut qui demandait un courage que seul, hélas, l'intéressé eut à connaître, il se détacha légèrement, prit la duchesse aux épaules et lui dit :

— Madame, j'aime ailleurs !

Le regard tout d'abord, puis les lèvres et toute l'expression du visage de la jeune duchesse ne furent plus que sourire :

— Comte, qui vous parle d'aimer ? Êtes-vous un si petit garçon que je vous doive expliquer ces choses et que parfois la vie est courte, que ma mère est morte en couches à l'âge de vingt ans et que vous, chaque combat vous rapproche de la possibilité d'être tué ? Pensez-vous, cher comte, qu'un instant de volupté partagé dérange l'ordre du monde ?

Nissac eut un sourire désabusé.

— Je le pense, madame. Le monde n'a jamais encouragé le désir et pareillement le plaisir. Les gens tristes aiment le pouvoir qui leur permet de brider ces êtres qui leur font horreur car ils ont quelque aptitude au bonheur.

— Mais cette nuit, qui pourrait nous la voler ? Et moi-même, que vais-je prendre à celle que vous aimez et qui n'est point à vos côtés, assez folle pour vous laisser seul ?

— Duchesse, elle ne sait point que je l'aime.

Elle approcha son visage, il l'embrassa délicatement sur les lèvres, alla ramasser le manteau vert émeraude et le posa avec grande délicatesse sur les épaules de la jeune femme en disant :

— Restons l'un pour l'autre espérance d'un monde de volupté, puisque ce fut votre mot. Il nous suffira de savoir que nous existons, trichant un peu puisque le feu de la réalité n'aura pas même léché la part de rêve qui fait de nous des complices. Croyez que j'agis sagement, jolie duchesse, et allez vite dormir.

Il décida de ne point voir les larmes qui coulaient sur la peau douce de la jeune femme puis, lui donnant un bougeoir, il l'entraîna avec douceur vers le couloir.

Une fois seul, il s'allongea à côté de son épée et songea : « Mathilde de Santheuil, il faudra m'aimer bien fort pour me faire oublier cette jeune femme. »

Le cardinal Mazarin ne se résolvait pas à renvoyer au milieu des périls sa petite troupe d'élite dont, partout, on vantait les mérites. Certains seigneurs eux-mêmes, en sympathie avec la Fronde, et bien évidemment leurs dames, admiraient l'audace et le panache des mystérieux Foulards Rouges de Mazarin.

Nissac, morose, avait consigné sa petite troupe. À l'écart de la Cour, il intensifiait les leçons : lancer de poignard, épée, cheval, pistolet, mousquet, artillerie...

Ce régime dura dix jours puis il sembla au comte qu'il ne pouvait ainsi enfermer des hommes courageux qui n'avaient point démérité.

Puisque le Premier ministre lui-même ne s'occupait point d'eux...

Il leur donna quartier libre.

Entre les dangers et les durs entraînements, la petite troupe avait resserré ses liens. D'aristocrate ou de galérien, il n'était plus question. L'amitié l'emportait. Et l'esprit de corps, que les hommes eurent l'idée de symboliser en nouant autour du cou leurs foulards rouges. Il eût été erroné d'y voir quelque bas calcul, les compagnons de Nissac, dans l'ignorance où ils se trouvaient de leur notoriété, ne voyaient dans le port des foulards que reconnaissance entre eux, à l'exclusion de toute spéculation.

Grave erreur.

Les barons Melchior Le Clair de Lafitte et Sébastien de Frontignac n'avaient pas risqué trois pas à la Cour que des hautes dames les enlevaient en leurs appartements... – sans qu'ils opposent forte résistance.

Maximilien Fervac se rendait chez le maréchal-ferrant lorsque, découvrant son foulard rouge, une jeune baronne le mena dans un bosquet où le froid fut moins vif que le tempérament du sergent des Gardes-Françaises.

Nicolas Louvet, qui ambitionnait de voir de plus près l'atelier royal des presses installé au château, fut, pour sa part, harponné par une vieille comtesse qui n'avait pour elle ni la jeunesse ni la beauté mais l'avantage d'être comtesse et d'étendre à des classes sociales élevées l'entendement que le jeune homme avait de la société.

Quant à monsieur de Bois-Brûlé, lâché au milieu des dames aux perruques poudrées, il provoqua scènes et horions puisqu'on se l'arracha jusqu'à ce que le malheureux, titubant de fatigue, n'aspirât plus qu'à une chose : affronter ces messieurs de la Fronde en un combat tout de même plus régulier.

Enfin, le général-comte de Nissac ne remarqua pas même comme, sur son passage, on s'évanouissait avec ostentation. Il faut dire qu'entre Mathilde de Santheuil qu'il aimait et Charlotte de La Ferté-Sheffair, duchesse de Luègue, qu'il ne pouvait s'empêcher de désirer, il se sentait sur des charbons ardents.

D'autant qu'il se trouvait sans nouvelles de la première quand on lui avait signalé que la seconde gardait la chambre, refusait toute nourriture et risquait de dépérir, à la consternation de son entourage et des dizaines de seigneurs qui, à la Cour, étaient épris d'elle et ne comprenaient point cette soudaine mélancolie.

Aussi Nissac respira-t-il lorsque le cardinal Mazarin le convoqua enfin, un matin, en l'accueillant avec un sourire :

— Comte, on pense à vous à Paris. Regardez...

Il s'approcha de son bureau, fouilla dans des liasses de papiers qu'il souleva :

— Libelles, pamphlets. Tenez, celui-là, vendu sur le Pont-Neuf : « Que serait le potiron du Vatican, l'ignoble Mazarin, sans ses Foulards Rouges ? »

Voyant l'air grave du comte de Nissac, le Premier ministre se reprit :

— Vous repartez, comte. Et toujours la même mission. Saboter les entreprises de la Fronde !.... Ah, soyez heureux : vous retrouverez l'action, votre hôtel du Bout du Monde et la belle Mathilde de Santheuil que j'aime si fort.

Le comte de Nissac sentit le sol se dérober sous ses pieds mais parvint à masquer son émotion :

— Vous l'aimez, monsieur le cardinal ?

— Oh oui !... Je l'aime !... Et je pense être payé de retour.

Une vague de colère froide s'empara du comte de Nissac.

27

Il marchait d'un pas rapide, ses bottes de cavalerie résonnant sur les dalles. Le foulard rouge noué autour du cou faisait tourner toutes les têtes.

Barons et baronnes, marquis ou marquises, comtes, comtesses, ducs, duchesses, princes et princesses : il ne saluait personne, ne voyait rien, avançait comme halluciné et nul n'osa poser la moindre question au général-comte de Nissac tant il semblait farouche et déterminé.

Il arrêta un valet et se fit conduire.

Une fois arrivé, il congédia l'homme d'un regard et entra sans frapper.

La très jeune Charlotte de La Ferté-Sheffair, duchesse de Luègue, qui se faisait coiffer, se leva, soudain très pâle, et trouva le regard du comte de Nissac. D'un geste vif, elle renvoya sa servante.

Le comte lui ouvrit les bras, elle s'y jeta et lui offrit sa bouche.

Peu ensuite, il la tint aux épaules et la regarda.

— Je repars à Paris, madame, et n'en reviendrai peut-être pas.

— Donnez-moi cette journée.

— J'aime toujours ailleurs, duchesse, et même si mon amour est sans espoir, je ne changerai point. Mais aujourd'hui, je suis faible.

— Aimez-moi aujourd'hui, on n'en espère pas davantage de vous. Après, si vous m'échappez, ignorez-moi à jamais, cela n'aura plus d'importance.

Malhabile, il l'aida à ôter sa robe puis, malgré lui, fit un pas en arrière pour la contempler.

Ses cheveux blonds effleuraient ses épaules. Une touche de rouge aux joues rehaussait la pâleur de son teint et donnait à la jeune femme un côté fragile qui fit souvenir au comte de ces porcelaines de Siam entassées sur la barge empruntée pour quitter Paris. Une « mouche », coquetterie ultime sur une des pommettes, la faisait passer pour femme quand la lourdeur adolescente des paupières laissait à penser que ce statut-là était bien récent.

La jeune duchesse de Luègue se tenait très droite, fière de sa poitrine opulente et ferme. Elle ne portait plus guère, gainant ses jambes magnifiques, que ses bas, tenus par des jarretières de soie rose, et ses souliers de semblable couleur.

Le comte la souleva et la porta sur le lit.

La nuit tombait.

Elle le regardait dormir avec profond attendrissement. C'était donc cela, un homme ? Un général couvert de gloire, épée à la main, faisant cracher ses canons, les grandes plumes de son chapeau au vent de la bataille et ce corps endormi, sans défense, un sourire enfantin jouant sur ses lèvres ?

Nonobstant cette « inconnue » que le comte aimait si follement, apparemment sans espoir de semblable sentiment en retour, par quoi se trouvaient-ils séparés ?

Nue, assise en un fauteuil placé au chevet du lit, la jeune femme regardait ce corps musclé où couraient des cicatrices comme si l'homme sortait des mains de cette redoutable couturière qu'on appelle « la guerre ».

Une fois encore, elle passa en revue leurs condition et qualité respectives. Ainsi il n'était que comte et elle duchesse, mais les Nissac appartenaient à plus haute et ancienne noblesse. Sous son masque de guerrier, il avait beaucoup d'esprit et, bien qu'il en usât sans ostentation, le sien possédait un côté aiguisé qui faisait défaut aux petits poudrés de la Cour. Il savait même rire de lui, ce qui se rencontre rarement chez un homme et sa valeur, son réel courage, sa gloire, le dispensaient des habituelles vanités masculines.

Enfin, en quelques heures et à plusieurs reprises, celui qu'elle appelait secrètement « mon Loup adoré » et « mon amour de Loup » lui avait donné davantage de bonheur qu'elle n'en avait vécu en les dix-huit années qui allaient de sa naissance à cette journée de février 1649 qui faisait d'elle une femme. Intimement, elle sentit qu'aucun homme, jamais plus, ne saurait l'aimer comme le comte de Nissac dont les baisers, de la tête aux pieds, l'affolaient. Qu'il s'attardât sur sa poitrine, et partout où se révélait sa féminité, la surprenait cependant moins que le traitement réservé aux chevilles, serrées à faire mal en des mains d'acier puis bientôt embrassées par des lèvres douces et tendres... Et c'était là lui tout entier, comme en sa façon de faire l'amour, mêlant violence et douceur.

Jusqu'à ces baisers de nuque qui provoquent picotements divins jusqu'au bas des reins et font sans cesse renaître le désir de donner, prendre, tenir, être possédée.

Pourtant...

Son enfance et son adolescence en un austère couvent donnaient à la jeune femme un écœurement de tout ce qui ressemblait à un enfermement, un étouffement, et même son « Loup adoré », son « amour de Loup » n'échappait point à cette règle : elle mourrait de langueur auprès de son bien-aimé en ce château fort vieux de quatre ou cinq siècles fièrement campé face à la Manche, entre vents infernaux, tempêtes et landes de bruyères. Elle serait perdue dans ces couleurs grises et mauves, argentées et amarante.

Elle se sentit au désespoir, devinant que sa vie toujours comporterait une brèche que rien ne viendrait combler, une contradiction qu'elle ne savait résoudre, ne pouvant ni vivre avec Loup, ni sans lui.

Il lui faudrait donc exister jusqu'à la fin de ses jours avec cette infortune. Se griser artificieusement des gens de Cour, de Paris tout autour d'elle, bref, de ce dont elle avait si longtemps rêvé et qu'elle ne se sentait point la force d'abandonner même si la réalité s'était chargée de déjà trahir le rêve.

Elle soupira, sans quitter du regard le comte de Nissac endormi.

Il changea de position, poussa un léger grognement.

À quoi, à qui rêvait-il ? À présent, même en son sommeil, il fermait les poings, prêts à frapper et cependant elle lui trouvait des traits d'enfant. Un enfant perdu, un enfant devenu général errant de guerre en guerre, allant de bataille en bataille, pour masquer quoi ? Qu'il est difficile de vivre ? Que ce grand mystère relève peut-être simplement de l'absurdité ? Que la peur qui vous saisit au sortir du ventre de la mère ne relâche son étreinte qu'à l'instant de votre mort ?

Elle l'imagina en un paysage maritime, âgé de deux ans, courant nu sur la grève comme le font les tout petits, bras ouverts, se précipitant en riant vers sa mère attentive et émue.

Elle murmura :

— Et tu n'as jamais cessé de courir, mon amour de Loup. Le temps a passé mais tu cours encore, comme chacun de nous, vers un objectif qui toujours s'éloigne...

Un bébé !

À dix-huit ans, Charlotte de La Ferté-Sheffair, duchesse de Luègue, regardait le général-comte de Nissac, trente-huit ans, comme un bébé.

Son bébé !

Et elle s'en allait l'abandonner, renoncer sans lutter parce que, sans qu'elle puisse aller là contre, elle lui préférait une vie de prétendus plaisirs par fidélité à sa propre enfance, à ses rêves de petite fille.

On n'en finit donc jamais, avec l'enfance ? Pas même le jour où l'on devient une femme ?

Il s'éveilla d'un coup, cherchant instinctivement son épée, puis la découvrit, nue, assise en un fauteuil à son chevet et qui le regardait avec très grande tendresse et ombres de tristesse.

— Vous semblez si heureuse et si grave, madame...

— C'est que je vous aime et que je vous perds, monsieur...

Il n'eut qu'à tendre la main pour caresser le genou dodu de la duchesse, la caresse se faisant plus lourde et plus insistante au-dessus de la jarretière, sur la peau nue.

Il lui sourit.

— Nous perdons-nous jamais lorsque quelques heures nous fûmes par l'amour si proches des étoiles ? Le bonheur ne nous survit-il pas quelque part, sans qu'on le puisse plus toucher, et même quand nous ne serons plus ici-bas ? Est-il possible que mon corps jeté dans une fosse, car tel sera probablement mon destin, soit la fin de tout ? De moi, certes, j'entends bien, mais point le bonheur même passé qui est chose impalpable comme l'air ? Ne se peut-il que le bonheur des hommes et des femmes qui nous précédèrent soit cette chose invisible qui, sans raison, traîne parfois dans l'éther, et nous met la joie en le cœur et le sourire sur les lèvres en un matin d'avril qui s'étire comme un chat entre tous les roses et tous les bleus du monde ?

Elle se jeta contre lui, riant et pleurant tout à la fois.

Il la caressa délicatement, elle fit de même mais leurs gestes doux et tendres s'enflammèrent bientôt et la certitude de se bientôt quitter à jamais déchaîna leur passion avec l'âpreté que donne un tel désespoir.

Dehors, la neige tombait à gros flocons. Un bûche craqua en la cheminée. Il était doux d'exister.

28

Les mauvaises nouvelles se multipliaient. La Fronde gagnait la province. Aix-en-Provence séquestrait son gouverneur, le comte d'Alais, tandis qu'en Normandie, le duc de Longueville, Frondeur de haute volée, prenait Rouen et ralliait son parlement à la sédition. Turenne lui-même, commandant l'armée d'Allemagne, semblait acquis aux idées de la Fronde.

Informé de tout cela, le comte de Nissac, à cheval, allait tête basse, suivi de ses hommes en file par un.

Ils progressaient dans un chemin creux et enneigé, insensibles à la beauté des étoiles de neige accrochées aux arbres et aux fleurs de givre collées aux rameaux, indifférents aux cris lointains de loups affamés qui se risquaient hors les forêts, ne voyant pas même sur la neige les empreintes de pattes des sangliers et celles, plus rondes, des chats sauvages.

La neige recommençait à tomber, glaçant dans les bivouacs les soldats de l'armée du prince de Condé qui devait mettre Paris à genoux. Dans tout ce blanc, on ne distinguait que les troncs noirs des arbres et les silhouettes sombres des malheureux militaires regroupés auprès de feux de fortune.

Il devait faire bien froid à Paris où l'on ne mangeait pas à sa faim mais le comte, s'il plaignait la population, lui tenait cependant rigueur de s'être donnée pour chefs une poignée de traîtres qui, oubliant la morale la plus élémentaire et manquant à tous leurs devoirs, demandaient l'aide des armées espagnoles en guerre contre la France, contre son peuple, contre ses armées. Tous ces féodaux, tous ces factieux, semblaient à Nissac extrêmement gueux et dignes de la canaille des bas quartiers qu'ils n'arrivaient plus à tenir. Ne disait-on pas que, à la recherche de l'or caché par les loyalistes repliés sur Saint-Germain-en-Laye, cette racaille ignoble violait les sépultures dans l'espoir d'y découvrir les richesses des exilés ? À tels maîtres, tels valets et ces derniers ne déparaient pas des chefs entretenant des intelligences avec les ennemis de la France. Tout le reste relevait de la comédie et par exemple les fêtes fastueuses des Frondeurs parisiens en cuirasse et écharpe bleue contant fleurette au son des violons à de belles dames de haute naissance...

La neige, dont l'épaisseur atteignait un pied[1], dissimulait les profondes ornières creusées par les pluies

---

1. Trente-trois centimètres.

d'automne et les pauvres chevaux peinaient, glissant parfois sur des plaques de glace.

Le sentiment de justice du comte se trouvait heurté par le mode de vie des seigneurs frondeurs quand la population la plus pauvre souffrait toutes les misères. En outre, si les factieux étaient finalement vaincus, il apparaissait comme probable qu'une fois encore, les Frondeurs ne seraient pas gravement punis, le cardinal n'ayant point pour ce faire une situation politique assez forte.

Les Conti, Bouillon et autre prince de Marsillac – qui se faisait déjà appeler La Rochefoucauld sans même attendre la mort de son père qui permettrait la transmission du titre –, tous ces hauts seigneurs, retrouveraient leurs exquises et sensuelles soirées en leurs magnifiques demeures, leurs parties de chasse, les jeux de palemail [1] et de paume, le billard, le palet...

Un capitaine et quelques mousquetaires barrèrent le chemin à Nissac mais l'officier, voyant les foulards rouges aux cous des hommes fatigués, allait déjà s'écarter lorsque la voix du comte retentit :

— Général-comte de Nissac, service du cardinal !

Le visage de l'officier s'éclaira, très flatté à l'idée qu'il pouvait enfin mettre un nom sur le chef des célèbres Foulards Rouges :

— J'étais avec vous à Lens, monsieur le comte.

Le visage de Nissac se radoucit :

— C'était au vingtième jour d'août, capitaine, et nous avions temps plus agréable. À vous revoir sous meilleur jour !

Le comte porta la main à son chapeau à plumes et dépassa l'officier et les mousquetaires, qui saluèrent en se découvrant.

Dans le morne paysage, et toujours sous la neige qui tombait dru, Nissac songea à Charlotte, sa petite duchesse gourmande de plaisirs inconnus, parfois inso-

_____

1. Ancêtre du golf.

182

lente et cependant très tendre, davantage, en tout cas, qu'elle ne pensait le laisser paraître.

Il dut admettre que Charlotte aurait toujours place en son cœur – comme toutes celles qui furent siennes –, même si un événement inattendu avait remis bien des choses en leur situation d'origine.

Il revit tout cela tandis que les flocons de neige, très denses, obscurcissaient la vue.

Les adieux interminables et baignés de larmes de la très jeune duchesse puis cette jarretière ôtée de sa cuisse et qu'elle lui plaça comme un brassard en disant :

— Je veux que chacun sache que je fus vôtre car j'en ai grande fierté, monsieur le général et chef des brigands du cardinal qui portent foulards rouges ! Gardez cette jarretière à votre bras jusqu'à minuit, car ce jour de votre vie est à moi tout entier.

Il avait traversé la grande galerie et on s'était retourné sur ce comte ténébreux, haut botté, foulard rouge au cou et jarretière rose en brassard. Chacun sachant déjà par les domestiques que le comte de Nissac et la duchesse de Luègue se trouvaient enfermés dans une chambre depuis de longues heures, le port de la jarretière confirmait le plus angoissant des doutes et ce ne fut partout que tristesse, soupirs et lamentations.

Les dames se trouvaient au bord de l'évanouissement au motif qu'elles n'avaient pas été choisies par « la plus fine lame du royaume ». Les messieurs auraient pleuré de rage à l'idée que ce militaire bourru rescapé des champs de bataille avait été le premier amant de « la plus belle femme de la Cour ».

Mais l'on se tut, les unes craignant l'« ironie mordante » du comte, les autres redoutant son épée.

Nissac et ses hommes se trouvaient en l'écurie à seller leurs chevaux lorsqu'ils reçurent visite inattendue en la personne du Premier ministre.

Celui-ci, le regard malicieux, décida de ne se point formaliser de la froideur inhabituelle du comte qu'il tira à l'écart en lui disant :

— Comte, vous êtes mon seul ami. Or on n'est point Premier ministre du royaume de France si l'on n'est pas perspicace et pareillement, on n'est point franc ami si l'on ne devine les tourments d'un courageux compagnon.

— Je n'ai nul tourment exceptionnel, monsieur le cardinal.

— Allons donc ! Ce matin, j'ai vu votre visage.

— Tout à la joie de repartir au combat.

Le cardinal sourit.

— Cette joie-là, qui vous fit soudainement bien sombre figure, on la rencontre d'habitude aux funérailles.

Le comte observa ses hommes qui, là-bas, tenaient les montures sellées et n'attendaient plus que lui.

Il laissa un instant parler son cœur :

— Des funérailles... Peut-être, en effet. Peut-être ce matin ai-je enterré un rêve.

— C'est bien ce qu'il me semblait !... Mais ce fut là de votre part grande précipitation et pure folie. A-t-on idée d'ensevelir ce qui n'est point mort ?

Nissac fronça les sourcils.

— J'avoue, monsieur le cardinal, que vos explications m'égarent et que je n'entends point ce que vous tentez de me dire.

Le cardinal s'amusait. Il considérait le comte comme un homme subtil mais tenait généralement que les affaires de cœur obscurcissent les esprits les plus remarquables. En outre, et bien qu'il lui fût très attaché, il éprouvait sans déplaisir la détresse de Nissac car ce soldat trop parfait, cet homme trop fort, atteignait ainsi une dimension humaine dont le cardinal, qui n'était point exempt de nombreux défauts, appréciait qu'elle les rapprochât.

Il reprit :

— Votre visage, cher comte, est devenu sinistre lorsque, vous parlant de la belle Mathilde de Santheuil, je vous ai dit : « Je l'aime », avant que d'ajouter : « Et je pense être payé de retour. »

Le comte fit effort méritoire pour conserver son sang-froid :

— Je n'ai point remarqué cela n'ayant pas, monsieur le cardinal, à juger de vos amours.

— Comme je ne juge pas des vôtres ! répondit le cardinal en effleurant d'un doigt bagué la jarretière de la duchesse de Luègue.

— Aussi bien, nous voilà donc quittes ! répondit Nissac d'un ton glacé.

Le cardinal partit à rire malgré lui et rétorqua :

— Point du tout ! Si vos amours avec la très jeune duchesse de Luègue ne prêtent aucunement à confusion, je crois, pour ce qui me concerne, que vous vous abusez gravement.

— Mais encore, monsieur le cardinal ? demanda le comte, brusquement pris d'un doute.

— Ma !... Quel enfantillage !... Voyons, comte, parlant de Mathilde, j'ai montré de l'affection, comme elle m'en porte et me l'a prouvée. Il n'entrait dans ces paroles rien qui fût charnel !

— Mais...

Le cardinal coupa la parole au comte :

— Mathilde de Santheuil est la fille d'un ami. Je l'estime pour cela, pour ce qu'elle est et pour ce qu'elle fait avec grand courage. Point davantage.

— Mais alors, qu'ai-je fait ?

— Voyons, Nissac, ce n'est point là trahir. À moins... Votre cœur, lui, a-t-il trahi ?

— Pas un instant, je vous en fais le serment.

— Vous voyez bien !

Mazarin observa Nissac avec une soudaine gravité :

— Moi aussi, j'aime. Et ce n'est point chose facile quand tout le monde vous épie, que la guerre vous sépare, que les libelles insultent un amour très beau et très profond. L'amour est chose délicate et grave, quoi qu'on en dise. Votre escapade avec la duchesse est sujet sans importance. Ayez la paix en votre esprit, Nissac, et soyez prudent, nous... La reine, le dauphin et moi-même tenons beaucoup à vous.

Le comte ne doutait pas un instant du cardinal, qu'il savait follement épris d'Anne d'Autriche. Mais il s'interrogeait sur cette confusion, ce mouvement de colère un peu trop vif pour être tout à fait honnête et qui l'avait jeté en les bras de Charlotte. Quelle étrangeté, tout cela ! Quelle diablerie !

Il se sentait coupable, mais coupable de quoi ? Pour trahir, encore faut-il que quelque chose existât. Or, rien de tel ne le liait à Mathilde, si ce n'est... Des sentiments jamais exprimés, des promesses jamais dites, des rêves sensuels demeurés en leur état de rêves. Donc, il était libre de disposer de lui-même et de faire l'amour à qui lui plaisait.

Un souvenir imprécis lui revenait, que les caresses de la duchesse avaient réveillé. Un autre corps, tout aussi beau, la fièvre, des délices que Charlotte ne lui avait point procurées avec semblable force. Que s'était-il passé réellement, cette fameuse nuit où son esprit divaguait, entre Mathilde de Santheuil et lui ?

La petite troupe des Foulards Rouges arriva aux derniers avant-postes tenus par les Condéens de l'armée royale.

Sur leurs chevaux qui allaient au pas, ils saluèrent d'un geste las les soldats et l'un d'eux, voyant les cavaliers disparaître dans la tempête de neige, se signa en disant :

— Mon Dieu, protégez-les car c'est en enfer qu'ils retournent !

29

Nissac et ses compagnons attendirent l'aube en une ferme abandonnée.

Ils auraient dû entrer dans Paris par la Porte Mont Marthe mais la proximité de celle-ci avec leur base de la rue du Bout du Monde risquait, en cas d'incident, de compromettre à jamais la sûreté de leur refuge.

Obliquant vers l'est par rapport à leur axe de marche, le comte préféra risquer le détour par la Porte Saint-Denis.

La neige ne tombait plus, le froid perdait de sa vivacité et le ciel, d'une luminosité métallique, baignait les remparts d'une lumière qui semblait irréelle.

Les quatre gardes et leur officier allèrent au-devant de Nissac qui leur délégua le baron Sébastien de Frontignac.

L'officier, un Frondeur entre deux âges, observa longuement le passeport exécuté la veille par Nicolas Louvet, puis l'homme porta la main à la garde de son épée :

— Monsieur, je ne nie point qu'il s'agisse de fier document et qu'on y reconnaisse la signature de monseigneur le prince de Conti...

Il eut, à l'endroit de ses hommes, signe de connivence puis, d'une voix forte :

— Cependant, monsieur, ce document porte la date d'hier et monseigneur le prince de Conti se trouve depuis trois jours à prendre médecine et n'a point signé un seul passeport, ce qui fut cause d'embarras mais me permet de vous démasquer comme une bande d'espions.

Puis, sortant l'épée et se tournant vers ses hommes :

— Sus aux Mazarins !... Mort aux espions de l'Italien !...

« Mon Dieu, comme cet homme est bavard et cherche grands effets de paroles ! » songea le comte de Nissac mais, entre le premier et le dernier mot de cette phrase, avec une foudroyante rapidité, on le vit sauter de cheval en sortant l'épée et toucher mortellement l'officier à la gorge.

Puis, tandis que ses hommes engageaient les quatre autres Frondeurs, Nissac lâcha avec froideur :

— Ils nous ont vus. Pas de survivants !

L'affaire allait être réglée, faute d'adversaires, dont le dernier expirait sous un coup de Fervac, lorsque monsieur de Bois-Brûlé hurla :

— Il en vient d'autres !

— Les foulards ! Mettez les foulards !... cria le comte, aussitôt obéi par ses hommes, tandis qu'une dizaine de Frondeurs se précipitaient et bientôt, le combat commença, à un contre deux.

Depuis qu'ils se battaient en équipe, Nissac et ses hommes avaient travaillé la méthode et la manière.

Ainsi, le comte et Fervac, les deux plus fines lames, engageaient-ils le combat avec un pas d'avance sur leurs camarades. Touchant tous deux très vite et à tous coups, ils atteignaient le moral de l'adversaire qui voyait deux des siens culbutés en si peu de temps – à peine le temps d'un soupir.

Derrière, venaient les barons de Frontignac et Le Clair de Lafitte, bonnes épées, soldats de métier qui ne cédaient point leur place. Enfin, plus loin encore sur les arrières, on se « débrouillait ».

Ainsi en fut-il cette fois encore.

Nissac et Fervac, par commodité pour leurs amis, engagèrent chacun deux Frondeurs. Deux autres subissaient les assauts des barons.

Nicolas Louvet, adoptant la méthode de Florenty actuellement occupé à Notre-Dame, vidait ses pistolets... – sans toujours atteindre sa cible. Restait monsieur de Bois-Brûlé, le seul qui ait omis d'ajuster son foulard...

Monsieur de Bois-Brûlé, en son for intérieur, pensait qu'un homme n'a pas toujours une rapière à disposition et fût-ce le cas, qu'il ne s'y montre pas nécessairement expert. Il en concluait donc qu'en les situations extrêmes il faut savoir user d'expédients qui allient la ruse à l'intelligence.

Ce qu'il démontra, alors qu'il se trouvait en situation délicate.

Un Frondeur, d'une maigreur extrême et de taille

modeste, tenait monsieur de Bois-Brûlé au bout de son épée. Le contraste entre le Frondeur maigrelet et le géant musclé aurait frappé les spectateurs, à supposer qu'il en fût.

Sûr de son fait, le Frondeur avançait, l'épée tendue, et monsieur de Bois-Brûlé reculait, sans pour autant se départir d'un sourire indéfinissable qui perturbait son adversaire.

Enfin, monsieur de Bois-Brûlé s'arrêta, affecta un air de grande résignation et dit d'une voix pathétique :

— Reculer, reculer toujours, est-ce une vie, monsieur, je vous le demande ?

Le Frondeur, surpris qu'on l'interrogeât lui à qui, précisément, nul ne demandait jamais son avis, se sentit flatté et réfléchit longuement au sens de la question avant de répondre :

— Ah non, monsieur. Moi-même, que vous voyez tout à fait exceptionnellement en position si favorable, et cela à ma grande stupeur, apprenez que je recule depuis que je suis enfant.

Monsieur de Bois-Brûlé, l'air pénétré, croisa les bras puis, prenant son menton dans l'une de ses mains puissantes, questionna avec un air de profonde humanité :

— Depuis si longtemps ?

Le Frondeur, ému qu'il se trouvât quelqu'un qui se préoccupât enfin de lui, baissa légèrement son épée.

— Depuis toujours, monsieur ! J'ai reculé devant mon père qui me battait chaque jour, j'ai reculé devant ma femme qui m'inspire grande terreur en me criant dessus de sa voix forte, et à présent, je recule devant mon maître, monsieur le maréchal de La Motte-Houdancourt chez lequel je sers en qualité de laquais mais qui a fait de moi un Frondeur sans me demander ce que je pensais de la chose !

Monsieur de Bois-Brûlé hocha gravement la tête.

— Je vois que pour vous aussi ce monde n'est que douleur !

— Assurément, monsieur le Foulard Rouge.

— Avec cruauté qui n'est point humaine, la souffrance dispute nos pauvres âmes à la peur et à l'ennui.

— Comme c'est vrai, monsieur !

— Voyez-vous, monsieur le Frondeur-malgré-lui, Dieu, en son jardin d'Éden, nous a bien mal placés, du côté de la chaise percée et non point vers le trône.

— Dans une fosse à merde, monsieur le Foulard Rouge, osons le dire !... Osons !...

Monsieur de Bois-Brûlé tapa sur sa poitrine.

— Alors vise au cœur, camarade !

Le Frondeur hésita, baissant encore l'épée :

— Ainsi ?...Tout de go ?...

— Sans cérémonie, ami. J'ai trop vécu déjà, et n'en puis plus.

Le Frondeur secoua la tête.

— C'est que je ne peux point vous tuer, monsieur !... Votre triste condition si proche de la mienne m'inspire grande sympathie et peut-être amitié.

En un bond de tigre, monsieur de Bois-Brûlé fit un pas de côté puis un saut périlleux avant. Désarmant le Frondeur, il le tint au collet, commença à l'étrangler puis soupira en relâchant l'étreinte :

— Le diable m'emporte, je ne peux point vous tuer moi non plus !

Suffoquant à demi, les yeux prêts à sortir des orbites, le Frondeur leva un index pertinent et dit d'une voix chevrotante :

— Vous voyez bien, monsieur, la chose n'est point facile !... Ah, je ne vous envie pas, allez !

— Allez-vous vous taire, à la fin ? gronda monsieur de Bois-Brûlé.

— Quand je serai mort... si vous y parvenez !...

Le maigre Frondeur regarda son vainqueur droit dans les yeux.

— Ne cherchez point, monsieur, nous sommes tous deux hommes de cœur et plutôt du côté des tués que des tueurs. C'est notre gentillesse qui nous vaut si basse condition, que voulez-vous !

Sentant que la situation risquait de lui échapper,

monsieur de Bois-Brûlé lança un coup de poing très mesuré au visage du Frondeur-malgré-lui. L'homme s'évanouit aussitôt. Monsieur de Bois-brûlé l'aida dans sa chute, pour qu'elle ne fût point douloureuse, et sortant un mouchoir, essuya une goutte de sang qui perlait au nez du maigre Frondeur défait tout en maugréant :

— A-t-on idée d'être aussi bon ?

Enfin, levant les yeux, il découvrit le comte et ses compagnons qui, débarrassés de leurs adversaires, l'observaient avec la plus grande attention, ayant tous baissé leurs foulards rouges.

Le comte de Nissac, l'épée fichée devant lui dans la neige et les deux mains reposant sur la poignée comme s'il s'agissait d'une canne, lui lança d'une voix neutre :

— Vous fûtes bien long, monsieur de Bois-Brûlé.

— C'est notre usage, monsieur le comte.

— Je crains de ne vous point comprendre ! rétorqua Nissac en croisant les bras.

— Vous vîtes là palabres des côtes d'Afrique comme les pratiquaient nos ancêtres ! répondit monsieur de Bois-Brûlé en réajustant son foulard rouge.

— Si fait, monsieur de Bois-Brûlé, et je ne nie point la qualité desdites palabres mais leurs circonstances : ce Frondeur nous a retardés en un lieu qui n'est point de grande sûreté.

— Cet homme était bien touchant, monsieur le comte.

Nissac regarda longuement monsieur de Bois-Brûlé, tira son épée fichée en la neige, essuya la lame sur la manche de son habit puis, prenant la bride de son cheval, il jeta un nouveau regard au géant :

— Vous avez raison et j'avais tort, monsieur de Bois-Brûlé. Il était de fait bien touchant ce qui, pour un homme de votre qualité, le rendait... intouchable.

Puis, le comte se mit en selle, imité par ses hommes.

Ils empruntèrent la rue Saint-Denis puis tournèrent à main droite en la rue Saint-Sauveur qui se prolongeait par la rue du Bout du Monde.

Les chevaux allaient au pas dans les rues désertes et enneigées.

Frontignac, placé au côté du comte, observait le ciel avec grande méfiance :

— Je le savais !... Quand les feuilles d'orme tombent avant le temps, on sait qu'il fera grand froid et que mourront beaucoup de chevaux et autres bêtes.

Nissac lui jeta un regard distrait.

— Vous disiez ?

Frontignac toussota.

— Vous savez comme je connais le temps et... N'est-ce pas, au château de Saint-Germain, je fus assez distrait.

Nissac eut une pensée pour la duchesse de Luègue. Comment vivrait-elle, dorénavant ? Et avec qui ?

Il sourit, davantage à ses souvenirs qu'à son vieil ami :

— Distraits, nous le fûmes tous... Mais venez-en au fait, baron.

Frontignac s'anima aussitôt, heureux qu'on le lançât sur un tel sujet, les prévisions du temps, qui le passionnaient presque autant que les vieux remèdes de médecine.

Ses yeux brillèrent.

— Distrait, distrait, certes, monsieur le comte, mais pas au point d'être inattentif le jour de la Saint-Paul.

Nissac, qui songeait à la duchesse, réagit avec retard :

— Ah, nous sommes à la Saint-Paul ? C'est chose étrange, je la croyais passée.

— Mais elle est passée, monsieur le comte. Le vingt-cinquième jour de janvier.

Nissac n'y comprenait plus rien et, sentant l'énervement le gagner, regarda Frontignac droit dans les yeux.

— À la fin, baron, qu'avez-vous donc à me dire ?

Devinant l'impatience du comte, Frontignac se hâta :

— Le 25 janvier, jour de la Saint-Paul, permet de savoir le temps de l'année qui vient.

— Comme c'est curieux ! concéda Nissac, oubliant

que son compagnon lui tenait ce discours depuis plusieurs années déjà.

Il en eût cependant fallu bien davantage pour décourager le baron qui reprit :

— Si ce jour-là le temps est beau et clair, nous aurons belles récoltes. Si nous voyons le brouillard, c'est mort de nombreux bétail. Si tombe pluie et neige, c'est année de grande cherté mais si souffle le vent, nous aurons guerres et séditions dans le peuple.

— Je vous entends bien, baron, mais n'ayant souvenance aucune du temps qu'il fit le jour de la Saint-Paul, ni la veille, ni le lendemain, peut-être tiendrai-je enfin de votre bouche, et sur l'instant, précision sur le temps de cette année ?

Frontignac, de sa main gantée, se gratta le nez en convulsions inattendues qui surprirent le comte puis, d'une voix d'outre-tombe, il répondit :

— Ah, quelle journée que ce 25 janvier, monsieur le comte ! Elle commença dans le brouillard mais, lorsqu'il se leva, on vit temps clair et radieux quand bientôt souffla vent violent et que la neige tomba en fin d'après midi.

Nissac tenait Frontignac en haute estime mais pour tout dire, en cet instant, son compagnon l'irritait fort. D'autant que, piqué au jeu par l'insistance de Frontignac, Nissac voulait connaître le fin mot de tout cela.

Aussi dit-il d'une voix sifflante :

— Mais enfin, j'ai tout oublié de ce que vous dîtes à l'instant, vous allez si vite en besogne. Ces choses vous sont certes familières, mais point à moi qui n'en ai guère l'usage. Que disiez-vous donc ? Que le bétail allait devenir séditieux ? Ne pensez-vous pas que les gens de Fronde suffisent à notre malheur sans qu'il soit nécessaire d'y mêler moutons et génisses ?

Frontignac, sentant l'effort de son général, lui adressa un bon regard tout de reconnaissance.

— J'aurais sans doute oublié quelque chose ! Or donc, monsieur le comte, si nous prenons toutes choses en compte, l'année sera de grande opposition : le bétail mourra, ce qui fera grande cherté, hélas, mais bien heureusement, nous aurons très belles récoltes qui, fort malheureusement, seront saccagées par la guerre et les séditions entre le peuple.

Nissac n'écoutait déjà plus, occupé de savoir s'il s'en irait le lendemain trouver madame de Santheuil.

Il neigeait de nouveau.

Il entendit, à son côté, le baron de Frontignac qui poursuivait son discours :

— Au reste, voilà six ans, lors de notre victoire de Rocroi, je vous avais expliqué tout cela qui est en vérité de grande simplicité. Mais il est un début à toute chose pour qui veut progresser en l'art de deviner le temps.

Il réfléchit, oublié du comte.

Soudain, d'un doigt impérieux qui fit sursauter Nissac perdu en ses rêves, Frontignac désigna le ciel d'où l'aube avait chassé la lune :

— Voici un excellent conseil, monsieur le comte, et des plus faciles à suivre !... Regardez la lune la nuit !... Si la lune nouvelle a ses cornes obscures, il pleuvra. Mais si la corne haute du croissant est plus obscure que la basse, il pleuvra au décours. Cependant, si la basse est plus obscure que la haute, il pleuvra aux premiers quartiers.

Incertain, Frontignac demanda :

— Avez-vous compris, monsieur le comte ?

Nissac regarda fixement son compagnon comme on regarde un ami gravement atteint par la maladie puis, d'une voix très douce qui inquiéta fort le baron, il répondit :

— Certainement, Frontignac, certainement.

Néanmoins, il se sentit délivré en apercevant la haute porte de leur refuge du Bout du Monde.

30

Anthème Florenty ouvrit aussitôt la porte et mena ses compagnons à l'écurie.

Le comte de Nissac savait qu'il commettait une imprudence en négligeant de passer par la rue Sainte-Marie Égiptienne afin d'y changer d'apparence et d'y laisser les chevaux mais les hommes étaient fatigués, ayant grelotté toute la nuit, l'heure matinale commencerait bientôt à peupler les rues et la nouvelle du combat de la Porte Saint-Denis allait courir Paris à la vitesse d'une mèche à poudre. En outre, ici même, le Premier ministre avait fait porter d'autres soutanes, ayant sans doute envisagé semblable situation.

Nissac, pressentant que l'ancien faux saunier voulait l'entretenir en particulier, entraîna Florenty à l'écart :

— Eh bien, apprends-tu vite, à Notre-Dame ?

Le visage de Florenty s'éclaira.

— Ah, monsieur le comte ! Votre ami, que je ne sais trop comment nommer, général des jésuites ou duc de Salluste de Castelvalognes, est d'une patience infinie et d'une érudition sans limites. Certes, je crois que je saurai bientôt tout des souterrains de Paris, d'autant que j'ai facilité à me repérer sans quoi je n'eus point été faux saunier mais voyez-vous, nous sommes bien au-delà de tout cela.

Ils gagnèrent la cour pavée et se dirigèrent vers l'entrée de l'hôtel sans interrompre leur conversation :

— Que veux-tu dire ? demanda le comte.

— Sur toutes choses il me donne avis et m'enseigne que l'esprit doit bouger comme on bouge le corps aussi, à présent, j'essaie de réfléchir sur le sens de toute action.

— C'est très bien ainsi ! répondit Nissac

Mais, à observer le visage de Florenty, il comprit qu'une gêne demeurait.

— Autre chose ?

— Eh bien...

Nissac s'amusa de l'hésitation de Florenty :

— Voyons si tu sais réfléchir comme tu prétends t'y efforcer... Tu sais quelque chose, tu ne sais trop comment le dire mais tu es assez intelligent pour savoir que je ne te ferai point quartier et finirai par apprendre de toi ce que je dois savoir. Aussi allons-nous gagner du temps et vas-tu me dire de quoi il retourne.

Florenty n'hésita plus :

— La très belle jeune-femme qui vous accompagnait en barque à Notre-Dame... Elle savait l'existence de notre refuge de la rue Sainte-Marie Égiptienne. Elle s'inquiétait beaucoup de vous et passait de plus en plus souvent ici si bien qu'à la fin, elle s'est endormie dans un fauteuil du vestibule. C'était voilà cinq jours et depuis, elle revient tous les soirs pour ne partir qu'au matin.

— Veux-tu dire qu'elle est là en ce moment même ?

— Tout à fait, monsieur le comte.

Sans en demander davantage, Nissac courut vers l'entrée.

Il avait fait bien peu de bruit, pourtant, elle ouvrit les yeux et sourit en découvrant la haute silhouette du comte, sa longue cape noire au col remonté et couverte de neige aux épaules, le foulard rouge autour du cou, le chapeau de feutre marine au bord rabattu sur les yeux et tout empanaché de plumes au ton de cygne et couleurs de feu.

— C'est folie d'attendre ici ! dit-il, faussement sévère.

— À la vérité, je m'inquiétais de vous. Les Frondeurs comme les Condéens pendent si vite ceux qu'ils prennent entre les lignes qu'ils n'ont point le temps de vérifier leur état.

Il sourit.

— Je mourrai par l'épée ou le boulet, la hache ou la balle, le feu ou la foudre, frappé d'un mal soudain ou déclinerai en mon vieux château mais pendu, ça, jamais !

— On ne pend donc point les comtes ?

— Ce n'est pas l'usage quoique, avec la Fronde, cela puisse changer. Un comte est généralement décapité à la hache en place de Grèves, mais nous n'en sommes point encore à telle extrémité.

Il ôta son chapeau à plumes puis sa cape et la jeune femme sursauta en découvrant la jarretière rose de Charlotte de La Ferté-Sheffair, duchesse de Luègue. Quant à Nissac, il avait totalement oublié cette petite pièce d'étoffe soyeuse qu'il portait en brassard.

Elle se leva brusquement :

— Le jour est levé.

— Mais... J'arrive à peine.

— Je dois rentrer.

Surpris par le ton de Mathilde, brusquement d'une très grande froideur, le comte insista :

— Vraiment ?

— Immédiatement.

— Souffrez au moins que je vous accompagne ?

— C'est inutile, monsieur le comte. Je ne crains point la neige mais bien davantage les hommes légers, futiles et qui ne vivent que pour satisfaire leur fantaisie.

— Ah çà, madame, me direz-vous enfin...

Elle lui coupa la parole :

— Il n'est point nécessaire d'explications.

Inquiet, il lui barra le passage. Elle leva sur lui un regard où passait une sombre colère, mais point trace de haine. La voix, en revanche, fut très sèche :

— Comptez-vous, en plus, me séquestrer ?

— En plus ?... Mais à la fin, me direz-vous si c'est là enfantillage de jeune femme capricieuse ?

Mathilde de Santheuil retomba sur son siège et demeura un instant le regard dirigé vers le sol puis elle leva sur le comte ses grands yeux noyés de larmes, ce qui eut pour effet de faire chavirer le cœur de l'homme de guerre.

La jeune femme parla d'une voix triste, éteinte, qu'il ne lui connaissait pas :

— Monsieur le comte de Nissac, il est sans doute dans l'ordre des choses que vous me rappeliez mon rang et le vôtre, très supérieur, comme il est certainement de bonne politique que, par votre entremise, la réalité bouscule mes imaginations peut-être frivoles. Mais n'existait-il pas moyen moins cruel de me faire comprendre tout cela ?

Le comte, atterré, et qui n'y comprenait goutte, balbutia :

— Me direz-vous enfin, madame ?

Ils entendirent des pas à l'étage où Florenty, pour ne point les déranger, avait mené ses compagnons en empruntant la petite entrée.

Mathilde de Santheuil baissa les yeux.

— Pendant tous ces jours interminables, je me suis inquiétée de vous. Je sais que monsieur le cardinal n'a point en vue situation de victoire et que l'incertitude le mine. Si monsieur de Turenne rallie la Fronde avec son armée d'Allemagne, que les Espagnols marchent sur Paris et que la Fronde contre-attaque alors hors les murs de la ville, le pouvoir royal sera balayé en même temps que la belle armée de monsieur le prince de Condé. Je sais donc qu'étant aux abois, monsieur le cardinal va user ses fidèles si peu nombreux, et vous le tout premier. Aussi ma colère a pour cause que quand je vous imaginais au milieu de mille périls, vous nagiez dans la volupté.

Nissac la regarda avec gravité.

— Qui vous l'a dit ?

Mathilde de Santheuil éclata en sanglots.

— Ainsi donc, vous ne niez point !

— À quoi bon ?

Elle se leva. De nouveau, il lui barra le passage. Elle tenta de le contourner, il la rattrapa aux épaules.

— Qui est-ce donc ? demanda-t-elle d'une voix qui s'efforçait à la neutralité et cet artifice émouvant et dérisoire attendrit plus encore le comte qui répondit néanmoins avec franchise :

— Charlotte de La Ferté-Sheffair, duchesse de Luègue.

Mathilde hocha la tête, souriant à Dieu sait quoi.

— On la dit plus belle femme de la Cour, âgée de dix-huit ans et n'ayant jamais cédé à un homme. Vous deviez former bien beau couple, tous les deux.

Le comte arracha la jarretière de soie rose à son bras et la jeta au loin.

— Madame, voilà qui n'est point la vérité et très artificieusement supposé. Laissez-moi vous accompagner chez vous et je vous dirai tout car seul mon cœur blessé par ce que je croyais à tort la trahison d'une dame chérie a dicté ma conduite.

Mathilde hésita puis, entre le sourire et les larmes :

— Voyons donc ce beau mensonge, monsieur.

Ils ne se parlèrent point jusqu'à la cachette proche de la rue Sainte-Marie Égyptienne où le comte, par superstition, changea de monture.

Ayant retrouvé son haut cheval noir, Mathilde de Santheuil assise de côté à l'avant de la selle, il lui expliqua le propos ambigu du cardinal, son propre dépit, la jeune duchesse qui n'attendait que lui après ses avances de la nuit précédente, mais à aucun moment il n'avoua le nom de la jeune femme qu'il aimait et soupçonnait d'être la maîtresse du cardinal.

La chose, au reste, était bien inutile.

Ravie, ayant déjà pardonné, Mathilde le gourmanda avec douceur :

— Monsieur, quel manque de confiance en cette femme que vous dites pourtant aimer si tendrement ! Je pense que vous ne la méritez point !

— Vous avez raison. Mais il est vrai que je l'aime tendrement. Si tendrement que je ne lui ai jamais confessé mon sentiment.

— Il n'empêche, je vais finir par croire que vous vous y entendez bien mieux en l'art de la guerre qu'en les dédales de l'amour.

— Pourquoi cela, madame ?

— Sachez, monsieur le général invaincu tel Alexandre le Grand, qu'une femme amoureuse n'a point de regards pour les autres hommes et ne voit que celui qui lui déroba son cœur.

— Vous oubliez cependant, madame, que si je l'aime, je ne connais point ses sentiments.

Elle tourna son visage vers lui. Leurs lèvres se trouvaient dangereusement proches.

— Elle vous aime, monsieur.

Le comte raffolait de cette situation nouvelle et délicieuse où l'on sait sans formellement savoir que l'hypothèse la plus merveilleuse est finalement la bonne, où les yeux disent ce que les lèvres taisent, où le cœur jette à pleines poignées le bonheur en votre âme.

— Je n'en ai guère de preuves, madame, et puis certes le supposer tout à l'effroi de découvrir un jour que je me suis abusé et me retrouver à jamais le cœur en deuil.

Très délicatement, Mathilde posa ses lèvres contre celles du comte.

— Elle vous aime, vous dis-je, et bien plus que sa propre vie.

— Vos lèvres sont glacées ! répondit-il en l'embrassant de nouveau, mais avec plus de violence. Puis, sa main gantée de velours marine appuya délicatement la tête de la jeune femme contre son épaule où elle s'abandonna tout à fait.

Il savait qu'il ne franchirait pas la porte de la maison en la rue Neuve-Saint-Merry, par respect pour elle, et que l'amour absolu exige des preuves qui ne le sont pas moins, quoi qu'il en coûte.

Elle n'ignorait point que le comte agirait ainsi et s'en trouvait touchée, souffrant, cependant, du souvenir de la nuit où elle se révéla femme et découvrit le bonheur avec tout ce qu'il draine de peurs et d'angoisses, de difficultés et d'incertitudes ; oui, elle souffrait de ne pouvoir s'allonger au côté de son comte bien-aimé et pensait cependant, tout comme lui, qu'il fallait attendre encore et que cette attente était déjà un peu du grand bonheur auquel elle se croyait promise..

Un mendiant, pauvre gueux très âgé qui n'avait trouvé d'autre refuge que l'abri d'une porte cochère, regarda avec des yeux arrondis l'image étrange qui apparaissait tout soudainement devant lui.

Cela ressemblait à un rêve...

Un paysage de neige, de vieilles maisons à colombages, un cheval très haut, noir comme le diable et dont le corps fumait, une femme adorable et frêle abandonnée sur l'épaule robuste d'un cavalier, homme puissant au dur visage de conquérant, qui enveloppait sa compagne d'une longue cape noire, les mains fortes gantées de velours marine qui tenaient les rênes, la fine et longue épée au côté et un feutre marine surmonté de longues plumes d'une blancheur de cygne et d'un rouge couleur de feu crépitant.

Ceux-là s'aimaient beaucoup ! Ils s'aimaient à faire peur. Peur pour eux, que tous jalouseraient, ou peur de cette vie qui donne ou ne donne point l'amour sans distinction de rang et de fortune, seule forme de justice – avec la mort – qui soit en le monde aujourd'hui, et en les siècles des siècles.

Oubliant un instant ses chagrins, le vieil homme s'avança et dit au couple qui déjà le dépassait :

— Soyez heureux !... La vie est si courte, courte comme un rêve... Et que Dieu vous bénisse !

Le ténébreux cavalier au chapeau à plumes, sans même se retourner, lança quelque chose par-dessus son épaule. Une véritable pluie de pièces d'or. Mais le geste était si adroit, si exceptionnellement précis, ou la main guidée par Dieu ou diable, que les pièces retombèrent en formant comme un cercle magique autour du malheureux, un cercle absolument parfait, un cercle d'or qui allait enfin changer sa vie et le mettre à l'abri du froid, de la faim et de la peur...

31

En général d'artillerie avisé, à moins que ce ne fût en rusé chef de bande, le comte de Nissac avait parfaitement préparé l'opération.

Il savait, de source sûre, que l'armée de monsieur le prince de Condé attaquerait Charenton le 8 février 1649 à l'aube avec pour objectif d'emporter la ville sans coup férir.

D'autre part, il n'ignorait pas que les généraux de la Fronde faisaient de Charenton un symbole de résistance qu'il fallait défendre coûte que coûte. Dès lors, il semblait logique de prévoir que la bataille serait acharnée, son issue longtemps incertaine et le bilan, un véritable carnage.

Le cardinal, d'une grande nervosité, et le prince de Condé, qui ne l'était pas moins, avaient insisté auprès de Nissac pour qu'il les aidât dans cette bataille décisive « par quelque moyen qui lui semblerait convenir pour empêcher ou retarder l'aide de Paris aux Frondeurs de Charenton ».

Dans la nuit du 6 au 7, un parti d'une quinzaine de Condéens en civil, tous anciens du corps d'artillerie du général de Nissac, arriva clandestinement par la rivière de Seine et fut hébergé à Notre-Dame aux bons soins du duc de Salluste de Castelvalognes, général des jésuites.

Le 7, dans la boue du dégel, l'artillerie de la Fronde montait en ligne. À une heure de relevée, un détachement isolé qui emmenait quatre pièces d'artillerie vers la ville de Charenton fut brutalement attaqué par sept cavaliers. Quatre, Nissac, Frontenac, Fervac et Le Clair de Lafitte, presque couchés sur leurs chevaux, chargeaient à l'épée. Le cinquième, monsieur de Bois-Brûlé, effectuait de meurtriers moulinets avec une grosse barre de métal. Un sixième, Anthème Florenty, fidèle à ses habitudes, avait coincé les rênes entre ses puissantes mâchoires et tenait un pistolet en chaque main, et deux autres à la ceinture. Le septième, Nicolas Louvet, auquel le sévère entraînement au château avait révélé les secrets d'une arme qu'il ne connaissait point, descendait de cheval, fichait une fourche en terre et allumait la mèche de son mousquet qui touchait sa cible à tous coups.

L'attaque fut d'une violence inouïe, brève, meurtrière. L'élan irrésistible.

Au premier passage des cavaliers, les Frondeurs comptaient déjà neuf morts mais peut-être auraient-ils résisté cependant s'ils n'avaient remarqué un point commun aux assaillants : tous masquaient leurs visages, du nez au menton, avec des foulards rouges si bien que la réputation des attaquants effraya autant, sinon davantage, que leur redoutable savoir-faire.

Sans attendre un second passage, les Frondeurs s'enfuirent à toutes jambes en abandonnant le terrain – et les canons ! – aux Foulards Rouges.

Le lendemain, à la première heure du 8 février, les fortes colonnes de la milice dévouée à la Fronde s'ébranlaient depuis la place Royale. En tout, près de huit mille fantassins et cavaliers, l'élite de la milice parisienne à laquelle il ne manquait aucun colonel ni autre officier, ce qui indiquait assez le grand prix attaché à l'entreprise.

L'armée frondeuse approchait Charenton lorsque sa cavalerie fut prise à partie par le tir d'artillerie redoutablement précis et meurtrier de ce qui semblait un détachement condéen comme tombé du ciel entre la ville de Charenton solidement tenue par la Fronde sous les ordres de monsieur de Clanleu, et l'armée frondeuse sortie de Paris pour voler au secours de Charenton.

La batterie rebelle bloqua net la progression des Frondeurs, ajustant son tir sur les détachements qui tentaient de la prendre par les ailes. Puis elle disparut aussi soudainement qu'elle était apparue, laissant un doute et une appréhension au cœur des gens de Fronde.

Pendant ce temps, avec sept mille fantassins et quatre mille cavaliers, le prince de Condé fondait sur

Charenton, se heurtant aussitôt à une résistance acharnée, bien plus vive qu'il ne l'escomptait.

Là où se déroulaient les corps à corps, on pataugeait dans le sang.

Bertrand de Clanleu, qui commandait la place de Charenton pour la Fronde, se battit comme un lion et fut tué en disant qu'il préférait cette mort à celle, combien plus ignominieuse, qu'il eût sans doute trouvée sur un échafaud s'il s'était rendu.

Du côté de l'armée royale, le duc de Chatillon, arrière-petit-fils de l'amiral de Coligny, trouva également la mort alors qu'il chargeait, l'épée à la main.

À Charenton, les Frondeurs se défendaient pied à pied, ne comprenant point pourquoi les Frondeurs de la place de Paris ne venaient pas les épauler puisque leurs forces conjuguées totalisaient deux mille hommes de plus, et en troupes fraîches, que celles de l'armée du prince de Condé.

Comment auraient-ils pu savoir qu'une nouvelle fois, la « batterie fantôme » judicieusement installée sur une éminence prenant sous son feu un carrefour de routes, bloquait net l'avance des Parisiens ? En outre, un paysan affirmait que les artilleurs de la « batterie fantôme », qui se déplaçaient à la vitesse du vent, avaient pour chefs deux officiers portant foulards rouges sur le visage tandis que cinq autres Foulards Rouges, à cheval, l'épée ou le pistolet à la main, montaient bonne garde autour des canonniers.

Nouvelle qui créa un début de panique.

Pendant ce temps, Condé avançait. Il savait déjà, par les agents du cardinal, l'existence de « la batterie fantôme » et n'ignorait pas que Nissac – car il ne pouvait s'agir que de lui – lui faisait gagner de précieuses minutes mais il fallait cependant faire vite, soumettre la ville sans pitié et l'occuper sinon les Frondeurs parisiens allaient tomber sur ses arrières et ce serait la déroute.

Telles étaient les pensées de monsieur le prince de Condé tandis que, sur le pont de Charenton, les derniers Frondeurs encerclés opposaient encore une résistance aussi héroïque que désespérée. Au même instant, les généraux de la Fronde parisienne se consultaient. Très retardés dans leur marche, tant par l'action des Foulards Rouges que par la lenteur naturelle de leur armée, ils estimèrent que les dés étaient jetés. En effet, les commandants en chef de la Fronde, le prince de Conti et le duc d'Elbeuf, apprenant par leurs agents que Condé, déjà, consolidait les positions conquises, se résolurent à abandonner le terrain.

Dans un silence mortel, ils ordonnèrent aux huit mille Frondeurs parisiens de faire demi-tour sans combattre, sans risquer un geste pour leurs camarades de Charenton et sans se rendre compte qu'à terme, le choix de la dérobade handicapait gravement l'avenir de la Fronde.

Pendant que la Fronde et ses huit mille soldats faisaient retraite vers Paris, les derniers Frondeurs de Clanleu étaient réduits par la « batterie fantôme » arrivée, on ne sait comment, dans leur dos. Ce coup de grâce amusa monsieur le prince de Condé qui déclara à ses officiers :

— Messieurs, à ce tir précis, efficace et meurtrier, je reconnais la manière du général-comte de Nissac. Réjouissez-vous de l'avoir à vos côtés, et non contre vous !

Le prince de Condé exultait.

Avec la chute de Charenton, la ville de Paris se trouvait à présent totalement encerclée et étranglée par le blocus des troupes royales.

Mais le prince, pour autant, ne fut point généreux.

En effet, contre l'usage, il fit réunir tous les prisonniers, soldats, miliciens et officiers frondeurs, les fit mettre complètement nus et jeter en la rivière de Seine si terriblement froide qu'elle charriait des blocs de glace.

Presque tous les prisonniers y perdirent la vie.

Nissac et les siens laissèrent les canons à la garde des artilleurs condéens qui, n'ayant plus à craindre les Frondeurs, attendirent tranquillement les avant-gardes de l'armée royale.

On avait ôté les foulards rouges et, poussant les chevaux, rejoint les traînards de l'armée de la Fronde avec lesquels il serait de grande facilité de franchir les murs de la ville puis de gagner la sécurité des différents repaires.

Ainsi fut-il fait, Nissac et Le Clair de Lafitte chevauchant en tête, suivis des cinq autres.

On ralentit l'allure après l'entrée dans Paris et Le Clair de Lafitte, auquel son grade de colonel des chevau-légers de la reine donnait d'habitude une vue assez lucide de la situation militaire, se laissa aller à l'optimisme :

— C'en est fait de la Fronde, ou presque ! Bientôt, nous n'aurons plus à nous cacher.

Le comte tempéra la bonne humeur de son ami :

— La bête est blessée, elle n'est point morte. Elle fera encore beaucoup de mal avant que d'être détruite.

— À ce point ? demanda Le Clair de Lafitte, brusquement inquiet.

— Et plus encore !

— Mais dans quel dessein ?

Nissac observa un groupe d'enfants qui jouaient en se querellant. Tous se voulaient, en leur amusement, être monsieur le prince de Condé – pourtant haï des Parisiens affamés – et nul ne souhaitait interpréter le rôle des seigneurs de la Fronde. Finalement, ce fut au plus chétif, un petit garçon de sept ans, qu'échut le personnage de monsieur le prince de Conti.

Les enfants, eux, ne s'abusaient point sur l'avenir.

Le comte s'ébroua et reprit :

— La chose est simple. Pour la Fronde, il s'agit de causer grands dommages afin que le soulèvement marque les esprits. Quand viendra le temps des négociations, qui précèdent la reddition, le Premier ministre, qui n'est point en position de se montrer impitoyable, comblera les factieux de cadeaux et cédera en partie au parlement.

— Nul ne perd, alors ? demanda Le Clair de Lafitte.

Le visage du comte se durcit.

— Si, les morts d'aujourd'hui. Et le peuple. Le peuple n'y gagnera rien et pansera ses plaies en silence. Le peuple a d'ores et déjà perdu.

Le colonel des chevau-légers médita les paroles du comte d'un air sombre puis, se reprenant :

— Au moins pourrons-nous consacrer notre temps à chercher où se cache « l'Écorcheur ».

Le comte demeura longuement songeur, enfin, regardant son ami droit dans les yeux :

— Nous ne le trouverons point. L'Écorcheur va se calmer et se cacher en sa tanière. Il en est de lui comme des famines et des épidémies, il ne se manifeste qu'en temps de guerre.

— Et si la guerre reprend un jour prochain ?

Le comte haussa les épaules.

— Voyons, Melchior, elle reprendra. Ils ont goûté au pouvoir, ils en voudront encore. Elle reprendra dans six mois, dans un an... Pour s'achever définitivement, il faudra qu'un des deux partis écrase l'autre. Et ce n'est pas pour tout de suite !

Sur ces paroles, le comte poussa son cheval.

32

L'homme, appelé Theulé, eut la très curieuse impression de s'envoler.

Impression d'autant plus surprenante que jamais comme aujourd'hui il ne s'était senti si bien ancré dans une heureuse réalité.

Un véritable rêve qui brusquement tournait au cauchemar.

Il fallut plusieurs secondes à Theulé pour comprendre qu'il avait été littéralement arraché au vol par un cavalier lancé à vive allure et qui, d'une main, le tenait par le col à un bon pied du pavé. Ce que cela supposait de force prodigieuse impressionna Theulé dont l'esprit, bientôt, céda à la panique.

Il eut vaguement le sentiment que, sans presque ralentir l'allure, le cavalier faisait demi-tour pour reprendre la rue Neuve-Saint-Merry dans l'autre sens. Mais il n'aurait osé le jurer, et n'en avait point le loisir car pour Theulé, très secoué, le paysage tanguait, les maisons apparaissaient inclinées et toutes choses sens dessus dessous.

À proximité d'une taverne appelée « Aux Armes de Saint-Merry », le cavalier ralentit son haut cheval noir et jeta brutalement son fardeau humain qui s'en alla douloureusement rouler aux pieds de deux hommes qui, sans douceur, le saisirent aux épaules.

Le poussant, on lui fit ouvrir la porte avec son visage, ce qui eut pour effet de lui briser le nez et plusieurs dents. Ensuite de quoi, à force de gifles retentissantes, il traversa la salle puis, d'un coup de pied au bas-ventre, on l'invita sans plus de façons à dégringoler l'escalier de la cave.

Theulé, dont le corps n'était plus que douleurs, regarda autour de lui.

Deux flambeaux éclairaient une cave voûtée de facture très ancienne avec des murs constitués de petites pierres éclatées à la masse et noyées dans le mortier. On voyait de grands fûts de chêne, quelques cruches cassées et un escabeau sur lequel reposait un gobelet d'étain bosselé.

L'endroit sentait le vin et la moisissure.

Deux hommes, Joseph et son commis, descendirent l'escalier et, sans un mot, regardèrent Theulé avec attention. Peu ensuite, un troisième les rejoignit que Theulé imagina être le cavalier qui l'avait enlevé, en quoi il ne se trompait pas, s'étonnant cependant de la grande beauté des plumes blanches et rouges de son chapeau.

— C'est bien lui ? demanda le comte de Nissac.

— Tout à fait, monsieur le comte ! répondit Joseph.

Discrètement, le commis proposa d'aller surveiller la rue, en quoi on l'approuva.

Nissac s'approcha lentement de Theulé qui frémit sous la froideur du regard.

— Tu vas parler, dire tout ce que tu sais, sinon, devant qu'il soit une heure écoulée, nous aurons brisé tous tes membres un à un.

Theulé, que ses dents cassées faisaient zézayer, s'empressa :

— Mais je ne demande que ça... monsieur le comte.

— Qui te paye ?

— Je ne connais point son nom et ne sais où le chercher quand il n'ignore jamais où me trouver. À ses manières, je pense que c'est un seigneur mais qu'il a du goût pour la compagnie des ruffians.

— Dans ton genre ? questionna le comte.

Theulé retrouvait peu à peu ses moyens. Tant qu'on l'invitait à parler, il conservait quelque espoir de sortir vivant de cette cave. Il devint plus que bavard, volubile et calculateur :

— Mais point du tout, mon beau seigneur. Je n'ai rien à voir avec la canaille, étant artiste. Ainsi, récemment, je travaillais à une fresque en l'hôtel de Sens que monsieur l'archevêque envisage de louer prochainement et...

Nissac le gifla à deux reprises.

— Tu expliques beaucoup pour mieux m'égarer !... Parle-moi de cette jeune femme que tu suis depuis des jours.

Les mâchoires douloureuses, Theulé n'en protesta pas moins :

— Je la suis... et la perds !... Car elle est très fine et m'a deviné plus d'une fois. Ce n'est que d'hier que je crois connaître son logis, situé en face de cette taverne.

— Tu la suis pour le compte de cet homme dont tu ignores le nom et que tu crois seigneur ?

— C'est cela.

— Comment reconnaître cet homme ?

Theulé fit un visible effort de mémoire, puis :

— Son visage est très ordinaire. Une chose, pourtant, chez lui est bien remarquable : ses avant-bras. Ils sont rayés de dizaines de cicatrices, toutes d'une grande finesse et ce n'est point là l'œuvre d'une épée, trop grossière, ou même d'un poignard... Sa tenue est de bonne allure, justaucorps et haut-de-chausses de couleur sombre. Une fois, pourtant, comme il était pressé, je le vis en un habit de cocher, ce qui me surprit fort car je jurerais que cocher, il ne l'est point.

Nissac observa un court silence, le temps de graver ces paroles en sa mémoire. Certes, ces choses paraissaient sans ordre mais, à la lumière d'autres détails, pouvaient un jour se révéler d'importance.

Il reprit, un peu moins sèchement :

— Que savais-tu exactement de cette jeune femme devant que de la suivre ?... Pas son nom, j'imagine ?...

Une voix, venant de l'escalier, fit sursauter les trois hommes :

— Il n'en avait point besoin, disposant de beaucoup mieux.

À sa grande surprise, Nissac reconnut Jérôme de Galand, lieutenant de la police criminelle, suivi du commis.

Le lieutenant salua le comte puis, s'adressant à Joseph :

— Votre commis est un de mes archers. Comme vous ne l'ignorez point, habitant en vis-à-vis, madame de Santheuil est d'une grande importance pour des gens puissants.

Joseph toisa son commis puis, s'adressant à Jérôme de Galand :

— Sachant que monsieur le comte de Nissac est au service du cardinal, il ne m'était pas difficile d'imaginer que madame de Santheuil n'est point différente en ses obligations...

Nissac, impatient, le coupa :

— Lieutenant, que vouliez-vous dire en arrivant ?

Le lieutenant de police criminelle sortit de son habit un portrait qui semblait très exactement celui de Mathilde :

— Je l'ai trouvé sur le corps d'un maquereau poignardé. J'ai trouvé le même, quoique délavé, sur le corps d'un tire-laine noyé en la rivière de Seine.

Theulé, qu'on avait presque oublié, se rappela brusquement à l'attention de tous :

— C'est que... L'homme aux cicatrices m'a remis le même avec pour mission de retrouver la femme qui servit de modèle.

Nissac et Galand échangèrent un regard, puis le comte entraîna le policier à l'écart :

— Vous pensez à l'Écorcheur ?

— Comment n'y point songer ? répondit Galand à mi-voix avant d'ajouter : Tous ces portraits distribués à la canaille, imaginez-vous combien c'est coûteux ? Or l'Écorcheur est riche, et a des gens.

Des cris leur firent tourner la tête.

Trop tard, l'ancien commis, archer de Jérôme de Galand, tentait de retenir le bras de Joseph qui, à deux reprises, avait plongé son poignard dans le cœur de Theulé ; celui-ci mourut en se cabrant.

Nissac, furieux, s'approcha du tavernier.

— Es-tu fou ?

L'autre soutint son regard.

— Non point, monsieur le comte, mais ainsi suis-je sûr qu'il ne reverra jamais ses maîtres malfaisants.

Le comte eut quelque peine à maîtriser sa colère :

— Pour un voisin aimable, tu verses dans l'excès !

Le lieutenant de police criminelle, un vague sourire aux lèvres, posa une main apaisante sur l'avant-bras de Nissac :

— Il a peut-être ses raisons...

Puis, toisant Joseph :

— Des raisons personnelles, familiales...

Joseph serra les mâchoires, hésita visiblement puis, s'adressant au seul comte de Nissac :

— Dix ans, j'ai cherché dix ans !... Mon épouse et mes quatre enfants étaient morts, mais il me restait peut-être une fille... Ah, ne me jugez point trop durement, il n'est de nuit où je ne m'accable de reproches !

— Parle, à la fin ! cria le comte qui entrevoyait la vérité.

Joseph s'appuya contre un grand fût de chêne et commença :

— Nous arrivions d'Anjou, ruinés, sans terre, sans argent, effarés par cette grande ville où nous ne connaissions personne. Mathilde, qui s'appelait Louise à l'époque, s'est un instant écartée de nous... C'était l'aînée, elle avait une petite chance de survivre quand j'avais tous ces petits à charge. Ma femme et moi nous sommes compris d'un regard, nous éloignant avec la marmaille.

Il demeura un instant prostré, puis reprit d'une voix morne :

— Les petits furent emportés par une épidémie, trop faibles et mal nourris pour faire face au mal. La mère de Mathilde est morte de chagrin, et de honte. Moi, j'ai été aux armées, puis j'ai décidé de retrouver Louise que vous nommez Mathilde. Quatre années en ces rues où je l'avais perdue... Je l'ai reconnue, car elle ressemble beaucoup à sa mère. De grâce, ne lui dites point que je suis son père !

Le comte de Nissac posa ses mains sur les épaules de Joseph.

— Comme vous avez dû souffrir !

33

Il secouait sa tête dont on ne pouvait voir le visage, dissimulé par un masque d'argent. Puis, d'une voix que la mauvaise humeur rendait aigrelette et fort désagréable :

— Non !... Non !... Non !...

La femme borgne et l'homme au visage vérolé échangèrent un regard paniqué, cherchant vainement quelle faute ils avaient pu commettre.

Mais ce n'était point à eux que s'adressait la colère de l'homme au masque d'argent qui se campa, mains sur les hanches, devant le marquis Jehan d'Almaric vêtu d'un rude manteau de cocher :

— Ce n'est point là, monsieur, ce que j'attendais de vous et vous me décevez fort !

D'Almaric se doutait bien que l'homme au masque d'argent attendait autre chose ou plus exactement quelqu'un d'autre. Il avait cependant espéré que l'odeur de femme, la perspective d'une chair fraîche et jeune à déchiqueter l'emporterait sur l'exigence de son maître.

Il protesta, mais sans grande conviction :

— Monseigneur, elle est brune et fort plaisante, âgée de vingt-trois ans et épouse d'un jeune bourgeois vivant de ses rentes, ce qui nous assure une délicatesse que vous devriez priser.

— Qu'ai-je à faire de délicatesse ? Ce n'est point du tout de cela dont il s'agit ! Au reste, cette maudite femelle m'ennuie déjà et je ne veux plus la voir.

D'Almaric, en perdition, balbutia :

— Mais monseigneur... Que dois-je en faire ?

— Saignez-la !

La très belle jeune femme nue, qui suivait la conversation en s'efforçant de taire sa terreur pour ne rien perdre de ce qui se décidait à son sujet, se jeta aux pieds de l'homme au masque d'argent en suppliant, les mains jointes :

— Monseigneur !... Je veux vivre !... J'ai une petite fille, un mari, et ne fais de mal à personne !...

Et, peu ensuite, elle s'accrocha aux jambes de l'Écorcheur qui la repoussa d'un coup de pied, lui ouvrant profondément les lèvres :

— Mais saignez-moi cette truie !...

Déjà, la jeune femme s'était relevée, prenant maladroitement une pause provocante :

— Monseigneur !... Monseigneur !... Ne me tuez point !... Je serai votre esclave, j'obéirai à tous vos caprices mais ne me tuez point !... Je vous en supplie !

L'homme au masque d'argent s'était reculé avec un air de profond dégoût :

— Eh bien, on ne m'écoute plus !

D'Almaric hésitait.

Quelque chose le fascinait dans l'attitude de la jeune femme qui mêlait la grâce et le grotesque. Des lèvres ouvertes, le sang avait rougi la poitrine. La bouche ressemblait à un gros fruit trop mûr éclaté au soleil d'été et la danse sensuelle qu'exécutait la malheureuse ne s'harmonisait guère avec ce visage qui semblait trop fardé de vermillon, comme on l'imagine d'une pauvre folle.

Le désir de vivre, vivre à tout prix, de cette jeune femme réveillait chez le marquis d'Almaric des choses qu'il croyait à jamais disparues et il dut même faire effort pour contenir la colère qui lui venait à l'endroit de son maître.

Mais il savait aussi qu'il ne pouvait différer davantage, sauf à risquer sa place et tout aussitôt sa vie car jamais l'Écorcheur ne le laisserait reprendre sa liberté. D'Almaric était condamné à toujours servir l'homme au masque d'argent de plus en plus exigeant et capricieux. Accessoirement, cette servitude perpétuelle grossissait toujours davantage sa fortune car l'Écorcheur payait fort bien.

D'Almaric adressa un signe à l'homme marqué de vérole et, comme celui-ci sortait un poignard, le marquis ordonna sèchement :

— Vite, fais-le vite et qu'elle ne souffre point !

D'un geste extrêmement rapide, la brute égorgea la jeune femme. D'Almaric détourna les yeux mais la borgne suivit la rapide agonie avec une sorte de gourmandise que lui disputait celle, plus avide encore, de l'homme au masque d'argent.

Lorsque les convulsions eurent cessé, le marquis signifia au couple d'emporter le corps, ce qu'il fit en traînant la malheureuse jeune femme par les pieds.

L'Écorcheur, pensif, observa longuement la flaque et les traînées de sang sur le sol de terre battue qui absorba le liquide encore chaud.

— Comme c'est chose facile à faire ! dit-il.

D'Almaric, par prudence, ne crut point nécessaire d'émettre un avis.

L'Écorcheur s'approcha de la cheminée et étendit ses mains devant les flammes en disant :

— Quel froid !... Quel froid terrible !... Et comme il pénètre nos âmes corrompues ! Le froid est en moi pour toujours et aucun soleil, jamais, ne l'éloignera.

Il se tourna à demi vers le marquis :

— Voyez-vous, d'Almaric, il y a en nous des choses ignobles, quoiqu'on ne les puisse changer.

— Si c'est là notre destinée, monseigneur, à quoi bon vouloir changer ?

L'homme au masque d'argent demeura un instant songeur, puis parla à mi-voix :

— Vous avez raison, changer n'est point possible. Souvente fois, j'ai espéré ne plus ressentir de désirs, et surtout point ceux-là. J'ai cru... Voyez-vous, je n'aime pas les pauvres, aussi, en saignant ces filles sans naissance, pensais-je que la chose était sans gravité. Mais aujourd'hui, j'éprouve le même sentiment pour les bourgeoises et demain pour les nobles car ne vous abusez pas, marquis, il nous faudra essayer cela aussi.

— Ce sera plus difficile, monseigneur. Les dames de qualité ne disparaissent point sans qu'on en parle.

L'Écorcheur haussa les épaules.

— Qu'ils en parlent ! Jamais, d'Almaric, jamais ils

ne parviendront jusqu'à moi car je suis très prudent et nous sommes à l'abri du soupçon. Et voyez-vous, sauraient-ils que c'est moi qu'ils n'oseraient encore rien faire car en me jugeant, ils seraient amenés à juger des raisons qui ont fait de moi un monstre : haute naissance, fortune, pouvoir, impunité...

— Ils ne sauront jamais, monseigneur, nous sommes trop avisés et fort bien protégés.

L'homme au masque d'argent gagna la fenêtre et jeta un regard sur la lune blafarde qui baignait le paysage d'une lumière sinistre.

Il frissonna.

— Comme il doit faire froid, au tombeau, dedans la terre !... Comme on doit y être seul avec ses terribles peurs d'enfant sans plus personne pour vous obéir, sans serviteurs zélés pour chasser les vers... Les serviteurs !... Pensez à la mort de Philippe II d'Espagne. Lorsque ce grand roi agonisait, il puait tellement qu'on le laissa les derniers jours sur sa litière de paille pourrie, sans que nul l'approche plus. Mon Dieu, gouverner tant de pays au-delà des mers, et la puissante Espagne, et finir seul dans sa pourriture !

— Monseigneur, la mort est un exercice solitaire, on ne peut compter sur les autres et doit y faire face en grande solitude.

L'Écorcheur revint vers la cheminée.

— Vous êtes intelligent, d'Almaric, vous valiez mieux que de me servir.

Il resta un instant songeur, puis tourna vers le marquis son visage de métal précieux.

— Pensez-vous souvent à la mort ?

— Bien trop souvent, monseigneur.

— Y penseriez-vous autant si vous n'étiez point à mon service, assistant à mes petites fêtes ?

— Sans doute y aurais-je moins pensé.

— Vous plaignez toutes ces femmes, n'est-ce pas ?... Si, je vous ai vu tout à l'heure en grande compassion avec celle qui fut saignée.

— Monseigneur, elle avait grande finesse et beauté.

216

Ses lèvres rouges, sa belle poitrine sur laquelle coulait le sang, la terreur et la lubricité sur son visage pour implorer votre grâce, son étonnement que vous fussiez si lointain quand en sa courte vie, elle dut repousser des centaines d'hommes... Il y avait en tout cela deux aspects qui se contredisent.

— Lesquels ?

— Imploration chrétienne des saintes en la fosse aux lions et fête barbare où l'on se couvre de sang.

L'homme au masque d'argent retourna à la fenêtre.

— Ah, d'Almaric, d'Almaric !... Que ne m'avez-vous dit cela plus tôt ! Vous avez bien entendu raison et il me vient à présent grand regret concernant cette jeune femme !

— J'en suis désolé, monseigneur.

— Et... « Elle » ?... Où en êtes-vous, marquis, qui savez pourtant comme j'ai besoin de la foutre car pour moi la foutre serait comme une nouvelle naissance qui me viendrait.

— Monseigneur, un de nos hommes l'a repérée, perdue, retrouvée, perdue de nouveau, mais il est tenace et j'ai toute confiance en ses qualités de chasseur. C'est une affaire de jours, peut-être d'heures.

L'Écorcheur soupira :

— La tenir enfin... serrer son adorable petit museau contre ma poitrine !...

34

Malgré le siège, les Parisiens n'oublièrent pas le mardi gras, vieil héritage du « carême-prenant » où, pendant les trois jours qui précèdent les débuts du carême, on se donne à la fête avant la période d'abstinence qui dure quarante-six jours et s'achève le dimanche de Pâques.

Trois jours de folie, de carnaval, de déraison.

Au milieu de la foule où se voyaient masques et costumes ridicules ou grotesques, monsieur de Bois-Brûlé ouvrait la marche, déguisé en Neptune, un trident à la main et affublé d'une longue barbe blanche. Derrière lui, devisant avec air de tranquillité, les barons de Frontignac et Le Clair de Lafitte allaient à pas lents, le premier portant un masque d'âne et le second dissimulant ses traits sous un masque de cochon très rose.

Venait encore Maximilien Fervac qui s'était passé le visage au plâtre, Nicolas Louvet coiffé d'une couronne aux pics de laquelle étaient plantées des souris mortes, ce qui eut grand effet comique en la foule et Florenty, portant masque de diablotin au sourire figé.

Ils ne marchaient point groupés, laissant s'intercaler entre eux des Parisiens déguisés.

Enfin, le comte de Nissac et Mathilde de Santheuil allaient en couple, main dans la main. La jeune femme, habillée en nonne, dissimulait son visage sous un masque représentant un aigle quand Nissac portait masque plus effrayant encore, car celui-là était la mort et que cette tête de squelette accentuait son effet en raison que le comte tenait une longue faux sur l'épaule.

On s'écartait avec crainte devant ce couple étrange, mais l'oubliait aussitôt tant la variété des déguisements étonnait, amusait ou ravissait.

Nissac et les siens pénétrèrent en une église où un faux prêtre ordonnait une messe pour un public de chiens menés en les travées par leurs maîtres. Les animaux, par peur du fouet, écoutaient sagement un latin approximatif. Pendant ce temps, des travestis faisaient la quête, les fausses dames barbues et moustachues remuant excessivement leur croupes imposantes et maugréant contre les chiens avaricieux qui ne donnaient point le « denier à Dieu ».

Le spectacle faisait hurler de rire les spectateurs, trop heureux, sans doute, d'oublier un instant les rigueurs du siège imposé par l'armée de monsieur le prince de Condé.

Cependant, le comte et les siens ne s'attardèrent point à ce plaisant spectacle. Profitant de l'allégresse et du relâchement, ils pénétrèrent en l'Arsenal général qui borde la Seine.

Croisant un garde qui porta aussitôt la main à l'épée, Nissac plongea la main dans sa haute botte, en sortit son poignard et le lança d'un geste vif. L'arme se planta en la gorge de l'homme qui s'effondra. Alors, sans manifester d'émotion, le comte se baissa, tira sur le manche du poignard et essuya la lame au vêtement du cadavre.

Puis, il leva vers madame de Santheuil son visage caché derrière l'effrayant masque de la mort, et lui dit :

— Voyez, madame, je suis un tueur.

Elle répondit avec fermeté :

— Vous ne changerez point l'image que j'ai de vous, monsieur, car je sais l'intérêt supérieur qui vous pousse à agir ainsi.

Le comte ébaucha un geste de découragement et s'avança, suivi de sa troupe où se voyaient Neptune, âne, cochon rose, visage lunaire, roi des souris mortes, diablotin au sourire figé...

Nissac connaissait l'endroit. À main gauche, la fonderie des canons. Puis le bâtiment des poudres et enfin les ateliers modernisés en l'époque de Sully.

Il donna des ordres brefs. Bientôt, la poudre fut mouillée, mêlée de sable et de mortier. Certains Foulards Rouges y ajoutèrent, de leur propre initiative, de l'urine. Puis ce fut au tour des canons, gravement sabotés un à un et laissés en un état où ils n'étaient point récupérables.

Il eût certes été beaucoup plus rapide de faire sauter l'Arsenal mais Nissac répugnait aux morts inutiles qu'eût fatalement provoquées une aussi formidable explosion.

Le travail achevé, ils quittèrent l'endroit avec ordre de se disperser pour se retrouver deux heures plus tard au refuge de la rue Sainte-Marie Égiptienne.

Mazarin ne laissait guère d'alternative. Séduit jusqu'à l'ivresse par l'idée du comte de Nissac qui privait l'armée de la Fronde de poudre et de canons, il n'entendait pas abandonner ses Foulards Rouges en cette ville de débordements et de haine.

Aussi l'ordre, qu'on ne pouvait point discuter, était-il de franchir les lignes aussitôt le projet exécuté et de rallier l'armée royale.

Quittant ses hommes, le comte de Nissac décida d'accompagner madame de Santheuil jusqu'en sa maison de la rue Neuve-Saint-Merry.

Ils ne se parlaient guère.

Sachant que le voyage serait périlleux, Mathilde avait préparé des châtaignes, des pruneaux et du cognac offert par Joseph.

Ils mangèrent rapidement, le cœur n'y étant pas.

Enfin, le comte de Nissac repoussa son assiette, s'émerveilla une fois encore des flammes de la cheminée qui se reflétaient en tous les cuivres de la pièce puis, d'une voix triste :

— Je vais à la guerre, madame, et n'ai point pour habitude de m'y cacher. Ne sachant pas si j'en reviendrai, je voudrais une fois encore implorer votre pardon : je sais que ma courte aventure avec la duchesse vous fit grand-peine, même si je ne l'ai point voulu ainsi, et que les circonstances m'y menèrent par dépit. Car voyez-vous, madame...

Il hésita et reprit :

— Je vous aime plus que tout au monde.

Elle leva vers lui un regard où l'admiration le disputait à un sentiment infiniment plus tendre et profond.

Le comte perdait ses manières de soldat à la fois précises et sèches mais conservait son regard fier et son attitude hautaine :

— Je souhaiterais, si tel est votre bon plaisir et si je reviens vivant, que vous fussiez ma femme.

Elle crut défaillir de bonheur mais se reprit :

— C'est mon vœu le plus ardent, mais chose impossible.

— Impossible est un mot dont je n'ai pas la fréquentation, madame. Qu'adviendra-t-il ? Nous ne serons point reçus ? Et alors, ces tristes visages poudrés ne nous manqueront guère. Vous donnerez à l'intérieur de mon cher vieux château apparence moins austère ; quant à son aspect extérieur, nous n'y pouvons rien changer et au fond, je ne le souhaite point. J'ai de vastes terres et des forêts, vous n'aurez donc jamais ni faim ni froid et trouverez grand bonheur en ma bibliothèque. Nous chevaucherons ensemble à la lisière des vagues lorsque le soleil se lève ou qu'il se couche. Je vous trouverai cheval docile et vous apprendrez à tenir en selle... Mais surtout, je vous aimerai.

Elle se jeta dans ses bras.

Il lui avait demandé de conserver ses bas, afin d'effacer le souvenir de la duchesse qui avait gardé les siens.

La tête tournée vers elle, il l'observait, s'émerveillait de ce corps magnifique et généreux, de ce visage d'une émouvante beauté. Il chercha longuement ses mots :

— Ce n'est pas la première fois. Ton corps m'a parlé, le mien t'a reconnue. Même livrées à la fièvre, mes mains n'ont pas oublié.

Ils se disaient « tu », là aussi contre l'usage, mais avec le sentiment que cela les rapprochait plus encore.

Elle leva une jambe, le bas tenu par une jarretière, la regarda avec amusement, puis tourna vers lui ses grands yeux sombres :

— Eh bien oui. Tu fus le premier, tu aurais été le dernier.

— Mais pourquoi ne me l'avoir point dit ?

— Je t'aime bien trop fort pour faire peser contrainte sur toi.

Impitoyable, le temps s'enfuyait et les amants se caressaient et s'embrassaient à perdre haleine.

Puis le comte s'habilla avec lenteur, faisant traîner les choses, mais il refusa que Mathilde passât quelque vêtement, voulant jusqu'au bout conserver l'image de ce corps qu'il chérissait, ce corps nu aux cuisses rondes et fermes, à la poitrine petite mais altière, aux épaules minces, à la peau douce et aux longues jambes gainées de bas.

Il la regarda descendre l'escalier devant lui puis elle se retourna et se jeta dans ses bras en lui murmurant à l'oreille :

— Je pensais, étant jeune fille, que l'amour est gouverné par la seule morale... Ce qu'il y entre de sensualité et de passion !

Enfin, lentement, elle ôta une de ses jarretières de soie rouge bordée de dentelle blanche :

— Aux couleurs des belles plumes de ton chapeau...

Elle passa la jarretière au bras du comte :

— Ne m'oublie pas !

— Plutôt oublier de vivre !

— Ne dis pas chose pareille, le malheur viendrait sur nous.

— Mathilde, le temps des superstitions s'achève. Arrive enfin celui de la raison ! dit le comte en prenant délicatement dans ses mains le beau visage aux pommettes hautes.

35

À peine parvenus en les lignes de l'armée royale, le comte et ses hommes furent envoyés au combat, tant manquaient les troupes fraîches.

Ils participèrent à la chute de Montlhéry, interdisant ainsi la route de la Beauce à la Fronde. Dix jours plus tard, la route de la Brie était coupée à son tour après la prise par les troupes de Condé de Brie-Comte-Robert, bataille où les canons du général de Nissac firent merveille. Au terme d'un violent combat, le duc de La Rochefoucauld fut grièvement blessé et, comme Condé admirait la réelle bravoure du duc, Nissac répondit froidement :

— Ce n'est point son courage, qui est en cause, mais l'amour qu'il porte à son pays. Il en va donc du duc de La Rochefoucauld comme de tous les Frondeurs : ces hommes n'ont point d'honneur qui s'allient à l'étranger contre les fils de France qui servent en l'armée royale.

Le prince, publiquement, ne pouvait aller là contre encore qu'il fût intimement plus proche des Frondeurs que de Nissac sur le point qu'il fallait conserver ses privilèges à tout prix, fût-ce celui d'une occupation étrangère. En revanche, par réelle fidélité à la couronne, il admettait mal que les rebelles se dressent contre l'autorité royale, ce qui expliquait qu'il n'eût point rallié la Fronde comme tant d'autres grands seigneurs.

Il n'empêche, le comte de Nissac l'intriguait.

Une curiosité où se mêlait une certaine inquiétude. Ni le courage, ni l'intelligence du comte n'étaient un instant mis en doute, et pas davantage qu'il fût un très remarquable et même exceptionnel général, mais...

Le prince de Condé, qui souvente fois vacillait en ses croyances et se laissait facilement influencer, conçut en cet instant grande méfiance à l'endroit du comte, de la fermeté de ses convictions et de ses inébranlables certitudes, allant jusqu'à songer : « Il faudra prendre garde à ce Nissac qui n'est point accommodant en toutes choses touchant ses opinions, qui ne sont pas miennes. »

Peu après, la paix était conclue à Rueil et enregistrée par le parlement une quinzaine de jours plus tard.

Au grand dépit des loyalistes et des moralistes

— mais il s'agissait souvent des mêmes ! —, charges, faveurs et cadeaux furent distribués aux chefs de la Fronde qui se trouvaient également amnistiés. Ainsi en fut-il pour les plus compromis, Conti, Longueville, Beaufort, Bouillon, Elbeuf, Turenne, Noirmoutier et tous les autres.

À croire qu'on ne récompensait que les criminels de lèse-majesté.

Mazarin savait que cette attitude ne serait point comprise de ses rares fidèles et des loyaux serviteurs de la monarchie. Mais comment aurait-il pu leur expliquer la précarité de cette paix et qu'avec ses largesses, il tentait simplement « d'acheter » les grands seigneurs qui dès lors n'auraient plus motif de se lancer en une nouvelle Fronde ?

Tout semblait si fragile au Premier ministre. Il n'était sorti vainqueur de la Fronde qu'en raison de la loyauté du prince de Condé mais il n'ignorait point la haine en laquelle celui-ci le tenait, ni que son entourage travaillait à attiser l'ambition démesurée du prince.

Même Turenne avait finalement trahi !

Quelques jours après la victoire de Brie-Comte-Robert, le maréchal avait mis en ordre de départ l'armée d'Allemagne afin qu'elle vînt écraser l'armée royale et sauvât Paris. Et si Turenne fut abandonné par cette armée qui ne le suivit pas, Mazarin savait que la raison ne tenait point au loyalisme de l'armée vis-à-vis de la couronne mais à la cassette royale où l'on avait puisé à pleines poignées pour soudoyer les officiers du grand soldat.

Mais au moins Turenne, réfugié aux Provinces-Unies, obéissait-il à plus noble motif que bien des Frondeurs cupides car son égarement venait de la folle passion qu'il portait à la trop belle duchesse de Longueville, venue fort opportunément le séduire en son camp.

Le cardinal, du haut de sa victoire, se sentait terriblement seul.

Le comte de Nissac lui manquait très cruellement. Comment un tel homme, qu'on eût pensé indestructible, avait-il pu être tué ?

Attristé, Mazarin songea au récit qu'on lui fit, peu après qu'elle fut survenue, de la mort du comte de Nissac.

Moins d'une semaine après la paix de Rueil, l'armée espagnole, venue des Pays-Bas, avait envahi la Picardie, déferlant sur le nord de la France aux frontières dégarnies.

En catastrophe, l'armée royale, brûlant les étapes, s'était portée au-devant de l'envahisseur dont les avant-gardes occupaient déjà Soissons et, malgré sa fatigue des combats de la Fronde, elle avait réussi en un magnifique sursaut à repousser les envahisseurs.

Une fois encore, le comte de Nissac et ses canons faisaient merveille quand, à sa grande surprise, il fut appelé en plein combat par le maréchal du Plessis-Praslin, qui commandait l'armée royale. Il déféra cependant à cet ordre absurde et se mit en route pour le camp du maréchal, ne se faisant accompagner que du seul Nicolas Louvet qui, comme son chef, arborait fièrement son foulard rouge autour du cou.

On sut plus tard, devant ses vives protestations, que le maréchal du Plessis-Praslin ne donna jamais cet ordre et Jérôme de Galand, lieutenant de police criminelle personnellement chargé de l'enquête par le Premier ministre, parvint à identifier le porteur du faux document qui, après ses aveux, fut aussitôt pendu avec ordre de ne point décrocher le corps avant qu'il fût premier jour de l'été.

Mais Galand, considéré comme le plus fin limier du royaume, ne s'en tint pas là et démasqua parmi les canonniers du comte un homme qui, gagnant les lignes espagnoles, s'était autorisé à prévenir l'ennemi de la présence du chef des Foulards Rouges.

Après ses aveux, l'homme fut pendu dans les minutes qui suivirent et son corps promis à longue pourriture publique.

Les Espagnols, militaires de carrière qui se souciaient peu des affaires intérieures de la Fronde, s'étaient contentés de mener le canonnier félon à un traître de plus haute volée, le marquis de Noirmoutier, Frondeur notoire qui guidait les troupes étrangères depuis la frontière.

Ainsi fut monté le guet-apens et bientôt, égarés par le faux message du maréchal du Plessis-Praslin, le comte de Nissac et Nicolas Louvet furent entourés par le marquis de Noirmoutier accompagné d'une cinquantaine d'hommes, dont quelques nobles, du parti de la Fronde.

À la surprise de tous, et notamment à celle d'un vieux général espagnol qui suivait la scène de loin, les deux Foulards Rouges sortirent aussitôt l'épée et se battirent avec une folle bravoure.

Autour de Nissac, qui se savait pourtant perdu, on compta bientôt une quinzaine de cadavres.

Les soldats espagnols et leur vieux général, curieux d'abord puis fascinés et enfin débordants d'admiration et d'enthousiasme, ce qui exaspéra fort le marquis de Noirmoutier qui se sentait désavoué en cette occurrence par ses alliés, les soldats espagnols, donc, s'étaient approchés et, devant tant de noblesse, ne ménageaient point leurs encouragements aux deux Foulards Rouges noyés sous le nombre.

Nicolas Louvet tomba le premier, d'un coup de dague au rein, et Nissac ne faiblissant point, un Frondeur lui tira une balle dans la poitrine.

On devina un flottement chez les hommes de Noirmoutier et, comme le comte sentait ses forces l'abandonner rapidement, on assista à une scène étrange. Dans un sursaut de volonté, Nissac brisa son épée sur son genou plié et jeta les deux morceaux au visage de Noirmoutier avant de croiser fièrement les bras en une insolente attitude de défi.

Après la stupeur, ce fut la ruée. Le Frondeur qui

avait tiré une première fois approcha un second pistolet et fit feu à bout portant, tirant une balle dans la tête du comte de Nissac. Le voyant chanceler, quatre assaillants le percèrent de leur épée et il s'effondra enfin, mais les poings serrés.

Déjà, un Frondeur ayant coupé la tête de Nicolas Louvet la jetait dans un sac mais, comme il allait procéder de semblable manière avec le comte de Nissac, on vit chose très extraordinaire, très belle et d'une grande noblesse. Menés par leur vieux général, huit cents Espagnols casqués, tous vétérans, avancèrent en frappant en cadence leur fourreau avec leur épée, dans un roulement infernal et angoissant d'orage métallique.

Sans doute marquaient-ils ainsi leur désapprobation, mais il convenait d'y voir autre chose encore. Jugeant les Frondeurs indignes de l'épée, les soldats et officiers espagnols bastonnèrent leurs alliés avec les fourreaux, comme on disperse une réunion de laquais.

Puis, s'étant assurés du départ des partisans de la Fronde, le vieux général espagnol et ses soldats battirent en retraite car on signalait l'approche d'une avant-garde de la cavalerie du maréchal du Plessis-Praslin.

Cependant, à son arrivée celle-ci ne découvrit que le corps décapité et la tête abandonnée de Nicolas Louvet. Malgré tous les efforts de l'armée royale, et bien qu'on eût fouillé le champ de bataille tard dans la nuit à la lueur de lanternes et de torches, on ne trouva nulle trace du corps du comte.

Quoiqu'un doute subsistât, on admit que les Frondeurs, sans doute revenus sur leurs pas, avaient récupéré le cadavre de Loup de Pomonne, comte de Nissac et général en l'artillerie royale avec pour dessein de le livrer à Beaufort et ses puissants amis.

Le royaume des lys vivait une accalmie mais les plus avisés savaient que celle-ci précédait une tempête d'une terrifiante violence et qui a nom guerre civile.

L'Écorcheur ne se manifestait plus, sans doute rassasié pour quelque temps bien qu'il chérît toujours, sans plus s'en donner les moyens, l'idée de retrouver celle dont il rêvait sans savoir qu'elle s'appelait Mathilde de Santheuil.

Mazarin, quoique sa pingrerie fût connue de tous, offrit une prime de vingt mille écus, somme absolument considérable, pour qui lui ferait savoir où se trouvaient enfouis les restes du comte de Nissac.

Le baron de Frontignac, en grand chagrin, rejoignit l'armée régulière avec le grade de capitaine. Le loyal baron Le Clair de Lafitte fut fait colonel à la compagnie lourde des gendarmes de la maison militaire du roi, uniquement composée de gentilshommes, ce qui était grand honneur, mais n'apaisa point sa peine. Fervac reçut mille écus et fut nommé officier, étant élevé pour « bravoure extrême devant l'ennemi » au grade de lieutenant aux Gardes Françaises. Mais, bien qu'il accédât ainsi à un rang social inespéré et qu'il eût retrouvé la jolie Manon qui persista à vendre ses charmes aux vieux bourgeois, le beau lieutenant Maximilien Fervac devint un homme irascible et sans joie.

Anthème Florenty retourna en Touraine et, avec ses mille écus, acheta belle ferme et nombreux bétails. Il se maria dans les mois qui suivirent. Chaque 22 mars, jour de la mort du comte de Nissac, il noua un foulard rouge autour de son cou et, bien qu'il fût sans-dieu, entra en l'église à cheval pour jeter gerbe de roses au pied du maître-autel.

Monsieur de Bois-Brûlé se mit à boire pendant des mois pour noyer sa peine car, à bien réfléchir, nul, jamais, ne lui avait manifesté amitié plus solide et discrète que le feu comte de Nissac qui, pas une fois, ne l'avait tutoyé. Lorsque le guet ramassait le géant ivrogne, un ordre arrivait aussitôt de monsieur de Galand stipulant qu'il fallait le relâcher sur l'instant. Un jour, monsieur de Bois-Brûlé parvint à secouer sa tristesse. Ses mille écus offerts par Mazarin se trouvaient entamés mais il lui en restait suffisamment pour acheter un minuscule logis rue du Crucifix-Saint-Jacques. Cependant, monsieur de Bois-Brûlé décida de ne plus jamais remonter sur les planches : ce qu'il avait vécu dépassait en intensité les pauvres drames écrits pour les estrades de foire.

Charlotte de La Ferté-Sheffair, duchesse de Luègue, accoucha d'un magnifique bébé mais, en son troisième mois, le nourrisson fut étouffé par main criminelle. Il fut dit que l'ordre venait de Mazarin qui ne supportait point l'idée qu'une duchesse ayant sympathies pour la Fronde mît au monde un enfant de son seul ami, le comte de Nissac. Il n'en était rien, puisque l'ordre venait du duc de Beaufort qui se vengeait ainsi avec grande vilénie, mais la chose demeura longtemps secrète.

Au cœur de Notre-Dame, le duc de Salluste de Castelvalognes, général des jésuites, choisit le silence et ne s'adressa plus que par écrit à ses interlocuteurs.

Le Premier ministre, qui savait presque tout et bien entendu la folle et réciproque passion entre madame de Santheuil, qu'il considérait comme sa fille, et son très cher comte de Nissac, auquel il devait la vie et tout le panache que la cause royale retirait des exploits des Foulards Rouges, le Premier ministre, donc, ne savait que faire pour l'inconsolable Mathilde. Lui offrir de l'or eût été plus que ridicule, offensant. Il la fit donc baronne, mais cette nouvelle laissa la jeune femme indifférente. Alors, il eut l'ingénieuse idée de la mettre en étroite relation avec Jérôme de Galand qui, bien qu'il eût refusé le titre qu'on voulait créer à son intention, se trouvait de fait véritable chef de la police parisienne.

Ainsi, le policier vieillissant et la jeune baronne de Santheuil partaient sur les routes de France dès qu'on signalait ossements d'homme de haute stature portant bottes de cavalerie jusqu'aux genoux ou bien encore corps déterré en la région où le comte avait trouvé la mort.

Car ainsi était Mathilde, et ce n'était point là sa faute

qui en revenait à son amour démesuré : sans preuves, elle continuait d'espérer.

En la région de Saint-Vaast-La-Hougue, le vieux château du comte de Nissac essuyait toujours avec grande vaillance les assauts de la mer et du vent.

Aux écuries grandissait un poulain d'un noir diabolique dont le père, cheval du comte de Nissac, s'était laissé mourir de chagrin malgré tous les soins qu'on lui porta en les écuries royales.

Le vieux couple de serviteurs assurait son service et l'entretien du château par reconnaissance envers celui dont la générosité les préservait de la misère. À ceux qui leur portaient paroles de consolations, ils répondaient en haussant les épaules : « Monsieur le comte reviendra, et le vent jouera de nouveau avec les belles plumes rouges et blanches de son chapeau. Il reviendra, même d'entre les morts, parce qu'il est toujours revenu et qu'un Nissac de cette valeur, il faut le tuer deux fois ! »

Près du pont-levis, « Mousquet », le chien noir et feu qui commençait à blanchir, attendait. Il attendait du lever du soleil au coucher du jour un homme qui ne venait plus jamais.

Ailleurs, en le reste du royaume, la guerre civile faisait rage...

FIN DE LA PREMIÈRE ÉPOQUE.

SECONDE ÉPOQUE

LES FOULARDS ROUGES

36

L'officier du guet regardait ses trois visiteurs avec incrédulité, tout comme la demi-douzaine d'autres « témoins » requis de se trouver en la grande salle du château à cette heure.

Jamais l'on n'avait vu si beaux et nombreux cortèges envahir la ville de Gien, et avec une telle rapidité ! Partout en les rues et campagnes environnantes, ce n'était qu'escadrons de dragons, chevau-légers, gendarmes, cuirassiers, mousquetaires ; sans parler des troupes d'infanterie, nombreuses elles aussi, assoiffées, et qui parlaient haut.

Tout cela pour un homme qu'on recherchait afin de le pendre haut et court au premier arbre qui se trouverait, un homme... Un vagabond, en somme, un manouvrier taciturne et rebelle !

À n'y rien comprendre !

L'officier du guet détailla l'homme en écarlate qui n'était autre que le tout-puissant Mazarin, Premier ministre du jeune roi Louis XIV. Il nota fugitivement que le cardinal se poudrait les joues et fardait ses lèvres d'un rouge violent.

Son regard s'arrêta ensuite sur une très jolie femme d'à peine trente ans, qu'on lui avait présentée comme madame la baronne Mathilde de Santheuil et qu'il supposa être la maîtresse du Premier ministre.

Enfin, le troisième personnage lui inspira une crainte instinctive, de policier à policier. La cinquantaine, l'air chétif, on disait cependant que Jérôme de Galand, officiellement lieutenant criminel du Châtelet, commandait en réalité toutes les polices du royaume, la Criminelle comme la Politique, l'officielle comme la secrète et que sa puissance égalait celle d'un ministre.

Au second plan, l'officier du guet remarqua, compact, un groupe de cinq autres personnages, trois militaires et deux civils qui se tenaient silencieux mais portaient tous, bien étrangement, foulard rouge autour du cou.

Pour sa haute tenue, il admira d'abord un colonel appartenant à l'élite de l'armée, la compagnie lourde des gendarmes de la maison militaire du roi, Melchior Le Clair de Lafitte.

À son côté, un capitaine d'artillerie, Sébastien de Frontignac. Puis venait un bel homme, Maximilien Fervac, lieutenant aux Gardes Françaises. On remarquait également un géant noir, haut d'une toise, aux épaules larges comme une armoire de famille et au torse puissant — monsieur de Bois-Brûlé. Enfin, un petit brun, l'air méchant et l'œil perçant comme on le voit aux faux sauniers mais celui-là portait beaux vêtements et semblait homme arrivé : Anthème Florenty.

L'officier du guet pensa que ces huit personnages n'allaient point ensemble et que seules des circonstances étranges les avaient ainsi pu réunir.

Mazarin, qui n'était point toujours patient, s'emporta :

— Mais à la fin, notre homme a disparu le 22 mars de 1649, voici trois ans, aux environs de Soissons lors de la bataille contre les Espagnols !

« Trois années, mais quelles années ! » songea l'officier du guet qui, rêveusement, se souvint de la Fronde des princes faisant suite à celle du parlement. Qui, à l'époque, aurait pu deviner la suite des événements ? Et qu'ainsi, monsieur le prince de Condé, sauveur de la couronne et grand vainqueur des Frondeurs, se serait si fort opposé au cardinal que celui-ci l'aurait fait mener en la prison du donjon de Vincennes, et pour plus d'un an, en compagnie du prince de Conti et du duc de Longueville ? Les partisans de ces adversaires d'hier, réconciliés contre Mazarin, s'étaient alors révoltés au point que les ducs de Nemours, La Rochefoucauld, et Bouillon, ainsi que le maréchal de Turenne et la ravissante duchesse de Longueville furent déclarés coupables de haute trahison et criminels de lèse-majesté !

On se battait aux frontières, à La Rochelle, à Bordeaux, en Normandie, en Bourgogne, en Dordogne et en cent autres lieux...

Le redoutable service secret mis sur pied en trois ans par Jérôme de Galand envoyait des notes et des rapports pessimistes et ne pouvait renverser le cours des choses malgré l'excellence de ses agents tels l'aventurier Isaac Bartet, l'abbé Basile Foucquet et l'abbé Zongo Ondelei, futur évêque de Fréjus.

Bientôt, Mazarin se trouvait seul et contraint à l'exil, Anne d'Autriche, encore régente, ne pouvait résister à la pression du parlement, de Condé, des princes, de l'ancienne Fronde, de la noblesse et du clergé emmené par le coadjuteur.

Plus grave, Gaston d'Orléans, troisième personnage de l'État, rejoignait la nouvelle Fronde, dite Fronde condéenne, réalisant ainsi l'union de toutes les Frondes tant redoutée par Mazarin et ce n'est pas le ralliement du maréchal de Turenne à la couronne qui, sur l'instant, pouvait modifier la situation puisque le sacre de Louis XIV, roi à Saint-Denis, ne freina point la détermination des Frondeurs.

Fin décembre 1651, le jeune Louis XIV rappelait Mazarin de son exil en la principauté épiscopale de Liège mais Paris retombait en les bras de la Fronde, obligeant le roi à quitter sa capitale.

Avec la Fronde condéenne, on entrait dans la guerre civile totale.

La voix du cardinal, douce mais où perçait une menace, tira l'officier du guet de sa rêverie.

— Ainsi, vous ne voulez point répondre ?

Un vieil homme fit un pas en avant et s'inclina bas.

— Votre Excellence... Nous, nous l'appellions « L'homme sans nom », car il ne le savait pas lui-même. Il nous était arrivé un matin, mourant, dans la charrette de la mère Hoarau, une vieille folle que Dieu ou diable a rappelée à lui depuis lors. Le fait est qu'elle l'a guéri. Il marqua reconnaissance en se louant alentour pour les rudes travaux et ramenait l'argent à la vieille qui le traitait comme un fils. C'est un homme très solide, peu bavard, au corps couvert de cicatrices. Quand la vieille Hoarau mourut, il se trouva seul et perdu. Mais il continua à travailler. Il ne s'enivrait point et, bien qu'il fût bel homme, n'alla jamais aux gueuses et ribaudes. Il aidait parfois... Ah, il faut bien le dire en sa faveur, que Son Excellence me pardonne, mais il aidait souvent sans demander salaire lorsque dans une famille pauvre le père venait à mourir ou que le fils partait soldat. Avant... Avant sa révolte, il était très aimé bien qu'on pensât qu'il fut jadis voleur.

— Voleur ? questionna le cardinal.

Le vieil homme hésita :

— La bague !... Elle ne pouvait point lui appartenir, il était de condition trop misérable.

Un prêtre, qui jusqu'ici n'avait rien dit encore, s'avança à son tour vers le Premier ministre :

— Votre Éminence, les choses sont bien plus compliquées qu'on ne l'imagine ici.

— Eh bien parlez ! répondit Mazarin, intéressé.

Le prêtre ne se fit point prier davantage :

— Votre Éminence, il est bien des points obscurs en cette histoire mais votre présence me laisse à penser qu'il s'agit peut-être là d'une affaire d'État ?

Surpris, Mazarin fronça les sourcils.

— Quand bien même ?

— La Fronde a des espions partout, même parmi les gens les plus simples d'apparence...

Le cardinal comprit immédiatement et s'empressa de faire sortir les autres « témoins ».

37

D'un esprit agile, et la parole habile, ce qui en faisait un interlocuteur de choix, le prêtre commença son récit :

— Je pense, au contraire de ces gens, que « L'homme sans nom » est tout autre qu'un voleur. Un voleur ! Un voleur qui parle latin et grec mieux que je ne saurais le faire, n'en connaissant point comme lui toutes les finesses ?... Allons donc !... À moi, il fit des demi-confidences. Ainsi, sa mémoire remonte assez loin en arrière, environ trois ans. Il se souvenait d'avoir été mené en bien piètre état par un religieux aux Camaldules de Gros-Bois, où vivent moines et ermites. Il en repartit au bout de quelques mois, semblant remis de blessures nombreuses reçues d'épées et de balles. Il errait sans aucun but lorsque aux environs de Gien, la fièvre venant de ses anciennes blessures le prit. La vieille Hoarau le ramassa mourant et le soigna avec ses remèdes qui la faisaient passer pour sorcière, comme celle qu'on faillit brûler voici peu et qui est à l'origine des troubles graves que vous savez.

— Et c'est là qu'il se battit avec talent si grand, si inimaginable, que j'en fus prévenu ? demanda le cardinal.

— Votre Éminence, c'est bien cela. Avec les événements de la Fronde et toutes ces guerres, le peuple est nerveux et cherche un but à sa colère. La vieille Hoarau n'étant plus de ce monde, on se souvint d'une autre vieille, la veuve Pesch, qui cultive aussi les herbes de pleine lune. Cortège se forma donc pour l'aller chercher et, malgré mon opposition on la battit puis la traîna par les cheveux, bien qu'elle eût quatre-vingts ans d'âge ! Sa maison avait mal impressionné le peuple car en cette demi-ruine poussent ronces et orties tandis qu'on y voit nombreuses chauves-souris et que les corbeaux s'assemblent en groupes sur un vieil orme mort qui voisine la ruine. Or donc, l'officier du guet entouré de quinze de ses hommes interrogea devant le peuple la femme Pesch qu'on disait sorcière. Elle ne comprenait pas, roulait des yeux affolés vers la foule hurlante et son pauvre vieux visage saignait d'abondance de tous les coups reçus. On lui demanda si elle allait aux assemblées de sorcières, à quoi, sous les coups, elle répondit que oui. On lui demanda encore si elle s'y rendait à cheval sur une fourche ou sur le dos d'un bouc noir aux yeux rouges, à quoi la pauvre vieille devenue demi-folle répondit toujours oui, d'où il fut conclu qu'elle était bien sorcière et avait commerce avec le diable. On la lia à un calvaire de granit et l'on entassa les fagots. On allait y mettre le feu quand... « L'homme sans nom » s'approcha, les mains vides, et dit simplement mais d'une voix forte : « Non ! »

— C'est lui ! murmura Mathilde de Santheuil, joignant les poings devant sa bouche.

Le cardinal, qui commençait à croire la chose possible car bien dans la manière chevaleresque de Nissac, invita d'un geste impatient le prêtre à poursuivre.

Mais celui-ci demeura un instant le regard perdu au loin, l'air rêveur, un vague sourire aux lèvres avant de reprendre :

— Je ne sais toujours pas pourquoi, mais cette voix impressionna et la foule s'écarta pour livrer passage à « L'homme sans nom ». Parvenu devant le bûcher, tandis que la vieille pleurait, les gardes sortirent l'épée et intimèrent à « L'homme sans nom » qu'il devait se rendre car déjà, par ses paroles, on le considérait comme rebelle. « L'homme sans nom » portait très vieilles bottes de cavalerie tout usées. D'une vivacité de loup, il plongea la main dans la tige d'une de ses bottes, saisit un poignard et le lança sur un garde qui s'effondra, touché à la gorge.

— C'est lui ! dit le baron de Frontignac.

Le prêtre, troublé un instant, reprit :

— D'un bond, « L'homme sans nom » s'empara de l'épée du garde mort. Le peuple regardait avec fascination « L'homme sans nom », un simple manouvrier, l'épée à la main face à quatorze gardes et un officier dont les armes sont le métier. Tous pensaient, et moi de même, que l'affaire serait vite expédiée et pourtant... « L'homme sans nom », en sa posture, ne manquait point de grâce, et marquait même grande élégance, une main sur la hanche et l'autre tenant l'épée haute, à la verticale...

— C'est lui !... s'écria le lieutenant Fervac.

Le prêtre, qui prenait habitude de ces interruptions, continua aussitôt son récit :

— Un garde lui faisait face. Il détendit simplement le bras et le tua...

— C'est lui !... s'enthousiasma monsieur de Bois-Brûlé.

Le prêtre poursuivit :

— Un autre garde s'approcha et fut tué, « L'homme sans nom » frappant toujours d'estoc...

— D'estoc ?... C'est lui ! gronda Florenty, que l'émotion gagnait.

Le prêtre soupira.

— D'estoc, oui, à la fin : c'est que j'y étais, moi ! Au reste, il touchait une seule fois, sans jamais faillir, sans ôter la main de sa hanche et sans omettre de redresser son épée à la verticale avant de frapper de nouveau. Cinq, six, sept, bientôt huit hommes avaient roulé sur le sol, tués sans appel...

— Huit ?... C'est bien de lui, cela, et de lui seul ! dit le baron Le Clair de Lafitte en riant et donnant forte claque dans le dos du prêtre qui s'étouffa un instant avant de reprendre :

— Les autres gardes s'enfuirent en courant et leur

officier que vous avez vu tout à l'heure fit pareillement.

— Eh bien, nous attendons la suite ! ordonna le cardinal, en très grande impatience.

— La suite... Avec son poignard, il coupa les liens de la vieille femme et traversa la foule qui s'inclina sur son passage car en peu de temps, le sentiment des témoins s'était inversé et l'on considérait à présent le rebelle comme un héros du peuple, l'officier du guet n'étant guère aimé... « L'homme sans nom » entraîna la veuve Pesch et de là, ils gagnèrent cette caverne où on les assiège car nul soldat n'ose y pénétrer, et pas même à cinquante !

— A-t-il les cheveux gris noués en catogan ? questionna Mathilde de Santheuil.

— En effet, madame la baronne. Et cicatrices sur la tempe et sur tout le corps car je le vis aux moissons, poitrine nue, et en conclus que c'était là corps de soldat ayant livré très nombreuses batailles et cent fois risqué la mort.

— Mais la bague, à la fin, cette fameuse bague ? demanda Mazarin qui, le cœur gonflé d'espoir, piaffait d'impatience.

Le prêtre hésita à peine :

— C'est bien étrange blason de marin et de soldat, sans doute fort ancien, qui figure sur cette bague. Tête de loup au-dessus de deux ancres de marine croisées, étoiles et lune, le tout sur fond de grande tour à créneaux battue par les flots. J'ai pensé haute et très vieille noblesse, mais quelle que soit l'estime en laquelle je tiens « L'homme sans nom », telles armoiries ne peuvent être siennes, lui que j'ai vu aux champs comme paysan ou en forêt abattre des arbres à la hache comme simple bûcheron.

Mazarin ignora les dernières paroles du prêtre et, se tournant vers Mathilde de Santheuil qu'il trouva d'une très grande pâleur :

— Eh bien ?

Cachant son émotion, la jeune femme répondit :

— C'est bien là blason et armoiries des comtes de Nissac.

Un lourd silence se prolongea quelques instants, puis Mazarin se tourna vers le prêtre :

— L'abbé, votre fidélité sera récompensée.

— Je n'ai fait que servir le roi, Votre Éminence, et puis encore apporter précisions que je crois utiles sur cet homme dont vous semblez faire si grand cas.

— À quoi pensez-vous ?

Le prêtre regarda les cinq compagnons de celui qu'on hésiterait à présent à nommer feu le comte de Nissac et leur sourit.

— Notre homme porte semblable foulard rouge autour du cou, quoique le soleil et les pluies aient terni la couleur mais il ne s'en sépare jamais, même lorsque pris de folie, chaque matin, il se lave à grande eau, qu'on soit en beau matin d'été ou en plein hiver ! Ah, quelle tristesse ! Même quand il gèle, l'homme s'asperge de seaux d'eau pour sa toilette sans regarder au froid qui fait éclater les pierres.

— C'est lui ! dirent en chœur et en se congratulant les barons de Frontignac et Le Clair de Lafitte, monsieur de Bois-Brûlé, le lieutenant Fervac et Florenty.

Le Clair de Lafitte, dont les mains tremblaient, expliqua au cardinal :

— Votre Éminence, un seul se lave ainsi chaque jour même en plein hiver et c'est le comte de Nissac, qui a gardé son foulard rouge.

— Je savais cette étrange habitude, colonel ! répondit le cardinal qui poursuivit pour lui-même : C'est lui, mais comment est-il arrivé ici, en cette situation misérable ?

Le prêtre, ravi de la bonne impression qu'il avait produite sur le cardinal et qui escomptait des retombées pour sa paroisse, se décida à livrer un dernier détail qui, visiblement, lui coûtait et qu'il eût sans doute, nonobstant l'enjeu, préféré garder par-devers lui :

— Il se peut qu'une chose encore vous permette

d'identifier l'homme que vous cherchez, Votre Éminence.

— Eh bien, parlez, l'abbé !

— C'est qu'elle risque de vous...

Cette fois, le ton de Mazarin se fit cinglant :

— Parlez !

— Certes, la morale chrétienne y trouve beaucoup à redire et moi-même demandai à « L'homme sans nom » d'ôter... cette chose ! Mais il refusa. Voyez-vous, Votre Éminence, « L'homme sans nom » porte étrange brassard de soie et dentelle rouge qui me laissa longtemps songeur. Un jour qu'il travaillait le torse nu, au plus fort de l'été, voyant ce brassard contre la peau de son bras, je compris... C'est là jarretière de femme sans doute follement aimée en sa vie ancienne...

Il achevait à peine sa phrase que la baronne Mathilde de Santheuil, soulevant des deux mains le bas de sa robe pour aller plus vite, sortit en courant, bientôt suivie de tous les autres, le cardinal de Mazarin, Premier ministre du royaume des lys, jouant des coudes avec les rudes Foulards Rouges.

38

Un fort contingent de soldats attendaient devant une grotte située à proximité de la ville. Les militaires avaient entassé fagots et résine, n'attendant plus qu'un ordre pour enfumer « L'homme sans nom » et la vieille femme qu'on disait sorcière.

Cette fois, cependant, on ne semblait pas disposé à prendre de risques avec une aussi fine lame que « L'homme sans nom » : lorsque, étouffant, le couple sortirait, il tomberait sous le feu d'une quinzaine de mousquets qui formaient demi-cercle devant l'entrée de la grotte.

Surpris, les soldats tournèrent la tête en voyant arriver le lourd carrosse du cardinal mais c'est en toute hâte qu'ils plièrent bagage et s'enfuirent lorsque le colonel-baron Le Clair de Lafitte les dispersa sans ménagement avec sa compagnie de cavalerie lourde.

Aussitôt, un dispositif bien différent remplaça celui des soldats en fuite.

Les ténèbres régnaient à l'intérieur de la grotte, à peine voyait-on un mince filet de lumière filtrant de l'entrée.

La veuve Pesch et « L'homme sans nom », assis sur le sol, se regardèrent :

— Je crois que tout ce fracas, dehors, est pour nous. Tu vois, en te tirant du bûcher, je n'ai point sauvé ta vie et en suis bien désolé.

La vieille femme serra dans les siennes les fortes mains de l'homme sans passé où les rudes travaux des champs avaient formé des cals :

— C'est pour toi, que j'ai grande inquiétude ! Toi, tu es jeune encore !... Quelle folie d'avoir sauvé des flammes ma vieille carcasse !

« L'homme sans nom » la regarda, essayant de percer l'obscurité :

— Tu t'y entends dans l'art des plantes, comme la vieille Hoarau qui me ressuscita des morts voici trois années. Mais tu n'es point sorcière, pas davantage qu'elle ne le fut.

— Eh bien encore ?

— Eh bien, c'est là grande injustice qui t'était faite que de t'accuser à tort.

— Mais tout est injustice ! dit la veuve Pesch en haussant le ton.

« L'homme sans nom » secoua la tête dans les ténèbres.

— Est-ce là raison suffisante pour ne point vouloir changer les choses ?

La vieille femme serra plus fort encore les mains de « L'homme sans nom ».

— Tu es bien le fou qu'on dit par tout le pays !... Tuer tous ces soldats pour une misérable vieille femme en parlant de justice !... À présent, c'est toi qu'ils vont tuer. Ils vont te prendre ta vie.

— Quelle vie ? Je ne sais pas qui je suis, ni d'où je viens. Parfois, des visages d'un lointain passé me reviennent en mémoire mais je ne peux mettre aucun nom sur ces inconnus. C'est une douleur au cœur et à l'âme, cette certitude que ma pauvre tête n'est plus utile à rien.

— Est-ce donc ta blessure, cette cicatrice à la tempe ?

— Je le crois ; une balle m'a labouré l'os du crâne, mais sans y pénétrer, me semble-t-il. Ah, je pense avoir vu bien des blessures, en bien des batailles mais quand, en quels lieux ?

— Tu as été soldat. Et le meilleur. Vois comme tu tiens une épée, on penserait que tu es né avec. Aucun de tous ceux que tu as tués n'est ton égal, sinon, ils ne seraient point morts. Ton bras est tenu par Dieu et tous les anges, peut-être par saint Michel qui terrassa le dragon.

« L'homme sans nom » sourit dans l'obscurité.

— Mes dragons étaient piètres soldats, mais Dieu ait tout de même leurs âmes.

Brusquement, ils dressèrent l'oreille. Une voix assourdie leur venait de l'extérieur. Quoique lointaine, elle éveilla quelque chose de familier chez « L'homme sans nom » qui saisit son épée et se leva en disant :

— Reste ici, je vais voir.

— Non, ne me laisse pas.

« L'homme sans nom » soupira :

— L'âge ne t'a donc point appris la prudence ?

La vieille femme haussa les épaules.

— La prudence !... C'est toi qui parles de prudence !...

Ils se dirigèrent vers l'entrée de la grotte.

244

Tout ce qui suivit correspondait au vœu d'une femme follement amoureuse qui, graduant les effets, voulait à toute force mettre le plus de chances possibles de son côté et restituer la mémoire à celui qu'elle pensait être le comte de Nissac.

« L'homme sans nom » et la veuve Pesch clignèrent les paupières au sortir de la grotte, éblouis par la vive lumière de l'extérieur.

Puis, pris d'une irrésistible curiosité, « L'homme sans nom » s'approcha du cardinal qui, ému, murmura :

— Bienvenue, Loup de Pomonne, comte de Nissac !

« L'homme sans nom » répéta plusieurs fois « Nissac » avec une expression de profonde douleur sur le visage, comme s'il cherchait désespérément à se souvenir, à saisir ce qui lui était familier et pourtant lui échappait.

Puis, sortant d'une quadruple haie de gendarmes de haute taille qui dissimulaient toutes choses derrière eux, cinq hommes s'alignèrent devant lui et tous portaient semblable foulard rouge autour du cou.

Ils se présentèrent à tour de rôle :

— Melchior Le Clair de Lafitte !

— Sébastien de Frontignac !

— Maximilien Fervac !

— Anthème Florenty !

— César de Bois-Brûlé !

Tel un enfant perdu, « L'homme sans nom » allait de l'un à l'autre, serrant une main, une épaule, et répétant sur un ton oscillant entre allégresse et désespoir :

— Je vous connais !... Je vous connais !... Tous, je vous connais !....

Sortant de la double haie de gendarmes, un écuyer amena un haut cheval noir âgé de trois ans. « L'homme sans nom » le scruta attentivement, hésita longuement, puis lui flatta l'encolure et sourit :

— Et toi, j'ai dû connaître ton père...

Ces visions qui se succédaient si vite troublaient grandement « L'homme sans nom », conscient qu'elles appartenaient à un monde perdu, oublié, englouti, mais qui devait former un tout enfoui moins profondément qu'il ne se l'était imaginé, peut-être à fleur de mémoire.

Par instants, il observait le grand cheval noir ou jetait des regards d'homme traqué au cardinal et aux Foulards Rouges qui tous tentaient de sourire et le plaignaient secrètement tant sa souffrance, déchirante, faisait peine à voir tandis qu'il semblait impossible d'y porter remède.

Un page apporta alors une épée qui fascina l'homme sans nom. C'était une très belle arme, particulière, car on pouvait voir sur la garde armoiries semblables à celles de la bague qu'il portait au doigt et qu'en outre la lame, faite à Tolède, constituait elle aussi grande rareté. « L'homme sans nom » prit l'épée en main, zébra l'air à plusieurs reprises en quelques gestes d'une grande élégance.

Une vision floue lui venait et il murmura :

— J'eus semblable épée, en les moindres détails, et la brisai sur mon genou pour que nul ne l'utilise après... après ma mort !

« L'homme sans nom » réfléchit. Ce souvenir, à n'en point douter, il le datait comme étant le tout premier qu'il eut retrouvé concernant la période jusqu'ici oubliée.

Halluciné, il poursuivit, tandis que les autres prêtaient l'oreille :

— Ils étaient très nombreux... Il en venait de partout... Un compagnon était à mes côtés mais Dieu, qu'ils étaient nombreux !... Impossible de résister à une telle multitude...

Puis, ce fut comme un éblouissement.

Elle arrivait d'un autre côté et se trouvait brusquement devant lui, à contrejour, les cheveux nimbés de doré et de bleu.

Il reconnut sa silhouette, la taille fine, les hanches

généreuses mais ne distinguait toujours pas son visage. En revanche, il éprouva un pincement au cœur en saisissant le chapeau qu'elle lui tendait.

Il s'agissait d'un feutre marine au bord rabattu, au côté duquel se voyait une plume rouge et une autre blanche dont l'heureuse mais agressive harmonie rappelait tout à la fois la violence et la douceur, l'eau et le feu, toutes choses qui voisinaient en l'âme tourmentée du seigneur de Nissac.

On n'avait jamais vu deux fois telle coiffure en le royaume des lys et même « L'homme sans nom » ne pouvait ignorer cela : le feutre marine, ou son semblable, lui avait appartenu, il n'en douta pas un instant. En d'autres circonstances, sans doute eût-il concentré toute son attention sur cette question mais déjà, il ne s'y intéressait plus guère, cherchant le visage de la femme qui se trouvait devant lui, un visage que lui dissimulait toujours le soleil auquel il faisait face.

— Loup, mon beau seigneur, j'ai toujours pensé que nous nous reverrions un jour, dans un matin bleu et ensoleillé...

La voix le pétrifia.

Lentement, la jeune femme se déplaça et il découvrit enfin ses traits, ce visage qu'il n'avait jamais oublié.

— Mathilde !

Dates, visages, lieux se bousculaient en son esprit fiévreux. À une vitesse qui lui donna le vertige, et en un temps qui n'excéda point quelques secondes, des milliers de choses reprirent leur place ancienne. Passé, souvenirs, situations, cours de la pensée, tout s'ordonna de sorte que cette longue éclipse de trois années se dissolvait comme un parfum délétère au contact de l'air.

Il était Loup de Pomonne, comte de Nissac, lieutenant-général d'artillerie en l'armée royale, chef des légendaires Foulards Rouges et caressait avec le duc de Salluste de Castelvalognes, général des jésuites, l'idée de changer le monde, de donner un sens à toutes ces pauvres vies croisées depuis le jour de sa naissance, voilà quarante et un ans.

Mais enfin, mais surtout, il était l'amant comblé de la plus belle des femmes, la plus tendre et la plus sensuelle, la plus émouvante aussi, celle qu'il chérissait bien davantage que sa pauvre vie : Mathilde de Santheuil, son grand, son unique amour.

Il fit un pas vers la jeune femme.

— Mathilde, ma tendre amie, mon doux amour, il n'est de jour en la pauvre prison de mon esprit perdu en les limbes, pendant tout cet affreux naufrage de ce que j'avais été, où je n'ai songé à vous, vous croyant un merveilleux songe illuminant la vie d'un malheureux manouvrier et cependant, je n'ai cessé de vous aimer.

Il prit les mains de Mathilde et tomba à genoux devant elle.

Cette scène d'une grande beauté et d'une rare galanterie, qui rappelait les temps anciens de la chevalerie, bouleversa tous ceux qui la virent et, pour lui-même, le cardinal murmura :

— Comte de Nissac, au plus fort de ta détresse, de l'abandon de tous et de ta perdition, tu as conservé dignité, courage et noblesse. Un jour, je ferai de toi le plus jeune maréchal de France !

Melchior Le Clair de Lafitte, auquel l'émotion fit un instant oublier à qui il s'adressait, répondit :

— Qu'on lui donne le bonheur auquel il aspire, et ce sera justice !

Mazarin lui adressa un regard foudroyant :

— Colonel, la justice, c'est à la pointe de l'épée, qu'on l'impose. Et d'épée, je n'en connais point de meilleure en tout le royaume de France que celle du comte de Nissac.

39

La mer battait les hauts remparts du château des seigneurs de Nissac.

Dans la salle d'armes, en la cheminée de laquelle grondait un feu de bois de poirier qui parfumait la pièce, Mathilde, en chemise, haut-de-chausses et bottes, l'épée à la main, affrontait dans un vingtième assaut consécutif le comte de Nissac qui para son attaque une fois encore avec une vivacité et une sûreté décourageantes.

Il sourit.

— C'est encore et toujours mieux, madame la baronne !

— Ne vous moquez point, monsieur le comte. Je n'ai jamais demandé ce titre.

Il la regarda avec une certaine gravité, mais sans baisser l'épée.

— Il était cependant fait pour vous, quoique je pense que vous ne le conserverez point longtemps encore. Je ne sais d'où me vient pareille idée, mais je vous imagine mieux comtesse...

Il baissa sa garde et ajouta :

— Comme toutes choses, les titres devraient se mériter. J'ai vu des ducs s'enfuir à bride abattue devant l'ennemi quand de simples soldats, qui n'étaient point gentilshommes, faisaient montre d'une bravoure qui quelquefois changeait l'issue d'une bataille. Quand ces hommes-là seront généraux par les mérites qui leur reviennent et qui sont étrangers à la naissance, l'armée de ce pays sera la plus forte du monde.

Il la sollicita en tapant les dalles du talon de sa botte.

Elle reprit sa garde.

— Madame, les instructeurs du cardinal vous ont bien enseignée en ces trois années et je vous sens capable de tenir votre rang face aux Espagnols comme aux Frondeurs. Cependant...

Il hésita.

— Cependant ? demanda-t-elle avec vivacité.

— Monsieur de Frontignac ne vous a-t-il rien appris ?

— Ceci !

Il para une nouvelle attaque, assez classique dans la manière mais vive dans l'exécution.

Il sourit :

— Je connais ce tour de Frontignac qui peut en effet surprendre et vous le réussissez tout aussi bien que lui. Voyons encore... Et monsieur Le Clair de Lafitte, vous montra-t-il quelle botte porter à un roué adversaire ?

— Cela !

Le comte de Nissac para mais recula par jeu en encourageant Mathilde :

— Allons, madame, poussez, allongez cette botte de nouveau !

— C'est que vous êtes bien affligeant, monsieur, votre épée est partout à la fois !

Ils rompirent l'assaut et se regardèrent, étonnés une fois encore de se trouver réunis en un tel bonheur.

Après la soirée somptueuse organisée par le cardinal Mazarin pour fêter le « retour » du comte, celui-ci et Mathilde s'en étaient allés à Saint-Vaast-La-Hougue. Cependant, l'air désolé, Mazarin avoua ne pouvoir leur laisser que quelques jours : bientôt, les Foulards Rouges devraient reprendre attaques et coups de main.

Le comte s'émerveillait à chaque instant de Mathilde. Non point qu'elle fût devenue baronne, encore qu'il en fût très reconnaissant au Premier ministre. Son admiration provenait de l'assiduité de la jeune femme à des choses auxquelles elle n'entendait rien trois ans auparavant et où elle excellait aujourd'hui. Mieux encore, demeurant très féminine, la jeune baronne se montrait l'égale des hommes là où l'on n'attend point une femme. Craintive devant les chevaux à l'époque où le comte la prenait sur le devant de sa selle, elle était aujourd'hui cavalière de grande classe, intuitive, infatigable et cependant économe de sa monture.

Pareillement, à l'épée, elle tenait sa place avec fougue, intelligence et détermination. Et au combat, sans doute valait-elle mieux que bien des officiers d'infanterie.

Aussi Nissac, qui était homme de bonne foi, songea qu'un jour peut-être, les femmes égaleraient les hommes en toutes choses, et que ce serait alors justice.

Il tapa de nouveau du talon de sa botte. Mathilde se remit aussitôt en garde, épée haute et une main sur la hanche, à la manière élégantissime des seigneurs de Nissac.

— Voyons, madame, ce que vous a appris le lieutenant Maximilien Fervac, meilleure lame de mes Foulards Rouges mais aussi des Gardes Françaises !

Mathilde attaqua avec un mordant qui ne laissait point deviner l'état de grande fatigue où elle se trouvait.

Le comte enraya l'attaque mais dut, pour ce faire, déployer davantage de ressources que les fois précédentes.

— Bravo, madame !... Le coup était redoutable et tortueux on ne peut davantage, en quoi je reconnais bien Fervac !

Il l'observa plus attentivement.

— Es-tu fatiguée ?

— À peine.

— Cette leçon, après le voyage à cheval depuis Gien, c'est trop.

Ils étaient arrivés la veille, comme le soir commençait à tomber.

« Mousquet », le chien noir et feu du comte qui attendait depuis des années le retour de son maître près du pont-levis, s'évanouit pour tout de bon et son corps manqua basculer dans les douves. Nissac, très inquiet, avait sauté de cheval et ranimé son chien en lui donnant quelques légers soufflets... et un baiser sur la truffe humide dès que la pauvre bête ouvrit les yeux... pour s'évanouir à nouveau – mais tout faussement – tant il prenait grand plaisir aux caresses du comte.

Il faillit en être de même avec le couple de vieux serviteurs qui commençait à ne plus écarter l'idée selon laquelle le dernier comte de Nissac se trouvait mort et enterré.

Mais le sens du devoir l'emporta sur l'émotion et, au dîner, on servit un délicieux potage de dindon à la chicorée, cailles grasses, tourtes de blanc de chapon ainsi que beignets dorés à la confiture de groseilles.

Puis le comte fit visiter le château à la baronne qui s'émerveilla des salles voûtées, des tours à créneaux dominant la mer aux reflets scintillants et la campagne qu'on distinguait mal malgré un fort joli clair de lune. On s'arrêta à la chapelle et Mathilde, en la salle d'armes, regarda avec stupeur des armures vieilles de plusieurs siècles. Enfin, au-dessus de la porte du donjon, il lui montra une date gravée et à demi effacée par le vent et le sel marin contenu en l'air : 1111.

Il sourit.

— Mon lointain ancêtre activa les travaux pour que le château fût achevé en l'an 1111. Premier, toujours premier, le chiffre « 1 ». Point de second ou de troisième. Avec les siècles, le mot changea et c'est avec légère drôlerie que de Nissac à Nissac, de père en fils, on se soufflait : « Quatre fois meilleur ! ». Tu comprends que j'hésite à dire sa date de construction, de crainte soit qu'on me croie alors vaniteux, soit qu'on pense que l'endroit est vraiment trop ancien. Mais puisque tu seras un jour comtesse de Nissac, tu dois savoir qu'avant existait autre château sur les fondations duquel celui-ci fut bâti. Le premier comte de Nissac dont on retrouve traces remonte à l'époque du roi Lothaire, l'avant-dernier des rois carolingiens : te voilà bientôt, mon tendre amour, portant nom plus ancien que celui des Bourbons qui eux le savent, et se gardent d'en jamais parler !

Il lui vola sa réponse en l'embrassant sur les lèvres puis, prenant la baronne dans ses bras, le comte la mena en sa chambre qui donnait sur la mer.

« Mousquet », couché au pied du lit, s'endormit aussitôt qu'il s'allongea.

Les amants ne s'abandonnèrent au sommeil que beaucoup plus tard...

Ils chevauchaient à la limite des vagues.

Au loin, dans la lumière d'argent et de violette d'un ciel tourmenté, on distinguait l'île de Tatihou. À l'approche des chevaux, des mouettes paresseuses s'envolaient sur quelques toises, se reposant aussitôt en un froissement d'ailes pour chercher leur nourriture dans le sable humide.

Le vent salé et piquant rosissait les joues de Mathilde, la rendant plus désirable encore aux yeux du comte.

Ils arrêtèrent les chevaux.

— Comme j'aime ton pays ! dit Mathilde.

— Il est pourtant bien rude, presque brutal !

— Il est des beautés brutales : toi !

Il rit.

— Je ne suis point beau, et ne souhaite point l'être sauf si la chose est pour toi de quelque importance !

Ils passaient du « vous » au « tu » par jeu, ou selon les circonstances. Ainsi le vouvoiement était-il de rigueur lors des leçons d'escrime, d'autant plus sérieuses que le comte, dès le matin, enseigna à la jeune femme le secret de ce coup redoutable qui lui venait de ses ancêtres et tuait l'adversaire au premier miroitement d'épée. Certes, il fallait envisager bien des leçons encore mais la très jolie baronne manifestait tant d'heureuses dispositions qu'en toutes choses les délais se trouvaient raccourcis.

Ils descendirent de cheval et elle lui prit la main.

— Je n'avais jamais vu la mer. En la découvrant ce matin, depuis le donjon, il me semble que je ne pourrai jamais plus vivre en l'étroitesse des villes.

Nissac grimaça :

— Un époux vieillissant, un couple de vieux serviteurs qui n'est point éternel, un chien si terrible qu'il s'évanouit comme une jeune vierge, le vent, la mer, un très vieux château ; es-tu bien certaine que Paris ne te manquerait point ?

— Tout d'abord, tu n'as que dix ans de plus que moi, c'est dire le peu qui nous sépare mais en aurais-tu vingt où trente, cela ne changerait point les dispositions qui sont en mon cœur ! Ensuite, tes serviteurs t'aiment et m'aimeront de t'aimer comme je t'aime ; et à propos, j'aime aussi ton chien assez courageux pour attaquer un sanglier comme il le fit l'automne dernier, m'a-t-on dit, et cependant j'aime plus encore son cœur de petite fleur qu'une émotion chavire comme un vent léger couche la clochette d'un coquelicot. J'aime nos chevaux côte à côte et bien au chaud en l'écurie quand dehors la nuit est froide, que le vent souffle en fureur sur la lande et qu'on entend le cri de la chouette. Oh oui, que j'aime le vent, qui a ta violence, et la mer, qui a ta constance. J'aime ton vieux château que les siècles n'ont point ébranlé, tout ce temps ruisselant sur ses murs. J'aime tous tes livres, les latins dont j'ai l'entendement, et ceux écrits en grec, que tu m'apprendras bien rapidement. Mais surtout, c'est toi que j'aime ! Si je te perds, j'avancerai en cette mer jusqu'à y disparaître.

Il l'embrassa avec fougue.

40

L'homme au masque d'argent était fin politique, quoiqu'il se gardât d'en faire trop étalage. Il n'empêche, en ces affaires qui agitaient le royaume depuis tant d'années, il sentait la lassitude qui gagnait les deux camps. Dès lors, il semblait certain qu'on allait se hâter d'en finir, presser de part et d'autre les troupes épuisées et aboutir enfin à l'écrasement total et définitif d'une des deux factions.

Après cela...

Il sourit. Il comptait de la famille et des amis puissants parmi les partisans du roi comme chez les Frondeurs et ne redoutait rien, quel que fût le vainqueur.

Ses craintes venaient d'ailleurs, d'un domaine qui relevait de la passion et l'homme savait qu'il ne pouvait dominer celle-ci. Pourtant, il s'y était essayé, non sans succès, pendant ces trois dernières années.

Il s'étonnait de cette maîtrise qui lui permit alors de ne plus s'abandonner aux délices du crime, se convainquant de l'horreur de tous ces jolis corps possédés puis écorchés vifs.

Il priait plusieurs fois par jour et, sans y voir contradiction, s'étourdissait de femmes. Courtisanes ou dames de la Cour, servantes ou Frondeuses effrontées, elles se succédaient en son lit et bien qu'il prît grand plaisir à les humilier, au moins ne pouvaient-elles y voir matière criminelle quand, pour sa part, il trouvait ainsi légère compensation à ce manque définitif : tuer.

Tuer à petit feu, tuer en lacérant la peau blanche au stylet, tuer en se laissant bercer par les hurlements des victimes, tuer en mutilant ce qu'il admirait peu auparavant, tuer pour rendre hideuse la beauté.

Tuer pour exister, peut-être.

Mais il n'y voulut point penser pendant cette période de lutte avec le diable, ces trois années d'abstinence si pénibles et dont il ne lui serait point tenu compte au jour du jugement dernier.

Alors à quoi bon ?

Pourquoi avoir rappelé ses rabatteurs, récupéré et détruit les portraits de la belle inconnue afin de ne point être tenté de succomber à l'envie ?

Pourquoi s'être interdit de contempler la statuette où la merveilleuse femme brune lui coupait le sexe à l'aide de ciseaux d'argent ?

Lucide, il n'ignorait pas la véritable raison qui le poussait à renouer avec les horreurs passées.

Non point tant l'idée de la damnation, car il savait n'y pouvoir échapper, deviendrait-il un saint... d'ailleurs la chose, des plus impossibles, le fit sourire.

Ce qui l'affolait, le poussait vers le mal absolu, tenait à son pronostic politique : la fin de la guerre civile. Louis XIV, vainqueur, imposerait l'ordre et le prince de Condé, s'il l'emportait, n'agirait point autrement. C'en serait terminé des troubles et de ce qui leur fait toujours escorte : viols, crimes impunis, violences multiples non réprimées. On installerait en tout le royaume des gens de police, on ferait partout des exemples, on en reviendrait à la vertu et à la religion. Le voilà bien, l'ordre, quand le désordre politique où les foules s'exaspèrent est prétexte à fêtes incessantes, luxure, débordements. Ce monde libre – dont il savait profiter abusivement – disparaîtrait. Des ténèbres aux lueurs grises succéderaient aux nuits de folie traversées des stries rouges du désir enfin assouvi.

L'Écorcheur ne pouvait supporter l'idée du retour à la normale.

Tout ce qui faisait sa vie lui échapperait alors sans espoir de retour. Le voudrait-il pourtant, souhaiterait-il à toute force posséder un de ces jolis corps de femmes pour lui ôter finement la peau qu'il ne le pourrait plus ou s'exposerait à être rapidement démasqué.

Il rit, un peu faussement, derrière son masque d'argent.

— Démasqué, voilà bien le mot !

La luxueuse voiture à chevaux cahotait sur une mauvaise route et l'Écorcheur resta songeur. Dix minutes plus tôt, de peur que le carrosse ne versât en une profonde ornière, le marquis Jehan d'Almaric l'avait prié de descendre et de suivre à pied où il se salit fort, se crottant de boue jusqu'au bas des cuisses.

Ces voyages pour arriver au lieu du « sacrifice » le fatiguaient. Trop loin, beaucoup trop loin !

Ne devrait-il pas plutôt chercher accueillante petite chaumière, tout à fait isolée, et proche de la capitale ?

Et pourquoi pas le charmant petit village d'Auteuil, à une lieue de Paris ?

L'homme au masque d'argent jeta un regard las au paysage triste et brumeux.

Tout cela l'épuisait. La vie elle-même ne l'intéressait plus guère. La veille, à cheval, il avait parcouru les rues de Paris, ville qu'il aimait entre toutes pour sa grande variété. Les tanneurs le long de la Bièvre, la rue Saint-Jacques et ses librairies, les quartiers pauvres de Maubert et du Faubourg Saint-Marcel, le quartier du Louvre qui semble un des plus vieux de Paris, les rues si étroites qu'en certaines on se peut tendre la main d'une maison à l'autre. Paris et la puanteur des ordures jetées par les fenêtres en les quartiers où ne fonctionne point le service de « l'enlèvement des boues ». Paris et ses mille huit cents cabarets, auberges, tavernes et bouchons. Ses théâtres populaires où se donne la pantomime, où l'on fait grande place à la surprise, à la satire, au merveilleux et à la fantaisie avec le concours de jeunes comédiennes belles et capricieuses, comme celle qui habitait rue Saint-Landry et qu'il avait violée sans trop de conviction voici quelques mois... Sortait-on hors les murs qu'on trouvait jardins et champs de blés, ou encore les vignerons d'Ivry, les chants d'oiseaux troublant parfois le silence de la campagne. Quitter cette ville étonnante pour Saint-Germain, Fontainebleau ou cette petite chose ridicule et hideuse appelée Versailles, fallait-il que les gens de Cour fussent fols !

L'Écorcheur soupira derrière son masque d'argent.

Il se sentait brusquement très vieux. Sa vie brûlait comme la mèche d'une chandelle une nuit de veille et l'envie de freiner le cours des choses ne le prenait plus guère. Il se considérait, à juste titre, comme un des personnages les plus importants du royaume mais qu'était-il à ses propres yeux ? À peu près rien qui lui semblât respectable. Trop de luxe, trop de plaisirs. Ceux-ci se trouvaient usés, gâchés et relevaient de l'habitude. Les femmes, la grande cuisine, les meilleurs vins, la chasse, la guerre : il connaissait tout cela depuis si longtemps qu'il n'en attendait plus aucune satisfaction.

Mourir, peut-être. Souffler enfin, se reposer à jamais en un cercueil de plomb déposé en une fosse aux parois de marbre où l'attendaient sans impatience ses ancêtres momifiés... comme ils l'étaient déjà de leur vivant !

Il se sentait au cœur du problème pour la première fois de son existence. Lyrique, il songea qu'il possédait enfin la clé taillée en un rayon de lune qui ouvre la serrure de cristal du grand mystère de la vie et qui se résumait à cette question qu'il se posait sans cesse : « À quoi bon ? » Et sans doute cela signifiait-il que son temps humain s'achevait car formuler cette question, se la poser, voulait dire qu'il abandonnait l'idée de lutte qui est le ressort même de l'existence. Par cette brèche s'immiscerait sans doute la maladie qui triomphe et terrasse les corps dont l'âme cesse de lutter. Ainsi se passeraient les choses, et la mort, il le sentait, arrivait à grands pas.

Il sourit cruellement en s'imaginant cloué au lit, et le cortège des incompétents qui lui ferait escorte. Il se souvint des agonies auxquelles il avait assisté jadis, de Richelieu à Louis XIII et tant d'autres grands seigneurs. Par jeu, il déforma sa voix pour lui donner tour de pédanterie et, faisant appel à sa prodigieuse mémoire, imita le discours des médecins en la solitude de son carrosse :

— Monseigneur, ne craignez rien ! La saignée, dite phlébotomie, se fait avec une lancette pour tirer le sang corrompu ou superflu en dedans des veines. Nous y ajouterons la purge, avec clystère, pour arrêter l'obstruction en les boyaux et amollir la matière. Pour cela, nous emploierons de l'eau pure additionnée de lait, de son, d'herbes en décoction avec un peu de sucre rouge ainsi que du miel. Mais comme il vous viendra de ce traitement grande lassitude, nous combattrons celle-ci avec bouillon de vipères. Voilà qui vous évitera hydropisie, qui donne gros ventre de vilaine allure. Vous irez peu ensuite à Forges, pour y prendre les eaux. Vous serez alors, monseigneur, en grand appétit de vivre !

L'Écorcheur resta un instant silencieux, le regard perdu vers le ciel gris où volaient quelques corbeaux, puis il ajouta d'un ton sec :

— En grand appétit de vivre... Ou bien je serai mort, ne fût-ce que pour échapper à la médiocrité de vos personnes !

Déjà, le carrosse ralentissait et les deux officiers d'escorte sautaient de cheval.

Il s'agissait d'une baronne de noblesse modeste et récente aperçue il ne savait plus en quel jardin. Montée sur une haquenée, un de ces petits chevaux plaisants qui va l'amble et sur lequel elle ne manquait point d'allure, elle avait ébauché un bien charmant sourire en croisant un personnage de si haute importance dont le regard insistant et prometteur flatta son orgueil et la rassura, bien qu'elle se sût belle depuis toujours.

Cependant, elle signait ainsi son arrêt de mort, étant promptement enlevée deux jours plus tard. Au reste, l'affaire fut délicate, la jolie baronne se trouvant assez gardée puisqu'on la disait maîtresse du comte d'Harcourt qu'elle trompait – mais ce n'était point le premier Harcourt qui fut cocu !

Lorsqu'elle se trouva nue devant l'homme au masque d'argent, tandis que le vérolé et la borgne la tenaient chacun au poignet, son attitude surprit Jehan d'Almaric qui attendait, légèrement en retrait, en son habit qui le faisait faussement passer pour cocher.

La jolie baronne sourit à l'Écorcheur, sans marquer la moindre frayeur. En l'esprit de la jeune femme, qu'occupait pour grande place la cupidité, son enlèvement perdait tout caractère tragique en découvrant celui qu'elle perçut comme son futur et « très doux tourmenteur ».

Un seigneur, un très puissant seigneur à n'en pas douter à la vue de son justaucorps de velours noir à boutons d'or, de la perruque de très grand prix, des diamants, émeraudes et rubis qui ornaient ses doigts ainsi que de ce masque en argent massif.

Elle savait qu'il la prendrait. Ne lui avait-on point ôté sa belle robe volumineuse et sans vertugadin ?

Les événements, inquiétants voici peu, s'éclairaient d'un autre jour. Ce riche seigneur, envoyant pour l'enlever toute une canaille de bateliers, charretiers et portefaix, ne voulait que posséder son corps qu'on disait magnifique. Si elle savait se montrer habile, ce dont elle ne doutait point, elle parviendrait, par ses caresses, à se l'attacher pour en tirer les meilleurs profits.

Libérée de l'étreinte de ses geôliers décontenancés, elle se tourna, nue, pour montrer sa beauté sous un autre aspect.

Derrière son masque d'argent, l'homme fatigué fut étonné d'une telle attitude qui rompait avec celles de ses anciennes victimes.

Il fut cependant plus surpris encore lorsque la jeune femme s'agenouilla devant lui pour lui donner plaisir rapide.

Lorsqu'elle se releva, essuyant ses lèvres d'une main délicate, l'Écorcheur l'observa longuement en frottant ses doigts comme une mouche fait de ses pattes :

— Vous m'avez donné bien du bonheur, madame, toutes n'ont point votre complaisance !... Cependant, en me plaçant en cette disposition, considérez que je vais avec vous en prendre davantage encore.

Il tendit la main.

Jehan d'Almaric y plaça aussitôt un stylet.

L'Écorcheur le saisit et toisa la baronne puis, d'une voix sèche au débit saccadé :

— Puisque tu ne l'as point fait encore, chienne, voici venu l'instant de hurler ton désir de vivre !

Le marquis Jehan d'Almaric demeurait perplexe.

Après trois années d'abstinence, son puissant maître changeait ses habitudes. Ainsi la tête de sa victime se trouvait épargnée, sans la moindre blessure, une expression de terreur absolue marquant ses traits.

Le marquis jeta un regard rapide à cette tête décollée du corps et posée en un joli panier d'osier. En revanche, il évita le cadavre écorché, semblable à ces serpents ou à ces lapins dont on retourne la peau.

Seul dans la pièce avec l'homme qui avait ôté son masque d'argent, le marquis le trouva vieilli.

Assis sous le manteau de la cheminée tel un paysan, le très haut seigneur, indifférent à l'horrible cadavre tout proche, lampait un plat pauvre de campagne, une soupe au pain mitonnée en du jus de viande, mordant parfois en une fougasse cuite sous la cendre, toutes choses que la femme borgne destinait à son repas mais fut flattée d'offrir à « monseigneur » dès que celui-ci, sa sinistre besogne achevée, manifesta quelque appétit.

Jehan d'Almaric demeura fasciné, ne pouvant s'imaginer qu'il s'agissait là d'un homme de si haut lignage. L'inquiétude le gagnait tandis qu'il pensait : « Est-ce là celui que je sers ? Est-ce le cruel et puissant chef qui pourrait gouverner le royaume si quelques décès bienvenus lui offraient cette chance ? Mais qu'est-ce donc, ce paysan sans manières qui lampe sa soupe comme un porc, le dos arrondi ? S'il n'était une des plus grandes fortunes du royaume, que sa cupidité alimente ainsi que les ruisseaux le font d'une rivière, je ne resterais point ! »

L'Écorcheur grogna :

— Trop près de la cheminée, voilà que c'est brûlant. S'en éloigne-t-on, on gèle !

Le marquis s'approcha.

— Il fait froid comme en décembre, monseigneur. Et il va neiger de nouveau.

— Je sais, mon âme est glacée.

— Je pensais au corps, monseigneur.

— D'Almaric, séparez-vous le corps en tant qu'il est la vie même de l'âme que l'on entend comme lieu des sentiments ?

— Je ne les sépare point, monseigneur. Le problème

est plutôt de savoir comment ils sont en dépendance l'un de l'autre, et en quel ordre.

— La question est intéressante mais moins que cette autre : où vont nos pauvres âmes quand la mort vient ?

— Elles sont immortelles, monseigneur.

L'Écorcheur secoua la tête en riant.

— C'est plaisant que vous soyez en telle certitude, voilà qui me réconforte, marquis. Et d'où le tenez-vous ?

— Mais de Platon, Monseigneur.

L'Écorcheur demeura longtemps songeur.

Au bout d'un moment, d'Almaric toussota avec politesse et demanda :

— Que fera-t-on du corps, cette fois ?

— Nous rapportons cette jolie tête, que je la puisse conserver en liquide bienfaisant et la contempler avant que de m'endormir, car ainsi en sera-t-il à présent. Quant au corps, faites-le déposer aux marches d'une église. Que cette charmante et amusante baronne, qui m'a donné bien du plaisir, ne soit pas sans le secours de la religion même si vous m'avez garanti la survie de l'âme.

— Doit-on brûler le cadavre ?

— Non point, marquis. Un corps sans tête et écorché n'a plus de nom et n'en trouvera jamais.

— Mais...

— Une charogne. On l'enterrera après que monsieur de Galand, s'étant donné l'air important, aura renoncé à savoir qui elle était. Ne vous inquiétez point, marquis, mon jugement est habile quand ma tranquillité en dépend.

L'Écorcheur soupira et ajouta :

— Ceux qui, au vu de mes nouvelles dispositions, ne me sont plus utiles, n'ont pas à traîner sur cette terre désolée une existence qui pourrait représenter un danger, fût-il très lointain. Marquis, me suis-je bien fait comprendre ?

— Monseigneur, toutes choses seront exécutées en ce sens et selon votre désir.

— Et qu'on me retrouve enfin cette femme que vous savez !

— Je ferai activer les recherches, Monseigneur.

— Nous rentrons, d'Almaric !

41

Le maître verrier vit venir le marquis d'Almaric avec une certaine frayeur. Au reste, depuis le premier jour, il redoutait cet homme au regard froidement calculateur.

Pourtant, cette fois, le marquis ne semblait point en son habituelle disposition lointaine. Étrangement, son regard manifestait une certaine sympathie et quelque chose de désolé.

Le faux cocher observa l'atelier baigné d'une lumière rougeâtre qui provenait du four. Il regardait ce lieu avec quelque nostalgie, comme s'il ne devait le jamais revoir et le maître verrier se prit à espérer qu'il s'agissait peut-être de sa dernière mission.

Jehan d'Almaric ôta ses gants de daim et passa une main sur ses yeux, en un geste coutumier aux gens fatigués restés fort longtemps sans dormir.

Puis, son regard devenu inexplicablement plus dur, se posa sur le maître verrier :

— Sais-tu pourquoi je suis venu ?

L'homme émit un bruit de gorge assez désagréable et le marquis, fermant un instant les paupières, hocha la tête.

— C'est vrai que nous t'avons arraché la langue...

Il marqua un temps et ajouta en baissant la voix :

— Ainsi ne vas-tu point m'accabler de reproches.

D'un geste lent, le marquis sortit un poignard de sous sa cape.

— Tu as compris, n'est-ce pas ? Il en est ainsi et

c'est chose fort injuste car tu as accompli excellent travail mais le seigneur que je sers ne veut plus de toi. Sans doute en sera-t-il pareil pour moi un jour prochain si je ne sais fuir à temps.

Il avança vers le maître verrier qui, reculant pas à pas, heurta bientôt un des murs de l'atelier.

Le marquis d'Almaric haussa les épaules, navré, en regardant l'homme qui tremblait de tout son corps puis, d'un ton neutre, il murmura :

— *Spiritus promptus est, caro autem infirma.*

Il lança son bras de bas en haut.

La lame heurta durement une côte puis, dérapant sur celle-ci, plongea dans le cœur du maître verrier qui s'effondra sans vie tandis que le marquis traduisait :

— L'esprit est prompt, mais la chair est faible.

Il soupira et, se baissant, essuya la lame de son poignard sur la chemise d'étoffe dure et rapiécée de sa victime en ajoutant :

— Jésus-Christ au mont des Oliviers, saint Matthieu, chapitre 26, versets 36 à 41.

Il jeta un regard au four rougeoyant et sourit.

Ils avaient chevauché toute la journée et le jour déclinait très vite.

Par des courriers, le comte de Nissac et la baronne de Santheuil savaient que la Cour, depuis Tours, allait gagner Blois et c'est en cette ville qu'ils pensaient rejoindre le Premier ministre.

Le temps exécrable rendait les liaisons difficiles, voire hasardeuses. Écrivant au cardinal trois jours plus tôt, Nissac avait trouvé le couvercle de l'encrier comme soudé par le gel. À l'intérieur, l'encre avait gelé elle aussi et il fallut la réchauffer.

Au pas, le comte et la baronne avançaient la tête baissée sur l'encolure des chevaux, tentant de résister au froid, au vent coupant et à la neige qui tombait d'abondance.

Sentant l'extrême fatigue de sa compagne, le comte

lui désigna de sa main gantée un moulin isolé et qui, vu de loin, évoquait quelque grand oiseau aux ailes figées par le froid glacial à l'instant de son envol.

Mathilde de Santheuil approuva en hochant la tête car le vent soufflant en tempête emportait les paroles avant qu'on les puisse distinguer.

Arrivé sur place, le comte de Nissac ne s'encombra point de précautions et força la porte d'un coup de botte, non sans une pensée attristée pour son ancien Foulard Rouge Nicolas Louvet, maître en l'art d'ouvrir les serrures avec une infinie douceur.

Quelques souris s'enfuirent à leur entrée.

Ramassant des fagots, le comte alluma un feu devant lequel il plaça d'autorité la baronne qui grelottait, puis il mena les chevaux en l'emplacement où le meunier, sans doute replié sur un village voisin, faisait habituellement tenir son âne ou son mulet. Il dessella le grand cheval noir et l'alezan de la baronne, les frotta en grande énergie avec de la paille, puis rejoignit celle qu'il aimait et qui semblait à présent retrouver meilleur aspect, les mains étendues devant les flammes.

Il lui sourit.

— J'étais au supplice, en t'entendant claquer des dents. D'aussi jolies dents, les ébrécher eût été grande offense à la beauté.

Il couvrit de sa cape noire les épaules de la jeune femme puis l'enlaça en disant :

— L'endroit est fort modeste mais nous y sommes à l'abri de ce vent glacé, de la neige et du froid.

Le regard perdu vers les flammes, un sourire aux lèvres, Mathilde posa sa tête sur l'épaule du comte.

— En te voyant la toute première fois, j'ai songé à des châteaux en Espagne. Puis, te connaissant, je n'ai plus rêvé que de ton vieux et fort château qui défie la mer et le temps. Le rêve s'altérait parfois, comme lorsque tu partis bien matin ou quand je ne trouvais pas mes mots, voulant te dire « Vous êtes gentil de me venir voir » et restant sans voix.

Nissac ouvrit les mains, paumes offertes, en signe d'impuissance.

— Mais... Il fallait me parler, me faire mander... J'étais moi-même si impressionné par ta beauté et cette idée que tu serais la seule femme de ma vie.

Elle se redressa et le regarda. Ses yeux rieurs et une petite fossette qui lui venait dans les instants de bonheur bouleversèrent le comte. Enfin, elle lui dit :

— Je t'aimerais pareillement si nous devions passer notre vie dans ce vieux moulin. À présent, toutes choses s'ordonnent autour de toi.

La pièce commençait à se réchauffer et le comte sortit d'un vieux sac de cuir une grosse miche de pain et une terrine contenant un pâté de tourterelles.

Ils mangèrent devant le feu, Mathilde évoquant ses craintes d'affronter à nouveau la Fronde, celle-ci ayant pris l'allure d'une terrible guerre civile tant monsieur le prince de Condé montrait de stupéfiante détermination et une audace des plus chanceuses.

Le comte de Nissac eut un geste désabusé.

— Les nouvelles sont parfois contradictoires mais dans l'ensemble, assez mauvaises. Depuis que Gaston d'Orléans s'est allié à Condé, les hésitants fléchissent et certains rejoignent les factieux. Autre mauvaise nouvelle, le coadjuteur, le prince de Gondi, a été élevé à la pourpre par le pape Innocent X et le voilà qui prend le nom de Retz. Il est certain qu'une partie importante du clergé se ralliera à ce nouveau cardinal. Aux Pays-Bas, le duc de Nemours, agissant pour Condé, a organisé une armée qui est parvenue à passer la Seine à Mantes en bousculant nos arrière-gardes. Il est probable que cette armée fera sa jonction avec celle levée par Gaston d'Orléans et que l'ensemble sera placé sous les ordres de Beaufort, qui reste un imbécile, mais devient dangereux.

Tout en parlant, le comte coupait des tranches de pain avec ce poignard qui avait tué tant d'hommes. Il mangeait lentement et Mathilde l'observait. Elle aimait chacun de ses gestes et sa manière générale. Sa voix, son regard, tout la bouleversait.

Un instant, elle oubliait la guerre civile, les images atroces du siège lorsqu'on pendait des inconnus sur le vague soupçon qu'ils fussent des « Mazarins ».

Le repas terminé, le comte ouvrit la porte et elle le rejoignit, se serrant contre lui.

Il ne neigeait plus, le vent était tombé. Il ne restait qu'un paysage magnifique d'un blanc bleuté par le reflet des étoiles et tout inondé de lune.

— Comme je suis heureuse ! murmura-t-elle.

Le comte se plaça derrière elle et serra sa taille de ses bras puissants.

— Allons nous coucher.

Tout en haut, le meunier avait entreposé de la paille fraîche sur laquelle ils s'allongèrent, enlacés, et enveloppés dans la longue cape noire du comte.

À travers les planches disjointes du toit, ils pouvaient distinguer la lune et les étoiles.

Ils avaient fait l'amour et se trouvaient en un état de grand calme tendre et apaisant.

Elle se serra plus fort encore contre lui.

— Je veux que nous vivions les mêmes choses au même instant, voir ce que tu vois. Oui, c'est cela, je voudrais voir par tes yeux et que tu voies par les miens afin que nos pensées et nos âmes soient semblables pour que nous ne soyons plus qu'un.

Le comte se déplaça légèrement, faisant rouler son épée toujours à portée de main.

Prenant la jeune femme à la taille, il la souleva et la coucha sur lui. Leurs bouches se touchaient presque. Il lui murmura :

— Je verrai la vie à ta façon car j'aime comme tu aimes, comme tu me l'as appris, et je m'émerveille des chemins enfouis de la vie : il m'a fallu cette enfance d'orphelin, toutes ces guerres et cette morne existence pour arriver jusqu'à toi que je chéris. Il y a là grande magie qu'il fallut ainsi emprunter une longue et obscure galerie souterraine pendant tant d'années pour aboutir en la seule grâce et la lumière de ta présence.

— J'ai si peur de te perdre encore !

42

Bien qu'il ne fût, officiellement et pour question de commodités, que lieutenant criminel du Châtelet, Jérôme de Galand, par acte secret et scellé, mais portant les sceaux appropriés, cosigné par le cardinal Mazarin, Premier ministre, et Louis XIV, roi de France, occupait la charge de général de police du royaume, créée à sa seule destination.

Il détenait en permanence un pli signé du roi obligeant quiconque, et jusqu'aux plus puissants ministres, à servir en toutes choses, tous lieux, et toutes circonstances « le porteur du présent document ».

Mais tout cela ne grisait guère Jérôme de Galand. Il s'acquittait de sa tâche avec un génie qu'on ne lui pouvait contester, organisant les réseaux d'espionnage, formant agents d'influence et agents provocateurs, établissant un fichier des partisans de la Fronde et de leurs sympathisants tandis qu'un autre contenait les noms des sujets dont la fidélité à la couronne se situait au-dessus de tout soupçon, créant un service financier autonome à toute fin de rémunérer tous les quinze jours ses espions, réussissant ainsi à leur assurer une certaine sécurité qui hâtait leur sûreté en le métier, inventant de toutes pièces une école où l'on formait des hommes destinés à infiltrer le commandement du prince et de ses généraux tandis que, simultanément, il cédait à une remarquable intuition en mettant au point un service de contre-espionnage redoutablement efficace.

Le roi et le Premier ministre n'en doutaient point,

Jérôme de Galand venait d'inventer la police moderne et l'espionnage des temps à venir.

Ils tenaient également pour certain qu'en cette concurrence, les services du prince de Condé accumulaient un retard d'un bon siècle. Pourtant, le chef de la Fronde, trop infatué de lui-même et sûr de ses succès, n'en avait point conscience.

Mais Jérôme de Galand, élevé au titre de baron, se battait moins par amour de la monarchie que par haine de la Fronde. Ce retour vers le féodalisme des temps révolus lui soulevait le cœur en cela qu'il portait le germe de la division et le morcellement du royaume que le général de police, secrètement, appelait « la Nation ». C'est pour cette raison qu'il estimait profondément le comte de Nissac qui, sans jamais prononcer le mot mille fois chéri de « République », en laissait suffisamment deviner sur leur commune aspiration.

Cependant, d'un point de vue strictement professionnel, le baron de Galand, si brillant fût-il par ailleurs, gardait un goût prononcé pour la police criminelle qui, selon lui, exigeait des qualités précises : don de l'observation, esprit d'analyse, dispositions pour la synthèse.

Aussi observait-il longuement le corps de la femme écorchée et retrouvée sur les marches d'une église de Saint-Maur.

Cette fois, l'Écorcheur laissait sa besogne inachevée, soit qu'il eût été dérangé, soit que la fatigue eût fait retomber son bras.

De Galand réfléchit, envisageant avec la plus grande froideur les deux hypothèses.

Dérangé, l'Écorcheur ? Difficile à croire. Le peu qu'on savait faisait état de gardes du corps, de lourd carrosse à six chevaux, d'armoiries couvertes de boue séchée afin qu'on ne les pût reconnaître. L'homme de la police criminelle savait que celui qu'il traquait appartenait à la haute aristocratie et qu'un si puissant seigneur possédait d'évidence les moyens d'assurer pleinement sa sécurité fût-ce, et même surtout, lorsqu'il écorchait une femme.

Même si, par esprit de prudence, le « premier policier du royaume », comme disait de lui le Premier ministre, ne pouvait totalement écarter cette hypothèse, il la considérait cependant comme très improbable.

Restait la fatigue. Physique, et peut-être morale. La vanité de tout cela. Dans tous les cas, après trois années d'abstinence, l'Écorcheur ratait en partie son retour.

De Galand remarqua immédiatement que la poitrine et le sexe ainsi que les régions voisines relevaient d'un « soin » particulier. Faisant d'un geste retourner le cadavre par un de ses officiers, il découvrit sans surprise que les fesses, elles aussi, montraient grand acharnement du stylet de l'assassin. Après...

Après, plus guère de rigueur. Aucun membre ne restait intact mais certains, comme le bras gauche, à demi écorché seulement.

— Lavez les parties du corps qui n'ont point été écorchées. Faites un travail propre.

Les officiers du général de police s'exécutèrent aussitôt, avec grands soins et égards pour le cadavre posé sur une table. Pendant ce temps, Jérôme de Galand suivait la scène tout en réfléchissant, le menton au creux de la paume.

D'où venait le désir de l'Écorcheur ? Où puisait-il sa source, en quel tour d'esprit dévoré par la perversion ?

Galand savait qu'il était arrivé trop tard, la raideur du cadavre empêchait un examen poussé mais une fois déjà, se trouvant sur les lieux assez rapidement, n'avait-il pas remarqué traces de semence en l'organe intime de la victime ? Sans doute l'Écorcheur violait-il les malheureuses avant de leur ôter la peau, comme s'il les punissait du désir qu'elles avaient suscité. Encore eût-il fallu savoir s'il s'agissait de « désir » ou d'un « besoin », mais le calcul en les crimes et la réflexion qui précédait leur accomplissement, en ce qu'ils traduisaient une volonté, inclinaient à choisir le mot « désir ».

« Intéressant ! » songea-t-il.

Pourquoi « punir » ? Ces femmes lui auraient-elles transmis une maladie ? Possible, mais la chose, fort banale, n'appelle point pareil châtiment aussi loin que remontèrent sa mémoire et les archives consultées.

Le général de police envisagea le problème sous un autre angle, comprenant que la question se trouvait peut-être mal posée.

Pourquoi un très grand seigneur punit-il des femmes en les écorchant ?

Il soupira.

Le désir de vengeance restait son hypothèse favorite car chez l'Écorcheur, on notait belle constance et peut-être vocation tardive. En outre, cet insistant désir de vengeance, sans doute combattu pendant la période dite d'abstinence, demeurait suffisamment fort pour obliger l'assassin à renouer avec ses crimes particulièrement odieux.

Quelles étaient les racines du mal, racines qui, probablement, remontaient fort loin dans le temps ?

Un haut seigneur : de qui, de quoi, pourquoi se venge-t-il sur des êtres qui, à ses yeux, ne semblent avoir qu'un seul défaut, leur nature de femmes ?

— Arrêtez ! lança Galand à ses officiers.

Il s'approcha, regarda fixement le cadavre. Puis, se tournant vers un petit homme chauve qui attendait une plume à la main, Galand ordonna :

— Notez !... Sur la partie face du corps, qui est la plus abîmée, on remarque un grain de beauté sur l'épaule gauche et une cicatrice sans doute fort ancienne dans la partie supérieure du genou droit... Retournez le corps !

Les officiers s'exécutèrent aussitôt et le général de police reprit de sa voix glaçante :

— Sur la partie dos du corps, on remarque un grain de beauté proéminent au-dessus de la hanche gauche et une tache de naissance à mi-hauteur du dos, en situation centrale de celui-ci. À la limite extrême de la décollation de la tête, au creux de l'épaule droite et du

cou mais sur le versant arrière de celui-ci, présence
d'une excroissance, sans doute une petite tumeur de
nature bénigne et très superficielle de la peau. À la
lisière des chairs des fesses écorchées où la peau a
totalement disparu, présence d'un duvet blond légèrement plus développé qu'il n'est courant.

Galand réfléchit un instant puis, adressant un signe
de tête à son secrétaire, il poursuivit :

— Inscrivez en lettres majuscules : « NOTES GÉNÉ-
RALES »... La femme avait entre vingt et trente ans. La
peau qui n'a point été écorchée est d'une grande douceur, très satinée et très blanche. La femme, outre cette
peau laiteuse, devait être blonde comme l'atteste un
léger duvet au bas du dos indiqué dans la description
précédente. La taille était moyenne, les épaules assez
fortes et rondes, les hanches larges et les jambes
longues et fines mais les chevilles un peu fortes ôtaient
légère grâce à l'ensemble. Les pieds sont assez étrangement petits et ne correspondent point à la taille. Mettez ce dernier point entre des parenthèses mais sou-
lignez-le deux fois... Messieurs, j'en ai terminé avec le
cadavre.

Il coiffa un chapeau noir d'un geste rapide et ajouta,
regardant ses officiers un à un :

— J'entends que toute disparition de femme remontant à deux jours pleins me soit signalée. Épouses, maîtresses, filles publiques, je veux tous les noms et où
elles logeaient. Vous procéderez de la façon suivante :
les disparitions de femmes blondes seront placées à
part de la liste commune. Vous mènerez votre action
au-delà de Paris, étendant les recherches à une zone
définie telle que je l'énonce : Longjumeau au sud,
Lagny à l'est, Gonesse au nord et l'abbaye de Port-
Royal des Champs à l'ouest. Envoyez les courriers
nécessaires. En outre, ce procès-verbal sera dressé en
la bonne forme et en quatre exemplaires que vous pré-
senterez à ma signature avant qu'il ne soit cinq heures
de relevé. Messieurs, à plus tard !

Galand quitta la pièce d'un pas rapide. Officiers et

secrétaires se regardèrent un instant en silence, puis l'un des officiers, le lieutenant Ferrière, déclara à mi-voix :

— Le baron est furieux !

Un officier plus jeune regarda son aîné en fronçant les sourcils.

— Il n'a haussé le ton à aucun instant, la voix est restée égale. Je ne vois là nulle trace de colère.

Ferrière sourit.

— Précisément, c'est en ces choses que je vois sa fureur. Tu apprendras à le connaître, il en vaut la peine !

43

La Cour se trouvait à Blois où Mazarin cachait sa tristesse car à Paris, les Frondeurs venaient de lui causer grand chagrin en vendant sa bibliothèque aux enchères.

Il reçut néanmoins avec chaleur le comte de Nissac et la baronne de Santheuil. Tous deux remarquèrent que le Premier ministre, en sa hâte à paraître devant eux, se trouvait fort mal poudré et qu'en outre sa bouche d'un rouge géranium causait curieux effet.

Après les paroles d'usage, Mazarin procéda à un rapide tour d'horizon de la situation qu'il interrompit brusquement pour donner libre cours à son amertume :

— Savez-vous ce qui se dit à l'armée des princes ?... Vous l'ignorez, bien entendu !... On y prétend avec impudence que bien trop longtemps ce pays a été gouverné par une reine espagnole et un Premier ministre italien !... Ils en sont là !... Ils ont osé, moi qui ne fais que penser au royaume quand ces messieurs marchent main dans la main avec nos pires ennemis, des étrangers, ceux-là, qui violent nos frontières et tuent nos soldats !

Toujours très subtil à saisir les atmosphères, Mazarin comprit qu'il perdait son temps, ni le comte ni la baronne n'étant à convaincre, figurant au contraire en le carré des fidèles parmi les fidèles.

Il changea de sujet :

— Cher Nissac, j'ai besoin de vous partout !... Gaston d'Orléans, qui nous a trahis tient à peu près Paris où vous pourriez faire excellente besogne. Mais je sais de bonne source que le prince de Condé a quitté Agen et, à marche forcée, tente de rejoindre les armées de Nemours et Beaufort. J'ai donc besoin de votre art pour le commandement de l'artillerie royale... Que faire ?

Le comte de Nissac, qui commençait à bien connaître Mazarin, décida d'attendre la réponse qui, pensait-il, ne tarderait pas.

En quoi il ne se trompait point car le Premier ministre reprit bientôt :

— Auriez-vous quelque réticence à marcher contre le prince de Condé qui fut votre chef quand vous commandiez son artillerie ?

— Vous m'avez déjà posé cette question, monsieur le cardinal, et ma réponse n'a pas varié : quand je commandais son artillerie, je n'eus point mésintelligences avec le prince de Condé que j'estimais mais il s'est placé hors de toute légitimité. Je n'ai donc plus d'ordres à recevoir de lui et tournerai mes canons contre ses armées sans qu'il en coûte ni à ma conscience, ni à mon honneur.

Le cardinal se frotta les mains.

— Parfait, parfait !... Nous procéderons ainsi : jusqu'aux premiers jours d'avril, vous commanderez mon artillerie car il n'est point douteux que l'armée royale livrera bientôt combat aux armées des princes. Si nous perdions...

Il se signa rapidement et reprit :

— ... La Cour serait capturée tout entière, le roi

humilié, moi massacré et je n'ose y penser. Quant à vous, mon cher Nissac, vous seriez tué au combat ou assassiné, ce qui couperait à toute mission ultérieure.

Mazarin donna à son visage un masque tragique de grand effet qui impressionna Mathilde de Santheuil mais laissa Nissac indifférent.

Le cardinal poursuivit :

— Si nous les écrasons, je sais d'intuition divine... et par mes services, que le prince de Condé gagnera Paris. Alors, vous ferez de même.

— Et quelle sera ma mission, monsieur le cardinal ?

— Mais elle ne varie guère, Nissac, toujours la même : désorganisez la Fronde sur ses arrières comme vous le fîtes si brillamment voilà trois ans et... Me trouver de l'or, beaucoup d'or, une autre de vos réussites, souvenez-vous, aux dépens du prince Volterra. Vous agirez bien entendu avec le secret concours du baron de Galand et l'aide de vos Foulards Rouges qui n'attendent que vous et meurent d'impatience de marcher sus à la Fronde.

Le comte réfléchit, visiblement contrarié. Le cardinal prit les devants :

— À quoi pensez-vous ?

— Après trois années, je crains que notre repère de la rue du Bout de Monde ne soit découvert.

Le cardinal sourit.

— La remarque est intelligente, Nissac, je n'en attendais pas moins d'un homme tel que vous. Oui, vous avez raison, la rue du Bout du Monde, il n'y faut point compter, les Frondeurs ont fini par deviner sa destination. Il en est hélas de même pour la maison de la rue Sainte-Marie Égiptienne où mes agents, un couple de fidèles, ont été capturés, pendus, et leurs corps livrés aux chiens. Mais voyez-vous, bien des choses ont changé. Ainsi, l'homme que vous m'aviez recommandé avec empressement, Jérôme de Galand aujourd'hui baron et chef de toutes nos polices, s'est distingué comme un organisateur exceptionnel et je vous conterai plus tard ses prouesses inouïes.

— J'étais persuadé qu'il ne vous pouvait décevoir.

— Si vous saviez, Nissac, combien cet homme est un remarquable policier ! En outre, il vous estime et vous admire. Aussi lui ai-je exposé notre problème et, sachant votre sécurité en jeu, il trouva rapidement bonne et habile résolution.

Le cardinal réfléchit un instant et le comte remarqua que ses mains tremblaient. Mazarin jouait sa vie, et ne l'ignorait pas. Comme il ne pouvait méconnaître le sort de Concini, maréchal d'Ancre et favori de Marie de Médicis : assassiné, le corps du bel Italien fut livré à la populace avinée qui le dépeça, fit griller ses fesses et les dévora lors d'une grande fête barbare, trente-cinq ans plus tôt.

Le cardinal reprit :

— Connaissez-vous, à peu de distance de l'hôtel de Soubise, le très bel hôtel de Carnavalet ?

— Je le connais pour être passé devant sans toutefois m'y arrêter.

— Bien, très bien. Ces grands hôtels du Marais et de l'île de la Cité occupent bonne situation centrale en la ville et la Fronde n'y cherche point querelle aux propriétaires. L'hôtel appartient aux d'Argouges, des spéculateurs dont Florent, qui fut le trésorier de Marie de Médicis. Mais nouvel acquéreur est apparu, Claude Boyslesve, qui s'enrichit dans les fournitures aux armées. Depuis quelques jours, j'ai privilégié sa position et il rentre l'or à pleins bras... L'homme sait vivre et, non sans quelque élégance en la manière, très diplomate, m'a fait savoir qu'il aurait grand honneur à m'obliger. J'exposai, toujours par émissaire interposé, que je désirais qu'il conclût d'urgence avec les d'Argouges mais que la vente fût effectuée au nom d'un tiers qui me sert, étant convenu que plus tard, les choses reprendraient ordre véritable et forme régulière. Tout cela étant l'idée de Jérôme de Galand. Comprenez-vous, cher comte ?

Nissac hocha la tête.

— Les d'Argouges vendent à Claude Boylesve en

utilisant le nom d'un mandataire à votre service. Je crois comprendre que cet homme vous est loyal, et qu'il ouvrira son bel hôtel à mes Foulards Rouges. Cependant, les gens de la Fronde ne sont point idiots et viendront certainement fourrer leur groin en notre habile affaire.

Le cardinal, en grand amusement, se tapa sur les cuisses comme un enfant préparant un bon tour. Il questionna :

— Sauf... si ?

Ce fut Mathilde, jusqu'ici volontairement silencieuse, qui intervint :

— Sauf si la Fronde n'a rien à y faire.

— Mais pourquoi en serait-il ainsi ? insista Mazarin.

La jeune femme, têtue, répondit en s'efforçant de ne point regarder les lèvres rouge géranium du cardinal qui lui donnaient forte envie de rire :

— Sauf si votre mandataire est lui-même Frondeur !

Le cardinal leva les bras au ciel.

— Merveilleuse Mathilde !... Mais oui, cet homme fut Frondeur, et bien connu comme tel. Mais à la mort de son père qui était, lui, fidèle sujet du roi, il effectua grand revirement, prenant conscience de sa folie et vint me voir sans façon pour mettre son épée au service de notre cause. Une fois encore, sur les conseils de Galand, je demandai à ce Frondeur de ne point révéler ses dispositions nouvelles car il pourrait nous mieux servir en feignant de conserver son attitude précédente favorable aux factieux.

— Qui est-il ? demanda le comte de Nissac.

Le Premier ministre hésita un instant, puis répondit un peu brusquement :

— Il est bien jeune et vous doit la vie : Henri de Plessis-Mesnil, marquis de Dautricourt. Il attend derrière cette porte.

Nissac hocha la tête et le cardinal ouvrit au jeune homme qui entra vivement, salua Mathilde avec déférence et regarda le comte de Nissac en souriant.

— Ah, monsieur !... Peut-être l'avez-vous oublié tant sont multiples vos aventures mais pour ce qui me concerne, il n'est point de jour où je ne me souvienne de cette nuit obscure et glacée où eut lieu ce duel entre les tombes... Il n'est de matin où m'émerveillant de la beauté du monde, ébloui par le bonheur de l'existence, je n'aie pour vous grand sentiment de reconnaissance. Dix fois je fus tenu au bout de votre épée à quelques secondes d'être tué, et toujours vous différiez cet instant. Fol que j'étais, qui croisais le fer avec le chef des légendaires Foulards Rouges.

Il hésita un instant et reprit, toujours d'un ton de passion :

— À quoi dois-je la vie, monsieur : à ma jeunesse ?

— Non, à votre rare bêtise ! rétorqua le comte de Nissac.

Mathilde de Santheuil, le visage soudain empourpré par la colère, posa délicatement sa main sur l'avant-bras du comte :

— A-t-il porté l'épée contre vous ?

Le bouillant marquis ne laissa point au comte le temps de répondre et, s'adressant à la baronne :

— J'ai tenté, madame, et échoué d'affligeante façon !

Mathilde le toisa de haut.

— Je ne vous parle point, monsieur le freluquet.

Puis, au cardinal :

— Votre Éminence, permettez-moi de quitter cette pièce.

Sans attendre la réponse, elle se dirigeait déjà vers la porte lorsque Henri de Plessis-Mesnil, marquis de Dautricourt, la rattrapa, mit un genou en terre et baisa le bas de sa robe.

— Ah, de grâce, madame, ne m'accablez point, je suis bien coupable !

Un long silence succéda à ces paroles, d'autant que le marquis se plaça à genoux tout de bon, tête baissée, l'air accablé.

En bon Italien, Mazarin goûtait fort cette situation

qu'il plaçait entre tragique et bouffonnerie. Il se retint même d'applaudir.

Davantage en la pudeur de leur caractère, Mathilde et le comte échangèrent un regard gêné.

Ce fut Mathilde qui mit un terme à cette situation qui risquait de se prolonger tant que le marquis n'aurait point entendu quelque parole apaisante :

— C'est bien, monsieur, relevez-vous. Avec le temps, on vous pardonnera peut-être.

— Ah, merci, madame, vous verrez bientôt qui vous obligez !

Cette fois, n'y tenant plus, le cardinal applaudit tandis que le marquis se relevait et saluait, accentuant involontairement le caractère théâtral de toute cette scène.

— Bravo !... Bravissimo !... lança Mazarin.

Le comte de Nissac attendit quelques instants puis, d'un ton lugubre :

— Pourrions-nous parler des problèmes militaires, monsieur le cardinal ?

44

Le prince de Condé, et six de ses partisans, avaient quitté Agen occupé par ses troupes le 24 mars 1652, dimanche des Rameaux.

De tous, le prince de Condé semblait le plus endurant bien qu'il fût mince, presque efflanqué. La fatigue creusait son visage mais agrandissait ses magnifiques yeux bleus.

À ses côtés, le duc de La Rochefoucauld tenait difficilement à cheval, une crise de goutte le faisant terriblement souffrir.

Il fallait soutenir certains qui, comme le prince de Marsillac, s'évanouissaient en selle. D'autres étaient si épuisés qu'ils titubaient et s'effondraient en descendant de leur monture.

À chacun, le voyage qui menait d'Agen à Orléans paraissait interminable mais le prince ne voulait pas perdre un instant. Il savait la puissance qui se massait en bord de Loire : ses vieilles troupes du nord, grossies de l'armée recrutée par le duc de Nemours aux Pays-Bas, ainsi que les soldats de Gaston d'Orléans que menait le duc de Beaufort. Une force considérable. En frappant vite et avec grande violence, comme à son habitude, le prince de Condé pouvait espérer tailler en pièces l'armée royale. Alors, tout serait possible.

Ne s'arrêtant pas plus de deux heures aux très rares étapes, chevauchant de jour comme de nuit, le prince voyagea pourtant une semaine. Au bout, l'attendait l'éblouissante victoire de Bleneau qui mena la Fronde au zénith et fit chanceler grandement le pouvoir royal.

Jérôme de Galand, général de police du royaume, jeta un regard froid à la scène puis, de sa voix sèche, ordonna :

— Sortez-le donc de là !

Deux officiers en tenue civile tirèrent les jambes d'un corps engagé jusqu'à la taille en un four refroidi.

Ils n'en sortirent qu'une moitié d'homme, le tronc et la tête se trouvant totalement carbonisés ainsi que les bras et les avant-bras.

Deux mains se détachèrent de la cendre et tombèrent sur le sol, paumes ouvertes, comme celles d'un mendiant attendant des pièces, ce qui déclencha l'incontrôlable fou rire d'un jeune officier.

Galand le toisa :

— Allez rire avec nos chevaux !

L'homme quitta l'atelier tête basse, mais secoué de spasmes nerveux.

— Il est bien jeune ! plaida le lieutenant Ferrière qui avait déjà tenté d'expliquer au fautif le caractère de son chef lors de l'examen du corps de la jeune femme écorchée.

Galand balaya cette remarque d'un geste agacé et questionna :

— Il existe une veuve ?

— En effet. Elle a reconnu ce qu'il reste des vêtements et pareillement les galoches : il s'agit bien de son mari. Elle attend en l'appentis.

— Je la rencontrerai plus tard. Qu'y a-t-il à voir, ici ?

Ferrière hésita un instant, sachant comme son supérieur aimait qu'on en vienne vite au fait :

— Peu de chose, monsieur le baron. C'est un atelier de maître verrier.

Ferrière se demanda en quoi ses paroles pouvaient susciter un intérêt si brusque et si vif de la part de son chef. Le regard de Galand, un regard d'oiseau de proie, scruta chaque détail de l'atelier puis, toujours aussi sèchement :

— Retirez ces bottes de paille. Avec grand soin et délicatesse, il pourrait s'y trouver dessous matières fragiles.

Les policiers se mirent aussitôt au travail avec efficacité et prudence, ôtant les bottes de paille une à une sans se laisser gagner par la palpable impatience du baron.

— Il y a là quelque chose... C'est en verre et d'une toise ! dit un officier.

Bientôt on dégagea tout à fait une boîte de verre effectivement longue d'un peu moins d'une toise, large d'un pied et demi, profonde d'un peu plus d'un pied.

Les policiers se regardèrent, perplexes, mais Galand, qui semblait halluciné, ordonna :

— Voyez si la partie supérieure se soulève, comme il est probable.

Ferrière secoua la tête.

— La chose semble fixe...

Un léger – et bien rare ! – sourire se dessina sur les lèvres minces du baron de Galand.

— Eh bien je crois que vous avez tort, Ferrière, et qu'il s'agit plutôt là d'un couvercle.

Ferrière essaya de soulever la partie supérieure, en vain. Cependant, la plaque de verre ne lui sembla point coulée en l'ensemble et il se tourna vers un jeune policier qui suivait ses efforts :

— Gillain, avec vos longs et minces doigts de fille, essayez donc !

Glissant ses doigts habiles dans une fente très fine, le jeune homme leva sans difficulté la partie supérieure. Les autres l'aidèrent aussitôt.

Satisfait, Galand, les mains derrière le dos, se souleva à plusieurs reprises sur la pointe des pieds, faisant retomber ses talons avec un bruit sec. Il expliqua :

— Messieurs, c'est là cercueil de verre, chose en vérité bien singulière. Cependant, cette merveille n'est point destinée à recevoir le corps de quelque princesse défunte mais celui d'une de ces pauvres femmes qu'un fou écorche, et sans doute vives !

Les hommes regardèrent le cercueil avec une légère répulsion mais déjà, Galand ne les laissait point souffler :

— Messieurs, dehors !... Vous, Ferrière, vous interrogerez la veuve. Ne me regardez point, je me tiendrai en retrait et n'interviendrai qu'à mon heure.

Ainsi fut-il fait.

La veuve, encore sous le coup de l'émotion, répondait sans calcul ni réticence aux questions de Ferrière. On ne progressait point rapidement jusqu'à l'instant où la femme évoqua deux points de grande importance : trois ans plus tôt, alors qu'il était seul en son atelier, son mari avait été mystérieusement attaqué par des inconnus qui lui arrachèrent la langue. Mais, peu après, des bourses emplies d'or arrivèrent en leur logis sans qu'elle pût en expliquer l'origine.

Galand sourit, satisfait. Les choses prenaient un contour, tel un paysage émergeant du brouillard.

S'étant jusqu'ici bien gardé d'intervenir, Galand s'y décida enfin, usant de sa voix cassante à laquelle il donnait des inflexions métalliques. Il se plaça devant la veuve, lui jeta un regard glacé qui la pétrifia, puis se présenta :

— Baron Jérôme de Galand, général de la police royale.

— Monseigneur !... balbutia la femme.

— Feu votre mari, voici trois années, reçut-il quelque visite inhabituelle ?

— C'est-à-dire... Il y a bien eu ce cocher...

— Un cocher. Bien, très bien. Qui d'autre ?

— Deux cavaliers qui ne tenaient point trop à se montrer et qui semblaient des officiers.

— Des cavaliers au nombre de deux qui semblaient des officiers. C'est fort bien. Vous avez excellente mémoire. Qui d'autre ?

La femme était fascinée par Galand. Sa dureté qui s'amadouait en la voix, ces compliments – « bien, très bien... fort bien » – qui la flattaient venant d'un tel homme qui ne devait point en prodiguer souvente fois, elle ne ressentait plus qu'un désir : lui donner toute satisfaction pour que le miel coule en sa voix.

Elle répondit :

— Le carrosse !... Un beau carrosse à six chevaux ! Mais il se tenait loin et je l'ai mal vu si ce n'est qu'il devait appartenir au cardinal ou tout autre puissant seigneur.

— Laissons cela. Avez-vous vu tout d'une fois le cocher, les deux cavaliers qui semblaient des militaires et le carrosse ?

— Non point, monseigneur. Le cocher est venu seul une première fois. Une autre fois, il resta avec le carrosse et les deux cavaliers vinrent voir mon mari. Ce jour-là, tout semblait d'une grande urgence car mon mari est parti aussitôt avec eux.

— Quels visages avaient ces militaires ?

La femme réfléchit un instant :

— Je ne saurais le dire, les ayant vus bien peu de temps et oubliés depuis. Ces hommes étaient durs... Ils donnaient cette impression.

— Et le carrosse ?

— Sombre. De la boue couvrait ses flancs. La chose me surprit, car il ne pleuvait point de deux semaines.

— Mais le cocher, vous l'avez bien vu, celui-là ?

— Hélas, je ne saurais trop dire ses traits si ce n'est leur finesse étrange pour un cocher. Ses manières m'ont frappée qui étaient celles d'un homme d'une autre condition, et qu'on n'attend point de celui qui dort à l'écurie avec les chevaux.

Galand dissimula l'excitation qui le gagnait. Cette femme était précieuse. Contrôlant parfaitement sa voix, dont il savait si bien jouer, le chef de la police royale lui donna intonations d'une grande douceur :

— C'est fort bien. Mais pour nous aider plus encore, nous qui ne voulons que venger votre défunt mari, n'est-il point détail singulier qui vous ait surpris ?

La femme réfléchit. La sentant hésitante, Galand prit les devants :

— N'ayez aucune crainte, vous êtes dorénavant sous la protection de la police royale.

— Une chose, monseigneur, une chose en vérité bien étrange mais je ne l'ai point vue de mes yeux.

— De grâce, parlez, quelle que soit cette chose !

— Le cocher, lorsqu'il partit... Mon mari, qui ne pouvait plus parler, le dessina sur le sable de l'allée avec une branche cassée. Sur ce dessin, les bras étaient tout rayés. Il insista avec la branche sur ces bras et m'encouragea du geste et du regard à parler. Lorsque, cherchant à comprendre, je dis « cicatrices », il hocha la tête à plusieurs reprises et me tapa sur l'épaule avec gentillesse.

Galand contrôla parfaitement sa voix, la faisant légèrement traînante :

— Des cicatrices... Comme c'est intéressant... Quel genre de cicatrices ?... Droites ?... De côté ?... Et en quel nombre ?...

— Monseigneur, je ne les ai point comptées, il y en

avait trop, beaucoup trop !... Que vous dire ?... Peut-être quinze sur chacun des bras. Et droites.

Rêveur, Galand reprit :

— Droites... Et sur chacun des bras...

Puis, d'un geste vif, il coiffa son chapeau noir et regarda la femme avec une certaine bienveillance mais sa voix retrouva sa sécheresse coutumière :

— Bien, très bien !... La messe et les funérailles de feu votre époux sont à la charge de la couronne. Merci et adieu !

Il sortit sans même écouter les paroles de la veuve, confuse devant tant d'égards.

Une fois dehors, Ferrière sollicita son chef d'un regard. Celui-ci l'encouragea d'un petit geste nerveux.

— Qu'en pensez-vous, monsieur le baron ?

Galand haussa les épaules.

— Ferrière, lorsque nous sommes seuls, laissez de côté cet encombrant baron.

— Mais comment dois-je vous appeler, alors ?

— Eh bien ne m'appelez point. Quant à ce que je pense, c'est assez simple. Le cocher aux cicatrices, c'est semblable témoignage à celui d'un certain Theulé, voilà trois ans. L'homme, ce prétendu cocher, existe bien, il est la créature de l'Écorcheur et l'Écorcheur s'intéresse, ou s'est intéressé, à madame de Santheuil...

— Quelle étrangeté, ces cicatrices !

— Au moins, mon bon Ferrière, cela se remarque.

— Si j'ai bien compté, en les deux bras, cela fait près de trente. Comment une telle chose est-elle possible ?

Galand, amusé, observa Ferrière de ses yeux rusés. Ferrière fut pénétré de l'intelligence foudroyante qui émanait de ce regard. De toute sa vie, il n'avait à ce point admiré un homme, aussi écouta-t-il attentivement le baron lorsque celui-ci expliqua :

— L'Écorcheur est un grand seigneur. Son cocher, à entendre Theulé et à présent la veuve du maître verrier n'est point cocher mais gentilhomme. C'est... Que sais-je ?... Un colonel ?... Un baron, comme je le suis moi-même ? Qu'importe ! Ces cicatrices sont des coups de stylet, ceux-là mêmes qui servent à écorcher les victimes qu'il s'amuse à impressionner en essayant ainsi son instrument sur son soi-disant cocher.

— Mais d'où vous vient cette certitude ?

— De l'expérience. Retenez la chose, Ferrière : un bon policier doit tout savoir de son sujet.

— Je ne comprends point...

Galand se baissa et cueillit un crocus.

— L'Écorcheur s'amuse. Qu'est-ce qu'un coup de stylet ?

Il souleva sa manche ; trois cicatrices rayaient son avant-bras. Il reprit :

— Mais oui, Ferrière, j'ai essayé !... C'est à peine douloureux lorsque c'est infligé à la volée en un geste vif. Du sang, un pincement, rien de plus. Mais regardez plus haut...

Ferrière observa une cicatrice différente, longue, boursouflée et de très vilain aspect.

Galand porta le crocus à ses narines, sembla très déçu par son parfum, le jeta par-dessus son épaule d'un geste négligent et expliqua sobrement :

— J'ai tenté de m'écorcher. C'est très grande souffrance et vous le savez, Ferrière, je ne suis point un lâche. Aussi je pense que les victimes souffrent moins qu'on ne le croit, s'évanouissant sans doute sous la douleur... Mais voyez-vous, mon ami, il en est du stylet comme du chat : sa patte est douce, ou elle griffe cruellement. Tout se décide par la manière.

— Mais... Pourquoi tout cela ?

Le baron de Galand monta en selle, puis se pencha vers son lieutenant :

— L'Écorcheur considère le crime comme un art. Il faudra s'en souvenir, Ferrière, il faudra s'en souvenir !

45

Le général-comte de Nissac avait repris le commandement de ses batteries d'artillerie sans pour l'instant les aller visiter car une mauvaise nouvelle arrivait : Orléans venait de tomber aux mains de la Fronde. La chute de la puissante ville était due à l'action rapide de Marie-Louise de Montpensier, fille de Gaston d'Orléans, dont on disait qu'elle était la seule Frondeuse qui fût laide, ce qui ne paraissait point tout à fait faux à voir son très grand nez et son menton fuyant. D'autres ajoutaient qu'elle serait demi-folle à quoi certains répondaient aussitôt : « Pourquoi seulement à demi ? »

Quoi qu'il en fût, la « Grande Mademoiselle », fille de Monsieur, n'avait point froid aux yeux. Avec son détachement féminin, formé de grandes et jolies dames de la noblesse, et aidée de complicités en la ville, elle venait de faire basculer Orléans en l'escarcelle de la Fronde.

Toutefois, la perte de cette place de premier plan sur la Loire n'affecta point grandement le roi qui décida de contourner la ville en passant par Gien.

Nissac, présent au Conseil, objecta cependant que Beaufort et l'avant-garde frondeuse réagiraient sans doute en s'emparant du pont de Jargeau depuis la rive droite afin d'interdire le passage à l'armée royale.

Le jeune Louis XIV estimait Nissac pour sa fidélité sans faille car Turenne, bien que repentant et ayant agi par amour, avait trahi une fois. En outre, le général de Nissac ignorait la défaite, ce qui en faisait un général d'exception. À cela s'ajoutaient l'amitié profonde que lui vouait Mazarin et le grand prestige que l'action des Foulards Rouges avait apporté à la couronne. Enfin, le très jeune monarque éprouvait grande séduction pour la manière toute nouvelle dont le comte de Nissac usait de l'artillerie, lui donnant mouvement rapide et forte concentration de pièces.

— Que proposez-vous, mon cher Nissac ?

Les grands seigneurs présents eurent pincements des lèvres pour les plus courageux, grimaces intérieures pour les autres, car le « cher » constituait chose rare en la bouche de Louis XIV et eux-mêmes ne se trouvaient point si bien traités. Mais, par ailleurs, tous estimaient Nissac et plus encore ils appréciaient hautement son manque d'ambition personnelle et son peu d'assiduité à la Cour qui n'en faisaient point un rival.

Nissac observa un instant la carte et son doigt pianota sur le pont de Jargeau.

— Majesté, c'est sur ce pont que tout va se décider. Mes canons doivent partir à l'instant en même temps qu'une petite troupe d'élite qui, arrivant avant Beaufort, se barricadera en attendant l'avant-garde de l'armée royale.

Le roi leva les yeux de la carte et observa le comte de Nissac, qui ne pouvait arracher son regard du pont de Jargeau figuré d'une plume fine. À voir ce guerrier grisonnant, général exceptionnel et chef des légendaires Foulards Rouges, une grande confiance lui venait en même temps qu'un sentiment de fierté à être roi de tels sujets.

Louis XIV dit brièvement :

— Qu'il en soit ainsi.

La séance levée, et comme les gentilshommes se retiraient, le roi retint un instant Nissac :

— Cher comte, je n'ai point oublié cette nuit où je dus fuir Paris avec ma mère la reine et le cardinal.

— Moi non plus, Sire.

— Vous chevauchiez à hauteur de notre carrosse et, vous voyant, je n'éprouvais point de crainte.

— Sire, que puis-je vous dire ? La chose était naturelle, là se trouvait ma place.

— Naturelle... Point pour les Frondeurs !

Nissac eut un geste qui lui échappa en partie :

— Ceux-là, Sire... Vaincus, humiliés, excusez ma franchise : ils ne furent point châtiés mais récompensés. Quoi d'étonnant qu'ils recommencent ?

Louis XIV hocha la tête. À presque quinze ans, il parvenait à se forger des hommes une idée assez juste :

— C'est le seul défaut du cardinal, par ailleurs homme de très grand mérite, qu'il imagine qu'en distribuant l'or, on s'attache des fidélités. C'est parfois vrai, pas toujours. Sur ce point, Richelieu fut plus strict. Mais le cardinal Mazarin m'a appris bien des choses de grande justesse et il ne cesse de m'étonner. Au reste, soyez assuré que, cette fois, les Frondeurs seront durement punis... Si Dieu veut que nous l'emportions.

Louis XIV se tut un instant puis levant tout soudainement un regard joyeux vers Nissac :

— On me dit que monsieur de Bois-Brûlé serait de nouveau parmi nous ?...

Le comte de Nissac se planta devant Bois-Brûlé et, l'air dur, le regarda droit dans les yeux :

— Qu'avez-vous fait, malheureux ?

Comme son interlocuteur le fixait d'un air ébahi, le comte de Nissac ajouta d'un ton lugubre :

— Le roi vous attend !... Dieu ait pitié de vous !

Le roi, entouré de gentilshommes de son service, fit entrer Bois-Brûlé qui semblait plus mort que vif. D'autant que Louis XIV, d'un geste négligent, lui fit signe d'attendre tandis qu'il signait nombreux papiers.

Au bout de plusieurs minutes, le roi sembla s'étonner. Il signa et leva les yeux vers Bois-Brûlé en disant :

— Ce document vous concerne, monsieur.

Bois-Brûlé déglutit bruyamment et, rassemblant son courage :

— Moi, Sire ?... Mais qu'ai-je donc fait qu'il ne fallait point faire, Votre Majesté ?

Louis XIV sourit en observant le foulard rouge noué avec négligence autour du cou puissant de Bois-Brûlé.

— Rien qui doive vous alarmer, monsieur. Vous me demandez ce que vous avez fait... Une nuit, au Palais-

Royal, vous m'avez emporté dans vos bras quand tout ce qui faisait mon enfance s'effondrait autour de moi. Sans doute pensiez-vous ne jamais me revoir mais cela n'a rien ôté à votre gentillesse qui fut extrême... Vos cheveux sont-ils toujours aussi durs sous la paume ?

— J'en ai bien peur, Votre Majesté.

Louis XIV se leva et s'approcha.

— Il en est même quelques gris.

Bois-Brûlé, ravi du tour que prenait la conversation, se détendait tout en s'efforçant de laisser grande distance entre le jeune monarque et lui :

— C'est qu'à servir en les Foulards Rouges, les cheveux blancs viennent plus vite, Majesté.

Louis XIV se tourna vers un secrétaire qui scellait un acte. Sous le regard impatient du roi et celui, curieux, de Bois-Brûlé, l'homme se hâta et apporta le parchemin.

Le roi le remit avec cérémonie à Bois-Brûlé qui, à tout hasard, s'inclina. Il mit quelques secondes à comprendre les paroles du monarque :

— Votre baronnie sera en Beauce. Vous aurez vastes terres et gentilhommière.

Bois-Brûlé, qui ne comprenait pas, regarda le roi avec stupéfaction mais celui-ci poursuivit, imperturbable :

— Car tel étant notre bon plaisir, nous vous faisons baron, César de Bois-Brûlé.

Le tout nouveau baron, haut d'une toise et large comme une armoire de Vendée, tourna de l'œil et s'effondra aux pieds de Louis XIV qui, fort inquiet, envoya d'urgence quérir des sels.

Lorsque la mince colonne comprenant le comte de Nissac, Mathilde de Santheuil, Sébastien de Frontignac, César de Bois-Brûlé, Melchior Le Clair de Lafitte, Anthème Florenty, Maximilien Fervac et Henri de Plessis-Mesnil, marquis de Dautricourt, se profila à l'horizon, les canonniers qui allaient au combat levèrent la tête.

Comme Nissac, ils étaient presque tous d'anciens Condéens à l'époque où servir dans l'armée du prince, c'était servir le roi et servir la France.

Ils hésitèrent un instant à reconnaître leur chef légendaire disparu au combat depuis trois longues années mais la vue des Foulards Rouges au cou de la plupart des cavaliers et l'incomparable chapeau marine à plumes rouges et blanches de Nissac les grisèrent. Lançant casques et chapeaux en l'air, ou les élevant à la pointe de l'épée dressée vers le ciel d'un bleu azur quand d'autres tiraient au mousquet vers un petit nuage pommelé et d'un blanc de lilas, ils ovationnèrent leur général qui les avait toujours menés à la victoire en se montrant économe de leurs vies.

Une part des acclamations alla aussi, sans doute, à la très jolie femme dont le vent avait remonté la robe, qui portait des bottes rouges et l'épée au côté.

Après ces démonstrations de joie, le comte fit hâter la marche pour placer le pont de Jargeau sous le feu de ses canons car, il ne l'ignorait point, chaque instant comptait.

Là-bas, la situation demeurait incertaine. Arrivant de la rive gauche et menés à bride abattue par le comte de Palluau, deux cents gardes du roi s'étaient rués vers le pont au milieu duquel ils dressèrent solide barricade.

Ce n'était point là luxe superflu car l'ouvrage en cours d'achèvement, l'avant-garde de l'armée de la Fronde, commandée par le duc de Beaufort, déboucha de la rive droite et chargea aussitôt, se reformant pour recommencer à plusieurs reprises.

Les gardes du roi résistèrent admirablement à un adversaire très supérieur en nombre, puis reçurent des renforts, et notamment la redoutable artillerie de Nissac qui, aussitôt mise en batterie, pilonna sans pitié les troupes de Beaufort qui embouteillaient l'entrée du pont sur la rive droite.

Pour la Fronde, ce fut là une très cuisante défaite

puisque quatre escadrons de cavalerie furent anéantis, qu'on ramassa de nombreux morts et que les survivants de l'armée frondeuse prirent une fuite sans gloire.

À quelques exceptions près.

En effet, sur la rive droite, une merveilleuse Frondeuse à cheval, distinguant belle cavalière du parti du roi qui caracolait devant les canons à présent silencieux de monsieur de Nissac, tira l'épée.

L'autre ravissante cavalière, depuis la rive gauche, fit de même.

Charlotte de La Ferté-Sheffair, duchesse de Luègue, venait de défier la baronne de Santheuil. Toutes deux ne doutaient point de se revoir un jour, l'épée à la main.

En quoi elles ne se trompaient pas...

46

Le retour vers Orléans de Charlotte de La Ferté-Sheffair, duchesse de Luègue, fut des plus tristes.

Sur une route où se voyaient casques et pièces d'équipement abandonnés, et tandis que son cheval boitait, la jeune femme dépassait des troupes démoralisées. Des blessés s'asseyaient au bord de la route, la tête dans les mains ; d'autres, plus gravement atteints, agonisaient à proximité des fossés.

D'une vive intelligence, la duchesse n'ignorait point l'ampleur de la défaite infligée par une poignée de gardes royaux à une puissante avant-garde de l'armée de la Fronde.

Elle observa un gentilhomme d'un certain âge, colonel d'un régiment perdu, agenouillé près de son cheval qui gisait sur le flanc, une patte cassée. Le colonel caressa la tête de l'animal puis, introduisant le canon de son pistolet dans l'oreille du cheval, il fit feu. La bête se cabra à demi et retomba. Le gentilhomme se releva, l'air hagard et, d'un pas pesant, reprit sa marche, à pied, vers Orléans.

— Je déteste la guerre ! murmura la jeune femme.

À vingt et un ans, quoique d'une éclatante beauté, elle se sentait quelquefois plus âgée. Ses trois années de Fronde, sans doute, mais aussi ses illusions perdues. Que restait-il de ce qu'elle croyait durable à dix-huit ans ? Son goût de la fête ? Envolé ! Elle s'ennuyait très vite et n'aspirait alors qu'à se retrouver seule ! Une vie de plaisirs ? À quoi bon les plaisirs qu'on ne partage point avec un homme qui vous soit cher ? L'oisiveté ? On est à peine en cet état qu'on souhaite qu'il survienne quelque chose ! La guerre ? On y pleure trop souvent.

Elle songea à ses premières batailles. À cette époque, elle s'enivrait des rayons du soleil se reflétant en les lames des épées, des charges de cavalerie escadron contre escadron, du son du canon. Elle ne voyait pas, ou ne voulait pas voir, les morts et les blessés, les cadavres pourris qui grouillent de vers et noircissent sous le soleil. Inconsciente ou terriblement jeune, elle ignorait tout cela, se préoccupant uniquement de se choisir nouvel amant parmi les vainqueurs du jour. Elle passait d'un homme à l'autre pour le simple plaisir de le voler à une rivale, par caprice, par jeu.

Elle pensa au comte de Nissac qui avait bouleversé son cœur de jeune fille. À aucun prix, en cette époque, et quelle que fût la force de son amour pour lui, elle n'aurait accepté de vivre en son vieux château battu par les vagues et le vent.

Aujourd'hui elle y courrait sans doute, depuis Orléans, et sans monture.

Il avait raison, bien entendu. L'amour, c'était cela : simplicité et passion loin du regard des autres. L'amour, c'est aussi ce qu'on abandonne de soi-même à l'objet de son adoration ; or, elle s'était montrée égoïste. Comment avait-elle pu s'abuser si gravement ? Et avec elle, tant d'autres femmes de la Fronde ? On cède à un minois, un beau profil, et l'on se retrouve en un effet tout contraire avec un sot racontant fadaise sur fadaise et semblable à une coque de noix vide.

Quelle erreur !

Les hommes, cela lui semblait si simple, aujourd'hui, et l'apparence extérieure comme l'âge n'ont guère d'importance.

Souvente fois, comme un homme vous parle de la vie, comme il sera amant. Le comte de Nissac était un merveilleux amant mais aujourd'hui, un peu tard, elle se souvenait comme il parlait de la vie, ses pensées, ses idées, ses goûts et ses espérances.

Et cet enfant, leur enfant, qui n'avait point vécu, cette pure merveille si tendre qu'on avait étouffée.

Mazarin !...

Mais Mazarin, était-ce si certain, au fond ? En trois années où l'on crut le comte mort, elle fut troublée du nombre de preuves de l'attachement profond du cardinal à son « cher Nissac ». Quand une amitié est si forte, qu'étant pourtant en état de grande avarice on offre si importante récompense et que, tout Premier ministre qu'on soit, se déplace des dizaines de fois pour s'en aller voir un homme ayant perdu la mémoire dans l'espoir d'y reconnaître celui qu'on cherche, fait-on étouffer le bébé d'un ami si cher, même si la mère est une Frondeuse – une parmi tant d'autres ?

Fort improbable !

Ce qu'elle voyait de la politique lui soulevait le cœur et lui laissait penser que l'abjection ne saurait être le privilège d'un seul camp. À y bien réfléchir, les plus farouches ennemis de Nissac se trouvaient parmi les Frondeurs et non point dans le camp du roi et du cardinal où on le considérait comme un héros supérieur à tous par le courage, l'intelligence et cette suprême audace qui le mena à vivre et agir au cœur même d'une ville ennemie.

Depuis sa disparition, où l'on apprit que le comte n'était autre que le chef des Foulards Rouges, la jeune duchesse ne se lassait point de se faire raconter les aventures de cette bande mi-gentilshommes, mi-galériens, d'une incroyable audace. Cette bande et son chef, bien entendu.

L'élégance, la grâce, l'honneur, le panache, la fidélité, l'esprit de chevalerie, tout ce qu'elle avait cru trouver en la Fronde, nul ne l'incarnait mieux que le comte de Nissac entre les bras duquel elle avait découvert l'amour.

Elle dépassa un jeune cornette dont le cheval boitait plus bas que le sien et qui portait sur l'épaule un étendard percé de balles. Le tout jeune officier perdait son sang d'une blessure au côté mais nul ne s'en souciait, pas même lui qui allait le regard fixe comme s'il s'en revenait du royaume des morts.

— Comte de Nissac... Loup...

Sa poitrine se gonfla lorsqu'elle songea à cette vision stupéfiante depuis la rive droite de la Loire. L'artillerie royale se mettait en batterie à une vitesse étonnante. Et bientôt, à gauche des pièces, apparaissait un homme sur un grand cheval noir, un homme au chapeau magnifique, marine, le bord rabattu sur les yeux comme pour accroître quelque mystère et ces plumes magnifiques, rouges et blanches, d'une merveilleuse harmonie.

Elle pensa défaillir en le voyant si beau, si droit et cambré sur son haut cheval, et cette façon d'ordonner le tir de chaque salve en levant d'un geste rapide son épée vers le soleil.

— L'oublier !... L'oublier !...

Certes, elle devait l'oublier. Il aimait ailleurs et ne le lui avait point caché avec cette franchise étrangère aux hommes de Cour.

En outre, elle se sentait attirée par un jeune Frondeur et savait, par le jeu des regards, ce sentiment partagé. Cette fois, ce qui s'approchait du bonheur passait à portée de main et elle n'envisageait point de le laisser s'enfuir. Elle n'ignorait pas que le jeune homme ne ressemblait point à Nissac mais la chose lui paraissait mieux ainsi en cela qu'elle n'établirait aucune comparaison.

Un mousquetaire gisait au milieu de la route, les bras en croix. Nul n'avait pris la peine de le tirer sur le bas-côté, par peur de perdre quelques instants alors que la cavalerie royale risquait de charger les traînards et de provoquer grand carnage en leurs rangs. Des sabots et des roues de chariots passant sur le cadavre avaient transformé le visage du mousquetaire en quelque pâte rosâtre et sanguinolente.

Les horreurs de la guerre...

La duchesse détourna son cheval, de sorte qu'il évita le corps.

— Il faudrait que tout cela cesse ! dit-elle à voix haute, ce qui fit tourner la tête à deux dragons ayant perdu leurs chevaux au combat et qui marchaient à sa hauteur.

L'un d'eux, d'une rare insolence, la toisa :

— Quand vous et ceux de votre monde arrêterez vos guerres qui n'intéressent point le peuple et nous rendrez à besogne plus utile, alors cela cessera !

Son compagnon ne fut point en reste, ajoutant à l'adresse de la duchesse :

— Le noble est l'araignée, le paysan la mouche !

Elle feignit de les ignorer, ravalant sa colère. La Fronde, cela voulait dire aussi ce désordre né de la lassitude populaire. Si cette multitude s'armait, Loyalistes et Frondeurs seraient balayés sans qu'il fût de jaloux.

Elle eût aimé partir, quitter les rangs de la Fronde, échapper à la guerre, rentrer en son château et n'en point sortir jusqu'à ce que tout cela finisse. Mais une duchesse de Luègue ne fuyait point le combat. Elle le savait trop bien, partir signifiait traîner avec elle jusqu'à la fin de ses jours une honte qui rejaillirait sur son époux et ses enfants.

Elle resterait jusqu'au bout, jusqu'à la lie.

Elle songea alors aux combats futurs et à cette femme si belle qui, l'épée au côté, paradait devant les canons du comte de Nissac sous le regard amoureux de celui-ci.

Sans doute aurait-elle dû aimer cette femme de quelque façon puisque d'évidence, elle rendait heureux le comte tant adoré. C'eût été là sentiment très noble, élévation de l'âme et logique amoureuse poussée en son extrémité. Cependant, elle se sentait incapable d'une telle grandeur, laissant ce trait sublime aux personnages des tragédies de monsieur Pierre Corneille.

La seule chose qui lui venait était une haine terrible, implacable, qui l'effrayait elle-même. Si cette femme n'avait point existé, c'est elle que le comte de Nissac eût aimée avec sa façon particulière qui n'admettait point le partage et engageait pour la vie entière. Sans cette femme, d'autres magnifiques enfants lui seraient venus de son « Loup », et un grand bonheur d'exister.

Elle dépassa un chariot renversé sur le bas-côté et pillé puis, d'une voix cassée par l'émotion, elle murmura :

— Je la hais !... Je la tuerai !...

La duchesse de Luègue, sitôt qu'il était question du comte de Nissac, n'entendait point la nuance.

47

Au moment où les derniers convois de l'armée royale passaient la Loire à Gien, le prince de Condé rejoignait secrètement, après un long périple, son armée du centre et, sans coup férir, prenait tout aussitôt Montargis avant de marcher sur Château-Renard.

Un agent de Jérôme de Galand ayant constaté de visu l'arrivée du prince entreprit d'en informer immédiatement le roi. Malheureusement, sa hâte à quitter l'armée condéenne où il servait comme officier le fit remarquer. Il fut arrêté, torturé et exécuté.

Si bien que l'armée du roi ignorait toujours le retour de Condé, bien que la chose fût attendue, mais ce manque de précision fut sans doute à l'origine du grand désastre qui devait s'abattre sur les troupes royales encore tout à la joie de leur éclatante victoire de Jargeau.

Pour son malheur, l'armée royale se composait de deux corps d'armées différents. Cette distinction avait pour origine la rivalité opposant les maréchaux de Turenne et d'Hocquincourt. Si Turenne, par réalisme, faisait preuve d'esprit de conciliation, il n'en allait pas de même en ce qui concernait Hocquincourt qui se montrait fort jaloux de n'assurer point le commandement en chef de l'armée royale. Aussi, malgré la ferme objection de Nissac, le roi, après avoir balancé, avait-il dû se résoudre à créer pour le seul Hocquincourt une armée qui fût sienne et donc différente de celle de monsieur de Turenne.

La Loire passée, monsieur de Turenne installait son camp fort bien organisé en ses défenses à Briare, près de Gien, tandis que le maréchal d'Hocquincourt, toujours en disposition maussade, faisait prendre quartier à son armée à proximité de Bleneau, soit à plus de quatre lieues de Turenne. En outre, peu satisfait de l'endroit, Hocquincourt dispersa ses troupes en sept villages différents.

Le comte de Nissac installa sa forte et redoutable artillerie chez monsieur de Turenne, avec lequel il entretenait commerce agréable quand il ne pouvait supporter le maréchal d'Hocquincourt, sa fierté qui se froissait au mot le plus anodin, ses caprices de pucelle attendant mari, son éternel mécontentement.

Pour le comte, la guerre s'abordait en esprit d'action commune qui ne laissait point de place aux ambitions personnelles. Nourri des leçons du passé qu'enseigne l'histoire, il se souvenait du drame d'Azincourt, de la cavalerie française écrasant sa propre infanterie tant elle avait hâte d'en découdre, et pour quel résultat !

Inquiet, il se rendait chez le maréchal de Turenne en

compagnie de Sébastien de Frontignac, ce jour-là très bavard.

Ayant essuyé une courte averse, les deux hommes ne poussaient cependant point trop leurs chevaux tandis que le baron de Frontignac remarquait :

— Il n'est si gentil mois d'avril qui n'eût son manteau de grésil.

— Vous semblez de belle humeur, capitaine ! répondit Nissac.

— C'est que j'ai hâte de me heurter avec passion à mon confesseur.

— Devant que de débattre de théologie, il vous faudra affronter le prince de Condé.

— Je crains moins monsieur le prince que mon confesseur.

— Qui est-il ? demanda Nissac.

— Monsieur de Singlin, de Port-Royal des Champs.

— Méfiez-vous, Frontignac, pour brillants qu'ils soient, ces gens-là sentent l'hérésie.

— Non point, monsieur le comte. Port-Royal est au contraire l'avenir de notre religion qui sans l'abbaye sombrerait rapidement.

Le comte de Nissac soupira :

— Vous êtes inattendu, baron. Tantôt vous voilà janséniste et tout de pureté catholique, tantôt vous dispensez conseils de sorcières à nos compagnons. Par l'un ou l'autre côté, c'est bien le bûcher que vous cherchez !

— Monsieur le comte, rien n'est moins vrai.

— Et que disiez-vous donc à Florenty et au baron de Bois-Brûlé ?

— À Florenty, je donnais conseil que, contre puanteur des pieds, il faut mettre en ses bottes écume de fer, ce qu'il répéta sans tarder à un canonnier qui l'incommodait. Il le persuada sans difficulté.

— Et monsieur de Bois-Brûlé ?

— Je lui expliquais qu'il faut porter sur soi anneau contenant quelques morceaux de nombril de nouveau-né afin de repousser les crises de colique.

Le comte grimaça :

— C'est là médecine en grande spécialité en l'horreur... À vous entendre, baron, on imagine que le corps va céder de partout, se dissoudre, voir chaque membre partir en sédition et suivre chemin différent, s'évacuer en saignements.

— Saignements ? Mais je sais le remède !

— Quel est-il ? demanda Nissac d'un ton où perçait grande lassitude de ce sujet.

— C'est très simple, monsieur le comte. Il suffit de déposer fiente de pourceau sur coton et appuyer à l'endroit où vous saignez.

— Ah, plus un mot, baron !... Je préfère me vider de mon sang que m'enduire de merde de cochon !... Quelle abomination !... Enfin, n'avez-vous point d'autre sujet de passion ?... Et cette jeune baronne, Catherine de Dumez ?... Voilà qui mériterait toute votre attention et serait légitime puisque je vous ai surpris tous deux échangeant doux sourires.

Frontignac adressa un regard intéressé au comte de Nissac.

— Vous la trouvez donc jolie ?

— Très.

— Mais encore, monsieur le comte ?

— J'ai grand goût pour ses chapeaux.

— À ce point ?

— Mais certainement, baron.

— En vérité ?

Nissac devina que son jeune ami était sérieusement épris et qu'il attendait avis sérieux. Cette preuve de confiance le toucha.

— Baron, si madame de Santheuil n'existait pas, et vous non plus, nonobstant notre différence d'âge, j'aurais probablement entrepris de faire la cour à la baronne de Dumez. Mort-Dieu, que ne l'épousez-vous puisqu'elle semble vous aimer elle aussi ?

— Je le ferai. Mais il faut d'abord écraser la Fronde.

— Cela, c'est une tout autre affaire ! répondit le comte, l'air sombre.

Monsieur le maréchal de Turenne reçut immédiatement le général-comte de Nissac et lui offrit du vin de Touraine ainsi que cuisse de chapon chaude et dorée.

Le maréchal faisait grand effort pour que Nissac, qu'il estimait au plus haut point, se sentît à son aise mais il devinait chez son interlocuteur une irritation qu'il ne combattait qu'à grand-peine.

Turenne se résolut donc à aborder le problème avec franchise :

— Parlez, comte, nous sommes d'assez vieux soldats, vous et moi, pour ne point nous embarrasser de détours.

Nissac regarda Turenne droit dans les yeux.

— Il s'agit du maréchal d'Hocquincourt, et de la grande folie qui est la sienne.

Un fugitif sourire apparut sur les lèvres de Turenne.

— Poursuivez, je vous en prie.

— Sans détours, avez-vous dit... Hocquincourt est un fou, ou un enfant. C'est grande hérésie militaire que de disperser ses troupes en sept villages quand l'armée de Beaufort et Nemours se trouve à moins de trois lieues et qu'on ne sait où est exactement monsieur le prince de Condé !... Le maréchal doit regrouper son armée en un seul endroit, disposer une garde sévère, tenir par relais des régiments en alerte et être prêt à tout instant à repousser une attaque des Frondeurs.

Turenne hocha gravement la tête.

— Vous avez bien entendu raison, général, et je n'ai jamais regretté autant qu'en cet instant que vous ne fussiez maréchal commandant cette armée, car nous avons vues semblables en toutes choses. J'ai... J'ai oublié toute fierté, tout orgueil pour aller m'entretenir avec le maréchal d'Hocquincourt et lui exposer ce que vous dites. Il m'a fort mal reçu et refusé de m'écouter.

Les deux officiers supérieurs échangèrent un regard lourd, puis le comte de Nissac reprit :

— Le roi est informé ?

Le maréchal eut un geste évasif.

Nissac vida son verre d'un trait et, assez sèchement :

— Merci pour le vin, monsieur le maréchal.

Turenne retint Nissac en posant sa main sur l'avant-bras du comte.

— Vous avez raison et nous le savons tous les deux. Mais les choses ne sont peut-être point aussi graves que nous les imaginons. L'armée de la Fronde est commandée par Beaufort et Nemours qui sont braves mais n'ont point de talent militaire. Ils sont incapables de l'audace que le prince, vous et moi manifesterions en telle occasion. L'armée royale leur fait peur, ils n'oseront jamais l'attaquer. Il faut garder bon espoir.

— Pas à moi, monsieur le maréchal !

Turenne sursauta :

— Vous dites ?

— L'espoir !... La guerre est notre métier depuis trop longtemps pour que nous nous abusions. Je crois à la force du choc des escadrons, à la discipline de l'infanterie, à la précision de l'artillerie, à la compétence du commandement mais l'espoir, je laisse cela aux premiers chrétiens qui se faisaient dévorer par des lions en les arènes en priant... avec espoir... un Dieu dont la grande force est de ne s'être jamais montré, sans doute par peur de décevoir !

Le maréchal de Turenne regarda le général de Nissac avec stupeur, puis partit d'un rire franc.

— Comte, vous êtes impie, matérialiste et diablement de méchante humeur mais vous, morbleu, vous êtes un vrai soldat !... De grâce, mangez cette cuisse de chapon et reprenons un verre. Et même plusieurs.

Le comte de Nissac haussa les épaules.

— Soit. Et si après avoir bu nous voyons en double l'armée des princes, nous redoublerons d'efforts, c'est bien cela ?

— Exactement ! répondit le maréchal de Turenne, d'excellente humeur.

48

La nuit d'avril tombait, point encore assez sombre en l'esprit de monsieur le prince de Condé qui, nerveusement, procédait à une montre[1].

Le prince ne manifestait rien de ses pensées intérieures bien qu'il estimât l'armée frondeuse de niveau assez relevé et de très belle présentation. Il reconnaissait parfois un visage, un vétéran des luttes aux frontières du nord contre les Espagnols.

Derrière lui marchaient le duc de Beaufort et son beau-frère, le jeune et séduisant duc de Nemours. Tous deux n'en menaient pas large, pensant que le souvenir de la défaite de Jargeau se trouvait encore en toutes les mémoires. En quoi ils se trompaient : en apparaissant, « le Grand Condé », inoubliable vainqueur de Rocroi, avait redonné à ses troupes le mordant qui leur faisait défaut peu avant.

Le prince leva ses yeux très bleus et soudain étincelants vers un ciel où se voyaient encore des lueurs roses qui se noyaient peu à peu dans les ténèbres.

— C'est sans fin, cette chute du jour !... maugréa-t-il.

Mais il était trop excellent soldat pour ne point attendre le temps nécessaire à son audacieux projet.

Il remarqua que la terre mouillée parfumait l'air, et que cette odeur agréable faciliterait le sommeil des soldats de l'armée royale.

Puis il pensa à autre chose.

Un peu plus avant dans la nuit, le baron Jérôme de Galand et son fidèle lieutenant Ferrière allaient au pas lent de leurs chevaux par les rues et ruelles de Paris désert et plongé dans le noir le plus total. En outre, le

---

1. Parade militaire.

vent se levait et faisait grincer sinistrement les chaînes des enseignes d'échoppes, nombreuses en ce quartier.

Les deux hommes se rendaient sans hâte à leur mission, porteurs de mauvaises nouvelles, et leurs ombres semblaient démesurées à la pâle lumière du falot que le lieutenant Ferrière tenait de sa main gauche, lumière dansant au gré des cahots de la rue.

— Une nuit venteuse ! remarqua Ferrière d'une voix étouffée.

— Et bientôt le brouillard ! répondit Galand qui ne montrait point davantage de belle humeur.

L'ayant approuvé, Ferrière ajouta :

— Le service en cette heure tardive ouvre l'appétit. Je m'imaginais voici peu devant pieds de cochons et crêtes farcies, ortolans, pièces de cerf, de sanglier ou de chevreuil... Ou même un gros lièvre. Qu'en pensez-vous ?

Galand haussa les épaules.

— Je vous écoute. Poursuivez.

Ferrière, que le sujet passionnait, avala sa salive :

— Des œufs brouillés avec bouillon d'oseille. Pour ouvrir l'appétit. Mais vous, que préférez-vous ?

— Ma foi, lieutenant, je n'accorde point à tout cela l'importance qui semble la vôtre. Mes goûts sont modestes. Soles ou perches sont ma seule gourmandise et le reste m'indiffère... Avez-vous le dessin de la dernière écorchée ?

L'absence de transition coupa tout net l'appétit de Ferrière. Ainsi était son chef qu'en dehors des affaires criminelles ou de la sûreté de l'État, peu de chose l'intéressait bien qu'à plusieurs reprises, ces dix dernières années, il se fût laissé aller à d'étranges réflexions sur le « Gouvernement Idéal » des hommes.

Le lieutenant répondit :

— Je l'ai. Avec tous ses détails.

Jérôme de Galand approuva.

Sortant de Paris par la Porte Saint-Jacques, ils se rendaient en belle maison de la rue de la Vieille-Draperie. Bien qu'il n'en laissât rien paraître, comme à son habitude, Galand se sentit défavorablement impressionné par l'attitude des gardes en faction à la Porte Saint-Jacques. Certes, on le reconnaissait et le saluait avec déférence, au moins en apparence, mais quelques regards insolents n'avaient point échappé à son sens aigu de l'observation.

Ce fut Ferrière qui en parla :

— Les gardes nous ont fait vilaine figure, ce soir. On eût dit des laquais sentant leur maître ruiné.

Galand sourit dans l'ombre.

— La chose est bien observée, Ferrière. C'est bien de cela dont il s'agit. Même stupides, abrutis de vins mauvais, ils savent qu'à Paris, sous la main de Gaston d'Orléans, le vent souffle en le sens de la Fronde, comme ils n'ignorent pas ma loyauté à la couronne. Je suppose que quelques-uns d'entre eux prendraient grand plaisir à me faire passer de vie à trépas.

Ferrière s'indigna, remuant sur sa selle et avec lui le falot, ce qui eut pour grand effet de faire danser follement leurs ombres soudain démesurées. Il conclut, comme pour se rassurer :

— Ils n'oseraient jamais !

Galand observa son lieutenant avec une réelle curiosité :

— Vous croyez donc cela...

Ferrière, quoique gêné, persista en sa position :

— Comment ne le point penser ?... Un esprit comme le vôtre !... En matière criminelle qui nous passionne vous et moi, je sais qu'il n'est point deux hommes tels que vous par siècle. Ces porcs ne savent rien des finesses qui préparent un esprit à la police criminelle, mais ils respectent et craignent votre nom.

— Un homme est un homme et, l'instant d'après, un cadavre. Qu'il eût été seul en son siècle lui importe alors bien peu... Nous sommes arrivés !

Le baron de Carel, en mules de velours vert et robe de chambre bouton d'or à fond jaune et vert garnie de parements dorés, fit ouvrir aux deux policiers et les reçut avec une hostilité qu'il ne dissimula point mais qui laissa Galand en grande indifférence.

Le général de police s'exprima cependant avec diplomatie, exposant qu'une rumeur parvenue jusqu'à lui l'avait averti de la disparition de la baronne de Carel.

Le mari explosa de rage :

— Mais vous me parlez là de la putain !

— De madame la baronne ! corrigea doucement Galand.

L'époux, hors de lui, entreprit de faire les cent pas :

— Baronne, elle ne l'eût point été si je ne l'avais prise pour femme en un moment de folie.

— On la dit jeune et fort belle ! insista le policier en observant le gros homme dans la quarantaine qui continuait d'aller et venir, soucieux et manifestement très en colère :

— Il eût mieux valu qu'elle fût moins belle et davantage attachée à son mari. Elle me trompait, monsieur.

« On peut la comprendre », songea Galand qui répondit :

— A-t-elle disparu depuis longtemps ?

Le baron de Carel, cessant ses allées et venues, s'immobilisa devant Jérôme de Galand :

— Disparaître, mais elle ne faisait que cela !... Elle repérait les hommes de quelque richesse, et pas toujours de la noblesse, faisait tant de manières provocantes qu'ils la menaient en leur lit et, une fois les jambes en l'air, elle les tenait !

— Les jambes en l'air, elle les tenait..., répéta Galand, assez interloqué par cette curieuse image.

Le baron de Carel reprit :

— Par nombreux caprices, elle obtenait d'eux or et bijoux qu'elle ne rapportait point même ici, où il eût été naturel, mais cachait en un endroit que je ne connais point. Imagine-t-on pareille chose ?

« Il a quelque disposition à se trouver maquereau, ce

baron ! » songea Galand qui conserva son ton imperturbable :

— On dit que monsieur d'Harcourt...

L'autre le coupa :

— Harcourt !... Ajoutez-y Beaufort et quelques
hauts seigneurs de ses amis car la putain avait bonne
réputation chez ces beaux messieurs qui se la recom-
mandaient l'un à l'autre.

— Je vois !... répondit le policier qui adopta volontairement un ton dégagé pour ajouter, comme on le fait
d'une remarque négligeable : Il s'agit là de seigneurs
favorables à la Fronde...

Le baron de Carel l'observa avec méfiance tout en
évitant son regard :

— Monsieur, je ne sais point ces choses, m'y intéressant fort peu !... Est-ce là tout ce que vous vouliez
savoir ?

— Pas tout à fait ! rétorqua Galand.

D'un geste vif, il réclama le dessin à Ferrière qui le
lui tendit aussitôt.

Curieux, le baron de Carel se dressa légèrement sur
la pointe des pieds mais Galand tenait le document de
sorte que son interlocuteur ne pût rien distinguer.

Enfin, le policier leva les yeux du parchemin et
observa durement le baron de Carel.

— Écoutez-moi avec attention et faites effort pour
vous souvenir. Madame la baronne de Carel est une
femme de taille moyenne, aux épaules larges et rondes,
aux jambes longues mais aux pieds très étrangement
petits...

Carel le coupa :

— Sa mère, à demi putain elle aussi, l'obligea fort
tôt à porter souliers étroits si bien que les pieds connurent mauvais développement.

Galand hocha la tête, marquant son intérêt, puis
reprit :

— Elle a la peau fort douce et jolie, très blanche et
laiteuse, et les cheveux d'un blond soutenu, sans
pâleur. Elle porte grain de beauté sur l'épaule gauche,

un autre au-dessus de la hanche gauche ainsi qu'une tache brune à mi-hauteur du dos. Au creux de l'épaule droite, on lui voit légère excroissance et l'on remarque cicatrice sur la partie supérieure du genou droit... Est-ce bien là traits reconnaissables de la baronne ?

Le baron de Carel, en un geste sans grande signification en cela qu'il n'appelait aucun effet, porta la main à une épée imaginaire qui ne se pouvait concevoir au-dessus d'une robe de chambre :

— Ah çà, l'auriez-vous foutue, vous aussi ?

Le ton cinglant et le regard glacé de Galand firent taire Carel qui se composa une mine outragée en entendant :

— Répondez à ma question ou c'est par les couilles que je vous traîne au Châtelet !

Impressionné, Carel répondit rapidement :

— Il s'agit bien de la baronne de Carel. Qu'a-t-elle donc fait, dont je ne suis point responsable ?

Galand roula le document et le tendit à Ferrière.

— Elle, rien sans doute. Mais on l'a écorchée vive. Je puis vous indiquer la sépulture provisoire où se trouve le corps mais ne puis vous rendre la tête.

— Pourquoi diable la gardez-vous ?

— Je ne la garde point, monsieur, n'en ayant pas l'usage. Nous ne l'avons point retrouvée, et c'est là tout autre chose.

Il hésita puis, d'une voix plus douce :

— Connaissez-vous un homme dont les avant-bras seraient couverts de cicatrices ?

— Non, je n'en connais point.

Galand faisait déjà demi-tour lorsque le baron de Carel le rattrapa et le saisit à l'épaule. Le policier regarda cette main posée sur son épaule, puis jeta à Carel un regard si menaçant que celui-ci ôta sa main comme si elle se trouvait posée sur des braises ou en un nid de vipères.

Enfin, le baron de Carel, en une voix où vibrait l'espérance, questionna :

— Et l'or, les bijoux... Les avez-vous retrouvés ?

Galand observa son interlocuteur avec un intérêt renouvelé puis, d'une voix douce :

— Sachant dans quelle profonde affliction vous plongerait ce deuil cruel, j'ai estimé que ces questions de moindre importance ne méritaient point que j'y gaspille mon temps. À ne jamais vous revoir, monsieur !

Il se dirigea vers la porte sans saluer le baron de Carel.

49

Le prince de Condé, le regard fiévreux, attendait à la tête de ses escadrons.

Il songeait que la victoire a une odeur. Il la connaissait, cette odeur. De Rocroi à Lens, en passant par d'autres lieux, ce parfum enivrant lui fit escorte dès avant que furent livrées les batailles qui le consacrèrent au point qu'on le nommait le « Grand Condé », le distinguant parmi ses ancêtres ruisselants de gloire eux aussi.

Cette nuit du 6 au 7 avril 1652 serait sienne comme une femme et le jour se lèverait sur son triomphe.

La Cour, réfugiée à Gien, se trouvait à portée de main. S'il la saisissait, et le roi avec elle, le pays serait assommé de stupeur.

Il fallait frapper un coup décisif !

En Guyenne et dans tout le sud-ouest, son armée laissée sur place faisait jeu égal avec les troupes royales.

À Paris, le parti des princes organisait des manifestations populaires contre Mazarin. La chose était bonne, mais point suffisante.

Dans l'un et l'autre cas, si l'on ne reculait point, on n'avançait guère. En outre, le jeune roi se révélait chaque jour davantage un véritable roi et il serait bientôt difficile de faire accroire que Louis XIV se trouvait « l'otage » d'Anne d'Autriche et de Mazarin. Dès lors, la Fronde perdrait son principal prétexte.

Plus grave encore, Anne d'Autriche abandonnait le pouvoir à son fils mais celui-ci conservait toute sa confiance en Mazarin. Ainsi, rien n'était réglé, tout au contraire : on perdait une régente en la direction de l'État, mais on « gagnait » un roi... et conservait Mazarin en même place, et plus légitime encore que par le passé.

Enfin, Turenne était un adversaire de grande valeur, assisté par le comte de Nissac. Ce Nissac ! Il portait chance, ne perdait jamais ses batailles ! Que n'était-il mort, ou resté demi-fou travaillant en les fermes. Et que ne l'avait-il rejoint : avec ce général et son artillerie, la Fronde l'emporterait avec aisance, presque sans lutte.

Décidément, le temps ne travaillait point pour la Fronde !

Il fallait écraser sans pitié aucune l'armée royale. Il fallait tuer, tuer encore, tuer plus que jamais, tuer à tour de bras car un soldat mort ne se remplace point facilement. Tuer, hélas, comme un bûcheron coupe les arbres afin que les troupes de Louis XIV ne se puissent reconstituer. Tuer Turenne, par « accident », mais le tuer. Tuer Nissac et tous ses excellents canonniers qui furent jadis ses soldats et lui apportèrent la victoire.

La politique se fait les yeux ouverts, mais le cœur fermé.

Et cette victoire acquise, il fallait se dépêcher vers Paris en crevant les chevaux sous soi. Prendre Paris, soumettre totalement la capitale, cela permettrait de tenir tout le pays.

Condé observa le premier rang de ses escadrons rangés en ordre de bataille. Les chevaux piaffaient, les visages durs des cavaliers donnaient grande et bonne confiance.

C'est une véritable tempête qui, en pleine nuit, allait s'abattre sur l'armée royale paisiblement endormie.

Sous la tente, couchée sous la paille fraîche, Mathilde de Santheuil ne dormait point.

Le comte de Nissac, nerveux comme un fauve, l'avait quittée peu auparavant, afin de contrôler la garde aux canons. Dommage. Ils avaient merveilleusement fait l'amour et la jeune femme espérait s'endormir sur la poitrine du comte.

À ceci près qu'elle l'aimait trop pour ne point sentir sa nervosité et, plutôt que de le deviner malheureux à ses côtés, c'est elle qui l'avait invité à aller voir ses troupes.

Après s'être habillé en silence, non sans gravité, il lui avait souri en disant :

— La nuit est inquiétante. Le silence lui-même ne me semble point naturel.

— Mais... C'est la nuit ! avait-elle répondu.

Nissac balaya l'objection avec un sourire :

— J'ai servi assez longtemps dans l'armée condéenne pour savoir que ce genre de détails n'arrête point le prince. Tout au contraire, il y trouve inspiration. À y bien réfléchir, il ne rencontrera pas de longtemps situation si favorable.

— Mais le prince n'est point en la région...

— Bien sûr que si ! Je m'appelle Loup, et flaire un autre loup dix lieues à la ronde !

Se penchant vers elle, il posa baiser délicat sur les lèvres de la jeune femme en lui disant :

— Dormez, mon tendre amour. Je veille.

Anthème Florenty se détacha d'un groupe de canonniers qui discutaient autour d'un feu et, le mousquet sur l'épaule, s'approcha du comte.

En raison de l'humidité, Florenty avait couvert son mousquet d'une toile et le comte de Nissac nota ce détail à quoi se reconnaît un très bon soldat. Car outre le pistolet, où il excellait, l'ancien faux saunier et habile chasseur se montrait redoutable au mousquet.

— Tu ne dors pas ? demanda le comte.

Florenty ébaucha une grimace.

— Je n'aime point cette nuit-là, monsieur le comte.

— Alors nous voilà deux !

Ils firent quelques pas, scrutant les ténèbres, puis le comte de Nissac regarda son compagnon.

— Ta femme, tu y songes beaucoup ?

— Elle et les deux garçons qui nous sont venus pendant les trois années de... votre absence.

— Voudrais-tu être près d'eux en cet instant ?

Florenty devina que le comte lui aurait rendu sa liberté, pourvu qu'il la demandât même en cette voie détournée. Mais plusieurs choses l'en empêchaient :

— Monsieur le comte, chez nous, on achève besogne commencée. De plus, je n'ai pas oublié un instant ce que les gens de Fronde ont fait à Nicolas Louvet qui fut un franc camarade auquel j'enseignai l'art du mousquet, et bien jeune pour mourir ainsi. Enfin, je n'oublie point non plus d'où je viens, ni l'endroit d'où vous m'avez sauvé, ni celui où je devrais me trouver en cet instant, les galères.

Le comte haussa les épaules.

— Voilà bien longtemps que ta dette est payée. Mais je crains que tu ne te laisses distraire et y perdes la vie si tu songes à ta femme qui se languit de toi.

Florenty fut surpris.

— Mais elle ne m'aime point, monsieur le comte.

Ce fut au comte de Nissac de marquer quelque surprise :

— Le savais-tu en l'épousant ?

Florenty se sentit désarmé car ce qui à ses yeux relevait de l'évidence lui sembla tout soudainement bien compliqué à expliquer au comte. Il essaya cependant :

— En le peuple, les choses ne se passent point toujours ainsi, monsieur le comte. Ma femme est bien jolie, et bien jeune, j'avais terres et or... Elle m'ob-

Elle sait déjà que je ne m'enivre point et ne

recule pas devant la besogne. Je ne la bats jamais. Elle m'aime davantage qu'au premier jour mais beaucoup moins que dans quelques années si je ne varie point des bonnes dispositions où elle me trouve. Je crois que...

Il se tut brusquement. Nissac et lui échangèrent un regard. Au loin se voyaient des lueurs d'incendie et l'on entendait un bruit à peine audible mais insistant, lourd et régulier.

Nissac ordonna :

— Fais battre tambour !... Tous les hommes prêts au départ, les chevaux sellés !

— J'y cours !

Dix minutes plus tard, l'artillerie royale semblait sur le point d'achever sa préparation lorsque monsieur de Turenne se présenta au grand galop, hirsute et en chemise dépassant le haut-de-chausses, devant le comte de Nissac :

— Eh bien, Nissac ?

— Exercice de nuit, monsieur le maréchal.

— Exercice de nuit ?...

Turenne scruta attentivement le visage du comte.

— Dites-moi la vérité, général, vous pensez que ces lueurs...

— C'est lui.

— Déjà ?

— En ce moment même.

Turenne réfléchit, puis :

— Dans le doute, mieux vaut faire marcher l'armée.

— Il me semble en effet, monsieur le maréchal.

Monsieur de Turenne donna aussitôt ses ordres et, bientôt, on n'entendit plus en le camp de l'armée royale que cliquetis d'armes, roulements de tambours et sonneries de clairons...

50

Si la charge de cavalerie menée par monsieur le prince de Condé fut d'une violence inouïe, la préparation relevait du soin le plus méticuleux.

En effet, les sept villages où cantonnaient les troupes royales du maréchal d'Hocquincourt furent attaqués en même temps.

Les soldats endormis ou à peine réveillés ne purent rien opposer ou presque à ces cavaliers qui, en pleine charge, les piétinaient ou les passaient au fil de l'épée sans même ralentir leurs chevaux.

Bientôt, dans les sept villages en flammes, les cadavres des soldats du roi s'entassèrent. Le désordre, la confusion et la panique s'ajoutant au manque de communications des troupes royales favorisèrent grandement les desseins des attaquants.

Au milieu de la catastrophe, et bien qu'il fût à présent un peu tard, Hocquincourt retrouva son sang-froid. Ainsi, à l'entrée du village de Bleneau, parvint-il à rallier ses fantassins et neuf cents cavaliers survivants qu'il plaça judicieusement derrière un ruisseau très encaissé, le seul moyen d'accès étant un pont fort étroit.

Le maréchal jouait tout à la fois sur la situation du terrain choisi et sur la concentration de ses troupes. Ce n'était point là luxe superflu car ses soldats, dont beaucoup rapatriés de Catalogne ou d'Allemagne, ne valaient pas ceux de Condé, vétérans des guerres du nord de la France contre les Espagnols. En outre, s'il se jugeait malgré tout bon tacticien, Hocquincourt devait avoir recours à des solutions classiques pour s'opposer au génie du prince, à sa violence extrême, sa brutalité sans égale et son désir de destruction car Condé avait une façon peu conventionnelle de faire la guerre. Soit on lui opposait autre nouveauté, comme le général-comte de Nissac qui employait à merveille son artillerie sans tenir aucun compte de l'usage en cours, soit on limitait les risques en choisissant solutions qui laissaient le moins de place possible aux surprises et diableries du prince.

Tandis que, dans la confusion, des fuyards rameutés venaient grossir les rangs d'Hocquincourt, le prince marchait sur Bleneau où il savait trouver le maréchal et les survivants pour la bataille finale.

Un instant, il fut distrait par un gentilhomme de son armée, sans doute tombé de cheval, qui faisait face à trois mousquetaires du roi.

Quoique de constitution très frêle, le jeune seigneur frondeur se battait courageusement mais, avec ce regard aigu que l'homme de guerre sait porter sur un combat à l'épée, il sembla bientôt évident qu'en cette lutte inégale les mousquetaires auraient le dessus.

Laissant là ses compagnons, Condé piqua des deux vers les quatre hommes. Son cheval en broya un et, aussitôt, le prince mit pied à terre, l'épée à la main.

Les deux mousquetaires réagirent très différemment. Le premier, comprenant qu'il se trouvait face à Condé mesura tout le parti, et la grande fortune, qu'il tirerait de la mort du prince, aussi, lâchant son épée où il se savait défait d'avance, saisit-il un pistolet demeuré à l'arçon de son cheval.

Sans doute le grand Condé aurait-il trouvé la mort là, à proximité de Bleneau, si le second mousquetaire avait fait preuve de quelque courage. Mais l'homme fut lâche. Abandonnant son compagnon, le mousquetaire, terrorisé, lâcha son épée et s'enfuit à toutes jambes, Nemours le devant tuer quelques instants plus tard. Aussi, pendant ce temps, le prince n'éprouva-t-il point de difficulté à occire son premier adversaire.

Devant que de remonter en selle, le prince ébaucha un bref sourire à l'adresse du gentilhomme en disant :

— Monsieur, n'engagez point le combat à un contre trois. C'est fort courageux mais bien téméraire pour un si jeune homme.

— Une jeune femme, monseigneur ! répondit le Frondeur en ôtant son chapeau, ce qui eut pour effet de faire cascader sur ses épaules de longs cheveux blonds, et pour effet second d'émouvoir au plus haut point le « Grand Condé ».

— Duchesse de Luègue, êtes-vous donc frappée de folie ?

La phrase pouvait sembler sévère, le ton n'était que douce câlinerie et la voix caresse légère sur coussin de velours.

Ainsi, la personnalité nerveuse du prince désarçonnait souvente fois.

Soldat redoutable, inaccessible à la pitié lorsqu'il se trouvait en l'action, parfois même cruel, et cependant tout autre, et fort contraire, hors les batailles. Ainsi le vit-on pleurer lors de la représentation de *Cinna*. Sensible comme il est d'une grande rareté pour un homme, il s'évanouissait lorsqu'il devait rompre avec une maîtresse et cependant, la porte franchie, il oubliait totalement la jeune femme pour ne songer qu'à la prochaine.

Charlotte de La Ferté-Sheffair, duchesse de Luègue, connaissait le prince et perçut le danger. Déjà très certainement amoureuse d'un jeune gentilhomme de la Fronde, et probablement du comte de Nissac, elle n'entendait point s'engager dans une aventure avec Condé qu'au reste, malgré le grand charme de ses magnifiques yeux bleus, elle trouvait fort maigre et beaucoup trop négligé dans sa mise et sa toilette.

Aussi répondit-elle d'un ton pincé :

— Folie ?... Ce serait donc folie de vous servir, monsieur ?

Condé, vivement ramené en le domaine de la politique, retrouva tout son sang-froid et se souvint avec grand retard qu'il devait exterminer le dernier carré de l'armée du maréchal d'Hocquincourt.

Il maugréa :

— Certes non, madame.

Puis, le regard perçant et le sourire enjôleur, il ajouta :

— Nous en reparlerons hors les champs de bataille...

Ou, s'il vous plaît, sur plus tendre champ, pour plus plaisante bataille.

Puis, laissant la duchesse en proie à quelque angoisse, il remonta en selle et rejoignit ses compagnons qui se gardaient bien de montrer leur impatience.

Il fut le premier à franchir le petit pont près duquel attendait Hocquincourt et les débris, assez importants, de son armée. Derrière le prince venaient Nemours, La Rochefoucauld, le prince de Marsillac, de La Trémoille et une centaine de cavaliers.

En vérité, l'armée de la Fronde se trouvait dispersée en une multitude de petits combats aux environs des sept villages où l'on réduisait un à un les nids de résistance des loyalistes.

À un contre vingt, le prince de Condé savait qu'il ne pouvait espérer exterminer le maréchal d'Hocquincourt et ses troupes mais il ne renonçait point à les mettre en fuite, quitte à user de quelque artifice. À cet effet, il fit sonner la charge par ses clairons tandis qu'on donnait également les tambours et les cymbales, de sorte qu'Hocquincourt imagina qu'il voyait, passant le pont, une simple avant-garde et que l'armée victorieuse de la Fronde suivait tout entière.

Le stratagème fit merveille puisque le maréchal abandonna en grande hâte une position si favorable, et si judicieusement choisie, pour se retirer derrière le village que les hommes de Condé incendièrent après l'avoir pillé.

L'incendie des toits de chaume, que le prince n'avait point ordonné, se révélait une lourde erreur car à la lumière des flammes, Hocquincourt s'aperçut que Condé ne disposait que d'une centaine de combattants qu'il chargea incontinent avec les neuf cents survivants de sa cavalerie.

Condé, contraint à une position défensive, se plaça au tout premier rang entouré des princes et des ducs et l'on ne peut nier que tous ces gens de Fronde, si lâches en politique qu'ils demandaient l'aide de l'étranger contre leur pays pour satisfaire leurs affaires personnelles, montraient en revanche un grand courage au combat.

Princes, ducs et leurs compagnons essuyèrent un violent tir de mousqueterie sans reculer mais le duc de Nemours, blessé à la hanche, perdit connaissance et tomba de cheval.

Les escadrons d'Hocquincourt chargeaient deux par deux et sans doute les Condéens auraient-ils plié lorsqu'on entendit de nouveau les clairons tandis qu'arrivaient des renforts de cavalerie de la Fronde.

Le maréchal d'Hocquincourt hésita. Il ignorait qu'il ne s'agissait que de Beaufort et d'une trentaine de cavaliers, c'est-à-dire à peu près rien, imaginant une fois encore que toute l'armée de Condé se précipitait sus à lui.

Avec audace, et un évident courage, Beaufort attaqua de face, ce que voyant, Condé, La Rochefoucauld et leurs amis attaquèrent d'Hocquincourt par le flanc.

En proie au doute qui le torturait, le maréchal d'Hocquincourt rappela ses forts escadrons tandis que le petit nombre de Frondeurs attaquait sans relâche. Ni le maréchal, ni ses généraux ne parvenaient à faire entrer en leur esprit que le prince de Condé était homme à attaquer à un contre dix mais tout au contraire, sa frénésie laissait à penser qu'il n'agissait point seul, et qu'arrivaient les milliers d'hommes de son armée.

Tel se trouvait être exactement ce que le prince espérait faire accroire à ses adversaires.

La panique s'en mêla et bientôt, sans qu'elle reçût nul ordre en ce sens, la puissante cavalerie du maréchal d'Hocquincourt tourna bride pour ne s'arrêter qu'à Auxerre après que le prince l'eut poursuivie pendant quatre heures.

Pendant ce temps, plus lente à manœuvrer, l'infanterie du prince exterminait les derniers défenseurs de Bleneau et, sous le contrôle des officiers, s'emparait de la vaisselle d'argent de monsieur le maréchal d'Hocquincourt ainsi que de son or, ses bijoux et tous ses bagages abandonnés en sa fuite précipitée.

En outre, tout l'équipement et plus de trois mille chevaux de l'armée du roi étaient capturés par la Fronde.

Pour l'armée royale, la défaite paraissait écrasante d'autant que les fuyards ne manquaient pas, arrivés à Briare et à Gien, de donner force détails sur l'extrême violence des Condéens ainsi que sur la victoire foudroyante du prince.

À la Cour, que saisissait la panique, certains y virent la main du diable car comment pouvait-on attaquer tous ensemble, au même instant, sept villages éloignés les uns des autres ; et quel esprit humain pouvait imaginer plan si audacieux ?

Ayant une vague idée de ce qu'il convenait de faire sinon pour sauver le roi, au moins pour sauver l'honneur, le maréchal de Turenne quitta son camp et sauta à cheval pour se rendre à la Cour non sans avoir fait hâter les préparatifs de son armée et demandé au général de Nissac de concevoir quelque plan hardi où sa magnifique artillerie compenserait du mieux qu'il fût possible le déséquilibre entre les effectifs.

Puis, sachant qu'il aurait à affronter des courtisans et conseillers affolés, monsieur de Turenne poussa son cheval en affûtant ses arguments.

51

À Gien, en effet, la panique la plus totale régnait chez les gens de Cour. Déjà, on préparait les carrosses, attelait en hâte les chevaux, emportait les bagages les plus précieux.

Monsieur le maréchal de Turenne trouva la reine en pleurs puis rencontra un Mazarin d'une grande pâleur sous ses fards mal répartis, tel que le laissait la surprise totale de la défaite de Bleneau.

Néanmoins, en homme d'État ayant déjà affronté de graves crises et d'autres exils précipités, il tentait d'envisager les événements avec lucidité :

— Monsieur le maréchal, le prince de Condé ne doit en aucun cas s'emparer de la personne du roi.

— Certes, monsieur le cardinal.

— Quels sont les effectifs de l'armée de la Fronde ?

— D'après nos espions, dix mille.

— D'après les miens, qui sont plus nombreux et espions de métier, ils sont douze mille au moins, et quinze mille au plus.

Un court silence s'installa, puis le Premier ministre questionna avec anxiété :

— Combien d'hommes, en votre armée ?

Le maréchal balança un instant, puis :

— En comptant généreusement, quatre mille.

— Alors nous avons perdu. Il faut quitter Gien, détruire le pont sur la Loire et se retirer à Bourges.

Turenne sursauta :

— À Bourges ?... Un nouveau roi de Bourges, tel Charles VII ?... Mais quelle ville ouvrira ses portes à un roi battu qui fuit l'avance des factieux ?... Quel seigneur ambitieux, et ils le sont tous, acceptera de tout risquer pour sauver un roi qui n'a de royal que le titre ?...

Le cardinal Mazarin réfléchit un long moment, puis :

— Vous avez raison, monsieur le maréchal. Mais que pouvons-nous faire ?

— Il faut que la Cour et le roi, ainsi que vous-même, demeuriez à Gien. Quant à moi, je vais affronter le prince de Condé.

— À un contre quatre ?

Turenne hocha la tête :

— Je vais d'abord tenter de ralentir son avance. Et après de le vaincre, ou de mourir.

— Nissac est avec vous ?... Il n'était point à Bleneau ?

— Nissac est à mes côtés. Avec tous ses canons et la manière particulière de s'en servir qui est la sienne.

Bien que légère jalousie lui coûtât de faire tel aveu, Turenne ajouta, afin de raffermir le cardinal en ses nouvelles dispositions :

— Le comte de Nissac est le seul général des deux armées, la Royale comme la Frondeuse, qui n'ait jamais été vaincu. Cela explique pour partie qu'il soit follement aimé de ses canonniers qui pour lui, et lui seul, réalisent grands prodiges. Pour les mêmes raisons, il inquiète la Fronde et particulièrement le prince qui, pour l'avoir commandé, connaît sa grande valeur. Monsieur le prince nous livrera bataille avec appréhension et, pour l'avoir quelquefois éprouvée, je sais combien elle est mauvaise conseillère.

Le cardinal Mazarin fut rendu soudainement tout optimiste en entendant ces paroles tant elles étaient dites d'un ton calme par le seul rival, au plus haut niveau, du « Grand Condé ».

Turenne... Nissac et ses canonniers...

« Avec de tels homme, je peux espérer vaincre », songea Mazarin, impressionné, tout de même, par l'inégalité des deux armées : quatre mille de ses cavaliers, fantassins et canonniers allaient livrer bataille à douze mille, peut-être quinze mille des meilleurs soldats de la Fronde commandés par leur plus brillant général.

Nissac... Turenne...

Le premier éveillait chez lui le sentiment de l'aventure qu'il ne connaissait point, et ne connaîtrait jamais. Un général qui bouleversait l'usage de l'artillerie, un comte de très ancienne noblesse qui, avec ses Foulards Rouges, se conduisait en chef de bande bien-aimé du peuple et admiré des belles dames, un homme, enfin, qui lui avait sauvé la vie et repoussait avec hauteur toute proposition de récompense.

Le maréchal de Turenne, soldat d'exception, qui avait failli... mais par amour pour la trop belle duchesse de Longueville, ce qui constituait sérieux et pardonnable motif.

L'idée que ces deux hommes extraordinaires allaient sans doute tomber dans les heures à venir créait chez le cardinal des sentiments opposés et cependant complémentaires.

Qu'ils meurent pour une cause dont il fut, et demeurait sans doute, le plus ardent défenseur, flattait le cardinal. Que ces hommes disparaissent le menait au bord d'une grande impression de vide. Mais dans tous les cas se renforçait en lui le sentiment qu'à rallier de tels soldats, la justice lui faisait escorte.

— Dieu vous bénisse, monsieur le maréchal !

Monsieur de Turenne salua et se retira en hâte. Dans la cour, il sauta en selle et rejoignit le champ de bataille pour livrer la plus inégale des batailles.

Si Turenne fit preuve de génie, Nissac en eut sa part.

Le maréchal disposa ses troupes sur un excellent terrain, en plaine, n'ignorant point que, pour combattre, monsieur le prince serait obligé de traverser épaisse forêt. Reliant cette forêt à la plaine existait une étroite chaussée bordée de marécages et dominée par une petite colline.

C'est sur celle-ci que le général de Nissac disposa toute son artillerie, pièce contre pièce, tenant la chaussée sous son feu.

Le piège était judicieux. Le prince ne verrait que la plaine, et point les difficultés qui y menaient car en plaine, rien au monde, pas même l'artillerie de Nissac, n'aurait empêché Condé de tailler Turenne en pièces.

En outre, le prince fit preuve de graves négligences. Ainsi, en poursuivant vainement pendant des heures les escadrons en fuite d'Hocquincourt au lieu de tomber sur Turenne encore en la confusion de la mise en ordre de marche de l'armée royale. Ensuite, en confiant son armée à Beaufort qui n'empêcha point ses soldats de se livrer au pillage et au viol au lieu de se ranger rapidement et avec discipline en ordre de bataille.

Si bien que la puissante armée condéenne ne se mit en route que vers midi, laissant au maréchal de Turenne et aux siens un temps considérable pour se préparer en les meilleures conditions.

Lorsque les troupes du prince s'engagèrent sur l'étroite route bordée de marais, on s'aperçut que l'issue en était verrouillée par les soldats de Turenne. Toujours prompt, le prince lança son infanterie qui, bien que reçue par des mousquetades, fit plier les troupes de Turenne, celles-ci retraitant cependant en bon ordre.

Le cœur de Condé accéléra ses battements, le prince devint plus pâle encore qu'à l'ordinaire, sachant que plus rien ne pouvait s'opposer à ce qu'il balayât Turenne et s'emparât de la personne de Louis XIV, enfermé dans Gien.

Faisant ranger son infanterie sur les côtés de la route, le prince fit donner sa cavalerie, afin qu'elle nettoie la plaine de l'armée royale.

Cependant, une désagréable surprise l'attendait. Six de ses meilleurs escadrons de cavalerie furent pris à partie par douze escadrons de Turenne.

Il fallut bien reculer et, compte tenu de l'étroitesse de la chaussée, étant par ailleurs entendu qu'on ne se pouvait risquer en les marais, les cavaliers se bousculèrent, se gênant les uns les autres et formant mêlée compacte.

Alors, en cet instant des plus périlleux, il sembla aux Condéens que le ciel et ses orages déchaînés tombaient brusquement sur eux.

Tous les canons de Nissac donnèrent ensemble, en une seule salve. Tous les coups tuaient, les canonniers ayant réglé avec précision leurs tirs sur la chaussée depuis le matin.

Le prince comprit le piège de Turenne sans le pouvoir éviter et, le visage décomposé, il assista en grande impuissance au massacre de sa magnifique cavalerie.

Laissant des centaines de morts, les Condéens se

retirèrent de la chaussée. Le prince fit donner son artillerie mais en ce duel, elle fut immédiatement surclassée par celle du comte de Nissac qui ne perdit pas une pièce quand celles de Condé sautaient les unes après les autres, préférant bientôt cesser le feu pour ne plus être repérées et aussitôt détruites.

Puis vint la nuit, tombant sur les cris des blessés et les appels des mourants.

Humilié, le prince de Condé se retira avec ses troupes sur Châtillon. Aussitôt, l'armée royale se replia sur Gien pour protéger le roi laissé sans défense pendant toute la bataille.

Deux jours plus tard, accompagné de Beaufort, Nemours et La Rochefoucauld, le prince de Condé, se désintéressant de son armée de la Loire, se rendait à Paris à bride abattue.

La monarchie était sauvée.

Provisoirement.

52

L'homme au masque d'argent attendait, assis en un fauteuil où il prenait ses aises, heureux d'une diversion à son ennui, cet ennui qui lui faisait escorte depuis l'enfance.

Pour une fois, le marquis Jehan d'Almaric, toujours déguisé en cocher, devançait ses désirs en lui présentant cette femme étonnante qui s'adonnait au culte de Satan et laissait derrière elle, en ses soirées très surprenantes, pincées de soufre qui est condensation de la matière de feu.

Cette femme elle-même devait avoir commerce avec le diable car, la cinquantaine à peine, sa beauté stupéfiait. Le visage tout de charme et de sensualité frappait dès le premier abord, les beaux yeux noirs, les lèvres pleines et bien dessinées qui laissaient rêveur, les cheveux noirs encadrant le visage d'une grande féminité.

Et que dire de son corps !

On le voyait parfaitement, totalement nu derrière voile noir transparent : poitrine opulente et ferme, fesses rondes et attirantes par leurs aimables fossettes, triangle sombre entre les cuisses qui donnait à l'Écorcheur quelque envie de la prendre avec violence extrême.

Il tenta de se souvenir de son nom, qui lui revint brusquement : Éléonor de Montjouvent. À en croire d'Almaric, qui ne se trompait jamais.

Éléonor de Montjouvent. Cela sonnait bien à l'oreille, et flattait l'envie de lui faire l'amour d'autant que cette baronne authentique, veuve d'un spéculateur ruiné, se tenait très droite et paraissait trop altière, trop hautaine, pour que l'homme au masque d'argent ne lui montrât point sa nature de maître – ou qu'il croyait telle.

Éléonor de Montjouvent ayant dressé la liste des objets nécessaires à la cérémonie, l'Écorcheur s'empressa de faire acheter ou fabriquer chacun d'eux.

Le décor le ravissait.

Partout, en plâtre grisé ou peint, ne se voyaient que gargouilles répugnantes, animaux issus de croisements monstrueux tels crapauds et scorpions, combats en les cieux entre armées de squelettes se livrant bataille sans quartiers et bien entendu, en plusieurs endroits et lettres de feu, le chiffre « 666 », qui est, comme on sait, le « chiffre de la Bête ».

« Naïf et amusant », songea-t-il.

Il ressentait grande attirance pour cette maison du petit village d'Auteuil et regrettait de ne la pouvoir conserver bien longtemps, le marquis d'Almaric la jugeant trop proche de la route menant à Paris. Dans un mois ou deux, trois peut-être, il faudrait encore changer d'endroit.

Éléonor de Montjouvent leva les mains vers le ciel

en un geste très élégant et incantatoire qui la faisait sembler grande prêtresse des cultes du temps jadis.

Elle ferma les paupières et, d'une voix rauque, légèrement voilée comme pour accentuer sa sensualité, murmura :

— *Dies irae, dies illa... Salvet saeculum in favilla*[1].

Jehan d'Almaric, qui se tenait en retrait, éprouvait grande excitation, lui aussi, pour cette femme qui lui inspirait nombreuses et variées pensées amoureuses. Ainsi, en la regardant les bras dressés, eut-il irrésistible envie de l'embrasser aux aisselles, chose fort rare qui traduisait la force de son sentiment.

Quelques tentatives, lors des premiers contacts, pour faire comprendre à la belle baronne qu'elle pourrait gagner davantage encore en lui offrant son corps ne rencontrèrent que profond mépris : Éléonor de Montjouvent était certes tombée très bas mais ne se prostituait point.

Elle reprit, toujours de sa belle voix rauque :

— Il surgira de terre des langues de feu, les nuages couleront en invisibles sabliers géants, les dragons nous feront escorte, la lune deviendra sanglante et ne se couchera plus, l'eau la plus pure se transformera en armoise ; alors ce sera nombreux signes que la « Bête » est revenue en rampant pour chasser de sa croix le Christ mille fois maudit.

Elle baissa la tête, conservant ses bras dressés et ses mains nouées, n'imaginant point sans doute la grâce de sa pose et le désir de plus en plus fort qui venait aux deux hommes qui ne la quittaient pas un instant des yeux.

Elle reprit :

— Il tombera pluie de sang en les églises où les autels ruisselleront de vermeil et les ânes, bêtes impudiques, s'accoupleront aux femmes. Alors nous vénérerons l'Antéchrist aux oreilles de chouette et aux pieds

---

1. Jour de colère que ce jour-là
Qui réduira en cendre le monde.

de bouc et nous mêlerons en les couches corps de pucelles aux corps pourris des vieillards sortis des tombeaux, car sera venu le temps de la Bête de l'Apocalypse.

Elle se tut un instant, comme épuisée puis, la voix légèrement cassée :

— Nos ennemis voudront redresser la tête. Pour chasser la Bête, les flagellants parcourront le monde en tous sens pendant trente-trois jours pour rappeler l'âge de leur Christ à l'instant de sa mort mais le Fléau de Dieu sera le plus fort qui arma en l'an 1009 le bras du grand calife Hakim qui détruisit l'église du Saint-Sépulcre et le tombeau de leur Christ. Car la Bête prendra alors visage d'ange et nul ne reconnaîtra l'Antéchrist qui sera parodie diabolique de leur Christ-roi. Et le Fléau en sa colère fera pourrir sur pied nos ennemis tandis qu'ils se tiendront debout. Et il fera pourrir leurs yeux tandis qu'ils regarderont la Bête aux traits d'un ange de pureté et, quand ils lui parleront, leur langue elle aussi pourrira en leur bouche qui psalmodia prières infâmes.

Le souffle de la femme devint plus précipité :

— Alors nous jetterons les prêtres en un lac ardent embrasé de soufre et le règne de la Bête arrivera enfin pour l'éternité !

Bien qu'il s'efforçât à présent d'affecter de sourire, l'Écorcheur, écoutant ces paroles venues de temps de sorcellerie très reculés, avait éprouvé une certaine frayeur qu'il tenta de dissimuler.

Il se leva et applaudit longuement puis, s'approchant, mit une main insistante sur les fesses rondes de madame de Montjouvent en disant :

— Du plus bel effet, baronne ! Comme votre beau cul !

Éléonor de Montjouvent croisa le regard de Jehan d'Almaric. Le marquis fut touché. Il eut la révélation qu'elle ne croyait pas un mot de tout ce discours diabolique, cherchant seulement à survivre par ces pauvres artifices comme il comprit sa souffrance de ne pouvoir repousser la main de l'Écorcheur, dont elle devinait la puissance, et qui palpait ses fesses avec avidité.

Elle restait abattue tandis que son tourmenteur lui soufflait :

— Belle dame, vous m'avez causé grande frayeur, aussi ne puis-je vous foutre car ces deux états sont contraires et j'ai foutu pucelle il y a peu mais mon cocher va chercher deux hommes forts...

D'Almaric comprit et, quoique surpris puis choqué, alla quérir les deux officiers gardes du corps de l'Écorcheur qui, comme à leur habitude, se tenaient devant la porte.

Les deux hommes, très étonnés, regardèrent la baronne nue sous son voile noir transparent.

L'homme au masque d'argent frotta ses doigts en son geste coutumier qui rappelait les pattes de mouche puis, s'asseyant dans son fauteuil, il ordonna :

— Messieurs, elle est à vous. Donnez-moi grand spectacle.

Le viol fut rapide et créa grande déception chez l'Écorcheur qui ne fut point assez subtil pour comprendre la nature des choses. Sachant qu'elle ne pouvait échapper aux deux officiers, la baronne ne résista point, tout au contraire, et les violeurs, qui ne contrôlaient plus rien, furent pris au plaisir qu'elle leur donna et libérés en un temps très bref.

Écumant de rage derrière son masque d'argent, l'Écorcheur obligea l'un d'eux à recommencer, péchant par sodomie, mais bien trop vite encore tant la baronne – qui souffrit atrocement – feignit faussement de prendre plaisir.

Vengeance de femme trop fine pour être comprise d'un homme, fût-il pervers et retors tel l'Écorcheur.

Passant outre à sa déception, il fit signe aux deux officiers qu'ils aillent quérir chose entendue entre eux.

Ainsi fut-il fait et, sur mauvais brancard construit à la hâte, les deux officiers amenèrent le corps décapité d'une femme à demi écorchée et dont on pouvait juger de la jeunesse à des signes qui ne trompèrent point madame de Montjouvent qui, cependant, se détourna pour vomir au grand amusement de l'Écorcheur :

— Eh bien madame, est-ce là tout le cas que vous faites de la semence d'un de mes meilleurs officiers ?

Éléonor de Montjouvent jouait sa vie, et le savait. Déjà, on l'avait violée de toutes les façons qui fussent imaginables. On l'avait également couverte d'or pour la représentation ridicule qu'elle venait de donner. Intelligente, comme bien déjà elle l'avait prouvé en les dramatiques circonstances du viol, elle comprit qu'il n'était que deux attitudes possibles : afficher son dégoût, c'est-à-dire sa totale réprobation, et mourir de la main de ce fou. Ou sembler prendre plaisir à la cérémonie macabre qu'on allait sans doute jouer, devenir une alliée en matière de grand vice et, perçue comme complice, ne point exposer sa vie aux humeurs de l'Écorcheur.

Produisant grand effort qui n'échappa pas à l'attention navrée du marquis d'Almaric, elle demanda d'un ton dégagé :

— Et que dois-je faire, seigneur, devant telle charogne ?... Lui dire une messe noire ?

— Non, en manger ? plaisanta l'Écorcheur.

De sa belle voix voilée, la baronne rétorqua :

— Non point, monsieur le mystérieux, car j'ai appétit beaucoup plus délicat.

L'homme au masque d'argent apprécia, hochant la tête à plusieurs reprises :

— Vous me plaisez fort, bien fort, baronne, et en récompense, je vous foutrai un jour comme l'ont fait mes officiers, en tous endroits différents.

Elle posa une main sur sa hanche pour se placer en état d'effronterie qui souvente fois séduit les mâles :

— Pourquoi attendre, monseigneur ?

Flatté, l'Écorcheur frotta ses mains comme pattes de mouche et répliqua en accent de bonne humeur :

— Ce n'est point l'heure, chère putain. Comme vous savez le faire, répandez soufre sur ce cadavre de pauvre et innocente jeune fille, et la messe sera dite !

La baronne se détourna et ouvrit un coffret empli de poudre en songeant : « Mon Dieu, qu'il s'en aille et me laisse enfin, puis qu'il m'oublie à jamais ! »

Un vol de corbeaux survola la maison en croassant, une bûche se brisa en la cheminée. Éléonor de Montjouvent se retourna.

Les quatre hommes la regardaient les uns avec désir, d'autres, tel d'Almaric, en grande admiration.

« Sourire. Sourire et tenir sans rien laisser paraître, ce sera vivre ! » songea la baronne.

53

Après une période de repos, le comte de Nissac et les siens allaient au pas lent de leurs chevaux, sans hâte, peu pressés, au fond, de revoir Paris, ville qui leur serait hostile et où ils avaient laissé des souvenirs mêlés.

Tous les hommes portaient le foulard rouge, à l'exception d'Henri de Plessis-Mesnil, marquis de Dautricourt, qui ne l'avait point mérité – et en souffrait.

Aux branches basses d'un arbre, ils virent deux pendus dont les cadavres en décomposition attiraient nombreux corbeaux.

Le baron de Bois-Brûlé remarqua avec brièveté :

— Tiens, monsieur le prince de Condé est passé par là.

Quoique tardif, le printemps apparaissait à mille petits signes qui mettaient une joie secrète au cœur de chacun après un si rigoureux hiver, un hiver de guerre, le cinquième depuis la première Fronde dite « parlementaire ».

Des régions entières se trouvaient ruinées et les autres, saignées à blanc par les impôts tantôt royaux, tantôt de la Fronde, quand ce n'était point les deux tour à tour !

Les armées, qui se déplaçaient beaucoup depuis le nord de la France jusqu'à la Guyenne, causaient partout grands dommages. Elles cantonnaient chez l'habitant, à la grande épouvante de celui-ci qu'elles pillaient, causant désordre en toutes choses, violant et tuant. Qu'il soit considéré comme « ami » ou « ennemi » de la puissance occupante ne changeait rien à l'affaire car, à la vérité, on le traitait pareillement en l'un et l'autre cas. On emportait ses pauvres affaires, sa nourriture et parfois même, jusqu'à ses instruments de cuisine. Plus grave, on volait le grain des semailles. Souvente fois, après le viol des femmes, on tourmentait pour savoir où se trouvaient les supposées « richesses » de la maison et, la boisson aidant, bien des séances de tortures s'achevaient par la mort de la victime.

Enfin, sans qu'ils en fussent conscients, les soldats amenaient avec eux en toutes régions traversées de redoutables épidémies qui emportaient les populations les plus faibles.

Si bien qu'on crevait de faim et de souffrances en le royaume des lys, et allait bien souvent pieds nus par tous les temps sur les plus mauvais chemins.

Cependant, la Fronde fleurissait et pour qui pouvait montrer belle monnaie d'or, il n'était rien qui fût rare et en mesure d'être acquis sur-le-champ.

À proximité d'Auxerre, la troupe de Nissac tomba presque nez à nez, au détour d'un chemin, avec un parti de quatre Condéens qui retraitaient peut-être, désertaient plus certainement...

Sans même attendre un instant, le marquis de Dautricourt sortit l'épée et chargea tout aussitôt avec grande intrépidité.

Ses compagnons aux foulards rouges s'en allaient lui prêter assistance lorsque le comte de Nissac les retint en levant légèrement sa main gantée :

— Non point, messieurs.

— Mais pourquoi ? demanda Mathilde de Santheuil, la main déjà posée sur la garde de son épée.

Le comte lui sourit.

— Je crois que tel n'est point le souhait de notre ardent petit marquis, et que tout autre est son ambition. Aussi, devant que de l'aider, voyons comme il se bat.

Le marquis se battait en bel effet puisqu'il blessa aussitôt un Condéen au visage et un autre au bras, avec un courage que l'obstination rendait émouvant.

Mais les Condéens, qui se trouvaient peut-être hommes sans qualité en l'armée du prince, ne faisaient point montre d'un grand enthousiasme au duel d'autant qu'ils avaient remarqué les foulards rouges au cou des compagnons du jeune fou qui leur cherchait mauvais parti.

Aussi préférèrent-ils se retirer au grand galop de leurs chevaux.

Rosissant de fierté, le jeune Henri de Plessis-Mesnil, marquis de Dautricourt, revint vers le comte de Nissac qui l'attendait sans que nul signe, sur son visage, puisse indiquer les dispositions en lesquelles il se trouvait.

Le marquis remit l'épée au fourreau en disant d'une voix forte et virile :

— La chose est faite et l'affaire entendue.

— De quoi parlez-vous donc, monsieur ? demanda Nissac.

Le marquis perdit pied aussitôt pour entrer en état de grande confusion :

— Mais... Les Condéens, dont un officier, tout de même !... Les voilà durablement défaits et en fuite.

Le comte de Nissac se gratta la joue d'un air dubitatif.

— Ah ça, monsieur, parleriez-vous de ces quatre soldats bien vieux qui pourraient être vos grands-pères et ont le bras trop débile pour tenir une épée ?

Le marquis eut un haut-le-corps.

— Mais... Général... Monsieur le comte... Enfin, il n'en est point ainsi. Ils avaient trente ans tout au plus.

Nissac hocha la tête.

— La chose est parfaite ! Si vous les voyez de près et dites qu'ils ont trente ans quand je jurerais, moi, qu'ils en avaient quatre-vingts, alors tout est en grande simplicité.

— Mais encore, monsieur le comte ?

— C'est moi qui suis bien vieux ! Merci de votre franchise, marquis, car mes trop amicaux compagnons qui ne voulaient point que je m'alarme ne m'avaient pas encore entretenu de mon grand âge et des dérèglements qu'il entraîne. À présent, j'irai en la vie sans plus d'illusions !... Je m'en vais demander audience au roi et le prier de me donner pension de vieux soldat : une soupe au lait, un verre de vin, tabac pour ma vieille pipe en terre, bonne place sous le manteau de la cheminée de mon château...

— Monsieur le comte ! répondit le marquis, hésitant entre stupéfaction et profond chagrin d'avoir ainsi alarmé son général.

Puis, tandis que le comte de Nissac fouillait en un sac de cuir attaché à l'arçon de sa selle, le marquis prit conscience des visages souriants qui l'observaient et en fut tout décontenancé, ne sachant s'il devait y voir sympathie en raison de l'injustice qui lui était faite ou, ce qui eût été beaucoup plus grave, ironie méprisante.

C'est alors que le comte, un foulard rouge à la main et qu'il venait à l'instant de sortir du sac de cuir, dit au jeune homme :

— Approchez votre cheval au côté du mien, monsieur.

N'osant deviner le traitement qu'on lui réservait peut-être, si ses grandes espérances devenaient réalité, le jeune homme approcha son cheval de celui du comte si bien que les deux hommes se trouvaient botte à botte, mais face à face.

Nissac adopta un ton sinistre qui ne laissait rien présager de bon :

— Henri de Plessis-Mesnil, marquis de Dautricourt, quoique vous ayez agi seul alors que l'esprit de notre

333

petite société est celui du groupe, quoique vous fûtes bien téméraire avec adversaires condéens plus forts en nombre à défaut de valeur, quoique je vous trouve fol, et depuis longtemps déjà, moi, comte de Nissac, général en l'artillerie du roi, je fais de vous, sans regret, en ne balançant point un seul instant...

Le comte sourit et reprit d'une voix plus fraternelle :

— ... et même avec fierté, membre de la société des Foulards Rouges où n'entrent que les braves parmi les braves.

Nissac se pencha légèrement sur sa selle et noua le foulard rouge autour du cou du jeune homme qui pleurait de joie, de bonheur et de fierté.

Nissac lui donna une petite claque sur la joue en précisant :

— Remettez-vous donc, monsieur, que nous vous disions vos privilèges ! Allons, Melchior !

Le baron Melchior Le Clair de Lafitte, amusé, expliqua :

— Vous avez le droit d'être pendu ou roué...

Sébastien de Frontignac poursuivit :

— Jeté vif en un grand chaudron d'huile bouillante allumé par les Condéens !

Puis, ce fut le tour du baron de Bois-Brûlé :

— Percé de vingt coups de rapière !

Maximilien Fervac parla ensuite :

— Traîné vif et jusqu'à ce que vienne la mort derrière le cheval de monsieur le prince de Condé !

Enfin, la parole fut donnée à Anthème Florenty :

— Et votre corps, sans sépulture, sera mangé par les chiens et les rats.

Les regards se portèrent sur Nissac qui conclut :

— Mais au cœur des plus rudes combats, tant qu'il en restera un, vous pourrez compter sur les Foulards Rouges. Et cette interminable guerre finirait-elle enfin, seriez-vous malade, seul ou abandonné, les Foulards Rouges seront de nouveau présents. Jurez, en toutes ces choses, d'être semblable à nous !

Sortant son épée, le jeune homme en embrassa la garde et jura :

— Je le jure !... En toutes choses et pour toujours !...

54

Jérôme de Galand et un homme de grand âge étaient penchés avec attention sur le cadavre écorché et décapité d'une femme posé sur une longue table.

Le lieutenant Ferrière se tenait quelques pas en arrière, flanqué de deux jeunes officiers de la police criminelle.

L'homme âgé se redressa et, perplexe, se prit le menton au creux de la main :

— La manière est fine et précise. C'est un travail soigné. Un excellent travail.

— Mais inachevé ! répliqua Galand.

— C'est grande patience, qu'une telle besogne. Le bras pèse, la main fatigue. Nous n'écorchons point ainsi. Un bras, une jambe, pour expliquer la fonction du membre aux étudiants mais point de tels errements qui sont pure folie. Votre homme est certes habile, ce qui vient de sa longue habitude mais peut-être la lassitude l'a-t-elle gagné ?

Galand hocha la tête et répondit :

— Sans doute mais ce n'est point tout. Observez ceci qui est poudre légère sur presque tout le corps.

— Je l'avais en effet remarquée.

— Qu'est-ce donc ?

Le vieil homme sourit, montrant ainsi des dents ébréchées ou disparues.

— Pour se faire idée précise, il faudrait y goûter.

— C'est que, monsieur le recteur, je n'ai point

grand appétit, ce matin, et je craindrais gonflement de ventre.

Le vieil homme s'amusait :

— La chose n'a point d'importance et je vous donnerai médecine incontinent puisque tel est mon métier. La chance chemine à vos côtés !

— Cependant, mon habitude des poudres n'égale point la vôtre...

Le vieil homme humecta un de ses doigts et le posa en différents endroits du cadavre pour en recueillir quelques poussières. Ensuite de quoi, il porta le doigt à ses lèvres et avala la poudre en légers claquements de langue.

Il n'hésita pas un seul instant :

— Du soufre. C'est là chose bien étrange...

Galand, rêveur, répéta :

— Étrange... Point tant qu'il n'y paraît, peut-être.

Le comte de Nissac, la baronne de Santheuil et les Foulards Rouges se trouvaient à quelques lieues après Auxerre lorsqu'ils surprirent, en un champ désolé, un homme seul et malade, déserteur, lui aussi, de l'armée de monsieur le prince de Condé et qui semblait attendre la mort devant un feu de fortune.

Il s'agissait d'un vieux soldat roux, le visage balafré, dont un des yeux verts suppurait, ce qui attira immédiatement l'attention de Sébastien de Frontignac qui, après avoir appuyé sur l'œil du soldat interloqué, dit d'un air sagace :

— Je connais le remède !... Attendez-moi, et ne bougez point.

Sautant en selle avec un juvénile enthousiasme, il disparut avant qu'on pût le retenir.

Le soldat roux, un mercenaire allemand servant en les armées du royaume des lys depuis le temps lointain de sa jeunesse, parlait parfaitement le français :

— J'ai faim, mes beaux seigneurs et belle dame !... J'ai faim depuis des jours.

On le restaura de fromages aux odeurs fortes que Florenty gardait en un sac de cuir.

L'homme mangea avec avidité, regardant parfois d'un air coupable l'assistance qui l'observait avec quelque fascination. Comme on l'encourageait du geste, il se rassura tout à fait.

Les cavaliers, fatigués, s'assirent autour du feu.

Avalant la dernière bouchée de fromage, le soldat d'Allemagne demanda à Nissac :

— Êtes-vous du parti de monsieur le prince de Condé, vous aussi ?

— Non point, nous servons en l'armée du roi.

Le soldat hocha tristement la tête.

— La chance ne me fait point escorte depuis longtemps !... Mort-Dieu, j'ai suivi le prince de Condé par fidélité pour être depuis longues années de son armée du nord puis du siège de Paris mais en cette époque, monsieur le prince était le meilleur défenseur de la couronne. Les choses changent vite, trop vite pour un pauvre soldat qui n'a que son épée.

— C'est la fortune des armes, qui change ! répondit Maximilien Fervac qui ajouta : elle change comme changent les femmes.

Mathilde de Santheuil jeta un regard noir à l'officier des Gardes Françaises :

— Monsieur Fervac, c'est idée fort ancienne et bien fallacieuse que d'imaginer les femmes changeantes quand les hommes ne le seraient point. Dans l'inconstance, les hommes valent bien les femmes.

— En effet, madame, et j'ai parlé trop vite ! répondit Fervac avec davantage de diplomatie, sans doute, que de sincérité.

Par effet surprenant, le soldat roux venu d'Allemagne qui, voilà peu, semblait grande carcasse de déterré, reprenait des couleurs et tendit les mains vers le feu :

— Que la guerre est dure !

Le baron Le Clair de Lafitte, que l'homme intriguait, lui demanda :

— N'avez-vous jamais servi autre chef que monsieur le prince de Condé ?

— Certes, monseigneur, et je m'en suis repenti. Deux saisons je fus en l'armée de Charles IV, duc de Lorraine et qui, ayant perdu son duché, se mettait avec ses fortes troupes au service de tous les rois de l'Europe contre bel or.

— C'est là armée puissante, mais de fort mauvaise réputation ! remarqua Nissac.

— À qui la faute, monseigneur ? Le duc ne nous payait point, il fallait bien vivre sur le pays !... Un hiver, n'ayant plus de pain depuis trois semaines, nous avons mangé les chiens et les chevaux. Puis nous avons mangé chair humaine. Un jour, les plus mécréants attrapèrent deux nonnes fort jeunes et jolies et leur chanoinesse, bien vieille mais très grasse. Ils ne les violèrent point, par respect de la religion, mais les découpèrent en pièces et les mirent à cuire en grandes marmites pour avoir chair de religieuses, mais aussi bouillon de religieuses... Et les chirurgiens de l'armée du duc de Lorraine ?... De tous, les chirurgiens se montraient les plus voraces !... Des goinfres sans repos !... Des gloutons sans pudeur !... Souffriez-vous d'un doigt, ils vous coupaient la main. De la main, ils vous coupaient le bras. Ainsi faisaient-ils pour avoir davantage de viande en leur assiette !... Mais, par un effet tout contraire, ils devinrent eux-mêmes si gras que nous les mangeâmes à notre tour.

Nissac et Le Clair de Lafitte échangèrent un regard mi-dubitatif, mi-amusé, mais la baronne de Santheuil, bouleversée, regarda l'Allemand avec compassion :

— Je vous plains !... C'est horrible !... Et si vrai, tel que vous racontez !

L'Allemand partit d'un rire phénoménal puis, se reprenant :

— Pardonnez-moi, madame, mais rien n'est moins vrai. C'est là histoires que nous racontions la nuit, autour du feu, en les bivouacs de l'armée de monsieur le duc de Lorraine.

Il jeta un regard par en dessous à Florenty.

— J'ai dit ce mensonge en pensant que, par effet de pitié, une bonne âme me trouverait autre morceau de fromage.

Florenty n'eut point à répondre, le baron de Frontignac sauta de cheval, une chose fort répugnante à la main. Sans discuter, il colla la chose, qui semblait organe, sur l'œil malade du soldat allemand qui protesta :

— Ah çà, monseigneur, que vous ai-je donc fait que vous me traitiez si durement ?

Frontignac maintint la pression.

— Ah, ne discutez point. Pour œil enflammé, il faut appliquer dessus poumon frais de brebis.

L'œil valide de l'Allemand roux s'alluma aussitôt.

— Auriez-vous également ramené la brebis, monsieur ?

— Pour quoi faire ?

— C'est que je souffre aussi de la faim, monsieur, et que brebis à la broche est bon remède contre ce mal-là.

Frontignac ne se laissa point distraire et, d'un ton docte :

— Vos dents sont pourries. Contre la douleur de dents, portez au col une dent d'homme enfermée dans nœud de taffetas.

Nissac se leva et, avant de monter en selle, jeta un regard amusé à l'Allemand qui pressait toujours le poumon de brebis contre son œil enflammé :

— Présentez-vous aux officiers de monsieur de Turenne, on vous y donnera bonne place. Recommandez-vous du général-comte de Nissac. Bonne chance et adieu.

L'Allemand regarda les cavaliers s'éloigner puis mordit avec résolution en le poumon de brebis.

55

Jérôme de Galand, sachant les armées royales et la Cour sur les bords de Loire, avait acquis la certitude que l'Écorcheur appartenait à la Fronde. Voilà qui excluait les Loyalistes – une fort bonne chose pour la politique royale ! – et réduisait le nombre des suspects.

Le policier soupira. L'enquête avançait, certes, mais avec quelle lenteur !

Que savait-il ? En raison du lieu et de l'instant du dernier crime, commis à Paris ou dans les environs, l'Écorcheur était un Frondeur. Premier point. Second point, l'homme qui le servait et qu'on appelait « le cocher », portait nombreuses cicatrices aux avant-bras. Le carrosse maculé de boue s'avérait une piste sans suite – pour le moment – mais en revanche la présence de soufre sur le dernier cadavre ouvrait des perspectives, cette nouveauté rompant avec les habitudes.

Chose fort intéressante mais qu'il fallait différer pour penser à sujet plus urgent.

Méticuleux dans sa pensée, Galand songea que l'Écorcheur, haut seigneur, se trouvait à Paris... tout comme le prince de Condé, revenu depuis trois jours. Mais également d'autres puissants gentilshommes frondeurs tels le duc de Nemours, le duc de Beaufort, le prince de Marsillac, le prince de Conti, le très puissant cardinal de Retz qu'on disait pervers et puis encore...

Il compta sur ses doigts une quinzaine de noms, ne doutant pas un seul instant que l'Écorcheur fût l'un d'eux. Mais lequel ?

Dans tous les cas, l'Écorcheur occupait en la capitale situation de premier plan, ce qui le plaçait, lui, officiellement lieutenant de la police criminelle du Châtelet – et pour le roi, général de police du royaume – en position de dépendance.

Étrange situation, où son esprit curieux de paradoxes

eût aimé s'attarder : l'assassin commandant le policier lancé à ses trousses pour le démasquer !

Il fallait donc ici grande finesse et habile diplomatie à défaut de quoi l'enquête pourrait lui être ôtée et lui-même destitué. Puis qui sait ? Emprisonné, exilé, assassiné ?

Jérôme de Galand rédigea donc un billet qu'il fit copier en vingt exemplaires à destination des autorités parisiennes et des hautes personnalités.

Il rédigea l'original d'un trait, sans hésitation ni ratures, puis le relut sans y rien modifier :

Monseigneur,

Mon devoir, incommode en cet instant, est de vous informer de la situation en la capitale.

À Paris, en raison des événements actuels, force crimes et délits sont commis chaque jour. Les caimands se multiplient et s'enhardissent, coupe-bourses et tire-laine sont légion, on viole dans les ruelles, les assassins se cachent à peine.

Face à ce fléau, les compagnies d'archers, trois à pied, une à cheval, sont trop sollicitées pour faire face avec bonne mesure à ce péril.

Il m'est difficile, en ces circonstances, de soustraire des archers et des officiers à seule fin de donner la chasse à l'Écorcheur et mon dilemme est de choisir entre la sécurité de quelques-uns, menacés par l'Écorcheur, et de tous, menacés par les voleurs et assassins de plus en plus nombreux.

Mon opinion est que, pour éviter les troubles, il ne faut point mécontenter les bourgeois et le peuple de Paris, et donc assurer la police ordinaire qui donne tranquillité à une population déjà très nerveuse et toujours prête à rejeter sa colère sur l'autorité, si bien que l'affaire de l'Écorcheur devrait attendre période plus calme pour être résolue.

Cependant, monseigneur, je ne puis agir ainsi sans des ordres exprès afin que je diligente la police en le sens de cette exécution.

Monseigneur, votre très humble et très obéissant serviteur,

Baron Jérôme de Galand, lieutenant criminel du Châtelet.

À l'exception d'un membre important du parlement, les dix-neuf autres approuvèrent, certains joignant félicitations pour le sens politique de Galand.

Dix-huit d'entre eux, favorables à la Fronde, souhaitaient simplement qu'on ne donne aucun motif de se plaindre au peuple de Paris, qui appuyait la révolte des princes.

Pour le dix-neuvième, perdu en le nombre, la raison était tout autre et sans doute se réjouissait-il, rassuré, à l'idée que le très fin, très subtil et très méritant Jérôme de Galand n'eût point un instant à consacrer à l'Écorcheur, c'est-à-dire à lui-même.

Quand Ferrière, surpris de ces réponses, lui demanda ce qu'il comptait faire, Jérôme de Galand répondit en souriant :

— Mais démasquer l'Écorcheur !... Je ne lâcherai point cette affaire qu'elle ne soit résolue et le coupable châtié. Maintenant plus que jamais, mais avec discrétion et sans qu'on nous inquiète ou nous soustraie l'affaire.

Vers le soir, ils arrivèrent à Sens où le baron Le Clair de Lafitte, descendant d'un écuyer d'Henri le quatrième, avait fort beau château au milieu de grande forêt.

Peu avant d'y pénétrer, le baron se tourna vers ses amis et, ne semblant point très à l'aise, précisa :

— Mon épouse, la baronne Jeanne, est personne fort gentille, très aimable et en tous points parfaite, comme en l'éducation de mon fils de deux ans... Cependant, elle est accablante avec son incessant babillage au point que je préfère le roulement sinistre des tambours de l'armée du roi d'Espagne !... Aussi, de grâce, ne lui en veuillez point de ce penchant de sa nature et, surtout, évitez de prolonger la conversation car ce serait donner souffle nouveau à son vice, et comprenez que j'ai choisi le métier des armes pour me tenir le plus loin possible de cette créature... adorable !

« L'adorable créature » se montra réservée en faisant visiter les chambres. Elle autorisa en souriant et sans commentaires le comte de Nissac à cueillir une rose en le jardin sous verre afin qu'il l'offrît à madame de Santheuil qui, incontinent, la piqua en sa belle chevelure brune.

Fort soucieuse d'étiquette, la baronne Le Clair de Lafitte installa le comte de Nissac en la place d'honneur : général en l'armée du roi, il était le plus haut en grade. Noble, ses origines remontaient en la nuit des temps.

On servit potage d'oie aux pointes d'asperges et lard, potage aux épinards, hirondelles, perdrix rôties en sauce à l'espagnole et pigeons au basilic, pièces de bœuf, poulets et oies, puis variétés de fromages de la région de Sens.

Certains Foulards Rouges, mais aussi et principalement madame de Santheuil qui ne goûtait point du tout certains préjugés concernant les femmes, commençaient à trouver leur hôtesse des plus charmantes et le baron Melchior Le Clair de Lafitte bien vil calomniateur lorsque, en toute innocence, monsieur le baron de Bois-Brûlé se tourna vers la femme de Melchior :

— Madame, non seulement votre table est une des meilleures du royaume, mais vous l'avez décorée avec grand art... L'éclat de ces fleurs, la nappe finement brodée, la grande beauté de cette vaisselle ancienne... C'est œuvre d'art vivante, que cette table !...

D'un ton réservé, et presque à voix basse, Jeanne Le Clair de Lafitte demanda à son interlocuteur :

— Iriez-vous jusqu'à dire, baron, que je suis une artiste ?

Le baron de Bois-Brûlé distingua bien, à l'autre bout de la table, Melchior qui lui adressait signes nombreux et discrets avec, sur le visage, une étrange expression de désespoir mais il songea que son ami exagérait et, faisant fi des muets avertissements, il répondit avec chaleur et force sourires :

— La chose n'est point douteuse, madame.

Jeanne le regarda avec une profonde sympathie et dit d'une voix où vibrait l'émotion :

— Et le compliment me vient d'un homme qui joua la comédie devant le roi !

Partagé entre la peur de décevoir – il n'avait joué que sur des places publiques en les foires – et un certain orgueil, monsieur de Bois-Brûlé opina vaguement :

— Le roi... Le roi... Était-il là ce soir-là ?... Ce me semble, en effet.

Jeanne jeta un regard glacé à Melchior.

— Entendez-vous cela ?

— Hélas ! maugréa Melchior.

Saisissant la main de monsieur de Bois-Brûlé, Jeanne Le Clair de Lafitte lui adressa un regard tout de bonté retenue :

— Cher ami !... Artiste, moi... mais la chose est d'évidence ! Je chante en pleine nuit répertoire gaillard à y perdre le souffle !... Ah, savez-vous, on n'y résiste pas !... Et je peins !... Je peins des orties, des insectes sauvages et cruels, des chaises percées ricanantes, des pommes pourries, déjections de vaches joufflues, avenants bubons de peste, urines séchant au grand soleil d'août car voyez-vous, je pense que notre peinture est trop précieuse et me veux en avance sur notre temps !... Mes tableaux, on n'y résiste pas !... Mais j'écris aussi !...

— Est-ce possible, madame ? demanda Sébastien de Frontignac, livide.

Rappelant hululement de chouette en état de grande nervosité, la baronne Jeanne partit d'un rire sinistre qui fit écho en les combles et les greniers car, masquant un instant le clair de lune, on vit s'envoler à tire-d'aile et en grande urgence milliers de chauves-souris.

Ignorant l'incident, la baronne reprit :

— Des drames, des comédies, des pièces en vers ! J'aime le comique, et voyez-vous j'ai écrit voici deux ans farce à laquelle âme bien née s'émeut : on n'y résiste pas !... Il s'agit du *Cid* de monsieur Corneille. Imaginez que dans cette farce, le *Cid* a... des vers !

Les convives, consternés, se regardèrent avec accablement.

— Vous auriez donc fait cela, madame ? demanda Frontignac qui semblait fasciné.

— Je l'ai pensé, puis je l'ai osé ! Jeune homme, on n'y résiste pas !... À la fameuse réplique : « Rodrigue, as-tu du cœur ?... », mon héros répond : « Et bien autre chose encore, malheureusement ! » en se grattant le derrière mais la cotte de mailles qu'il porte ne lui facilite point la chose et le bruit de ses gants de métal contre la cotte de fer : on n'y résiste pas. Alors il rencontre Chimène qui, fort gênée qu'il se gratte ainsi le derrière devant toute la Cour, lui conseille de prendre médecine mais mon Cid refuse. Savez-vous ce qu'il répond ?

— Je n'ose l'imaginer ! répliqua Frontignac qui croyait vivre fort vilain rêve.

— Mon Cid répond : « Non point, madame, je garde mes petits compagnons ! » On n'y résiste pas !...

Son grand rire sinistre, solitaire et glaçant retentit une fois encore, décidant l'ultime chauve-souris, sans doute fort âgée, à choisir l'exil.

La baronne poursuivit, cette fois d'un ton plus réservé :

— J'ai envoyé mon *Cid* à monsieur Pierre Corneille.

— Et qu'a répondu le maître ? demanda Maximilien Fervac.

— Il n'a point répondu, troublé, sans doute, d'une telle imagination dont l'origine, sa pièce, n'est qu'un drame de grande banalité.

Brusquement, la baronne Jeanne se frappa le front.

— Je tiens mon œuvre en mon boudoir et vais vous

la quérir pour vous en donner lecture. Quatre actes qui passent comme un souffle car...

— ... On n'y résiste pas ! coupa Florenty.

— Précisément ! répliqua la baronne en se ruant vers l'escalier de pierre.

L'air grave, Melchior Le Clair de Lafitte se tourna vers ses compagnons :

— Madame, messieurs, officiers du roi ou pas, « Foulards Rouges » ou pas, il est des circonstances où il faut savoir abandonner le champ de bataille et faire retraite en grande hâte.

La débandade fut immédiate.

La pièce tendue de vert tendre, le lit recouvert d'une étoffe de satin bleu brodé d'or et les rideaux de velours d'un vert profond, point de doute, on leur avait attribué la plus belle chambre du château. Précisément, celle qui se trouvait la plus proche, par la vue, d'une grotte étrange creusée voici peu d'où s'écoulait un ruisseau en cascade et l'on eût dit des gouttes de cristal rebondissant sur les roches brunes. L'ensemble faisait songer à une œuvre du grand fontainier Francini.

Le comte de Nissac s'arracha à la contemplation du jardin et, lâchant le rideau, se retourna.

Mathilde lui faisait face, souriante.

Elle avait conservé ses hautes bottes rouges, ses bas, ses jarretières rouges et la rose rouge toujours piquée en ses cheveux noirs, au-dessus de l'oreille gauche.

Ainsi pensait le comte que, lorsque pour faire l'amour, la plupart se mettent nus, à considérer que, l'amour est une fête, il convient de se vêtir pour cette fête de tout ce que l'on dissimule au regard des autres. En quoi il se montrait différent.

Il s'approcha d'elle d'un pas qu'il eût souhaité mesuré mais qui fut proche du pas de charge.

56

Le comte de Nissac et Henri de Plessis-Mesnil, marquis de Dautricourt, entrèrent dans Paris par la Porte Saint-Martin à quatre heures de relevée.

Ils venaient tous deux en reconnaissance, madame de Santheuil et les Foulards Rouges attendant à moins d'une lieue de la capitale.

Nissac se sentait mal à l'aise et la raison n'en était point que Paris fût ville de la Fronde. Pendant leur marche, les deux hommes avaient échangé quelques paroles sur les campagnes désolées, puis le jeune marquis en vint à parler de ses amours :

— J'aime, monsieur, femme très jolie mais hélas du parti de la Fronde.

Le comte réfléchit à ces paroles.

— Monsieur, querelle politique ne sépare point durablement ceux qui s'aiment. À ce propos, vous aime-t-elle en retour, car n'est-ce point là la seule question qui vaille ?

— Je le crois, sans être affermi en cet état par preuve qui ne laisse point place au doute. Un aveu, par exemple. Mais nos regards sont doux et ardents.

— Je connais fort bien cet état ! répondit le comte en souriant à la pensée de Mathilde de Santheuil.

Le jeune marquis, qui paraissait ému d'avoir évoqué celle qu'il aimait et, par ailleurs, touché de l'intérêt que le comte de Nissac portait à ses affaires, lâcha un instant la bride à son cheval et, le geste large, prit à témoin le ciel d'un bleu limpide :

— Ah, Charlotte, comme on vous aime !...

Le comte sursauta. Il avait beau se convaincre qu'en tout le royaume des lys il se trouvait certainement plus d'une Charlotte qui fût du parti de la Fronde, un doute le prit :

— Charlotte !... Il en est plusieurs, me semble-t-il, qui aient quelque grâce.

— Sans doute, mais il n'en est point une qui ait la

beauté de Charlotte de La Ferté-Sheffair, duchesse de Luègue !

Nissac hésitait sur la conduite à tenir. Il devait absolument conserver bon esprit en les rangs des Foulards Rouges appelés à affronter bien des dangers. Mais il se faisait une haute idée de l'honneur d'un gentilhomme qui ne doit point mentir, fût-ce par omission, à un ami.

Il s'éclaircit la voix :

— Marquis, j'ai connu autrefois la duchesse de Luègue. En des circonstances particulières, et pour un temps très bref. Elle était alors bien jeune et, pour m'avoir vu lors d'un duel en les jardins du Palais-Royal, pensait sans doute que n'étaient point révolus les temps de la chevalerie ancienne. Moi, j'étais fort sot, imaginant, sur des paroles mal comprises, que la femme que j'adorais me mentait en aimant ailleurs. La connaissance que la duchesse et moi eûmes l'un de l'autre n'excéda point quelques heures, et nous ne nous sommes jamais revus.

Le marquis arrêta son cheval et, cherchant le regard du comte, posa une main légère sur l'avant-bras de celui-ci :

— Cher comte, cette histoire ne m'était point inconnue, toute la Cour, à l'époque, ayant eu à connaître l'aventure dont vous parlez.

— Mais alors ?... questionna Nissac.

— J'attendais... J'espérais tenir cela de vous-même.

— C'était donc un piège ?... C'est insultant !... remarqua froidement le comte.

— Ne l'entendez point ainsi, je ne désirais pas vous blesser !... Je brûlais de savoir si votre amitié serait assez forte pour trouver en ses racines le rare courage qui fut le vôtre car tel récit n'est point facile d'un homme qui posséda une femme à un autre homme follement épris de la même femme.

— Allons donc ! répondit Nissac, assez gêné.

— J'insiste, cher comte. Il entrait en ma manière de procéder attitude feinte et sans sincérité mais soyez assuré que l'objectif poursuivi n'était point vil : je désirais vous admirer une fois encore car je ne doutais point de vous un instant.

— Allons donc, monsieur, balivernes, que tout cela. Je ne voulais pas mésintelligence entre nous et vous pouvoir regarder en face.

— C'est encore très flatteur, cher comte, et je vous en remercie.

Ils reprirent leur traversée de la capitale au pas lent de leurs chevaux. Le marquis, cependant, précisa :

— Charlotte prend souvent nouvel amant mais je n'en suis point jaloux. Je crois qu'elle cherche ce qu'elle n'a point encore trouvé... ou qu'elle a perdu... et que je lui donnerai sans doute car je l'aime sans calculs, sans la vouloir changer si elle ne le désire point. Il faut avoir le courage d'aimer telle qu'on vous plut, fût-ce avec mauvaise réputation.

— Voilà paroles fort sages, marquis, et qu'on n'attendrait point de votre jeunesse.

— Cher comte, c'est qu'elles me sont dictées par une passion jusqu'ici sans aboutissement mais qu'éclaire l'espoir comme un falot en la nuit.

Ils arrivèrent peu après en l'hôtel de Carnavalet et l'endroit séduisit aussitôt le comte, comme les deux serviteurs, créatures entièrement acquises à Jérôme de Galand en sa police secrète.

Nissac admira le dessin du portail, dû à Pierre Lescot, et les sculptures que Jean Goujon avait réalisées en ce même portail. Mais, bien vite, son attention se concentra en un seul point : pourrait-il loger tout son monde ?

La réponse fut bientôt évidente et Nissac eut précisément en tête la disposition exacte des lieux. Ainsi, sur rue, de part et d'autre du portail se trouvait une première cour flanquée de deux pavillons, l'un contenant une grande cuisine, l'autre les écuries.

Puis venait la très vaste cour d'honneur qu'un petit mur séparait d'une troisième cour, dite des écuries. Sur l'un des côtés, partant des cuisines, courait une longue galerie dotée de combles à lucarnes qui aboutissait au corps de logis, l'hôtel en lui-même, divisé en quatre espaces : un cabinet de travail, une chambre vaste, une chambre plus modeste et une grande salle. Sans parler des greniers où l'on pouvait loger deux fois l'effectif des Foulards Rouges.

Redescendu en la cour d'honneur pour y vérifier un dernier détail, Nissac eut la surprise d'y découvrir Jérôme de Galand en son habit noir avec, quelques pas en arrière, le lieutenant Ferrière et deux jeunes officiers de la police criminelle.

Le comte et le baron ne cachèrent point la joie qu'ils éprouvaient à se revoir mais bientôt Jérôme de Galand entraîna son ami à l'écart.

On les vit ainsi discuter longuement, aller et venir en la cour d'honneur, sourire et s'inquiéter. Un instant, le comte de Nissac mima dans le vide à gestes précis un espace dont seul Ferrière eut la rapidité d'esprit de comprendre qu'il se trouvait à double issue et devait poser quelques problèmes au comte.

Pour tous ceux qui, sans rien entendre, assistaient à la scène, il n'était point douteux que le général d'artillerie et le général de police mettaient au point quelque périlleuse affaire impliquant les Foulards Rouges aux dépens de la Fronde.

Puis, les deux hommes semblèrent enfin d'accord et revinrent vers Ferrière et le marquis de Dautricourt en changeant de sujet.

— Et l'Écorcheur ? demanda le comte de Nissac.

— Il a recommencé. Par deux fois. Il écorche avec moins de vigueur que voici trois ans mais a répandu du soufre sur le cadavre de la dernière victime.

— Du soufre ?... Dans quel dessein ?

Galand haussa les épaules en signe d'impuissance.

— J'en suis réduit aux hypothèses, la chose va de soi. Mais, voyez-vous, le soufre est condensation de la matière de feu et celui-ci, de tout temps, inspira ceux qui veulent entretenir commerce avec le diable.

— Voulez-vous dire que l'Écorcheur place ses folles actions sous pensées démoniaques ?

— C'est fort possible. Au fond, cher comte, nous savons tous deux, pour avoir vu les cadavres, que cet homme est fou. Dès lors, qu'il le soit plus encore que nous ne l'imaginions ne change rien qui fût décisif.

— Mais la chose rend-elle plus aisée votre enquête ?

— Ce n'est point impossible. Ceux qui rendent hommage à Satan ne sont point si nombreux et font appel à des imposteurs connus de notre police... Nous verrons bientôt.

— Espérons. La Fronde suffit bien à notre malheur.

Galand jeta un regard à ses hommes, puis entraîna Nissac à l'autre extrémité de la cour d'honneur :

— Ici, nos affaires sont en meilleure voie.

— Je n'ai point remarqué !... Baron, je viens de traverser Paris, la Fronde y règne partout en maîtresse absolue de la ville.

— La Fronde, oui. Monsieur de Condé, moins aisément.

— Qu'entendez-vous par là ? demanda Nissac, vivement intéressé.

Le policier hocha la tête d'un air entendu.

— Je connais parfaitement Paris. J'aime cette ville. J'y suis né, et mon père avant moi. Je l'ai parcourue en tous sens pour des affaires de police criminelle. Je connais ses faiblesses et ses vaillances... Cher comte, si quelque jour affaire changeant le sort des hommes venait à se produire, c'est de Paris que viendrait la chose.

Nissac, en un geste totalement inattendu de sa part, passa son bras autour des épaules du policier et l'entraîna à marcher.

— Le gouvernement des hommes par les hommes, le droit contre la force, la justice contre l'arbitraire, la liberté contre la servitude...

— La république contre la monarchie, les idées nouvelles contre le féodalisme. Il faudra bien un jour s'organiser en sociétés secrètes, nous reconnaître à certains signes, dépasser nos frontières car l'homme est partout semblable en tous les pays du monde...

Les deux hommes s'immobilisèrent et échangèrent un long regard qui scella à jamais leur amitié, celle qui unit deux cœurs purs et généreux en un but dépassant leurs pauvres vies.

Cet instant merveilleux fut difficile à surmonter, tant il ouvrait de rêves sur un avenir radieux mais il le fallait pourtant : en ce mois de mai 1652, à Paris, on vivait sous la domination de la Fronde.

Jérôme de Galand prit l'initiative :

— Paris est ville frondeuse, mais elle se trompe de révolte. En attendant, cette ville a longue mémoire et n'oublie rien. Ainsi, la façon dont le prince de Condé, alors au service du roi, l'assiégea. Ainsi encore la faim, le carnage de la bataille de Charenton, le massacre des prisonniers... Cher ami, le 12 avril, le parlement reçut monsieur le prince de Condé avec extrême froideur. Le 23 de ce mois d'avril, une assemblée de notables parisiens refusa l'union avec les princes, acceptant tout au plus de députer au roi pour lui demander de bannir Mazarin, sachant que Louis le quatorzième n'accepterait jamais. Le même jour, qui n'était point faste pour monsieur le prince de Condé, il fut reçu très mal par la chambre des comptes et la cour des aides. Peu après, monsieur le prince, mal inspiré, ordonna à ses agents de mener tapage en les rues et, avec l'aide du peuple aveuglé, d'apeurer les bourgeois et les représentants de la ville... mais ceux-là ne pardonneront jamais eu égard à la peur qui fut la leur.

Le comte de Nissac écouta avec grand intérêt, mais une chose, cependant, échappait à son entendement :

— Je ne comprends point : si la ville n'aime point le prince, que ne le rejette-t-elle ?

Galand soupira :

— Elle n'aime point le prince mais a de l'affection pour Gaston d'Orléans. C'est toute la complication de la situation.

— Je comprends mal.

— Gaston d'Orléans est toute indulgence envers les Parisiens. Il est même faible, et donc très populaire. Malheureusement, il n'est point le meneur de la Fronde et suit monsieur le prince, sans doute par faiblesse, une fois encore.

— Ne peut-on susciter opposition entre le prince et Gaston d'Orléans ?

— On ne peut agir de l'intérieur. Pour la Fronde, ses puissants seigneurs, ses armées, nous ne sommes rien. Mais en ruinant ses opérations, en comptant sur le prince pour se rendre impopulaire et sur le roi revenu près de Paris, nous pouvons espérer hâter les choses.

— Au moins servirons-nous à cela ! répondit Nissac.

57

Le comte de Nissac avait choisi Maximilien Fervac. Dépouillé de ses attributs d'officier en les Gardes Françaises, simulant une grande vulgarité dans l'expression et se souvenant très à propos de Manon, qui vendait ses charmes à de vieux et riches bourgeois, Fervac s'affichait avec sa protégée en certain quartier mal famé du Faubourg Saint-Marcel.

La jeune femme, heureuse de revoir le seul homme pour lequel elle éprouvait tendre et ardent sentiment, au point qu'il n'eut jamais à délier sa bourse pour la posséder, profitait de son bonheur et ne posait pas de questions. En retour, Fervac ne l'interrogeait point sur son déplaisant métier, ayant compris que la jeune femme n'avait pas d'attaches avec ce qu'elle vivait quatre ou cinq fois la semaine en compagnie de ses vieux habitués.

Aucun homme n'est certes parfait et le serait-il, on s'ennuierait profondément en telle compagnie.

À regarder du côté de ses qualités, Fervac était beau, bien fait et charmeur, courageux, fort et très drôle, à quoi s'ajoutait qu'il faisait délicieusement l'amour.

À considérer ses défauts, du seul point de vue de la jeune femme, on pouvait le juger songeant trop à l'ordre, ne supportant point les affaires traînant ici ou là quand il existait une place pour chaque chose. En outre, il faisait montre d'une grande logique en la parole, vous écoutant attentivement, reprenant une expression maladroite, expliquant par le menu les raisons de votre comportement si bien qu'avec lui, on se sentait quelquefois comme une marionnette entre les mains du montreur qui l'anime et lui donne don de parole.

Pour Manon, cependant, les qualités l'emportaient haut la main sur les défauts et elle ne pouvait imaginer autre homme occupant si fort ses pensées.

Manon, étant d'une rare beauté et d'un maintien altier qui provoquait le mâle, fut très vite remarquée, en les bouchons et cabarets, par nombreux maquereaux qui auraient aimé mettre la belle en leur lit et faire en sorte qu'elle leur assurât coquets revenus en vendant à leur profit son corps splendide.

Les maquereaux, s'étant consultés, décidèrent qu'on ne pouvait laisser femme si ravissante au beau Fervac, ce gêneur, qu'il convenait d'occire au plus tôt.

Les provocations ne tardèrent donc point, d'inégale gravité.

Tel, passant devant la table de Fervac et de sa tendre amie, renversait leurs verres en riant. Un autre plaquait ses deux mains sur les fesses de Manon. Le troisième faisait réflexion à voix haute sur la tristesse qui était la sienne en voyant si jolie pouliche en bien médiocre compagnie.

À chaque fois, et sans qu'il paraisse le moins du monde ému, Fervac invitait le provocateur à sortir. Le cabaret était aussitôt abandonné et ses occupants emplissaient la ruelle, généralement obscure, choisie pour vider la querelle car tel spectacle ravissait les femmes et intéressait les hommes : en ce genre d'occasion, et selon vieil usage, il n'est jamais qu'un survivant.

Mais que ce fût au couteau ou à l'épée, la rencontre frappait par sa brièveté et, bientôt, par l'absence de toute surprise car Fervac sortait toujours vainqueur de ces duels où il ne recevait pas même égratignure légère.

On le considéra donc avec respect, pour son courage tranquille et sa grande habileté aux armes. Puis, des truands de quelque importance l'invitèrent à leur table où Fervac étonna par l'admiration qu'il manifestait pour la Fronde.

Aussi, on ne tarda guère à éviter tel sujet de conversation qui ennuyait les ruffians. Mais Fervac y revenait sans cesse, plaidant avec ardeur la cause des princes et maudissant « le Mazarin ».

Fervac fascinait.

Il avait tué cinq maquereaux, affichait sans peur des lendemains changeants, son soutien à la Fronde, et échappait à toute sanction. Les archers ne le trouvaient point alors même qu'il ne se cachait nullement, et la police criminelle du très redouté Jérôme de Galand se montrait impuissante à le capturer.

Le bruit courut qu'il était fort chanceux en un milieu où la chance est chose très respectée en cela qu'elle vous assure réussite et surtout survie.

Un jour, un homme de haute stature s'en vint trouver Fervac et lui expliqua qu'il était de bonne justice de soutenir une cause tout en tirant grands profits de celle-ci.

Fervac se montra intéressé et, rapidement, l'homme lui parla du « Coq Noir », taverne discrète où se réunissaient gens de leur sorte servant la cause des princes.

Rendez-vous fut donc pris aussitôt.

Jérôme de Galand n'ignorait absolument rien des activités de Fervac et avait donné des ordres fermes et précis pour qu'il ne fût point inquiété un seul instant. Pour lui, cette affaire suivait son cours de manière satisfaisante.

Au reste, il se trouvait sollicité par autre chose qui concernait le culte voué à Satan et ceux qui le pratiquaient.

De sa vie, il n'avait rencontré autant de fous, une bonne dizaine, et presque autant de folles, dont il s'étonnait que la justice royale les laissât en liberté bien qu'ils ne fussent point dangereux mais fatigants à l'extrême.

On lui donnait rendez-vous en les lieux les plus singuliers, dans les estaminets et les caves des Halles, du Quartier Latin et du Palais-Royal. Sans parler de cet endroit ridicule, une cave plongée dans le noir le plus total où on se trouvait servi par des aveugles. Sans doute cette place, sous la plume de chroniqueurs fallacieux, apparaîtrait en les siècles futurs comme lieu très étrange et très merveilleux pour sa qualité à faire rêver mais, en attendant, quelle chienlit ! On n'y voyait goutte, les clients se cognaient les uns aux autres et répandaient leur vin sur le pourpoint du voisin. Quant aux aveugles censés bien connaître l'endroit, il n'était point rare qu'ils trébuchent et renversent la bière sur le crâne d'un bourgeois qui poussait de hauts cris. C'est pourtant aux aveugles que Galand accordait le plus d'indulgence car les malheureux savaient qu'on venait sinon les voir, au moins les frôler, comme s'ils fussent bêtes étranges et que leur dignité s'en trouvât sans doute bien naturellement offensée.

La veille, un jeune fou qui se disait cousin de Satan avait laissé à destination de Galand des mots cachés sous pierres plates qui l'entraînaient de lieu en lieu et devaient, au bout de la course, amener rencontre avec le Prince des Ténèbres. Mais Galand connaissait bien Paris et comprit très rapidement que, entre les fontaines et les regards, le jeune fol lui faisait suivre le tracé de l'aqueduc de Marie de Médicis, achevé en 1624 et qui comportait onze fontaines publiques et vingt-six regards. En conséquence de quoi, il abandonna cette piste : le Prince des Ténèbres attendrait une autre occasion.

Mais, cette fois, son instinct disait clairement à Jérôme de Galand qu'il se trouvait en bonne situation.

L'homme qui lui faisait face, un faux prêtre simoniaque et maquereau, le regardait avec froideur et réserve.

Sèchement, Galand lui exposa ce qu'il cherchait, à quoi, tout aussi froidement, l'homme répondit :

— Peut-être en effet, Éléonor de Montjouvent, qui seule utilise le soufre, ne m'est-elle point inconnue et peut-être pourrais-je vous mener à elle.

Il regarda le Pont-Neuf, qui surplombait les deux hommes, et ajouta :

— Mais qu'y gagnerai-je ?

Galand réfléchit. Son interlocuteur, un homme intelligent, n'était point de ceux que l'on abuse avec paroles légères.

Il observa la Seine, le quai désert, leurs ombres agrandies par un beau clair de lune puis, après un soupir :

— Savez-vous qui je suis ?

La réponse ne tarda point :

— Jérôme de Galand, lieutenant criminel du Châtelet.

— C'est exact. Ai-je la réputation d'abandonner ceux qui me servent fidèlement ?

— Vous n'avez point telle réputation, la chose est vraie.

Galand hocha la tête avec une gravité exagérée.

— Alors je ne vous pose qu'une question : que voulez-vous pour votre peine à me servir avec zèle et célérité en cette circonstance ?

Le faux prêtre, pris de court, hésita un instant puis :

— Qu'on laisse à leurs galanteries mes deux putains. Qu'on me laisse en paix vendre objets saints que d'autres dérobent en les églises. Enfin, que la police ignore ces réunions où les bourgeois et certains nobles veulent rencontrer Satan mais qui finissent toujours par fornications de tous et de toutes mêlés.

« Il n'est de bonne police sans concessions », songea Galand qui rétorqua d'un ton sec :

— Soit, vous ne serez point inquiété. Eh bien, cette baronne de Montjouvent ?

58

Souvente fois, en une semaine, on vit Fervac, dit le chanceux au « Coq Noir ». Parfois seul, parfois accompagné de Manon, dite la ravissante.

Situé hors les murs de Paris, Faubourg Saint-Victor, le « Coq Noir » ne payait point de mine mais n'y entrait point qui voulait. En effet, devant la porte se trouvait en permanence un géant auquel il manquait une oreille et le moignon de celle-ci, qui semblait fine dentelle de chair, portait encore la trace des dents d'un adversaire sans doute fort résolu.

En apparence, le géant laissait entrer ou point qui bon lui semblait mais, en vérité, il n'obéissait pas à quelque caprice. Pour pénétrer au « Coq Noir », il fallait absolument réunir deux conditions. La première, être truand reconnu. La seconde, se trouver tout dévoué à la Fronde. Mais ces deux états se devaient être obligatoirement liés ; un simple truand n'entrait point, et pas davantage un quelconque Frondeur.

Fervac, chaud partisan des princes et assassin à cinq reprises, pouvait se sentir chez lui au « Coq Noir » où on lui faisait toujours fête avec ce respect étrange qui, en ce milieu, va à ceux qui ont pris la vie des autres. On le jugeait bon compagnon car le lieutenant des

Gardes Françaises n'hésitait point à ouvrir sa bourse pour abreuver ses nouveaux amis.

Le « Coq Noir » était un endroit tout en longueur, comprenant une cave sur le côté gauche et une autre issue donnant sur une cour-jardin, celle-ci débouchant sur une rue perpendiculaire au boulevard Saint-Victor.

Étrange établissement que le « Coq Noir ». Assassins, voleurs, maîtres chanteurs, violeurs, tous s'y côtoyaient en bonne intelligence, échangeant des confidences sur les plus généreux des princes, les moins regardants à la manière et de tous, monsieur de Condé avait la faveur. Peu lui importait qu'on tue un bourgeois, viole sa femme et sa fille, prenne sa cassette et autres valeurs si, par exemple, la victime avait commis un libelle hostile au prince ou ternissant sa gloire.

En outre, par les moyens qu'ils employaient, dont la torture était le favori, les truands obtenaient excellents résultats et renseignements de tout premier plan, ce qui en faisait les meilleurs des agents de la Fronde.

Ces histoires, rapportées à Nissac par Fervac, avaient beaucoup surpris le comte qui s'alarmait de cette entrée de la truanderie en politique. Qu'une bande d'assassins et de maquereaux pût ainsi servir des traîtres et des armées étrangères sous couvert de choix en la chose politique le choquait profondément et lui faisait venir appréhension en cela que semblable vilénie pourrait devenir courante en les temps futurs.

Mais telle n'était point, pour l'heure, la pensée de Nissac qui attendait en l'arrière-cour-jardin du « Coq Noir ».

L'action, longuement préparée, devait – ainsi l'espérait-on – se bien dérouler et, en effet, tout commença comme il était prévu.

Ainsi, Fervac se présenta à la nuit, sourit au géant à l'oreille croquée et lui planta son poignard en plein cœur.

L'homme mourut sur le coup.

Aussitôt, aidé de Mathilde de Santheuil, l'officier des Gardes Françaises plaça tonnelet de poudre à canon devant l'entrée du « Coq Noir » et enflamma la mèche courte puis, accompagné de la jeune femme qui portait habit d'homme, il courut sur le boulevard Saint-Victor afin de gagner la cour-jardin où les attendaient les autres Foulards Rouges.

Mathilde avait insisté pour participer à cette chaude affaire et le comte, quoique très contrarié, céda, ne voulant point froisser cette croyance de la jeune baronne qui pensait que, bien souvent, une femme vaut un homme. Dans cet esprit, dès qu'elle le rejoignit, il lui noua amoureusement foulard rouge autour du cou, substituant un très long baiser au petit discours de circonstance.

Nissac et ses compagnons attendaient sans impatience ni crainte la suite des événements. Le général-comte et le baron Sébastien de Frontignac appartenaient tous deux au corps de l'artillerie royale, arme où ils excellaient, et connaissaient également l'art des sapes, utilisées lors des sièges des places ennemies. Aussi avaient-ils dosé avec grand savoir la charge de poudre placée à côté du cadavre de l'homme à l'oreille croquée.

L'explosion, bruit et lueur intense, déchira la nuit et, aussitôt, Nissac et les siens couvrirent le bas de leurs visages avec leurs foulards rouges.

L'éclatement du tonnelet, détruisant totalement la façade, tua une bonne moitié des truands réunis au « Coq Noir ». Les autres, dans la fumée, se ruèrent sur la seconde issue.

À peine à l'air libre, ils se trouvèrent sous le feu des mousquets de Nissac, Frontignac, Mathilde, Le Clair de Lafitte, Fervac, Bois-Brûlé, Florenty et Dautricourt, soit huit armes à feu aux tiges solidement plantées en terre. Tandis que certains Foulards Rouges rechargeaient leurs mousquets, Mathilde, Nissac, Frontignac, Fervac, Le Clair de Lafitte engagèrent les survivants à l'épée.

En quelques minutes, tout fut dit, le « Coq Noir »

détruit et trente des meilleurs agents du prince de Condé tués.

La nouvelle devait peu ensuite se faire pâmer de bonheur Mazarin tandis que Louis XIV s'émerveillait de ce genre de coup de main qui flattait son goût de l'élite.

Satisfait, Nissac donnait l'ordre de repli lorsque...

Le duc de Beaufort tendit une bourse au soldat roux, d'origine allemande, et lui fit signe de s'éloigner.

Il savourait cet instant. Ainsi, grâce à ce déserteur venu le trouver, pouvait-il espérer anéantir les « Foulards Rouges ».

Un hasard, un merveilleux hasard ! L'Allemand avait reconnu un de ces gentilshommes qui, tandis qu'il se trouvait assez mal, prirent la peine de le restaurer et de le soigner. Il s'étonna qu'un officier du roi circule ainsi, librement, en les rues de Paris.

Son cœur avait tout de même balancé entre reconnaissance et appât du gain mais l'attrait de l'or fut le plus fort et, par relation de canaillerie, le déserteur n'eut guère de peine à joindre le duc de Beaufort qui se faisait appeler « le roi des Halles » en raison des amitiés qu'il entretenait avec les ribauds et poissardes, en grand nombre dans ce quartier.

Une histoire simple. L'Allemand ne savait pas même qu'il s'agissait d'un Foulard Rouge mais, croisant dans la rue un officier du roi qui se trouvait être Fervac en galante compagnie, en cette occurrrence Manon, le déserteur le suivit au « Coq Noir ». Averti, Beaufort se douta que seul un Foulard Rouge, « officier du roi », pouvait montrer pareille audace. Il fit donc placer l'endroit sous surveillance par prévision astucieuse du plan de Nissac et, dès que le rassemblement des Loyalistes fut connu, le « roi des Halles » rassembla la troupe qui se tenait en alerte depuis plusieurs jours, soit un parti d'une centaine de soldats, mousquetaires et dragons.

Le duc de Beaufort ne pouvait souhaiter meilleure conjonction ! Ainsi, dans un premier temps, recueillerait-il grande gloire pour la mise à mort ou la capture des Foulards Rouges qui servaient tant le prestige du roi, mais surtout du Premier ministre haï. Voilà qui rehausserait grandement son prestige à Paris.

Ensuite de quoi, en intervenant à dessein si tardivement, réduisait-il à néant le fort brillant service d'espionnage du prince de Condé... au profit du sien, autre matière à tirer gloire, renforcer sa position et soutenir ses ambitions en le camp de la Fronde.

Il sourit et lança sa centaine d'hommes contre les huit Foulards Rouges qui prirent aussitôt des dispositions de défense derrière le muret où ils ouvrirent meurtrier feu de mousquets contre les assaillants.

Le duc apprécia. Même en une situation désespérée, les Foulards Rouges se battaient avec grand courage mais quoi, l'affaire lui coûterait vingt, trente mousquetaires ?... Soit ! Mais il l'emporterait tout de même.

Il pensait cela avec grand bonheur lorsque...

59

Le duc de Beaufort chancela de surprise, tant la chose lui semblait impossible.

On l'attaquait sur ses arrières !... Lui !... Sous les portes de Paris où, avec les siens, il régnait en maître !

Pris frontalement sous le tir diaboliquement précis des mousquets des Foulards Rouges, attaqués à revers par une centaine d'hommes fortement armés et très disciplinés, dragons et mousquetaires frondeurs connurent un instant de flottement puis un début de panique et le duc de Beaufort, à cheval, eut grand-peine à rassembler ses troupes. Alors, se détachant, il se porta seul, non sans courage, au-devant de la centaine d'hommes dont l'intervention venait de ruiner ses ambitions.

Un homme de petite taille, tout de noir vêtu et entouré d'un grand respect par ses troupes, lui fit face avec, sur le visage, un insondable sourire.

Le duc de Beaufort faillit s'en étrangler :

— Vous ?

— Qui d'autre pour faire régner l'ordre, par nuit noire, en la bonne ville de Paris ? répondit Jérôme de Galand.

Beaufort, hagard, répéta :

— L'ordre...

Puis, brusquement écumant de rage :

— Ah çà, morbleu, de quel ordre parlez-vous donc, monsieur le policier ?

Le calme de Galand contrastait singulièrement avec l'exaltation du duc de Beaufort et le baron, qui s'exprimait d'une voix douce et mesurée, n'ignorait point qu'il contribuait ainsi à porter son interlocuteur à ébullition.

Il expliqua, en accentuant non sans malice l'air de grande patience qu'il se donnait :

— Monsieur le duc, lorsqu'un estaminet d'aussi mauvaise réputation que le « Coq Noir » est en quelque sorte projeté en les cieux, mais certainement pas en direction de Dieu le Père, que deux partis inconnus se battent sous les murs de Paris, je ne fais que mon devoir en réunissant deux compagnies d'archers, soit quatre-vingts hommes et leurs officiers, afin de rétablir l'ordre. Ne l'aurais-je point fait, vous eussiez, en d'autres circonstances, été le premier à dénoncer mon manque de vigilance et mon peu de hâte à maintenir un ordre auquel sont très attachés messieurs les princes.

Le duc de Beaufort hésitait, ne sachant point si le baron de Galand était un fourbe de grande intelligence ou un parfait imbécile d'une totale loyauté. Quoi qu'il en fût, sa position était inattaquable, aussi Beaufort baissa-t-il un peu le ton :

— Mais n'avez-vous point vu les Foulards Rouges ?

— Des foulards rouges alors qu'il fait nuit noire !... J'ai vu quelques dragons, et de nombreux mousquetaires. J'ai alors songé qu'une avant-garde de l'armée de monsieur le maréchal de Turenne cherchait à forcer la Porte Saint-Victor... Que voulez-vous, monsieur le duc, nous autres, gens de police, n'avons guère l'occasion de réfléchir trop longuement avant de choisir le maintien de l'ordre.

— Soit !... Soit !... répondit le duc de Beaufort qui ne cachait point sa grande déception.

Galand insista :

— Pardonnez-moi, monsieur le duc, mais je devrais faire rapport à monsieur le duc d'Orléans, quand monsieur le prince de Condé souhaitera sans doute m'entendre sur cette affaire...

— Eh bien ?

— Pourrais-je voir un de ces Foulards Rouges ?...

— Un...

Le policier, voyant le grand étonnement du duc, poursuivit :

— Ou un de leurs morts ?...

— Un mort ?...

— Un de leurs blessés, alors ?... insista Galand.

— C'est que...

— Un prisonnier, peut-être ?...

Le duc sursauta, comme s'il se trouvait tout soudainement touché par la foudre puis, furieux, il se tourna vers un de ses officiers qui attendait depuis un certain temps déjà :

— Où sont-ils ?... Où sont les Foulards Rouges ?...

— Précisément, monseigneur, je voulais vous avertir : ils sont en train de fuir. Doit-on les poursuivre ?

— Mais bien entendu, triple sot !

Dans la plus grande confusion, Beaufort parvint à réunir une cinquantaine d'hommes tandis qu'en colonne par deux, dans un ordre parfait mais sourires goguenards aux lèvres, les archers de monsieur de Galand prenaient la direction de la Porte Saint-Victor.

Le policier savourait sa victoire en silence lorsque le lieutenant Ferrière se porta à sa hauteur en riant.

— Bel instant !... Les libellistes vont donner grand bonheur à leurs lecteurs : « La police de Paris bat en l'humiliant un fort parti de mousquetaires du glorieux duc de Beaufort !... Profitant de ce combat inattendu, les Foulards Rouges s'esquivent. »

Le baron de Galand haussa les épaules.

— Il faut savoir saisir les petits bonheurs que nous offre la vie.

— Mais précisément, comment le saviez-vous ? Comment saviez-vous pour les Foulards Rouges et surtout pour le duc de Beaufort qui ne vous entretient certainement pas de ses projets ?

Jérôme de Galand observa longuement le lieutenant, sans dissimuler sa bienveillance :

— Tout savoir, tel est mon métier, mon bon Ferrière. Tout savoir et parfois ne point bouger... Ou intervenir en grande urgence. Vous comprendrez cela un jour, lorsque vous me succéderez.

Puis, pour lui-même :

— Il faut un seul maître à la police de Paris, ou bien c'est l'égarement. Si nous battons la Fronde, j'enverrai semblable projet au roi.

En soldat d'expérience, le général-comte de Nissac avait tout envisagé, y compris une retraite précipitée.

Aussi, c'est sans hésitation qu'il mena sa petite troupe vers le vaste jardin royal d'herbes médicinales fondé par Guy de La Brosse, un quart de siècle plus tôt.

Cependant, il fit un détour par le labyrinthe à l'entrée duquel il abandonna une de ses torches qui grésilla sur la terre battue.

Puis, toujours en courant, il prit la direction totalement opposée et fit éteindre les torches dès qu'ils eurent atteint un bâtiment de planches en lequel ils entrèrent tous les huit, se heurtant aux pelles et pioches des jardiniers.

Le lune éclairait généreusement le jardin et, par la porte du bâtiment demeurée entrouverte, Nissac put informer ses compagnons des nouvelles et passionnantes aventures du duc de Beaufort.

Celui-ci, découvrant la torche encore chaude, exulta : entrés dans le célèbre labyrinthe, les Foulards Rouges n'en sortiraient que morts ou prisonniers.

Le duc fit donc cerner la place et venir de gros renforts depuis la capitale en menant grande agitation afin que nul n'ignore le triomphe qu'il pressentait..

Pendant deux heures, le labyrinthe fut parcouru en tous sens par les soldats de la Fronde, qui finissaient toujours par se croiser, se hélaient de joyeuse humeur, s'apostrophaient, ou se laissaient prendre par d'interminables crises de rire tandis qu'un dragon mettait un tonneau en perce afin de désaltérer ses camarades qui commencèrent à tituber en ce labyrinthe qui, de gorgée de vin en gorgée de vin, leur paraissait un avant-goût de l'enfer. Si bien qu'entre ceux qui ne buvaient point mais hurlaient de rire, et ceux qui honoraient Bacchus mais hurlaient de terreur, le labyrinthe évoquait quelque institution où l'on parque les fous incurables.

Le regard perdu, ne saisissant plus que très imparfaitement le fonctionnement du monde, le duc de Beaufort porta la main à son crâne bouillant, ne chercha plus à comprendre quelle force maléfique soutenait les Foulards Rouges et, la mort dans l'âme, donna le signal du repli vers Paris, ville où il entra tête basse suivi d'une troupe où certains titubaient.

Des Parisiens réveillés par les préparatifs de victoire du duc ne manquèrent point de saluer son retour avec toute l'ironie qu'appelait la situation.

Le comte de Nissac attendit encore une dizaine de minutes, puis fit rallumer les torches.

Ils avaient une longue marche devant eux, se trouvant dans l'obligation d'entrer dans Paris par la Porte de Nesle, fort judicieusement placée, depuis peu, sous l'entier contrôle des hommes de Jérôme de Galand.

Le comte prit la baronne par la taille.

— Madame, ce foulard rouge me fait songer à vos jarretières de semblable couleur.

Elle l'embrassa avec violence, puis lui murmura à l'oreille :

— Monsieur que j'aime, encore un peu de patience et ce qui demeure de la nuit sera à nous.

60

Jérôme de Galand ne se décourageait point, bien qu'il eût enregistré trois échecs successifs en sa recherche d'Éléonor de Montjouvent qui, selon toute apparence, se tenait sur ses gardes.

Une première fois, elle venait de changer brusquement de logis sans indiquer le nouveau lorsque le général de police se présenta. Une deuxième fois, lors d'une soirée vouée au culte de Satan, elle s'était retirée si vite que le policier, prévenu tardivement par le simoniaque, la manqua de quelques minutes. Enfin, la troisième fois, et tandis que le dispositif de police semblait aussi discret qu'efficace, Éléonor de Montjouvent n'était point venue, sans prévenir ceux qui l'attendaient.

Le policier, que sa nature ne poussait point au découragement, ne voulait retenir en tout cela que deux points satisfaisants. Ainsi, le premier, où son informateur simoniaque se montrait loyal et désireux d'être fidèle à sa promesse. Le second tenait à la qualité des renseignements transmis par ce même informateur : l'homme se montrait à l'usage remarquablement précis et fin connaisseur du sujet qui les occupait l'un et l'autre.

La suite était donc affaire de patience et d'une pincée de chance – et non de soufre, songea-t-il, amusé. Mais Jérôme de Galand, s'il possédait sans conteste la ténacité, ne doutait pas que la bonne fortune finirait par lui sourire.

Le policier déambulait seul en les rues, une garde discrète et silencieuse le suivant et le précédant à peu de distance. De loin en loin, des hommes et quelques femmes lui adressaient discrets petits signes de reconnaissance, furtifs et respectueux. Souvente fois, il s'agissait de truands saluant à leur manière un homme qui les avait arrêtés, ou les arrêterait un jour.

Pensif, Jérôme de Galand pénétra dans une auberge où il avait ses habitudes et dont le propriétaire et quelques familiers du lieu l'avaient surnommé « le chat ».

Le chat, parce qu'un jour, d'un vif mouvement de tête, il avait évité un adroit lancer de poignard à un doigt de son visage. Le chat en raison également de ses habits noirs et lustrés de vieux matou batailleur et rusé, de son regard fixe et de sa délectation du poisson.

Celui-ci manquant ce jour, Jérôme de Galand dîna légèrement de passereaux et de merles ainsi que de quelques beignets. Il buvait de l'eau, ayant le vin en horreur, et mâchait avec lenteur, le regard perdu vers un mur, indifférent au fait qu'autour de lui, toutes les tables se trouvaient vides sans que se présentassent preneurs.

Non sans inquiétude, il songeait à ses amis « Foulards Rouges ». Certes, la cachette en l'hôtel de Carnavalet faisait merveille tout comme le « propriétaire », Henri de Plessis-Mesnil, marquis de Dautricourt, qui se rendait aux réunions des chefs de la Fronde, raillait avec esprit « le Mazarin », bref, jouait un jeu tout de duplicité et de finesse.

Mais d'un autre côté, le prince de Condé s'agaçait et promettait forte récompense à qui permettrait la capture de « la bande des Foulards Rouges ». Cependant, avec la catastrophe du « Coq Noir » et le guet-apens en l'arrière-cour du Faubourg Saint-Victor où ses agents furent abattus sans pitié, le prince avait perdu quelques éléments de réelle valeur et se trouvait ainsi aveugle et sourd là où quelques renseignements auraient sans doute permis de limiter l'action des « Foulards Rouges », voire de permettre qu'ils fussent anéantis.

Le baron Jérôme de Galand mordit dans un beignet et mastiqua longuement en songeant qu'à multiplier les actions, ses amis multipliaient pareillement les risques et qu'on ne peut éternellement défier la chance sans qu'elle vous abandonne un jour.

Assombri, le policier reposa le beignet, jeta une pièce sur la table et sortit, indifférent au profond silence qui, brusquement, saluait son départ.

Les Foulards Rouges tentaient d'être partout où leur action pouvait nuire à la Fronde ou aider le roi et ses fidèles.

Un jour, le comte de Nissac provoquait en duel un gentilhomme proche de Gaston d'Orléans et le tuait promptement : l'homme s'occupait à mettre sur pied un service d'espionnage qui aurait pu être dommageable à la couronne.

Une autre fois, des bandes payées par le prince de Condé pillaient le bureau des entrées des marchandises : une charge de poudre fit grand carnage parmi les créatures du prince.

Fin avril, avant le retour des Foulards Rouges, le prévôt des marchands et les échevins convoqués au Palais du Luxembourg en furent expulsés par les princes à l'instant où, à l'extérieur, la foule montée par les agents de Condé réclamait leurs têtes. Jetés dehors, ils furent reçus à coups de bâton, leurs carrosses détruits, le prévôt lynché, plusieurs échevins blessés tandis que monsieur le prince riait à ce navrant spectacle. Dès leur arrivée, Nissac et les siens prirent en charge les magistrats survivants et les firent mener, par chemins compliqués mais sûrs, à la Cour.

En ce mois de mai, la duchesse de Bouillon, sœur du maréchal de Turenne, fut assaillie en son carrosse par la populace tandis que, se sachant menacée, elle cherchait à fuir Paris. Un homme tenta même de l'étrangler et la duchesse suffoquait déjà lorsqu'une lame discrète, tenue par Fervac, cisailla la moelle épinière de l'agresseur. Mêlés aux émeutiers, vêtus en crocheteurs et ayant ôté leurs foulards rouges, Nissac et les siens, qui savaient parler haut, sauvèrent la sœur du maréchal de Turenne en la faisant conduire chez Gaston d'Orléans qui, à contrecœur, ne put faire moins que la recevoir. Apprenant la chose peu ensuite, et le beau geste de Nissac, le maréchal se retira pour cacher ses larmes, dit-on, tant il se trouvait en grand état d'émotion et de reconnaissance.

Tous ces rapports, scrupuleusement envoyés à Mazarin qui, avec la Cour, avait regagné Saint-Germain-en-Laye, faisaient le grand bonheur du cardinal qui les lisait et relisait plusieurs fois, le soir, devant sa cheminée.

Ces actions multiples et rapides, et bien d'autres encore, des Foulards Rouges, démoralisaient les gens de la Fronde qui croyaient les hommes de Nissac des milliers, anonymes en les rues et qu'on ne voyait, par grand paradoxe, que le visage couvert des célèbres foulards – autant dire qu'on ne les voyait point dès encore qu'on les voyait !

En cela qu'elles mettaient grande insécurité au cœur même de la puissance de la Fronde, ces actions étaient fort utiles mais Nissac attendait son heure pour frapper bientôt beaucoup plus fort.

Et l'occasion se présenta.

Prévenu par Henri de Plessis-Mesnil, marquis de Dautricourt, Nissac apprit que « la Grande Mademoiselle » et trois de ses plus belles amazones frondeuses se rendaient à Étampes, une place de toute première importance, commandée par Tavannes. Celui-ci, galant homme, avait prévu de ranger sa belle armée pour une revue passée par les quatre jeunes femmes, après quoi, les soldats pourraient se disperser alentour pour boire et s'amuser à leur convenance.

Les choses se passèrent bien ainsi qu'il était prévu à ceci près que l'armée royale de Turenne, avec la vitesse de l'éclair, tomba sur l'armée dispersée de la Fronde. En fait, c'était coup adroit et exacte répétition de l'action de Condé lors de la bataille de Bleneau mais, cette fois, inversée aux dépens du prince.

L'effet de surprise joua totalement et la panique s'empara des soldats de Condé qui eurent mille morts et autant de prisonniers, les survivants gagnant Étampes à bride abattue afin de s'enfermer en la ville aussitôt assiégée par monsieur de Turenne.

L'armée du prince se trouvait bloquée, et Mazarin en position de force.

À la Cour, on exultait.

Mais seuls le roi et Mazarin savaient que ce succès inespéré lui venait des renseignements précis envoyés par Nissac qui dépêcha en un temps d'extrême rapidité deux parmi ses meilleurs Foulards Rouges. Chose très inhabituelle, qui n'était point en sa manière, le comte insistait en un dernier paragraphe assez personnel sur les très grands mérites et qualités de ces deux hommes. Ces deux hommes très précisément.

Le cardinal sourit, n'étant point dupe. Au reste, à force de lire des rapports, il avait le sentiment de bien connaître ce petit homme brun appelé Anthème Florenty, et qui fut faux saunier avant que d'être Foulard Rouge, et redoutable au mousquet.

Mais Maximilien Fervac lui plaisait davantage encore. Lieutenant aux Gardes Françaises, considéré, après Nissac, comme une des meilleures lames du royaume, bel homme souriant, d'esprit vif et d'une éloquence facile, le Premier ministre se souvenait parfaitement de son rôle de première importance en l'affaire du « Coq Noir » qui ridiculisa une fois de plus le duc de Beaufort – que le cardinal haïssait – et décapita le service des agents de Condé.

Mazarin ne renvoya point immédiatement les deux

hommes et les reçut le lendemain en une salle où se tenaient huissiers et secrétaires qui semblaient réunis en l'attente d'une cérémonie.

Puis, le roi entra, Mazarin à sa gauche et, croyant défaillir, les deux Foulards Rouges devinrent barons de Fervac et de Florenty en quelques instants.

Lorsque les deux nouveaux barons, chancelant de fierté, se retirèrent, le jeune Louis XIV observa en souriant son Premier ministre et lui dit :

— Pour les combler ainsi, je crois que vous les aimez beaucoup trop, ces messieurs des Foulards Rouges.

— Comme on aime ses enfants, sire. Et que sont-ils d'autre, au fond ?

Le visage du jeune monarque s'assombrit.

— N'oubliez pas qu'ils vivent à tout instant au milieu des plus grands périls et qu'avant la victoire, si Dieu nous la donne, vous en perdrez quelques-uns, peut-être tous.

— Je ne l'ignore pas, sire. Monsieur de Galand m'a fait parvenir rapport. Cette fois, la Fronde veut les tuer et d'après lui, qui ne se trompe jamais, elle en tuera... Mais sire, à se bien souvenir, quel bonheur fut le nôtre quand tout allait si mal pour nous d'écouter le récit de leurs aventures !... Ils étaient un peu de l'honneur de la couronne, un peu de la bravoure de la France et beaucoup de notre revanche lorsque, de toutes parts, on cherchait à nous humilier !... Comment l'oublier ?

Louis XIV s'approcha de la porte, puis se retourna vivement :

— Je les aime aussi. Et bien trop, bien trop fort pour un souverain. Si je vous ai parlé ainsi, c'est pour vous préparer au pire afin de prévenir votre chagrin qui, comme le mien, sera bien grand.

— En effet, sire.

— D'autant que viendraient-ils à tous mourir, l'histoire ne doit rien savoir de leur existence. Le royaume de France n'a pu dépendre d'une poignée de barons et de galériens commandés par l'héritier d'une des plus vieilles familles de la noblesse.

— Je sais, sire !

Le roi soupira :

— Qu'est-ce qu'une vie ?... Qu'est-ce qu'un destin ?... Au moins, s'ils meurent jeunes encore, ont-ils vécu plusieurs vies en une seule. Mais de vous à moi, si je ne compte votre précieuse personne et celle de madame ma mère, ces Foulards Rouges sont chacun une des fleurs de lys de ma couronne.

61

Dans l'incapacité de libérer son armée assiégée dans Étampes, il fallait au prince de Condé quelque action d'éclat pour sauver son prestige.

D'autant que les plus extrémistes des Frondeurs poussaient les excités à se venger. Ainsi, en plein palais de justice, le procureur du roi fut-il sévèrement battu encore même qu'il se trouvait à terre, et c'était là chose jamais vue.

Puis, en la suite de la journée, une foule où se mêlaient des éléments troubles toujours plus nombreux se présenta devant la prison de la Conciergerie dont elle enfonça les portes avant de libérer les détenus qui n'étaient point là pour raisons politiques mais pour crimes et méfaits nombreux.

Le duc de Beaufort, qui jamais ne recula devant une initiative malheureuse, songea alors à faire de cette foule une armée qui compta bientôt vingt mille hommes dont il assura l'instruction militaire tandis que les bourgeois de Paris, fort mécontents mais réduits au silence en ces circonstances, durent payer leurs soldes... et les loger, certains des « volontaires de Beaufort » n'hésitant point à violer femme et filles de leur hôte sitôt arrivés en d'agréables logis auxquels ils n'auraient jamais eu accès hors ces temps troublés.

Le prince de Condé, vainqueur de Rocroi et de Lens, fut atterré à la vue de cette « armée », mais il se devait de l'employer au plus tôt s'il ne voulait point encourir son mécontentement et la voir, peut-être, se tourner contre lui.

Le prince cherchait un objectif qui présenterait l'avantage de ne lui pouvoir résister. Ainsi, avec les vingt mille hommes de Beaufort, auxquels s'ajoutait un demi-millier de gentilshommes et troupes régulières, il porta son choix sur Saint-Denis, place fidèle au roi et tenue par... deux cents Gardes Suisses.

À vaincre sans péril...

Le comte de Nissac, prévenu par le marquis de Dautricourt et les espions de Mazarin, rassembla ses Foulards Rouges et arriva à Saint-Denis à bride abattue, peu avant le prince de Condé et sa nombreuse armée.

Aussitôt, il ordonna aux bourgeois d'ouvrir les écluses dans l'intention d'inonder la plaine autour de la ville. Ainsi fut-il fait et le prince lui-même, bien qu'il fût à cheval, se trouva pris dans les eaux jusqu'à la taille.

L'armée de Beaufort, au dire de certains, passa alors de vingt mille à dix mille hommes, puis à zéro lorsque les deux cents Suisses aidés des Foulards Rouges et de quelques bourgeois, accueillirent les assaillants par un feu de mousqueterie des plus redoutables.

Laissant là le prince de Condé et son fidèle La Rochefoucauld, le duc de Beaufort courut à la recherche de son armée en fuite.

Quoique inégal, puisqu'en un rapport de deux contre un en la défaveur des défenseurs, le combat prit alors un caractère plus militaire. D'un côté, deux cents Suisses et Foulards Rouges, de l'autre, cinq cents gentilshommes.

Comme en les plus terribles des guerres civiles, on

se battit rue par rue, quartier par quartier, barricade par barricade. À l'une d'elles, les Foulards Rouges armés de mousquets et grenades ne cédèrent point, d'autant que, prenant les Condéens en enfilade, la barricade se trouvait très habilement placée en épi, et des plus difficiles à assaillir. Aussi, excédé, Condé décida-t-il de la contourner par une autre rue afin de poursuivre les Suisses qui, courageusement, reculaient pas à pas avant d'occuper l'abbaye où ils se retranchèrent, écartant toute idée de capitulation. Ils ne déposèrent les armes que deux jours plus tard, mais seulement en raison que le prince leur avait envoyé émissaire les prévenir qu'il comptait faire sauter l'abbaye.

Sachant le combat terminé, « l'armée de Beaufort », à nouveau forte de vingt mille hommes, arriva alors à vive allure pour tuer, violer et piller.

On donna l'ordre de chercher les Foulards Rouges parmi les morts et les prisonniers mais, une fois encore, ils avaient disparu, laissant trente cadavres devant la barricade qu'ils tinrent pendant plus de six heures.

On établit une garnison de la Fronde à Saint-Denis et le prince revint à Paris pour y savourer sa victoire.

Le lendemain, balayant la garnison condéenne, monsieur de Turenne reprenait Saint-Denis et rendait la ville au roi.

Le prince de Condé s'ennuyait.

Il s'occupa donc de femmes mais, nonobstant les compliments reçus, il sentait bien qu'il n'était point un amoureux et sa façon de leur faire l'amour, brutale et en quelques très courts instants, ne les satisfaisait point. L'une d'elles, jeune bourgeoise d'une très grande beauté littéralement arrachée à son jeune mari, n'avait-elle point osé, l'acte accompli, murmurer le psaume « *Miserere mei, Deus* » ?

Le prince dirigea alors la rédaction d'un libelle ayant pour titre *« Tarif convenu dans une Assemblée de Notables en présence de M.M. les Princes »* et qui offrait un prix pour chaque morceau du cadavre de Mazarin : tant de livres pour un bras, tant pour les yeux, tant pour les deux mâchoires et ainsi jusqu'à des parties plus intimes... L'œuvrette, cependant, ne révéla point monsieur le prince comme un auteur de qualité auprès des Frondeurs raffinés, qui se trouvaient quelques-uns tout de même, dont monsieur le duc de La Rochefoucauld.

Le salut du prince vint d'ailleurs, et presque par surprise.

Le royaume des lys, en décomposition, dégageait une forte odeur de charogne qui attira le duc de Lorraine, aristocrate mercenaire commandant une armée « privée » de huit mille hommes très expérimentés.

Charles de Lorraine étant d'une nature fort corruptible, le roi d'Espagne lui offrit très bonne récompense s'il allait soutenir monsieur le prince de Condé.

Le duc de Lorraine s'empressa d'accepter... puis pareillement s'empressa de négocier avec la Cour.

Sous des dehors frustes et brutaux, qu'il cultivait à plaisir, Charles de Lorraine dissimulait une grande finesse, et du sens politique.

Ainsi, pour bien montrer sa situation d'arbitre, et qu'on ne pourrait rien faire sans lui, fit-il attendre plusieurs heures messieurs de Condé, Nemours, La Rochefoucauld, Beaufort et pas loin d'un millier de gentilshommes qui s'en étaient venus l'accueillir au Bourget.

À la très belle duchesse de Montbazon, qui le pressait de soutenir la Fronde, il répondit :

— Dansons plutôt, madame.

Et lui joua un air de guitare.

Au tout-puissant cardinal de Retz, qui l'entretenait de vastes projets guerriers, il récita des patenôtres en sortant son chapelet et en précisant que, si les religieux exerçaient à présent sa profession, il s'en allait, lui, faire leur métier.

Ainsi était Charles IV de Lorraine, qui continuait en secret à négocier avec la Cour.

Ni Mazarin, ni le duc de Lorraine ne souhaitaient un affrontement direct de leurs armées, au reste d'égales valeurs. Sans doute monsieur le maréchal de Turenne l'eût-il cependant emporté de justesse mais alors ses troupes diminuées et épuisées n'auraient plus constitué une menace pour monsieur le prince de Condé qui, en son habituelle promptitude à se concilier l'événement, les eût aussitôt attaquées.

En cet instant délicat, le duc de Lorraine eut une idée qui contentait tout le monde : il retirait sa puissante armée si le roi Louis acceptait de lever le siège devant Étampes où se trouvait enfermée l'armée de la Fronde.

L'accord se fit.

Charles IV, duc de Lorraine, se retira donc très satisfait. Ayant libéré l'armée de messieurs les princes, il empochait l'or de l'Espagne qui aurait préféré son intervention directe mais ne pouvait nier qu'il eût, en cette occurrence, aidé monsieur le prince. D'un autre côté, le roi lui rendait deux de ses places fortes confisquées et promettait de restituer les autres une fois la Fronde écrasée.

Cependant, pour ceux qui voyaient un peu plus loin, ce combat diplomatique ne s'achevait point par une égalité de contentement.

En effet, alors qu'il pensait possible l'entrée en guerre aux côtés de la Fronde de la redoutable armée du duc de Lorraine, Mazarin en avait appelé aux seigneurs de province fidèles à la personne du roi.

Et, venus de tout le pays, certains répondirent aussitôt à l'appel, tel le maréchal de La Ferté qui amena trois mille hommes de troupes fraîches à monsieur de Turenne qui ne cacha point son contentement.

À présent, l'armée royale se trouvait très supérieure en nombre à celle de la Fronde et, pour ne rien arranger à la situation de celle-ci, les différentes armées avaient causé grands dommages autour de la capitale, au point que la moisson fut perdue.

Outre l'armée royale, un spectre hantait les Condéens : la famine en la ville de Paris et ses faubourgs.

62

On avait trouvé un autre cadavre de femme écorché et décapité mais, cette fois, le corps était grossièrement enterré en un jardin proche de la Porte Saint-Martin et c'est en s'étonnant de la présence de ce tertre qu'un vieillard, y creusant par curiosité, fit cette macabre découverte.

Jérôme de Galand s'en inquiétait, obsédé par la peur de ne point comprendre la logique – fût-elle folle – qui menait les actes de l'Écorcheur. Car ainsi était le policier, imaginant qu'à bien connaître un assassin, on multiplie les chances de le capturer tôt ou tard.

Qu'arrivait-il en l'esprit de l'Écorcheur ?

Jusqu'à voici peu, son plaisir semblait se prendre en l'acte même d'écorcher vive une jeune femme et se doubler en exposant le corps à la vue de tous.

Ne prendrait-il que la moitié de son contentement, en enterrant ainsi ses victimes ? Et, si tel était le cas, n'existait-il point d'autres pauvres corps mutilés, enfouis ici ou là et qu'on ne retrouverait point, ou si tardivement que le squelette sans crâne n'indiquerait rien de précis ?

Jérôme de Galand réfléchit longuement au problème. Certes, il ne pouvait qu'avancer des hypothèses mais l'une, au moins, le séduisit davantage que les autres. Si, comme il l'imaginait et semblait le prouver l'existence du carrosse et de ses gens, l'Écorcheur était un puissant seigneur, qui plus est un des chefs ou grands meneurs de la Fronde à Paris, le cours des événements devait l'inquiéter, et requérir une grande partie de son temps.

La Fronde avait certes retrouvé son armée, au reste de qualité, mais ne recevait aucun renfort quand celle de monsieur de Turenne se fortifiait chaque jour davantage. La défaite d'Étampes, puis le siège, l'occupation de Saint-Denis aussitôt reprise par l'armée royale, le départ du duc de Lorraine et de ses huit mille excellents soldats qui auraient renversé le rapport des forces, tout cela devait inquiéter les généraux de la Fronde, et laisser peu de temps aux loisirs.

Dans tous les cas, concernant le corps écorché et décapité, il portait la marque habituelle car, cette fois encore, on releva sur les chairs meurtries traces nombreuses de soufre.

Ce qui ramenait à la piste favorite de Jérôme de Galand : l'insaisissable baronne Éléonor de Montjouvent.

Il fallait hâter les choses et, bien qu'il n'eût point à se plaindre du zèle et de la loyauté du simoniaque, lui imposer forte obligation à servir mieux encore la police criminelle.

Aussi, dans cet esprit, Jérôme de Galand fit-il arrêter et conduire en prison les deux prostituées qui travaillaient à la fortune de son informateur.

La réaction ne tarda point car, quelques heures plus tard, le simoniaque demanda audience au Châtelet afin de rencontrer le chef de la police criminelle.

Jérôme de Galand, tout de noir vêtu comme à son habitude, observa avec curiosité le simoniaque dont les yeux contenaient des fulgurances assassines.

Puis, d'un geste évasif, le policier invita son interlocuteur à parler, ce que l'autre fit aussitôt :

— Monsieur le baron, c'est grande injustice que vous m'infligez là !

— Si vous confondez justice et police, nous perdons tous deux notre temps.

Le simoniaque comprit que le policier n'avait point tort, aussi changea-t-il de ton et trouva-t-il nouvel angle d'attaque :

— Ne vous ai-je point servi du mieux qu'il fut possible ?

— Vous m'avez certes bien servi, mais point du mieux qu'il fut possible puisque Éléonor de Montjouvent nous échappe toujours.

— C'est là femme très intelligente, monsieur le baron.

— Je l'ai remarqué. À mes dépens.

Le simoniaque, un peu désemparé, essaya autre chose encore :

— C'est que, voyez-vous, elle vient de la noblesse et domine par l'esprit et le savoir les gens de ma sorte et ceux qui s'adonnent aux orgies sous couvert du culte de Satan.

Jérôme de Galand observa longuement son interlocuteur, qui ressentit un certain malaise, puis :

— Vous avez une chance de récupérer vos putains que je puis faire libérer à tout instant, et bénéficier des avantages que je vous ai promis mais pour cela, vous devez exécuter mes ordres avec promptitude.

— Mais j'y suis tout disposé !

Le baron se leva, alla jusqu'à la fenêtre, mains derrière le dos et observa la Seine en se soulevant à plusieurs reprises sur ses pointes de pieds, faisant chaque fois retomber ses talons avec un bruit sec.

Il se retourna brusquement vers le simoniaque.

— J'ai une idée, puisque vous n'en avez point !

Il se tut, réfléchit, sourit vaguement et reprit :

— J'arrive de province. Mon âge est rassurant, ma fortune plus encore et le vice m'attire. J'offre deux cents livres à toute personne pouvant m'organiser soirée où sera rendu culte à Satan en présence de femmes belles et perverses qui ne fussent point putains mais bourgeoises venant avec leurs maris. La fête se déroulera en mon hôtel particulier, dont vous donnerez l'emplacement afin que celui, ou plutôt celle, qui organisera toute l'affaire se rende compte de ma richesse et que je ne suis point mauvais payeur... Comprenez-vous ma pensée ?

Le simoniaque ne put s'empêcher d'admirer l'intelligence du petit homme en noir :

— Elle viendra. Elle a besoin d'or, de beaucoup d'or, tel quelqu'un qui s'apprête à fuir.

— Cela est fort possible.

Jérôme de Galand réfléchit un instant, puis leva un regard surpris sur le simoniaque.

— Eh bien, vous êtes encore là ?

— Je cours à nos affaires, monsieur le baron ! répondit le simoniaque en se retirant à la hâte.

Le duc de Beaufort accourut rapidement en apprenant que Bertrand, son plus brillant espion, venait d'arriver en la capitale mais qu'il se trouvait à l'agonie.

Bertrand avait été posé à l'écurie, sur de la paille fraîche et un médecin lui ôtant son haut-de-chausses venait de découvrir une jambe noire où s'agitaient déjà quelques vers.

Beaufort chassa le médecin d'un geste et, dominant sa répulsion, demanda :

— Alors ?

— C'est projet impossible, monsieur le duc !

Beaufort jura entre ses dents.

Le comte de Nissac, décidément, échapperait-il donc toujours à sa vengeance ? Mais si Bertrand affirmait qu'il n'était rien qu'il fût possible d'entreprendre...

Quinze jours plus tôt, le duc de Beaufort avait envoyé son espion favori en la région de Saint-Vaast-La-Hougue afin de se rendre compte de ce qu'il en était du château des seigneurs de Nissac et par exemple s'il pouvait être détruit ou incendié.

Oubliant l'état du mourant, le duc ordonna avec rudesse :

— Parle donc !

— Le château est fort vieux mais solide comme on les bâtissait en les temps jadis. Il est tout de pierres, et ne brûlera jamais. Quant à l'attaquer au pic, autant vouloir détruire le donjon du château de Coucy. Il y faudrait des années.

Le duc de Beaufort que ces nouvelles irritaient toujours davantage questionna sèchement :

— Cela ne va point !... S'il est si vieux, il a dû être pris en les guerres du passé et souffrir à tel ou tel endroit. Que sais-je ?... Un mur moins solide ?... Une maçonnerie reconstruite à la hâte ?...

Bertrand soupira. Il savait sa mort prochaine, avait toujours servi son maître avec grande fidélité et découvrait avec une tristesse infinie l'indifférence du duc. À peine aurait-il fermé les yeux, le grand seigneur l'oublierait. C'était là chose fort injuste qui n'était point bon paiement pour toute une vie de dévouement et de loyauté. Pourtant, entre ce qu'il savait des secrets du duc, et ce qu'il en devinait, il aurait pu...

Bertrand chassa cette pensée et, voyant l'impatience où se trouvait le duc de Beaufort, répondit enfin à la question :

— Le château n'a jamais été pris. Les comtes de Nissac ont toujours résisté aux invasions étrangères et ont toujours servi la couronne, le roi ne les a donc point attaqués. Un navire anglais, voici plus d'un siècle, envoya bien quelques boulets mais ils n'atteignirent pas même la grève.

— Même les Anglais ! répéta Beaufort avec amertume.

Le blessé hocha la tête.

— C'est ainsi, monseigneur.

— Mais comment est-ce possible ?

— Le château, situé entre Saint-Vaast-La-Hougue et Barfleur, a toujours fait peur aux Anglais. Quand Edouard III d'Angleterre, jaloux de la prospérité de Barfleur, envoya son fils le Prince Noir détruire la ville, le château fut épargné.

— Mais pourquoi ? s'étonna Beaufort.

— Le Prince Noir, en ce jour du 14 juillet 1346, détruisit et incendia Barfleur, puis il se présenta devant le château des Nissac. À une distance qu'on jugea toujours impossible, une flèche partit du château et se planta en le ventail relevé du heaume du Prince Noir. Alors, sur les créneaux, un homme se mit debout, jeta son arc, sortit l'épée et défia le Prince Noir et cet homme était un Nissac. Le Prince Noir, pris de frayeur, préféra tourner bride devant toute son armée, sans prendre le temps d'ôter la flèche du heaume... Et, plus étonnant encore, monseigneur : lorsque la Peste Noire s'abattit sur le Cotentin, entre les années 1346 et 1353, les Nissac furent épargnés, et tous ceux qui avaient trouvé refuge en cet étrange château.

Rageusement, le duc de Beaufort dut admettre que ce n'était point ainsi qu'il pourrait se venger de cet homme qu'il détestait chaque jour davantage.

Il observa la jambe pourrie de Bertrand et demanda :

— Eh bien, que t'est-il arrivé ?

— Ah, monseigneur ! À force de rôder autour du château, une nuit, je vis deux yeux couleur de feu et fus attaqué par ce maudit chien qu'en le pays on appelle « Mousquet » et qui serait celui du comte. Le mal s'y est mis et ma jambe part en lambeaux.

— Il faudrait écorcher les peaux viles pour sauver le reste ! dit le comte de Beaufort avec indifférence.

— Écorcher est un art, monseigneur ! répondit Bertrand en regardant son maître droit dans les yeux.

— C'est aussi mon avis ! rétorqua Beaufort sans baisser les siens.

63

Les Foulards Rouges n'eurent aucune peine à maîtriser les laquais qui gardaient l'entrée d'une belle demeure de la rue des Petits-Carreaux, située à égale distance des Portes Mont-Marthe et Saint-Denis.

Dans l'escalier de marbre, ils croisèrent un homme

au teint foncé, yeux et cheveux très noirs, qui plongea aussitôt sa main vers sa ceinture.

Mais Nissac, saisissant le poignard dissimulé en la tige de sa botte, fut plus rapide et l'homme, la poitrine traversée, mourut avec sur le visage une expression de totale incompréhension car jamais encore, en plus d'une centaine d'occasions, on ne l'avait pris de vitesse au lancer de poignard.

Nissac, sans un mot, tira sur le manche de son arme, essuya la lame au vêtement de sa victime et la replaça en sa botte.

Peu après, ils pénétrèrent en une vaste et jolie chambre. Une jeune fille nue se trouvait assise à cali-fourchon sur un homme nu lui aussi, le teint foncé et le ventre si gras qu'on eût dit une femme à terme.

Avec grande élégance, le baron de Fervac prit la main de la jeune fille, l'arracha doucement à son étreinte amoureuse et lui couvrit les épaules de sa cape avant de l'entraîner en une autre pièce mais, à constater comme le lieutenant des Gardes Françaises et la jeune fille se regardaient, Nissac songea que Fervac ne serait point disponible avant quelque temps...

Le comte et les Foulards Rouges observaient froide-ment le gros homme qui roulait des yeux où se lisait grande inquiétude.

Nissac parla sèchement :

— Celui qui te gardait et qui, comme toi-même, était de l'île de Malte, est mort.

L'homme trembla plus fort encore, tant à l'annonce de cette nouvelle qu'à la vue de ces foulards rouges qui couvraient le bas du visage de ses agresseurs et dont il comprit assez tardivement qu'il s'agissait là de cette bande loyaliste au service du cardinal et dont le nom était attaché à une interminable série de succès.

Nissac s'assit au bord du lit et donna une claque amicale sur le gros ventre nu du Maltais en disant :

— Crever telle bedaine à l'épée doit être fort amu-sant. Qu'en pensez-vous ?

Se gardant de prononcer un nom propre, Nissac

interrogea Le Clair de Lafitte du regard. La réponse ne tarda point :

— Pareil bedon doit contenir beaucoup d'air et, par l'orifice de l'épée, nous risquons de déclencher forte bourrasque !

Nissac se leva, réfléchit, puis se tourna vers l'homme :

— Il m'est indifférent qu'arrivé de Malte, tu cherches fortune en terre de France. Mais je ne puis tolérer que tu fortifies ta graisse en devenant fournisseur aux armées des princes félons.

— Moi ?... demanda le Maltais.

Le baron de Bois-Brûlé le gifla si fort qu'une dent vola à travers la pièce.

Nissac fit alors signe à Frontignac qui récita de mémoire :

— Le vingtième de ce mois de juin, tu as livré aux intendants des princes félons deux cents chevaux, quatre-vingts mousquets, quarante arquebuses, cent cinquante pistolets, trois cents épées, des boulets au nombre de quatre cents et deux canons.

— Ce bel or revient au roi de France ! dit le comte.

Le Maltais, qui reprenait ses esprits, feignit de nouveau l'étonnement bien que cette attitude, voici peu, ne lui eût point réussi :

— Qui vous a dit pareille menterie, mes beaux seigneurs ?

Le comte de Nissac adressa un signe de tête au baron de Florenty qui, aussitôt, s'assit au bord du lit, saisit une main du Maltais et, d'un geste vif du couteau, lui coupa un doigt.

Le Maltais hurla, mais une formidable gifle administrée par monsieur de Bois-Brûlé le calma aussitôt.

— Où est cet or ? demanda de nouveau le comte.

— Je n'en ai point, monseigneur !

Sur un signe de tête de Nissac, Florenty coupa une oreille du Maltais et, sans doute inspiré par ce qu'il avait vu au « Coq Noir », la mangea. La mastication de Florenty bouleversa davantage le Maltais que la perte de son oreille tant il est vrai que se voir manger par son prochain n'est point habituel aux mœurs humaines.

Convaincu de cela, le Maltais hurla.

— On dirait qu'on tue le cochon ! remarqua le marquis de Dautricourt.

Mathilde, qui n'avait point parlé, observa :

— Voilà qui est dangereux. Si la foule des Parisiens affamés pense que nous tuons le cochon, elle s'en va aussitôt envahir cette maison et nous serons découverts.

Une nouvelle gifle envoyée par monsieur de Bois-Brûlé calma le fournisseur de la Fronde.

Le Maltais vit Florenty, son couteau sanglant à la main, qui se penchait vers lui, l'air terrible, et lui soufflait :

— Maintenant, je veux manger de l'œil d'homme !

Dominant sa douleur, le Maltais s'écria :

— Je vous y mène, mes seigneurs !

Dautricourt et Florenty s'en étaient allés porter l'or à un batelier, agent de Mazarin, qui devait le convoyer jusqu'à Saint-Germain-en-Laye où il s'en irait grossir le trésor de guerre du cardinal.

Satisfaits de leur mission, et ayant ôté leurs foulards rouges, Nissac et les siens s'en retournaient à l'hôtel de Carnavalet lorsqu'une cavalière, qui portait l'habit d'homme et l'épée au côté, les croisa.

Ce fut la stupeur de part et d'autre.

Charlotte de La Ferté-Sheffair, duchesse de Luègue, aperçut d'abord le comte et en éprouva une vive douleur au cœur mais c'est à Mathilde de Santheuil qu'elle s'adressa :

— Nous avons affaire en souffrance, madame.

— Réglons-la au plus vite.

— Dans une heure, au marché aux chevaux, place des Petits-Pères.

— Je vous y attendrai.

Le comte de Nissac se trouvait en un profond embarras.

Il savait, en effet, qu'il ne pouvait empêcher Mathilde d'affronter Charlotte, tant était profonde entre les deux femmes l'envie d'en découdre ; comme il n'ignorait point que l'opposition entre Fronde et service du roi relevait du prétexte puisque sa seule personne nourrissait la rivalité des deux amazones.

En revanche, si ce duel lui coûtait, quoique son cœur se trouvât tout entier acquis à Mathilde de Santheuil, il voulait épargner ce spectacle à Henri de Plessis-Mesnil, marquis de Dautricourt. En effet, le comte pensait que le jeune homme, protégé par son âge, se trouvait dans la méconnaissance de certaines douleurs et déchirements que la vie inflige, hélas, bien assez tôt et au-devant desquels il n'est point nécessaire de se précipiter. Le marquis était profondément épris de Charlotte, mais il éprouvait grande amitié pour Mathilde, femme qu'il admirait et regardait comme un compagnon d'armes. Or, on sait comme le fait de lutter, souffrir et espérer côte à côte crée des liens qui, bien qu'ils ne fussent point amoureux, ont une force parfois semblable à ce sentiment.

C'est de cet écartèlement des sentiments que Nissac voulait préserver Dautricourt.

Pour prévenir cet effet et sauver ce qui pouvait l'être de l'unité des Foulards Rouges, Nissac décida de ne point s'attarder en l'hôtel de Carnavalet car, à tout instant, le marquis de Dautricourt pouvait revenir de sa mission consistant à porter l'or du Maltais au batelier agent de Mazarin.

En attendant que Mathilde se fût préparée pour le duel, il pria monsieur de Bois-Brûlé de rester sur place, ainsi que messieurs de Frontignac et Le Clair de Lafitte, afin d'y retenir le marquis dès son retour. Il ajouta que pour ce faire, tous moyens seraient bons, y compris la force.

Ainsi donc, seuls Fervac et lui-même accompagneraient Mathilde au marché aux chevaux où devait se dérouler le duel.

Nissac et Fervac patientaient en la cour d'honneur, près de trois chevaux sellés, lorsque Mathilde parut, stupéfiante de beauté.

Une rose rouge piquée en sa belle chevelure brune, une chemise d'homme de la plus fine des soies et que Nissac reconnut comme étant sienne, la jeune femme portait également un corps de jupe évasée permettant nombreux mouvements et des bottines rouges.

Fervac, le souffle coupé, prit cependant le comte de vitesse :

— Vous n'avez jamais été aussi belle, madame, bien qu'en temps ordinaire, vous le fussiez déjà, et de quelle façon !

Mathilde lui sourit.

— C'est que je vais peut-être mourir, monsieur, et qu'en ce cas, j'aimerais laisser de moi meilleur souvenir qui soit.

Nissac s'avança et la serra contre lui.

— Étouffe-moi ! lui murmura-t-elle.

64

Mathilde de Santheuil, le comte de Nissac et le baron de Fervac arrivèrent les premiers au marché aux chevaux, désertés depuis que la province ne pouvait plus fournir Paris.

Désert, point tout à fait car en ce vaste espace se voyait petite silhouette toute de noir vêtue.

Descendant de cheval, le comte, surpris, apostropha son ami Jérôme de Galand :

— Ainsi, vous qui savez tout, saviez même cela !

Le policier eut un pâle sourire.

— Eh bien oui, car tel est mon devoir. Mais j'eusse

préféré ne rien savoir, au moins pour cette fois, tant ce duel m'attriste. Vous connaissez mon grand attachement à la baronne Mathilde de Santheuil mais de vous à moi, cette petite duchesse de Luègue est admirable de courage et de ténacité, même à considérer que sa cause, la Fronde, n'est point juste.

Il se tut un instant, observa Mathilde qui, pour se mieux préparer, croisait le fer avec le baron de Fervac, et reprit :

— Cher ami, ne dites point que je sais tout. Pas vous !... Certes, je sais ce qui relève des affaires de police en la ville de Paris, mais des grandes questions, que sais-je ?... Que sais-je du destin des hommes de demain, nous qui pourtant travaillons à changer les choses ?... Que sais-je de ces sociétés secrètes dont je rêve, dont la philantropie serait un des moyens d'action et dont les membres se pourraient reconnaître à des signes ou des emblèmes, tels que jadis les bâtisseurs de cathédrales ?... Que sais-je du bonheur ?... Que sais-je de l'injustice quand certains naissent fortunés et d'autres pauvres, beaux et belles, et d'autres laides et disgracieux alors qu'à mon avis, tout homme et toute femme ont pareillement droit au bonheur ?

Le comte de Nissac ne répondit point sur l'instant, méditant les paroles de Jérôme de Galand qui faisaient diversion à la grande angoisse qui le prenait en songeant au prochain duel. Il se décida enfin :

— Soit, la nature est injuste qui fait tel beau ou point, le sort relève du hasard qui vous fait naître fortuné ou point mais au moins, la vie de chaque jour pourrait relever du gouvernement des hommes selon les principes de justice et d'égalité ; la part faite au malheur serait alors moins importante.

Galand hocha la tête.

— C'est bien cela, mais comment y parvenir ?... Peut-être ne suis-je pas policier en vain mais j'ai grande méfiance des mouvements de rues. Je crois davantage à l'éducation, qui sera fort long travail. C'est la raison pour laquelle nous ne verrons pas nos idées gouverner le monde de notre vivant... Tant mieux pour le cardinal, qui aura su tenir les féodaux à distance et en cela, travailla à notre cause. Tant mieux pour ce jeune roi qui fut tant humilié, ne l'oubliera point, et resserrera le pouvoir de l'État, travaillant lui aussi indirectement à nos idées... Que le grand changement arrive au temps de leurs successeurs.

— J'éprouve pareil sentiment. Nous nous sommes trop attachés à eux en luttant à leurs côtés pour les souhaiter voir défaits, eux, justement eux, par le peuple. Mais travailler à l'avenir ne les concerne point, et n'est pas trahison.

Ils se sentirent complices même en ce souhait que cette République qu'ils chérissaient n'arrivât point au temps du cardinal et du jeune roi pour lesquels ils avaient si souvent tiré l'épée. L'honneur, chez de tels hommes, est un chemin difficile qui amène souvent au renoncement de soi.

Mathilde de Santheuil vint à eux. Déjà, une légère transpiration perlait à son front tandis que les mouvements à l'épée donnaient à ses joues belle coloration toute de roseur.

Elle s'entretint à l'écart, durant quelques minutes, avec le comte puis Charlotte de La Ferté-Sheffair, duchesse de Luègue, arriva sur une jolie pouliche blanche.

La duchesse portait habit d'homme et fit savoir qu'elle refusait toute conciliation, souhaitant se battre au plus vite.

Ainsi en fut-il, le temps que Mathilde de Santheuil noue un foulard rouge autour de son cou.

Les deux femmes se battaient avec grâce, l'une en haut-de-chausses, l'autre en jupe, les chevelures brune ou blonde virevoltantes, toutes deux bottées, toutes deux très belles.

La duchesse attaquait vivement, pour tuer, et la baronne, surprise par la violence des attaques, se contentait de parer si bien que le duel n'était point décisif, la connaissance de l'attaque de l'une se heurtant à l'art de la parade de l'autre.

Un instant, un coup terrible de la duchesse ne fut évité par la baronne qu'en reculant vivement la tête et ne l'eût-elle point fait, qu'elle se serait à jamais trouvée défigurée par longue balafre.

Tel était à l'évidence le désir de la duchesse qui ébaucha un vague sourire mais celui-ci, qui ne laissait point place au doute sur l'intention de madame de Luègue mit madame de Santheuil en état de colère froide.

Elle recula donc et, à la surprise de la duchesse, se tint l'épée haute, à la verticale.

Un instant décontenancée, madame de Luègue se précipita sur Mathilde de Santheuil qui se baissa et détendit vivement le poignet.

Touchée à la cuisse, la duchesse recula en tirant la jambe tandis que le baron de Fervac, qui arbitrait le duel, se précipitait pour proposer la fin du combat.

À cet instant, Jérôme de Galand se pencha vers le comte de Nissac en disant :

— Ce duel est inégal. La duchesse veut tuer la baronne quand celle-ci ne veut que blesser son adversaire.

Nissac, qui l'avait compris lui aussi, se contenta de hocher la tête, préoccupé, car la duchesse renvoyait Fervac et reprenait sa place pour poursuivre le duel.

Et, bien qu'ayant grande difficulté à se mouvoir, madame de Luègue recommença ses attaques violentes avec tout le savoir acquis sur les champs de bataille lorsqu'elle combattait victorieusement les armées royales du comte d'Harcourt, du duc d'Épernon ou du maréchal d'Hocquincourt.

Une fois encore, madame de Santheuil limitait son action à parer les attaques de la duchesse mais celle-ci ayant tenté à nouveau de défigurer la baronne, les choses prirent autre tournure.

Mathilde rompit, recula de trois pas et retrouva sa garde haute.

La duchesse de Luègue s'approcha avec prudence, sans baisser la garde, mais dans son regard passa une peur fugitive.

Mathilde avança sur l'attaque en baissant vivement l'épée et, blessée au poignet, la duchesse recula, effarée.

Fervac se précipita de nouveau. Madame de Luègue le repoussa et voulut ramasser son épée mais son poignet sans force l'en empêcha.

Blessée à la jambe droite et au poignet droit, la duchesse n'était plus en état de combattre et, faisant preuve d'autorité, Fervac mit fin au duel. Puis il noua un mouchoir de dentelle blanche au poignet de madame de Luègue.

Sans attendre davantage, Jérôme de Galand leva la main en direction d'un bâtiment où ne se voyait personne et pourtant, peu après, un carrosse arriva en lequel on fit monter la duchesse.

Et, comme Nissac le regardait avec étonnement, le policier précisa, l'air fataliste :

— Duel de femmes est chose d'une très grande rareté mais toujours impitoyable. Le duchesse de Luègue a eu de la chance que Mathilde de Santheuil fût son adversaire, d'autres, et elle la première, n'auraient point fait montre de cette grandeur d'âme.

Le comte de Nissac hocha la tête puis, regardant le policier :

— La duchesse de Luègue vit-elle seule ?

— De plus en plus éloignée du monde. Comme si les combats de la Fronde ne l'intéressaient que de loin bien qu'elle y soit encore active. Peut-être se bat-elle pour l'honneur, pour ne point abandonner les siens mais je sais qu'elle n'aime guère monsieur le prince de Condé, ni les autres chefs factieux.

Le comte réfléchit un instant et répondit :

— Alors je vais lui envoyer quelqu'un afin qu'elle ne demeure point seule et je sais que l'un et l'autre auront plaisir à se revoir.

Le policier eut un vague sourire :

— Ah oui, le jeune marquis de Dautricourt. C'est un garçon fort agréable.

Sur ces paroles qui déconcertèrent un instant le comte de Nissac – décidément, Galand savait tout ! –, le policier se mit en selle et, du geste, donna l'ordre du départ. Aussitôt, les chevaux sollicités au fouet s'élancèrent et le carrosse s'éloigna, suivi du lieutenant Ferrière qui, à cheval, tenait par la bride la pouliche blanche de la duchesse.

Le comte prit Mathilde dans ses bras tandis que Fervac s'écartait pour s'en aller chercher les chevaux.

— Je devrais vous gronder bien fort, baronne, pour tous ces risques encourus à seule fin de ne point tuer madame de Luègue qui vous voulait occire.

Mathilde lui sourit.

— L'aurais-je fait, monsieur, que la chose eût tourmenté mon âme et qu'il eût existé à jamais une ombre entre vous et moi.

65

La duchesse de Luègue se tenait assise devant sa fenêtre, portant chemise très courte qui s'arrêtait en haut des cuisses, au-dessus d'un premier bandage, quand un autre lui serrait le poignet droit.

Défaite, solitaire, rêveuse et triste, elle n'en était que plus belle. Pour recevoir son visiteur, elle tourna à demi la tête, lui révélant un ravissant profil où se remarquaient adorable petit nez et bouche entrouverte en un émouvant arrondi :

— Vous êtes bien bon de me venir voir, marquis, car voyez-vous, en le camp de la Fronde, blessée, vous n'êtes plus utile à rien et oubliée sur l'heure.

— La Fronde ne saurait remplir toute une vie, madame.

Surprise par la maturité de la voix et la sûreté du ton, elle se retourna tout de bon... et reconnut à peine le marquis de Dautricourt.

Beau, il l'était toujours, et même davantage que par le passé mais grande virilité lui était venue ainsi que sensible charme dont elle ignorait l'origine.

Elle se leva, s'approcha en boitillant et, un indéchiffrable sourire aux lèvres, effleura d'un doigt léger le foulard rouge noué autour du cou du jeune homme en disant :

— Ainsi, marquis, vous êtes de ces Foulards Rouges qui servent le cardinal ?

— Et le roi. Je prends grand risque en vous le révélant, madame, car vous pourriez trahir ma confiance.

Charlotte soupira :

— Madame de Santheuil en est aussi, elle portait semblable foulard pendant le duel. Et le comte de Nissac, votre chef. Et ce très galant baron de Fervac. Quelques autres encore, je présume. En voilà, une bande étrange !

— Duchesse, me laisserez-vous vous parler sans m'interrompre ?

— Pour cela, monsieur, il suffira que vos paroles m'intéressent.

— J'en doute, car vous avez déjà dû les entendre bien des fois.

Elle l'observa attentivement, luttant contre une idée qui s'imposait plus fort d'instant en instant : « Mais je l'aime ! »

Elle dut faire effort pour adopter ton d'indifférence :

— Eh bien parlez, à la fin.

L'artifice réussit au-delà de ce qu'elle espérait et elle vit l'instant où le jeune homme, découragé, allait partir après un bref salut de stricte convenance.

Cela, elle ne le souhaitait à aucun prix. Elle ne voulait pas se retrouver seule en ce grand hôtel où nul ne la viendrait voir, elle ne voulait plus d'amants indifférents aussitôt qu'ils avaient obtenu ce qu'ils désiraient d'elle et qui se trouvaient toujours semblable chose, elle ne voulait pas voir partir un homme dont la constance ne s'était jamais affaiblie, avec ce petit quelque chose en plus qui s'appelle l'amour et qui, après longue recherche, se découvre d'un coup, comme clochette de muguet sous la feuille.

Elle s'approcha, et le regarda dans les yeux en lui adressant un pauvre petit sourire, presque enfantin, qui bouleversa le marquis.

Il ne sut jamais où il trouva la force de parler :

— Madame, avant toute chose, je vous aime. Ce n'est point d'aujourd'hui, mais à l'instant où je vous aperçus et pour toute la durée de ma vie, même si sur l'instant vous me faisiez jeter dehors par vos laquais.

— Poursuivez !

— Oui, je combats pour le roi, le cardinal et le royaume des lys comme me l'a demandé monsieur mon père en le dernier souffle de sa vie. Oui, je ne regrette point de trahir monsieur de Condé qui lui-même trahit son roi et pactise avec l'étranger. Oui encore, mille fois oui, j'appartiens aux Foulards Rouges qui, commandés par un comte, comprennent en leurs rangs une baronne, cinq barons, le marquis qui vous fait face et ne constituent point « bande étrange » comme vous le dites, ou bien alors c'est que l'honneur est étrangeté.

— Je crois entendre le comte de Nissac !

— Nous aimons le comte de Nissac. Vous l'avez aimé aussi, peut-être pas de la meilleure manière car le cœur est parfois trompeur quand il décide trop soudainement des choses. Sachez-le, madame, je suis fier de l'amitié que me porte le comte de Nissac, bien que vous eussiez été sa maîtresse et que, moi-même, je vous aime.

— Poursuivez.

— Enfin, et ces paroles vous seront sans doute fort déplaisantes, je veux plaider pour madame de Santheuil qui est femme de cœur et d'élégance. Je sais tout de ce duel par monsieur de Fervac, la meilleure lame des Gardes Françaises, et qu'on ne trompe point à l'épée. Quand vous ne cherchiez qu'à tuer ou défigurer madame de Santheuil, celle-ci ne désirait que vous rendre impossible ce dangereux combat.

La duchesse eut un geste vif de la main et, boitillant d'émouvante et charmante façon, fit les cent pas pour calmer son ardeur.

— Monsieur, vous m'avez dit trois choses et je vais vous répondre en l'ordre inverse de votre énoncé. Pour qui donc me prenez-vous ?... J'ai réfléchi depuis tout à l'heure, je sais que madame de Santheuil, qui tient sa science de monsieur de Nissac, aurait pu me tuer dix fois, et qu'elle ne l'a point fait. Pour peu qu'elle le désire, je serai sa meilleure et plus fidèle amie.

Ayant parlé très vite, elle reprit un instant son souffle avant de poursuivre :

— Vous êtes des Foulards Rouges ?... Mais comment peut-on avoir vingt ans, pardon, vingt-trois, et n'être point de leur parti ?... Leurs actions sont toutes d'élégance et de courage, et font rêver jusqu'à leurs ennemis qui, par ailleurs, les veulent tuer !... Je vous entends sur monsieur le prince de Condé, pour le mieux connaître que vous-même et le juger plus sévèrement encore que vous ne le faites. Êtes-vous satisfait ?

Le marquis l'était au-delà de ses espérances. Enfin, presque :

— N'était-il pas un troisième point ?

Ils se regardèrent et éclatèrent de ce rire qui n'appartient qu'à la jeunesse.

Puis, la duchesse reprit ses allées et venues.

— Vous m'aimez donc ?... La belle affaire : moi aussi je vous aime.

Elle trébucha, sa jambe blessée se dérobant sous elle. Le marquis se précipita, la prit dans ses bras et la déposa sur le lit.

Pendant qu'il la portait, la jeune femme avait passé ses bras autour du cou du marquis ; lorsqu'il l'allongea, elle ne le lâcha point :

— Restez !

Il lui aviva la douleur à la cuisse en lui faisant l'amour mais lui donna tant de bonheur qu'elle ne put lui en tenir rigueur.

Et puis, contrairement aux autres, il resta couché près d'elle à lui dire nombreuses choses tendres au milieu de bien des baisers.

Elle sut alors qu'elle ne s'était point trompée et ne souhaita plus que partager sa vie.

Aussi prit-elle décision qui lui coûta mais qui paraissait la seule possible en les circonstances.

Caressant les cheveux du marquis qui avait posé sa tête sur la poitrine de la duchesse, celle-ci expliqua :

— Je m'en vais partir demain loin de Paris, en mon château de Saintonge. J'y attendrai la fin de cette guerre car, sauf à voir les Espagnols aider monsieur le prince, l'armée du maréchal de Turenne finira par l'emporter sur celle de la Fronde.

— Pourquoi ne point rester ici où je viendrai vous voir chaque jour ? Ou mieux encore, pourquoi ne point vous joindre aux Foulards Rouges où vous serez fort bien reçue ?

La belle duchesse réfléchit un instant, jouant avec ce rêve, mais trop de choses l'en empêchaient :

— Non point. Je n'ai pas envie de voir la guerre civile à Paris, car je crois que cela finira ainsi. Je ne veux plus rencontrer les Nemours, Beaufort et tous les autres, ces seigneurs qui furent mes amants quand je souhaiterais tant, aujourd'hui, que ces choses n'eussent point existé. Et je ne peux rejoindre les Foulards Rouges car en la Fronde, j'ai placé trop de moi-même, partagé la vie des camps, dormi sur la paille, chargé à l'épée... Vous fûtes Frondeur léger, marquis, tromper le prince de Condé ne vous coûta point. Il n'en serait pas de même pour moi car je suis de ces natures pour lesquelles le passé pèse bien lourd.

— Alors je m'en viendrai vous rejoindre sitôt la guerre finie et ne vous quitterai jamais plus.

Elle le serra plus fort contre sa poitrine.

66

— Elle ne viendra point, monsieur le baron. Elle n'a point cherché à me rencontrer et pour ma part, malgré bien des efforts, je n'ai point découvert où se cache madame de Montjouvent.

— Je sais qu'elle ne viendra pas ! répondit Jérôme de Galand en songeant : « Et pour cause ! »

On venait de découvrir deux corps de femmes écorchés et décapités, côte à côte, à peine ensevelis sous mince linceul de terre. Une fois encore, les cadavres portaient des traces de soufre.

Le policier, perplexe, les mains jointes derrière le dos, se souleva à plusieurs reprises sur la pointe des pieds, en des mouvements rapides et souples. Les talons touchaient le sol avec un petit bruit irritant.

Il jeta un regard las au simoniaque.

— Très bien. Annulez... « la fête satanique » que je devais donner demain. Trouvez un prétexte, le service de monsieur le prince de Condé, ce que vous voudrez. Faites savoir que je double la somme proposée à qui saura le mieux organiser cette fête qui aura lieu dans trois jours, et faites-le en répandant le bruit que vous ne me voulez point décevoir, car je suis généreux et bonne relation pour l'avenir. Ainsi, vous n'aurez point de peine à réclamer la baronne de Montjouvent, à l'exclusion de toute autre. M'avez-vous compris ?

— J'ai compris, monsieur le baron.

Galand réfléchit un instant, puis :

— Vos deux putains se portent bien mais l'une est grosse.

Il regarda le simoniaque dans les yeux et l'homme fut troublé de découvrir une réelle attention et pareillement compassion dans le regard ordinairement si dur du chef de la police criminelle :

— Il n'y aura jamais de fête, bien entendu. Les deux cents livres vous sont destinées si vous acceptez de changer de vie.

— Deux cents livres ! répéta le simoniaque qui, cependant, fut embarrassé.

Il réfléchit et confessa bientôt :

— Mais... Je ne sais rien faire !

Jérôme de Galand eut un petit sourire.

— Mais que croyez-vous ?... Moi aussi je ne savais rien faire, c'est pour cela que j'ai choisi ce métier que j'ai appris à aimer. Vous achèterez échoppe, vivrez avec vos femmes et élèverez en bon esprit le nouveau-né qui va venir à votre amie. N'oubliez point que j'aurai toujours surveillance de votre comportement et que vous qui fêtez Satan, vous n'avez encore rien vu : votre diable n'est qu'une mazette face à une de mes colères.

L'homme se retira, troublé.

Joseph, incrédule, recula à l'intérieur des « Armes de Saint-Merry » en voyant arriver Nissac et Mathilde.

Il balbutia :

— Monsieur le comte... Madame la baronne...

Le couple répondit à son salut et Nissac réclama une table pour trois qui fût tranquille et bien retirée des autres. Lorsque le vin arriva, et c'était le meilleur cru, Nissac désigna la chaise vide :

— Asseyez-vous, Joseph, je vous en prie.

Joseph, stupéfait, hésita. Le comte reprit :

— Joignez-vous à nous et laissez faire votre commis. Tiens, ce n'est plus l'homme de Jérôme de Galand ?

Joseph, toujours debout, répondit :

— Depuis que Mathilde... pardon, madame de Santheuil ne vient plus en sa maison, le lieutenant de police a repris son sergent. Il manque d'archers, m'a-t-il expliqué.

Le comte soupira :

— Décidément, Joseph, vous ne voulez point boire avec nous ?

Joseph observa la belle robe de madame de Santheuil, l'habit soigné du comte, la cape noire et le chapeau marine à plumes blanches et rouges posés sur une chaise. Il rassembla son courage :

— Ce n'est point ma place, monsieur le comte, mais si vous insistez...

Il s'assit au bord de la chaise. Tous trois se regardèrent en silence. Mathilde se sentait heureuse de retrouver sa maison, sa rue et Joseph, ce voisin qui l'avait toujours protégée et pour lequel elle ressentait grande affection et sentiment étrange qu'elle ne savait définir.

Le comte s'éclaircit la voix, puis :

— Joseph, aussitôt la Fronde écrasée et croyez-moi, elle le sera, j'aimerais épouser madame la baronne de Santheuil afin qu'elle devienne comtesse de Nissac. Y consentez-vous ?

Joseph regarda le comte avec stupéfaction, Mathilde jeta à son amant un regard qu'elle voulait faire croire amusé mais qui ne l'était point, grande angoisse perçant sous l'artifice.

La voix du comte se durcit :

— Mathilde n'est point demoiselle sortant du couvent, étant veuve, mais votre agrément m'est nécessaire. Consentez-vous, Joseph ?

Joseph se sentit arrivé au bout d'un très long chemin. Horrifié, bien entendu, à l'idée de devoir expliquer comment il avait laissé s'égarer en la grande ville inconnue petite fille qui était sienne, mais qu'il ne pouvait plus nourrir.

Horrifié, et heureux. Il affronterait le regard de son enfant, sa colère, son mépris peut-être, et tout cela serait sans doute justice, chose bonne et nécessaire.

Et délivrance !

Il éprouva un profond sentiment d'affection pour l'aristocrate prestigieux, ce général couvert de gloire et cet intrépide chef de la plus étonnante des bandes royalistes qui fut jamais. Le comte, en le forçant, lui donnait la seule chance de jamais s'expliquer et d'obtenir un possible pardon.

S'étonnant à peine de sa propre audace, il posa sa main sur celle de Nissac :

— J'y consens avec le plus grand plaisir car je sais qu'avec vous ma fille sera heureuse.

Nissac prit la main de Mathilde et la posa sur celle de son père avant d'y placer la sienne

— Merci de consentir à notre bonheur ! dit le comte.

Puis il se leva, vida son verre d'un trait, posa sur ses épaules sa longue cape noire, coiffa son chapeau marine au bord rabattu sur les yeux et aux hautes plumes rouges et blanches.

Enfin, souriant à Mathilde et Joseph :

— Je m'en vais faire courir mon cheval qui est jeune et ardent à la course. Je serai sans doute de retour dans deux heures, car vous avez bien des choses à vous dire.

Et il se retira sans rien ajouter.

Au carrefour de la rue du Trahoir, le comte de Nissac se dirigea vers la Porte de Buci par la rue Dauphine et passa devant l'hôtel de Condé où se voyait grande activité, messagers arrivant et repartant en toute hâte, peloton rendant les honneurs au carrosse d'un grand seigneur venu faire sa cour ou proposer ses services.

Dès qu'il atteignit les premiers champs, le comte poussa son cheval sur une lieue puis lui fit adopter galop plus sage.

Nissac s'interrogeait non point sur l'utilité de la rencontre qu'il venait de provoquer entre Mathilde et son père – il la croyait nécessaire, la rendant donc inévitable – mais sur les chances qu'elle aboutisse à un résultat heureux.

Cette affaire le déchirait. Il comprenait la décision de Joseph, quinze ans plus tôt, comme elle avait dû lui coûter et combien le hasard y présida : l'enfant, s'éloignant d'elle-même – vers son destin, qui était de le rencontrer un jour ? –, précipitait la décision tacite des parents.

Mais pareillement, il comprendrait que Mathilde

refusât d'entrer en ces considérations, ne se souvenant que de la terreur qui avait été sienne lorsqu'elle s'était retrouvée seule en cette grande ville inconnue.

Il revint vers Paris au pas, songeant que deux choses pouvaient pousser Mathilde à la clémence. Tout d'abord le remords de Joseph, qui ne l'avait quitté à aucun des instants de sa vie. Ensuite, la terrible punition qui avait été la sienne puisqu'il avait perdu peu ensuite sa femme et tous ses autres enfants.

Le comte de Nissac entra « Aux Armes de Saint-Merry » le cœur serré d'angoisse et ce qu'il vit le convainquit sur l'instant de son échec car Mathilde et Joseph se tenaient tous deux aux extrémités de la table, ne se parlant point et ne se regardant pas davantage, tels gens qui se veulent ignorer l'un l'autre.

Nissac s'approcha, son chapeau à plumes à la main, se demandant quelle attitude adopter en ces circonstances lorsque, brusquement, tout changea. En effet, Mathilde se précipita en les bras de Joseph qui la serra contre lui, caressant délicatement ses cheveux, puis ils se séparèrent et, souriants et heureux, firent face au comte.

Mathilde prit la main du comte de Nissac et la porta à ses lèvres en disant :

— Merci, mille fois merci, cher amour, et excusez cette comédie mais nous voulions vous surprendre comme nous le sommes nous-même : j'ai retrouvé mon père.

— Et moi ma fille ! murmura Joseph en maîtrisant son émotion.

Le comte jeta son chapeau à plumes sur une table, avec cette élégance qui marquait chacun de ses gestes puis, d'un ton joyeux :

— Quoi de plus naturel ?

67

Le comte de Nissac s'en vint seul au cœur secret de Notre-Dame pour rencontrer le duc de Salluste de Castelvalognes, général des jésuites, qui l'avait discrètement fait mander.

Après qu'ils se furent salués avec émotion, le religieux passa sa main, en un geste qui lui était familier, sur l'horrible cicatrice boursouflée au côté gauche de son visage.

— Ainsi, vous m'avez trouvé comme si je ne me cachais point ? demanda le comte.

— Tu sais, nos espions sont partout. Même chez ce remarquable homme de police, Jérôme de Galand. Mais je crois qu'il a un homme chez nous, ce qui nous vaut jeu égal.

— Galand ! répéta Nissac.

— Précisément.

— Galand est des nôtres, j'entends de notre « Grande Cause ».

— Je le sais et m'en réjouis. C'est un homme de grande valeur. Mais je t'ai fait venir pour une affaire urgente qui touche ton *Pulcinella*...

— Mazarin. Un cardinal, tout de même.

— Si peu cardinal, mais homme d'État qui ne manque pas d'intérêt. Eh bien ton *Pulcinella*, tout comme le roi et le maréchal de Turenne, piétine encore et tarde à écraser la Fronde. Or, j'ai de mauvaises nouvelles par la voie catholique, donc de bonne origine : les Espagnols vont intervenir directement pour que le sort des armes soit enfin favorable au prince de Condé. Cela ne se peut, nous reculerions de deux siècles.

Nissac hocha la tête.

— Malgré les renforts, l'armée royale s'épuise. Il faudrait toujours davantage d'or.

— Il s'agit de cela. Rassemble tous tes Foulards Rouges, à minuit, derrière la cathédrale. Venez sans chevaux, mais avec grand courage. Deux barques vous attendront, et je serai dans l'une d'elles.

— Nous allons détrousser un financier secret de la Fronde ?

— Non, nous allons vérifier bien étrange et ancienne légende. Et très certainement mettre au jour l'un des plus fabuleux trésors qui soit au monde... Si nous arrivons jusque-là !

Rien ne distinguait cet endroit de la berge, fort escarpée, si ce n'est qu'une croix de Saint-André blanche marquait la paroi et qu'une corde pendait depuis le surplomb.

Adroitement, un jeune jésuite saisit la corde et la passa en un anneau de fer de la barque avant de faire un nœud solide que le courant assura davantage.

La barque s'immobilisa, et avec elle une seconde, amarrée à la précédente.

Tous les Foulards Rouges se trouvaient là : madame de Santheuil, Nissac, Frontignac, Le Clair de Lafitte, Fervac, Bois-Brûlé, Florenty et Dautricourt.

Côté jésuite, le général s'était adjoint six jeunes prêtres de forte constitution. Au fond des barques gisaient pics, pelles et pioches.

Comme ils en étaient convenus, le comte de Nissac et le général des jésuites désignèrent deux fines lames — Fervac et Le Clair de Lafitte — pour le premier, un jésuite dont l'oreille était d'une finesse peu commune pour le second.

Ainsi le petit groupe pouvait-il espérer n'être point dérangé et, le serait-il, se défendre aussitôt.

Lorsque les trois hommes, utilisant la corde, se furent hissés sur la berge, les autres attaquèrent au pic la paroi escarpée en l'endroit où se voyait croix de Saint-André, soit à deux pieds au-dessus du niveau de la rivière de Seine.

L'espace ne permettait qu'à deux hommes de travailler et on les remplaçait toutes les cinq minutes. Les autres, à la pelle, dégageaient du plancher de la première barque les éboulis de terre et de pierres qui y tombaient.

Au bout d'une demi-heure, le trou d'une circonférence d'une demi-toise se trouvait si avancé qu'il fallut y grimper et travailler courbé. Malgré l'ardeur des Foulards Rouges et des jésuites, l'avancée se trouva ralentie et les hommes qui se remplaçaient, couverts de terre, éprouvaient de plus en plus de peine.

Enfin, au bout d'une heure et demie, le pic rencontra le vide et le trou agrandi permit d'aboutir en une galerie.

On fit redescendre de la berge Fervac et Le Clair de Lafitte. Le jésuite à l'oreille fine, détachant la corde, plongea dans la rivière où on le repêcha avec diligence.

Alors, on renvoya deux des jésuites avec les barques et ordre de revenir toutes les heures.

La galerie, à la lueur des torches, ne paraissait point grande et la moitié se trouvait sous les eaux.

Sur un signe de son général, un jeune jésuite s'avança dans l'eau qui bientôt atteignit sa poitrine mais, dès alors, la pente remontait pour aboutir en un endroit hors d'eau où se voyait gros tas de pierres.

Les Foulards Rouges et les prêtres rejoignirent le jeune jésuite, traversant en se trouvant encombrés de pics, pioches, pelles ou torches et, lorsque tous furent de nouveau sur la terre ferme, le général des jésuites lança un ordre bref :

— Jetez les pierres à l'eau. Il y a un passage derrière.

On se mit de nouveau à l'ouvrage. Les mains, fatiguées et écorchées par les instruments de travail, saignaient à manipuler autant de cailloux.

— Je sais ce que tu penses ! dit, en souriant, le duc de Salluste de Castelvalognes à l'adresse du comte de Nissac qui, d'un revers de main, essuyait son front couvert de sueur.

— Et comment le sauriez-vous ? répondit le comte, amusé.

— Mais parce que je t'ai élevé, lettre après lettre, et pendant tant d'années.

— Vérifions cela !

— Tu penses : « Leurs mains saignent et les miennes aussi. Mais celles des Foulards Rouges saignent moins que celles des jésuites car nous, nous manions l'épée. » N'est-ce point la vérité ?

— Je suis confondu !... avoua Nissac en gardant le sourire.

— Tu n'es point curieux de ce que nous allons trouver bientôt ? demanda le général des jésuites.

— Non point. Mon esprit sait mille choses possibles derrière ce tas de pierres. J'espère simplement que vous ne serez pas déçu.

Le duc de Salluste de Castelvalognes sortit de sa soutane un parchemin fort ancien et précisa :

— Pour l'instant, je ne le suis point.

Bientôt, les dernières pierres furent ôtées, découvrant une nouvelle galerie très étroite où l'on devait avancer courbé. Tous s'y engagèrent sous la conduite du général des jésuites.

On déboucha bientôt dans une petite grotte suintante d'humidité.

D'un geste vif, le général des jésuites désigna un morceau de métal long d'un doigt qui, très étrangement, dépassait de la paroi.

— Qu'en penses-tu, Loup ?

Le comte de Nissac se pencha, la torche à la main.

— Ce métal est fort ancien. Et travaillé par un forgeron des temps jadis. La pointe qu'il forme est bien curieuse chose !

— Creusez ! ordonna le général des jésuites.

On dégagea d'abord une longue, forte, et très ancienne épée mangée de rouille, puis vinrent les ossements d'une main et enfin le squelette d'un homme qu'il fallut évacuer tandis que la peur le disputait à la curiosité chez ceux qui se donnaient à l'ouvrage.

À l'épée, et avec infinie patience, l'homme aujourd'hui réduit à ces ossements avait creusé un conduit de

406

quatre toises avant de s'effondrer, mort de faim ou de fatigue, alors qu'il touchait presque à la liberté.

Le duc de Salluste de Castelvalognes ordonna :

— Loup, sois celui qui découvrira avant les autres car, à présent, la chose est certaine et ma joie est profonde de t'offrir spectacle qui n'a sans doute jamais été vu par regard humain depuis plus de huit siècles et ne le sera jamais plus après toi.

Nissac s'engagea le premier, suivi des autres, mais tous restèrent sans voix tant ce qu'ils avaient sous les yeux semblait impossible en l'an de grâce 1652.

Une nouvelle grotte s'offrait aux regards stupéfaits mais celle-ci était très vaste, la voûte haute et l'on y voyait spectacle absolument extraordinaire qui peut vous amener à douter de vos yeux comme de votre raison et à vous demander si vous vous trouvez au cœur d'un rêve ou en la réalité alors que vous venez de reculer de presque mille ans en arrière !

Aussi, s'arrachant au fascinant tableau, se regardèrent-ils les uns les autres pour s'assurer qu'ils voyaient bien pareillement.

Mais on n'en pouvait douter à constater comme les yeux brillaient et, prenant la main de Mathilde, Nissac contempla de nouveau.

Couché sur le flanc par l'eau qui avait disparu au cours des siècles, et semblable à un grand animal blessé, se voyait, parfaitement conservé, grand drakkar de Vikings dont la figure de proue figurait un dragon et si les voiles avaient pourri avec le temps, la charpente tenait bon.

Ils s'approchèrent.

Une vingtaine de squelettes reposaient là.

Certains portaient encore casque de fer avec deux cornes de taureau. Sur les poitrines creusées par la pourriture, dissimulant les os des côtes, des gilets de cuir cloutés n'avaient point trop souffert de la fuite des siècles.

À côté des squelettes, abandonnées, de longues épées

et des haches rouillées rappelaient comme ces hommes du Nord livraient des assauts furieux.

Gisant adossé au mât, coiffé d'un casque magnifique où se voyaient deux ailes de fin métal, portant encore longue cotte de fer et tenant en ses mains décharnées épée et bouclier rond richement décoré, celui qui devait être le chef avait attendu la mort en capitaine.

Cinq coffres de bronze s'alignaient sur le pont.

D'un geste vif qui fut sans effet, puis d'un coup de botte, le général des jésuites ouvrit un des coffres et ce fut scintillement de pierreries, d'or, d'objets rares dont certains d'une étonnante beauté qu'évoquaient chroniques anciennes mais que l'on croyait à jamais perdus ou n'ayant point existé.

Le général des jésuites s'assit sur un des coffres et expliqua :

— Un des Vikings qui punissaient ces malheureux déserta et se convertit à notre religion. Il devint moine et, longtemps après, écrivit toute l'histoire qu'on ne prit point au sérieux en cette lointaine époque. Ce navire n'est pas un bâtiment de siège viking qui assurait les liaisons mais un drakkar de haute mer. Sachez qu'à partir de l'an 846 et pendant quarante ans, les Vikings ont attaqué et parfois assiégé Paris. Regardez la beauté de ce navire : soixante pieds de long, le gouvernail, les tapons, les trous de nage... Ces hommes, parmi les meilleurs guerriers de la flotte viking, volèrent le trésor de guerre mais furent interceptés. Leur roi, dont le nom ne nous est point connu, les punit en les emmurant vivants dans une des nombreuses grottes qui bordaient la rivière en ce temps-là. Le roi, sans doute pour faire un exemple, les emmura avec ce trésor qui les déshonora et, en cet endroit, ne pouvait leur servir, leur rappelant en tout instant leur faute.

Il marqua une courte pause et se tourna vers Nissac.

— Allons-nous vraiment offrir tout cela à ce *Pulcinella* ?

Nissac répondit à mi-voix :

— L'offrir à la couronne aujourd'hui, c'est le donner en héritage, demain, à la République.

Le général des jésuites hocha lentement la tête.

Nissac sentit sur lui les regards des hommes fatigués et celui, admiratif, de la baronne de Santheuil.

Il eut un geste vif et ordonna :

— Le trésor dans les barques !

68

Une fois trompés les barrages des Condéens, et atteintes les lignes de l'armée royale, Nissac requit deux chariots qu'il fit conduire par des mousquetaires, lui-même, ses Foulards Rouges et vingt dragons escortant de très près le convoi.

La Cour s'étant installée à Saint-Denis depuis la veille, 29 juin, le voyage ne fut point long, ni fatigant.

D'autorité, le général de Nissac fit déposer les lourds coffres en les écuries dont il fit interdire l'entrée par les vingt dragons.

Prévenu par un billet qu'un trésor « d'importance » l'attendait, Mazarin arriva aussitôt à très vive allure, accompagné du roi et d'Anne d'Autriche.

Les huit Foulards Rouges, qui se tenaient devant les cinq coffres, la main sur la garde de l'épée, s'écartèrent.

Approchant des doigts tremblants, Mazarin souleva le couvercle du premier coffre et resta sans voix. Puis, dans une hâte fébrile, il ouvrit les quatre autres.

Le roi s'approcha, saisit une très ancienne couronne de roi carolingien et l'observa avec la plus grande surprise :

— Mais c'est là royal attribut ! dit-il.

Mazarin s'empara d'autres objets, les reposant, fouillant dans les coffres puis, assez pâle :

— Trésor royal et d'Église sont mêlés. Certains de ces joyaux avaient disparu depuis des siècles !... Nissac, comment la chose est-elle possible ?

Omettant de citer le duc de Salluste de Castelvalognes, qui ne l'eût pas souhaité, et prétendant agir sur la foi d'un très ancien parchemin, ce qui ne constituait point fausseté, le comte raconta la découverte du drakkar.

— Il faut conserver les attributs royaux et d'Église ! dit Anne d'Autriche d'un ton qui n'invitait point à la discussion.

— Il en restera bien assez ! dit le cardinal.

Le roi, avant de se retirer, regarda chacun des Foulards Rouges, puis :

— Madame, messieurs, vous êtes les plus fidèles de mes sujets. Je ne l'oublierai jamais.

Il sortit, accompagné de sa mère, Anne d'Autriche.

Mazarin ne savait plus très exactement ce qu'il admirait le plus, du fabuleux trésor ou de « ses » Foulards Rouges qui, à tout instant, rendaient possible ce qui ne le semblait point.

Annulant ses obligations, il organisa rapidement un succulent repas avec sa troupe d'élite et décréta deux jours de repos obligatoire ici même ou en la ville de Paris... précisant cependant, le regard par en dessous, que certaine forme de fatigue n'entrait point en cette obligation.

Aussi, tous retournèrent à Paris, à l'exception de Sébastien de Frontignac qui souhaitait faire avancer sa cause auprès de la très jolie Catherine de Dumez, qui se trouvait à la Cour.

Nissac, acceptant un peu à regret de céder à l'insistance du cardinal, laissa ses Foulards Rouges disposer de leur temps, bien que sa crainte fût grande de voir ses hommes se détacher de l'action et n'y revenir qu'à contrecœur.

Ses craintes se révélèrent fondées.

Si le comte prit plaisir à retrouver la petite maison de la rue Neuve-Saint-Merry et les repas en commun avec le père de Mathilde, pour les Foulards Rouges, les fortunes furent diverses.

Le baron de Florenty étudia une nouvelle fois les rues de Paris, lui qui en connaissait parfaitement le sous-sol. Époux sérieux, il ne chercha pas un seul instant à se distraire en compagnie féminine.

Tel ne fut pas le cas du baron Le Clair de Lafitte qui chercha à rencontrer, pour lui conter fleurette, femme qui ne fût point bavarde comme son épouse, et de davantage de tempérament en les choses de l'amour.

Restaient les célibataires.

Pour certains, dont les affaires se trouvaient déjà fort avancées, ces deux jours permirent d'affirmer plus encore à celles qu'ils aimaient quelle passion était la leur. Ainsi d'Henri de Plessis-Mesnil, marquis de Dautricourt, avec Charlotte de La Ferté-Sheffair, duchesse de Luègue, qui n'avait point encore quitté Paris pour son château de Saintonge.

À Saint-Denis, le baron Sébastien de Frontignac parvint à faire compliment à la jeune et jolie Catherine de Dumez, qui se laissa embrasser la main. Enhardi, Frontignac approcha le père de la belle, un officier de très haut rang qui avait envisagé autre parti pour sa fille mais, voyant par hasard le Premier ministre serrer le jeune homme contre sa poitrine et le roi lui-même l'entretenir en particulier quelques instants, il se dit que ce monsieur de Frontignac, traité avec tant d'égards, ferait un gendre des plus acceptables.

Pour le lieutenant Maximilien de Fervac, les choses ne furent point des plus simples.

Il se trouvait au lit, en compagnie de sa jolie Manon, et pensait l'instant propice, leur étreinte ayant été des plus sensuelles mais aussi des plus tendres.

D'une voix d'abord hésitante, qu'il affermit bientôt, il demanda à la jeune femme ce qu'elle ressentait à l'idée que son amant était à présent baron de Fervac ; aristocrate, en somme.

Un rire clair et cascadant lui répondit.

Bien que telle réponse le vexât, il n'en laissa rien paraître, attaquant de nouveau :

— Le cardinal m'a laissé entendre que je serais bientôt capitaine aux Gardes Françaises.

Nouveau rire.

Il reprit :

— Je vais avoir des terres en ma baronnie, et beaucoup d'or. Cela s'ajoutant à ce qui précède.

La jolie Manon, couchée à son côté, se redressa légèrement :

— Alors tu vas me quitter ?

— Il ne s'agit point de cela. Mais toi, quitterais-tu la vie qui est la tienne pour devenir baronne de Fervac ?

Elle le regarda avec stupeur puis l'embrassa avec fougue, ne reprenant souffle que pour lui dire :

— Baronne ou pas, il y a si longtemps que j'attendais ces paroles !

À quelques rues de là, monsieur le baron de Bois-Brûlé allait solitaire et sans but lorsqu'une troupe qui donnait la comédie attira son attention.

Jouant des coudes, qu'il avait puissants, le baron se trouva au premier rang et fut stupéfait de reconnaître Églantine, avec laquelle il jouait un drame sur ce genre d'estrade en son ancienne vie.

Au reste, la surprise fut partagée car la jeune femme, voyant son ancien camarade, quitta les planches, lui prit la main et l'entraîna en courant sous les huées des spectateurs.

Ils coururent ainsi plusieurs minutes, monsieur de Bois-Brûlé s'interrogeant sur les raisons de cette course mais la petite main d'Églantine en la sienne constituait tel enchantement qu'il ne songea aucunement à interrompre cette étrange cavalcade.

Enfin, la jeune femme s'arrêta sous les branches d'un saule pleureur qui les dissimulait puis elle le

412

regarda avec une attention qui égalait celle que lui portait monsieur de Bois-Brûlé.

Églantine, vingt-trois printemps, était charmante blondinette aux grands yeux d'un bleu profond et au visage intelligent. Dressée sur la pointe des pieds, elle n'aurait pas atteint mi-poitrine de monsieur de Bois-Brûlé.

Son regard se fit sévère.

— T'es-tu échappé des galères du roi ?

— Je n'y ai point été, ayant obtenu grâce de Son Éminence tandis que le roi m'a fait baron.

Églantine éclata de rire mais, voyant l'air sérieux de son ancien camarade, elle se reprit :

— D'un baron, tu as les beaux habits, mais toi, baron, c'est là chose impossible.

— Avec la Fronde, tout est possible. Tu peux être prince et connaître la prison, comme monsieur de Condé, ou promis aux galères et devenir baron comme je le suis.

Églantine savait qu'en dehors de la scène, où il avait surtout joué jadis des personnages bouffons, son ancien camarade n'était point homme à lancer pareille plaisanterie.

Elle hésita, puis :

— Baron, baron, comment est-on baron ?

— Par royale décision. Avec terres et château.

Elle le crut mais une ombre de tristesse passa sur son visage lorsqu'elle lui dit :

— Eh bien sois heureux en ton château et oublie le théâtre et ta vie de jadis.

Il lui sourit.

— Je me rappelle une nuit d'automne, sur la route d'Auxerre. Il pleuvait et le temps était tout de froidure et de brouillard. En la vieille charrette couverte de toile qui nous abritait, nous, six pauvres comédiens, tu étais en proie aux fièvres. Je ne t'ai point lâché la main que nous ne soyons arrivés.

— Je sais.

— C'est un des plus beaux souvenirs de ma vie.

Elle posa ses poings sur ses hanches, soudain scandalisée :

— Alors pourquoi, lorsque je t'ai souri, au matin, as-tu montré si grande froideur ?

— Je croyais que tu te moquais.

— Pourquoi l'aurais-je fait ?... Pourquoi pareille idée ?...

— Parce qu'on se moque de moi depuis toujours car comme le singe, ici, je fais rire.

— Seuls les imbéciles rient. Dont je ne suis point, je l'espère !... À présent adieu, sois heureux en ton château moi, je dois m'en retourner là-bas.

Elle fit demi-tour, il la rattrapa vivement par la main.

— Je n'y serai point heureux. En un château, il faut châtelaine.

— César !...

Ils se regardèrent longuement puis s'embrassèrent, dissimulés au regard des autres par les branches du saule pleureur qui tombaient jusqu'à terre.

Le troisième jour, inquiets, Nissac et les Foulards Rouges se rendirent chez Manon qu'ils trouvèrent en compagnie du lieutenant des Gardes Françaises.

En une de ses colères froides, le comte parla durement au baron de Fervac, prononçant même le mot « déserteur ».

Fervac protesta :

— Point du tout, je songeais à me marier, monsieur le comte !

Nissac haussa les épaules.

— Se marier, se marier : mais en pareille guerre civile, qui songe à se marier ?

Sébastien de Frontignac fit un pas en avant :

— Moi, monsieur le comte !

Le marquis de Dautricourt rejoignit Frontignac :

— Moi pareillement !

Monsieur de Bois-Brûlé s'avança à son tour :

— Et moi de même !

Nissac fit les cent pas sous le regard amusé de Mathilde puis, d'une voix plus douce :

— Qu'en pensez-vous, Melchior, c'est là très curieuse épidémie, me semble-t-il.

Le Clair de Lafitte eut un geste las :

— Si le spectacle de ma chère épouse ne les en a point dissuadés, qui le fera ?

Nissac les regarda tour à tour, puis :

— Soit !... Mais vous prendrez épouse après que nous aurons vaincu la Fronde !

Il jeta un rapide – mais tendre – regard à Mathilde et ajouta :

— Au reste, vous ne serez sans doute point les seuls !

<hr/>

69

Jérôme de Galand fut extrêmement surpris par la très grande beauté et le charme irrésistible de la baronne Éléonor de Montjouvent, pourtant à peine plus jeune que lui qui venait de fêter ses cinquante-trois ans.

La baronne, quoique nerveuse, ne semblait point trop se méfier, le lieu inspirant confiance par sa richesse, son décor et ses vastes proportions.

Elle ignorait que cet hôtel appartenait à un seigneur en fuite car fidèle au roi, et qui n'avait point fait de difficultés pour le laisser occuper par le lieutenant de police criminelle et ses gens dès lors que Mazarin était intervenu en ce sens.

Galand lui offrit de s'asseoir et la regarda longuement, étonné d'être sensible à son charme, lui que les femmes ne troublaient plus depuis la mort de son épouse survenue vingt ans plus tôt.

Après quelques mots de bienvenue, il en vint au fait :

— Vous a-t-on dit, madame, que je souhaite organiser ici même soirée singulière où seront rendus tout à la fois hommages à Satan... et à l'amour ?

— On me l'a dit, monsieur, et je n'y vois quant à moi guère d'embarras, ayant la connaissance de tout cela.

Jérôme de Galand hocha la tête.

— Il faut, pour honorer Satan, objets que je ne possède point, n'en ayant pas la pratique habituelle et me trouvant assez ignorant en la matière.

— Ne vous inquiétez point de cela, je sais qui a qualité pour nous les trouver. Cependant, cela n'est point compris dans la somme qui me revient. Je vous adresserai l'homme, mais discutez son prix.

— Bien. Mais je n'en ferai rien car l'or ne fut jamais ma préoccupation.

La baronne se crispa légèrement sur son siège, ce qui n'échappa point à la vigilance du policier qui reprit :

— Louer Satan n'est point tout. Si je suis bien renseigné, et je crois l'être, on m'assure que ces soirées s'achèvent en galanteries nombreuses où chacun et chacune s'adonnent à l'amour en des orgies qu'on dit romaines.

— En effet ! répondit la baronne d'une voix froide.

— En êtes-vous, madame ?

Elle le toisa :

— Tel n'est point mon rôle en ces soirées. D'aucune façon !

— Les hommes ne vous séduisent-ils donc pas ?

Elle le regarda, ne pouvant dissimuler tout à fait léger mépris :

— Ce que les hommes me montrent d'eux-mêmes ne m'incline ni à les admirer, ni à les aimer.

— Mais qui sont donc ces femmes qui se donnent ainsi à plusieurs hommes, parfois ensemble ?

— Quelques-unes de la petite noblesse, d'autres de la bourgeoisie et trois ou quatre putains de belle allure qui ne se révèlent point en tant que telles mais se font

416

passer pour femmes d'avocat, d'apothicaire ou de président au mortier. Elles donnent l'exemple de la luxure, ainsi les autres suivent.

— Et vous, jamais ?

— Je vous l'ai dit, monsieur, jamais.

Il la regarda en souriant mais son regard glacé pétrifia la baronne.

Moins, cependant, que les paroles du policier :

— Ainsi donc, s'il venait fantaisie à... l'Écorcheur de vous prendre pour l'amour, vous diriez non ?

Elle se leva d'un bond et se précipita vers la porte qu'elle ouvrit vivement, découvrant un archer de haute stature qui lui barrait le passage. Elle courut alors vers l'autre porte, semblablement gardée mais par deux archers.

Jérôme de Galand, qui ne s'était pas même levé, dit d'une voix tranquille :

— Voyez aux fenêtres, baronne, nous gagnerons du temps.

Elle s'y rua et constata, en la rue, dizaines d'archers qui ceinturaient l'hôtel.

Très calme, le policier ajouta :

— Vous pouvez encore songer à vous enfuir par la cheminée, mais outre que vous y noirciriez votre joli minois, vous trouveriez sur les toits plusieurs de mes fidèles archers. Aussi, je vous conseille de revenir vous asseoir face à moi qui m'appelle Jérôme de Galand, lieutenant criminel du Châtelet en cette ville frondeuse et général de toutes les polices de sa Majesté le roi en le reste du royaume. Cela, je puis vous le dire car vous êtes à présent au secret.

— Je suis mise au secret ?

— Rien de moins.

La baronne revint s'asseoir, tête basse.

— Regardez-moi, madame, nous avons à parler.

Elle leva les yeux sur lui et, à sa très grande surprise, il en fut bouleversé, mais parvint à le cacher.

Les grands et magnifiques yeux noirs à présent craintifs, la bouche aux lèvres pleines et à l'expression boudeuse qu'on eût dit d'une petite enfant sur le point de pleurer, les beaux cheveux noirs et souples, cette merveilleuse voix un peu voilée... Jérôme de Galand, plus alarmé qu'heureux, songea : « Eh bien voilà ce que je redoutais depuis vingt ans. Pourquoi elle ?... Par quelle magie ?... Tant de jouvencelles se sont offertes à moi pour sauver qui un frère, un père ou un mari, et que j'ai négligées !... Vingt ans de paix et voici mon cœur qui résonne comme le sol lors d'une grande charge de cavalerie, mes mains qui rêvent de se promener sur ce corps, d'embrasser ce ventre que je devine doux, ces épaules rondes et tant d'autres choses encore !... »

Se méfiant de lui-même, il prit, par opposition, une voix sèche et désagréable :

— En votre enfantillage de bon commerce qui consiste à louer Satan vous eûtes, madame, idée qui vous est propre : le soufre. Vous en jetiez sur les corps mêlés qui faisaient l'amour et c'était là votre marque qui vous fit connaître de tous ces fols, entre autres grands mérites. Votre rang, votre intelligence, votre beauté vous distinguèrent et la chose parvint à l'Écorcheur, ce haut seigneur qui, dès lors, s'attacha vos services.

Il ajouta d'un ton d'indifférence qui ne correspondait point à la grande attente où il se trouvait :

— Peu importe qu'il vous baisât...

Elle le coupa :

— Il ne l'a point fait. J'ai dû m'en défendre non par la force, mais par cette intelligence dont vous parliez.

Galand, le visage aussi inexpressif que celui d'un gisant de pierre, nota le fait avec satisfaction car il est des accents qui ne trompent point policier aguerri.

Il reprit :

— C'est sans importance. Mais les crimes où vous êtes mêlée sont sacrilèges et l'Église de France aura sa part à votre procès. Il est probable que vous subirez châtiment exemplaire, tels les lèvres brûlées, le corps roué et brisé à coups de barre de métal puis le bûcher où vous serez brûlée vive. C'est là manière de passer de vie à trépas qui, en ne comptant point large pour ne pas vous affoler, durera tout de même trois à quatre heures.

La baronne frémit soudain de la tête aux pieds et le policier songea : « Comme j'aimerais l'asseoir sur mes genoux et la caresser pour l'apaiser »...

Il poursuivit d'une voix dure :

— Cependant... Si vous m'aidez entièrement et sans calcul, vous échapperez à cette mort atroce et vivrez libre, car j'ai ce pouvoir. Mais que je sente de votre part la moindre retenue ou dissimulation, je vous livre aux juges. Comprenez-vous ?

— Je dirai tout et vous remercie grandement de votre clémence mais la mérite peut-être car ces choses, je ne savais point leur nature quand j'y fus mêlée.

— Je vous préviens, madame, ma méthode est la suivante : une question, une réponse. Et l'on va vivement car la lenteur amène le calcul et le calcul le mensonge.

— Je ne mentirai point.

— Soit. Qui est ce seigneur qui écorche des femmes ?

— Je l'ignore. Mais c'est un très haut seigneur.

— Se pourrait-il que ce soit un Condé, ou un Beaufort, voire un Nemours ?

— Je ne le connais que par les égards dont on l'entoure et puis dire en effet que c'est un seigneur de ce rang-là.

— Qui le sert ?

— Deux hommes aux visages durs, des hommes brutaux, montent la garde. Un cocher qui est son plus proche serviteur. Un couple amène les corps des femmes.

— Sont-elles déjà mortes et écorchées ?

— Elles le sont. J'arrive à cet instant pour jeter sur ces corps soufre qui, pour l'Écorcheur, est souffle du diable.

— Quel est l'aspect de ce couple ?

— Ils sont bien reconnaissables. La femme est borgne et l'homme, de haute taille, est vérolé.

— Et les deux hommes qui montent la garde ?

— Des brutes, je vous l'ai dit.

— Cela ne me suffit point.

— Des officiers, je crois.

— Avez-vous vu le carrosse de l'Écorcheur ?

— Un beau carrosse à six chevaux. Les armoiries sont couvertes de boue séchée.

Galand réfléchit. Avec les éléments en sa possession, il savait que la baronne ne mentait point et apportait des faits nouveaux, tel ce couple. Le moment était venu de tendre piège qui donnerait ou non réalité à cette croyance :

— Quel est ce cocher ?

— Ce n'est point un cocher mais un homme de bonne naissance, sans doute davantage qu'une petite noblesse. Il est plus délicat qu'on ne le pourrait croire car je l'ai surpris à regarder son maître avec horreur. Il a signe particulier.

— Balafre ? Doigts coupés ?

— Non point. Un jour, le cadavre d'une de ces pauvres femmes tomba sur le sol. Il aida à le relever pour le replacer sur la table. Je vis alors ses avant-bras. Ils sont couverts de cicatrices au couteau très fin, ou peut-être au stylet, et c'est là chose que je n'ai point vue encore ailleurs.

Galand eut un mince sourire, Éléonor de Montjouvent venait d'échapper au bûcher et il s'en réjouit comme cœur de tendre jeune homme au premier émoi amoureux.

Sa voix s'adoucit :

— Reste l'essentiel, l'Écorcheur lui-même.

Elle le regarda avec grand désarroi et l'horreur, un instant, voila ses grands yeux :

— Il porte masque d'argent, on ne peut voir le visage. La perruque est d'un beau brun, de belle jeunesse, mais c'est peut-être là artifice. La voix est sans cesse changeante, mais très aiguë dans la colère. Pourtant, je ne vois que ce masque d'argent, il fascine au point qu'on oublie tout autre détail.

— Pourquoi cela, baronne ?

En policier de grand talent, Galand venait de rendre son titre à Éléonor de Montjouvent qui, en conséquence et sans qu'elle en fût consciente, se détendit en cet instant crucial de la conversation :

— Que vous dire, monsieur ? Ce masque d'argent est comme un visage lisse, effrayant en sa pureté même et parce qu'il semble ne ressentir jamais aucun sentiment, ni émotion.

— Combien de fois avez-vous participé à ces horreurs ?

— Deux fois. La première, je ne savais point qu'il s'agissait de femme sans tête et écorchée, croyant à une orgie de plus. Sur place, je devinai que m'opposer à pareille cérémonie entraînerait ma mort sans rien changer au sort de la victime, aussi ai-je affecté de n'y être point sensible.

— Et la seconde fois ?

— Je m'étais cachée en un logis de la rue Saint-Leu mais ils me retrouvèrent, ce qui prouve leur puissance. La seconde fois, c'est deux corps décapités et écorchés que je dus couvrir de soufre. Monsieur, je ne rêve que de fuir hors de France et c'est la raison pour laquelle j'ai tant besoin d'or. Comprenez : l'Écorcheur m'a dit « Je vous foutrai, madame ! », mais s'il me baise, il m'écorchera car ainsi est la pente de sa nature.

— Nous vous protégerons. Où se déroulaient ces séances ?

— En une maison écartée du petit village d'Auteuil, à sa sortie par l'ouest.

— Pourriez-vous la retrouver ?

— Sans aucun doute, mais il me tuera.

— Ne soyez pas insultante, vous voilà protégée par un général de police, charge qui n'exista jamais en le royaume et qui fut créée pour moi.

— Monsieur, je le vois en vos yeux : quand vous aurez flairé la piste, vous m'abandonnerez car ne l'aurais-je point voulu ainsi, et tel est le cas, je suis bien méprisable.

— Qui dit cela, madame ?... Et d'où vous vient la prétention de lire en mon regard ce que personne, du dernier des gueux au monarque du royaume des lys, ne parvint jamais à réussir ?

La comtesse lui sourit de façon tout à fait charmante, et en vérité irrésistible.

— Pas même votre maman ?

Il rendit le sourire :

— Peut-être en effet ma pauvre maman fut-elle la seule mais pour l'avoir deviné, vous confirmez que vous avez commerce avec le diable et je m'en vais vous faire brûler !

— À petit feu, monsieur le bourreau, j'ai tant envie de vivre encore un peu...

Ils faillirent se jeter en les bras l'un de l'autre par un élan spontané et qu'on dirait d'évidence, pour peu que l'on crût aux grandes passions quand le cœur est naïf, franc et sans vilaine fourberie. Elle était pour le général mille fois femme, avec tout ce que ce mot comporte de trouble divin lorsqu'il est soutenu par l'enthousiasme de l'âme. Il était pour elle l'homme nerveux mais tranquille, fragile mais fort qu'elle avait toujours vainement cherché.

Ils brimèrent leur nature, baissant chacun le regard, puis Galand reprit :

— Voyez-vous autre chose à me dire ?

— Certainement ! Outre le carrosse et les deux officiers qui le gardent, un parti d'une vingtaine de mousquetaires attendent à distance. Je crois qu'ils ignorent l'activité de l'Écorcheur, car ils sont chaque fois différents, mais qu'importe : sa personne est si fortement gardée qu'il n'est point attaquable.

— Est-ce bien tout, cette fois ?

La belle baronne de Montjouvent baissa la tête.

— Est-ce tout ? répéta Jérôme de Galand en montant le ton.

422

Madame de Montjouvent redressa la tête, ses beaux yeux voilés de larmes, et répliqua :

— Autre chose qui ne vous regarde point !

Avec une fulgurance en son cœur, le général de police comprit que rien de ce qui touchait madame de Montjouvent ne pouvait dorénavant lui être étranger, aussi s'abrita-t-il derrière sa fonction pour déclarer :

— Je dois tout savoir !... Tout, m'entendez-vous ?...

La réponse lui parvint à travers des sanglots mal réprimés qui le bouleversèrent :

— Il m'a fait violer par ses deux officiers et prit grand plaisir à observer la scène.

Galand fut désemparé.

— Ses officiers... Mais point lui, ni son cocher, ni le vérolé ?

— Vous ne comprenez point, monsieur !... Ses gardes m'ont violée comme on ne traite point une putain, par sodomie et d'autres choses encore !... Je hais cet homme !...

Anéanti par la détresse de madame de Montjouvent, Jérôme de Galand se pencha et prit la main de la baronne en la sienne.

Et ce fut chose la plus agréable qui lui fût advenue depuis très longtemps...

70

L'Écorcheur ne portait point son masque d'argent et faisait face au marquis Jehan d'Almaric.

— Eh bien ? demanda l'Écorcheur.

D'Almaric songea aux nouvelles qu'il apportait, l'une mauvaise et l'autre bonne. Son calcul fut qu'il les devait dire toutes ensemble :

— Monseigneur, Éléonor de Montjouvent a encore échappé à notre surveillance mais...

— Vous n'êtes qu'une bande d'idiots ! pesta l'Écorcheur.

D'Almaric, conscient qu'il s'agissait là d'un manque de respect, décida cependant d'ignorer l'interruption, misant sur la joie probable de l'Écorcheur :

— Mais nous avons retrouvé la femme que vous cherchez depuis si longtemps, celle dont vous gardez le portrait.

L'Écorcheur parut stupéfait :

— Serait-ce possible ?... Serait-ce enfin possible ?...

— Tel était votre vœu, monseigneur.

Souriant, l'Écorcheur s'approcha d'Almaric.

— Comment avez-vous réussi ?

— L'endroit où elle avait été vue voici trois ans. J'ai pensé qu'elle y avait peut-être quelque attachement et fait surveiller les rues. Elle a été reconnue, et vient chaque jour en une taverne appelée « Aux Armes de Saint-Merry ».

— Mais il faut attaquer l'endroit ! s'emporta l'Écorcheur.

— La chose est faite, monseigneur. J'ai levé une vingtaine de truands et de déserteurs parmi les meilleurs.

Le ton de l'Écorcheur devint plus incertain :

— Ah, bien... Alors enlevez cette femme. Qu'attendez-vous ?

— Une fois encore, la chose est faite, monseigneur.

— Mais... C'est parfait !... Parfait !... Il faut l'emmener à Auteuil, à présent.

— Elle est déjà en route sous bonne escorte, monseigneur.

L'Écorcheur demeura un instant rêveur puis, détachant d'un de ses doigts une bague ornée d'un très beau diamant, il l'offrit au marquis d'Almaric :

— On a toujours intérêt à me bien servir !... Partons sur l'instant.

Jérôme de Galand, la baronne de Montjouvent et une dizaine d'archers allaient se mettre en route pour Auteuil lorsque arriva un ordre du prince de Condé.

Le prince craignait un coup de main contre son hôtel, disant tenir le renseignement de bonne source. Il exigeait une garde renforcée pour les heures à venir et les archers de Jérôme de Galand, dont certains en civil, dans les rues alentour afin d'arrêter les hommes du cardinal s'ils passaient à l'attaque.

Pâle de rage, Galand dut provisoirement renoncer à son expédition à Auteuil mais, la sachant très exposée dès lors qu'il la quitterait un instant, il conserva madame de Montjouvent à ses côtés.

Le comte de Nissac et les siens, fendant la foule des curieux, pénétrèrent « Aux Armes de Saint-Merry ».

Le comte vit d'abord le corps sans vie de Joseph, percé de plusieurs coups d'épée, puis dénombra six cadavres.

Prenant le comte pour un dignitaire de la police, un jeune homme se précipita :

— Ah, monseigneur, j'ai tout vu.

— Racontez !

— Une vingtaine !... Ils étaient bien une vingtaine. Des truands, des têtes de truands. Tenez, regardez ceux-là...

Il désigna les six cadavres.

— Poursuivez !... répondit le comte en masquant son impatience.

Le jeune homme, un instant troublé, retrouva son sang-froid :

— Je viens souvent ici avec d'autres clercs de basoche. Tout à l'heure, quand ces hommes sont entrés vivement, une jeune femme très belle et Joseph se sont levés. Joseph en a tué un au couteau avant de tomber sous les coups en voulant protéger la jeune femme

425

mais celle-ci a eu le temps de ramasser l'épée du premier mort. Ah, comme elle s'est battue !... Elle en a tué cinq et ils ne l'ont vaincue que parce qu'une brute, la contournant, lui donna coup de poing sur la nuque qui l'assomma. Après quoi, quatre qui se trouvaient blessés sont partis en un sens, vers Sainte-Croix-de-la-Bretonnerie quand les dix autres, dont l'un portait le corps de la jeune femme en travers de sa selle, ont pris la direction qui mène au Faubourg-Saint-Honoré. Il m'a semblé... Dehors, un cavalier de belle mise a paru les suivre, mais je ne pourrais point le jurer.

Nissac réfléchit. Il fallait faire vite mais ne se point tromper.

Jusqu'ici, il avait bien joué. Se souvenant de ce Theulé, soi-disant artiste, qui agissait pour le compte de l'homme aux cicatrices sur les avant-bras, qui est factotum de l'Écorcheur, il avait soigneusement fait marcher sa mémoire. Avant d'être poignardé par Joseph, ce Theulé avait évoqué le portrait de Mathilde, ce que confirma Jérôme de Galand, affirmant qu'il se trouvait d'autres truands portant semblable portrait.

Qui pouvait assurer que l'Écorcheur, qui semblait tant tenir à Mathilde, renoncerait à la jeune femme alors que, depuis quelque temps, il renouait avec ses horribles crimes ?

Or donc, chaque fois que Mathilde s'en allait voir son père, Nissac envoyait discrètement un Foulard Rouge surveiller le lieu.

Aujourd'hui, Sébastien de Frontignac se chargeait de cette mission. Une chance ! Frontignac, bon soldat, savait qu'à deux contre vingt, il se serait fait tuer sans rien empêcher. Il avait donc probablement suivi les ravisseurs à distance et, sitôt repéré le lieu où l'on détenait Mathilde, il reviendrait chercher les Foulards Rouges, au grand galop.

Mais où reviendrait-il ?... Ici, « Aux Armes de Saint-Merry » ?... Ou bien en l'Hôtel de Carnavalet ?...

Il se tourna vers Fervac et Le Clair de Lafitte, tous deux militaires, et qui se tenaient à ses côtés :

— Dans l'incertitude de l'endroit où se trouvent ses chefs, un bon officier ne revient-il pas de préférence au lieu de cantonnement ?

Les deux barons approuvèrent.

Aussitôt, Nissac et les siens se mirent en selle et prirent la direction de l'Hôtel de Carnavalet.

Peu avant la Porte Saint-Honoré, les dix truands avaient transféré Mathilde en un carrosse aux rideaux tirés.

Ligotée, un bâillon sur la bouche et jetée sur le planchet du carrosse, la jeune femme tentait de conserver son sang-froid sans toutefois y parvenir totalement.

La mort de son père, qui s'était bravement placé devant elle, la bouleversait. À quoi s'ajoutait la terreur liée à cet événement.

Elle songea : « Loup, viens me chercher bien vite car la mort rôde autour de moi. »

Nissac, qui se tenait devant l'Hôtel de Carnavalet, vit arriver un cavalier sur un cheval épuisé, l'encolure basse, qui souffrait d'une jambe et dont l'écume, depuis les naseaux, montait jusqu'au chanfrein.

Avec cette rapidité qu'on voit aux officiers en campagne, Sébastien de Frontignac sauta de son cheval fourbu et d'un bond grimpa sur un alezan dont Fervac lui tendait les rênes. Pour autant, il ne fit pas attendre le comte de Nissac :

— Elle n'est point très loin, en une maison isolée du village d'Auteuil, soit une lieue de Paris.

Les Foulards Rouges se mirent en selle avec un ensemble parfait puis prirent le galop, l'imposant baron de Bois-Brûlé, en tête, faisant garer les passants avec de grands gestes autoritaires.

Chevauchant au côté de Frontignac, le comte questionna :

— Combien de gardes ?

— Une dizaine. D'autres, peut-être, en la maison.

— Quand êtes-vous revenu me chercher ?

— Sitôt qu'ils arrivaient. Leur avance est courte et nos chevaux rapides.

— Puissiez-vous dire vrai !... La nuit tombe...

Le lourd carrosse de l'homme au masque d'argent s'ébranla, précédé des deux officiers en civil et suivi à distance d'une vingtaine de mousquetaires.

Le marquis Jehan d'Almaric faisait claquer son fouet car il savait la hâte de son maître qui attendait cet instant, à présent tout proche, depuis des années.

En quoi il ne se trompait point.

L'Écorcheur, sitôt franchis les murs de Paris, ajusta son masque d'argent en murmurant :

— Enfin !...

Hésitant d'abord sur le parti à tenir, et par exemple se jeter sur sa proie avec sauvagerie, il décida que, tout au contraire, il lui faudrait prendre son temps, faire durer le plaisir avant la mise à mort et cet instant où il ramènerait la tête de la belle en un bocal et sa peau en un fin rouleau satiné.

Jérôme de Galand piaffait d'impatience.

Quoi, il savait enfin le lieu où l'Écorcheur s'adonnait à ses rituels barbares et devait différer de s'y rendre au motif que le prince de Condé imaginait complot contre son Hôtel ? Et cela tombait sur lui précisément, en raison que prévôt, lieutenant civil, tous avaient fui Paris ou demeuraient introuvables !

Il prit brusquement sa décision, puis se tourna vers madame de Montjouvent :

— Montez-vous à cheval, madame ?

— C'est un de mes plaisirs.

Il lui sourit, ce qui l'étonna lui-même, puis se tourna vers Ferrière :

— Vous commanderez ici, Ferrière.

— Moi ?

— Qui d'autre ?... Nous avons déplacé quatre-vingts archers, je vous en prends dix de la compagnie à cheval.

— Mais...

— Quoi encore ?... coupa Jérôme de Galand, que l'impatience gagnait.

— Mais enfin... Si monsieur le prince de Condé apprend votre départ, que devrai-je dire ?

— Ah, je me fous bien du prince de Condé !... Dites-lui que je souffre d'hémorroïdes !

— Mais vous n'en avez point !

— Qu'en savez-vous ?

— Il me semble...

— Soit, si cela vous rassure, je n'en ai point, cependant vous direz le contraire au prince s'il vous questionne. Mais cela m'étonnerait, il est brouillon et nous a sans doute déjà oubliés. D'ailleurs, la nuit est tombée et il est plus que temps !

Tandis que, rassemblés autour d'un feu de branches, la dizaine de truands et de déserteurs attendaient en discutant paisiblement devant la petite maison d'Auteuil, trois partis convergeaient en même temps vers eux, et qui leur apportaient la tempête et la mort.

Le plus proche était le plus dangereux. Il comptait les plus brillants cavaliers, les plus fines lames du royaume et les meilleurs chevaux. Ceux-là étaient sept, commandés par le général-comte de Nissac, et portaient tous un foulard rouge.

Peu ensuite, mené par d'Almaric, approchait le carrosse à six chevaux de l'Écorcheur précédé de ses deux gardes du corps et suivi de vingt mousquetaires.

Enfin, gagnant du terrain, Jérôme de Galand, général de police du royaume, madame de Montjouvent et dix des meilleurs archers de Paris détachés de la compagnie à cheval, arrivaient à bride abattue.

La rencontre ne serait point douce...

71

Comme en la tradition des plus belles charges de la cavalerie française, les Foulards Rouges, au galop et l'épée à la main, fondirent sur la dizaine de truands et de déserteurs qui gardaient la maison d'Auteuil.

La charge laissa la moitié des truands sur le sol.

Mettant aussitôt pied à terre, les Foulards Rouges engagèrent les survivants à l'épée et aucun de ceux-ci ne survivait trois minutes plus tard.

Sans perdre un instant, le comte de Nissac se rua en la maison.

Bien qu'il fût impressionné par cet homme de haute stature portant cape noire et chapeau marine à plumes rouges et blanches, le vérolé ne lâcha point le couteau avec lequel il menaçait de trancher la gorge de Mathilde de Santheuil.

La peur le rendit bavard :

— Si tu avances, je saigne cette chienne !... Prends-y garde !...

Le comte hocha la tête, comme s'il se rendait aux raisons de l'homme au visage marqué de vérole puis il ôta son chapeau qu'il posa sur une chaise.

Se faisant, il saisit son poignard en la tige de sa botte. La détente du bras de Nissac fut si formidable que la lame traversa l'os frontal et que le vérolé s'effondra, tué sur l'instant.

L'épée à la main, Nissac s'approcha alors de la geôlière à l'œil crevé et, d'un coup sec, lui ouvrit les cuisses. La femme tomba, lâchant un coutelas qu'elle tenait en ses jupes et ne pouvant fuir, la marche lui étant devenue impossible.

Aussitôt, le comte délivra Mathilde de ses liens et elle se serra contre lui en murmurant :

— J'étais certaine que tu viendrais.

— Dès qu'il me fut possible...

Puis, plus doucement :

— Quel grand malheur pour ton père.

Mathide, qui pouvait enfin s'abandonner à son chagrin, pleura sur l'épaule du comte.

Pendant ce temps, dehors, on s'organisait. On aligna d'abord les dix cadavres des truands et déserteurs, auxquels on ajouta celui du vérolé dès que le comte eut récupéré son poignard.

Puis, calmement, on prit les places des morts autour du feu tandis que, dissimulé derrière le tronc d'un orme, le baron de Florenty installait son mousquet sur sa tige, choisissant très soigneusement l'angle de la route.

Enfin, les armes à portée de main, on attendit.

Guère longtemps.

On distingua un bruit de sabots et de roues et, bientôt, deux cavaliers approchèrent tandis qu'un carrosse attendait à distance.

À leur habitude, les deux gardes du corps sautèrent de cheval et, l'un d'eux gardant les montures, le second s'approcha de la maison.

Ni l'un ni l'autre n'accordèrent un regard au petit groupe d'hommes réunis près du feu, prévenus qu'ils étaient par le marquis d'Almaric qu'il s'agissait de la pire racaille imaginable, « composite de maquereaux, assassins et déserteurs ».

Cependant l'une des « racailles », dont l'allure indiquait l'ancien militaire, barra la route de la maison à celui des deux gardes du corps qui s'apprêtait à en contrôler la porte et le baron de Fervac, puisqu'il s'agissait de lui, prit l'homme à partie :

— Holà, camarade, tout beau : je n'ai point d'ordre à te laisser passer... Mais dis-moi, n'es-tu point mousquetaire ?

L'autre fronça les sourcils.

— Et toi, où t'aurais-je donc vu ?

— Garde tes distances, merdeux, je fus jadis officier.

— Moi, je le suis encore. Et toi, tu n'es point mousquetaire.

— En effet, baron Maximilien de Fervac, lieutenant

aux Gardes Françaises ! répondit le Foulard Rouge en souriant tandis que la lame de son poignard, par fortes saccades, pénétrait profondément en le cœur du garde du corps.

Dans les secondes qui suivirent, le poignard de Nissac traversa l'air en sifflant et se ficha en la gorge de l'autre garde du corps qui lâcha les chevaux, ceux-ci s'enfuyant vers le carrosse.

Aussitôt, le marquis d'Almaric tira des coups de feu au hasard pour alerter les mousquetaires qui attendaient très en arrière.

Mais c'était initiative bien tardive car, avant que les mousquetaires n'approchent, les Foulards Rouges auraient pris possession du carrosse. Et tout se serait passé ainsi sans l'extraordinaire sang-froid du marquis d'Almaric.

En un instant, il saisit par les brides les chevaux des gardes du corps, arracha à l'Écorcheur – à l'insu des Foulards Rouges – son masque d'argent dont il s'affubla aussitôt et aida son maître à se mettre en selle :

— Fuyez vers les mousquetaires, monseigneur !... Je vous suis !

Puis il songea à jeter sa torche sur le siège du carrosse qui s'enflamma aussitôt et, sans s'attarder, monta à cheval.

Au loin, on entendait déjà le galop des mousquetaires, ce qui rendait vain tout espoir de poursuite.

Mais tel ne fut point le sentiment du baron Melchior Le Clair de Lafitte. Comme ses camarades, il avait dissimulé le bas de son visage derrière un foulard rouge et, se trouvant près des chevaux, il sauta en selle à la poursuite des deux fuyards.

Le Clair de Lafitte, excellent cavalier sur un cheval de premier ordre, gagnait très rapidement du terrain.

Cependant, la situation se compliquait. Au loin, droit devant, arrivait un fort groupe de mousquetaires. Entre eux et Le Clair de Lafitte, les deux fugitifs, dont l'homme portant un masque d'argent et qui se retournait sans cesse quand l'autre cavalier ne montrait jamais son visage.

Brusquement, l'homme au masque d'argent partit sur la gauche, à travers la forêt tandis que son compagnon, sans doute le cocher, partait à droite.

Il fallait choisir vite, d'autant que les mousquetaires arrivaient au grand galop.

Toutes les apparences et toutes les meilleures raisons poussaient Le Clair de Lafitte à suivre l'homme au masque d'argent... il prit pourtant le parti contraire.

D'instinct.

L'homme au masque d'argent se trouvait loin en la forêt, les mousquetaires passaient au grand galop sur la route mais plus rien n'aurait pu empêcher Le Clair de Lafitte de rattraper le fuyard.

Poussant sa monture, il y parvint au bout de plusieurs minutes, saisissant d'un geste les brides du cheval de son adversaire.

À la lumière de la pleine lune, en cette petite clairière, les deux hommes se regardèrent et Le Clair de Lafitte baissa machinalement son foulard rouge.

— Présentez-vous ! ordonna le fuyard.

Le Clair de Lafitte, absolument stupéfait et au bord de la fascination, balbutia :

— Vous !... Vous !... Vous, monseigneur !... Vous, un écorcheur de malheureuses femmes !... Vous, un des plus grands noms de France !...

— Si vous savez la toute-puissance qui est la mienne, présentez-vous lorsque je vous l'ordonne !

— Baron Melchior Le Clair de Lafitte, colonel de la compagnie de gendarmes de la maison militaire du roi.

— Gardez le silence, et vous serez couvert d'or. Parlez, et ce sera votre parole contre la mienne, c'est-à-dire pisse de chien voulant éroder une montagne.

La gorge sèche, Le Clair de Lafitte observait l'Écorcheur, un homme qui, même sans la puissance que lui apporterait une Fronde victorieuse, se trouvait presque l'égal d'un roi par son nom et sa richesse.

Le cœur brusquement soulevé de dégoût, le Foulard Rouge cracha au visage de l'Écorcheur et lança :

— Porc immonde !... Peut-être seras-tu jugé par tes pairs, ou bien seul le roi est-il en mesure de t'infliger châtiment mais toi qui fus la toute-puissance, qui commandas belles et grandes armées, je te traînerai d'abord comme un assassin au Petit-Châtelet.

— J'en serais fort étonné ! répondit en souriant l'Écorcheur qui, sortant vivement un pistolet, l'appuya sur la tempe du Foulard Rouge et fit feu.

Entre le carrosse qui flambait comme une torche et les treize cadavres alignés au bord du fossé, les Foulards Rouges ne pouvaient guère feindre la paix d'un bivouac.

S'élançant, le comte de Nissac et le marquis avaient dételé les malheureux chevaux qui risquaient de brûler vifs, puis chacun avait occupé son poste de combat.

Ainsi, les mousquetaires chargèrent... le vide.

En effet, dispersés, cachés derrière une charrette, un arbre ou à l'angle d'une maison, les Foulards Rouges n'offraient point de cible groupée.

Il y eut un léger flottement chez les mousquetaires et c'est à cet instant que le baron de Florenty utilisa son mousquet ; le colonel des mousquetaires vida les étriers, tué sur le coup.

Aussitôt, les Foulards Rouges attaquèrent au pistolet et quatre nouveaux mousquetaires tombèrent.

Vulnérables sur leurs chevaux, ayant repéré les coups de départ des armes à feu, et par conséquent leurs adversaires, les mousquetaires mirent pied à terre.

À sept contre quinze, le combat entrait en les normes des Foulards Rouges.

Protégé par la présence toute proche du comte de Nissac et de madame de Santheuil, dont les épées formaient muraille infranchissable, Florenty tuait à tout coup et rechargeait très vite son mousquet si bien qu'on se retrouva à sept contre douze, puis contre dix, et l'on allait atteindre nombre égal de combattants lorsque, arrivant au grand galop, Jérôme de Galand, la baronne de Montjouvent et dix archers tombèrent sur les arrières des mousquetaires.

Les rares survivants, fort raisonnables, jetèrent leurs épées.

Pendant qu'en tête à tête le baron Jérôme de Galand interrogeait la femme borgne et tirait d'elle tout ce qu'elle savait, c'est-à-dire bien peu de chose, les Foulards Rouges, la torche à la main, fouillaient la campagne à la recherche de Le Clair de Lafitte.

Ils revinrent une heure plus tard, à l'instant où, fouettant l'arrière-train d'un cheval, le chef de la police criminelle pendait haut et court la femme borgne. En effet, en s'écartant, le cheval tirait sur une corde passée au-dessus d'une maîtresse branche ; corde dont l'autre extrémité, achevée en nœud coulant, serrait le cou de la borgne.

Se désintéressant du corps qu'agitaient d'ultimes convulsions, Galand ôta son chapeau noir devant les arrivants.

Nissac, tête basse, marchait seul en tête. Le brancard de fortune sur lequel gisait le corps sans vie de Melchior Le Clair de Lafitte était tenu par Sébastien de Frontignac, César de Bois-Brûlé, Maximilien de Fervac et Anthème de Florentty, ses plus vieux compagnons.

Puis, torche à la main, venait Henri de Plessis-Mesnil, marquis de Dautricourt.

Au silence qui se fit soudain dans la nuit, tous les archers ôtant leurs chapeaux et les quatre mousquetaires prisonniers cessant leurs murmures, Mathilde de Santheuil sortit de la maison pour assister à l'arrivée du funèbre cortège qu'une chouette salua en lançant son cri inquiétant.

Nissac vit Mathilde pétrifiée à la porte de la maison, Galand tête baissée et chapeau à la main, les mousquetaires silencieux et gênés, le carrosse carbonisé qu'éclairaient encore maigres flammèches.

Puis son regard s'arrêta sur le corps de la femme borgne qui se balançait à deux toises du sol.

— Était-ce vraiment nécessaire ? demanda le comte en désignant la pendue d'un signe de tête.

Galand se crispa légèrement :

— À Paris, où triomphent avec insolence les tribunaux de la Fronde, elle serait ressortie libre, et sur l'heure. J'applique donc les lois de la guerre.

Nissac observa les mousquetaires qu'on avait fait asseoir sur le sol, désarmés :

— Et eux ?

— Ils en savent trop. Les tuer serait facilité mais cruauté inutile. Je vais les faire conduire en les geôles royales et veiller à ce qu'ils y restent au secret tout le temps de la guerre civile.

Nissac regarda le visage de son ami Melchior, sa tempe éclatée, un œil sorti de l'orbite, les esquilles d'os, le sang qui séchait en noircissant... Puis, d'une voix amère :

— Cette nuit, l'Écorcheur a encore triomphé !

Il songea à une phrase de Melchior dite peu auparavant : « Ah, mon ami, quelle tragédie sublime que nos pauvres vies ! »

72

C'était, en ce matin gris du dernier jour de juin, petite église à trois lieues de Paris et qui n'avait point de cimetière.

Pourtant, en le jardin qui la flanquait, trois tombes s'y voyaient par privilège du général des jésuites et duc de Salluste de Castelvalognes.

L'une, dont la terre s'était depuis longtemps tassée,

contenait le corps décapité de Nicolas Louvet. En les deux autres, on venait d'enterrer Joseph Fiegel, le père de Mathilde, et le baron Melchior Le Clair de Lafitte, colonel à la compagnie des gendarmes de la maison militaire du roi et second des Foulards Rouges.

Monsieur le maréchal de Turenne, représentant le roi et le Premier ministre, fit déposer trois gerbes de fleurs de lys d'une grande pureté par trois de ses jeunes officiers, puis se retira avec tact.

Lorsqu'ils furent entre eux, les Foulards Rouges se recueillirent en silence puis le plus jeune d'entre eux, Henri de Plessis-Mesnil, marquis de Dautricourt, s'approcha des tombes.

Le comte de Nissac tira l'épée qu'il tint à quarante-cinq degrés, aussitôt imité par madame de Santheuil et les barons de Frontignac, de Fervac, de Bois-Brûlé et de Florenty.

Le marquis noua à chaque croix très longue écharpe de soie rouge qu'un vent léger agita, puis le jeune homme rejoignit ses compagnons.

Certains y pensèrent, d'autres pas et pourtant, la chose paraissait d'évidence : il restait de la place en ce petit jardin ombré d'un vieil if...

Le comte de Nissac n'aimait point cette mission, travail de tueur, besogne subalterne, mais l'homme qu'il fallait occire portait grand tort à la couronne en cela qu'espion de Mazarin, il travaillait depuis toujours au profit exclusif de la Fronde, ayant livré aux factieux les noms de dizaines d'agents du cardinal que nul, depuis, n'avait jamais revus.

On avait joué aux dés qui se chargerait de tuer le traître et, le sort ayant désigné le jeune marquis de Dautricourt, celui-ci pâlit si fort que le baron de Fervac, en un beau geste, proposa de se substituer à lui.

Quant au comte de Nissac, il venait par principe, estimant qu'un chef ne demeure un chef aimé et respecté que dans la mesure où il s'expose lui-même et consent à subir ce qu'il impose aux autres.

Comme à son habitude, Jérôme de Galand avait parfaitement préparé le travail et il ne fut point malaisé aux deux Foulards Rouges de retrouver Dugary, puisque tel était le nom du traître.

Il se trouvait en le quartier des Halles, en une taverne étrangement appelée « Le Loup Pendu », et solitaire, buvait à une table. Petit et rond, sans plus guère de cheveux, il semblait tranquille, point tourmenté par les nombreux morts dont il se trouvait responsable lui qui n'agissait ni par amour de la Fronde, ou haine de la couronne, mais simplement par vénalité et, peut-être, une fugitive impression de toute-puissance.

Il ne remarqua point Nissac et Fervac assis à une autre table, situation qui leur permettait d'observer Dugary. Sans rien en dire à son compagnon, Nissac, qui se prénommait Loup, n'était point entré au « Loup Pendu » sans ressentir léger désagrément...

Le comte de Nissac, déguisé en chaudronnier, n'était au reste guère plus reconnaissable que le baron de Fervac, celui-ci ayant revêtu l'habit de travail qu'on voit aux bourreliers. D'autres artisans se trouvaient là, barbiers, perruquiers, couvreurs, drapiers et tous ceux qui travaillaient aux Halles, d'ailleurs très faiblement approvisionnées.

À chaque table, les conversations prenaient un tour passionné. On commentait par exemple l'affaire de ces deux compagnies bourgeoises, frondeuse chacune, mais de factions différentes, qui s'étaient tiré dessus pendant une heure quai des Orfèvres, laissant vingt-cinq morts sur le terrain.

On discutait d'autre chose encore, de ces inconnus qui attaquaient, et tuaient parfois, des conseillers, si bien que ceux-ci finirent par refuser de siéger, ce qui n'était point pour déplaire aux princes qui avaient manœuvré de sorte qu'on arrivât à pareil résultat.

On s'inquiétait fort de la présence des armées, celle des princes se trouvant à Saint-Cloud et l'armée royale à Saint-Denis.

Mais même les plus naïfs n'ignoraient point que le choc aurait lieu et cela tendait encore davantage l'atmosphère.

Dugary s'était depuis longtemps levé et, sa timbale de vin à la main, allait de table en table, écoutait, hochait gravement la tête, approuvait toujours l'orateur mais, lorsque le propos se révélait trop ouvertement hostile à la Fronde, il avait manière particulière d'observer le visage de l'opposant, comme s'il voulait graver ses traits en sa mémoire.

— C'est bien lui ! souffla le comte de Nissac.

— Assurément ! répondit le baron de Fervac.

En sa tournée qui le menait de table en table, comme s'il cherchait à connaître toutes les opinions qui s'exprimaient au « Loup Pendu », il arriva bientôt devant le comte et le baron, ce dernier bien décidé à écœurer le délateur.

D'une voix de grande vulgarité, Fervac s'adressa à Nissac en le tutoyant, comme il sied à vieux compagnons aux échoppes voisines :

— Je ne te dis point qu'elle n'a pas beau cul, il est même fort aimable et les fossettes qu'on y voit semblent charmant sourire à toi seul adressé dès que la belle te tourne le dos... Les seins sont gros et ont tout pour me plaire.

— D'où te vient alors ton embarras ? questionna le comte, feignant d'ignorer Dugary qui se tenait légèrement en retrait et ne perdait pas un mot de la conversation.

Fervac dodelina de la tête.

— Mon embarras, mon embarras, il me vient de ce que Charles, son mari, est bon compagnon et soutien des princes comme nous le sommes nous-mêmes.

— Tu répugnes donc à le faire cocu ?

— Faire cocu un ami est vilaine chose, mais dire non à un derrière qui vous sourit, n'est-ce point un crime contre l'amour ?

Dugary s'éloigna. Ceux là étant frondeurs et parlant

de fesses ne représentaient aucun danger. Il s'en désintéressa donc pour passer à une autre table.

Fervac sourit à Nissac en affectant un ton de cérémonie :

— Excusez ce tutoiement, cher comte.

— Vous êtes pardonné, cher baron, les circonstances en appelaient ainsi.

Le comte de Nissac but une gorgée de vin, puis questionna :

— Au fait, de qui parliez-vous ?

— Vous voulez dire... celle qui a beau cul souriant ?

— Précisément.

Le baron de Fervac posa sur son verre un regard mélancolique.

— Il n'est pas de femme qui n'ait pas beau cul. Seule compte la qualité du regard qu'on y pose et...

Il s'interrompit car, levant les yeux, il vit Dugary quitter la taverne du « Loup Pendu ».

Ils entreprirent de le suivre.

La chose fut fort malaisée, car l'espion des princes se retournait souvent et à intervalles irréguliers. Bientôt, il accéléra le pas et les deux Foulards Rouges furent contraints de l'imiter, ce qui n'assurait point discrétion à leur entreprise.

— Il va vers les Saints-Innocents ! souffla Fervac.

— Alors il sait que nous le suivons ! répondit le comte.

Plus ils approchaient du cimetière des Innocents, plus l'odeur devenait pestilentielle tant il est vrai que ce cimetière était le plus grand de Paris.

Des milliers de corps y reposaient, certains depuis des siècles, d'autres à peine en décomposition. Le quartier, pourtant animé, se trouvait le lieu privilégié des épidémies. L'eau des puits était infectée par les matières putrides qui suintaient vers les eaux souterraines. En les caves, le vin se gâtait et tournait au vinaigre en moins d'une semaine. Au reste, le niveau du secteur se trouvait relevé d'une toise par rapport aux autres rues.

Dugary se mit brusquement à courir, aussitôt imité par les deux Foulards Rouges mais le traître, petit et gras, ne pouvait espérer rivaliser avec deux hommes en meilleure possession de leurs moyens. Cependant la course était difficile car, en ce mauvais terrain, on trébuchait parfois sur un tibia ou un fémur faisant saillie depuis le sol.

Les cadavres, on ne savait plus du tout où les mettre. Et la Saint-Barthélemy, qui fut grand massacre de protestants, n'avait fait qu'empirer les choses. En la nuit du 23 au 24 août 1572, avertie par le tocsin de Saint-Germain-l'Auxerrois, la populace se rua sur les protestants venus en la capitale pour assister au mariage d'Henri de Navarre avec Marguerite de Valois. On en tua plus de trois mille et, sous le soleil d'août qui hâtait la pourriture des corps, il fallut trouver solutions rapides. On empila donc les corps sous les voûtes et en les maisons voisines qui devinrent autant de charniers.

C'est près de ces célèbres voûtes que fut rattrapé Dugary qui suait en abondance, tant en raison de la course que de sa peur.

Le comte de Nissac qui ne laissait point de part au hasard questionna avec froideur :

— Tu es Dugary ?

L'homme roula des yeux fous et répondit :

— Point du tout, monseigneur. Tel n'est point mon nom. Je m'appelle Reinard.

Nissac et Fervac dégagèrent leur col, de sorte que Dugary put voir les foulards rouges noués autour de leur cou.

— Fouillez-le ! ordonna Nissac.

Fervac procéda sans douceur. Il extirpa des vêtements de l'indicateur bourse bien garnie, et deux papiers qu'il tendit à Nissac.

Sur le premier, signé de la main de Beaufort, on lisait un laissez-passer pour le sieur Dugary.

Le comte le plaça sous les yeux du traître, puis lui fourra en la bouche.

Sur le second, un simple billet, le texte était plus

bref et l'écriture nerveuse, comme la signature :
« *Ordre de ne point laisser entrer en la ville de Paris le comte de Nissac. Signé : Prince de Condé* ».

Le comte conserva le pli et, jetant un regard las au charnier empilé sous les arcades, ordonna au baron :

— Finissons-en rapidement !

D'un geste brutal, le baron de Fervac projeta Dugary contre les ossements. Quelques crânes chutèrent sur le sol et l'un d'eux s'ouvrit comme un œuf.

— Ton proche devenir ! souffla cruellement Fervac au visage de Dugary.

Celui-ci voulut hurler mais la peur le paralysa et il resta ainsi, bouche ouverte, tremblant des pieds à la tête.

Le comte ressentit grand malaise, jugeant inutile d'ajouter cruauté à la cruauté, fût-ce en le cas d'un homme aussi méprisable.

Le baron de Fervac appuya son poignard contre la poitrine de Dugary. Puis, comme il procédait toujours, peut-être par nervosité, il eut un sourire crispé en enfonçant la lame par saccades en le cœur du traître qui mourut avant de s'effondrer.

Le prenant aux pieds et aux épaules, le comte et le baron jetèrent le corps au sommet d'une pile d'ossements.

73

La journée commença fort mal pour monsieur le prince de Condé. Un messager, abusé par la distinction et l'apparente qualité de celui qui le lui avait remis, apporta en effet en grande urgence un pli dont le prince prit aussitôt connaissance et sur lequel se voyaient deux encres qui n'avaient point même couleur et se pouvaient déchiffer deux écritures différentes qui se faisaient suite, la sienne et celle d'un inconnu.

Il lut :

« Ordre de ne point laisser entrer en la ville de Paris le comte de Nissac. Signé : Prince de Condé »

« Le comte de Nissac est entré en la ville de Paris en dépit du prince de Condé. Signé : Général-comte de Nissac »

Le prince froissa rageusement le billet en maugréant :

— Il payera de sa vie son insolence !

Cependant, cette journée du 1er juillet 1652 réservait d'autres surprises au prince de Condé, et pas toutes des meilleures.

Divisant l'armée royale en deux parties, dont il confia l'une au maréchal de La Ferté, Turenne attaqua l'armée de Condé, très inférieure en nombre, par les deux rives à la fois, rendant inutile le pont de bateaux que le prince avait fait construire à Épinay et qui lui aurait permis de fuir Turenne si celui-ci avait attaqué depuis une seule rive, sans tronçonner ses forces.

Cependant, le prince de Condé réagit avec cette rapidité qui faisait de lui un très grand chef de guerre.

Comprenant la finalité du mouvement des troupes de La Ferté, Condé prit Turenne de vitesse et ambitionna de se réfugier avec son armée en la presqu'île de Charenton où les rivières de Seine et de Marne mêlent leurs eaux.

Dans la nuit et en secret, il fit traverser la Seine à son infanterie, l'artillerie et la cavalerie empruntant le pont de Saint-Cloud. En deux heures, le mouvement d'une belle audace était achevé et l'armée du prince sur la rive droite, pressée à tout instant par Condé lui-même et ses généraux Nemours et Tavannes.

Alerté, le maréchal de Turenne, tout aussi entreprenant, attaqua immédiatement, sans même attendre le retour du maréchal de La Ferté qui commandait un gros de troupes et l'artillerie royale.

Le choc eut lieu au nord de Paris, en le village de La Chapelle et, aussitôt, plusieurs escadrons du prince, malgré leur courage, furent défaits.

Monsieur le prince de Condé se sentait perdu, sachant que Turenne attaquerait à l'aube avec toute son armée ; aussi installa-t-il ses troupes devant les murs de Paris, Porte Saint-Antoine, à un jet de pierre de la Bastille.

L'aube du 2 juillet se leva sur cette situation étrange où Condé, privé de son artillerie qui n'avait point rejoint, se trouvait dos au mur de Paris, les échevins ayant ordonné la fermeture des portes, tant était grand le risque de voir les Parisiens se grouper par milliers pour aider le prince hier haï et devenu chéri dès l'instant où il se trouva en très grand péril, car ainsi va parfois généreusement le cœur du peuple.

Deux des plus grands chefs militaires de l'histoire du royaume de France allaient s'affronter en la dernière grande bataille de la Fronde mais en un rapport de forces très inégal : le prince de Condé disposait de cinq mille hommes, dont des soldats espagnols, le maréchal de Turenne de plus de douze mille et d'un armement considérable.

Mais, perdu pour perdu, le prince avait choisi son terrain en un trait de pur génie militaire. Paris lui étant fermé, les canons de la Bastille, au-dessus de lui, inutiles et muets en raison de la neutralité des échevins, il disposait cependant d'un atout : devant la Porte Saint-Antoine où attendait son armée partaient trois rues, celle de Charonne, celle du Faubourg Saint-Antoine et la rue de Charenton selon une orientation nord-sud en cet énoncé.

En chacune de ces rues, les Condéens avaient élevé solides barricades et utilisé d'anciens retranchements tandis que monsieur de Turenne se trouvait dans l'obligation de fractionner ses troupes en trois, incapable, en ces conditions, de donner le solide coup de boutoir qui eût balayé les Frondeurs.

Pendant des heures, en ces trois rues, Turenne envoya charger sa cavalerie contre les barricades et, chaque fois, elle fut repoussée, le prince se trouvant au tout premier rang, l'épée à la main.

On ne comptait plus les cadavres, mais l'armée du prince ne reculait point, occupant les maisons voisines, faisant percer des trous en les murs et y plaçant des tireurs quand les fenêtres ne suffisaient point. De mémoire de Parisiens, qui regardaient la bataille sous les murs de la ville, on ne se souvenait pas d'avoir vu chaque pouce de terrain si âprement attaqué et défendu.

Les chefs condéens se multipliaient en tout point, et particulièrement le duc de Nemours et le baron de Clinchamps. Nerveux, Condé et La Rochefoucauld se tenaient en une ultime réserve, avec cinquante grands noms de la noblesse française, place Saint-Antoine d'où partaient les trois rues en lesquelles se livraient sanglants combats.

Un premier maillon cassa en le dispositif condéen sous la pression du marquis de Saint-Mesgrin, lieutenant-colonel des chevau-légers de la reine, épaulé par le propre neveu de Mazarin, Mancini, le marquis de Nantouillet et la cavalerie. Agacés par la résistance de la barricade défendue par d'excellentes troupes condéennes commandées par le comte de Tavannes, lieutenant-général, et Lanques, maréchal de camp, Saint-Mesgrin lança une charge si violente qu'il emporta les retranchements puis la barricade de la rue de Charonne, subissant cependant des pertes en raison des tireurs isolés condéens qui, depuis les maisons, faisaient mouche presque à tout coup. Le roi et Mazarin, qui suivaient la bataille depuis la colline de Charonne, s'énervaient. On fit donc donner l'infanterie pour déloger les tireurs embusqués de la Fronde et chacun eut l'impression d'une forme de guerre nouvelle : on s'entre-tuait quartier par quartier, jardin par jardin, maison par maison, étage par étage, se fusillant à bout portant. Et seule la haine unissait les soldats du royaume des lys, qu'ils fussent royaux ou condéens.

Tavannes, le général de la Fronde dont dépendait l'ensemble de la rue de Charonne, reculait en désordre et bientôt, en une ultime et très violente charge, Saint-Mesgrin conquit toute la rue, arrivant le premier à la Porte Saint-Antoine où ne restaient plus que Condé lui-même et ses cinquante gentilshommes.

Cependant, à la surprise générale, Condé et ses hauts seigneurs chargèrent la cavalerie royale avec cette violence extrême qui était la manière du prince. Le marquis de Nantouillet fut tué aussitôt, puis le marquis de Saint-Mesgrin et Paolo Mancini, neveu de Mazarin, qui venait d'avoir dix-sept ans.

La panique changea de camp. Sans chefs, la cavalerie royale tourna bride suivie en toute hâte par les fantassins du maréchal de Turenne. Réoccupant aussitôt les maisons d'où ils venaient d'être chassés, les tireurs condéens se postèrent aux fenêtres et meurtrières, tirant sur les hommes en fuite dont ils faisaient un grand massacre.

Après avoir suivi sous la conduite de Florenty un long tunnel qui passait sous les murs de Paris, les Foulards Rouges sortirent discrètement, un à un, par un soupirail de la rue de Charonne.

Nissac avait compris qu'ici, avec les maisons, jardins et clôtures, on se livrait bataille de rues et non guerre classique.

D'un sac qu'il portait à l'épaule, Frontignac sortit des écharpes Isabelle, à quoi se reconnaissaient les soldats de Condé quand ceux de Gaston d'Orléans se distinguaient par des écharpes bleues, les Espagnols des rouges, les partisans du cardinal des vertes et ainsi de suite pareillement pour chaque faction.

Le marquis de Dautricourt, ne trouvant point le procédé conforme aux lois de la guerre, s'attira remarque acide du comte de Nissac qui, en outre, portait en brassard une jarretière de soie rouge et dentelle blanche de madame de Santheuil :

— Monsieur, nous ne faisons pas la guerre mais la guerre civile. Ici, on tue son voisin, son ami, parfois son frère.

Les Foulards Rouges traversèrent silencieusement un jardin, changèrent d'écharpes et entrèrent au rez-de-chaussée d'une vaste maison en s'annonçant :

— Service du cardinal !...

La dizaine de Condéens portant l'écharpe Isabelle, et qui tiraient sur l'infanterie royale en fuite, furent stupéfaits de découvrir ces hommes et cette femme portant foulards rouges leur dissimulant le bas du visage mais surtout, de l'épaule à la taille, la large écharpe vert émeraude de l'armée de Mazarin.

On se battait cruellement, surtout en ces espaces clos. Nissac avait prévenu de ne point laisser une chance à l'adversaire. Appliquant la consigne, et tandis que les Condéens tournaient déjà leurs mousquets vers les Foulards Rouges, ceux-ci détendirent le bras. Sept couteaux de jet atteignirent les gorges ou les visages de Condéens puis, chaque Foulard Rouge sortant deux pistolets de sa ceinture, on fit feu sur les survivants. Dès après, on n'eut point besoin de recourir à l'épée pour achever la besogne.

Du canon de son pistolet, le comte désigna l'étage au-dessus et les siens le suivirent, y exécutant cinq nouveaux Condéens qui tiraient dans le dos des troupes royales en retraite.

Redescendant, et s'apprêtant à traverser un nouvel espace découvert pour gagner la maison suivante, les Foulards Rouges ôtèrent leurs écharpes vertes — ils préféraient combattre et éventuellement mourir sous leur couleur — pour passer l'écharpe Isabelle, d'un étrange brun-jaune clair, qui était couleur des troupes du prince de Condé.

Ils avaient déjà débarrassé de la présence des

Condéens cinq maisons où l'on tirait à revers les soldats du roi.

Croisant le regard de Dautricourt, le comte lui dit :

— Rappelez-vous Étampes, Corbeil et tous ces villages autour de Paris. Des villages abandonnés, des maisons saccagées et brûlées, des centaines de cadavres pourris, des églises profanées, la moisson perdue. Souvenez-vous de cela, marquis, et vous serez moins ému du sort des Condéens qui se font spécialité de tirer dans le dos des nôtres, qui sont loyaux soldats du roi, me semble-t-il !

Condé, en son élan, avait dégagé et repris toute la rue de Charonne.

Nemours, de son côté, avait refoulé en lui infligeant de lourdes pertes la cavalerie royale entrée sans grandes précautions en la rue de Charenton.

Mais, comme on sait, trois artères partaient de la place située sous la Porte Saint-Antoine, et c'est précisément en la médiane, la rue du Faubourg-Saint-Antoine, que monsieur de Turenne attaqua en personne la barricade des Frondeurs commandée par le général-baron de Clinchamps, brillant gentilhomme lorrain au service de l'Espagne.

Le corps d'armée de monsieur de Turenne avait grande allure, allant au pas et en ordre parfait. Rien ne lui résistait. Les retranchements furent pris les uns après les autres, la barricade principale tomba, le général de Clinchamps fut défait et Turenne avançait toujours lorsque le prince, une fois encore, brisa l'avance du maréchal en débouchant d'une rue perpendiculaire avec sa maigre réserve de gentilshommes.

Monsieur de Turenne fut contraint de reculer, mais pour charger de nouveau et reprendre la barricade gagnée puis perdue. À peine en les lieux, le maréchal dut subir une violente attaque du prince et perdit pour la seconde fois la barricade.

Ses soldats acclamaient le prince. On le voyait en

chaque endroit où les Condéens faiblissaient et menaçaient de perdre pied.

La sueur lui coulant de partout, on lui ôta sa cuirasse et, une fois nu, il se roula sur l'herbe, s'y vautra, avant de se rhabiller pour courir là où le danger l'appelait.

Pour le prince, chaque mètre de terrain comptait. Il savait que la force morale épaule l'ardeur des combattants et, en dépit de leur petit nombre, les Condéens avaient partout depuis des heures tenu en échec l'armée royale.

Mais en face, monsieur de Turenne réfléchissait lui aussi, relevant les escadrons étrillés pour les remplacer par des troupes fraîches.

Ayant échoué rue de Charonne, il choisit alors de concentrer son effort sur la rue de Charenton, où commandait le duc de Nemours qui plia sous le choc.

Apprenant la nouvelle, Beaufort, arrivé de Paris avec une poignée de miliciens, La Rochefoucauld et tous les gentilshommes disponibles se lancèrent à la reconquête, aidés par Nemours qui avait regroupé ses troupes défaites.

Les trois ducs se mirent à la tête de leurs troupes pour cette contre-attaque délicate.

Les Foulards Rouges se déplaçaient eux aussi, se portant partout où la Fronde se montrait menaçante afin de freiner son avance, mais également là où elle perdait pied, espérant créer une de ces situations de rupture par où s'engouffre la victoire.

Le comte de Nissac, dès qu'il organisa les Foulards Rouges, avait souhaité que chacun, s'il excellait en une chose, fût adroit en les autres : qu'il faille tenir une épée, un poignard, un pistolet ou un mousquet... mais, sur ce dernier point, nul ne pouvait entrer en concurrence avec le baron de Florenty.

Celui-ci avait installé son mousquet sur un bord de fenêtre et déjà abattu deux gentilshommes proches de Nemours lorsqu'il reconnut, assez loin, Beaufort.

Chez les Foulards Rouges, Beaufort était le plus détesté des grands Frondeurs et sans doute serait-il mort sur l'instant si La Rochefoucauld, se déplaçant, n'avait masqué le « Roi des Halles ».

La balle, emportant chairs et sang, atteignit La Rochefoucauld aux yeux, l'obligeant à errer sans rien y voir, pathétique aveugle tournant en cercle.

Florenty, d'abord déçu, secoua la tête puis, caressant son mousquet :

— C'est tout de même un duc !

Déjà, arrivé sur les lieux, le prince de Condé jugeant la situation d'un regard, ordonna le repli vers la petite place devant la Porte Saint-Antoine d'où partaient les trois rues.

Puis, on entendit des cris.

L'artillerie royale, enfin arrivée, prenait les trois rues en enfilade. Presque aussitôt, les Condéens abandonnèrent retranchements et barricades pour se grouper sur la petite place, sous les murs de Paris, où les boulets du maréchal de La Ferté commençaient à les tailler en pièces.

Alors que tout semblait fini, et l'horrible guerre civile à quelques minutes de sa fin, la Porte Saint-Antoine s'ouvrit, l'armée condéenne s'y engouffrant en le plus grand désordre pour entrer dans Paris.

Les visages passés à la suie et méconnaissables, les Foulards Rouges portaient à présent les écharpes rouges des troupes espagnoles, menées en apparence par le marquis de Dautricourt et une jolie femme – Mathilde – qui arboraient l'écharpe Isabelle.

Puis ils prirent place dans l'interminable file d'attente qui patientait pour entrer en la ville.

Déjà, gourmande, l'armée royale s'avançait pour massacrer les arrières de l'armée en déroute massée devant la porte lorsque, à la stupéfaction du roi, de Mazarin, de monsieur de Turenne et des Frondeurs eux-mêmes, les canons de la Bastille fauchèrent les premiers rangs des soldats loyalistes, et continuèrent de tonner.

Se faisant voler sa victoire, l'armée royale, la mort dans l'âme, recula.

74

Les Foulards Rouges, ayant ôté ce signe distinctif, attendaient en la cohue où se trouvaient mêlés Frondeurs de haut rang, généraux, anciens soldats de l'armée du Nord, Lorrains, Espagnols en compagnies constituées, mercenaires, artillerie, cavalerie, chariots débordant des bagages de l'armée condéenne.

À Paris où, avant même l'ouverture de la Porte Saint-Antoine, on avait fait entrer les blessés et les morts par charité, la population regardait en silence ce triste spectacle.

D'autres s'interrogeaient : que s'était-il passé ? Rien qui fût trop simple, mais point compliqué non plus.

Gaston d'Orléans qu'on appelait « Monsieur », fils d'Henri IV, frère de Louis XIII et oncle de Louis XIV, un des grands de la Fronde, avait senti le vent tourner et, sur les conseils du cardinal de Retz, se prétendait malade, enfermé en son palais.

Mais sa fille, la « Grande Mademoiselle », celle-là même qui avait fait tomber la ville d'Orléans en l'escarcelle de la Fronde, fit le siège de son père trop faible et lui arracha un ordre signé lui donnant autorité sur les échevins, la milice et le maréchal de L'Hospital, gouverneur de Paris qu'on disait favorable au roi.

Le maréchal tenta bien de discuter pour différer mais en pure perte, et la « Grande Mademoiselle » sauta à cheval pour se précipiter Porte Saint-Antoine.

Ce qu'elle vit en chemin l'émut et la raffermit en ses dispositions.

Partout, on déposait les blessés de l'armée de la Fronde : à même les rues, sur des échelles couchées, des civières, de simples planches. Et parmi eux, le duc de Nemours ou le général-baron de Clinchamps.

En une autre rue, elle vit les morts. De simples soldats, des officiers mais ausi des nobles : les comtes de la Martinière, Castres, La Mothe-Guyonnet, les marquis de La Rochegifart et de Flamminrins, et bien d'autres encore...

Elle croisa le duc de La Rochefoucauld, le visage rouge de sang et dont il semblait que les yeux faisaient saillie hors des orbites. À cheval, il paraissait souffrir atrocement. Gourville lui tenait une main et le prince de Marsillac l'autre.

Le capitaine de la milice qui gardait la Porte Saint-Antoine obéit à l'ordre écrit mais Louvières, gouverneur de la Bastille et pourtant Frondeur notoire, refusa de soutenir le prince de Condé du feu de ses canons afin d'écraser les troupes royales qui, de toute évidence, allaient s'engouffrer en la ville à la suite des Condéens.

Il exigeait un ordre écrit de Gaston d'Orléans, et l'obtint très rapidement.

La « Grande Mademoiselle » rencontra Condé venu la remercier et, bien qu'elle fût déjà amoureuse de Louis XIV, elle tomba également amoureuse du prince qui, les cheveux emmêlés, le visage noir de poussière, la cuirasse défoncée par les coups reçus lui fit sans doute songer au dieu Mars.

C'est peu après qu'elle monta sur les tours de la Bastille dont on tenait les canons habituellement pointés sur Paris. Elle les fit aussitôt tourner et, voyant la cavalerie de monsieur de Turenne qui s'apprêtait à enfoncer l'arrière-garde de l'armée condéenne, elle ordonna le feu, ce qui provoqua un massacre en l'avant-garde de la cavalerie royale.

Turenne donna aussitôt l'ordre du retrait.

Pour autant, la lunette d'approche à la main, la « Grande Mademoiselle » n'en avait point fini, distinguant sur la colline de Charonne riches et nombreux carrosses, là où le roi, Mazarin et toute la Cour suivaient la bataille en profitant de cette position dominante.

Sans hésiter, elle fit tirer sur eux et le roi, fou de rage d'échouer si près du but, se retira.

Pendant ce temps, le prince de Condé commandait en personne le passage de ses cinq mille hommes par la porte étroite, hommes auxquels s'ajoutaient chevaux, chariots et prisonniers. C'était là chose délicate, il y fallait de la méthode et l'opération dura plus de cinq heures, ne s'achevant qu'à la nuit.

Une fois de plus, les Parisiens avaient opéré revirement, tant à la vue de ces hauts seigneurs tués ou blessés qu'en raison de l'incontestable courage physique du prince et de l'excellente tenue de l'armée de la Fronde pourtant surclassée en nombre et en matériel.

Paris appartenait à Condé, de cœur. Et de fait.

Pourtant, il se trouva quelques Parisiens qui ne supportèrent point ce spectacle et préférèrent rentrer chez eux pour y cacher leur chagrin et leur honte.

Voir passer en les rues de Paris les troupes espagnoles reconnaissables à leurs casques et aux larges écharpes rouges qui leur barraient la poitrine, voir les chariots, les drapeaux rouges à croix de Saint-André et les canons du roi d'Espagne, bref, voir les troupes ennemies de leur pays défiler avec les Condéens quand le roi de France ne pouvait pénétrer en sa capitale, cela leur levait le cœur.

Mais si les minorités de réprobation ne peuvent, sur l'instant, changer le cours des choses, du moins sauvent-elles l'honneur et préparent-elles l'avenir.

Le roi, très sombre, rentrait à Saint-Denis avec une armée victorieuse... mais sans victoire.

Mazarin savait que son plus grand ennemi tenait à présent la capitale.

Les maréchaux et généraux allaient tête basse, le cœur rongé d'amertume.

Les officiers et soldats qui avaient perdu deux mille

des leurs et deux fois plus de blessés ne parlaient guère.

À la même heure, Charlotte de La Ferté-Sheffair, duchesse de Luègue, arrivait en terre de Saintonge. Elle pensait au marquis de Dautricourt et par instants au comte de Nissac, à ce visage creusé de fatigue, à ces paupières légèrement tombantes qui lui donnaient charme supplémentaire comme son expression parfois douloureuse lorsqu'il pensait qu'on ne le regardait point.

Elle se demandait si elle pourrait jamais cesser d'aimer un tel homme, à tout le moins de lui conserver une part secrète de son cœur.

L'Écorcheur se trouvait chez lui, comme tous les chefs de la Fronde.

Il contemplait en des bocaux six têtes de femmes nageant en un liquide qui les préservait de toute corruption. Il observait ces bouches qu'il avait forcées et ces yeux ouverts sur l'horreur.

Il sourit puis murmura :

— Mes petites !... Mes chères petites !...

Il avait installé les six têtes en son autel secret, rouge feu sur un fond d'un noir charbonneux. Six têtes, qu'était-ce quand, en cette journée de combats épuisants et haineux, on relevait des milliers de morts, et certains de la plus haute noblesse ?

Ces femmes, ses femmes !

Il regarda les têtes une à une, puis leur parla :

— M'en avez-vous donné, du plaisir !... Et ne vous ai-je point aimées à la manière qui est mienne ?... Que vous aurait donné la vie ?... Des maris brutaux sans connaissance de l'amour, l'altération prématurée de vos adorables traits ?... Non, vous avez quitté la vie en pleine beauté, belles à tout jamais, sans qu'il vous manquât une dent, sans qu'un cheveu blanc gâchât vos coiffures, sans que vous fût jamais venue l'ombre d'une ride !

Son regard tomba sur la statuette où la femme brune dont il savait à présent le nom, madame de Santheuil, lui coupait le sexe.

Il caressa les cheveux noirs, la poitrine de beau maintien, les jolies fesses rondes :

— Je t'aurai, toi aussi !... Toi surtout !... Tu seras peut-être la dernière, mais je t'aurai !...

Il soupira.

Il savait comment s'y prendre.

Mais, avant tout, il fallait se débarrasser du marquis Jehan d'Almaric. Celui-là connaissait beaucoup trop de choses et en outre, lors de son récent et cuisant échec, il l'avait dangereusement exposé à une infamante capture.

N'aurait-il tué de sa main ce baron-colonel des gendarmes de la maison militaire du roi, c'en était fait de lui !

La peur, un instant revenue, s'estompa.

Par chance, d'Almaric avait tout de même eu l'excellente idée de brûler le carrosse et nul ne pourrait y relever ses armoiries.

Mais un autre homme était entré en ces affaires d'Écorcheur. Un homme dont personne ne se méfiait. Un homme calme, de grand sang-froid, de parfaite intelligence et qui avait besoin d'or, cet or qui sans doute soutiendrait son ambition.

Oui, un homme nouveau en cette vieille affaire, un esprit clair qui, après la chaude affaire d'Auteuil, avait tué les quatre mousquetaires survivants afin qu'ils ne livrent jamais renseignements à tous ces policiers fureteurs. Car l'un de ces quatre mousquetaires, qui chevauchait à l'écart des autres, l'avait vu, et reconnu !

Cet homme nouveau en avait pris l'engagement, il lui livrerait la baronne Mathilde de Santheuil. Attendri, l'Écorcheur imagina sa belle captive en frottant ses doigts comme les mouches font de leurs pattes.

Il caressa la poitrine de la statuette et d'un ton paresseux où perçait la volupté des instants à venir, il murmura :

— Belle Mathilde, j'entourerai mon corps de ta peau fine et tu me regarderas faire depuis ton bocal !

Puis il rit. Et enfin pleura.

75

L'opération ne présentait point de risques particuliers, Nissac agissant une fois encore sur les précieuses indications de Jérôme de Galand auquel, par principe, il ne révélait jamais la manière dont il comptait opérer.

Le régiment du roi d'Espagne, très durement étrillé lors de la grande bataille de la Porte Saint-Antoine, cantonnait en bord de Seine, à proximité du quai appelé « la vallée de Nufere », chaussée depuis laquelle on aperçoit, en l'île, la Sainte-Chapelle.

Les restes de ce régiment d'élite se tenaient à part des autres troupes espagnoles et des Condéens français éparpillés un peu partout en la ville. Ainsi étaient ses chefs qui se croyaient au-dessus du commun. Mais les hommes, fussent-ils d'exception, partagent au moins une chose avec la vaine humanité : la faim !

Aussi les soldats à l'écharpe rouge acclamèrent-ils les quelques cavaliers, la poitrine barrée de l'écharpe bleue des soldats de Gaston d'Orléans, qui poussaient vers eux troupeau de bœufs.

Très surpris par l'accueil chaleureux de la population parisienne, les soldats espagnols allaient de surprise en surprise.

Celle-ci, pourtant, devait se révéler saumâtre.

En effet, deux heures plus tôt, avec cette autorité qui lui était naturelle et un ordre faussement signé de Gaston d'Orléans, Nissac avait requis en les abattoirs ce troupeau de bœufs qu'il menait avec les Foulards Rouges aux Espagnols.

Mais pour les alliés étrangers de la Fronde les choses ne se passèrent point comme ils l'espéraient. Cachant subitement leurs visages derrière des foulards rouges, les soldats à l'écharpe bleue, faisant claquer leurs fouets, précipitèrent le troupeau bientôt affolé contre trois chariots militaires dételés qui se trouvaient au bord de la rivière de Seine.

La poussée fut si forte, si violente, qu'un des chariots disparut en la rivière quand les deux autres, renversés, perdirent leur chargement de boulets qui roulèrent, en suivant pente naturelle du sol, vers les eaux.

Le régiment d'élite du roi d'Espagne avait gagné de la viande – que lui disputeraient peu après les Condéens – mais perdu toutes les munitions de son artillerie et avant de pouvoir réagir, les hommes à l'écharpe rouge eurent le déplaisir de voir les Foulards Rouges pousser si vite leurs chevaux que toute tentative de poursuite était vouée à l'échec.

Pourtant, l'amertume des soldats du roi d'Espagne ne dura point : surgissant du Pont-Neuf, des rues latérales et des Quinze-Vingts, les Condéens se trouvèrent bientôt partout, encerclant les Foulards Rouges sans trop oser les approcher, préférant se fier aux mousquets.

Les mousquetaires, aidés des Espagnols qui se ressaisissaient, firent feu et le baron César de Bois-Brûlé, le crâne traversé de part en part, vida les étriers, tué sur le coup. Puis Mathilde de Santheuil, une balle dans l'épaule, s'effondra à son tour.

Les Foulards Rouges s'étaient formés en carré, protégés par les chevaux, tandis que le baron de Florenty s'acharnait à soulever une grille de fer proche du quai.

Vingt mousquetaires à l'écharpe Isabelle furent bientôt là, aussitôt entrepris à l'épée par le comte de Nissac, le marquis de Dautricourt et les barons de Frontignac et de Fervac. Devant ces quatre lames, dont deux exceptionnelles car les meilleures en le royaume, les mousquetaires prirent du champ en laissant sept des leurs sans vie. Mais à quoi bon risquer de se faire tuer puisque déjà, près du Pont-Neuf, les Condéens amenaient un canon qu'ils pointaient en toute hâte vers les Foulards Rouges.

Caressant ses belles moustaches blondes, ses dents de fauve apparaissant sous ses lèvres retroussées par un sourire de fierté, Maximilien de Fervac, cambré avec superbe, murmura :

— Au canon !... C'est au canon qu'ils nous réduisent, nous qui ne sommes que quatre !

Une nouvelle salve de mousquets retentit et Henri de Plessis-Mesnil, marquis de Dautricourt, s'effondra, une balle entrée dans l'œil étant ressortie par la nuque.

À distance respectueuse, le duc de Beaufort, qui commandait l'opération, exultait :

— Comme des mouches !... Ils tombent comme des mouches ! C'en est fini des Foulards Rouges !

C'est à cet instant que le baron de Florenty parvint à soulever la grille de fer mangée de rouille. Il sauta dans un vide de trois mètres, bientôt imité par Frontignac et Fervac tandis que le comte de Nissac, tenant Mathilde inanimée dans ses bras, sauta le dernier, la mort dans l'âme à l'idée d'abandonner à l'ennemi les corps du marquis de Dautricourt et du baron de Bois-Brûlé.

Mais, déjà, il entendait les pas des Condéens qui se ruaient à leur suite.

Au même instant, le marquis Jehan d'Almaric estima qu'il n'était point nécessaire de demander des explications car en solliciter eût été renoncer à la vie sur l'instant, et tel n'était point son désir.

Sa maison se trouvait fortement gardée par une dizaine de Condéens renforcés de quelques racailles qui contrôlaient toutes les issues et semblaient bien connaître leur métier.

Le marquis fit discrètement demi-tour, tentant de repousser la vive angoisse qui lui serrait le cœur.

Qu'allait-il devenir ?... Tout son or se trouvait en sa maison et c'est à peine s'il tenait en une petite bourse de quoi vivre quelques jours.

Sur le fond, il ne s'interrogeait point longuement. Son maître l'abandonnait. Pour quelle raison ? L'affaire d'Auteuil, sans doute. À quoi s'ajoutait la situation de la Fronde victorieuse, certes, et par miracle en l'affaire de la Porte Saint-Antoine et des canons de la Bastille, mais pour combien de temps ? Ce jeune roi, Louis le quatorzième, n'avait point caractère de pucelle. Élevé au milieu des complots, des trahisons, des fuites précipitées et des Frondes qui se faisaient suite, son caractère s'était endurci et il ne ferait point cadeau à l'Écorcheur qui figurait parmi les quelques plus puissants Frondeurs du royaume. En outre, le roi disposait d'une puissante armée qui, en situation régulière et terrain découvert, aurait taillé en pièces l'armée des princes.

Mais que lui importaient, au fond, les futurs malheurs de son ancien maître ?

Il ne devait penser qu'à lui, exister comme il pourrait, en se cachant, et attendre que cesse la surveillance de sa maison de la rue du Petit-Lion. Alors, il y retournerait en situation de grande prudence et de plus de sécurité afin de récupérer son or, car lui seul connaissait son adroite cachette.

Mais en attendant, dans l'incapacité où il se trouvait de faire connaître sa qualité de gentilhomme, comment allait-il survivre ? Et comment échapper à tous ceux qui connaissaient ses traits ?

En proie à un grand désarroi, le marquis d'Almaric se fondit en la masse des petites gens.

N'étaient-ils pas appelés à devenir ses compagnons de chaque jour pour il ne savait combien de temps ?

Le marquis frissonna, la peur au ventre, mais il n'eut pas une pensée pour la quinzaine de malheureuses qu'il avait vues frissonner elles aussi en des circonstances bien plus terribles.

Le baron Jérôme de Galand resta stoïque sous l'averse des reproches qu'on lui adressait.

Ils lui faisaient face, tous les grands Frondeurs : Condé, Beaufort arrivé à l'instant, Nemours blessé, Gaston d'Orléans, La Rochefoucauld les yeux bandés, le duc de Rohan-Chabot et trois autres encore.

Et parmi eux – mais il manquait le cardinal de Retz –, probablement l'Écorcheur.

Galand écoutait avec profonde tristesse l'immonde Beaufort dont les troupes, disait-il, traquaient les derniers Foulards Rouges en les souterrains de Paris tandis que, place Dauphine, on avait pendu par les pieds les cadavres de deux de ces « insaisissables » – le duc appuya sur ce mot – agents du roi et du cardinal.

Il fallait tenir bon. Qu'aucun muscle de son visage ne tressaillît alors qu'il connaissait chacun des Foulards Rouges et se demandait quels étaient ceux qui se trouvaient ainsi pendus de manière infâme après qu'on les eut couverts d'urine et de crachats.

Il fallait penser aux autres Foulards Rouges, qu'il saurait bien aider. Il fallait se souvenir qu'il était – officieusement – général de police du royaume, grade qu'aucun homme avant lui n'avait occupé, et qu'il instruisait en secret les dossiers à charge de tous ces princes et ducs qui le prenaient de si haut.

Il fallait les oublier, eux et leur morgue, leur désir de ramener des siècles en arrière ce pays plein de promesses.

Il devait penser à la belle baronne Éléonor de Montjouvent, son seul véritable avenir car, la Fronde vaincue, il prendrait du recul et quitterait à jamais les affaires de police et de politique en emmenant Éléonor.

Deux choses combleraient sa vie : la merveilleuse Éléonor et le désir de baliser pour les générations futures le chemin menant à la Révolution puis à la République.

Éléonor !

Il lui avait tenu la main, effleuré les lèvres. Et tout à l'heure encore, dans le carrosse, assise à son côté, elle avait posé sa tête contre l'épaule du général de police qui en avait tremblé d'émotion et s'était senti comme projeté en un monde d'allégresse qu'il ne connaissait point.

Depuis qu'ils ne se quittaient plus, que le hasard les avait mis en présence, ils se découvraient à chaque instant, allant de ravissements en émerveillements.

Il entendit le duc de Beaufort l'assurer qu'il ne servait point à grand-chose puisque c'est lui, Beaufort, qui ferait sortir les Foulards Rouges des souterrains, un à un, comme des rats qu'on écrase.

Puis il ôta son chapeau noir, salua les chefs de la Fronde et se retira.

À peine arrivait-il en la cour du palais que Ferrière, le visage décomposé, s'approcha, tentant de l'empêcher d'atteindre le carrosse où l'attendait Éléonor de Montjouvent.

Le général de police écarta durement Ferrière et s'approcha.

La baronne, les yeux fermés, semblait dormir.

La garde d'un poignard espagnol dépassait de son cœur.

Ferrière, les larmes aux yeux, murmura :

– Nous n'avons rien vu... rien vu...

Mais Jérôme de Galand n'écoutait point.

76

Bien qu'il n'eût point de torche, et tel un animal y voyant la nuit, le baron de Florenty donnait ses indications :

– À droite, huit pas... Puis à gauche... Tout droit sur quarante pas et tournez à gauche en étroit passage...

Derrière, mais assez loin encore, on voyait par instants les lueurs des torches des Condéens qui suivaient à la trace les quatre hommes dont le comte de Nissac portant en ses bras le corps inanimé de madame de Santheuil.

Se retournant, le baron de Frontignac lança :

— Ils gagnent du terrain !

Mais Florenty ne se laissait point troubler :

— Ici, c'est long passage étroit. Plus de cent pas. Attention à ne point rater le couloir sur la droite, qui forme un coude. Quand je vous le dirai, tâtez de la main la paroi de droite.

Sébastien de Frontignac n'y croyait plus. Ils avançaient dans un noir total, absolu, au milieu de grande puanteur, trébuchant souvente fois quand, derrière eux, les soldats de Condé disposaient de torches en grand nombre.

Pour le baron de Florenty, cette angoisse n'existait point. Il connaissait chaque égout, chaque souterrain et les avait reconnus avec les jésuites du duc de Salluste de Castelvalognes, puis seul, têtu, les yeux fermés, en ancien faux saunier qui sait à sa façon baliser un terrain, quel qu'il soit.

Le baron de Fervac, tout nouvellement nommé capitaine aux Gardes Françaises, ne s'inquiétait pas. Ainsi allait sa vie : combattre puis faire l'amour à Manon. Sans doute tomberait-il un jour mais à l'épée, il ne connaissait que l'invincible comte de Nissac qui pût se montrer meilleur que lui. Et s'il devait mourir aujourd'hui, en cet endroit des plus infects, il savait qu'il emmènerait avec lui quelques Condéens.

Le comte de Nissac fermait la marche, tenant toujours en ses bras puissants madame de Santheuil évanouie qu'il embrassait parfois en lui glissant des mots très tendres qu'elle ne pouvait entendre. En cet instant, il n'aurait pas accepté d'être tué ici. Lui, passe encore, qui s'était toujours cru promis à la fosse commune mais laisser le corps de Mathilde en cet égout puant !... En outre, il ressentait profond chagrin en songeant à la mort de son très cher ami Bois-Brûlé et de ce jeune fol de Dautricourt qu'il aimait comme un petit frère. Mais la peine n'était point tout : comment avait-il pu perdre deux de ses Foulards Rouges en moins de deux minutes alors qu'ils avaient traversé situations bien plus dangereuses que celle-ci ?

Trahison !

Une trahison, ou une imprudence, sans aucun doute, car les Condéens, bien dissimulés, les attendaient en ce traquenard, n'ayant point même mis les Espagnols en la confidence.

Trahison ?... Mais qui ?... Pas un Foulard Rouge, ils s'étaient tous battus comme des lions. Jérôme de Galand ?... Impossible, il avait fait montre de sa loyauté à mille reprises et ne pouvait savoir qu'il choisirait d'attaquer les Espagnols en bord de la rivière de Seine alors qu'ils avaient discuté de quatre objectifs possibles.

Restait l'imprudence. L'un d'eux, reconnu par un espion de la Fronde, avait été suivi et, plutôt que de les attaquer en l'Hôtel de Carnavalet où il eût fallu les assiéger, les Frondeurs, bien avisés, les avaient surpris en pleine action, loin de leur base et du matériel qui s'y trouvait.

Une forte odeur animale, à quoi se mêlaient excréments et paille pisseuse, vint soudain aux narines des Foulards Rouges.

Le baron de Florenty lança :

— Nous y voilà !

Peu après, il alluma une torche qui devait attendre sur place depuis quelque temps. Nissac, Frontignac et Fervac ouvrirent des yeux ronds, tant le spectacle paraissait surprenant mais, déjà, Florenty tendait une barre de fer à Fervac :

— Aide-moi à ôter le dessus du cénotaphe, veux-tu ?

— Comment dis-tu cela ?

D'un geste agacé, Florenty désigna un long monument de marbre qui semblait luxueux tombeau. Il précisa cependant :

— Le cénotaphe est un monument élevé à la

mémoire d'un mort mais qui ne contient aucun corps. Pressons-nous, les Condéens arrivent déjà !

Sans davantage s'étonner d'autres choses plus étranges encore qui se trouvaient en cet endroit, on bascula le couvercle du cénotaphe qui contenait mousquets, pistolets, cordes, petits barils de poudre.

— Il faut savoir songer par avance aux jours difficiles ! maugréa Florenty quand Frontignac le complimenta pour sa prévoyance.

Chacun se servit mais le baron de Fervac, qui n'en démordait pas, ronchonna :

— Tout de même, il y a choses bien surprenantes, en ce lieu !

— Vous en verrez d'autres ! répondit le baron de Florenty en s'engouffrant dans une ancienne galerie de mines.

Un parti d'une cinquantaine de Condéens suivait les Foulards Rouges à peu de distance, commandés à la fois par un colonel de la milice et un capitaine des mousquetaires qui ne s'entendaient point, et leurs troupes pas davantage.

Dans le silence, un sinistre bruit de chaînes les étonna fort désagréablement.

Les deux chefs marchaient en tête lorsque, brusquement, une vision d'apocalypse les glaça d'horreur jusqu'à la moelle, et avec eux, toute l'avant-garde du parti Condéen.

Incapables de dire un mot, paralysés par la terreur, ils contemplaient une scène qui les effraya si fort que le chef des mousquetaires ne put retenir en son haut-de-chausses ce qui se fait habituellement sur la chaise percée, ou lieu isolé des regards.

Sur un fond d'un rouge tirant sur l'écarlate, devant lequel se trouvait le cénotaphe où avaient été posés deux bougeoirs de cristal dont les flammes, en raison du fond, semblaient rouges, un bouc chargé de chaînes les regardait fixement, les lueurs des torches se reflétant en ses yeux d'un noir d'encre qui semblaient voir jusqu'au tréfonds de votre âme.

— Le diable à Paris !... hurla le capitaine des mousquetaires en s'enfuyant.

Ses mousquetaires l'imitèrent, et ceux de l'autre parti firent de même si bien que le colonel de la milice, un homme dans la cinquantaine qui s'était battu avec vaillance lors des engagements de la rue de Charonne, demeura seul, en tête à tête avec « la créature » qu'on appelait « le diable à Paris ».

Le colonel demanda d'une voix qu'il eut du mal à assurer :

— Serais-tu le diable ?

Le bouc agita ses chaînes.

Le colonel, perplexe, remarqua :

— Bruit de chaînes ne veut dire ni oui, ni non.

Le colonel décida d'en avoir le cœur net et, n'excluant point d'être foudroyé sur l'instant et réduit en cendres, il lança une claque sévère sur l'arrière-train du bouc qui s'écarta, visiblement incommodé par semblable traitement.

N'étant point tombé en poussière, et comprenant qu'il s'agissait là, malgré tout ce décorum, d'un bouc des plus ordinaires, le colonel éclata d'un rire phénoménal que répercutèrent fort loin et très longtemps les souterrains.

Mousquetaires et miliciens revinrent un à un et, lorsqu'il croisa le regard du capitaine des mousquetaires, le colonel des miliciens partit d'un nouveau rire.

Puis, chevauchant le bouc, il hoqueta et murmura entre deux sanglots :

— Morbleu, je tiens sans selle sur « le diable à Paris ! »

Les miliciens rirent à leur tour, les mousquetaires montrant visages maussades à l'exemple de leur capitaine.

Puis, le colonel rassembla ses miliciens et saisit l'extrémité de la chaîne du bouc.

— Vous partez ? demanda, mortifié, le capitaine des mousquetaires.

— Les Foulards Rouges sont trop loin et je leur dois

trop franche partie de rire. Qui sait s'ils ne nous ont pas préparé quelque « buisson ardent » avec la paille du bouc ? Vous avez trente mousquetaires, ils sont quatre : je vous laisse l'honneur de leur capture.

Déçu, le capitaine des mousquetaires lança :

— Revenir ainsi, ayant échoué !... Revenir les mains vides !...

Le colonel de la milice tira le bouc par sa chaîne, puis il regarda le capitaine et, juste avant d'exploser de rire, il lança en désignant le bouc :

— Mais point du tout !... Je ramène un prisonnier à votre duc de Beaufort !

Tous les miliciens partirent à nouveau à rire sous le regard glacé des mousquetaires puis, entre les larmes que lui arrachait l'amusement, le colonel s'éloigna en emmenant ses miliciens et le bouc captif.

Il maugréa en gémissant :

— « Le diable à Paris ! »... Tudieu !...

Les mousquetaires humiliés avaient regagné du terrain ne s'étant point fatigués, tels les Foulards Rouges, à errer longuement dans les ténèbres avant d'atteindre le cénotaphe.

À l'entrée d'une ligne droite qui menait l'égout fort loin, Nissac, Fontignac, Fervac et Florenty ouvrirent un feu de mousquets, tuant trois de leurs adversaires et tiédissant l'ardeur des autres.

Le comte de Nissac ne laissait point à ses compagnons le soin de porter madame de Santheuil, toujours inanimée mais, fatigué, il ralentissait leur allure.

Le baron de Frontignac s'impatienta :

— Mais à la fin, Florenty, ils sont interminables, ces égouts !

— Près de sept lieues. Mais ils communiquent souvent avec des galeries de mines et des carrières fort anciennes.

Bien que pressés par les mousquetaires, les Foulards Rouges s'émerveillaient parfois de pièces d'eau souterraines, découvraient les soubassements et caves d'églises rasées depuis longtemps, trouvaient pièces d'or, armes rouillées et ossements humains, autels dissimulés sous terre aux premiers temps du christianisme alors persécuté...

On s'arrêta un instant et s'assit près d'un petit lac souterrain. Nissac, ôtant son gant, posa sa main sur le front brûlant de Mathilde :

— Elle a la fièvre.

Le baron de Frontignac avait justement opinion sur la chose :

— Pour la fièvre, le « chaud mal », il n'est qu'un remède : poser sur le cœur de madame de Santheuil cœur d'une grenouille de rivière.

— Me direz-vous, Frontignac, où je puis trouver cœur de grenouille en pareil endroit ? répondit Nissac avec lassitude.

Le baron de Fervac observa longuement, et non sans méfiance, le baron de Frontignac puis il se décida :

— Et contre la soif, baron, avez-vous remède simple ?

Frontignac n'hésita point :

— Il faut mettre en sa bouche pierre triangulaire que l'on trouve en la tête des carpes.

Fervac murmura.

— Malheureusement, je n'ai point là de carpe disponible afin de lui ouvrir la tête pour lui ôter pierre triangulaire et la mettre en ma bouche.

Fontignac en convint :

— Alors mettez-y une feuille d'oseille ronde !

Fervac regarda autour de lui :

— C'est que je n'en vois point !... Il n'y a ici que des champignons qui semblent pourris. Feraient-ils l'affaire ?

Au loin, on entendit de nouveau les mousquetaires dont les fourreaux des épées heurtaient les parois.

Le comte de Nissac regarda ses compagnons.

— Il faut en finir, avec ceux-là !

Cette portion d'égout était fort longue et les mousquetaires s'y engagèrent vivement.

Ils distinguèrent au bout de la ligne droite un homme qui éteignait sa torche et, heureux de voir enfin l'adversaire, ils prirent le pas de course avec beaucoup de détermination, ignorant que, là-bas, le comte venait d'allumer une mèche.

Une portion du souterrain s'effondra devant les mousquetaires qui, après un instant de flottement, revinrent en arrière où, à l'autre extrémité de la ligne droite, le baron de Frontignac allumait une autre mèche.

Une partie de la voûte croula en un nuage de poussière et les mousquetaires furent pris au piège, aucune galerie latérale n'existant en la portion d'égout où ils étaient captifs en raison des éboulements.

Cependant, se souvenant de la mort atroce des Vikings, le comte de Nissac n'avait point désiré enterrer vivants et à tout jamais ses adversaires. À dix, ils pourraient se dégager en quelques heures mais à une trentaine, en moins d'une heure, les charges de poudre à canon ayant été calculées à cet effet.

Les Foulards Rouges s'étant retrouvés par un égout de dérivation reprirent leur marche sous la conduite de Florenty qui, la torche à la main, se guidait sur des signes gravés ou peints sur les parois des galeries.

Parfois, il s'agissait d'une simple flèche. En d'autres lieux, c'était rose, hippocampe ou salamandre au motif travaillé par le ciseau habile d'un tailleur de pierre.

Enfin, on arriva dans une crypte puis devant un escalier bien entretenu qu'ils gravirent, le comte tenant toujours madame de Santheuil inanimée en ses bras.

Florenty, aidé de Fervac, souleva une lourde dalle qu'ils déplacèrent pour découvrir des bottes, puis, levant les yeux, un homme qui se tenait debout, bras croisés.

— J'ai un instant pensé que vous vous étiez égarés !

Le duc de Salluste de Castelvalognes, général des

jésuites, attendait les fugitifs chez lui, en la cathédrale de Notre-Dame.

Il ajouta :

— Soyez les bienvenus !

77

Le duc de Beaufort en eut le souffle coupé et bien malgré lui il ressentit pour son ennemi intime une admiration si vive, si fervente, qu'il eût aimé le serrer en ses bras... quitte à l'occire peu ensuite !

Pour réussir pareil coup, il fallait manière d'être de la fine fleur de la chevalerie des temps jadis, courage confinant à la folie, totale maîtrise de l'épée et du cheval, esprit de très grande audace à imaginer pareille chose et sens de l'honneur sans faille qui fait qu'on n'abandonne point le cadavre d'un ami aux mains de l'adversaire, fût-il cent fois plus nombreux.

Le peuple réuni place Dauphine, les soldats de la Fronde, un parti d'Espagnols et un groupe de miliciens, nul ne bougea, nul ne songea à entamer la poursuite et tous se demandèrent s'ils n'avaient point rêvé.

Beaufort le tout premier !

Ils n'étaient que quatre, arrivés sur la place au grand galop, les foulards rouges couvrant le bas de leurs visages.

Celui qui se tenait en tête était monté sur ce grand cheval noir qu'on n'avait point réussi à capturer sur les quais, et pas davantage en l'Hôtel de Carnavalet où attendaient des miliciens car la bête, remarquablement intelligente, devait connaître autre lieu de rendez-vous où elle retrouva son maître.

Le maître !... Maître en l'épée !... Et quel cavalier !... Quelle allure, aussi !... Le feutre marine au bord rabattu sur les yeux avec, au vent, ses longues et magnifiques plumes rouges et blanches... La grande cape noire et puis cette arrivée au galop sur la place Dauphine, le cavalier littéralement debout sur ses étriers, l'épée tel un éclair coupant la corde retenant un des pendus et juste derrière, à la seconde près, un second cavalier – Frontignac – arrivant juste à temps pour recueillir par le travers de son cheval le corps identifié comme celui d'un galérien libéré par Mazarin qui le fit baron, et qu'on nommait Bois-Brûlé.

À peine reprenait-on ses esprits qu'un second cavalier, à l'extraordinaire coup d'épée, en lequel certains reconnurent Fervac, officier aux Gardes Françaises, se dressait pareillement sur ses étriers, coupait la corde retenant par les pieds Henri de Plessis-Mesnil, marquis de Dautricourt, tandis que le dernier cavalier – Florenty –, à la seconde près, recevait le corps et s'enfuyait sans avoir ralenti son galop un seul instant.

La place Dauphine, sans les deux Foulards Rouges pendus par les pieds, sembla brusquement vide aux cœurs les plus endurcis.

Pour tous les autres, elle retrouva son humanité.

Le comte de Nissac se sentait épuisé.

Il n'avait point dormi de la nuit, veillant Mathilde après que le duc de Salluste de Castelvalognes, qui avait appris la chirurgie en Italie, eut retiré avec un art des plus remarquables la balle logée en l'épaule de la jeune femme.

Au matin, il avait fallu monter avec ses trois compagnons cette affaire délicate, place Dauphine, où Dautricourt et Bois-Brûlé se trouvaient ignominieusement pendus par les pieds à la branche d'un arbre.

Et à présent, il n'était point auprès de sa tendre Mathilde, que le batelier espion de Mazarin emmenait à Saint-Denis où s'était installée la Cour.

Le comte se tenait très droit en le jardin de la petite église où se voyaient les tombes de Nicolas Louvet,

Melchior Le Clair de Lafitte et Joseph Fiegel, le père de Mathilde.

Trois nouvelles tombes se trouvaient peu à peu comblées par deux jeunes jésuites. D'autres pères avaient travaillé pendant la nuit afin de graver des noms sur les croix en pierre blanche et ces six croix, toutes semblables en leur simplicité, donnaient grande majesté et ordonnancement militaire à l'endroit.

Sur les croix surmontant les tombes fraîches on pouvait lire tour à tour « Baron César de Bois-Brûlé », « Henri de Plessis-Mesnil, marquis de Dautricourt » et « baronne Éléonor de Montjouvent ».

Un colonel des dragons fit déposer par de jeunes officiers six gros bouquets de lys, au nom de Sa Majesté le roi et de Son Éminence le Premier ministre, puis il se retira avec ses hommes.

Les barons de Frontignac et de Fervac, nés la même année, nouèrent autour des six tombes six longues écharpes de soie rouge, puis se rangèrent aux côtés de leur chef.

Les quatre Foulards Rouges et le baron Jérôme de Galand tirèrent l'épée et la tinrent un instant à quarante-cinq degrés.

Ainsi s'achevait la cérémonie.

Fervac, Florenty et Frontignac s'approchèrent des chevaux, laissant Nissac et Galand en têté à tête.

Le policier, une infinie tristesse dans le regard, posa une main légère sur l'avant-bras du comte :

— Merci !... Merci de l'avoir accueillie ici, parmi tous vos braves.

Surmontant son émotion, le comte de Nissac tenta de se donner un ton d'autorité qui ne fut point convaincant :

— Comme nos amis, madame de Montjouvent est enterrée avec foulard rouge autour du cou car elle a gagné ce droit en chargeant à cheval en l'affaire d'Auteuil.

Il hésita et ajouta, plus bas :

— Et parce que vous l'aimiez, ami !

Le général de police leva sur le comte des yeux soudain rougis, car sans doute retenait-il ses larmes :

— L'aimer !... Vingt années de totale solitude, rencontrer au hasard de cette affaire une femme qui me comprit et pénétra mes secrets d'un regard, croire que ma vie allait changer et me voir ainsi tout retirer... Si leur Dieu existe, c'est une brute.

D'une voix douce, le comte répondit :

— Il n'est point que Dieu. Les idées de liberté qui sont les nôtres viennent des hommes. Des hommes tels que vous, Jérôme.

— Non. Mon temps s'achève. J'en finirai avec ces chiens enragés de la Fronde, mais la vie a perdu tout intérêt.

— Vous ne pouvez pas parler ainsi !... Pas vous !...

— Je le peux. Ce n'est que ma vie, après tout, et quelle valeur a-t-elle puisque la seule qui s'en soucia autrement qu'en pure amitié n'est plus là ?... Ce n'est pas à vous, cher comte, que je dois dire pareille chose vous ayant observé avec madame de Santheuil.

Le comte baissa la tête, Jérôme de Galand ne se contenta point de cet acquiescement muet :

— Pourriez-vous lui survivre ?

La réponse tarda puis, regardant le général de police droit dans les yeux :

— Non !... Non, je ne le pourrais point. Les chagrins d'amour ne tiennent pas compte de l'âge, Jérôme. J'ai vu pleurer un soldat de seize ans, et un général de soixante-dix ans, chacun malheureux à en mourir parce que leur belle les avait quittés, la première étant bergère et l'autre comtesse...

Jérôme de Galand ferma les yeux.

— Parlez, ami, parlez !... Dites ces paroles de vérité, les seules que je veuille entendre.

— Mon cœur est plein d'amertume de l'injustice qui vous est faite. J'ai quarante et un ans, vous en avez cinquante-trois. À nos âges, on sait le poids des amours sans réussite, des années enfuies, de la jeunesse qui ne reviendra plus. On sait la valeur sans pareille d'une étreinte, d'une caresse, d'un baiser... Nous savons tant de choses, mais on nous regarde moins. Sauf...

Galand l'interrompit avec véhémence :

— Pourtant, elles nous ont vus. Tous les deux !... Madame de Santheuil vous a vu !... Éléonor m'a vu !..

Le comte regarda les six tombes, les croix blanches aux écharpes de soie rouge et il nota avec surprise que c'était là les couleurs des plumes de son chapeau. Mais il ne se laissa point distraire par cette étrange découverte, voulant aller au bout de son explication :

— Et pourquoi les baronnes de Montjouvent et de Santheuil nous ont-elles remarqués ?

Jérôme de Galand réfléchit longuement, puis répondit :

— Je ne sais !... Vraiment, je ne sais !... Vous, c'est l'évidence, vous avez la naissance, la puissance et la gloire. Mais moi ?

— Oubliez la puissance et la gloire !... Nous fûmes remarqués par ces femmes exceptionnelles parce que nous étions porteurs de l'Idée.

— L'Idée !... répéta Galand, indécis.

Le comte adopta un ton plus passionné :

— L'Idée, la seule chose qui va vous faire survivre à Éléonor de Montjouvent. L'Idée pour laquelle elle vous a peut-être aimé, admiré, sans doute. L'Idée qui changera tout, la liberté de penser, d'écrire, de se réunir, la fraternité, la liberté.

Galand eut un pâle sourire.

— Mon ami !... N'essayez point de me faire trouver goût à la vie !

— Je ne vous tente point, je vous l'ordonne car à présent, vous voilà sous mon autorité.

Le baron jeta un regard d'incompréhension au comte qui précisa :

— Oh, je ne parle pas d'égal à égal, de général d'artillerie à général de police. Je parle d'autre chose qui est société secrète où n'entre point qui veut...

Le comte fit signe à Frontignac qui amena joli coffret.

Nissac l'ouvrit, en sortit un foulard rouge et le noua autour du cou de Jérôme de Galand :

— Vous êtes des nôtres, baron. Votre vie ne vous appartient plus.

Le général de police, bouleversé, ne trouva point ses mots et hocha la tête.

78

Le roi, le Premier ministre et Anne d'Autriche s'en vinrent visiter madame de Santheuil allongée sur son lit et qui tenta de se relever malgré sa blessure.

On l'en empêcha.

Bien qu'il ait lu les rapports de Nissac, Galand et quelques espions de la couronne, le roi se fit conter la mort du baron de Bois-Brûlé.

Le très jeune monarque écoutait mais une part de son esprit voyageait vers une nuit qui lui semblait aujourd'hui bien lointaine. Une nuit de l'enfance tout d'abord angoissante puis brusquement rassurante avec ce géant noir qui le tenait en ses bras puissants dans les jardins enténébrés du Palais-Royal. Un géant tour à tour galérien puis baron, un homme qui l'émut comme on y réussit rarement et dont la mort lui était blessure.

Pendu par les pieds place Dauphine !... Au côté d'Henri de Plessis-Mesnil, le petit-fils de l'amiral.

Quelle infâmie !

Mais quelle réponse des Foulards Rouges survivants ! C'était follement téméraire de se lancer ainsi à quatre contre cent, debout sur ses étriers couper la corde d'un étincelant coup d'épée, laisser le cavalier suivant attraper le corps. Et recommencer ! Quelle noblesse ! Ne point abandonner ses amis, fussent-ils morts, il y fallait une grandeur d'âme hors du commun.

Risquer sa vie pour un cadavre, c'était reculer les limites de l'honneur.

Le roi sourit à la baronne.

— C'est grand plaisir pour nous de voir si jolie et courageuse baronne des Foulards Rouges en bonne disposition avec notre comte de Nissac, qui a l'âme du chevalier Bayard et l'audace du connétable Du Guesclin.

Le roi se retira, ainsi qu'Anne d'Autriche, mais le cardinal s'attarda :

— Il vous reviendra bientôt. Le vent tourne. Le prince de Condé sera bientôt seul en cette ville de Paris dont il n'ose point sortir.

— Mais, monsieur le cardinal, les Foulards Rouges ne sont plus que quatre et on peut voir six tombes en leur petit cimetière.

Le cardinal Mazarin s'assit au bord du lit, déplaça affectueusement une mèche de cheveux que la transpiration de la fièvre collait au front de la jeune femme puis il lui prit la main.

— Mathilde, les choses ne sont point aussi simples qu'elle le paraissent parfois. Ainsi cette expédition au bord des quais, dont on me dit qu'il y aurait eu guet-apens dû à la vilénie de quelque traître. Certes, les boulets des Espagnols au fond de la rivière de Seine, voilà très bonne chose dont nous nous réjouissons fort mais savez-vous qu'alors même que la Fronde manque de boulets, cette belle action sert moins le roi que le fait de soustraire avec tant d'audace les corps de vos amis sous les yeux du duc de Beaufort ?

Mathilde de Santheuil regarda le Premier ministre sans le bien comprendre. Il reprit :

— Cette affaire, on ne parle plus que de cela, à Paris. Les dames de la Fronde y trouvent matière à aimer, les bourgeois sont rassurés que dernier mot reste au roi et le peuple admire des héros qui les font rêver. Les Foulards Rouges rappellent sans cesse aux Parisiens qu'ils ont un roi et que celui-ci a des fidèles, et que ces fidèles sont les plus nobles et téméraires gentilshommes qui soient au monde. Les Foulards Rouges à Paris, cela veut dire climat qui n'est point à la sécurité pour les princes félons, doublement ou triplement des escortes de convois importants, danger permanent pour la Fronde d'être frappée en plein cœur, usure, angoisse et fatigue. Comprenez-vous ?

— Je crois ! répondit la baronne.

Mazarin se leva, souriant.

— Je vais envoyer ordres précis au comte de Nissac. Ce qui nous importe, à présent, c'est que les Foulards Rouges rappellent qu'ils sont là, point qu'ils exposent leur vie.

Il réfléchit et soupira :

— La mort de la Fronde à Paris sera sans doute chose semblable à lente pourriture. Il arrivera un moment où d'elle-même, sans qu'il soit besoin de nos agents, elle suscitera le dégoût des Parisiens car le prince est autoritaire et brutal, les ducs se querellent entre eux, les bourgeois s'inquiètent. Dès cet instant, je ferai revenir mes Foulards Rouges. Et ce sera pour toujours.

Jehan d'Almaric serra les dents puis, de son rasoir, le barbier lui entailla profondément le visage de la pommette au menton.

Le sang jaillit, le barbier pressa un linge sur la longue balafre.

Sans perruque, les cheveux coupés très courts, un bandeau sur l'œil et une tenue qu'on voit aux crocheteurs, à quoi s'ajoutait à présent cette longue cicatrice, il eût été impossible en regardant homme si disgracieux et éprouvé de reconnaître le très élégant marquis d'Almaric.

Mais c'est là tout ce qu'il souhaitait, craignant à chaque instant d'être arrêté par les hommes de l'Écorcheur.

Car ce dernier n'avait point oublié celui qui organisait ses crimes. À preuve, les Condéens surveillaient toujours sa maison de la rue du Petit-Lion.

Le marquis déménageait chaque jour, mais la chose le ruinait et sa bourse serait bientôt vide.

Cependant, d'Almaric ne voulait point renoncer. Beaucoup trop d'or l'attendait en secrète cachette de sa demeure. Sans parler de la bague offerte par l'Écorcheur, et où se voyait splendide diamant.

Il lui fallait son trésor. Avec lui, en un pays lointain, il retrouverait son rang et ses avantages.

Déjà, il avait repéré affreux logis, au fond d'une cour de la rue des Poirées où vivre ne serait point coûteux.

Déjà encore, il avait longuement regardé au port des Foins le travail des portefaix et se sentait capable d'accomplir pareille besogne qui, pour vile qu'elle lui parût, lui permettrait de survivre en attendant de récupérer sa fortune.

Il subirait tout, même la misère, mais ne renoncerait point.

Les quatre Foulards Rouges attendaient, sur leur garde, observant les quatre archers qui avaient planté leurs fourches en terre et tenaient prêts leurs mousquets.

Eux aussi attendaient ils ne savaient quoi.

La scène se passait à l'aube, sous le Pont-Neuf, et ne semblait point réelle.

Un carrosse arriva à vive allure et le baron Jérôme de Galand en sortit rapidement pour venir droit vers le comte de Nissac en disant à mi-voix :

— J'ai cru de mon devoir d'amitié de vous faire assister à cela.

Deux archers descendirent du carrosse et tirèrent un corps. Nissac fut très surpris de reconnaître Ferrière, le lieutenant de Galand, mais il ne fit point de commentaire.

Ferrière était inanimé, une écume rosâtre aux lèvres.

— Il semble fort mal en point ! commenta le baron de Fervac.

— Rien qui soit plus naturel, il est mourant ! répondit Galand tandis qu'on appuyait Ferrière contre la pile du Pont-Neuf se trouvant sur le quai.

Le corps glissa aussitôt et tomba au sol.

— J'en étais certain !... La chaise !... ordonna Galand.

Deux archers retournés au carrosse en sortirent une chaise à dossier haut sur laquelle Ferrière fut attaché, à proximité de l'eau.

Les Foulards Rouges se taisaient, devinant qu'il s'agissait d'une affaire intérieure à la police mais se demandant tout de même en quoi cela les concernait.

Les six archers conservaient un visage inexpressif, sans doute à dessein. Il s'agissait d'hommes de confiance du cardinal, entrés tout exprès dans la police pour épauler Jérôme de Galand.

Sur un signe de celui-ci, les quatre archers qui avaient attendu le carrosse allumèrent les mèches de leurs mousquets.

Le corps de Ferrière fut un instant agité sous les impacts des balles et la chaise tomba sur le côté.

Jérôme de Galand s'approcha et, d'une violente poussée du pied, fit basculer en la rivière de Seine le corps de Ferrière toujours lié à sa chaise.

La scène ne manquait point de dureté.

Satisfait, Galand hocha la tête. Avec grande discipline, les archers se retirèrent, laissant le carrosse et un des leurs.

Nissac, qui avait compris, regarda Galand avec un air de fatigue extrême :

— Pourquoi vous a-t-il trahi ?

— L'or. J'en ai trouvé deux cassettes chez lui. Malheureusement, s'il a reconnu sa trahison, il n'a point voulu révéler le nom de son maître l'Écorcheur, de peur, m'a-t-il dit, de représailles sur sa femme et son enfant. Puis, trompant un instant ma vigilance, il a avalé ce poison.

— Et pourquoi ne point le laisser mourir chez lui ?

Jérôme de Galand eut un haut-le-corps :

— Le laisser choisir sa mort ? Jamais je n'aurais consenti pareille chose !... C'est à nous, gens de police, de régler nos affaires puisqu'il n'y a plus de justice en cette ville. À nous... mais en votre présence. La mort du marquis de Dautricourt, c'est lui ! La mort du baron de Bois-Brûlé, c'est encore lui. La blessure de madame de Santheuil, c'est toujours lui. Comme c'est lui qui arma la main de l'assassin de madame de Montjouvent.

— Comment avez-vous su ? demanda Nissac d'une voix lasse.

— La preuve, ce fut l'or. Et sa découverte précéda les aveux. Mais le soupçon vient de loin. Qui m'a empêché de me rendre immédiatement à Auteuil ? Un ordre de Condé faisant suite à une information habilement transmise et qui me paralysa des heures – Ferrière ne pouvait ignorer qu'il en serait ainsi. Qui, devinant leurs témoignages dangereux, pouvait faire étrangler en leurs cellules les quatre mousquetaires capturés à Auteuil ? Vous, les Foulards Rouges, moi et Ferrière : mais nous n'y avions, vous et moi, aucun intérêt. Qui connaissait une des quatre missions possibles dont celle des boulets espagnols qui fut fatale à deux de vos hommes ? Ferrière et moi. Qui savait que je gardais madame de Montjouvent à mes côtés, qui d'autre que moi le savait et savait qu'on pouvait m'anéantir en la tuant : ce chien puant de Ferrière que j'avais préparé à me succéder !

Le ton de Jérôme de Galand montait, la colère se mêlant au chagrin :

— Il a déçu tous les espoirs que j'avais placés en lui, trahi ma confiance et brisé ma vie !

— Mais il vient de le payer de la sienne ! répliqua doucement le comte de Nissac.

Le général de police donnait l'impression de ne point écouter :

— Pour de l'or ! Mais l'or sera-t-il donc toujours la seule chose qui fasse avancer les hommes ?

— Vous savez bien qu'il n'en sera pas toujours ainsi ! assura le comte.

Il prit Galand par les épaules et l'obligea à se retourner. Une aube bleue et rose se levait sur Paris.

Galand sourit.

— Ah oui, bien sûr, la douceur des aubes...

Puis, comme en s'ébrouant :

— Pourtant, elle se lève sur un jour terrible, cette aube !

— Je le sais.

— Qu'allez-vous faire ?

Le comte sourit.

— Comme tout le monde, me procurer de la paille.

Le policier, qui avait suivi sa pensée, sourit à son tour.

79

Le 4 juillet 1652 entra en l'histoire sous le nom de « Journée des pailles » mais les esprits les plus vifs et les plus avisés du temps y virent coup d'État dans le coup d'État.

À la faveur d'une réunion des grands corps à l'Hôtel de Ville, il s'agissait pour le prince, rien moins, d'annihiler le parlement, de renverser la municipalité, de terroriser le clergé, l'université et de mettre au pas délégués de quartiers et des métiers. En outre, il tenait particulièrement à ce que l'on expulse ou tue Le Febvre, prévôt des marchands, et le maréchal de L'Hospital, gouverneur de Paris.

Au reste, pour tenir Paris d'une main de fer, le prince de Condé entendait faire attribuer toutes les places de première importance à ses amis de la Fronde, ceux qui n'iraient point contre ses vœux : le duc de Beaufort gouverneur de Paris, Gaston d'Orléans lieutenant-général du royaume et lui-même, général en chef des armées.

Une acceptation en les règles de ses « désirs » eût satisfait le prince mais il s'attendait plus probablement à un mouvement d'humeur de l'assemblée et tenta de le prévenir en s'appuyant sur la foule contre le parlement, jouant ainsi « le peuple » contre sa représentation légale.

Aussi ledit peuple fut-il appelé à entourer fort tôt l'Hôtel de Ville en arborant cocarde constituée de quelques brins de paille. On en affubla les femmes et les enfants quand les hommes la portaient au chapeau. Il eût été assez risqué de refuser pareil cotillon aux soldats de Condé qui en proposaient avec une certaine insistance. Il fallait donc se festonner de paille, ou accepter sévère bastonnade.

Le prince de Condé avait fait dévaliser les fripiers et des centaines de ses soldats, en civil et paille au chapeau, menaient grand bruit en les rues pour amener le peuple à l'Hôtel de Ville. En outre, les maisons situées en face de l'édifice étaient garnies de soldats condéens dont les armes étaient braquées vers les fenêtres.

Les notables durent se frayer un chemin à travers une foule dense et hostile qui promettait la mort aux « Mazarins », soufflant à l'oreille des chefs de quartier et des députés les douceurs qui attendaient les traîtres.

En outre, la chaleur étant accablante, le prince n'avait point oublié de faire distribuer du vin, ce qui fit monter la tension.

L'assemblée, qui ne voulait ni céder, ni mourir, dut faire compromis entre les concessions et la limite infranchissable. Adroitement, elle accepta de demander au roi qu'il congédie Mazarin... puis revienne à Paris !

Furieux, Condé, Beaufort et « Monsieur » frère de Louis XIII quittèrent l'Hôtel de Ville et, avant que de monter en son carrosse, le prince de Condé désigna l'Hôtel de Ville à la foule en s'écriant :

— Ce sont des Mazarins, faites-en ce que vous voudrez !

Aussitôt, des maisons voisines, près de huit cents Condéens ouvrirent le feu de leurs mousquets en direction des fenêtres ouvertes. À l'intérieur, des partisans du prince bloquèrent les issues et la milice de Saint-Nicolas-des-Champs, qui avait pourtant devoir sacré de protéger l'Hôtel de Ville, passa à l'émeute et joignit son tir à ceux des Condéens. Enfin, la foule surexcitée commença à arroser d'huile et de poix fondue les fagots déposés en nombre devant les portes fermées de l'édifice.

Les participants à l'assemblée, affolés, changeaient de vêtements, se cachaient au plus profond des caves. Le gouverneur de Paris, le maréchal de L'Hospital, sauta d'une fenêtre. Le prince de Guéménée, capturé en l'assemblée, fut roué de coups. Les députés, dont plusieurs dizaines devaient être assassinés, se couchaient sur le sol pour échapper aux balles.

Enfin, jetant bas les masques, les soldats du prince de Condé, choisis parmi les plus intrépides et expérimentés, se rassemblèrent et se lancèrent à l'assaut de l'Hôtel de Ville.

Le comte de Nissac et le baron de Galand s'étaient vivement opposés à ce sujet, mais le policier n'avait point cédé.

Il y avait d'un côté sa position tolérée par la Fronde qui se trouvait dans l'ignorance de son loyalisme à la couronne, et puis de l'autre, il y avait la loi.

Il savait qu'en défendant militairement l'Hôtel de Ville avec ses remarquables archers il ruinait l'artifice que constituait sa position, mais il savait que ses troupes d'élite, même massacrées, infligeraient considérables dommages aux Condéens et aux émeutiers. Il ne se cachait point de penser que plus l'affaire serait sanglante, plus ce sang retomberait sur la tête du prince de Condé et de ses fidèles une fois éloignée la folie de ce 4 juillet.

Le comte savait parfaitement que son ami raisonnait avec grande finesse mais il craignait qu'il ne s'exposât volontairement à la mort, tant son chagrin de la disparition de madame de Montjouvent semblait profond.

Le général-comte de Nissac accepta de diriger les opérations, c'est-à-dire la défense désespérée du dernier îlot de loyalisme en la ville de Paris.

Face à des centaines de soldats condéens que le prince pouvait renouveler plusieurs fois jusqu'à des milliers et à une foule hystérique qui noircissait la place, il ne disposait que des archers indéfectiblement fidèles au roi, des gardes de l'Hôtel de Ville, de quelques miliciens loyalistes, d'une dizaine de dragons capturés devant Paris et libérés des geôles de la Fronde par Galand, auxquels s'ajoutaient ses trois Foulards Rouges qui, comme lui, avaient noué autour de leur cou ce signe de reconnaissance tandis que le comte portait aussi au bras droit, en brassard, jarretière de soie rouge et de dentelle blanche de madame de Santheuil.

Quatre-vingts contre plusieurs milliers.

Ayant étudié les lieux avec un soin particulier, Nissac fit construire une barricade au pied du grand escalier intérieur, puis s'y retrancha avec les siens et un fort armement.

De plus en plus irrités de cette résistance opiniâtre, les Condéens lancèrent assaut sur assaut, avec bravoure, mais se heurtèrent à des hommes d'un grand sang-froid qui ne cédèrent point, repoussant – parfois in extremis – toutes les attaques. Nissac avait préparé les tirs de ses mousquets par échelons, si bien que, lorsque vingt hommes tiraient, vingt autres rechargeaient, vingt autres allumaient les mèches, vingt autres étaient en position. Le feu roulant ainsi constitué par les défenseurs donnait une impression d'invincibilité.

Rien que devant la barricade du grand escalier, on

devait relever au soir plus de deux cent cinquante cadavres de Condéens parmi les meilleurs soldats du prince qui ne pardonna jamais à Nissac sa défense acharnée et héroïque du grand escalier de l'Hôtel de Ville.

Cependant, les défenseurs durent abandonner la place car non seulement on les tournait de tous côtés, et ils risquaient de se faire tirer dans le dos, mais on les asphyxiait par les fumées d'incendies allumés en différents points de l'Hôtel de Ville.

Nissac donna l'ordre de dispersion, conseillant à chacun de se mettre en civil et de tenter de sortir de Paris pour rejoindre l'armée royale.

La dizaine de dragons n'y parvint jamais : on les retrouva morts, étouffés par suffocation, l'épée à la main, en un couloir sans issue.

Les miliciens loyalistes furent brûlés vifs en des circonstances mal connues, mais il semble probable que, capturés, ils auraient été jetés les mains attachées dans le dos en le brasier.

Les archers survivants, Galand, Nissac et les Foulards Rouges suivirent le baron de Florenty vers l'entrée d'un obscur souterrain mais le comte dut retourner chercher Fervac qui, déchaîné, un pistolet en chaque main et l'épée entre les dents, se battait encore.

Le souterrain parut interminable aux survivants dont certains portaient encore vêtements roussis et fumants.

En dernier marchait le comte de Nissac, portant sur ses épaules le corps sans vie du baron Sébastien de Frontignac, tué en défendant la barricade du grand escalier.

Exaspérés par la vaillance des archers, les émeutiers et les soldats condéens se jetèrent à l'intérieur de l'Hôtel de Ville qu'ils pillèrent, détruisant les archives anciennes, volant les objets de quelque valeur, tuant magistrats, députés et conseillers, brûlant vifs les archers qui avaient tenté leurs chances de leur côté.

On détroussait les cadavres sans la moindre gêne tandis que, dans les rues adjacentes, on arrêtait ceux des notables qui n'avaient point pensé à mettre paille sur leur chapeau.

Ainsi le conseiller Le Gras fut-il horriblement lynché. On tuait à l'arme à feu et à bout portant, souvent au couteau, parfois même à la hallebarde ou à la hache tandis qu'en des endroits plus discrets, parfois à une toise des poutres fumantes et des cadavres carbonisés, des couples faisaient l'amour.

Heureux et fier de lui, le duc de Beaufort attendit la fin des combats pour revenir à l'Hôtel de Ville.

Il y entra à cheval puis, ayant découvert où se trouvait le vin, brisa les tonneaux à la hache afin que les émeutiers s'en régalent.

L'aube se levait.

En une cachette clandestine de la rue des Marmousets, le comte de Nissac achevait d'écrire un billet au cardinal. Il ne parlait guère de ses merveilleux exploits, d'autres s'en chargèrent.

Au reste, son billet fort court allait à l'essentiel, qualité qu'appréciait hautement Mazarin.

Monsieur le Cardinal,
Après la prise de l'Hôtel de Ville intervenue seulement lorsque les défenseurs s'en retirèrent, monsieur le prince de Condé est maître absolu de la ville de Paris, par la force et la violence, mais sans légitimité.
Déja en mésintelligence avec le cardinal de Retz, il semble que Monsieur, à son tour, s'éloigne du prince.
En la rue, à l'aube, des Parisiens parlaient de toutes ces horreurs et ces crimes avec répulsion profonde.
Le prince ne peut assurer sa domination que par la force militaire en l'intérieur de la ville qu'il persécute alors qu'il ne peut espérer en sortir pour affronter

monsieur le maréchal de Turenne, ne balançant pas
même à ce sujet.

Il est donc de saine logique de penser que cette dic-
tature semblera de plus en plus pesante et odieuse aux
Parisiens et que le prince, quand bien même il l'igno-
rerait encore, a déjà tout perdu.

En les jours qui viennent, nous tenterons d'assurer
le passage vers les lignes royales des députés et magis-
trats fidèles à la couronne.

J'ai, par ailleurs, le grand chagrin de vous annon-
cer la mort au combat, sur l'ultime barricade et en les
derniers instants, du baron Sébastien de Frontignac,
capitaine en l'artillerie royale, et mon ami.

Votre serviteur

L. de N.

80

Une septième croix de pierre blanche au sommet de
laquelle flottait une longue écharpe de soie rouge
s'ajouta aux précédentes. Elle portait le nom du baron
de Frontignac mais, pour ses amis, signifiait bien autre
chose et, malgré lui, le comte de Nissac eut un fugitif
sourire de tendresse en songeant à tous les remèdes
insensés que son ami lui avait fait avaler.

Nissac, Florenty et Fervac tirèrent l'épée.

Il pleuvait, le ciel était bas et maussade, une grande
tristesse entourait les êtres et les choses. Le roi et le
cardinal, prévenus trop tard, n'avaient pu faire envoyer
bouquets de lys selon la coutume lorsque tombait un
Foulard Rouge.

Comme l'avait prévu Mazarin, la Fronde entra rapidement en putréfaction.

Condé avait installé ses hommes en un gouvernement de la Fronde appelé « Conseil des seigneurs » où l'on retrouvait Beaufort, Nemours, La Rochefoucauld, Rohan-Chabot, Chavigny, Sully, Brissac et d'autres encore.

Les bourgeois furent imposés pour huit cent mille livres.

Tout cela demeurait inutile. Pour le peuple de Paris dégrisé, Condé était seul responsable du grand massacre de l'Hôtel de Ville et il fut haï comme jamais encore.

Le lendemain des combats meurtriers, les commerçants osèrent même garder boutiques fermées.

Dérisoire, le cardinal de Retz enfermé en son évêché jouait sur les deux tableaux, ignorant qu'il perdrait partout.

Fin juillet, le duc de Beaufort tua en duel le duc de Nemours, pourtant son beau-frère, privant ainsi le prince d'un de ses meilleurs généraux.

Les nouvelles taxes et impôts ne rentraient point, les Parisiens y mettant mauvaise volonté. Gaston d'Orléans fut même contraint d'emprunter quarante mille livres qu'il remit aussitôt aux fabricants de munitions, l'armée des princes n'en ayant plus.

La situation économique de la Fronde se trouvait aussi désespérée que ses perspectives politiques et militaires.

Les soldats de Condé, affamés dans leur campement du Faubourg Saint-Marceau, se jetèrent sur les fruits et les citrouilles en les jardins. On sonna le tocsin et la foule tua trente soldats condéens.

À Paris et en ses faubourgs, on comptait cent mille mendiants. On mourait de faim. Plus de marchés, ni semailles, ni récoltes en les environs de la capitale. La charité n'existait plus, le brigandage prospérait.

Bravant les ordres de Condé, le duc de La Trémoille,

sans fourrage pour sa cavalerie, lâcha ses chevaux dans les derniers carrés de blé.

Le prince ordonna qu'on exécutât les soldats pillards, leurs officiers préférèrent piller avec eux.

Faisant une remarque vive au comte de Rieux, celui-ci répondit si grossièrement au prince que ce dernier le gifla. À quoi le comte de Rieux répliqua en envoyant son poing en la figure du Grand Condé qui fit immédiatement conduire son agresseur à la Bastille.

La place condéenne de Monrond, appartenant au prince et à laquelle il était fort attaché, se rendit après un an de siège. Le roi la fit aussitôt raser.

Nemours tué, La Rochefoucauld aveugle, la haine des Parisiens qu'il sentait palpable, le prince fut bientôt un homme très seul, lui que la Cour et les foules avaient adoré.

En outre, Louis XIV avait très artificiellement renvoyé Mazarin qui partit en exil, certain de revenir bientôt mais ce faisant, le roi satisfaisait à une des principales revendications des Parisiens et ôtait ses raisons à la Fronde.

Affamés, malades, se sachant détestés, les soldats de la Fronde commencèrent à déserter, individuellement ou en unités.

Fin septembre, l'armée condéenne ne comptait plus que mille cinq cents hommes ! Des groupes de soldats espagnols reconnaissables à leur écharpe rouge, perdus si loin de leur pays en une ville où ils ne connaissaient point la langue, erraient dans les faubourgs, tentant de conserver un reste de dignité.

Fin septembre toujours, une grande manifestation des Parisiens eut lieu au Palais-Royal, réclamant le retour du roi. Condé n'osa point la réprimer.

En province, des villes frondeuses telles que Toulon – qui se rendit au duc de Mercœur – capitulaient et se rendaient au roi qui, fort habilement, multipliait les amnisties envers les Frondeurs qui ne fussent point hauts seigneurs, accentuant ainsi les divisions.

Louis XIV préparait son retour. Il entendait que

celui-ci se fît en les meilleures conditions – les plus dures, dirent certains.

Entrés en dissidence, les Foulards Rouges refusèrent de déférer à l'ordre du cardinal qui les « suppliait » de revenir, mais se réjouissait toujours de leurs succès et qu'ils eussent enfreint ses ordres.

Les trois Foulards Rouges, aidés parfois par les quelques archers qui restaient à Galand, mutipliaient les actions.

Galand, entré lui aussi en dissidence pour cette guerre privée, trouvait sans cesse de nouvelles cachettes, disposait de réseaux nombreux et variés, d'espions au cœur même de la Fronde qui, bien que le recherchant, ne nourrissait aucune illusion sur ses chances d'arrêter l'insaisissable policier.

Les Foulards Rouges organisaient la protection des personnalités fidèles au roi et le passage clandestin de certains députés et magistrats, d'abord vers Pontoise puis vers Compiègne quand la Cour s'installa en cette ville.

Portant l'écharpe Isabelle des Condéens, Nissac et Fervac provoquaient en duels sous des prétextes futiles les officiers les plus compétents du prince. Aucun ne survécut.

En plusieurs occasions, les Foulards Rouges se postèrent sur les toits, ouvrant le feu avec leurs mousquets sur les officiers de haut rang ou les seigneurs factieux de quelque importance.

Les nobles se déplacèrent alors souvent en carrosse tandis que les convois militaires devaient désigner plusieurs des leurs à la surveillance des toits pendant que leurs camarades tenaient les brides de leurs chevaux.

Tout cela ajoutait au climat d'insécurité entourant les Frondeurs tandis qu'en la ville, de plus en plus ouvertement favorable au retour de Louis XIV, se multipliaient les réseaux royalistes.

Les derniers financiers de la Fronde furent assaillis

par les Foulards Rouges aidés de quelques archers. Les palais étaient incendiés, les banquiers balafrés sur chaque joue : bientôt, on ne vit plus de banquiers.

Le plus grand espion de la Fronde fut capturé par les Foulards Rouges. Interrogé par Jérôme de Galand, qu'animait une haine glacée, il indiqua les noms d'une trentaine d'agents : tous disparurent en vingt-quatre heures.

On voyait la main des Foulards Rouges partout et il n'était point une infortune de la Fronde où l'on ne soupçonnât Nissac.

Lorsqu'ils se rencontraient en quelque grenier ou cave, Nissac entreprenait souvent Galand au sujet de l'Écorcheur qui ne se manifestait plus guère. En ces occasions, le policier se laissait aller à sourire et répondait invariablement à son ami :

— La chose viendra bientôt...

Le comte de Nissac s'en irritait, persuadé qu'on ne lui disait point tout mais Jérôme de Galand tenait bon, assurant qu'il se trouvait sur l'instant d'aboutir, que l'arrestation du monstre n'était plus qu'une question de jours, d'heures, peut-être.

Début octobre, la décomposition de la Fronde semblait totale. On désertait partout, du soldat condéen qui suivait le prince depuis Rocroi, neuf ans plus tôt, au grand seigneur soudain soucieux de quitter Paris pour retrouver ses terres afin de s'y faire oublier.

Le 5 octobre, monsieur le maréchal de Turenne retira ses troupes des environs de Paris et, par cette manœuvre, il facilitait à la fois le départ des déserteurs tout en affichant un souverain mépris pour les débris de l'armée condéenne, traitée comme si elle ne représentait plus aucun danger.

Le 13 octobre, le prince de Condé quittait définitivement Paris avec les mille cinq cents officiers et soldats malades et sous-alimentés de son armée.

Le lendemain, le duc de Beaufort abandonnait ses fonctions de gouverneur de Paris. La municipalité, renversée lors du massacre de l'Hôtel de Ville, fut aussitôt rétablie.

En l'après-midi du même jour, Jérôme de Galand, sorti de la clandestinité, fit porter court billet au comte de Nissac.

On y lisait :

Ami,
À présent que la Fronde est à genoux, l'heure est venue d'en finir avec l'Écorcheur. Soyez à quatre heures de relevée en la rue Trace-Nounain avec vos Foulards Rouges en grand équipement.

Deux de mes archers vous y attendront pour vous mener en cave profonde où je me trouverai en fort intéressante compagnie.

Serviteur et ami
Jérôme de Galand

81

En la cave bien éclairée par plusieurs flambeaux, Loup de Nissac eut grande difficulté à reconnaître la créature enchaînée, nue, hirsute, qui évoquait une bête sauvage.

Repoussant de saleté et dégageant forte puanteur, le marquis Jehan d'Almaric, le visage défiguré par une longue balafre, accueillit le nouvel arrivant avec un pâle sourire :

— Vous m'avez connu plus fringant, comte de Nissac !

Galand le fit taire d'un coup de pied à la poitrine et le marquis toussa longuement.

— Depuis combien de temps le détenez-vous ici ? demanda Nissac au policier.

— Quelque temps déjà... En été, par grande chaleur, les portefaix travaillent poitrine nue. Un de mes hommes remarqua les avant-bras rayés de curieuses cicatrices de celui-ci et se souvint d'un de mes avis à le rechercher. Le reste fut fort aisé.

— Mais pourquoi m'en faire confidence si tardivement ?

Jérôme de Galand haussa les épaules.

— La Fronde n'existe plus. Les Condéens fuient l'armée royale comme les Pompéens finirent par se sauver devant César, généraux et centurions en tête. Le roi sera là demain, dans deux jours ou dans une semaine. Aujourd'hui, nous pouvons nous lancer aux trousses de l'Écorcheur, je sais qui il est et plus grand monde ne le protège. Hier encore, il n'en était point ainsi.

Le comte de Nissac jeta un regard au prisonnier que les chaînes trop courtes obligeaient à demeurer à genoux.

— Jérôme, faites-le détacher. Qu'on lui donne chemise et haut-de-chausses, je ne parle pas à un homme qu'on avilit de la sorte, fût-il la plus indigne des créatures.

Le policier hésita puis donna ses ordres. Nissac l'entraîna à l'écart pour demander :

— Il a avoué si rapidement ?

— Certes non. Il a résisté aux violences et n'a accepté de parler qu'en échange de ma parole qu'il retrouverait la liberté et sans doute quelques cassettes d'or mises de côté pour fuir.

Nissac se crispa :

— Vous avez donné votre parole ?

— Je l'ai fait.

— Vous allez donc la tenir ?

— Rien n'est moins certain.

Bien qu'il fût peu de choses au monde, et moins d'êtres encore, qui eussent pu effrayer le policier, il baissa cependant les yeux devant le regard du comte de Nissac où, pour la première fois, il vit grande colère contenue à son endroit :

— Monsieur de Galand, nous ignorons tout de ce que seront les règles du monde nouveau auquel nous travaillons vous et moi et que nous ne verrons pas de notre vivant. Mais, dans celui-ci, le roi vous a fait baron et sachez qu'il est des usages avec lesquels on ne saurait badiner sans déchoir de son rang. Ainsi de l'honneur et de la parole donnée, lorsqu'on est gentilhomme, fût-ce à une canaille. Me suis-je bien fait comprendre, baron de Galand ?

— Cet homme sera libéré, vous avez ma parole ! concéda Galand d'une voix morne.

— Alors allons lui parler ! répondit Nissac.

Le comte écarta d'un geste dédaigneux les remerciements du marquis en disant :

— Au fait, monsieur !

D'Almaric hésita, comme si le nom de son ancien maître ne pouvait franchir ses lèvres.

Il préféra commencer loin en le temps :

— Il hait les femmes, et sa mère surtout, car s'il était né l'aîné, sa vie eût été tout autre. Ainsi se vengeait-il... Mais ce n'est point tout. Il a toujours trahi, avant même que d'écorcher les femmes. C'est en apparence un homme d'esprit mais il est faible, lâche et la trahison coule dans ses veines, même s'il porte un des plus grands noms du royaume. Il complota en 1626 avec Henri de Talleyrand-Périgord, comte de Chalais mais c'est celui-ci qui fut exécuté par un bourreau si maladroit qu'il dut donner quinze coups de hache avant d'achever le comte et la foule en eut le cœur levé de dégoût. En 1632, il complota de nouveau, avec Henri de Montmorency. Ils soulevèrent le Midi, mais seul Montmorency mourut sous la hache... En 1636, il complota avec le comte de Soissons, et l'abandonna au dernier moment. En 1641, il complota encore, cette fois avec Cinq-Mars, mais seul le marquis fut décapité.

Nissac avait déjà compris et, bien que très surpris, il n'interrompit point d'Almaric qui continua :

— Vous, Galand, qui êtes policier fort habile, n'avez point été très avisé. Vous auriez dû savoir sa passion des sciences occultes qui n'est point un secret en cette ville. Or l'Écorcheur s'adonnait au satanisme, souvenez-vous du soufre de madame de Montjouvent. Vous auriez dû rapprocher les deux choses, qui sont d'évidence.

— Eh bien je ne l'ai point fait ! répondit le chef de la police d'un ton pincé.

— Poursuivez ! ordonna Nissac.

Le marquis d'Almaric reprit :

— Que vous dire ?... Je pensais, au début, qu'il voulait foutre jolie et jeune paysanne en maison tranquille, et ne m'en alarmai point. Mais l'homme est intelligent et avait tout prévu. Je ne connaissais point le couple affreux qui préparait les femmes, et eux-mêmes ignoraient tout des deux officiers du régiment de l'Écorcheur, qui ne savaient point même que j'existais, comprenez-vous ?... Tout était ainsi conçu que chacun avait travaillé en sa solitude pour le grand œuvre du maître que lui seul savait en son ensemble.

— Et l'or vous aida, peu ensuite, à oublier vos scrupules ? répliqua Jérôme de Galand d'un ton acide.

— Je titubais en cette vie de fou comme personne marchant la nuit au bord d'un toit, les yeux ouverts, mais qu'on dit endormie. Je pataugeais dans le sang et l'or. Je voyais violer, tuer, écorcher... J'étais aux côtés d'un prince du sang, un des puissants du royaume et je croyais, non, je savais que, même démasqué, il serait impuni.

— Tel n'est point mon avis ! répondit Jérôme de Galand en échangeant un regard avec le comte de Nissac.

Mais celui-ci semblait plus réservé.

Le baron de Galand et les Foulards Rouges se présentèrent au Palais du Luxembourg. Le policier était accompagné de cinquante de ses archers et de soixante cuirassiers d'élite envoyés par le roi en toute urgence et discrétion pour soutenir l'action du général de police.

Les quelques hommes du régiment de Valois qui gardaient le Palais furent rapidement bousculés et bientôt, Galand et Nissac firent face à Monsieur.

Galand exposa sèchement ses motifs, à quoi le duc d'Orléans répondit :

— Sortez !

Le général de police aurait aimé gagner du temps car il savait qu'en l'instant même les faussaires et experts, qui se trouvaient à son service et qui étaient entrés derrière archers et cuirassiers, fouillaient l'endroit en cachette.

Mais il se sentait défaillir.

Monsieur, fils d'Henri IV, frère de Louis XIII, oncle de Louis XIV, c'était bien trop pour lui.

C'est alors que Nissac sauva la situation, portant la main à l'épée :

— Sortir ?... Essayez donc de me faire sortir, Monsieur... l'assassin.

Gaston d'Orléans l'observa, surpris par ce beau chapeau à plumes rouges et blanches.

— Qui êtes-vous, vous qui serez pendu demain ?

— Loup de Pomonne, comte de Nissac, lieutenant-général d'artillerie en l'armée royale, chef des Foulards Rouges et, je l'espère, votre tourmenteur.

Le duc recula, frottant ses doigts comme une mouche ses pattes, puis murmura :

— Je suis malade...

Mais ses mots restant sans effet sur les visages durs des hommes qui lui faisaient face, il se reprit :

— Le roi mon neveu ne fera rien contre moi. Il ne le peut !

Les cambrioleurs et faussaires passèrent devant les fenêtres. La cachette enfantine de l'Écorcheur n'avait point trompé longtemps des gens pour lesquels le vol est une science qu'ils connaissent parfaitement. Ils tenaient nombreuses têtes nageant dans le liquide de bocaux, des statuettes étranges, un masque d'argent et autres objets de la chapelle secrète du duc qui pâlit en disant :

— Vous n'obtiendrez rien.

Nissac se précipita dehors et arrêta un instant les faussaires.

Pendant ce temps, Galand regardait cet homme sans le bien comprendre : né avant Louis XIII, son frère, il eût été roi et ne pouvait pardonner cela à sa mère, ni à toutes les femmes.

Le comte de Nissac revint avec la statuette représentant Mathilde. Devinant son ami Galand trop impressionné pour parler, il se substitua à lui :

— Gaston d'Orléans, vous crèverez seul. Et vous crèverez en pensant que moi, comte de Nissac, j'ai le bonheur de caresser chaque jour le corps de celle qui inspira votre passion. Quant à ce que fera le roi, en regard de cela, c'est de peu d'importance !

Puis, d'un geste d'une grande violence, il jeta la statuette contre le sol de marbre où elle se brisa.

Le long rapport de Jérôme de Galand partit le jour même avec quelques preuves et le roi le lut à la nuit, jetant un regard navré sur les têtes des malheureuses en leurs bocaux.

Il envoya un billet, à l'aube, après qu'il eut réfléchi de longues heures :

Monsieur le général de police, cher Galand

Mon oncle est de sang royal, frère du défunt roi mon père. Je ne puis lui prendre la vie, ni lui organiser procès qui serait déshonneur pour tout le royaume.
Mais il sera durement châtié.

Louis, roi de France.

496

Le lendemain, 15 octobre, le général de police Jérôme de Galand reçut la royale réponse.

Il passa son habit noir qu'il fit brosser, se fit raser de près, coiffa son chapeau noir à plume noire et se rendit au petit cimetière des Foulards Rouges. Enfin, devant la tombe de madame de Montjouvent, le chef de la police se tira une balle dans la tête.

Le 16, c'est-à-dire le lendemain, les trois Foulards Rouges assistèrent à son enterrement. Le comte de Nissac avait fait élargir la fosse de madame de Montjouvent et plaça le cercueil de son ami au côté de celui de la femme qu'il avait aimée.

Les deux croix, voisines, se touchaient.

Le roi de France envoya des dizaines de bouquets de lys qui contrastaient en un effet heureux avec les huit écharpes de soie rouge qui flottaient gracieusement au vent.

Le comte de Nissac, les barons de Fervac et de Florenty, une fois les honneurs rendus, rengainèrent leurs épées.

Puis ils se regardèrent.

Ce fut Florenty, en sa simplicité, qui résuma la pensée de tous en disant :

— Nos femmes nous attendent depuis bien longtemps... J'aimerais rentrer chez nous !...

82

Les trois hommes, le foulard rouge autour du cou, chevauchaient de front, en silence, fatigués et poussiéreux.

Au centre se trouvait le comte de Nissac, flanqué des barons de Fervac et de Florenty. Un aristocrate de vieille noblesse entre un ancien condamné à mort et un ex-galérien.

Ils se rendaient au château de Saint-Germain où venait de s'installer la Cour. Le secrétaire de Mazarin, qui n'avait point suivi son maître en son artificiel exil, insistait, par billet, pour qu'ils arrivent à trois heures de relevée très précisément.

Ainsi firent-ils, se demandant, dès leur arrivée, s'ils ne s'étaient point trompés d'heure, de lieu ou de jour.

Le roi Louis le quatorzième, sur un beau cheval blanc, précédait monsieur le maréchal de Turenne et tous les hauts seigneurs de la Cour tandis que de forts contingents de l'armée royale se trouvaient alignés de part et d'autre de l'allée pour rendre les honneurs aux trois cavaliers gris de poussière.

Le comte de Nissac se détacha légèrement de ses deux amis. Malgré la fatigue de l'interminable guerre contre la Fronde et son visage aux traits tirés, il avait belle allure, quoiqu'elle semblât curieuse à certains. L'épée au côté, deux pistolets à l'arçon de sa selle et un troisième à la ceinture, un manche de poignard dépassant d'une de ses bottes, une longue cape noire au vent, il portait jarretière de soie rouge et de dentelle blanche à son bras droit. Coiffé d'un chapeau de feutre marine au bord rabattu sur les yeux, et dont les magnifiques plumes rouges et blanches frémissaient au vent, il avait tout à la fois l'aspect d'un distingué chef de brigands et d'un grand seigneur s'en revenant de guerre.

Arrivé devant le roi, il tira les brides de son haut cheval noir qui, se dressant, leva les pattes en battant l'air tandis que dans le même temps, en un geste de grande élégance qui indiquait haute et ancienne noblesse, le comte enlevait son chapeau d'un geste large devant le monarque.

Celui-ci lui sourit.

— Bienvenue à vous... Monsieur le maréchal de Nissac !

Nissac mit quelques secondes à comprendre qu'il s'agissait bien de lui, puis :

— Sire, je vous ai servi comme tant d'autres l'ont fait.

— Non point. Mille tels que vous et le monde entier serait à moi.

— Mais nous ne fûmes que douze, Majesté.

Un voile de tristesse traversa le regard de Louis XIV.

— Et vous ne restez que quatre de cette magnifique aventure.

Les huit tombes des Foulards Rouges, à l'ombre de la petite église et du grand if, furent pensée commune aux deux hommes, puis le roi soupira :

— Vous ne saurez jamais, monsieur le maréchal, combien en ces terribles années vos multiples exploits soutinrent mon cœur, celui de la reine ma mère et du cardinal. Je vous en fais grand merci car, si vous n'aviez point été là, le jugement que je porte sur les hommes serait bien différent.

Le roi se pencha légèrement en avant sur l'encolure de son cheval et, baissant le ton :

— Chercheriez-vous quelqu'un en la foule ?

— En vérité, Votre Majesté...

Le roi se redressa, souriant de l'embarras du maréchal de Nissac.

— Savez-vous qu'il est personne qui vous attend avec grande impatience ?

Une crispation des mâchoires, un instant, indiqua assez l'intérêt du comte et la chose amusa Louis XIV qui, se tournant vers le château à l'extrémité de la longue allée, leva la main.

Tout au bout de l'alignement du millier de gendarmes, dragons, chevau-légers, mousquetaires et cuirassiers apparut silhouette féminine sortie des rangs des gens de Cour et qui se tenait seule et immobile au milieu de la grande allée.

Le visage du roi, brusquement, retrouva expression enfantine.

— Nissac, donnez-moi encore à rêver tout éveillé, prenez un galop comme je l'imagine des Foulards

Rouges... et que je ne vous revoie point avant ce soir, à ma table !

Nissac enfonça les talons de ses bottes en les flancs de son haut cheval noir qui prit bientôt vitesse de grand galop.

Le roi, le millier de soldats, les courtisans regardaient non sans effroi la scène qui se déroulait sous leurs yeux, scène au reste d'une grande beauté, mais dont le sens leur échappait.

Le cheval noir filait, son cavalier presque couché sur l'encolure pour ne point offrir prise au vent qui faisait flotter sa longue cape noire et couchait les superbes plumes rouges et blanches de son chapeau.

Le cheval et son cavalier arrivaient droit sur Mathilde de Santheuil. Celle-ci ne bougeait point, et le cheval ne s'écartait pas d'un pouce de sa folle trajectoire.

Le roi, les soldats et les belles dames de la Cour poussèrent ensemble un cri d'effroi qui fut bientôt clameur, tous imaginant la baronne renversée.

Mais le cavalier fit chose bien extraordinaire, qu'on n'avait jamais vue encore et qu'on ne revit jamais plus à la Cour de Louis XIV.

Le pied gauche de Nissac quitta l'étrier et le comte, en grand équilibre, se pencha vers la droite, prenant en ses bras puissants la baronne comme la main cueille une fleur.

Puis, il déposa la jeune femme devant lui, assise par le travers de la selle, et ralentit sa monture.

Il sembla à tous que le couple échangeait bien long baiser. Enfin, tandis que la baronne passait les bras autour de la taille de son comte bien-aimé, celui-ci fit dresser son cheval noir sur ses pattes arrière et salua Louis XIV d'un geste plein de grâce en ôtant son chapeau à plumes.

Alors le cheval, d'un pas tranquille, mena le couple toujours enlacé vers le château.

ÉPILOGUE

Le roi...

Le roi Louis XIV et Anne d'Autriche firent entrée solennelle en la ville de Paris le 21 octobre 1652.

Ce fut au tour des Frondeurs de raser les murs...

*
* *

Les mauvais...

Le 23 octobre, Gaston d'Orléans, d'ordre de son royal neveu, quitta Paris à tout jamais pour mourir quelques années plus tard, en son château de Blois, oublié de tous.

Ou presque.

*
* *

Le duc de Beaufort fit assez plate soumission au roi et, peut-être encore fasciné par Nissac, obtint le commandement d'une flotte royale.

En gros progrès, il battit deux fois les Barbaresques mais fut tué en 1669 au siège de Candie.

*
* *

Le « Grand Condé » passa aux Espagnols, remporta quelques victoires aux dépens de ses compatriotes mais, commandant l'armée espagnole, il fut battu par Turenne entre Dunkerque et Nieuport lors de la décisive « bataille des dunes ».

Pardonné en 1668, il succéda à Turenne au commandement des armées et, pour le roi de France, renoua avec le succès.

Il vieillit entouré de poètes et d'écrivains, tels Boileau et Racine et sans doute avait-il beaucoup changé car homme qui aime la littérature peut-il être tout à fait mauvais ?

Bossuet prononça son oraison funèbre.

*
* *

Le masque d'argent, pièce magnifique, fut volé par un des faussaires aux ordres de Galand le jour même du suicide de celui-ci.

Ses trois propriétaires successifs ayant trouvé mort affreuse en les trois années qui suivirent, le masque d'argent fut fondu en deux lingots qui furent achetés par un joaillier anglais qui ne connaissait point leur réputation d'attirer le mauvais sort.

Ils n'arrivèrent jamais en Angleterre, le vaisseau qui les transportait ayant fait naufrage au large des Cornouailles et des îles Scilly par temps clair et mer calme.

*
* *

Le marquis Jehan d'Almaric, retiré à Londres où il vivait fastueusement, fut assassiné de cinquante-trois coups d'épée par quatre hommes venus de France, et que l'on ne captura point, mais qui, d'après le témoignage du passeur, semblaient militaires en civil.

Cet assassinat eut lieu un an jour pour jour après la mort de Jérôme de Galand, et les cinquante-trois coups d'épée correspondaient à l'âge du chef de la police royale le jour de son suicide.

À quelques jours de là, quatre des plus fidèles archers de feu le baron de Galand eurent punition légère pour absence injustifiée en un lieu qu'ils refusèrent toujours de nommer.

Histoire moderne...

Durant tout son long règne, le roi fit régulièrement fleurir de lys les tombes des Foulards Rouges.

Puis les rois qui suivirent oublièrent cet usage mais des mains inconnues continuèrent à fleurir les tombes jusqu'à la fin du XIXᵉ siècle.

Au siècle suivant, le XXᵉ, qui ne brilla guère par le bon goût mais fut des plus remarquables par sa prétention, l'Église fut détruite, le vieil if coupé et les très anciennes tombes aux noms indéchiffrables furent rasées, dispersant quelques os, par engins fort étranges qui semblaient se mouvoir comme des chenilles.

Sur son emplacement, aujourd'hui, en une taverne toute de verre qui n'a plus le charme et l'intimité de celles des temps jadis, on mange spécialité de pains ronds qui collent aux dents, avec ce qui ressemble vaguement à viande hachée menu, sauce insipide, tranche de fromage sans goût, lamelles de cornichon d'une grande fadeur et feuille de salade dont n'eurent point voulu les lapins pourtant terriblement affamés du Paris de la Fronde...

*
* *

Entre les deux...

Le cardinal Mazarin fut rappelé d'exil cinq jours seulement après que le roi fut entré en la ville de Paris.

Il s'attendait au pire.

La foule lui fit un triomphe.

503

RACHAT...

Charlotte de La Ferté-Sheffair, duchesse de Luègue, prit le voile chez les sœurs de Port-Royal de Paris et se retira du monde quelques mois plus tard.

Elle légua tous ses biens à Port-Royal.

*
* *

LES BONS...

Monsieur le maréchal de Turenne, qui n'avait failli qu'une fois mais par amour, ce qui n'est point mince excuse, continua de servir le roi avec brio.

Il fut tué au combat, près de Sasbach, en 1675...

*
* *

Le duc de Salluste de Castelvalognes, général des jésuites, poursuivit ses recherches pendant trente-sept années, jusqu'à sa mort le 14 juillet 1689.

Ses multiples archives disparurent, mais sans doute pas pour tout le monde, car on trouva traces de ses idées, en des cercles secrets, pendant un siècle, jour pour jour.

Au bout de cette période, en 1789, il ne fut plus nécessaire d'exprimer telles pensées en petits comités : elles étaient l'essence même du pouvoir révolutionnaire qui changea la face du monde en proclamant les Droits de l'Homme.

*
* *

Au roi, qui lui proposait commandement dans l'armée, le baron de Florenty répondit avec modestie mais fermeté qu'il préférait de la bonne terre.

On lui en donna, et beaucoup, en champs de blé et belles prairies. L'équivalent de la moitié de la ville de Paris.

En outre, sa femme finit par l'aimer tout de bon, et même plus que de raison.

*
* *

Le baron Maximilien de Fervac devint colonel du régiment des Gardes Françaises où il avait servi comme simple sergent, puis fut nommé lieutenant-général et combattit aux côtés du maréchal de Turenne.

Il acheta grand château et sa femme, la toujours belle Manon, lui donna cinq enfants.

Il fut tué au combat, vingt ans plus tard, en 1672, au dramatique passage du Rhin, en même temps que Charles-Paris d'Orléans-Longueville, comte de Saint-Paul, le jeune fils de la ravissante madame de Longueville et du duc de La Rochefoucauld, un des plus célèbres et élégants couples de la Fronde.

Le hasard est chose bien singulière...

*
* *

Loup de Pomonne, comte de Nissac et maréchal de France, épousa la baronne Mathilde de Santheuil l'année même où fut écrasée la Fronde.

Le mariage fut célébré en la plus stricte intimité par le duc de Salluste de Castelvalognes. On n'y vit que deux anciens des Foulards Rouges ainsi que leurs épouses, mais aussi Louis XIV, Anne d'Autriche et Mazarin.

Le comte ne repartit point aux armées, ne pouvant se séparer de Mathilde ne fût-ce qu'une nuit.

On ne les vit jamais à la Cour mais plus d'une fois, cependant, le roi de France et le cardinal Mazarin firent large détour pour s'en aller visiter en son vieux château de la Manche l'ancien chef des Foulards Rouges.

Le comte et la comtesse de Nissac étonnèrent fort les populations de Saint-Vaast-La-Hougue et Barfleur, qui ne les en aimaient pas moins, tant ils se montraient généreux avec les plus déshérités.

Mais il n'était point courant de voir couple de si haut lignage chevaucher pendant des heures à la limite du rivage, suivi de près par le chien « Mousquet », puis par les descendants de celui-ci.

Pareillement, on s'étonnait que le maréchal de Nissac et madame croisent le fer jusqu'au soleil couchant avant de s'étreindre en situation de grande passion.

Après trente-cinq années de bonheur, madame de Nissac tomba malade et sut qu'elle allait mourir. Le comte et maréchal de France la chargea alors sur une barque et rama plus loin que la ligne d'horizon, la tête de sa bien-aimée tendrement posée contre son épaule, comme en cette nuit fabuleuse de leur jeunesse où, en barque, ils pénétrèrent à Notre-Dame.

On ne les revit jamais mais légende court en le pays selon laquelle les Nissac, tous morts en mer, y auraient royaume secret.

Ils eurent deux fils beaux et vaillants, qui eux-mêmes furent pères d'autres fils, et ainsi de suite pareillement.

Mais, chose fort curieuse, que ce soit sous le règne de Louis XV, celui de Louis XVI, la Révolution, l'Empire et les temps qui suivirent, il sembla que, pourvu que l'on fût comte de Nissac, l'aventure, immédiatement, vînt à vous, toujours plus passionnante.

Il faudra bien vous les conter toutes un jour prochain...

Paris, Saint-Vaast-La-Hougue, Paris.
mars 2000

Du même auteur

ROMANS

Ciao, Bella, ciao ! (La Table ronde)
La manière douce (La Table ronde)
Jeunes femmes rouges toujours plus belles (La Table ronde/Poche)
Au bord de la mer blanche (Gallimard)
Quadrige (Gallimard/Folio)
Une charrette pleine d'étoiles (Gallimard/Folio)
Un homme en harmonie (Gallimard/Folio)
Des lendemains enchanteurs (Actes Sud/Poche)
Frivolités d'un siècle d'or (Julliard)

ROMANS NOIRS

Patte de velours (La Table Ronde)
Tueurs de flics (La Table Ronde/Poche)
La nuit des chats bottés (La Table Ronde/Poche)
Sniper (La Table Ronde/Poche)
La théorie du 1 % (La Table Ronde/Poche)
Le souffle court (La Table Ronde/Poche)
Polichinelle mouillé (La Table Ronde/Poche)
Au-dessus de l'arc-en-ciel (La Table Ronde/Poche)
Le faiseur de nuées (La Table Ronde/Poche)
Brouillard d'automne (La Table Ronde/Poche)
L'adieu aux anges (La Table Ronde/Poche)
Clause de style (Gallimard/Folio)
Bleue de méthylène (Gallimard/Folio)
Sous le regard des élégantes (Gallimard/Folio)
Après la pluie (Gallimard/Folio)

Gentil, Faty ! (Actes Sud/Poche)
Querelleur (Actes Sud/Poche)
Les enfants de lune (Denoël)
Le loup d'écume (Albin Michel)
Reines dans la ville (Baleine/Le Seuil)
Les hauts vents (Librio)

NOUVELLES

Égérie légère (La Table Ronde)
La lorette hallucinée (La Table Ronde)
Perdre la pause (La Table Ronde)
Mort d'un lapin urbain (Les Belles Lettres/Poche)
Les neufs cercles de l'enfer (Les Belles Lettres/Poche)
Chrysalide des villes (Les Belles Lettres/Poche)
Le loup par les oreilles (Le Rocher)
Un dimande anglais (Le Rocher)
Cendres et sang (Le Rocher)

Composition réalisée par NORD COMPO

ACHEVÉ D'IMPRIMER EN ESPAGNE PAR LIBERDÚPLEX
BARCELONE
Dépôt légal Édit. : 39739 - 12/2003
Édition 4
LIBRAIRIE GÉNÉRALE FRANÇAISE - 43, quai de Grenelle - 75015 Paris
ISBN : 2 - 253 -15346-X